VERENA MARIA KALMANN

Von Elise

ROMAN

TINTE & FEDER

Deutsche Erstveröffentlichung bei
Tinte & Feder, Amazon Media E.U. Sàrl
5 Rue Plaetis, L-2338, Luxembourg
Juni 2017

Umschlaggestaltung: Rothfos & Gabler
Umschlagmotiv: © Shestock / Getty
Lektorat: Judith Zimmer, Hamburg
Printed in Germany
By Amazon Distribution GmbH
Amazonstraße 1
04347 Leipzig, Germany

ISBN: 978-1-54204-619-0

www.amazon.de/tinteundfeder

Für Denis

Prolog

1962

Nun habe ich alles, was ich in diesem Leben tun musste, erledigt. Ich habe mich mit meinen Geschwistern wieder ausgesöhnt. Ich habe die Kinder meiner Schwester Maria großgezogen und bis auf den Jüngsten, Josef, leben sie auch alle. Ich habe noch ein paar Klavierschüler, doch ich werde keine neuen mehr annehmen.

Niemand kann sich heute mehr vorstellen, dass ich, die alte, brave und biedere Klavierlehrerin Elise Finkenberg, einmal jung war und als Konzertpianistin im Rampenlicht gestanden habe – neben dem Mann, den ich über alles liebte. Niemand ahnt, dass ich wie im Rausch das Glück eines ganzen Lebens in nur wenigen Monaten erfahren habe. Denn alle, die sich daran erinnern könnten, sind tot.

Oft habe ich mich gefragt, ob ich damals nicht so gierig das ganze Glückskontingent binnen kürzester Zeit hätte aufbrauchen dürfen. Vielleicht wäre Karl dann zurückgekommen aus dem Ersten Weltkrieg. Aber vielleicht auch nicht. Und im Nachhinein bin ich froh, dass ich damals, obgleich sehr schüchtern, nach dem Glück gegriffen habe, als es in meiner Reichweite lag. Hätte ich es nicht getan, wäre ich heute womöglich eine unausstehliche, verbitterte, alte Hexe, so wie viele meiner Altersgenossinnen, die alle und jeden dafür verantwortlich machen, dass sie niemals glücklich waren. Ich hingegen zehre noch heute von der Liebe, die Karl und mich verbunden hat und die mir die Kraft gab, auch ohne ihn die vielen Jahre meines Lebens zu meistern.

Jetzt, da meine Hauptaufgaben erledigt sind, werde ich noch etwas Belangloseres in Angriff nehmen: Ich werde das Biedermeiersofa neu beziehen lassen. Es ist in einer der Bombennächte des Zweiten Weltkriegs arg in Mitleidenschaft gezogen worden und nun habe ich das Geld zusammen, das ich brauche, um es neu herrichten zu lassen. Immerhin hat es schon dem Großvater meines Vaters gehört und es soll auch noch weitere Generationen überleben. Der Polsterer sagte mir gestern, dass im Innern des Sofas viele Hohlräume seien, in denen man der Nachwelt etwas hinterlassen könne. Ich werde mein Tagebuch dort einnähen lassen. Ich möchte nicht, dass meine Nichten und Neffen, besonders der Älteste, Johannes, lesen, was ich in meiner Jugend geschrieben habe. Es steht zu viel Schlechtes über ihren Vater darin und auch über meine Geschwister Max und Lotte, die ihnen nach dem Tod ihrer Mutter sehr ans Herz gewachsen sind. Außerdem wird es sie jetzt und auch in den kommenden Jahren nicht interessieren, wie ich geliebt und gelitten habe. Sie haben diese Sorgen und Nöte selbst erlebt – nach dem Zweiten Weltkrieg.

Aber vielleicht möchte es einer meiner Nachfahren lesen, der dieses Sofa in vielen Jahren einmal neu beziehen lassen wird und dabei mein Tagebuch findet.

Kapitel 1

2013

Es war der 21. Dezember, der dunkelste Tag des Jahres, und es sollte der dunkelste Tag in ihrem Leben werden. Doch das ahnte Valerie noch nicht, während sie im Herkulessaal der Münchner Residenz Beethovens 5. Sinfonie probte. Die Schicksalssinfonie!

Eisiger Wind blies ihr ins Gesicht, als sie nach der Probe ins Freie trat. Es roch nach Schnee. Sie fröstelte und rannte die Stufen zur U-Bahn hinunter. Auf dem Bahnsteig tummelten sich Hunderte von Weihnachtseinkäufern, schwer beladen mit Tüten und Paketen. Morgen musste auch sie unbedingt losziehen und Geschenke kaufen. Jetzt freute sie sich erst einmal auf einen gemütlichen Abend zu Hause. Hoffentlich hatte Adrian etwas Leckeres gekocht.

Doch als Valerie wenig später die Treppe in den vierten Stock zu ihrer Schwabinger Wohnung hochging, beschlich sie ein seltsames Gefühl. Irgendetwas war anders als sonst. Vielleicht war es der zarte Rosenduft, der sie stutzig machte? Ein solches Parfum hatte sie in diesem Haus noch nie wahrgenommen.

Sie schloss die Wohnungstür auf. »Ich bin wieder da«, rief sie. Im nächsten Augenblick erstarrte sie. Auf dem Fußboden lag ein halbes Dutzend Kleidungsstücke, deren Spur ins Schlafzimmer führte. Ein Damenschuh – eindeutig nicht ihrer – war auch darunter. Langsam ging sie einen Schritt vorwärts, dann noch einen.

Plötzlich wurde die Schlafzimmertür aufgerissen und Adrian stand im Türrahmen. Er hatte nur ein Handtuch um die Hüften geschwungen. »Was machst du hier?«, fuhr er sie an. »Ich dachte, du hast Probe!«

Valerie blieb stehen und blickte ihren Freund an wie einen Alien, der plötzlich aus dem Weltraum vor ihr gelandet war. Sie begriff instinktiv, was hier vorging, aber noch weigerte sie sich, es zu akzeptieren, und hoffte, dass sich gleich alles als Missverständnis herausstellen würde.

Ein leises Rascheln weckte sie aus ihrer Schockstarre. Sie ging noch zwei Schritte vor, schob Adrian beiseite und entdeckte zwischen zerwühlten Kissen ihre Freundin Carmen, die sich gerade die Bettdecke über den Kopf zog.

Valerie schnappte nach Luft. Es war noch schlimmer als befürchtet. Es war nicht irgendeine Frau, nein, es war ihre beste Freundin, mit der Adrian sie betrog! Der Boden schien ihr unter den Füßen wegzugleiten. Um sie herum drehte sich plötzlich alles. Ihre Brust wurde eng, der Atem blieb ihr weg. Sie stützte sich am Türrahmen ab.

»Warum kommst du jetzt schon?«, schimpfte Adrian. »Du hättest wenigstens Bescheid geben können, wenn …«

Valerie fixierte ihn. Er hatte tatsächlich die Stirn, ihr Vorhaltungen zu machen? Ihr vorzuwerfen, dass sie hätte Bescheid geben sollen, wenn sie früher nach Hause kommen würde?

Ihr eiskalter Blick ließ ihn verstummen. Er schwieg. Sie schwieg. Und Carmen war immer noch unter der Bettdecke verborgen. Wie kam man aus einer solch bizarren Situation wieder heraus? Was sah der Knigge für einen solchen Fall vor? Wahrscheinlich, dass die Sünder den gerechten Zorn der Betrogenen über sich ergehen lassen mussten. Zumindest machten momentan weder Adrian noch Carmen Anstalten, eine Lösung der Misere herbeizuführen. *Entweder ich muss jetzt gehen oder ich muss ihnen eine Szene machen*, schoss es Valerie durch den Kopf. Sie war unschlüssig, was sie tun sollte. Am liebsten hätte sie auf dem Absatz kehrtgemacht und wäre geflohen. Aber zum einen versagten ihr die Beine den Dienst und zum anderen hatte sie nicht die leiseste Ahnung, wo sie heute Abend bleiben sollte. Also musste sie sich wohl oder übel für Option zwei entscheiden. Doch sie hatte keine Kraft dazu. Daher schwieg sie weiter und ließ die Ertappten noch ein wenig zappeln. Das hatten sie ohnehin verdient.

»Valerie …«, begann Adrian nach einer gefühlten Ewigkeit.

»Raus«, sagte sie ruhig, »alle beide!«

Sie blieb stehen, wo sie war, und sah zu, wie Carmen und Adrian verschämt das Schlafzimmer verließen, sich hastig im Flur ankleideten und aus der Wohnung verschwanden.

Erst als die Wohnungstür ins Schloss fiel, ging Valerie ins Wohnzimmer, legte Mantel und Geige ab und ließ sich auf ihr Biedermeiersofa fallen. Eine eisige Kälte ergriff Besitz von ihr. Sie begann zu zittern, ihre Zähne klapperten aufeinander. *Seltsam, dass ich nicht weine*, kam ihr in den Sinn, aber sie konnte es nicht. Noch nicht. Sie hüllte sich in eine Wolldecke und zog die Knie an. Wie lange ging das schon so? War es das erste Mal? Oder wurde sie schon länger betrogen? Ihr fiel ein, dass Adrian in letzter Zeit immer genau hatte wissen wollen, wann ihre Proben und Konzerte zu Ende waren. Sie hatte gedacht, er würde fragen, um dann das Abendessen auf den Punkt zuzubereiten, und sich über sein Interesse gefreut. Aber jetzt sah sie alles in einem anderen Licht. Und dass heute ihre Probe überraschenderweise früher zu Ende gewesen war, hatte daran gelegen, dass der Dirigent mit den Bläsern noch ein paar Stellen allein üben wollte und die Streicher eher entlassen hatte. Plötzlich begriff sie. *Ich war ein Esel! Adrian betrügt mich schon seit Wochen.* Sie spürte förmlich, wie alle Kraft aus ihrem Körper wich. Und da begann sie zu weinen.

Draußen wurde es dunkel und sie weinte noch immer. Ein Berg Papiertaschentücher umgab sie. Ihre Augen waren geschwollen, ihre Gliedmaßen taub vor Kälte. Da klingelte das Telefon. Valerie rührte sich nicht. Sollte es doch klingeln! Sie wollte niemanden sprechen, schon gar nicht Adrian. Zwei Minuten später dröhnten die ersten Takte von Beethovens Schicksalssinfonie aus ihrer Handtasche. Ihr neuer Handyklingelton war wirklich selten dämlich! Sie ließ ihr Handy, wo es war. Sie war jetzt für niemanden erreichbar. Stattdessen pellte sie sich langsam aus der Wolldecke heraus und ging ins Badezimmer, um weitere Papiertaschentücher zu holen. Da klingelte erneut das Festnetztelefon und dieses Mal sprang der Anrufbeantworter an. »Valerie, wir müssen reden«, hörte sie Adrians Stimme. »Es tut mir leid, was passiert ist, aber ich brauche ein paar Dinge aus der Wohnung. Morgen Abend moderiere ich das Adventskonzert der Jugendchöre, mein schwarzer Anzug und die Unterlagen sind in unserer Wohnung und wir sollten … uns auch unterhalten. Ruf mich bitte an … sobald es dir besser geht.«

Sie schnaubte. Sie würde ihn nicht zurückrufen. Ganz bestimmt nicht! Aber dann fiel ihr ein, dass er womöglich einfach vorbeikommen würde, um sich seine Sachen zu holen. Das wollte sie auf keinen Fall. Sie kramte eilig ihr Handy aus der Handtasche und schrieb ihm eine SMS:

> Morgen Nachmittag habe ich Konzert und bin ab vierzehn Uhr außer Haus. Dann kannst du dir holen, was du brauchst. Wenn ich abends wiederkomme, bist du verschwunden, ich will dich nicht sehen.

Sie schickte die Nachricht ab.

Kurz darauf klingelte das Festnetztelefon erneut. »Der Kerl macht mich wahnsinnig!« Wütend riss Valerie den Hörer von der Gabel. »Lass mich in Ruhe!«, fauchte sie.

Am anderen Ende der Leitung räusperte sich jemand. »*Bonsoir Madame*«, hörte sie eine ihr unbekannte Frauenstimme, die kurz darauf einen Schwall unverständlicher französischer Worte aneinanderreihte. Verdutzt starrte Valerie auf den Hörer in ihrer Hand. Wer war das?

»... *Orchestre symphonique* ...«, hörte sie heraus. Und auf einmal fiel der Groschen! Das musste das Pariser Orchester sein, das vor einem halben Jahr den Posten des stellvertretenden Konzertmeisters ausgeschrieben hatte. Sie hatte sich, da ihre befristete Stelle in ihrem Münchner Ensemble gerade ausgelaufen war, dort beworben und vorgespielt, aber sie war nur Zweite geworden. Die Stelle war natürlich an die Erstplatzierte gegangen, was ihr damals allerdings ganz recht gewesen war, denn im Grunde genommen hatte sie bei Adrian in München bleiben wollen.

»*Pardon*«, sagte sie, als die Stimme am anderen Ende eine Pause einlegte. Sie versuchte in Windeseile, ein paar Brocken der eingerosteten Französischkenntnisse in ihrem Gehirn hervorzukramen. »*Pardon Madame*, ich konnte Ihnen nicht so schnell folgen.« Ein Geraschel verriet, dass ihre Gesprächspartnerin den Hörer weitergab.

»Guten Abend, Frau Mollwitz«, sagte nun ein Mann auf Deutsch. Er hatte einen niederländischen Akzent. »Mein Name ist Jan van Gelde, ich bin Mitglied des Orchestervorstands des Pariser Ensembles, bei dem Sie sich vor sechs Monaten beworben haben. Wir wollten fragen, ob Sie für die Stelle der zweiten Konzertmeisterin noch verfügbar wären? Denn die Dame, an die der Posten seinerzeit gegangen ist, hat nun gekündigt und wir müssen die Stelle schnellstmöglich neu besetzen. Da für Sie damals fast genauso viele Kollegen votiert hatten, möchten wir zunächst Ihnen die Stelle anbieten und kein neues Probespiel veranstalten.«

Valerie stand der Mund offen. Gab es so etwas wie Gnade des Schicksals? Vor ein paar Sekunden noch war sie am Boden zerstört gewesen und hatte keine Ahnung gehabt, wie es weitergehen sollte. Und nun bot man ihr ihren Traumjob an! Und das auch noch in Paris! Der schönsten Metropole der Welt, die zudem weit weg von Adrian und Carmen war, die sie niemals mehr in ihrem Leben wiedersehen wollte.

»Frau Mollwitz?«, fragte die Stimme am anderen Ende der Leitung und riss Valerie aus ihren Gedanken.

Sie räusperte sich. »Ja«, sagte sie, »ja, ich bin noch verfügbar und ich komme sehr gern!«

Der Mann atmete hörbar auf. »Das freut uns.« Er zögerte. »Wir brauchen Sie aber spätestens in der zweiten Januarwoche. Wäre das möglich?«

Sie überlegte. Heute war der 21. Dezember, das würde alles äußerst knapp werden. »Ich habe zwar bislang keine anderen Verpflichtungen für das neue Jahr, allerdings habe ich auch keine Wohnung in Paris. Könnten Sie mir eventuell bei der Wohnungssuche behilflich sein?«

»Natürlich«, sagte ihr zukünftiger Kollege. »Es gibt in Paris Wohnungen, die zeitlich befristet zur Zwischenmiete angeboten werden. Das ist zwar nichts Dauerhaftes und oft auch nichts Schönes, aber fürs Erste reicht es sicher. Unsere Sekretärin wird sich darum kümmern und sich mit Ihnen in Verbindung setzen, sobald sie etwas gefunden hat. Wenn Sie dann hier sind, können Sie selbst in Ruhe etwas Passendes suchen.«

Valerie bedankte sich. Sie sprachen die letzten Details ab und dann legte sie auf. Noch Minuten nach dem Telefonat stand sie verträumt im Flur. Es war unglaublich! Seit einem halben Jahr hangelte sie sich als Aushilfe von einem Engagement zum nächsten und wusste nie, ob sie monatlich über die Runden kommen würde. Und nun würde sie in Kürze eine feste Stelle haben! Gut, die Probezeit musste sie natürlich bestehen. Aber dann bräuchte sie sich nie wieder einen Kopf zu machen, wie sie an genügend Engagements kommen würde, um die Miete bezahlen zu können. Und vor allem konnte sie sofort dem Scheusal von verlogenem Adrian den Rücken kehren! Das war das Allerwichtigste! Sie verspürte wieder einen Stich, als sie an ihn dachte, doch sie verscheuchte ihn energisch aus ihren Gedanken. Sie würde ein neues Leben beginnen. Ohne ihn!

Kapitel 2

2014

Valerie saß auf dem Fußboden ihrer neuen Pariser Wohnung und betrachtete das Chaos aus der Froschperspektive. Um sie herum türmten sich halb ausgepackte Umzugskartons, Lampen und Möbel. Das Klavier hatte eine Schramme und das Biedermeiersofa war komplett ramponiert. Die Umzugshelfer hatten achtlos ihre Werkzeuge darauf geworfen. Nun klaffte ein Riss in dem rosafarbenen Seidenstoff und eine Sprungfeder guckte heraus. Valerie raufte sich die dunkelbraunen Locken. Vielleicht hätte sie die Entscheidung, das Angebot des Pariser Orchesters anzunehmen und mit Sack und Pack in die französische Hauptstadt zu ziehen, doch nicht so überhastet treffen sollen. Dann säße sie jetzt nicht in dieser scheußlichen Wohnung, sondern hätte Zeit gehabt, sich etwas Schöneres zu suchen, und den Umzug hätte sie auch besser organisieren können. Aber damals erschien es ihr schlichtweg als die Lösung für all ihre Probleme.

Sie stand auf, bahnte sich einen Weg ins Schlafzimmer und warf sich aufs Bett. Hinter ihr lagen zwei höllische Wochen, in denen sie zwischen München, Bonn und Paris hin- und hergependelt war. Einen Tag vor Heiligabend hatte sich die Sekretärin des Pariser Orchesters mit einem Wohnungsangebot bei ihr gemeldet, das sie sofort angenommen hatte, ohne die Wohnung zuvor gesehen zu haben. Aber es wäre ein Risiko gewesen, auf andere Angebote zu warten und dann eventuell leer auszugehen. Die Wohnung lag gut erreichbar im 11. Arrondissement, und sie konnte sie für sechs Monate mieten, weil der Vermieter ein halbes Jahr ins Ausland ging. Valerie rieb sich die Schläfen. Wenn sie gewusst hätte, auf was sie sich da eingelassen hatte!

Sie gähnte und nahm einen Schluck aus der Wasserflasche, die neben dem Bett stand. Nachdem sie die Wohnungsfrage geregelt hatte, war sie an Heiligabend erleichtert zu Mutter und Bruder nach Bonn gefahren, die sie sehnlichst (und zunächst ahnungslos im Hinblick auf ihre Pläne) zum Weihnachtsfest erwartet hatten. Das Fest war dann jedoch ausgesprochen disharmonisch verlaufen, weil ihre Mutter ihre Entscheidung absolut nicht hatte nachvollziehen können und ihr ständig vorgehalten hatte, kopflos zu handeln. »In deinem Alter kannst du doch nicht mehr in ein anderes Land ziehen, dessen Sprache du kaum sprichst und wo du überhaupt niemanden kennst«, hatte sie ihr vorgeworfen.

Valerie schraubte die Wasserflasche wieder zu, setzte sich auf und begann, ihre Haare zu einem Zopf zu flechten. Sie hatte sich von ihrer Mutter mehr Verständnis erhofft. Doch vergeblich. Und so war sie nach Weihnachten völlig entnervt wieder nach München gefahren, hatte ihren Hausstand zusammengepackt und gestern Vormittag alles einem Umzugsunternehmen übergeben. Adrian hatte sie seit jenem Tag, als sie ihn mit Carmen erwischt hatte, weder gesehen noch gehört. Er hatte keinen Versuch mehr unternommen, mit ihr zu sprechen, und war nicht mehr in ihre gemeinsame Wohnung gekommen. Daher hatte sie gestern ihren Wohnungsschlüssel einfach auf den Küchentisch gelegt und war gegangen. Ohne ein Wort des Abschieds. Glücklicherweise lief der Münchner Mietvertrag nur auf Adrians Namen, sodass sie diesbezüglich nicht auch noch Vorkehrungen treffen musste.

Valerie öffnete einen Umzugskarton, in dem ihre Noten verstaut waren. Langsam nahm sie sie heraus und räumte sie in den Schrank. Während sie damit beschäftigt war, ließ sie ihre Ankunft in Paris Revue passieren. Gestern Nachmittag war sie fix und fertig am Gare de l'Est angekommen. Im dicksten Feierabendverkehr war sie mit zwei Koffern und Geige in die Metro gestiegen. Den Weg zu ihrem neuen Zuhause in der Rue Oberkampf, einer belebten Straße mit vielen Cafés, Bars und kleineren Lebensmittelgeschäften im 11. Arrondissement, hatte sie recht gut gefunden, und die Concierge hatte ihr ohne Probleme den Schlüssel zu ihrer Wohnung übergeben. Doch als sie die Wohnung betrat, hatte sie fast der Schlag getroffen: An den Wänden hingen Totenkopfposter, der Kühlschrank enthielt übel riechende, vergammelte Milchprodukte und der Dreck in Küche und Bad war dick verkrustet. *Bienvenue en France!* Am liebsten hätte sie ihre Siebensachen gepackt und wäre wieder abgereist. Aber wohin? Zurück nach München im Leben nicht! Nach Bonn zu ihrer Mutter und ihrem Bruder? Nein, das wäre einer Bankrotterklärung gleichgekommen. Also hatte sie Putzmittel gekauft, die Ärmel hochgekrempelt und stundenlang geschrubbt.

Heute früh war dann das Umzugsauto gekommen und hatte ihre Möbel und Umzugskartons gebracht. Da ihr Vermieter natürlich all seine Möbel in der Wohnung gelassen hatte, war diese nun mit ihrem Sofa, dem Klavier und den Kartons so vollgestopft, dass sie sich kaum mehr darin bewegen konnte.

Und nun saß sie hier. Allein. Mit vierunddreißig Jahren und schlechtem Schulfranzösisch.

Sie zog sich eine Jacke über, denn die Wohnung war kalt. *Es war die richtige Entscheidung*, sagte sie sich. Ihr blieb ohnehin nichts anderes übrig, als ihr Leben noch einmal von vorn zu beginnen, so wie sie auch bei einem Musikstück wieder an den Anfang springen und alles durchspielen musste, wenn der Komponist am Ende ein *da capo* festgelegt hatte. Sie seufzte. *Also wieder eine neue Stadt, eine neue Stelle und neue Kollegen.*

Valerie kroch unter den Schreibtisch und begann, den Kabelsalat um den Router zu entwirren. *Ob es in meinem Alter noch geht, ganz neu anzufangen*, fragte sie sich. *Ohne Freunde? In einem fremden Land?* Sie hatte tatsächlich alle Brücken hinter sich eingerissen. Außer ihrer Mutter und ihrem Bruder wusste bislang niemand, wo sie war.

Sie steckte das Netzkabel in ihren Laptop und schaltete ihn ein. Hoffentlich würde in diesem Saustall wenigstens das Internet funktionieren! Immerhin stand im Mietvertrag, dass sie den Telefonanschluss ihres Vermieters für die Dauer seiner Abwesenheit nutzen durfte. Gebannt sah sie auf den Bildschirm. Das sah sehr gut aus! Etwas Positives hatte diese Wohnung also doch zu bieten: Der Kontakt zur Außenwelt stand. Sie lächelte. *Es wird schon werden.*

Nach zwei Stunden war optisch immer noch kein nennenswerter Fortschritt bei der Chaosbeseitigung zu verzeichnen. Valerie hielt es jetzt in der Wohnung nicht mehr aus. *Ich muss eine Weile raus*, dachte sie, *sonst werde ich verrückt*. Sie nahm ihren Mantel und ihre Handtasche und verließ das Haus.

Die Sonne stand schon tief, obwohl es erst drei Uhr nachmittags war. *Wohin gehe ich*, überlegte sie. Paris hatte so viele Sehenswürdigkeiten, dass es schwer war, sich zu entscheiden, welche man zuerst besichtigen sollte. Sie beschloss, zunächst einmal ins Stadtzentrum zu den Tuilerien zu fahren, von dort aus würde sie dann weitersehen. Beherzt lief sie die Treppen zur Metro hinab.

Zwanzig Minuten später betrat sie die Tuilerien von der Place de la Concorde aus. Schon nach wenigen Schritten blieb sie stumm vor Ehrfurcht stehen: Der Anblick, der sich ihr bot, war traumhaft! Die Wintersonne und die zartrosa Wolken am Himmel tünchten den riesigen Park in ein mildes, pastellfarbenes Licht. So wie bei einer Sinfonie jeder Ton und jede kleinste Pause aufeinander abgestimmt sind und sich somit für den Hörer eine imposante Klangwelt eröffnet, so eröffnete sich vor Valeries Augen jetzt die Grandeur dieser Parkanlage. Alles hatte seine Ordnung: Die Brunnen, Bäume, Wege und Treppen waren so angelegt, dass sie im Ensemble eine perfekte Harmonie ergaben. Fasziniert schlenderte sie durch den Park. Schließlich setzte sie sich auf eine Bank vor einem künstlichen Teich und beobachtete, wie der Wind die Wasseroberfläche regelrecht schraffierte. Die Wolken über ihr bildeten immer neue Formen und ließen Licht und Schatten über den Tuilerien variieren. Kein Wunder, dass in Paris der Impressionismus entstanden war! Und plötzlich wusste sie, was sie jetzt noch sehen wollte: *les impressionnistes.*

Wenig später stand sie in der nahe gelegenen Orangérie vor Claude Monets überdimensional großen Seerosengemälden. Es waren nur ein paar Besucher außer ihr dort. Sie hatte freien Blick auf alle Gemälde. Und sie waren gigantisch! Valerie ließ sich Zeit, betrachtete die Bilder aus der Nähe, dann aus der Ferne, von rechts und von links. Aus jeder Warte entdeckte sie ein neues Detail. Zum Schluss wusste sie nicht, welches Gemälde ihr am besten gefallen hatte. Im Museumsshop erstand sie zwei Seerosenposter. Sie wollte sie zu Hause gleich über die Totenkopfposter hängen, denn mit denen konnte sie definitiv nicht leben.

Auf dem Heimweg war sie wieder überzeugt, mit ihrem Umzug nach Paris die richtige Entscheidung getroffen zu haben. In dieser Stadt, die so viel Schönes zu bieten hatte, würde sie glücklich werden! Ganz bestimmt. Jetzt konnte sie, nachdem sie all die wunderbaren Eindrücke in sich aufgesogen hatte, auch wieder das Chaos in ihrer Wohnung in Angriff nehmen.

Sie knipste das Licht an – und schrie auf: Eine tiefschwarze, haarige Spinne prangte an der Wand über dem Sofa. Valerie fixierte den kapitalen Achtbeiner mit weit aufgerissenen Augen. Mit diesem Spinnenkoloss konnte sie nicht die Wohnung teilen! Unmöglich! Sie musste das Tier hinausbefördern. Aber wie? Die Spinne saß ziemlich weit oben an der Wand über dem Sofa. Valeries Hände zitterten. Sie hasste es, Spinnen zu töten, aber ihre furchterregende Mitbewohnerin saß zu weit oben, um sie mit Glas und Pappe einzufangen. Sie atmete tief durch, stieg auf das Sofa und schlug mit dem Französisch-Wörterbuch zu. Rums! Sie krachte ein und die Spinne entkam nach weiter oben. Valerie konnte sich gerade noch an der Wand abstützen, sonst hätte sie sich wahrscheinlich den Knöchel gebrochen. Sie zog ihren Fuß aus den Pferdehaaren und dem Stoff heraus und betrachtete entsetzt ihr Biedermeiersofa. Nun war es vollends hinüber! Sie blickte hoch. Die Spinne schien sie von der Zimmerdecke aus hämisch auszulachen. Valerie packte die Wut. Sie schleuderte das Wörterbuch mit Wucht gegen die Decke – und traf: Auf dem Einband klebte der blutige, achtbeinige Albtraum. Angewidert starrte sie auf die erlegte Spinne. Ihre Hände zitterten stärker als zuvor. Das Wörterbuch würde sie nicht mehr benutzen können. Da gab es nur eins: Besen. Kehrblech. Mülleimer.

Nachdem sie das Wörterbuch entsorgt hatte, setzte sie sich auf den Boden und lehnte den Kopf gegen das armselig anmutende Sofa. Es war zum Heulen! Sie hatte das Sofa von Opa Johannes geerbt, der es selbst von seiner Tante Elise geerbt hatte und diese wiederum von ihren Eltern und so weiter. Und ausgerechnet sie, Valerie, musste es in der sechsten Generation zerstören. Sie war wirklich ein Trottel! Kein Wunder, dass Adrian sie betrogen hatte, dass sie in Deutschland keine unbefristete Stelle bekommen hatte und nun allein in diesem eiskalten, schäbigen Pariser Appartement saß. Sie strich sich eine Haarsträhne aus dem Gesicht. Sie hatte keine Wahl. Sie musste jetzt so lange hierbleiben, bis sich zumindest der Umzug amortisiert hatte. Außerdem war es in Anbetracht ihres Alters ihre letzte berufliche Chance. Und die musste ein Erfolg werden!

Valerie nahm das Sofa in Augenschein. Die Sitzfläche war durchgebrochen. Sie legte sich auf den Fußboden, um es von unten zu betrachten. Und da sah sie einen undefinierbaren Gegenstand, der halb aus dem Stoff heraushing. Was war das nur? Sie kroch unter das Sofa und zog daran, bis sie ein Buch in den Händen hielt, eine Art Poesiealbum. Sie robbte wieder zurück und besah sich ihr Fundstück unter der Lampe genauer. »Von Elise« stand in eleganten, schnörkeligen Lettern auf dem Bucheinband, auf dem die Partitur von Beethovens Klavierstück »Für Elise« abgedruckt war. Valeries Herz klopfte. »Von Elise«. Das war bestimmt das Tagebuch ihrer Urgroßtante Elise. Sie war Pianistin gewesen. Opa Johannes hatte oft von ihr erzählt und sie immer als besonders liebenswürdig geschildert. Sie hatte sich um ihn und seine Geschwister gekümmert, nachdem seine Eltern gestorben waren. Aber ein Tagebuch hatte er nie erwähnt.

Valerie schlug das Buch auf. Auf der Innenseite des Einbands war ein Zeitungsartikel aus dem Jahr 1914 eingeklebt mit einem Schwarz-Weiß-Foto, auf dem ein junges Paar vor einem Konzertflügel zu sehen war. Die Frau trug ein langes, helles Abendkleid und hatte ihre dunklen Haare hochgesteckt. Der Mann an ihrer Seite war etwa einen Kopf größer als sie, trug einen Frack und hielt eine Geige in der Hand. Sie sahen glücklich aus. »Der neue Konzertmeister des Bonner Orchesters, Karl Finkenberg, und seine Klavierpartnerin, Elise Lambrecht, begeisterten gestern das Publikum mit ihrer Interpretation der Beethoven-Sonaten«, las Valerie. Sie betrachtete das Foto. Das waren sie also: ihre Urgroßtante Elise mit ihrem Mann Karl. Was für ein schönes Paar! Nie zuvor hatte sie dieses Foto gesehen. Auf späteren Fotografien, die ihre Großeltern ihr von Tante Elise gezeigt hatten, war sie eine alte Dame gewesen, und von Karl, der im Ersten Weltkrieg gefallen war, hatte Valerie noch niemals ein Foto gesehen. Plötzlich fiel ein Papier aus dem Buch heraus. Sie bückte sich und hob einen Umschlag auf, auf dem in einer zierlichen Schrift etwas stand. Sie besah sich den Schriftzug genauer. »An den Finder dieses Tagebuchs« stand auf dem versiegelten Umschlag. Valerie zögerte. Warum um alles in der Welt waren dieses Buch und dieser Brief im Sofa platziert worden? Aber der Finder, beziehungsweise die Finderin, war sie. Kurz entschlossen brach sie das Wachssiegel und öffnete den Umschlag.

Bonn, im Oktober 1962

Liebe Finderin, lieber Finder dieses Tagebuchs, vielleicht interessiert Dich die Geschichte meines Lebens und meiner großen Liebe? Ich habe diesem Buch Erlebnisse anvertraut, die ich bislang vor allen geheim gehalten habe.

Sofern Du eine Nachfahrin oder ein Nachfahre von mir bist, kennst Du sicherlich die Eckdaten meines Lebens. Ich wurde 1892 als drittes Kind von Anna und Heinrich Lambrecht in Wien geboren. Von meinen drei Geschwistern, Max, Maria und Lotte, war Maria meine Lieblingsschwester, wir waren unzertrennlich.

Als ich zehn Jahre alt war, siedelten wir nach Bonn über, wo mein Vater eine Professur für Chemie an der Universität antrat. Ich besuchte zunächst die Mädchenoberschule in Bad Godesberg und danach das Konservatorium in Köln.

Ich liebe klassische Musik und Beethovens Kompositionen ganz besonders. Er schrieb vor langer Zeit »Für Elise«, ein Stück, das Du hoffentlich kennst, denn es ist wunderschön. Ich habe mir immer vorgestellt, dass er es für mich komponiert hat. Es klingt nach Liebe, Zärtlichkeit und Sehnsucht. Aber es ist in Moll geschrieben, so wie auch mein Leben, das ich Dir gleich erzählen werde.

Mein Tagebuch beginnt im Januar 1914 mit einem Liederabend im Hause meiner Freundin Sophia, die ich am Klavier begleitete. An diesem Tag begegnete ich Karl, dem Mann meines Lebens, das erste Mal.

Denk an uns beide, wenn Du weiterliest, und sei herzlich gegrüßt von Deiner Elise.

Valerie ließ den Brief sinken. Es war ein Gruß aus dem Jenseits, der genau in dem Augenblick kam, in dem sie mutterseelenallein war und dringend jemanden brauchte, der mit ihr sprach. Aber Elise war im Begriff, ihr eine Liebesgeschichte zu erzählen. So etwas konnte sie momentan wirklich nicht ertragen. Die Erniedrigung, die sie durch Adrian erfahren hatte, schmerzte noch immer wie eine offene Wunde. Was sollte sie mit dem Tagebuch machen? Erst einmal beiseitelegen? Unschlüssig zwirbelte sie eine Locke um ihren Finger. Nein! Es würde vielleicht seine Richtigkeit haben, dass sie es gerade jetzt gefunden hatte. Außerdem war Elise auch Musikerin gewesen, so wie sie, und Elise hatte den Großteil ihres Lebens ohne Mann verbringen müssen … so wie sie wohl künftig auch. Seltsam, dachte Valerie, warum habe ich mich nicht schon viel früher für Elise interessiert, wo sie doch sozusagen denselben Beruf hatte wie ich? Vielleicht hatte sie ein paar gute Ratschläge parat? Auch wenn sie natürlich keine Ahnung von den Problemen der heutigen Zeit haben konnte, von befristeten Stellen, unerträglich liberalen Beziehungen und Großstädten, in denen man völlig vereinsamt …

Valerie starrte auf den ersten Eintrag. Er war im Januar 1914 geschrieben worden. Vor genau hundert Jahren! Sie vergaß die unausgepackten Umzugskartons um sich herum. Stattdessen tauchte sie ein in das Leben von Elise.

Von Elise

Sonntag, 25. Januar 1914

Maria hat mir dieses hübsche Tagebuch vor einem Monat zu Weihnachten geschenkt und gesagt, dass ich darin einmal meine Liebesgeschichte aufschreiben solle. Damals hatte ich sie kopfschüttelnd angesehen, denn eine Liebesgeschichte war für mich weit und breit nicht in Sicht. Doch heute, nur vier Wochen später, will ich beginnen, die leeren Seiten dieses Buches zu füllen, auch wenn ich nicht weiß, ob es eine Liebesgeschichte werden wird.

Vor exakt drei Stunden habe ich die Bekanntschaft eines jungen Herrn gemacht und seitdem stehe ich völlig neben mir. Mein Herz klopft, wenn ich an seine blaugrauen Augen denke, und mein Bauch kribbelt, wenn ich mir seine weiche Baritonstimme in Erinnerung rufe. Ob es der Prinz ist, der für mich vorgesehen ist? Auf den ich warte, seit ich in meinen Kindertagen ein Märchen nach dem anderen verschlungen habe?

Doch ich will von vorn beginnen. Heute Abend trat ich mit meiner Freundin Sophia Weißenstein anlässlich eines Hauskonzerts in der Villa ihrer Eltern auf. Sophia hat Gesang studiert und wird in Kürze an der Kölner Oper debütieren. Das Privatkonzert vor Verwandten und Bekannten ihrer Eltern war als Vorbereitung für ihren ersten öffentlichen Auftritt gedacht.

Sophia hat eine wirklich außerordentliche Stimme und schon während der ersten Takte zog sie die Gäste allesamt in ihren Bann.

Nach der letzten Arie brach tosender Applaus los. Sophia gab dem Dienstmädchen ein Zeichen und sogleich leuchteten alle Kronleuchter im Salon der Familie Weißenstein auf. Ich saß geblendet von dem plötzlichen Licht hinter dem Flügel und wartete darauf, dass mir Sophia die Hand reichte und ich mich neben ihr verbeugen konnte. Aber sie schien mich vergessen zu haben. Sie strahlte das Publikum an, legte die rechte Hand ans Herz und verbeugte sich viele Male, wobei ihr die blonden Locken ins Gesicht fielen. Meiner Freundin steht eine glänzende Karriere als Sopranistin bevor, und für mich war es eine Ehre, sie am Klavier begleiten zu dürfen. Auf einmal erinnerte sie sich an mich, drehte sich um und winkte mich heran. Schüchtern stellte ich mich neben sie und verbeugte mich, dann trat ich ein paar Schritte zurück und überließ ihr wieder die Bühne.

Mittlerweile hatten sich die Gäste von den Plätzen erhoben. Sophia mischte sich unter sie, um ihnen die Hand zu reichen, ihre Wangen für Küsschen hinzuhalten und die Glückwünsche entgegenzunehmen. Ich beobachtete sie vom Rand des Salons aus und lächelte. Sie wird eine perfekte Diva abgeben, wenn sie in einem Monat, nach ihrem Debüt als Pamina in Mozarts Zauberflöte, die Kölner Opernbühne erobert haben wird.

Plötzlich stand mein Vater neben mir. »Elise«, er nahm mich in den Arm, »du hast wunderschön gespielt.«

»Ach, Papa«, sagte ich lachend, »ich habe Sophia doch nur begleitet.«

»Aber trotzdem warst du mindestens genauso gut wie sie«, widersprach er beinahe trotzig.

Ich drückte seinen Arm. Der gute alte Papa. Es betrübte ihn, dass mir nicht dieselbe Aufmerksamkeit zuteilwurde wie Sophia. Aber mir war es ganz recht, denn wenn ich sah, welche Männertrauben an ihr hingen, war ich froh, dass ich nur die Klavierbegleitung war und nicht die große Künstlerin. Sophia kann Schmeicheleien dieser Art nonchalant entgegennehmen und die Herren in ihre Schranken weisen, ich könnte das niemals.

Nun gesellten sich auch meine Mutter und Fräulein Kettel, meine alte Klavierlehrerin, zu uns. Fräulein Kettel hatte wie immer ihre grauen Haare zu einem strengen Dutt zurückgekämmt und hielt sich ihr Lorgnon vor die Augen. »Ihr habt perfekt harmoniert. Und die beiden Patzer von Sophia hast du souverän kaschiert. Außer mir hat sie sicherlich niemand bemerkt.«

Es ist das höchste Lob, das ich jemals von meiner alten Klavierlehrerin erhalten habe. Normalerweise findet sie immer etwas, woran sie herumnörgeln kann. »Vielen Dank, Fräulein Kettel, Ihnen kann man wirklich nichts vormachen, Sie hören einfach alles!«, sagte ich und sie schmunzelte.

Mama gab mir einen Kuss. »Es war herrlich, Kind, aber du hättest dich nicht so zu verstecken brauchen.«

Ich wollte gerade erneut erklären, dass nun einmal Sophia der leuchtende Stern am Musikhimmel ist, doch in diesem Augenblick kam ein junger Herr auf uns zu. Er war recht schlank, fast einen Kopf größer als ich und hatte dunkelbraune Haare. Ich hatte ihn noch nie gesehen. Wir bewegen uns immer in denselben Kreisen, ein neues Gesicht wäre mir sofort aufgefallen.

»Meinen herzlichsten Glückwunsch, Fräulein Lambrecht.« Er deutete eine Verbeugung an. »Sie sind eine hervorragende Pianistin.« Seine Stimme war tief und weich. Als ich zu ihm aufsah, blickte ich in blaugraue Augen, die leicht melancholisch wirkten.

»Vielen Dank.« Zu meinem Entsetzen merkte ich, dass meine Stimme zitterte.

Doch glücklicherweise wandte er sich nun meinen Eltern zu. »Gestatten Sie, dass ich mich vorstelle. Mein Name ist Karl Finkenberg, ich bin seit Kurzem Konzertmeister des Bonner Orchesters.«

Mir stockte der Atem. Wenn ich gewusst hätte, dass ein hochkarätiger Musiker unter den Zuhörern sein würde, wäre ich um einiges nervöser gewesen vor dem Auftritt.

Anders als ich erstarrten meine Eltern nicht vor Ehrfurcht. Strahlend reichte Mama ihm die Hand. »Lambrecht. Wir sind Elises Eltern. Und ich bin sehr froh, dass sich Ihre kompetente Meinung mit unserer laienhaften Ansicht deckt, denn mein Mann und ich haben Elise gerade gesagt, dass sie sich nicht hätte zu verstecken brauchen.«

Ich zupfte Mama am Ärmel. Was sagte sie denn da? Und das noch gegenüber einem Fremden.

Herr Finkenberg sah mich an. »Sie brauchen sich mit Ihrem Talent wirklich nicht zu verstecken. Sie können nicht nur hervorragend Klavier spielen, sondern Sie verstehen zu begleiten, das können viele brillante Pianisten nicht.« Ich spürte, wie ich rot wurde. Er lächelte. »Sogar die Fehler der Sopranistin haben Sie ausgebügelt.«

Fräulein Kettel nickte eifrig. Bestimmt war sie froh, endlich einmal keinen Banausen vor sich zu haben.

Er räusperte sich. »Darf ich Sie fragen, Fräulein Lambrecht, ob Sie auch mit mir musizieren würden? Denn in Kürze brauche ich eine Klavierbegleitung für ein Kammerkonzert, und da ich neu bin in dieser Stadt, kenne ich keine Pianisten.«

Das war fast zu viel für mich. Ich druckste herum und brachte keine Silbe heraus.

Mama kam mir zu Hilfe. »Elise wird das sehr gern tun. Musik ist ihre große Leidenschaft.«

»Mama, natürlich, aber ob ich einen Konzertmeister begleiten kann?«

»Natürlich können Sie das«, sagte er. »Mögen Sie Beethoven?«

Ich nickte, unfähig, irgendetwas Intelligentes von mir zu geben. Seine Stimme und sein Blick schienen aus unerklärlichen Gründen mein Sprachzentrum zu blockieren.

»Oh, Elise liebt Beethoven!«, rief Mama. »Als sie acht Jahre alt war, kam sie eines Nachmittags stolz vom Klavierunterricht und teilte mit, dass Beethoven eigens für sie ein Stück geschrieben habe: ›Für Elise‹!« Alle lachten und ich spürte, wie ich bis zum Haaransatz errötete. Musste sie diese alberne Anekdote unbedingt vor Herrn Finkenberg zum Besten geben?

»Ich bin sicher, Beethoven hätte Ihnen eines seiner Stücke gewidmet, wenn er Sie gekannt hätte.« Seine Augen waren ernst. Er schien sich nicht über mich lustig zu machen.

Bevor ich etwas erwidern konnte, klingelte ein Glöckchen und Sophias Vater, der Gastgeber, rief: »Kommen Sie alle nach nebenan! Das Buffet ist eröffnet.«

Herr Finkenberg wandte sich wieder an mich: »Dann darf ich Ihnen morgen Vormittag die Noten vorbeibringen, damit Sie sie sich schon einmal ansehen können?«

»Ja, gern«, sagte ich leise. Es war ausgemacht. Ich fühlte mich einer Ohnmacht nahe, ich war glücklich und ängstlich zugleich. Papa schrieb ihm unsere Adresse auf und wirkte mit einem Mal höchst zufrieden.

Fräulein Kettel platzte beinahe vor Stolz. »Ich helfe dir bei der Vorbereitung«, raunte sie mir verschwörerisch zu. Doch ich weiß nicht, ob ich das eigentlich will.

Den Rest des Abends verbrachten wir am Buffet. Ich hatte keinen Hunger, sondern nippte nur an einem Glas Wein. Dabei beobachtete ich verstohlen Herrn Finkenberg, den Sophias Mutter einem Gast nach dem anderen als neuen Konzertmeister des hiesigen Orchesters vorstellte. Ab und zu, wenn er gerade keine Hände schütteln musste, sah er zu mir herüber und lächelte. Ich versuchte zwar jedes Mal, schnell den Blick zu senken, aber manchmal schaffte ich es nicht rechtzeitig und dann lächelte ich zurück, wohl wissend, dass mein Gesicht in diesen Augenblicken die Farbe des Rosés annehmen musste, den ich im Glas hatte.

Montag, 26. Januar 1914

Die ganze Nacht konnte ich vor Aufregung kaum schlafen und war schon um sechs Uhr am Frühstückstisch, der um diese Zeit normalerweise Papa allein gehört. Erstaunt blickte er auf. »Du bist schon wach? Dabei ist es doch gestern ein langer Abend gewesen.«

»Ich kann nie schlafen, wenn ich ein Konzert hinter mir habe.« Ich setzte mich und griff nach der Kaffeekanne, die Hermine, unser Dienstmädchen, gerade hereingebracht hatte. »Aber du kannst ruhig weiter die Zeitung lesen, Papa.«

Ich weiß ja, dass ihm die Stunde, die er morgens allein mit seiner Zeitung verbringt, heilig ist.

Mir war auch gar nicht nach Reden zumute. Ich war, ehrlich gesagt, nicht aufgedreht wegen des gestrigen Konzerts, sondern nervös angesichts der Tatsache, dass der Konzertmeister des Bonner Orchesters heute kommen würde. Hoffentlich verlangte er nicht von mir, dass ich die Noten, die er mitbringen würde, vom Blatt spielte. Ich zupfte an meinen Fingernägeln herum. Da ich keinen großen Hunger verspürte, verabschiedete ich mich bald von Papa und lief in den Garten. Am liebsten hätte ich mich gleich ans Klavier gesetzt und meine Finger warm gespielt, aber dazu war es zu früh. Die halbe Familie lag noch in den Federn. Nur Lotte war bereits auf, weil sie in die Schule musste, und gesellte sich zu mir. »Na, freust du dich auf deinen Verehrer?« Obwohl sie am Vorabend nicht beim Konzert dabei gewesen war, hatte sie offensichtlich schon gehört, dass mich ein Mann um meine Klavierbegleitung gebeten hatte.

Aber ich wollte das nicht hören. »Sei still! Herr Finkenberg ist nicht mein Verehrer. Er braucht eine Klavierbegleitung.«

»Du bist fünf Jahre älter als ich und doch naiv wie ein Kalb!«, stichelte Lotte. »Ich bin schon so gespannt auf ihn. Ist er auch so gut aussehend wie Marias Verlobter?«

»Jetzt halt endlich den Mund!«, fauchte ich sie an. Immer muss sie Mutmaßungen anstellen, wer wen heiraten wird. Das sind Überlegungen, die mir selbst fernliegen. Ich hoffte, Lotte würde in der Schule sein, bevor Herr Finkenberg mir die Noten vorbeibrachte.

Ich ging zurück ins Haus. Auf dem Wohnzimmertisch lag der Entwurf von Marias Hochzeitsanzeige. Sie wird im Juni den vielversprechenden Staatsanwalt Johann Mollwitz heiraten. Wie Lotte erwähnt hat, sieht er ziemlich gut aus, und er ist sich dessen durchaus bewusst. Mit seiner jovialen Art ist er stets der Mittelpunkt einer jeden Gesellschaft. Maria hingegen ist eher ruhig. Ich hoffe, dass sie glücklich werden wird mit ihm. Mir selbst wird sie fehlen, wir sind immer unzertrennlich gewesen und Lotte und Max werden mir kein Ersatz sein für sie.

Um acht Uhr saß ich am Klavier und übte Tonleitern. Rauf und runter, runter und rauf. Verschiedene Rhythmen, verschiedene Tempi. Das strikte Übungspensum, das ich seit Jahren täglich ausführte, beruhigte mich. Um neun Uhr waren meine Finger geschmeidig. Und ich begann, Beethoven zu spielen. Die Mondscheinsonate und »Für Elise«, mein Stück, das so einfach, aber doch so schön ist. Da es meinen Namen trägt, liebe ich es besonders und spiele es fast jeden Tag. Als ich geendet hatte, klopfte jemand an die Tür.

Maria steckte den Kopf herein. »Elise, du hast Besuch. Herr Finkenberg vom Bonner Orchester.« Sie öffnete die Tür ganz und da war er. Bei Tageslicht sah er noch größer aus, als ich ihn vom Vorabend in Erinnerung hatte. Ich stand auf und ging ihm entgegen. Meine Knie waren butterweich und mein Herz hämmerte.

»Guten Morgen, Fräulein Lambrecht«, er reichte mir die Hand. »Sie haben wunderschön gespielt. Beethoven wäre begeistert, wenn er Sie hätte hören können! Sie müssen verzeihen, ich habe schon draußen vor der Tür gehorcht und Ihre Schwester gebeten, Sie das Stück zu Ende spielen zu lassen.«

»Oh.« Ich fasste mir an den Hals und zupfte an meinem Kragen. »Es ist natürlich ein einfaches Stück, aber ich mag es sehr.« Es kam mir dämlich vor, was ich sagte, doch ich war froh, überhaupt einen korrekten Satz zustande gebracht zu haben.

»Nun, es trägt auch Ihren Namen.« Er lächelte und ich wusste, dass er sich an die Anekdote erinnerte, die Mama am Vorabend erzählt hatte.

»Möchten Sie sich nicht setzen, Herr Finkenberg?«, fragte Maria. »Ich bringe Ihnen gern eine Tasse Kaffee.« Er wollte abwehren, aber sie war schon aus dem Zimmer. Warum ließ sie mich allein mit ihm? Sie hätte doch Hermine wegen des Kaffees einfach nur zu rufen brauchen.

Er nahm Platz in einem Sessel und ich setzte mich ihm gegenüber aufs Sofa. Ich zerbrach mir den Kopf, weil mir kein Konversationsthema einfallen wollte. Er war glücklicherweise darin geübter als ich und fragte: »Fangen Sie immer so früh mit dem Üben an, selbst nach einem fulminanten Konzert wie dem gestrigen?«

»Ja, eigentlich schon.« Ich räusperte mich, denn meine Stimme war belegt. »Morgens übe ich am liebsten.«

»Ich auch«, sagte er. »Selbst wenn die Nachbarn nicht immer begeistert sind.«

»Das tut mir leid, haben Sie deswegen oft Probleme?« Mir wurde bewusst, dass ich in dem großen Haus meiner Eltern spielen kann, wann ich will, ich störe niemals jemanden.

»Nun ja, es geht. Ich kann in den Probenräumen des Orchesters üben, aber ich spiele mich trotzdem immer gern zu Hause ein, sehr zum Leidwesen meiner Nachbarn. Ich hatte ihnen daher schon Freikarten angeboten, sozusagen als Entschädigung, aber sie waren nicht interessiert.« Er zuckte mit den Achseln. »Da kann man nichts machen.«

»Das ist seltsam, über Freikarten würde sich doch jeder freuen!«, sagte ich. Gleich darauf schoss mir das Blut in die Wangen. Was hatte ich nur gesagt? Er musste ja denken, dass ich darauf aus war.

Er lächelte. »Dann darf ich Ihnen ab und zu Freikarten zukommen lassen?«

»Ja, gern. Aber ich wollte nicht den Eindruck erwecken …«

»Keine Sorge.« Er schien amüsiert. »Wir Orchestermusiker können für unsere Konzerte je zwei Freikarten reservieren lassen, die wir an Familienangehörige oder Freunde verschenken können. Und wenn Sie Karten haben möchten, gebe ich sie Ihnen gern, denn Sie würden sie zu schätzen wissen und ich habe in Bonn keine Bekannten.« Er zog zwei Karten aus der Jackentasche. »Hier habe ich zwei Karten für unser Konzert am nächsten Sonntag. Wir spielen Beethovens 5. Sinfonie und Tschaikowskys Klavierkonzert in b-Moll mit einem russischen Pianisten, den Sie einfach hören müssen. Er spielt fantastisch!«

Ich war überwältigt. »Vielen Dank«, stammelte ich.

»Leider ist das Konzert schon ausverkauft, aber wenn Sie weitere Karten brauchen, kann ich versuchen …« In diesem Augenblick kam Maria mit dem Kaffee herein.

»Oh nein«, wehrte ich ab. »Zwei Karten sind wunderbar. Dann könnte ich mit Maria kommen. Nicht wahr, Maria?«

Sie sah uns fragend an und ich erklärte, dass wir soeben Konzertkarten für den kommenden Sonntag bekommen hatten.

»Für kommenden Sonntag? Etwa für das Konzert mit dem russischen Klaviervirtuosen?«, fragte sie.

»Ja.« Ich wunderte mich, dass sie so gut über das Konzertprogramm informiert war.

»Oh, Herr Finkenberg, das ist aber nett von Ihnen!«, rief sie begeistert. Ich verstand nicht, weshalb gerade sie so aus dem Häuschen war. Sie schenkte ihm eine Tasse Kaffee ein und sagte: »Wissen Sie, ich habe letzte Woche stundenlang vergeblich angestanden, um noch Karten für dieses Konzert zu bekommen. Zumindest für Elise wollte ich eine Karte ergattern, weil sie am Sonntag Geburtstag hat, doch es war schon alles ausverkauft.«

»Sie haben am Sonntag Geburtstag?«, fragte mich Herr Finkenberg.

»Elise wird zweiundzwanzig«, informierte Maria unseren Gast und ich versank vor Scham fast im Boden. Wieso musste sie das ausplaudern?

Er schien meine Gemütslage zu erfassen und lächelte ob meiner Verlegenheit. »Dann hoffe ich, dass Ihnen das Konzert gefallen wird, Fräulein Elise.«

»Oh ja, bestimmt. Vielen Dank … das ist wirklich sehr … nett.« Mehr brachte ich nicht heraus und ich ärgerte mich über mich selbst.

Maria hatte inzwischen gemerkt, dass mir das Gespräch reichlich peinlich war, und wechselte das Thema. Sie erzählte unserem Besuch, dass sie bald heiraten werde und jetzt schon traurig sei, dass sie dann nicht mehr so viel mit mir zusammen unternehmen könne. »Wir waren immer unzertrennlich, wissen

Sie«, sagte sie zu ihm. »Manchmal wurden wir sogar für Zwillinge gehalten, obwohl ich zwei Jahre älter bin als Elise.«

Herr Finkenberg hörte aufmerksam zu. »Das kann ich gut verstehen, ich hatte auch einen Bruder, den ich über alles liebte.«

Ich schluckte. »Haben Sie Ihren Bruder verloren?«, fragte ich leise.

Er nickte. Jetzt wurde mir klar, warum sein Blick so melancholisch ist.

»Das tut mir leid.« Maria und ich flüsterten diesen Satz wie aus einem Mund, als ob wir wirklich Zwillinge wären.

Er sah uns eine nach der anderen an und lächelte traurig. »Danke. Es ist schon ein paar Jahre her. Diphterie.«

Außer dem Ticken der Wanduhr war nichts zu hören. Ich zermarterte mir das Gehirn auf der Suche nach angebrachten Worten, aber mir fiel partout nichts ein, Maria offensichtlich auch nicht.

Schließlich räusperte er sich und zog Noten aus seiner Aktentasche. »Aber eigentlich bin ich ja deswegen gekommen.« Er kam zu mir herüber aufs Sofa und schlug die Noten auf. Es waren die Frühlingssonate und die Kreutzer-Sonate von Beethoven. Wir beugten uns zusammen darüber und er begann etwas über die Tempi zu sagen, doch ich hörte kaum zu. Sein leichter Moschusgeruch stieg mir in die Nase. Mein Bauch kribbelte und meine Hände zitterten.

»Das ist aber kein Begleitpart. Die Klavierstimme ist ebenso prominent wie die Violinstimme«, stellte ich fest, als ich mich wieder etwas gefangen hatte.

Herr Finkenberg nickte. »Ja, es sind zwei gleichberechtigte Stimmen.«

»A… aber ich dachte … ich meine, denken Sie, dass ich das kann?«, wandte ich ein. »Ich habe bislang gute Musiker immer nur begleitet.«

»Dann wird es Zeit für den nächsten Schritt.« Er sah mich an. »Fräulein Elise, mir gefällt Ihr Stil. Sie spielen so weich und natürlich. Und Sie können sich ganz auf Ihre Mitmusiker einstellen. Das habe ich gestern Abend beim Hauskonzert der Weißensteins gehört. Daher sind Sie prädestiniert für den Klavierpart in den Beethoven-Sonaten.«

Ich knabberte an meiner Unterlippe. »Ich weiß nicht …«

Er runzelte die Stirn. »Wollen Sie einem Konzertmeister seinen musikalischen Sachverstand absprechen?«

»Nein, nein«, beeilte ich mich zu sagen. Nichts läge mir ferner. Ich tappte heute wirklich von einem Fettnäpfchen ins nächste. Ich rieb mir die Schläfen.

Er schmunzelte plötzlich. »Also dann sträuben Sie sich bitte nicht weiter. Wann, denken Sie, haben Sie den ersten Satz der Frühlingssonate so weit vorbereitet, dass wir proben können?«

Ich blätterte die Seiten durch. *Da wird ein hartes Stück Arbeit auf mich zukommen. Vor allem die Kreutzer-Sonate hat es in sich.* »Eine Woche?«

»Sehr gut! Soll ich für Montag früh in einer Woche einen Probenraum reservieren? In den Probenräumen in der Nähe der Beethovenhalle stehen auch Klaviere.«

»Wir können auch hier üben«, sagte ich, denn auf meinem gewohnten Klavier würde ich mich sicherer fühlen.

»Nein«, warf Maria auf einmal ein. »Die Probenräume des Orchesters sind besser. Nächste Woche kommen Tante Helga und Onkel Hubert aus Wien, da wird allerlei Trubel im Haus herrschen und ihr müsst doch konzentriert arbeiten.«

Verwirrt sah ich sie an. »Gut. Dann proben wir dort.«

Herr Finkenberg verabschiedete sich, nachdem er mir beschrieben hatte, wo die Probenräume des Orchesters lagen.

Als er aus der Tür war, wisperte Maria: »Bist du verrückt, hier üben zu wollen? Die ganze Familie würde mit den Ohren an der Tür hängen und dich permanent verunsichern.« Sie hatte recht.

»Aber meinst du, es ziemt sich, wenn ich allein mit ihm probe?«

Sie verdrehte die Augen. »Natürlich. Er ist ein Gentleman und du solltest deine Scheu ablegen.« Sie drückte mich. »Und jetzt ab ans Klavier, Schwesterchen! Die Zeit läuft.«

Sonntag, 1. Februar 1914

Heute ist mein Geburtstag, und obwohl es schon fast Mitternacht ist, will ich schnell noch ein paar Zeilen schreiben. Denn heute habe ich Herrn Finkenberg wieder getroffen – beim Konzert des Bonner Orchesters, für das er Maria und mir letzte Woche Freikarten geschenkt hat. Als ich Mama und Papa vor ein paar Tagen zaghaft gefragt habe, ob Maria und ich ins Konzert gehen dürften, hatten sie nichts dagegen. Lotte hat sich selbstredend das Maul zerrissen und wäre am liebsten mitgekommen, um Herrn Finkenberg zu begutachten, aber dieses Los blieb mir zum Glück erspart.

Ich war ganz aufgeregt, als ich mit meinen Eltern und Maria heute Abend in einer Droschke zur Beethovenhalle fuhr. Maria und ich hatten unsere besten Kleider angezogen und uns die Haare hochgesteckt. Papa wollte Mama während des Konzerts in ein Restaurant in der Innenstadt ausführen und uns später wieder nach Hause begleiten.

Das Orchester spielte wundervoll, ebenso der russische Pianist, der bei der Kadenz seine Finger so flink über die Tasten hetzte, dass ich aus dem Staunen nicht mehr herauskam. Herr Finkenberg sah Maria und mich von seinem Platz aus und winkte uns kurz zu. Ich wurde recht verlegen, vor allem, weil mich Maria interessiert von der Seite aus musterte. »Was ist?«, fragte ich.

»Oh, nichts, gar nichts«, lachte sie, aber ich wusste, dass sie sich ihren Teil dachte.

In der Pause verschwand Maria, um sich die Nase zu pudern. Ich wartete im Foyer auf sie und beobachtete die anderen Konzertbesucher. Die Damen trugen teilweise sehr ausgefallene Abendkleider, und ich fragte mich, ob sie wegen der Musik oder wegen ihrer prachtvollen Roben ins Konzert gingen.

Ich war so in meine Beobachtungen versunken, dass ich ihn gar nicht kommen sah. Plötzlich stand er neben mir: Karl Finkenberg. Mein Herz schlug wild.

»Herzlichen Glückwunsch zum Geburtstag, Fräulein Elise.« Er reichte mir die Hand, und die Wärme, die von ihr ausging, flutete in mich hinein.

»Danke.« Meine Stimme zitterte schon wieder. Er musste mich für völlig idiotisch halten.

Doch er gab vor, mir meine Verlegenheit nicht anzumerken. »Wie finden Sie den russischen Pianisten?«

»Großartig!« Ich räusperte mich und wagte zwei ganze Sätze. »Auch das Orchester spielt wunderbar. Herzlichen Dank für die Karten!«

Er lächelte. »Es freut mich, wenn es Ihnen gefällt. Möchten Sie ein Autogramm des Solisten?«

Ich nickte. »Gern, wenn das geht.«

»Das dachte ich mir.« Er gab mir ein Programmheft. Darauf war ein verschnörkelter Schriftzug erkennbar: »Für Elise« und darunter das unleserliche Autogramm des russischen Solisten.

»Oh.« Ich starrte auf das Programmheft und wusste mal wieder nicht, was ich sagen sollte. »Sie haben schon …«

Der Gong rettete mich, denn Herr Finkenberg musste zurück hinter die Bühne. »Genießen Sie noch Ihren Geburtstag! Wir sehen uns doch morgen Vormittag zu unserer ersten Probe?«, fragte er zum Abschied. Ich nickte. Ja, es dauert keine zwölf Stunden mehr und ich werde ihn erneut treffen!

Ich hielt nach Maria Ausschau und sah sie am anderen Ende des Foyers. »Wo warst du so lange?«

Sie lächelte verschmitzt. »Ich habe euch aus der Ferne gesehen und dachte, ich lasse euch heute mal allein.«

Ich knuffte sie in die Seite. »Jetzt hör aber auf!«

»Was hat er gesagt?«, wollte sie wissen.

»Sage ich dir nicht! Du hättest dich ja zu uns gesellen können.«

»Komm, sag schon!«, drängte sie.

Ich atmete entnervt aus. »Er hat mir zum Geburtstag gratuliert, was du ihm neulich so eindrucksvoll nahegelegt hattest, und er hat mir ein Autogramm des russischen Pianisten besorgt. Hier!« Ich hielt ihr das Programmheft unter die Nase.

Maria lachte. »Und ich ahne schon, du hättest lieber ein Autogramm des Konzertmeisters gehabt!«

»Unsinn!«, entfuhr es mir, aber in Wirklichkeit hatte sie recht.

Sie nahm meinen Arm. »Entschuldige, Schwesterchen, ich will dich nicht ärgern. Aber ich hab dich so gern und finde, er passt zu dir. Du solltest nicht so schüchtern sein.«

Montag, 2. Februar 1914

Heute früh stand ich mit klappernden Zähnen vor dem Nebengebäude der Beethovenhalle, in dem sich die Probenräume des Orchesters befinden. Ich dachte in dem Moment an meine gestrenge Klavierlehrerin, Fräulein Kettel. Nach dem Hauskonzert bei den Weißensteins hat sie sich angeboten, mir bei der Vorbereitung der Beethoven-Sonaten zu helfen. Sie ist unter der Woche sogar einmal bei uns zu Hause vorbeigekommen, um nachzufragen, wann ich mit ihr die Stücke durchgehen wolle. Aber ich war nicht da und habe mich in den Tagen danach auch nicht bei ihr gemeldet. Ich will es allein schaffen. Ich besitze einen Abschluss des Kölner Konservatoriums und habe keine Lust mehr, mich von ihr bis in alle Ewigkeit musikalisch bevormunden zu lassen. – Aber vielleicht tue ich ihr auch unrecht.

Als ich als Zehnjährige mit meiner Familie aus Wien nach Bonn gekommen bin, hat sie mich sofort unter ihre Fittiche genommen. Maria und Lotte haben auch bei ihr Unterricht gehabt. Lotte war jedoch viel zu fahrig und ungeduldig und geriet mit Fräulein Kettel unentwegt aneinander, bis sich Letztere weigerte, ihr weiterhin Unterricht zu geben. Maria bat mit sechzehn Jahren, ihre Klavierausbildung beenden zu dürfen, da sie sich selbst als nicht genügend geeignet ansah, und Fräulein Kettel hatte nichts dagegen. Mir gegenüber ist sie jedoch erbarmungslos gewesen. Sie ließ mich stundenlang Fingerübungen ausführen, schimpfte mich aus, wenn ich die Tempi nicht einhielt, und forderte immer mehr und mehr. Bei meinen Eltern setzte sie durch, dass ich das Konservatorium in Köln besuchen durfte. Mir kam das sehr gelegen, denn ich wollte eine gute Pianistin werden. Als ich am Konservatorium bei anderen Lehrern studierte, verfolgte Fräulein Kettel weiterhin meinen Werdegang, gab mir Ratschläge, kam zu all meinen Konzerten und Vorspielterminen und urteilte danach kritisch über meine Spielfertigkeit.

Nun bin ich zweiundzwanzig. Und heute sollte ich das erste Mal mit einem gestandenen Violinisten arbeiten, der mit mir Stücke spielen will, in denen ich eine gleichberechtigte Stimme habe. Und ich habe Fräulein Kettel nicht um Hilfe gebeten. Wie hoffte ich heute Morgen, dass ich das nicht bereuen würde!

Ich betrat das Gebäude. Herr Finkenberg stand schon in der Eingangshalle. Als er mich sah, lächelte er und kam mir entgegen. Ich spürte wieder ein seltsames Kribbeln in der Magengegend.

Er reichte mir die Hand. »Guten Morgen, Fräulein Elise, wie geht es Ihnen?«

Mein Herz klopfte so stark, dass ich glaubte, er würde es hören können. »Danke, gut«, brachte ich heraus. »Geht es Ihnen auch gut?«

»Oh ja, ich freue mich schon sehr auf unsere Probe. Sind Sie mit dem Part zurechtgekommen?«

Ich nickte. »Ich hoffe, Sie sind zufrieden. Bei den Tempi war ich mir manchmal nicht ganz im Klaren …«, begann ich.

Er lachte und berührte leicht meinen Unterarm. »Nun seien Sie nicht so nervös, Elise. Das sehen wir uns doch gleich gemeinsam an.« Seine Berührung brachte mich völlig aus dem Konzept. Und er hatte das »Fräulein« weggelassen.

Er öffnete die Tür zum Probenraum und nahm mir den Mantel ab. »Möchten Sie sich erst allein einspielen?«

Ich setzte mich ans Klavier. »Nein, ich habe heute schon zu Hause etwas geübt. Ich spiele nur schnell eine Tonleiter, während Sie die Violine auspacken.« Ich jagte meine Finger über die Tastatur, um in aller Kürze die Eigenschaften des Klaviers auszuloten. Dann begannen wir. Wie ich erwartet hatte, spielte er großartig. Sein Ton war lieblich und frei von allzu wuchtigem Vibrato, das den meisten Streichern zu eigen ist. In den Höhen strahlte seine Violine wie Morgentau, glasklar, aber nicht schrill, in den Tiefen hatte sie einen vollen, sonoren Klang, der mich gefangen nahm. Wir spielten den ersten Satz durch, ohne dass er unterbrach. Als wir geendet hatten, ließ er die Geige sinken und sagte: »Sie spielen diesen Part genauso, wie ich es mir vorgestellt hatte.«

Ich wurde rot. »Wirklich? Ich muss gestehen, dass ich mir selbst jetzt gar nicht so sehr zugehört habe, sondern nur Ihnen … und Sie spielen … wunderschön.« Noch mehr Farbe stieg in meine Wangen.

»Wollen wir uns nicht duzen?«, fragte er. »Es arbeitet sich dann leichter«, setzte er hinzu.

Ich räusperte mich. »Ja … gern.«

Er lächelte. »Gut, dann lass uns noch einmal von vorn beginnen.«

Wir probten zwei Stunden. Einleitung, erstes Thema, zweites Thema. Dann die Durchführung und die Reprise. Er unterbrach nicht oft, meist spielten wir viele Takte am Stück und am Ende besprachen wir nur Kleinigkeiten, Akkorde, die zum selben Zeitpunkt kommen mussten, Einsätze, Stellen mit *crescendo*, *decrescendo* oder *ritardando*. Im Prinzip folgte ich Karl blind, und am Ende sagte er, eigentlich müssten wir gar nichts absprechen, da ich spüre, was er wolle.

Es ist das erste Mal, dass mich ein guter Musiker als ebenbürtig ansieht. Und Fräulein Kettels Hilfe habe ich wirklich nicht gebraucht.

»Wann proben wir die anderen Sätze?«, fragte er, als es Mittag war und er zum Dienst ins Orchester musste. »Erst in einer Woche?«

Ich schüttelte den Kopf. So lange konnte ich nicht mehr warten. »Ich habe sie mir schon ein wenig angesehen.« Ich nahm allen Mut zusammen. »Morgen? Oder ist das zu früh?«

Karl sah mich einen Augenblick überrascht an und lachte. »Nein, Elise, zu früh ist das nicht. Ich kann es kaum erwarten.«

Montag, 2. März 1914

Vier Wochen sind vergangen. Karl und ich musizieren fast täglich mehrere Stunden zusammen. Nur an den Sonntagen müssen wir pausieren, und die werden mir mit den Anstandsbesuchen so lang und qualvoll wie noch nie. Während ich dann mit Mama und meinen Schwestern auf der Sofakante unserer Nachbarn sitze und artig an der Kaffeetasse nippe, die mir angeboten wird, denke ich nur an Karl. Ich habe Mühe, dem hohlen Geplänkel zu folgen, das Sonntag für Sonntag zwischen meiner Familie und unseren Bekannten ausgetauscht wird. Was für eine Zeitverschwendung!

Ich frage mich, was Karl gerade macht, und ertappe mich dabei, dass meine Gedanken nur um ihn kreisen. Die Sehnsucht nach seiner Stimme, seinem Blick und dem Klang seiner Geige ist wunderschön und zugleich unerträglich. Jeder Tag ohne ihn ist für mich ein verlorener Tag. Ich muss ihn einfach sehen! Glücklicherweise gibt er mir immer Freikarten für seine Orchesterkonzerte, die an den Wochenenden stattfinden, und da kann ich ihn zumindest aus der Ferne auf der Bühne sehen.

Wenn Karl und ich nicht proben, sitze ich zu Hause am Klavier und übe. Meine Familie fragt sich langsam, warum ich die ganze Zeit übe, aber ich kann glaubhaft versichern, dass Karl sehr anspruchsvoll ist und das Kammerkonzert in weniger als drei Monaten stattfinden wird.

Karl und ich spielen neben den Beethoven-Sonaten auch andere Stücke – meist vom Blatt. Er sagt, es trainiere das Zusammenspiel. Es sind virtuose Stückchen, aber auch elegische. Als er mir neulich das erste Mal solch ein Stück (die Zigeunerweisen von Sarasate) auf den Notenständer stellte, bekam ich es mit der Angst zu tun, denn ich wusste nicht, ob ich es vom Blatt spielen konnte. Aber es klappte, auch wenn ich einige Töne übersprang. Wir hatten eine Menge Spaß. Auf diese Weise erweitere ich mein Repertoire tagtäglich.

Heute Morgen sagte Karl plötzlich: »Ich fühle mich wohl mit dir. Selbst wenn ich mich verhaspele oder einen Tick später komme als sonst, merkst du das sofort und fängst mich auf.« Und ich war so glücklich wie noch nie in meinem ganzen Leben.

Dienstag, 17. März 1914

Maria kam vorhin zu mir ins Wohnzimmer, als ich gerade den Klavierdeckel geschlossen hatte. »Sag mal, Elise, was probt ihr eigentlich immer so lange?«

Ich sah sie fragend an.

»Mir machst du nichts vor. Du übst seit Wochen diese Beethoven-Sonaten und du kannst sie perfekt, keine Ahnung, was ihr jeden Tag noch übt.«

Ich wandte mich ab und sah aus dem Fenster, damit sie nicht merkte, wie mir die Farbe ins Gesicht stieg. »Nun ja, wir spielen auch andere Stücke. So zum Spaß zwischendurch.«

»Aha. Und weiter?«

Ich drehte mich empört um. »Nichts weiter. Er ist ein Gentleman, hast du doch selbst gesagt.«

Maria nickte. »Ich weiß, das habe ich gesagt, und dessen bin ich mir auch ganz sicher. Aber ich will wissen, wie du zu ihm stehst.«

Ich gab mich unschuldig.

»Elise, halte mich nicht für blöd. Ich höre dein Spiel jeden Tag. Es war immer schon schön. Aber in den letzten Wochen ist es um ein Vielfaches schöner geworden. Du spielst noch weicher, noch perliger als sonst. Bist du verliebt?«

Mir schoss das Blut in die Wangen.

»Also ja.« Maria schien zufrieden. »Das freut mich für dich.« Sie umarmte mich. »Dann versprich mir, dass du nicht scheu und ängstlich bist, wenn er dir näherkommen will. Verstanden? Ich will nicht, dass du die wohlerzogene Tochter spielst und deinen Gefühlen zuwiderhandelst.«

»Aber Mutter und Vater werden wollen, dass ich einen Arzt oder Juristen heirate, so wie du.«

»Unsinn! Heirate nur, wen du willst, und vor allem, wen du liebst.« Maria klang sehr entschieden. »Wenigstens du«, fügte sie dann leise hinzu.

Mir stockte der Atem. »Willst du damit sagen, dass du Johann Mollwitz nicht liebst?« Im Nu gefror mir das Blut zu Eiskristallen.

Sie hob den Kopf und lächelte. »Keine Sorge, Elise. Ich mag ihn und bin überzeugt, dass ich ihn mit der Zeit lieben werde.«

»Aber das reicht doch nicht!«, rief ich. »Was ist, wenn du ihn nach einiger Zeit immer noch nicht liebst?«

»Dann werde ich ihn zumindest gernhaben«, schloss Maria. »Mach dir keine Sorgen, ich mag ihn und möchte jetzt eine eigene Familie gründen. Ich kann nicht ewig Mama und Papa auf der Tasche liegen. Aber ich wünsche mir, dass du deine wahre Liebe bekommst.«

»Ich will aber, dass auch du glücklich wirst!« Ich klammerte mich an sie und ließ sie nicht gehen. »Bitte, Maria, sag die Hochzeit ab, wenn du Mollwitz nicht liebst. Du wirst einen anderen finden, den du liebst.« Mir stiegen Tränen in die Augen. »Ich kann mit Papa reden …«

»Nein!«, sagte Maria energisch. »Papa und ich hatten diese Diskussion bereits. Er hat dasselbe gesagt wie du, aber mein Entschluss zu heiraten steht fest: Ich will jetzt Kinder haben und nicht erst irgendwann oder vielleicht nie.« Sie drückte mir einen Kuss auf die Stirn. »Lass mich los, Schwesterchen, und mach dir keine Sorgen um mich.«

Aber natürlich mache ich mir Sorgen um sie! Jetzt sitze ich vor diesem Buch und lese mir unser Gespräch zum wohl hundertsten Mal durch. Dabei hoffe ich auf eine Eingebung, die mir sagt, was ich tun kann, um Maria vor diesem fatalen Schritt zu bewahren. Aber mir fällt partout nichts ein.

Mittwoch, 18. März 1914

Die ganze Nacht habe ich kein Auge zugemacht. Ich hatte Angst, dass Maria schnurstracks in ihr Elend rennt, und ich wusste nicht, wie ich sie davon abhalten konnte.

Heute Morgen war ich während der Probe mit meinen Gedanken völlig woanders. Obwohl ich die Beethoven-Sonaten fehlerfrei hinbekam, so klang mein Spiel doch ziemlich oberflächlich. Karl merkte es natürlich. Nach einer halben Stunde legte er seine Violine beiseite. »Elise, was ist los?«

»Nichts, ich habe heute Nacht schlecht geschlafen«, versuchte ich es, aber er schüttelte den Kopf und kam auf mich zu.

»Ich höre doch, dass dich irgendetwas bedrückt.«

Ich senkte den Blick. Er stand nun vor mir und schien auf eine Erklärung zu warten. Was sollte ich ihm sagen? Ich schwieg.

Da hob er sachte mein Kinn an, sodass ich gezwungen war, ihn anzusehen. »Mir kannst du nichts vormachen, Elise. Ich kenne dein Spiel mittlerweile in- und auswendig.« Er senkte die Stimme. »Also was ist los?«

Mir stiegen Tränen in die Augen, obwohl ich das nicht wollte.

»Ach je«, rief Karl. »Komm, rutsch mal ein Stück.« Und ehe ich mich versah, quetschte er sich neben mich auf den Klavierschemel und legte einen Arm um meine Schultern. Irgendetwas löste sich in mir, so wie eine gefrorene Eisschicht knackt und knistert, wenn die ersten Sonnenstrahlen sie zum Schmelzen bringen, und ich schluchzte auf. Er zog mich an sich und ließ mich weinen. Ich atmete seinen herben Duft ein, hörte sein Herz schlagen und spürte die Wärme seines Körpers. Nie habe ich mich so geborgen gefühlt wie in diesem Augenblick. Allmählich beruhigte ich mich wieder. Mir kamen Marias Worte in den Sinn: »Versprich mir, dass du nicht scheu und ängstlich bist, wenn er dir näherkommen will.« Jetzt sind Karl und ich uns nähergekommen und ich bin nicht zurückgewichen. Maria wäre stolz auf mich. Ich ließ den Kopf noch ein wenig an seiner Brust liegen, bis er ihn schließlich in beide Hände nahm. »Besser?«

Ich nickte und er strich mir mit den Daumen die Tränen von den Wangen. Ich ließ ihn. Ich wollte, dass er mich niemals wieder loslässt.

»Wir sollten ein bisschen an die frische Luft gehen«, sagte Karl und stand auf. »Komm!« Und er zog mich hoch.

»Aber ich sehe bestimmt fürchterlich verheult aus«, wandte ich ein.

Er sah mich an. Sein Blick war anders als sonst. Intensiv. Unendlich zärtlich. Ich war wie hypnotisiert und konnte mich nicht von seinen Augen lösen. Plötzlich lächelte er. »Du siehst genauso süß aus wie immer … nur ziemlich traurig.« Er griff nach meinem Mantel und half mir hinein. »Aber das werden wir jetzt ändern!«

Wir gingen die Uferpromenade rheinabwärts. Der Nebel hatte sich aufgelöst und die Frühlingssonne wärmte mein Gemüt. Karl drängte mich nicht mehr, ihm zu sagen, was ich auf dem Herzen hatte. Er ging still neben mir her. In unserem Schweigen lag nichts Unangenehmes, ich hatte nicht das Bedürfnis, es mit irgendwelchen Gemeinplätzen zu brechen, sondern genoss es einfach, an Karls Seite zu sein. Wir waren fast allein unterwegs, nur ein paar Hundebesitzer kamen uns mit ihren Vierbeinern entgegen. Hätte Karl mir die Augen verbunden, so hätte ich doch sagen können, dass wir nahe dem Rhein waren, denn der Fluss hat einen eigenen Geruch, der zusammen mit dem Duft der ersten Blüten wie ein Heilmittel gegen meine Traurigkeit wirkte. Eine Schiffshupe dröhnte und riss mich aus meinen Gedanken. Ich sah zu Karl auf und war überrascht, dass er mich offensichtlich schon eine Zeit lang beobachtete. »Nun, Elise, ich meine zu erkennen, dass es dir besser geht, habe ich recht?« Er zwinkerte.

»Ja, aber woran erkennst du das?«

Er lächelte. »Wir spielen seit sechs Wochen fast jeden Tag zusammen und haben dabei unsere innersten Gefühle preisgegeben. Da ist es nicht verwunderlich, wenn ich dir deine Gefühlsregungen ansehe, oder?«

Ich sagte nichts. Wir haben in der Tat einander beim Musizieren unsere innersten Gefühle preisgegeben. Gefühle, die niemand in mir vermuten würde, der nur meine ruhige Fassade kennt. Singende Legatobögen, zärtliche Melodien, energische Stakkati und leidenschaftliche Arpeggien: Die ganze Palette meines Temperaments habe ich ihm offen zu Füßen gelegt – und er mir. Mit einem Mal wurde ich rot. Dann musste Karl auch bemerkt haben, dass ich hoffnungslos in ihn verliebt war!

Als ob er meine Gedanken gelesen hätte, lachte er leise, nahm meinen Arm und schob ihn unter seinen. »Ist das ein Schock für dich?«, fragte er.

»Nein«, stammelte ich und krallte mich an ihm fest, weil ich plötzlich Halt brauchte.

»Setzen wir uns ein wenig auf die Bank dort? Oder ist dir zu kalt?«

Ich schüttelte den Kopf, mir war alles andere als kalt, in mir war ein Feuer entfacht. Wir setzten uns. Ich hatte gar nicht gemerkt, dass wir in der Zwischenzeit schon fast in Graurheindorf angelangt waren.

Karl räusperte sich. »Ich wollte dich eben nicht zum Weinen bringen, Elise, bitte verzeih mir, wenn ich aus dir herauspressen wollte, was dich bedrückt.« Er zögerte. »Aber ich mache mir wirklich Sorgen. Was ist passiert? Sag es mir bitte. Vielleicht kann ich dir helfen?«

»Es ist wegen Maria«, sagte ich. Auf einmal wollte ich Karl alles erzählen. Wenn er ohnehin meine Gefühle kannte und einen Großteil meiner Gedanken lesen konnte, so musste ich ihm vertrauen und ihm den Rest, den er nicht erraten konnte, sagen – oder ihn meiden. Und das könnte ich niemals.

»Ich glaube, Maria wird Johann Mollwitz heiraten, obwohl sie ihn nicht liebt.« Ich schluckte. »Und ich glaube, sie wird nicht glücklich werden mit ihm. Ich will nicht, dass sie ihr Leben wegwirft, ich habe sie so lieb.«

»Wird sie gezwungen, den Mann zu heiraten?«

Ich schüttelte den Kopf.

»Nein. Ich dachte bislang, es sei eine gewisse Erwartungshaltung meiner Eltern da, denn schließlich sind Maria und Mollwitz schon seit drei Jahren verlobt. Doch gestern habe ich erfahren, dass auch mein Vater ihr abgeraten hat, Mollwitz zu heiraten.« Ich schlug mir die Hände vors Gesicht. »Aber Maria sagt, dass sie ihn gernhat und mit der Zeit sicher lieben wird. Aber was ist, wenn das nie eintritt? Ich finde, dass Mollwitz ein Draufgänger ist, und das passt nicht zu Maria.« Meine Augen wurden schon wieder feucht.

Karl nahm meine Hand. »Sag ihr, dass sie ihn nur heiraten soll, wenn sie sich ganz sicher ist.«

»Das habe ich, aber es bringt nichts, sie ist entschlossen, ihn zu heiraten, weil sie jetzt Kinder haben will.« Ich wischte mir eine Träne von der Wange.

Er reichte mir sein Taschentuch. »Dann hast du alles getan, was du konntest. Deine Schwester muss mit Mollwitz ihr weiteres Leben bestreiten, nicht du. Und wenn sie der Ansicht ist, dass sie das kann und will, so musst du das akzeptieren, auch wenn es dir schwerfällt.«

Er schwieg einen Augenblick und ich ließ mir seine Worte durch den Kopf gehen. Er hatte recht. In allem. Ich seufzte leise und er tätschelte meine Hand.

»Es ist tatsächlich nicht allen Menschen vergönnt, eine große Liebe zu finden, und viele können sehr gut mit jemandem zusammenleben, in den sie vielleicht niemals verliebt waren. Wenn sich die Eheleute gegenseitig respektieren, dann funktioniert das offensichtlich. Das wird vielleicht auch bei Maria und ihrem Mollwitz so sein.« Er zögerte. »Schlimm wird es nur, wenn einer der beiden dann doch irgendwann seiner großen Liebe begegnet.«

Das stimmte. Ich malte mir aus, wie schrecklich es für mich wäre, wenn ich schon verheiratet gewesen und mir Karl danach erst begegnet wäre. Eine wahre Katastrophe! Dieser Gedanke war ein solcher Schock, dass ich plötzlich seine Hand umklammerte. Ich wusste, dass es ungehörig war, aber ich musste ihn festhalten.

Die Wellen des Rheins schwappten leise ans Ufer und von einem vorbeifahrenden Dampfschiff winkten Matrosen zu uns herüber. Einige Meter von uns entfernt zankte sich eine Spatzenfamilie um ein paar Brotkrumen.

Da hörte ich Karls Stimme nah an meinem Ohr. »Elise, mach du es anders als deine Schwester. Ich liebe dich. Und wenn du mich auch liebst, dann heirate mich.«

Ich sah auf und unsere Blicke trafen sich. Seine Augen hatten die Farbe des Rheins und ich glaubte, darin zu versinken. Und da sagte ich: »Ich liebe dich auch, Karl. Und ich will dich heiraten. Unbedingt!«

Auf einmal spürte ich seine Lippen auf meinen. Warm und weich. Langsam öffnete ich den Mund und erwiderte seinen Kuss. Die Zeit stand still. Ich weiß nicht, was um uns herum geschah, ob uns vorbeikommende Passanten vom Uferweg oder Schiffer vom Fluss aus beobachteten. Und wenn, wäre es mir egal gewesen. Ich spürte nur ihn, seine Hände, die meinen Rücken, mein Haar, meine Arme streichelten. Niemals wollte ich mich wieder aus seiner Umarmung lösen! Ich seufzte und er zog mich auf seine Knie. Eine warme Woge schwappte durch meinen Körper, mein Herz brannte und ich warf meine Arme um seinen Nacken.

»Elise«, flüsterte er und hielt mich fest an sich gedrückt, »ich liebe dich so sehr!«

Ich lehnte mich an seine Wange. »Ich liebe dich auch und ich will immer bei dir bleiben.«

Er strich mir eine Haarsträhne aus dem Gesicht. »Bist du jetzt nicht mehr traurig?«

»Nein, ich bin so glücklich wie noch nie!«

Er lächelte. »Ich auch!«

Wir verharrten noch eine Zeit lang so, bis eine Kirchturmglocke auf der gegenüberliegenden Rheinseite zwölf schlug. Karl richtete sich auf. »Musst du zum Mittagessen nach Hause, Liebes?«

Ich schüttelte den Kopf. »Nein, ich habe meiner Mutter gesagt, dass ich erst nach Hause komme, wenn wir fertig geprobt haben, und dass sie nicht auf mich warten soll. Wir essen immer nur abends gemeinsam, weil mittags gar nicht alle da sind.«

»Gut, aber dann sollten wir beide trotzdem jetzt etwas essen, denn auch wenn ich momentan von Luft und Liebe allein leben könnte, so ist das auf Dauer nicht gesund. Lass uns zurückgehen, in der Nähe der Beethovenhalle gibt es ein Café.«

Ich rutschte von seinen Knien hinunter. Er schlang aber seine Arme noch einmal um meine Taille. »Noch ein Kuss, Elise, ich weiß nicht, ob wir nachher noch die Gelegenheit dafür finden, und schon jetzt ist es mir ein Rätsel, wie ich den Nachmittag ohne dich überleben soll.«

Wir eilten wieder stadteinwärts und hielten uns an den Händen, bis die ersten Häuser Bonns zu sehen waren. Dann ließen wir uns los. Als wir das Café in der Nähe der Beethovenhalle betraten, wurde mir etwas mulmig zumute. Was, wenn uns jemand erkannte? Was sollte ich sagen? Nervös nippte ich an meinem Kaffee.

Karl erriet meine Gedanken und schmunzelte. »Keine Sorge, Elise, wenn uns jemand sieht, wird mir schon etwas einfallen.«

»Es ist mir direkt unheimlich, wie du immer weißt, was mir gerade durch den Kopf geht«, sagte ich und biss in mein belegtes Brötchen. Er lachte.

Aber genau zwei Minuten später trat das befürchtete Szenario ein. Ein blonder, kräftiger Mann betrat das Café mit einem Cellokasten. Mir war sofort klar, dass es ein Kollege von Karl sein musste. Karl saß mit dem Rücken zur Tür und sah ihn zunächst nicht, doch der Mann erkannte ihn und kam schnurstracks auf uns zu. »Grüß dich, Karl«, rief er und klopfte ihm auf die Schulter. Ich wünschte in diesem Augenblick, ich könne unsichtbar werden.

»Alexander!«, rief Karl und schien sich zu freuen. »Darf ich dir Elise vorstellen? Elise Lambrecht. Sie ist die Pianistin, mit der ich im Mai die Beethoven-Sonaten spielen werde.« Er wandte sich mir zu. »Elise, das ist Alexander Brandt, unser Solocellist.«

Alexander schüttelte mir die Hand. »Freut mich sehr, Fräulein Elise. Ich habe schon viel von Ihnen gehört.«

Erschrocken blickte ich zu Karl. Was hatte er über mich erzählt? Doch auch Karl sah ihn überrascht an.

Alexander lachte. »Keine Sorge, ihr zwei, ich meinte, ich habe schon viel von eurer Musik durch die Wand gehört, denn manchmal hatte ich einen Übungsraum neben euch. Und es klingt nach einem sehr vielversprechenden Konzert!«

Ich entspannte mich und Karl lächelte.

»Aber vielleicht darf ich euch einmal richtig zuhören? Nicht nur durch die Wand?«

»Das ist eine gute Idee«, sagte Karl, »man sollte vor jedem Konzert wohlwollenden Freunden vorspielen. Was meinst du, Elise?«

Ich nickte, obwohl mir etwas bange wurde, wenn ich nun auch noch dem Solocellisten vorspielen sollte.

»Setz dich doch zu uns«, forderte Karl seinen Kollegen auf und zog einen Stuhl heran.

»Ich will aber nicht stören.«

»Tust du nicht«, versicherte ihm Karl. Was sollte er auch sonst sagen? Aber in der Tat störte mich Alexanders Gegenwart nicht. Er war offen und freundlich, und obwohl er zweifellos ahnen musste, dass Karl und mich noch etwas mehr verband als das Musizieren, stellte er keine unangenehmen Fragen.

Als Alexander einen Kaffee bestellt hatte, fragte er mich stattdessen über meine musikalische Laufbahn aus, er wollte wissen, bei wem ich Klavierunterricht gehabt hatte und mit wem ich bislang musiziert hatte. Ich war überrascht, dass ich ohne meine üblichen Anfälle von Verlegenheit normal antworten konnte. Schließlich meinte er: »Ich hätte gute Lust, euch zu fragen, ob wir nicht ein Klaviertrio gründen sollten. Ich wollte schon immer mal das Mendelssohn-Klaviertrio spielen.«

Karls Augen leuchteten auf. »Das ist eine wunderbare Idee! Kennst du das Trio, Elise?«

»Ich habe es am Konservatorium einmal gehört«, erinnerte ich mich, »und es hat mir sehr gefallen.«

»Es ist wunderschön und der Klavierpart ist wie für dich gemacht«, meinte Karl. »Allerdings bedeutet es für dich die meiste Arbeit, die Klavierstimme ist um einiges schwieriger als die Streicherstimmen. Willst du dir das noch aufhalsen? Vielleicht sollten wir intensive Proben erst anstreben, wenn unser Beethoven-Konzert vorbei ist.«

»Ja, das wäre besser«, sagte ich, »aber ich würde den Klavierpart gern schon einmal haben, um ihn mir ansehen zu können.«

»Kein Problem!«, rief Alexander. »Ich habe die Noten zu Hause. Ich gebe sie Karl nach der Probe gleich mit.«

Karl sah auf die Uhr. Es war später als gedacht. Er winkte der Kellnerin und zahlte.

Wir gingen hinaus. »Ich gehe schon einmal vor«, sagte Alexander und reichte mir die Hand. »Es hat mich sehr gefreut, dich kennengelernt zu haben, Elise.« Mittlerweile duzten wir uns. »Bis bald!«

»Bis bald«, verabschiedete ich mich und dankte ihm im Stillen, dass er Karl und mir so taktvoll einen Augenblick für uns allein gewährte.

Karl sah mich an und in seinem Blick lag wieder diese unendliche Zärtlichkeit. »Wird es dir auch ganz bestimmt nicht zu viel mit dem Musizieren, Elise?«

Ich schüttelte den Kopf. »Das Musizieren wird mir bestimmt niemals zu viel.«

»Bist du heute am späten Nachmittag zu Hause?«

Ich nickte.

»Dann bringe ich dir die Mendelssohn-Noten vorbei.« Er griff nach meiner Hand. »Das ist ein perfekter Vorwand, dich heute noch einmal zu sehen.«

Ich lächelte. »Ich freue mich auf dich.«

Er zog meine Hand zu seinem Mund und küsste sie. »Nun muss ich gehen. Komm gut nach Hause. Bis später, meine Liebe!«

Den ganzen Nachmittag summte ich unsere Beethoven-Melodien vor mich hin. Was ich auch anfing, Hausarbeit, Handarbeit, Klavier spielen – ich war zu unkonzentriert, um etwas zustande zu bringen. Plötzlich fragte ich mich, wie ich Karl gleich vor meiner Familie begegnen sollte. Ich würde mich bestimmt durch ein verliebtes Lächeln oder sonst irgendetwas verraten und er sich wahrscheinlich auch.

Um fünf Uhr klingelte es und ich raste die Treppe nach unten. Doch Mama war schon an der Tür. »Oh, Herr Finkenberg, schön, Sie zu sehen! Wie geht es Ihnen?«

Mama und Karl tauschten die üblichen Höflichkeitsfloskeln aus und Mama bat ihn herein. »Sie wollen bestimmt zu Elise? Warten Sie, ich rufe sie gleich.«

Doch ich stand bereits am Fuß der Treppe – mit pochendem Herzen.

»Elise, da bist du ja schon!«, rief Mama erstaunt. Schüchtern trat ich vor und reichte Karl die Hand. Ich wusste wirklich nicht, wie ich mich verhalten sollte.

»Ich bringe dir die Mendelssohn-Noten«, sagte Karl. Seine Stimme klang auf einmal belegt. Das war nicht so gewesen, als er mit Mama gesprochen hatte.

»Ihr Lieben, geht doch ins Wohnzimmer, dort könnt ihr auch gleich etwas spielen. Ich bin nämlich ziemlich neugierig, wie es klingt, was ihr seit Wochen so intensiv übt. Und da Sie Ihre Geige dabeihaben …«

»Gern!« Karls Stimme war wieder normal. Mamas Vorschlag war die Rettung, denn eine normale Konversation mit Mama neben mir auf dem Sofa hätte ich jetzt nicht führen können. Karl packte die Geige aus und ich stellte die Noten aufs Pult. Dann schlug ich das a an, damit er stimmen konnte. Mama machte es sich auf dem Sofa bequem. Wir begannen mit unserem privaten Hauskonzert. Nach dem ersten Satz der Frühlingssonate bemerkte ich, wie die Tür aufging und sich Maria und Lotte leise neben Mama setzten. Während des letzten Satzes schlich dann auch Papa noch ins Wohnzimmer, der inzwischen nach Hause gekommen sein musste. Als wir die Sonate zu Ende gespielt hatten, klatschten alle begeistert.

»Jetzt wird mir klar, warum ihr so viel übt. Es klingt fantastisch!«, rief Mama.

Papa stand auf und schüttelte Karl die Hand. »Elise hat in den letzten Wochen wie eine Wahnsinnige geübt. Ich hatte mir schon Sorgen gemacht, dass Sie sie unter Druck setzen, aber nun verstehe ich, dass meine Tochter einfach so schön spielen wollte wie Sie, Herr Finkenberg.«

»Oh, aber Elise hat niemals schlechter gespielt als ich«, sagte Karl und mir wurde ganz warm von diesem Kompliment.

»Das mag sein, aber jetzt klingt ihr Spiel irgendwie anders … reifer, mit mehr Tiefe … ich weiß nicht, wie ich es sagen soll«, sagte Papa.

»Verliebter« ist das richtige Wort, Papa, dachte ich, sagte aber nichts. Mein Blick fiel auf Maria. Sie hatte erfasst, was geschehen war, ich sah es ihr an. Sie lächelte.

Nachdem Hermine Tee und Gebäck gebracht hatte, plauderten meine Eltern mit Karl über seine Arbeit und sein Musikstudium. Da er in Wien – unserer alten Heimat – studiert hatte, mangelte es nicht an Gesprächsstoff. Ich war froh, dass ich nichts sagen musste. Schließlich verabschiedete sich Karl, da er am Abend noch ein Konzert hatte.

Ich begleitete ihn hinaus bis ans Gartentor. Wie zufällig stießen unsere Hände kurz aneinander. Auf Karls Gesicht lag ein Lächeln. »Nun, meine kleine Elise, war unser Auftritt gelungen?«

Ich kicherte. »Ja, ich denke schon. Maria weiß übrigens Bescheid über uns.«

»Wirklich?«

»Ja, ich habe es ihr angesehen.«

»Und deine Eltern und Lotte?«

»Sie tappen im Dunkeln, ahnen vielleicht etwas, aber trauen es mir nicht zu, ihrer Ansicht nach bin ich zu schüchtern.«

Karl lachte. »Ja, das warst du … bis heute.« Er öffnete das Gartentor. Wir standen uns einen Augenblick gegenüber und keiner von uns wollte sich rühren. Er seufzte. »Den Abschiedskuss holen wir wohl lieber morgen Vormittag bei der Probe nach, wenn wir unter uns sind.« Er fasste nach meiner Hand und ein wohliges Kribbeln erfüllte mich. »Gute Nacht, mein Engel«, flüsterte er. »Schlaf gut.«

»Du auch«, wisperte ich. »Bis morgen.«

Er zwinkerte mir zu, schwang sich auf sein Fahrrad und fuhr los. Langsam schloss ich das Gartentor. Er drehte sich noch einmal um und winkte … und ich winkte auch.

Kapitel 3

Valerie legte das Tagebuch zur Seite und stand auf. Der Himmel über Paris war gar nicht dunkel, selbst mitten in der Nacht nicht. Sie öffnete das Fenster und sah nach unten auf die hell erleuchtete Rue Oberkampf, in der sich eine Kneipe an die nächste reihte. Selbst jetzt im Winter, zu dieser nächtlichen Stunde, tummelten sich viele Leute davor und rauchten, lachten und stritten. Ab und zu heulte der Motor eines Mopeds auf, aus einem der Cafés dröhnte ein Bassbeat. Valerie schloss das Fenster wieder und zog die Vorhänge zu. Sie lächelte. Während sie die letzten Stunden in Gedanken durch das ruhige, beschauliche Bonn des vergangenen Jahrhunderts geschlendert war, pulsierte Paris direkt unter ihren Füßen, und sie hatte es bis gerade eben gar nicht richtig wahrgenommen. Aber die Liebesgeschichte von Elise und Karl hatte sie völlig in ihren Bann gezogen. Jetzt, wo sie wusste, dass die beiden zueinandergefunden hatten, konnte sie beruhigt eine Lesepause einlegen. Seltsam, dass sie ausgerechnet in Paris, der *Cité de l'amour,* auf die Liebesgeschichte ihrer Urgroßtante gestoßen war.

Valerie schlüpfte unter die Bettdecke. Elise war so ein nettes Mädchen und sicherlich eine hervorragende Pianistin gewesen. *Schade, dass wir in unterschiedlichen Zeiten leben*, dachte sie, *wir hätten sonst miteinander musizieren können.* Und Karl, ihr

»Kollege«, war ihr auch sympathisch. Hoffentlich würden ihre künftigen Kollegen auch so nett sein. Sie knipste das Licht aus. Übermorgen würde sie sie kennenlernen.

Mit kalten feuchten Händen betrat Valerie am übernächsten Tag den Probensaal ihres neuen Orchesters. Einige Musiker spielten sich ein, andere standen in kleinen Grüppchen beieinander und unterhielten sich angeregt. Valerie nickte freundlich nach allen Seiten, doch niemand unterbrach seine Tätigkeit, um mit ihr ein Wort zu wechseln. Aber die neugierigen Blicke ihrer Kollegen spürte sie wie Nadelstiche. Natürlich waren alle gespannt auf die neue stellvertretende Konzertmeisterin. Valerie war eine solche Situation gewohnt. Sie hatte zahlreiche Stellen in Orchestern gehabt und oft war es am Anfang ein Spießrutenlaufen gewesen, auch wenn sie keine leitende Stelle innegehabt hatte. Sie entdeckte ganz vorn die erste Konzertmeisterin, Madame Prokova, eine füllige Mittsechzigerin, an die sie sich noch vom Probespiel erinnerte, und steuerte auf sie zu.

»*Bonjour*, Madame Mollwitz.« Madame Prokova reichte Valerie die Hand. »Haben Sie sich schon ein wenig in Paris eingelebt?«

»Nur ein bisschen, ich musste mich zunächst einmal um eine Wohnung und den Umzug kümmern.« Aber kaum, dass sie es ausgesprochen hatte, sah Valerie, dass ihre Kollegin gar nicht wirklich an ihren Privatangelegenheiten interessiert war. Sie wandte sich bereits einem vorbeigehenden Musiker zu und sagte etwas auf Russisch zu ihm, das Valerie nicht verstand. Sie lächelte höflich, zog sich ein paar Schritte zurück und packte ihre Violine aus. Als sie den Bogen mit Kolophonium bestrich, schielte sie verstohlen zu Madame Prokova hinüber. Hoffentlich würde ihr die Konzertmeisterin bald einen Platz zuweisen, damit sie nicht länger dumm in der Gegend herumstehen musste.

Madame Prokova begrüßte noch ein paar andere Musiker, bis sie sich schließlich Valerie zuwandte. »Sie spielen den ersten Monat neben mir«, erklärte sie. »Danach sehen wir, welche Produktionen Sie als Konzertmeisterin spielen werden.«

Valerie nickte. Damit hatte sie gerechnet. Den ersten Monat würde sie permanent von der ersten Konzertmeisterin unter die Lupe genommen werden. Und da musste jeder Ton sitzen und jede kleinste Pause beachtet werden. Zum Glück stand heute Beethovens 5. Klavierkonzert auf dem Probenplan. Valerie kannte die Stimme der 1. Violinen ziemlich gut, da sie das Stück schon zweimal gespielt hatte. Daher war sie zuversichtlich, zu Anfang gleich einen positiven Eindruck zu hinterlassen.

Die Orchestermitglieder versammelten sich nach und nach auf der Bühne. Der Chefdirigent, Maestro Rosselli, leitete den Dienst. Er hatte graue Locken und hellblaue, stechende Augen. Als er Valerie am ersten Pult neben Madame Prokova sitzen sah, rückte er seine Brille zurecht und sagte: »Ah, ein neues Gesicht! *Bonjour et bienvenue!*« Er schüttelte Valerie die Hand. Sie war sehr erleichtert, als Rosselli gleich darauf mit seinem Dirigentenstab aufs Pult klopfte und um Aufmerksamkeit bat. Er präsentierte Valerie dem Orchester als neue stellvertretende Konzertmeisterin und ersparte ihr somit, sich selbst in ihrem miserablen Französisch vorzustellen. Dann erklärte er, dass es eine unvorhergesehene Änderung im Programm gebe und anstelle des 5. Klavierkonzerts von Beethoven nun dessen Violinkonzert gespielt werde. Valerie schockte diese Nachricht nicht. Sie kannte das Violinkonzert noch besser als das Klavierkonzert. Während die neuen Noten herumgereicht wurden, raunte Madame Prokova dem Dirigenten etwas ins Ohr. Er wiegte nachdenklich den Kopf hin und her, nickte aber dann und sagte: »Madame Prokova hatte gerade eine gute Idee.« Er wandte sich Valerie zu. »Damit wir unsere neue stellvertretende

Konzertmeisterin musikalisch kennenlernen, würde ich Sie bitten, Madame Mollwitz, jetzt den Solopart zu spielen, damit wir die Einsätze gleich auf die Solostimme hin proben können.«

Valerie fiel die Kinnlade herunter. Sie sollte allen Ernstes jetzt und hier, ohne die geringste Vorbereitung, den Solopart des Beethoven-Violinkonzerts vom Blatt spielen? Natürlich hatte sie den Solopart früher einmal geübt, als sie noch Studentin war. Aber das war lange her. Oder hatte sie Rossellis Französisch eventuell nicht richtig verstanden? Doch die anderen Orchestermusiker schienen ähnlich überrascht zu sein wie sie, alle starrten ungläubig nach vorn. Valerie stand ruhig auf und sagte: »Gut, aber ich brauche die Noten.«

Mit einem triumphierenden Lächeln reichte ihr die Prokova die Solostimme. *Allegro ma non troppo* lautete die Vortragsbezeichnung des ersten Satzes. Fröhlich, aber nicht allzu sehr. Das passte! In diesem Moment begriff Valerie, dass sie mit der ersten Konzertmeisterin ein schweres Los gezogen hatte. Madame Prokova würde auf Schritt und Tritt versuchen, sie in unmögliche Situationen zu bringen, um so ihre Spielfertigkeit zu testen. Das würde alles andere als fröhlich werden. Doch zum Nachdenken blieb jetzt nicht viel Zeit. Sie musste ihre zitternden Finger unter Kontrolle bringen und möglichst souverän spielen.

Rosselli gab den Einsatz und Valerie vernahm eine wunderbare Oboe, die das einleitende Thema vorstellte. Fasziniert von dem Klang wandte sie sich um. Der Solooboist war ein Mann in ihrem Alter. Er war schmächtig, trug eine Brille und hatte hellbraune Haare. Auch wenn sein Äußeres unscheinbar war, sein Ton nahm Valerie völlig gefangen, fast hätte sie vergessen, dass in Kürze ihr Einsatz folgte. Die Streicher nahmen das Thema auf und dann kam ihr Soloeinsatz. Das Orchester zog sich ins Pianissimo zurück und Valerie spielte die aufsteigenden Oktaven klar und sauber. *Voilà*. Der Anfang war gelungen, nun musste es so weitergehen. Und es ging so weiter. Ihre Läufe klangen spielerisch und mühelos, ihr Ton war in den Tiefen stark und in den Höhen sanft, aber dennoch strahlend. Valerie hatte den Part noch gut in den Fingern. Rosselli unterbrach nicht, sondern ließ den ersten Satz komplett durchspielen. Nach und nach bekam Valerie richtig Spaß daran. Wer hätte gedacht, dass sie das Violinkonzert einmal mit Orchester spielen durfte? Als der letzte Akkord verklungen war, ließ Valerie die Geige erleichtert sinken, sie hatte es geschafft, fehlerfrei durchzukommen. Einige Orchestermusiker begannen zu klatschen oder mit den Bögen gegen die Pulte zu klopfen als Zeichen der Wertschätzung, aber die Prokova unterband dies sofort und erteilte den ersten Geigen Anweisungen zur Phrasierung einiger Stellen. Valerie wusste nicht, ob sie sich wieder hinsetzen sollte oder nicht. Verstohlen blickte sie auf Rosselli, doch er hatte sich in der Orchesterpartitur vergraben und beachtete sie nicht. Sie hatte ein flaues Gefühl in der Magengegend. Sie fühlte sich wie am Pranger, von allen geschnitten und beglotzt. Endlich beendete die Prokova ihre Erklärungen und Rosselli fuhr fort, den Bläsern einige Anweisungen zu erteilen und ein paar Stellen spielen zu lassen. Als er dann das gesamte Orchester bat, nochmals das erste Tutti zu spielen, nahm sich Valerie ein Herz und fragte: »Brauchen Sie mich noch für die Solostimme? Sonst würde ich bei den ersten Geigen mitspielen.«

Rosselli blickte sie zerstreut an. »*Merci*, Madame Mollwitz, wir proben jetzt nur noch die Tuttistellen.« Sie setzte sich. Ihr Kopf war glutrot. Sie hatte das Gefühl, als ob Rosselli »Setzen – sechs« gesagt hätte. Die Prokova würdigte sie keines Blickes. Irgendetwas musste sie falsch gemacht haben. Valerie konzentrierte sich auf die Orchesterstellen. Sie durfte sich jetzt keinen Fehler erlauben, die Prokova wartete nämlich nur darauf, das spürte sie.

Nach einer halben Ewigkeit war der erste Dienst beendet. Madame Prokova verließ die Bühne, ohne zuvor noch ein Wort mit ihr zu wechseln. Valerie fühlte sich wie zerschlagen.

Am Nachmittag würde sie noch einen zweiten Dienst für diesen Tag haben, aber zunächst einmal stand die Mittagspause an. Sie hoffte, sich einigen Musikern anschließen zu können, um mit ihnen zusammen zu Mittag zu essen. Als sie ihre Geige eingepackt hatte, sah sie sich um. Rosselli war noch auf der Bühne und hatte ein paar Bläser um sich versammelt. Etwas abseits standen die Soloflötistin und ein Posaunist, die sich offensichtlich in der Wolle hatten. Die Flötistin wirkte extrem genervt und redete mit einem Affenzahn auf den Mann ein, der seinerseits wütend gestikulierte. Meine Güte, was war das nur für ein Betriebsklima hier? Die Streicher standen indes wieder in Grüppchen beieinander und lachten und scherzten. Niemand beachtete Valerie. Sie musste Anschluss bekommen, sonst würden ihr die Kollegen noch nachsagen, sie sei arrogant und wolle mit den Tuttimusikern nichts zu tun haben. Sie stopfte die Noten in den Geigenkasten und zog ihren Mantel an.

»*Bonjour*, Valerie, ich bin Arlette.« Valerie drehte sich um. Vor ihr stand auf einmal die Soloflötistin, die ihren Streit mit dem Posaunisten wohl gerade beendet haben musste. Sie war eine Frau um die vierzig mit blonden, schulterlangen Haaren. »Schön hast du gespielt«, sagte ihre neue Kollegin und gab ihr die Hand. Sie war Valerie sofort sympathisch.

»Wir hatten neulich schon kurz miteinander telefoniert«, fuhr Arlette fort, »aber ich glaube, du hast mich nicht verstanden, daher hat mein Kollege dann das Gespräch übernommen.«

»Ach, du warst das.« Valerie errötete, als sie an das Telefonat dachte, das sie eiskalt erwischt hatte. »Entschuldige bitte mein Französisch, es ist nicht besonders gut.«

»*Pas de problème!*« Arlette lachte. »Das lernst du noch. Ich möchte dich jedenfalls im Namen des Orchestervorstands herzlich willkommen heißen. Hast du schon eine Wohnung gefunden und dich ein wenig eingelebt in Paris? Es ging ja doch alles recht schnell mit dem Umzug, nicht wahr?«

»Ja, das stimmt.« Valerie war glücklich, dass endlich jemand mit ihr sprach, auch wenn sie Mühe hatte, dem Sprechtempo der Flötistin zu folgen.

Arlette blickte auf die Uhr. »Ich würde mich gern länger mit dir unterhalten, aber ich habe einen kleinen Sohn und muss nach Hause. Einige Kollegen gehen über Mittag immer zusammen in eines der Bistros hier in der Nähe, schließ dich ihnen einfach an.«

»Mache ich.«

»Wir sprechen uns sicher die nächsten Tage noch. *Au revoir!*« Und schon war die Kollegin verschwunden.

Als zwei Geigerinnen an ihr vorbeigingen, nahm Valerie allen Mut zusammen und fragte, ob sie sich ihnen zum Mittagessen anschließen könne. Doch die beiden schauten sich verlegen an und dann sagte die eine, dass sie bereits mit Freunden verabredet seien. Valerie nickte und hängte sich den Geigenkasten über die Schulter. Heute würde sie keinen neuen Anlauf mehr nehmen, Kontakte zu knüpfen. Sie wollte jetzt nur noch raus. Eilig schlüpfte sie aus dem Probensaal und lief die Treppen hinunter.

Die winterlichen Sonnenstrahlen bildeten einen krassen Gegensatz zu dem düsteren Saal, doch sie vermochten Valerie nicht aufzuheitern. Die Prachtbauten, die den kilometerlangen Boulevard säumten, der ihr am Morgen so imponiert hatte, gaben ihr jetzt das Gefühl, eine kleine verlorene Ameise zu sein inmitten dieser gigantischen Metropole. Und wenn sie daran dachte, dass sie sich in den kommenden Tagen auch noch in einige solcher palastartigen Gebäude begeben musste, um Behördengänge zu erledigen, wurde ihr ganz mulmig zumute.

Valerie hatte keine Lust, allein in ein Bistro zu gehen, daher lief sie zur nächsten Metrostation, um nach Hause zu fahren und ihr Mittagessen dort einzunehmen. So konnte sie die Pause mit der Hin- und Rückfahrt füllen. Als sie in der U-Bahn saß und durch die Pariser Unterstadt fuhr, ließ sie die Probe Revue passieren. Es lief schlecht, sehr schlecht. Ihr Spiel hatte weder der Prokova noch Rosselli gefallen und die Musiker würden sich dem Urteil der Konzertmeisterin und des Maestros anschließen. Das war ihr gutes Recht, schließlich mussten sie mit den beiden auskommen und die Prokova hatte sie alle unter ihrer Knute. Es war zwar nett, dass Arlette gesagt hatte, sie habe schön gespielt, aber vielleicht war es auch nur eine höfliche Floskel gewesen. Und letztlich kam es auf das Urteil der Konzertmeisterin an, nicht auf das der Flötistin. Valerie seufzte. *Morgen ist auch noch ein Tag*, dachte sie, *vielleicht läuft es morgen besser oder sogar schon heute Nachmittag*. Aber der Appetit war ihr gründlich vergangen. Zu Hause aß sie nur ein bisschen Joghurt und machte sich dann wieder auf den Rückweg.

Vor dem Probensaal sah sie den Solooboisten, dessen Spiel sie am Vormittag so verzaubert hatte. Er unterhielt sich gerade mit einem Bratschisten. Als Valerie näher kam, unterbrachen die beiden Herren ihr Gespräch und begrüßten sie.

»Ich bin Jan. Jan van Gelde«, stellte sich der Solooboist vor. »Wir hatten vor Weihnachten miteinander telefoniert. Schön, dass du da bist!«

»Freut mich, dich kennenzulernen«, Valerie schüttelte ihm die Hand. *Wenn er wüsste, aus welcher Krise er mich mit dem Anruf neulich gerettet hat*, dachte sie.

»Es tut mir leid, dass ich dich vorhin nicht schon begrüßen konnte, aber Rosselli hatte uns Bläsern noch so viel zu sagen.« Jan rollte die Augen. »Ich hoffe, du wirst dich wohlfühlen bei uns. Hat alles gut geklappt mit dem Umzug?«

»Ja, mehr oder weniger«, sagte Valerie. »Ich versinke zwar immer noch im Chaos, aber ich bin froh, eine Wohnung zur Zwischenmiete gefunden zu haben.«

»Ja, das ist erst einmal das Wichtigste.«

»Ich bin Willi Sieberts«, schaltete sich nun der Bratschist ein, ebenfalls auf Deutsch. Er hatte rote Bäckchen und schütteres Haar und musste etwa Mitte fünfzig sein. Valerie hörte einen leichten rheinischen Akzent heraus.

»Bist du Rheinländer?« Sie konnte sich die Frage nicht verkneifen.

Willi lachte. »Hört man das?«

Sie nickte. »Ich bin in Bonn aufgewachsen.«

»Ach, wie nett!« Willi verfiel nun vollends in den rheinischen Dialekt. »Ich bin gebürtiger Kölner. Und obwohl ich schon so lange in Paris bin, habe ich immer noch Sehnsucht nach Kölle.« Sie lachten alle.

»Du hast so schön gespielt heute Morgen«, sagte Jan plötzlich.

»Danke.« Valerie lächelte. »Du spielst auch wunderschön. Als ich dich das einleitende Thema spielen hörte, habe ich vor lauter Zuhören fast vergessen, dass ich den Solopart vom Blatt spielen musste.«

Jan verdrehte wieder die Augen. »Ja, ein typischer Fall von Prokova-Schikane. Es hat mir so leidgetan für dich, aber du hast es glänzend gemeistert. Da merkt man gleich, dass du aus der Beethovenstadt kommst.«

Valerie lachte. »Ja, ich mag Beethoven sehr gern, auch wenn ich ihn heute Morgen recht überraschend auf dem Pult hatte.«

Willi beugte sich etwas vor. »Du musst ein dickes Fell haben mit der Prokova. Sie ist eine wunderbare Geigerin, aber sie führt ein strenges Regiment.« Er zwinkerte verschwörerisch. »Aber du schaffst das! Du bist gut.«

Und da kam Madame Prokova auch schon die Treppe hinaufgeschnauft und schaute neugierig in ihre Richtung. Die Herren wechselten rasch das Thema. »Du weißt, dass du die Übungsräume hier benutzen darfst?«, fragte Jan.

»Ich habe davon gehört, aber ich weiß noch nicht, wo sie sind.«

»Nach der Probe zeige ich sie dir. Denn es ist in manchen Wohnungen schwierig zu üben, ohne dass die Nachbarn Amok laufen.«

Die Prokova hatte inzwischen ihre Höhe erreicht. »Wie ich sehe, haben Sie sich bereits bekannt gemacht mit den attraktiven Herren.«

Valerie schluckte. Was sollte denn dieser merkwürdige Kommentar? Es war doch wohl selbstverständlich, dass sie mit den Kollegen sprach. Sie wusste darauf nichts zu antworten und so ging sie zusammen mit den anderen in den Probensaal.

Die Nachmittagsprobe barg keine unvorhergesehenen Überraschungen für Valerie. Jan zeigte ihr nach dem Dienst die Übungsräume und machte sie noch mit anderen wichtigen Orchester-Interna vertraut. Zum Beispiel warnte er sie, absolut niemals während Rossellis Proben Kaugummi zu kauen oder Bonbons zu lutschen. Und er sagte ihr, dass die Prokova oft jüngere Frauen auf dem Kicker habe. Das fand Valerie ein wenig beängstigend, aber vielleicht gehörte sie gar nicht mehr in die Kategorie »jüngere Frauen«.

»Willi und ich sind beide im Orchestervorstand«, sagte er, »ebenso die Soloflötistin Arlette und der Kontrabassist Pascal. Wenn dir also etwas unter den Nägeln brennt, kannst du dich immer gern an uns wenden.«

»Das ist nett, vielen Dank! Arlette habe ich heute Mittag schon kennengelernt.«

»Kann ich dir sonst noch helfen? Brauchst du Handwerker oder Möbel?«

»Nein, das nicht«, sagte sie, »aber vielleicht kannst du mir sagen, bei welchen Behörden ich mich anmelden muss?«

»Natürlich! Da fragen wir jedoch am besten die Sekretärin. Sie kann dir auch gleich eine Arbeitsbescheinigung ausstellen, die wirst du nämlich auf jeden Fall vorlegen müssen.«

Eine Stunde später kam Valerie mit einem ganzen Dossier an Formularen, Bescheinigungen und Informationsbroschüren aus dem Sekretariat heraus.

»Wenn du nicht klarkommst in dem Behördendschungel, sag Bescheid, dann komme ich mit«, sagte Jan, als sie zur Metrostation gingen.

»Vielen Dank, das ist nett.« Sie mochte ihn. Er war so normal und unkompliziert, und das, obwohl er der Star des Orchesters sein musste, so schön, wie er spielte.

Als sie nach Hause fuhr, war sie froh, dass sie doch noch ein paar Kollegen kennengelernt hatte, die ihr wohlgesonnen waren und mit denen sie sogar Deutsch sprechen konnte. Sie fühlte sich gleich ein wenig integriert. Aber wenn sie an die Prokova dachte, bekam sie eine Gänsehaut.

Ihr Gefühl trog sie nicht. Madame Prokova fuhr an den darauffolgenden Tagen fort, ihr das Leben schwer zu machen. Sie erklärte Valerie während jeder Unterbrechung, wie sie diese oder jene Stelle zu spielen habe. Bisweilen musste das gesamte Orchester minutenlang warten, bis die Prokova mit ihren Ausführungen fertig war. Valerie war es unendlich peinlich. Sie bemühte sich, sich der Spielweise der Prokova anzupassen, aber ihrer Chefin war nichts gut genug. »Wo haben Sie denn Geige studiert?«, herrschte sie Valerie an. »So spielt schon lange niemand mehr Bach.« Valeries Magen krampfte sich zusammen. Aber sie verzog keine Miene. Den verbalen K.-o.-Schlag der Kollegin durfte ihr niemand anmerken. Sie antwortete nichts. In ihren Bewerbungsunterlagen hatte sie minutiös angegeben, wann sie bei welchem Lehrer studiert hatte. Vielleicht war das die Erklärung für die feindselige Haltung der Prokova ihr gegenüber? Vielleicht konnte Madame Prokova einen ihrer früheren Geigenlehrer nicht ausstehen? Sie nahm sich vor, dieser Spur nachzugehen. In der Zwischenzeit musste sie Haltung bewahren. Und das war schwer.

Denn die Prokova reagierte zunehmend gereizt, wenn Valerie etwas fragte oder wenn sie ihrer Ansicht nach nicht so spielte, wie es gemäß der Orchestertradition üblich war. Valerie wusste nicht mehr, was sie machen sollte. Alles schien falsch zu sein.

Wenigstens absolvierte sie die Behördengänge dank der Informationen, die ihr Jan und die Sekretärin gegeben hatten, ohne größere Probleme. Sie hatte damit gerechnet, eher daran zu scheitern als am Geigenspiel. Dass das Umgekehrte nun der Fall war, machte sie nervös. Denn all ihre bisherigen Arbeitgeber hatten ihr Spiel immer geschätzt. Aber jetzt war das offensichtlich anders. In jeder freien Minute übte sie daher wie eine Besessene. Morgens spielte sie sich vor dem Verlassen des Hauses schon eine Stunde mit Dämpfer ein, was ihre Nachbarn nicht sonderlich erfreute. Und in den Pausen verbarrikadierte sie sich in einem der Probenräume des Orchesters und übte Geige, anstatt zu Mittag zu essen. Ihr blieb ohnehin jeder Bissen im Halse stecken. Somit kam sie mindestens auf sieben Stunden, die sie täglich Geige spielte. Das war nichts Außergewöhnliches. Aber sie fühlte, wie sie regelrecht vereinsamte. Außer Jan, Arlette, Willi und James, dem zweiten Stimmführer der Bratschen, blieben die Kollegen ihr gegenüber recht reserviert. Alles in allem sprach Valerie in ihrer ersten Woche in Paris gefühlt ungefähr so viele Worte wie normalerweise an einem halben Tag, bevor sie nach Paris gekommen war. Und sie war niemals eine Quasselstrippe gewesen.

Als sie nach ein paar Tagen mit ihrer Mutter telefonierte, die wissen wollte, wie es ihr ging, wäre sie fast in Tränen ausgebrochen, aber sie riss sich zusammen. Sie erklärte, dass sie noch dabei sei, sich einzuleben, und alles im Prinzip gut laufe. Doch das stimmte nicht.

Eine Woche nach ihrem Stellenantritt schleppte sich Valerie müde die Stufen des Musée d'Orsay hinunter zur Seine. Es war erst halb fünf, aber es dämmerte bereits. Wie sie das Ende der dunklen Winterzeit herbeisehnte! Die Generalprobe für das Museumskonzert – ihr erstes Konzert mit dem neuen Orchester – war soeben zu Ende gegangen. Valerie war erschöpft nach der langen Probe neben der Prokova.

Zwischen der Generalprobe und dem Konzert lagen nur anderthalb Stunden. Sie wollte nicht im Feierabendverkehr in völlig überfüllten U-Bahnen zuerst nach Hause und dann wieder zurück in die Stadt fahren, daher hatte sie am Mittag bereits ihr Konzertkleid mitgenommen. Nun trug sie das Kleid über einem Arm, die Geige auf dem Rücken und ihre Tasche über der Schulter und hatte das Gefühl, unter der Last zu zerbrechen. Draußen war es kalt und feucht, sie hatte keine Lust, etwas zu essen zu suchen. In die Museumskantine wollte sie nicht, weil die meisten ihrer Kollegen jetzt dort saßen, und Valerie immer den Eindruck hatte, dass sie ihre Gespräche unterbrachen, sobald sie auftauchte. Und Arlette, Jan und Willi, zu denen sie sich ohne Weiteres hätte setzen können, waren nach der Probe gleich nach Hause gefahren. Sie verspürte keinen Hunger. Nur ihr Verstand sagte ihr, dass sie vor dem Konzert noch etwas essen sollte. Also begab sie sich in ein Bistro und kaufte sich ein belegtes Baguette, das sie auch noch in die Tasche steckte.

Dann schlenderte sie den Quai Voltaire entlang der Seine hinab. Auf der anderen Seite des Flusses strahlte das imposante Musée du Louvre mit seinen hell erleuchteten Räumen. Welche Dimensionen! Valerie nahm sich vor, an ihrem nächsten freien Tag dorthin zu gehen und sich die Mona Lisa anzusehen. Langsam ging sie weiter. Ein paar Schiffe schaukelten sanft auf den Wellen und die Laternen vom Ufer und von den Brücken spiegelten sich im Wasser. In der Ferne tauchten bereits die Lichter der Île de la Cité auf und ließen den Fluss glitzern wie einen Teppich aus Brillanten. Valerie blieb stehen und staunte wie ein Kind vor dem Christbaum. Kein Wunder, dass Paris auch *Ville lumière*, Stadt der Lichter, genannt wurde. Wenn der dreispurige Stau neben ihr nicht gewesen wäre, wäre es eine Kulisse für Nachtbilder im Stile von van Gogh. Sie steuerte auf eine freie Bank zu und packte ihr Baguette aus. Es war zwar kalt, aber hier konnte sie sich weiter an den funkelnden Lichtern erfreuen und ungestört ihr Abendessen verzehren, ohne den neugierig-feindseligen Blicken ihrer Kollegen ausgesetzt zu sein.

Während sie aß, spürte sie die Nervosität wieder in sich aufsteigen, die sie angesichts des romantischen Lichtermeers kurzzeitig vergessen hatte. Bei ihrer ersten Aufführung mit dem neuen Orchester musste alles gelingen! Hoffentlich machte sie keine Fehler! Valerie war es direkt unheimlich, dass sie wegen eines Orchesterkonzerts, in dem sie keine Soli zu spielen hatte, so aufgeregt war. So kannte sie sich gar nicht. Sie packte das angeknabberte Baguette wieder in ihre Tasche und stand auf. Ihre Zähne klapperten. Sie war durchgefroren und musste zurück ins Warme.

Als sie wieder im Musée d'Orsay ankam, waren ein paar ihrer Kolleginnen schon in dem zur Damengarderobe umfunktionierten Gemäldesaal und spielten sich ein. Valerie legte ihre Sachen in einer Ecke ab, zog ihr Konzertkleid an und begann dann ebenfalls zu spielen. Langsam füllte sich der Raum. Es wurde immer lauter und lauter. Irgendwann klatschte die Prokova in die Hände und die Musiker versammelten sich draußen auf dem Flur.

»Hals- und Beinbruch!«, flüsterte jemand in Valeries Ohr, und als sie sich umdrehte, sah sie in Willis Rotbäckchengesicht.

Sie lächelte. »Ebenso!«

»Bist du nervös, kleines Mädchen?«, wollte ihr Kollege wissen.

Valerie wusste, dass sie keine Schwäche zugeben durfte. Aber Willi gegenüber konnte sie nicht lügen. Sie zuckte mit den Achseln. »Ich weiß nicht. Vielleicht ein bisschen. Es ist immerhin das erste Konzert mit euch.«

»Wird schon, wird schon«, sagte er. »Wer aus dem Rheinland kommt, weiß, dat et noch emmer joot jejange hätt.«

Nun musste sie lachen. Dass sie ausgerechnet hier auf den ehernen Grundsatz rheinischer Weisheit stieß, war wirklich zu komisch.

Die Atmosphäre im Musée d'Orsay war beeindruckend. Das Orchester spielte in der großen Halle unter dem gläsernen Gewölbe, umgeben von Skulpturen und Gemälden aus mehreren Epochen. Valerie warf einen Blick nach oben. Die Zuschauer saßen hinter den Balustraden der einzelnen Etagen und schauten wie von Rängen auf die Musiker herab. Prächtige Kronleuchter ließen das Gebäude erstrahlen. Und sie war plötzlich glücklich, in Paris zu sein und in diesem Haus spielen zu dürfen.

Willi behielt recht. Sie absolvierte ihren ersten Einsatz einwandfrei. Die Prokova konnte eigentlich keine Schwächen oder gar Fehler an ihr gefunden haben. Und was Valerie persönlich freute: Der Sologeiger des Beethoven-Violinkonzerts hatte schlechter gespielt als sie neulich bei der Probe, in der sie die Solostimme vom Blatt hatte spielen müssen. Jan kam nach der Aufführung zu ihr und sagte: »Wir hätten lieber mit dir als Solistin gespielt.«

Valerie strahlte. Das Lob ihres Kollegen war Gold wert. Und Madame Prokova hatte es gehört, auch wenn sie keine Reaktion zeigte.

Erschöpft, aber erleichtert fuhr sie mit der Metro nach Hause. Die erste Hürde war geschafft! Und am nächsten Tag hatte sie frei. Als sie zu Hause ankam, legte sie Geige und Tasche ab und setzte sich an den Schreibtisch. Sie war zu aufgekratzt, um zu schlafen, obwohl es fast Mitternacht sein musste. Daher griff sie nach Elises Tagebuch. Sie würde ein wenig weiterlesen, wie es ihrer Urgroßtante vor hundert Jahren ergangen war. Vor allem wollte sie wissen, wie das Konzert von Elise und Karl ausgegangen war, auf das die beiden so lange hingearbeitet hatten. Ob Elise wohl auch nervös gewesen war, so wie sie heute?

Von Elise

Freitag, 3. April 1914

Der Frühling ist mit Macht ausgebrochen. Die Sträucher blühen in voller Pracht, die Luft riecht nach frischen Gräsern und Blumen. Ich befinde mich seit jenem Tag im März, an dem ich mit Karl zusammengekommen bin, im Schwebezustand. Jederzeit erwarte ich, wieder hart auf die Erde aufzuprallen, aber ich schwebe weiter. In jeder Sekunde denke ich an Karl, an unser Zusammenspiel, an das Gefühl, das mich erfüllt, wenn ich seine Hand halte und wenn er sich zu mir herunterbeugt und mich küsst. Noch haben wir niemanden über unsere Verbindung informiert. Nur Maria weiß es. Sie hat es mir gleich angesehen und es aus mir herausgekitzelt.

Unser Konzert rückt immer näher und in den vergangenen Wochen haben wir jeden Tag eifrig geübt, sodass mir jetzt selbst die schwierige Kreutzer-Sonate keine Angst mehr einjagt. Nach dem Konzert wollen wir unsere Verbindung offiziell bekannt geben.

Sonntagabend, 19. April 1914

Es kam anders als geplant. Heute ist der erste Sonntag nach Ostern. Karl und ich hatten uns für den frühen Nachmittag im Botanischen Garten verabredet. Er hat heute Geburtstag und ich war nicht gewillt, diesen wichtigen Tag langweiligen Anstandsbesuchen bei Nachbarn zu opfern. Ich erzählte Mama irgendetwas von einer Sonderprobe mit meinem künftigen Klaviertrio (mit Karl und Alexander hatte ich tatsächlich schon ein paar Tage zuvor eine Einspielprobe gehabt) und verließ mit Maria nachmittags das Haus. Sie wollte ihrer künftigen Schwiegermutter einen Besuch abstatten. Mama hatte ich gar keine Zeit gegeben, Einwände gegen meine sonntägliche »Sonderprobe« zu erheben.

Am Tor vor dem Botanischen Garten verabschiedete ich mich von Maria. Ich ging in den Park und hielt nach Karl Ausschau. Ich hatte meinen weißen Sonnenschirm aufgespannt und trug ein kornblumenblaues Kleid mit violettem Kragen. Meine Haare hatte ich im Nacken mit einem Kamm hochgesteckt. An seinem Geburtstag wollte ich besonders hübsch aussehen.

Ich sah Karl schon von Weitem. Er lehnte am Stamm einer mächtigen Tanne. Er hatte seine Geige dabei und trug einen dunklen Anzug, wahrscheinlich, weil er am Abend noch ein Konzert hatte und nicht noch einmal zum Umziehen nach Hause wollte. Mein Herz klopfte so stark wie immer, wenn ich ihn sah, und ich begann zu laufen, obwohl sich das nicht schickt. Da bemerkte er mich und eilte mir entgegen. »Elise, meine Liebste!« Er breitete seine Arme aus, aber dann wurde ihm bewusst, dass noch viele andere Menschen im Botanischen Garten waren, und er gab mir nur seinen Arm, den ich fest umklammerte. »Herzlichen Glückwunsch zum Geburtstag, Karl!«

»Danke!« Er lachte glücklich. Seitdem wir zusammen sind, wirken seine Augen nicht mehr traurig, und ich bin so froh darüber! Wir spazierten eine Weile an exotischen Bäumen und Gewächsen vorbei. »Ich habe ein kleines Geschenk für dich«, sagte ich schließlich.

»Wirklich? Das wäre doch gar nicht nötig gewesen, du bist doch das Geschenk!« Aber dann wurde er neugierig. »Was ist es denn?«, fragte er. »Komm, setzen wir uns ein wenig.« Er führte mich zu einer Parkbank.

Ich kramte in meiner Handtasche. In den letzten Tagen habe ich mir den Kopf zerbrochen, was ich ihm schenken könnte, und bin auf die Idee gekommen, ihm eine kleine Spieluhr zu kaufen, die »Für Elise« spielt. Auf die Unterseite hatte ich ein Stück Papier geklebt und »Von Elise« darauf geschrieben. Ich reichte ihm das Päckchen. »Mach's auf!«

Vorsichtig zog er die Schleife ab und öffnete das Päckchen. Als er die Spieluhr sah, schnappte er nach Luft. »Wie schön!« Er sah die Aufschrift »Von Elise« und lächelte. Dann begann er, am Hebel zu drehen, und die Melodie erklang. Eine Träne kullerte über seine Wange.

»Karl, was ist los?«, fragte ich erschrocken.

»Ich bin so froh, dass ich dich habe«, sagte er und wischte sich die Träne weg, »das ist der schönste Geburtstag, den ich je hatte!«

Nun bekam ich feuchte Augen. Denn ich dachte daran, dass er seit zehn Jahren, als er mit nur siebzehn Jahren seinen Bruder und kurz darauf seine Eltern verloren hatte, seine Geburtstage immer allein verbracht haben musste. »Ich bin auch unendlich froh, dass ich dich habe«, flüsterte ich und drückte seinen Arm. Eine Zeit lang saßen wir schweigend nebeneinander.

»Karl«, begann ich nach einer Weile, »ich wollte dich fragen, ob ...« Doch ich biss mir auf die Zunge. Es gehört sich ja nicht.

Er sah mich an. »Was wolltest du mich fragen?« Seine Stimme war ganz weich. Und ich fasste mir ein Herz.

»Meinst du, wir können bald heiraten?« Ich errötete.

Er beugte sich zu mir herunter und hätte mich fast geküsst, doch angesichts der Öffentlichkeit hielt er inne. »Das wollte ich dich auch heute fragen«, gestand er. »Ich wusste nicht recht, wie ich anfangen sollte, denn ich wollte dich nicht überfallen.«

Ich griff nach seiner Hand und streichelte sie.

»Wann wären deine Eltern bereit, ihre zweite Tochter zu verheiraten?«

Ich überlegte. »Maria heiratet Ende Juni. Ich würde am liebsten auch gleich im Juni heiraten, aber ich fürchte, das wird Vater zu früh sein. Aber im Herbst wird es bestimmt gehen.«

»Gut, dann heiraten wir spätestens im Oktober«, beschloss Karl. »Ich werde nachher gleich mit deinem Vater sprechen.«

»Wollen wir das nicht lieber nach dem Konzert tun? Vielleicht ist er ärgerlich, weil ich bis jetzt nichts gesagt habe, und dann ist das Konzert in Gefahr.«

Er stupste meine Nase an. »Nein, das Konzert ist nicht in Gefahr, und ich kann nicht länger warten. Ich komme nachher mit.« Er zog eine kleine Schachtel aus der Jackentasche. »Ich habe auch etwas für dich.«

»Für mich? Aber ich habe doch gar nicht Geburtstag!« Vorsichtig öffnete ich den Deckel und schnappte nach Luft: Darin lag ein Ring!

»Gefällt er dir?«, fragte Karl. »Es ist der Verlobungsring meiner Mutter. Ich hätte gern, dass du ihn trägst.« Er nahm den Ring aus der Schachtel und steckte ihn mir an den linken Ringfinger.

Es war ein goldener Ring mit einem kleinen Brillanten. Ich betrachtete meine Hand und drehte an dem Ring. »Wunderschön«, flüsterte ich. Er drückte meine Hand und ich rutschte ganz nah an ihn heran. So verharrten wir eine Weile und ließen die Frühlingssonne auf uns herabstrahlen.

Gegen fünf Uhr nachmittags betrat ich mit Karl mein Elternhaus durch den Hintereingang, denn ich befürchtete, dass sich der sonntägliche Anstandsbesuch noch in unserem Wohnzimmer aufhalten könnte. Tatsächlich! Aus dem Wohnzimmer hörte ich Mamas Stimme, Lottes schrilles Lachen und … Sophia. Oh nein, nun ist auch noch Sophia hier, dachte ich. Mit ihrem Besuch hatte ich heute nicht gerechnet. Maria schien noch nicht wieder zurück zu sein von ihrem Besuch bei ihrer künftigen Schwiegermutter. Ich zog Karl den Flur entlang. Ich wollte meine Eltern allein sehen und nicht die Verlobung vor versammelter Mannschaft erbitten. Während ich nachdachte, was ich tun sollte, ging am Ende des Gangs plötzlich die Tür auf. Mir barst fast das Herz. Papa stand im Türrahmen zu seinem Arbeitszimmer.

»Elise? Bist du wieder zurück? Guten Tag, Herr Finkenberg, wollen Sie zu mir?«

Karl trat einen Schritt vor und reichte Papa die Hand. »Guten Tag, Professor Lambrecht. Ja, wir wollten zu Ihnen.«

»Na, dann kommt mal rein.« Er schob uns durch die Tür und wies auf zwei Stühle, die vor seinem Schreibtisch standen. Mein Herz pochte. Ich saß auf der Stuhlkante und legte meine Hände so ineinander, dass Karls Ring nicht zu sehen war. Papa empfing manchmal seine Studenten in diesem Arbeitszimmer, und wie eine Studentin kam auch ich mir jetzt vor, denn Papa setzte sich hinter seinen Schreibtisch und sah uns an. »Worum geht es?«

Karl beugte sich vor. »Professor Lambrecht, ich wollte Sie und Ihre Frau bitten, Elise heiraten zu dürfen.«

Stille. Papa sagte nichts und ich konnte an seiner Mimik nicht erkennen, was er dachte. War es ein Schock für ihn? War ihm ein Musiker nicht gut genug für seine Tochter? Mein Mund war trocken. Ich fuhr mit der Zungenspitze über die Lippen. Plötzlich verzog sich Papas Gesicht zu einem breiten Lächeln. »Ich wusste es!« Er sprang auf. »Meinen Segen habt ihr, Kinder!« Er reichte Karl die Hand. »Herr Finkenberg, ich bin mir sicher, dass Sie auf meine kleine Elise gut achtgeben werden. Ich hole meine Frau, sie wird sich freuen!«

Er ging aus dem Raum und ließ Karl und mich verdutzt zurück. Wir sahen uns an. Wie war es möglich, dass Mama und Papa von unserer Beziehung wussten? Wir waren doch immer sehr diskret gewesen. Karl drückte meine Hand. »Na, siehst du, Elise, das hat doch wunderbar geklappt!«

Mama kam kurz darauf an Papas Seite ins Zimmer und umarmte Karl und mich gleichzeitig. »Ich bin ja so froh, Kinder, dass ihr es geschafft habt.« Ich sah sie fragend an. »Nun ja, Elise, ich hatte befürchtet, dass ihr nur musiziert, und das wäre wirklich ein Jammer gewesen.« Ich öffnete den Mund, um etwas zu sagen, aber Mama fuhr fort: »Setzt euch wieder, Kinder. Wir sollten darauf anstoßen.«

»Oh, für mich bitte keinen Alkohol«, bat Karl, »ich habe heute Abend noch ein Konzert.«

Mama zog sich einen Stuhl heran. »Dann sage ich Hermine gleich, dass sie uns Kaffee bringen soll. Aber zunächst bin ich gespannt, wie lange ihr das schon ausgeheckt habt.«

Ich wusste partout nicht, was ich sagen sollte. Wollte Mama nun etwa in allen Einzelheiten erfahren, wie wir zusammengekommen waren? Mir wurde heiß.

»Nun ja, dass wir heiraten wollen, haben wir vor etwa einem Monat beschlossen«, sagte Karl, und ich war erleichtert, dass er mir die Antwort abnahm. »Ich hoffe, Sie nehmen es mir nicht übel, dass ich heute erst gefragt habe?«

»Oh nein«, versicherte Mama, »ihr brauchtet natürlich erst Zeit für euch.« Ihr Blick fiel auf meine linke Hand. Ich hielt sie nun nicht mehr versteckt. »Wie schön!«, sagte sie und nahm meine Hand, um den Ring genauer zu betrachten.

»Ja, nicht wahr?« Ich hatte mich wieder gefangen und fühlte mich in der Lage, die nächste Hürde zu nehmen. »Wir wollen schon sehr bald heiraten«, sagte ich.

Mamas Miene gefror und auf Papas Stirn bildete sich eine steile Falte. Mein Herz setzte einen Schlag aus. Was hatte ich falsch gemacht? Erwarteten Mama und Papa etwa, dass ich wie Maria drei Jahre verlobt sein würde, bis ich Karl heiratete? Aber anders als Marias Verlobter, der damals noch studiert hatte, ist Karl doch schon in Amt und Würden und kann mich ernähren.

Karl räusperte sich. »Mit ›sehr bald‹ meint Elise, dass wir gern im September oder Oktober heiraten würden.« Er zögerte. »Wir haben ganz bestimmt nichts getan, was eine sofortige Hochzeit erforderlich machen würde.«

Mamas Miene entspannte sich und Papa lehnte sich zurück. Mit einem Schlag wurde mir bewusst, was meine Eltern aufgrund meiner Äußerung gedacht haben mussten, und ich errötete bis zum Haaransatz.

Mama lachte und stand auf. »So, nun sage ich Hermine, dass sie Kaffee kochen soll.« Während sie das Dienstmädchen suchte und nebenbei, wie ich hörte, auch die Gäste aus dem Wohnzimmer verabschiedete, unterhielten sich Papa und Karl miteinander. Sie sprachen über Karls Eltern und seine Kindheit. Ich hörte kaum zu. Stattdessen fragte ich mich, warum ich unentwegt für solche peinlichen Situationen sorgen musste wie eben. Hoffentlich war Karl nicht böse auf mich.

Als ich ihn eine Stunde später zum Gartentor hinausbegleitete, sah ich vorsichtig zu ihm auf. »Entschuldige meinen Fauxpas von eben, ich wollte nicht …«

Er blieb stehen und lächelte.

Ich atmete auf, er schien nicht verärgert zu sein. »Ich weiß auch nicht, warum ich entweder nicht weiß, was ich sagen soll, oder dann, wenn ich etwas sage, es so ungeschickt formuliere.«

Karl streckte seine Hand aus und strich mir über die Wange. »Du bist so unschuldig, Elise. Das mag ich so sehr an dir.« Seine Augen leuchteten wie immer, bevor er mich küsste. Er zwinkerte plötzlich. »Ich nehme an, die Nachbarn stehen schon hinter den Gardinen?«

»Ich sehe mindestens drei«, sagte ich und kicherte.

»Dann werden wir ihnen mal etwas zum Tratschen geben.« Und bevor ich Einwände erheben konnte, nahm er mich in die Arme und küsste mich. Nicht allzu lange, aber immerhin so, dass jeder Bescheid wusste. Ich bin glücklich. Nun gehöre ich ihm.

Und während ich dies alles aufschreibe, stelle ich fest, dass mir Maria das Tagebuch genau zur rechten Zeit geschenkt hat: Ich konnte meine Liebesgeschichte vom ersten Moment an darin festhalten.

Freitag, 1. Mai 1914

Ich bin froh, dass wir es hinter uns gebracht haben, dass Mama und Papa ihre Zustimmung zu unserer Verbindung gegeben haben und wir uns nun öffentlich zeigen können. Ehrlich gesagt ist es auch für unser Konzert sehr wichtig, denn ich möchte nicht, dass die Leute Spekulationen anstellen oder sich gar das Maul zerreißen. Allein der Gedanke daran würde mein Spiel hemmen.

Nachdem wir Mama und Papa über unsere Heiratsabsichten informiert hatten, blieben uns noch knapp zwei Wochen, uns auf das Konzert, zu dem auch Karls Kollegen aus dem Orchester kommen würden, vorzubereiten. Ich glaube, dass ich in den letzten Tagen an die zehn Stunden täglich am Klavier saß. Morgen um diese Zeit ist es so weit: Dann werde ich mit Karl zusammen auf der Bühne sein.

Sonntag, 3. Mai 1914

Gestern früh lief ich ziellos durch den Garten. Karl kam um zehn Uhr zu uns nach Hause. Wir spielten beide Sonaten durch. Alles lief glatt. Gegen Mittag verabschiedete er sich und empfahl mir, mich auszuruhen. Ich warf mich aufs Bett und versuchte, mein Lampenfieber in den Griff zu bekommen. Maria kam herein und setzte sich auf die Bettkante. »Wird schon klappen«, sagte sie.

»Karls Kollegen werden alle kommen und zuhören.«

»Ja, aber das schaffst du. Karl traut es dir zu und wir sowieso.«

Ich nickte und umklammerte ihre Hand. »Ich bin so aufgeregt.«

Maria lächelte. »Ich weiß, ich bin es auch. Doch du wirst diese Aufregung später als sehr angenehm empfinden.«

Ich warf mich zurück in meine Kissen. »Setzt du dich bitte in die erste Reihe? Es ist mir wichtig, dass dort jemand sitzt, der mir wohlgesonnen ist.«

»Natürlich, wie du möchtest«, versprach Maria.

Eine Stunde später stand ich auf und ließ mir kaltes Wasser über das Gesicht laufen. Ich zog ein weißes Baumwollkleid an, denn es war warm. Ich spielte ein paar Tonleitern und einige schwierige Passagen aus den Beethoven-Sonaten. Jetzt zitterten meine Hände und bei zwei Läufen verhaspelte ich mich. Um mich zu beruhigen, spielte ich »Für Elise«. Aber ich war nervös, und das hörte man.

Da kam Karl herein, über dem Arm trug er seinen Frack, den Geigenkasten hatte er mit einem Gurt über die Schulter gehängt. »Du spielst ja schon wieder«, sagte er beinahe vorwurfsvoll.

Ich lief zu ihm. »Ich bin so aufgeregt und meine Finger gehorchen mir nicht richtig.«

Er legte seinen Frack über eine Stuhllehne und nahm mich in die Arme. »Sei unbesorgt, Elise, es wird wunderbar werden, ich weiß es.« Er strahlte so eine Ruhe aus, dass ich mich bald wieder fasste. »Komm, lass uns schon einmal in den Konzertsaal fahren, dort können wir uns einspielen. Ich habe das Orchesterautomobil vor der Tür.«

Ich lief nach oben auf mein Zimmer und holte mein Kleid, das in einer Hülle im Schrank hing. Ich hatte mich vor ein paar Tagen für ein rosafarbenes Kleid aus Brokatstoff mit hoher Taille entschieden. Es hatte einen V-Ausschnitt, der in weißer Seide eingefasst war, und eng anliegende Ärmel, die die Handgelenke frei ließen. So hatte ich genügend Bewegungsfreiheit und mir kam bei den schnellen Passagen nicht immer der Stoff eines Ärmels in die Quere. Mama hatte gesagt, ich solle es erst kurz vor dem Konzert anziehen, da es wegen der Hitze sonst schon vorher völlig verschwitzt wäre. Wir verabschiedeten uns von meinen Eltern und Maria, die uns viel Glück wünschten.

Den Konzertsaal hatten wir schon drei Tage zuvor ausprobiert und uns auf die Akustik eingestellt. Dennoch machte mir der hohe Saal mit den Holzdielenböden nun Angst. Er war menschenleer und das Klappern meiner Absätze auf dem Holzboden hallte merkwürdig nach. Karl nahm seine Geige aus dem Kasten und ich setzte mich ans Klavier. Wir spielten die Sätze alle an. Aber Karl wollte sie nicht ganz durchspielen. Er sagte, wir hätten genügend geprobt, jetzt sollten wir keine Kraft mehr vergeuden.

Während er noch ein paar Läufe durchfingerte, ging ich ins Künstlerzimmer und schlüpfte eilig aus meinem Alltagskleid heraus und in das Konzertkleid hinein. Gerade als ich es geschafft hatte, kam Karl herein. Ich blickte verlegen auf. Er sah mich beinahe verklärt an, als ob eine Märchenfee vor ihm stehen würde. »Du bist wunderschön, Elise. Immer, aber das Kleid steht dir besonders gut.«

»Es ist noch nicht ganz zu«, sagte ich und errötete.

Eigentlich hatte ich erwartet, dass er das Zimmer wieder verlassen würde, doch er kam auf mich zu und drehte mich, sodass ich mit dem Rücken zu ihm stand. Dann begann er alle Knöpfe zu schließen, die noch offen waren. Mein Atem ging schneller, als ich seine Hände auf meinem Rücken spürte. Er ließ sich Zeit. Unendlich viel Zeit. Als er fertig war, schlang er von hinten seine Arme um meine Taille und legte seinen Kopf auf meine linke Schulter. »Ich liebe dich.«

Langsam drehte ich mich zu ihm um. »Ich dich auch.« Wir küssten uns. Und das bevorstehende Konzert war vergessen.

Er griff in seine Jackentasche. »Magst du die tragen?« In seiner Hand lag eine ovale Haarspange aus Perlmutt.

»Wie schön!« Ich sah ihn an. »Aber sie war bestimmt sehr teuer.« Ich fand, dass er sich nicht in solche Unkosten stürzen dürfe wegen mir.

Er lächelte. »Ich habe die Haarspange erst heute im Schaufenster gesehen und gedacht, sie würde zu deinem dunklen Haar gut passen. Es war ein spontaner Kauf. Meine Mutter hat immer gesagt, wenn man etwas Schönes sieht, soll man es kaufen, wenn man kann, sonst ärgert man sich ein Leben lang.«

»Danke«, sagte ich, noch ganz überwältigt. Ich löste den Kamm aus meinen Haaren und befestigte stattdessen die neue Haarspange. »Sitzt sie so gut?«, fragte ich Karl, denn ich hatte keinen Spiegel.

Er zupfte ein wenig in meinen Haaren herum. »Sehr schön«, stellte er zufrieden fest. »So, wie ich es mir vorgestellt hatte. Sie soll dir immer Glück bringen.«

Ich stellte mich auf die Zehenspitzen und küsste ihn.

Nun zog auch Karl seine Konzertkleidung an und dann hieß es warten. Stühlerücken und Raunen im Konzertsaal verrieten, dass die ersten Zuhörer bereits eingetroffen waren. Karl öffnete die Tür einen Spalt weit. »Maria sitzt in der ersten Reihe neben dem Musikdirektor meines Orchesters«, verkündete er mir. »Deine Eltern, Lotte und Sophia sowie deine alte Klavierlehrerin haben in der dritten Reihe Platz genommen.« Ich atmete auf. Maria saß dort, wo ich sie haben wollte.

Karl legte seinen rechten Arm locker um meine Taille. Wir warteten. Mein Herz klopfte. Da kam der Konzertdiener und meldete, dass der Saal voll besetzt und soeben geschlossen worden sei. Ich wischte mir die Hände an meinem Taschentuch ab, irgendwie hatte ich das Gefühl, dass sie nass waren. Karl küsste mich auf die Stirn. »Gehen wir raus!«

Ich ging vor. Es war das erste Mal, dass ich als Erste eine Bühne betrat, normalerweise lief ich hinter Sophia her. Doch nun war ich die einzige Dame und musste vorangehen. Als ich herauskam, begannen die Konzertbesucher zu applaudieren. Karl und ich verbeugten uns, dann setzte ich mich an den Flügel und gab ihm das a zum Stimmen. Im Saal rückte noch jemand seinen Stuhl zurecht. Wir warteten, bis alles leise war. Dann sah er mich fragend an. Ich nickte, ich war bereit. Karl lächelte und gab den Einsatz zur Frühlingssonate. Sein Ton, mit dem er das erste Thema spielte, war brillant. Mein Part klang dazu wie Quellwasser, das einen Gebirgsbach hinunterperlt. Und dann wechselten wir die Rollen, er übernahm den ruhigen Gebirgsbach und ich schwang mich auf in die luftigen Höhen des Themas. Wir waren völlig in der Musik versunken. Das Publikum nahm ich nicht wahr. Ich hörte nur auf Karl und erwiderte seine Fragen, die er mir auf der Geige stellte. Es war wie ein Dialog. Ein Dialog von Liebenden, der uns ganz natürlich »aus den Fingern« kam. Zwischen dem Kopfsatz und den weiteren Sätzen ließen wir bewusst keine langen Pausen. Wir wollten nicht herausgerissen werden aus dem Frühling unserer Gefühle. Als der letzte Akkord verklungen war, blieb alles ruhig. Karl blickte versunken vor sich hin und auch ich bewegte mich nicht, ich wollte erst durch eine Bewegung von ihm wieder in die Realität zurückgeholt werden. Da ließ er die Violine langsam sinken und im selben Augenblick brach tosender Applaus los. Ich blinzelte, so als ob mich jemand aus dem Schlaf gerissen hätte. Maria klatschte begeistert, auch der ältere Herr neben ihr, der der Musikdirektor des Bonner Orchesters sein musste. Karl kam zu mir, nahm meine Hand und küsste sie. Ich glaube, ich bin rot angelaufen. Wir standen nebeneinander, hielten uns an den Händen und verbeugten uns einmal, zweimal, dreimal, dann sahen wir uns kurz an und gingen von der Bühne. Aber der Applaus rief uns gleich noch mal nach vorn.

Nach einer kurzen Pause ging es weiter mit der schwierigen Kreutzer-Sonate. Doch nun war ich richtig in Schwung. Auch Karl spielte wie ein junger Gott. Die Sonate war wesentlich länger und anstrengender, aber uns gelang alles, was wir uns vorgenommen hatten. Es machte so viel Spaß, dass ich erstaunt war, als ich das letzte Mal die Seite umgeblättert hatte und das Ende näherrückte. Der bombastische Schlussakkord war noch nicht verklungen, da sprangen die Zuhörer schon von den Plätzen und es gab stehende Ovationen. Karl zog mich vom Klavierschemel und legte seinen rechten Arm um meine Taille. So verbeugten wir uns viele Male. Ich war erhitzt vom Spielen und vor Glück. Das Publikum ließ uns nicht gehen, bevor wir nicht fünf Zugaben gespielt hatten, virtuose Stückchen, die wir eigentlich nur zum Spaß geprobt hatten. Jedes Mal brandete erneut Applaus auf und zum Schluss waren wir so fix und fertig, dass sich zunächst Karl verspielte und nur durch einen kuriosen Lauf wieder ins Stück fand, und ich dann auch. Wir lachten, das Publikum ebenfalls und schließlich bettelten wir um Entlassung. Der Musikdirektor überreichte mir einen gigantischen Blumenstrauß und sagte: »Fräulein Lambrecht, ich gehe davon aus, wir hören Sie jetzt regelmäßig. Sie und Herr Finkenberg sind das perfekte Duo.«

Im Künstlerzimmer fiel ich Karl um den Hals und er drehte mich so lange im Kreis, bis uns beiden schwindelig war. Dann kamen Maria, meine Eltern, Sophia mit ihren Eltern, Fräulein Kettel und Karls Kollegen. Ich schüttelte Dutzende von Händen. Fräulein Kettel sagte nicht viel. Nachdenklich ruhte ihr sonst so strenger Blick auf mir. Sie schien begriffen zu haben, dass ich jetzt musikalisch erwachsen geworden war und mich von ihr gelöst hatte. Fast tat sie mir leid, doch dazu war ich in einem zu großen Freudentaumel. Karls Kollegen waren allesamt begeistert. Sie behandelten mich, als ob ich eine von ihnen sei. Gestern hat sich mein großer Kindheitstraum erfüllt: Ich bin eine gute Pianistin geworden!

Es war ein lauer Maiabend, als ich mit Karl nach Hause ging. Wir trugen noch unsere Konzertkleider. Ich wollte mein Kleid bis zum Schlafengehen nicht ablegen. Mein Herz sang, ich hakte mich bei ihm unter und ab und zu lehnte ich den Kopf an seine Schulter. Papa und Mama hatten ihn zum Abendessen eingeladen, damit wir auf das Konzert anstoßen konnten. Meine Familie war schon vorausgegangen, Karl und ich hatten noch ein wenig im Künstlerzimmer vor uns hin getrödelt, nachdem die letzten Gratulanten gegangen waren. Es ist ein merkwürdiges Gefühl, wenn man monatelang auf ein Ereignis hinarbeitet und dieses dann plötzlich vorbei ist. Ich fühlte mich glücklich, erfüllt, erleichtert, dass ich es geschafft hatte, aber ich spürte auch Wehmut, denn nun würden wir diese beiden Beethoven-Sonaten so bald nicht mehr spielen. Aber der Gedanke tröstete mich, dass ich noch viele Konzerte an Karls Seite bestreiten würde und wir jedes Mal ein solches Glück erfahren würden.

Als wir in unsere Straße einbogen, hörte ich schon von Weitem ein ungewöhnliches Stimmengewirr. Ich wunderte mich. Was war denn los? Normalerweise sind die Wohngebiete der Bonner Südstadt immer recht bieder und ruhig. Mama öffnete uns die Tür, sie musste hinter dem Fenster gestanden haben. »Da seid ihr ja, Kinder! Kommt herein, wir sind im Garten.«

Wir legten im Wohnzimmer unsere Taschen und Karls Geige ab und gingen in den Garten. Als wir die Terrasse betraten, empfing uns begeisterter Applaus. Ich stand wie geblendet da. Papa kam und reichte Karl und mir je ein Champagnerglas. Dann klimperte er mit einem Löffel gegen sein Glas und augenblicklich wurde es still. Völlig perplex starrte ich ihn an. Was war das für eine Veranstaltung? Als ich die Leute musterte, stellte ich fest, dass ich eben alle schon einmal im Konzertsaal gesehen hatte: Es waren unsere Bekannten und Karls Kollegen.

»Meine Damen und Herren, liebe Freunde, meine Frau und ich haben Sie in unseren Garten eingeladen, um die Verlobung von Karl und Elise zu feiern. Wir sind sehr froh, dass Sie so zahlreich gekommen sind, und mit uns auf das Glück unserer Kinder anstoßen wollen.«

Mir fiel die Kinnlade herunter, auch Karl war bass erstaunt. Wann hatte meine Familie das vorbereitet? Etwa in den wenigen Stunden, die Karl und ich uns im Konzertsaal eingespielt hatten? Papa hob das Glas und die Menge prostete uns zu. Es war wie im Traum, und hätte ich nicht Karl neben mir gespürt, wäre ich überzeugt gewesen, mir alles nur einzubilden. Doch ich war im Nu umringt und wurde geherzt und gedrückt.

»Wann habt ihr das alles geplant?«, fragte ich Mama, als ich sie zu fassen bekam.

»Schon lange, Elise.«

»Aber ich habe gar nichts bemerkt.«

»Tja, meine Süße, wir können ebenso Geheimnisse bewahren wie du und Karl.« Mama zwinkerte. »Denn dass ihr schon wochenlang heimlich verlobt gewesen seid, bevor ihr es uns gesagt habt, hat außer Maria niemand geahnt.«

Ich wurde rot. »Und woher kennt ihr Karls Kollegen? Selbst ich habe die meisten von ihnen erst heute kennengelernt.«

Mama lachte. »Maria hat während eurer regelmäßigen Konzertbesuche Alexander Brandt kennengelernt, mit dem ihr ein Klaviertrio gegründet habt.«

Ich erinnerte mich, dass ich Maria in einer der Pausen Alexander vorgestellt hatte.

»Alexander war uns sehr behilflich bei der Vorbereitung der Verlobungsfeier«, sagte Mama. »Er hat die Einladungen für Karls Kollegen übernommen. Aber der größte Dank gebührt Hermine. Tagelang hat sie gekocht und gebacken und während des Konzerts alles im Garten hergerichtet.«

Ich fiel Mama um den Hals. »Vielen Dank, ihr habt so viel Arbeit gehabt.«

»Gefällt es dir denn?« Sie schien sich nicht sicher zu sein.

»Und ob! Es ist wunderschön! Vielen Dank!«

Als nach Mitternacht die letzten Gäste und Karl gegangen waren, ließ ich mich aufs Bett fallen. Ich bin überzeugt, dass dies der schönste Tag in meinem Leben war.

Kapitel 4

Valerie klappte das Tagebuch zu und löste ihre Haarspange. Ihre langen Locken breiteten sich über ihrem Rücken aus wie ein Umhang. Sie drehte die Haarspange unter dem Licht der Schreibtischlampe. Es war die Perlmutthaarspange, die Karl damals Elise zu ihrem ersten gemeinsamen Konzert geschenkt hatte. Opa Johannes hatte sie Valerie vor vielen Jahren gegeben und gesagt, dass sie immer gut auf sie achtgeben solle, sie habe Tante Elise gehört, die sie täglich getragen habe. Seitdem trug sie diese Haarspange ständig, denn sie gefiel ihr und passte gut zu ihren dunklen Haaren. Aber sie hatte bislang keine Ahnung gehabt, dass die Haarspange sozusagen Karls Verlobungsgeschenk an Elise gewesen war. Seltsam, dass sie schon seit Jahren mit einem Gegenstand, der Tante Elise sehr wichtig gewesen sein musste, herumlief. Der Gedanke gefiel Valerie. Seitdem sie Elises Tagebuch las, hatte sie ihre Urgroßtante ins Herz geschlossen. Sie schaltete das Licht aus und ging ins Bett. Sie musste ein wenig schlafen, wenn sie am nächsten Tag nicht vollkommen von der Rolle sein wollte.

Am nächsten Morgen schwenkte das Wetter um und fortan schüttete es tagelang ununterbrochen. Valerie fühlte sich wie zerschlagen. Sie schaffte es kaum, trockenen Fußes irgendwo anzukommen. Und schon bald spürte sie die Vorboten einer Erkältung. Sie saß mit heißen Wangen und pochendem Schädel in den Proben. Morgens schluckte sie die erste Kopfschmerztablette und legte mittags noch eine nach, um den Tag zu überstehen. Sie traute sich aber nicht, während der Proben Halstabletten zu lutschen, da Jan sie gewarnt hatte, in Rossellis Proben nur ja nichts im Mund zu haben. Zu allem Überfluss fiel in ihrer Wohnung die Heizung aus, und wenn sie nach Hause kam, saß sie frierend mit einer Wärmflasche unter der Bettdecke. Sie hielt sich so lange wie möglich in den beheizten Räumlichkeiten des Orchesters auf, aber auch dort war es auf Dauer ungemütlich. Was hätte sie darum gegeben, sich mittags einmal hinlegen zu können. Aber sie durfte jetzt auf keinen Fall richtig krank werden! Und so stopfte sie unzählige Äpfel, Grapefruits und Orangen in sich hinein.

Für das nächste Sinfoniekonzert waren Registerproben angesetzt. Auf dem Plan stand die 5. Mahler-Sinfonie und die Prokova war der Ansicht, dass die Streicher die schwierigen Tonfolgen vor der Tuttiprobe gesondert üben sollten. Valerie saß mit vierzehn weiteren ersten Geigern und der Prokova in einem kleineren Übungsraum. Madame Prokova ließ die erste schwierige Stelle spielen. Einer der Geiger erwischte in dem Gewimmel von Kreuz- und B-Vorzeichen einen falschen Ton und die Prokova winkte ab. »*Encore une fois!*« Die Musiker begannen erneut und schon wieder griff jemand einen falschen Ton. »Haben Sie sich nicht vorbereitet?«, schimpfte sie. »Noch einmal.« Und so ging es weiter. Valerie spürte, wie ihr ein Schweißtropfen langsam den Rücken hinunterlief. Ihr Kopf schmerzte und ihre Bronchien waren wund von der trockenen Heizungsluft. *Nur keinen falschen Ton erwischen!* Aber es passierte wieder einem anderen. Nach dem fünften Durchspielen derselben Stelle riss der Prokova der Geduldsfaden und leider hatte sie die Schuldige, die bei diesem Mal einen falschen Ton erwischt hatte, ausgemacht. Es war Sarah, eine sehr junge Geigerin, die immer am letzten oder vorletzten Pult saß. »Sarah! Sie sind völlig unvorbereitet und reißen die gesamte Stimmgruppe nach unten. Wir können immer nur so gut sein wie der Schlechteste von uns. Wenn Sie weiterhin in diesem Ensemble bleiben wollen, müssen Sie sich anstrengen. Spielen Sie jetzt allein!« Valerie blieb fast das Herz stehen, als sie hörte, wie ihre Kollegin vor allen vorgeführt wurde. Sarah wurde kalkweiß. Sie begann gehorsam allein zu spielen, aber schon im zweiten Takt machte sie einen Fehler und dann gleich noch einen. »*Encore une fois!*« Die Stimme der Prokova knallte auf sie herab wie ein Peitschenhieb. Es klappte nicht besser, eher schlechter. Sarah hatte ihren Bogen nun nicht mehr unter Kontrolle. Ihre rechte Hand zitterte.

»In den Noten ist kein Tremolo vermerkt!« Der sarkastische Kommentar der Prokova zu ihrem Zittern trieb der armen Sarah Tränen in die Augen.

»Ich hätte einen Vorschlag für einen alternativen Fingersatz«, sagte Valerie schnell, um zu verhindern, dass die Prokova weiterhin auf Sarah herumhackte. Sie hatte gesehen, dass ihre Kollegin einen Fingersatz nahm, bei dem sie ziemlich oft ablangen musste, was bei kleineren Fingern, so wie sie und Sarah sie hatten, häufig unsauber wurde.

»*Sie* halten sich da ganz raus!«, fuhr die Prokova Valerie an.

Valeries Wangen brannten, als ob die alte Konzertmeisterin sie gerade geohrfeigt hätte. Alle Augen waren nun auf sie gerichtet. Gut, wenigstens verschaffte es Sarah eine Galgenfrist.

»Entschuldigung«, murmelte Valerie, als sie sich wieder ein wenig gefangen hatte, »ich denke nur, dass es vielleicht jetzt nicht so viel bringt, wenn die Kollegin weiterhin allein vorspielen muss …«

»Ich habe gesagt, Sie sollen sich raushalten, sonst können Sie gleich den Raum und das Orchester verlassen!« Madame

Prokova schrie fast. »Und das Denken, Madame Mollwitz, sollten Sie lieber anderen überlassen.«

Dieses Mal war Valerie unfähig, noch etwas zu erwidern. Ihr Magen zog sich zusammen. Sie kämpfte nun selbst mit den Tränen, schluckte sie aber stoisch hinunter und setzte eine Miene auf, die einer Totenmaske glich.

Madame Prokova ließ jedoch von Sarah ab und ging zur zweiten Passage über, die sie für probewürdig empfand. Valerie spielte mechanisch mit. Sie hatte die Stellen so gut geübt, dass sie selbst jetzt fehlerfrei spielte, obwohl sie mental am Boden lag. Der Rest der Probe verlief in eisiger Atmosphäre, aber ohne weitere Katastrophen. Niemand sagte etwas, jeder gehorchte der Prokova und es funktionierte erstaunlich gut.

Nach der Probe packte Valerie ihre Geige ein und verließ den Raum, ohne ein Wort mit einem ihrer Kollegen zu wechseln. Sie wollte jetzt nur noch nach Hause. Aber als sie auf dem Flur war, fiel ihr ein, dass sie Sarah noch ihren Fingersatz geben sollte, damit die Arme die fehlgeschlagenen Passagen besser vorbereiten konnte. Sie sah sich um. Wo war Sarah? Sarahs Pultnachbar Edmond war ein paar Schritte hinter ihr. »Weißt du, wo ich Sarah finden kann?«, fragte sie.

Er lächelte müde. »Ja, ich weiß es, aber ich darf es niemandem sagen.«

Valerie nickte. »Gut, das verstehe ich. Ich will sie auch nicht stören, ich habe nur gesehen, dass sie denselben Fingersatz benutzt wie du. Aber ihre Finger sind kleiner als deine und vielleicht möchte sie meinen Fingersatz ausprobieren?«

Edmond zögerte. »Ich bringe dich zu ihr. Du warst ja auch so nett eben.«

Valerie folgte ihm die Treppe nach unten. Er lief durch ein Gewirr an Gängen und öffnete schließlich eine Tür. Sie führte in den Heizungskeller. Es war dunkel.

»Sarah?«, rief er und schaltete das Licht an.

Ganz weit hinten im Raum hörte Valerie ein leises Schluchzen. Sie ging dem Geräusch nach und da sah sie Sarah zusammengekauert auf dem Boden sitzen, ihre Geige und Dutzende von Papiertaschentüchern neben sich. Als Sarah Valerie und Edmond sah, fuhr sie ihren Pultnachbarn an: »Du solltest doch niemandem sagen, wo ich bin!«

»Entschuldige!« Valerie kniete sich neben ihre Kollegin. »Ich will auch nicht lang bleiben.« Sie zog ihre Noten und einen Bleistift aus dem Geigenkasten und griff nach Sarahs Noten. Sie zeichnete ihre Fingersätze unter die, die Sarah bereits in ihren Noten vermerkt hatte. »Probier die mal aus, deine Finger sind kleiner als die von Edmond, vielleicht klappt es so besser.«

»Danke«, schniefte Sarah in ihr Taschentuch. Edmond hatte in der Zwischenzeit einen Arm um Sarahs Schultern gelegt. *Wieso hat er seine Pultnachbarin eben eigentlich nicht verteidigt*, fragte sich Valerie, *sie scheinen doch befreundet zu sein.* Aber das ging sie nichts an. Sie stand wieder auf und wandte sich zum Gehen.

»Warte!«, rief Sarah und putzte sich die Nase. »Ich weiß, dass es unmöglich ist, dich das zu fragen, aber könnte ich dir vielleicht diese Stellen morgen vorspielen, bevor ich sie der Prokova vorspielen muss?«

»Du musst der Prokova allein vorspielen?« Valerie war fassungslos.

Sarah nickte. »Ja, das verlangt sie von jedem, der ihrer Ansicht nach nicht richtig vorbereitet war. Morgen Nachmittag ist mein Termin, das hat sie mir eben noch eröffnet, bevor ich aus dem Raum gestürzt bin.« Sie wischte sich die Tränen aus den Augen. »Die Sache ist nur, ich war auch heute vorbereitet, aber als sie mich die ganze Zeit fixiert hat und ich dann auch noch allein vorspielen musste, bin ich völlig nervös geworden.«

»Das ist doch klar«, sagte Valerie.

»Es würde mir helfen, wenn ich zuerst dir die Passage vorspielen dürfte, bevor ich sie Madame vorspielen muss.« Sarah sah sie beinahe flehend an.

»Natürlich, das können wir gern so machen. Wir können die Stellen auch zusammen üben, wenn es dir hilft. Morgen gegen zwölf Uhr nach der Vormittagsprobe?«

Sarah lächelte schwach. »Vielen Dank, Valerie.« Sie räusperte sich. »Danke auch, dass du eben in der Probe versucht hast, mir zu helfen. Das war wirklich sehr nett und es tut mir leid, wenn du deswegen bei der Prokova in Ungnade gefallen bist.«

Valerie seufzte. »Ich glaube, das war ich ohnehin schon.« Sie verabschiedete sich von den beiden und suchte sich ihren Weg nach draußen.

Sie wollte noch nicht direkt nach Hause, wo ihr die Decke auf den Kopf fallen würde. *Ich steige in die nächste Metro und schaue einfach, wo ich rauskomme*, beschloss sie. Sie hatte, bis auf den ersten Tag, als sie sich die Tuilerien und die Orangérie angesehen hatte, noch gar kein richtiges Sightseeing gemacht. Vielleicht konnte sie jetzt etwas Schönes besichtigen, sozusagen als Entschädigung für den fürchterlichen Tag. Und vielleicht sollte sie sich auch beeilen, all die Sehenswürdigkeiten der Stadt abzuklappern, denn so, wie die Dinge lagen, würde sie für Paris nur noch wenige Monate Zeit haben. Sie schluckte. Da war wieder der Kloß in ihrem Hals, als sie an die Situation im Orchester dachte. Die Metro fuhr in die nächste Station ein: Gare du Nord, las Valerie, und einem plötzlichen Impuls folgend stieg sie aus. *Vielleicht fahre ich einfach nach Bonn*, dachte sie, wusste aber zugleich, dass das utopisch war. Morgen hatte sie Dienst. Sie ging mit Hunderten anderen Menschen die Treppe nach oben zu den Gleisen und sah auf die Anschlagtafel. Wann würde der nächste Zug nach Köln abfahren? Allein der Gedanke, dass sie dort einsteigen und in vier Stunden zu Hause in Bonn sein *könnte*, war eine beruhigende und tröstende Vorstellung.

Der Gare du Nord war alles andere als ein pittoresker oder gar romantischer Aufenthaltsort. Massenströme an Touristen wälzten sich über die Bahnsteige und machten dem größten Bahnhof Europas alle Ehre. Valerie versuchte sich vorzustellen, wie vor hundert Jahren Herren mit hohen Zylindern und Damen mit langen Röcken und Regenschirmen hier entlangdefiliert waren. Doch dieses Bild konnte sie lediglich ein paar Sekunden vor ihrem inneren Auge sehen, bevor das hektische Treiben um sie herum ihr wieder bewusst machte, dass sie sich in der Gegenwart befand.

Valerie inhalierte die Bahnhofsatmosphäre wie Medizin. Auch in anderen Städten, in denen sie gelebt hatte, war sie immer, wenn sie krank vor Heimweh gewesen war, zum Bahnhof gegangen und hatte sich dann wohler gefühlt. Sie mochte das hektische Treiben, die ratternden Anschlagtafeln und die Ansagen, die sekündlich aus den Mikrofonen ertönten. Und sie atmete die diversen Gerüche ein, die in dieser speziellen Mischung wohl nur an Bahnhöfen vereinigt sind: Der Duft nach teuren Parfums, den einige Damen im Vorbeigehen verströmten, prallte auf Uringestank, der sich aus manchen Ecken penetrant den Weg in ihre Nase bahnte, und der Geruch nach dem altem Fett der Schnellimbissstände vermischte sich mit dem Geruch druckfrischer Printmedien, die an den Zeitungsständen feilgeboten wurden. Es war kein angenehmer Geruchscocktail, aber es war ein olfaktorischer Mix, der fast in jedem Bahnhof gleich ist. Auch an den Bahnhöfen in Köln, München und Frankfurt, den Städten, in denen Valerie einen Teil ihres Lebens verbracht hatte. Daher fühlte sie sich am Gare du Nord ein wenig wie zu Hause. Und sie hatte vor allem das Gefühl, dass sie, wenn sie nur wollte, sofort in einen der Züge einsteigen und nach Hause fahren könnte. Der nächste Thalys nach Köln fuhr jedoch erst in zwei Stunden. Valerie wäre gern auf das Gleis gegangen und hätte den Zug berührt, der bald in ihre Heimat fahren würde. Aber er stand noch nicht bereit und zwei Stunden konnte sie nicht warten. Sie hatte jetzt schon kalte Füße. Daher atmete sie noch einmal tief ein und ging dann wieder die Treppe hinab, um die Metro nach Hause zu nehmen.

Trotz der Seerosenposter fühlte sich Valerie in ihrer Wohnung immer noch unwohl. Sie schaffte es einfach nicht, die restlichen Umzugskartons auszuräumen. Aber es war ohnehin egal. Wer würde schon in ihre Wohnung kommen und die Unordnung sehen? Es war wichtiger, gut vorbereitet in die Proben zu gehen. Und außerdem musste sie so oder so in einigen Monaten wieder alles einpacken und umziehen.

Sie schaltete den Computer ein und rief ihr E-Mail-Programm auf. Vor ein paar Tagen hatte sie ihrem früheren Geigenprofessor, zu dem sie all die Jahre losen Kontakt gehalten hatte, geschrieben, dass sie eine Stelle in Paris gefunden habe. Sie hatte auch angedeutet, dass sie mit der Prokova nicht besonders gut auskam. Als sie nun ihr Postfach öffnete, fand sie eine lange Mail von ihm. Er gratulierte ihr zu ihrer Stelle, klang dann aber sehr besorgt, weil er Madame Prokova von früher kannte. Er schrieb:

> Sie war meine ärgste Konkurrentin am Moskauer Konservatorium, und auch als wir später beide im Westen waren, haben sich unsere Wege oft gekreuzt. Wir haben uns um dieselbe Professorenstelle beworben, aber ich habe den Zuschlag erhalten, sie nicht. Ich hoffe, liebe Valerie, dass Ihnen dies nun nicht zum Verhängnis wird.

Ja, das hoffte sie auch. Sie verstand nun, warum sie der Prokova ein Dorn im Auge war. Sie schaltete den Computer aus und setzte sich auf ihr Bett. Sie versuchte, an nichts zu denken. Das Denken sollte sie ja anderen überlassen. Die Worte, die ihr die alte Konzertmeisterin am Nachmittag entgegengeschleudert hatte, durchbohrten sie jetzt wie Speerspitzen. Den ganzen Tag hatte sie Haltung bewahrt, aber nun schossen ihr Tränen in die Augen. Das war so gemein gewesen. Valerie vergrub ihren Kopf in die Kissen und weinte. Alles lief schlecht. Wozu sollte sie in Paris bleiben? Sollte sie sich weitere fünf Monate schikanieren lassen, nur um dann gefeuert zu werden? Weil sie bei dem falschen Lehrer studiert hatte? Weil sie jünger und hübscher war? Weil sie aus irgendwelchen anderen Gründen der Prokova nicht passte? Sie suchte unter ihrem Kopfkissen nach einem Taschentuch und schnäuzte sich. Aber wo sollte sie hin? Auf einmal quälte sie auch wieder Adrians unerträgliche Demütigung. Valerie war mit Wohnungssuche, Umzugsorganisation und neuer Stelle die letzten Wochen so beschäftigt gewesen, dass sie kaum Zeit gehabt hatte, daran zu denken. Sie hatte sich in Aktivitäten gestürzt, ja, stürzen müssen. Aber jetzt bahnte sich die schmerzvolle Erfahrung mit aller Macht einen Weg an die Oberfläche. Warum hatten er und Carmen ihr so übel mitgespielt? Warum nur? Was hatte sie ihnen getan? Und hatte sie sich richtig verhalten, indem sie damals einfach davongelaufen war, ohne eine Telefonnummer zu hinterlassen? Ohne Adrian Gelegenheit zu geben, sich zu erklären? Aber was hätte er erklären sollen? Seine Tat war Erklärung genug. Und er hätte ihr ja auch einmal eine E-Mail schreiben können. Doch das hatte er nicht getan. Sie war ihm wohl egal.

Als Valerie keine Tränen mehr hatte, die sie weinen konnte, war es bereits dunkel. Sie stand auf, um sich einen Tee zu kochen.

Die Wohnung war kalt und ungemütlich. Warum funktionierte die dämliche Heizung immer noch nicht? Aber sie hatte auch keine Zeit, sich darum zu kümmern. Tagsüber war sie im Orchester und telefonisch konnte sie die Concierge nicht informieren. Dazu war ihr Französisch zu schlecht. Sie legte sich mit ihrer Teetasse ins Bett und deckte sich mit drei Decken zu. Auf ihrem Nachttisch lag Elises Tagebuch. Ihr stand der Sinn nicht nach Lesen, denn ihre Augen brannten vom vielen Weinen. Dennoch griff sie nach dem Tagebuch. Sie musste sich ablenken. Vielleicht konnte ihre Urgroßtante sie aus dem Jenseits ein wenig aufheitern. Außerdem musste sie wissen, wie Elises und Karls Leben weitergegangen war.

Von Elise

Sonntag, 28. Juni 1914

Maria hat gestern geheiratet, bei strahlender Sonne. Der Abend vor ihrer Hochzeit war für uns beide ziemlich traurig. Wir wussten, dass wir nie wieder ein Zimmer miteinander teilen würden, und ich fühlte mich etwas verlassen, obwohl ich wusste, dass es dumm war. Es ist der Lauf der Dinge, dass wir beide heiraten. Und so lange wird es auch nicht mehr dauern, bis auch ich aus dem Elternhaus ausziehe und Karls Frau werde. Nach der Konzertsaison wollen Karl und ich auf Wohnungssuche gehen.

Gestern früh stand Maria schon vor dem Spiegel, als ich noch schlief, und probierte ihr Kleid an. Ich sprang aus dem Bett und half ihr. Kurz darauf kam Mama ins Zimmer und auch Lotte wirbelte um uns herum, bis Maria sie bat, unten zu warten, weil sie sie nervös mache.

Dann fuhr die Kutsche vor und wir begaben uns zur Kirche. Ich war Marias Brautjungfer und trug ihre Schleppe. Ihr Kleid war bezaubernd! Mama und die Schneiderin hatten ganze Arbeit geleistet. Johann Mollwitz wartete vor dem Altar und schien derselben Ansicht zu sein. Er lächelte unter seinem Schnurrbart und ich war mir nun sicher, dass Maria mit ihm glücklich werden würde. Wahrscheinlich waren es tatsächlich nur mein Egoismus und meine Angst gewesen, dass er sie mir wegnahm, die mich zu der Meinung veranlasst hatten, er könne nicht der Richtige für sie sein.

Karl saß hinten in der Kirche. Er trug einen dunklen Anzug und hielt den Geigenkasten unter dem Arm. Er lächelte mir zu, als ich nach der Trauung hinter Maria und Johann das Kirchenschiff verließ. Ich musste mich zusammennehmen, um die Schleppe nicht fallen zu lassen. Denn wenn ich ihn sehe, klopft mein Herz immer noch so stark wie vor einigen Monaten.

Auf der anschließenden Feier gaben Karl und ich ein paar Stücke zum Besten und feierten und tanzten dann bis spät in die Nacht. Maria schien sehr glücklich zu sein, sie strahlte und lachte den ganzen Abend. Zum Abschied drückte sie mich ganz fest: »Ich wünschte, ich könnte dich mitnehmen«, flüsterte sie mir zu. »Aber ich werde dir jeden Tag schreiben.«

Nach der ausgelassenen Feier schlief ich heute bis zum Mittag. Als ich vorhin ins Esszimmer kam, saßen meine Eltern noch am Frühstückstisch. Sie beugten sich beide über ein Telegramm. »Was ist los?«, fragte ich vergnügt. »Haben unsere Wiener Verwandten die Hochzeit vergessen und gratulieren Maria heute erst?«

Beide blickten auf. Papas Stirn lag in Falten und Mama sah so aus, als ob sie ein Gespenst gesehen hätte. »Der österreichische Thronfolger und seine Frau sind heute Vormittag ermordet worden.«

Ich setzte mich. »Wie entsetzlich. Wie ist das passiert?«

Papa schob mir das Telegramm herüber. Es war von Tante Helga: »Ganz Wien in Aufruhr, Thronfolger und Frau eben ermordet«, las ich. Es war in der Tat schlimm, allerdings wusste ich nicht recht, wie uns dies in der Ferne tangieren sollte. »Was bedeutet das jetzt?«, fragte ich daher.

Papa zuckte mit den Schultern. »Wir wissen es nicht, Kindchen. Für Österreich ist es schlimm, keine Frage. Aber ob es Auswirkungen auf uns hier in Bonn haben wird, kann ich nicht sagen.«

Ich habe keine Ahnung von Politik und sie interessiert mich auch nicht besonders. Ich erinnere mich an die Familie des österreichischen Kaisers. Als wir noch in Wien wohnten, bin ich als kleines Mädchen manchmal morgens mit Papa durch den Volksgarten gelaufen, dort sind wir dem Kaiser begegnet. Für ihn tut es mir leid. Ich nahm mir Kaffee. Mama und Papa sind natürlich bedrückt. Mama ist gebürtige Wienerin und Papa hat dort immerhin zwanzig Jahre gelebt. Aber ich wohne seit über zwölf Jahren in Bonn und betrachte mich als Bonnerin. Wien ist für mich weit weg.

»Sind Max und Lotte schon auf?«, fragte ich, denn ich wollte Klavier üben.

Mama schüttelte den Kopf. »Sie kommen bestimmt noch nicht so bald hinunter. Zumindest Max war gestern Abend ganz schön betrunken.«

Um den Schlaf meiner Geschwister nicht zu stören, habe ich mich daher nicht ans Klavier gesetzt, sondern stattdessen an den Gartentisch, um weitere Seiten meines hübschen Tagebuchs zu füllen.

Sonntag, 5. Juli 1914

Es ist seltsam, aufzuwachen und Marias Bett leer vorzufinden. Sie fehlt mir sehr. Seit einer Woche ist sie nun verheiratet und weilt mit ihrem Mann an der Ostsee. Nächste Woche kommen die beiden von ihrer Hochzeitsreise zurück. Aber ich kann schlecht sofort zu Maria laufen, um mich nach Neuigkeiten zu erkundigen, weil man dem jungen Paar sicherlich Gelegenheit geben muss, sich in ihrem neuen Heim einzuleben.

Da Mollwitz eine Stelle als Staatsanwalt in Linz am Rhein bekommen hat, werden er und Maria dort wohnen. Es ist eigentlich nicht weit, doch Linz liegt auf der anderen Seite des Rheins und es ist recht langwierig, dorthin zu fahren. Denn zuerst muss man von Bonn aus auf die rechte Rheinseite gelangen, entweder mit der elektrischen Bahn nach Beuel oder über das Eisenbahntrajekt nach Oberkassel; von dort aus gibt es einen Zug bis Linz. Für einen kurzen Besuch dauert das leider viel zu lang.

Am Morgen wird mir Marias Fehlen am schmerzlichsten bewusst. Aber dann sage ich mir, dass auch ich in nur drei Monaten mit Karl verheiratet sein werde, und da wird es mir schlagartig ganz warm ums Herz.

Heute Abend findet das Abschlusskonzert von Karls Orchester statt, bevor es in die Sommerpause geht. Und ich werde heute das erste Mal allein ohne Maria im Konzertsaal sitzen und zuhören.

Samstag, 11. Juli 1914

Das Abschlusskonzert letzten Sonntag war ein voller Erfolg. Karl spielte ein traumhaft schönes Solo eines recht modernen Stücks von Rimski-Korsakow, das den Titel »Scheherazade« trägt. Seine Violine klang so zart und lieblich im Gegensatz zu den lauten Orchesterstellen. Ich war hin und weg.

Danach brach für uns die Ferienzeit an. Wir können während der Sommerpause mehr Zeit miteinander verbringen. Wir spielen jeden Vormittag Duos, gehen spazieren und schmieden Pläne für unser Leben nach der Hochzeit. Ich bin so glücklich! Wir haben angefangen, nach einer geeigneten Wohnung Ausschau zu halten, aber bislang noch nichts Passendes gefunden. Viele Bonner haben die Stadt verlassen, um in die Ferien zu fahren. Ich bin froh, dass meine Familie dieses Jahr nicht in die Sommerfrische fährt, denn so kann ich mich jeden Tag mit Karl treffen.

Gestern fand auch unsere erste ernsthafte Klaviertrio-Probe mit Alexander statt. Wir hatten das Mendelssohn-Klaviertrio vorbereitet und probten sehr intensiv. Anders als mit Karl allein, unterbrachen wir nach einem anfänglichen Durchlauf andauernd. Die beiden Herren mussten sich auf Striche und Phrasierungen einigen. Es kam mir alles sehr akademisch vor und nach drei Stunden war ich völlig erschöpft. Alexanders Celloklang ist wunderbar weich und tief und dabei doch kräftig. Anders als der hochgewachsene, schlanke Karl ist Alexander ein richtiges Muskelpaket. Mit seinen Oberarmen könnte er bestimmt auch gut als Schmied arbeiten.

Nach der Probe gingen Karl und ich noch eine Weile am Rhein spazieren.

»War die Probe sehr anstrengend für dich?«, fragte er.

Ich lachte und schmiegte mich enger an seinen Arm. »Oh ja, ich bin rechtschaffen müde. Probt ihr im Orchester immer auf diese Art und Weise?«

Karl nickte. »Wir spielen nur am Anfang und am Ende der Probe die Sätze ganz durch. Dazwischen proben wir einzelne Phrasen oder lediglich Takte.«

»Ganz anders als bei uns beiden, nicht wahr?«, bemerkte ich.

Karl drückte meinen Arm. »Als wir beide das erste Mal allein geprobt haben, wollte ich die Stimmung um nichts in der Welt zerstören. Es war ohnehin alles perfekt, von Anfang an. Ich hätte gar nicht gewusst, was wir hätten ausdiskutieren sollen, um die Musik noch schöner klingen zu lassen.«

»Weißt du, ich habe heute meine Noten so vollgekritzelt mit Anweisungen, dass ich ein wenig Sorge habe, dass ich vor lauter Zeichen und Markierungen den Fluss der Musik vergesse.«

»Das ist in der Tat die große Gefahr«, gab mir Karl recht. »Deshalb müssen wir so lange proben, bis sich all die Anweisungen von selbst in die Musik integrieren und wir schlussendlich im Konzert nicht mehr daran denken müssen.«

»Wann ist das Konzert eigentlich genau?«, fragte ich.

Karl blieb stehen und holte seinen Terminkalender aus der Westentasche. »Am 13. September, sofort nach Saisoneröffnung des Orchesters und kurz vor unserer Hochzeit.«

Das war das Stichwort. »Ich kann es kaum erwarten!«, rief ich.

Karl drückte erneut meinen Arm. »Ich kann dich schlecht hier auf der Rheinpromenade vor den Augen der gutbürgerlichen Bonner Gesellschaft in die Arme nehmen«, raunte er mir ins Ohr. »Aber ich würde dich hier und jetzt sofort küssen wollen.« Ich kicherte. Wenn er das täte, wären wir morgen Stadtgespräch.

Karl brachte mich nach Hause und übte noch ein wenig Konversation mit meinen Eltern, die bei dem schönen Wetter auf der Terrasse saßen. Mama und Papa kennen seit Tagen nur ein Thema: die Ermordung des österreichischen Thronfolgers und seiner Frau in Sarajevo. Karl hat von seinen Wiener Freunden auch diverse Briefe erhalten, worin sich alles um dieses Thema dreht, das in Bonn keine Menschenseele interessiert.

Schließlich war es Zeit, dass er sich verabschiedete. Ich begleitete ihn zum Gartentörchen. Er legte seine Arme um meine Taille und zog mich an sich. Ich wollte ihn sofort küssen, aber er kam mit seinem Kopf noch nicht herunter zu mir, sondern sah mich an. In seinem Blick lag etwas Besorgtes, Melancholisches, das ich seit Wochen nicht mehr in seinen Augen gesehen hatte. Mir pochte das Herz, was war bloß los? Doch da lächelte er. »Du bist so schön, Elise«, flüsterte er, »und ich liebe dich so sehr.« Nun beugte er sich zu mir hinab und unsere Lippen verschmolzen zu einem langen Kuss. Niemand von uns beiden wollte sich lösen. Als er gegangen war, war ich nicht fröhlich wie sonst, sondern bekam aus unerklärlichen Gründen seinen melancholischen Blick nicht mehr aus dem Gedächtnis.

Dienstag, 21. Juli 1914

Maria und ihr Mann sind seit letzter Woche zurück! Obwohl es mir schwerfiel, wartete ich ein paar Tage ab, bis ich ihr einen Brief schrieb und fragte, ob und wann ich sie mit Karl besuchen kommen dürfe. »Sofort« kam postwendend die Antwort, und so saßen Karl und ich gestern im Zug und fuhren in das beschauliche Weinörtchen Linz südlich des Siebengebirges. Maria und ich fielen uns um den Hals und sie zeigte mir begeistert ihren Garten, in dem Dutzende Apfel- und Birnbäume stehen. Sie hat auch Beete mit Salat, Tomaten und Bohnen, und den Gärtner hat sie angewiesen, ein paar Rosenstöcke zu pflanzen. Schon in Bonn war Maria immer gern draußen im Garten meiner Eltern, doch nun hat sie ein wesentlich größeres Grundstück, auf dem sie schalten und walten kann, wie es ihr gefällt. Ich freue mich für sie.

Mollwitz führte uns stolz im Haus herum. Ich hätte Maria gern unter vier Augen gesprochen und sie über das Eheleben ausgefragt, aber das war absolut unmöglich. Karl versuchte zwar, mir dabei zu helfen, indem er Mollwitz im Salon in ein Gespräch über Politik verwickelte, damit Maria und ich ungestört im Garten reden konnten, aber Mollwitz schien das nicht zu wollen. Alle paar Minuten rief er nach Maria und hielt sie mit irgendwelchen Wünschen auf Trab. Am Ende war ich ziemlich enttäuscht.

Als Karl und ich im Zug zurück nach Bonn saßen, drückte er meine Hand. »Sei nicht traurig, nach dem Sommer ist Mollwitz den ganzen Tag in der Staatsanwaltschaft, und wenn du Maria dann besuchst, könnt ihr ungestört reden.«

Ich hatte Tränen in den Augen. »Wirst du nicht misstrauisch sein, wenn wir zwei allein sprechen?«

Karl lachte. »Nein, Elise, ganz sicher nicht!« Dann wedelte er drohend mit dem Zeigefinger: »Aber wehe, ihr sprecht schlecht über mich!«

»Das wird sicher nie passieren!«, versprach ich und lehnte mich an ihn.

Vor dem Bonner Rathaus gerieten wir in eine Menschentraube. Viele Leute demonstrierten für Frieden. Mir wurde ziemlich bang, denn obwohl sich die politische Lage seit dem Attentat von Sarajevo merklich zugespitzt hat, bin ich immer davon ausgegangen, dass sich die Kaiser und Staatsmänner Europas irgendwie wieder vertragen würden. »Meinst du, es gibt Krieg?«, fragte ich.

Karl antwortete nicht sofort. »Ich hoffe, dass es nicht dazu kommt«, sagte er dann. Seine Miene war ernst. Plötzlich krampfte sich mein Herz zusammen. In meiner Verliebtheit habe ich seit Wochen das bedrohliche Weltgeschehen um mich herum konsequent ausgeblendet. Aber Karl scheint sich ernsthaft Sorgen zu machen. Schweigend ging ich neben ihm her und klammerte mich an seine Hand wie ein kleines Kind. Es braut sich etwas zusammen, wie vor einem Gewitter, und das jagt mir einen kalten Schauer über den Rücken.

Montag, 3. August 1914

Heute weiß ich, dass meine Vorahnung von neulich begründet war. Am 28. Juli hat Österreich Serbien den Krieg erklärt und wenig später zog auch Deutschland nach. Karl ist heute früh abgefahren. In den Krieg. Ich sitze seit Stunden in meinem Zimmer und heule. Mama und Papa will ich nicht reinlassen. Ich will überhaupt niemanden sehen. Es ist nicht fair, dass Karl und ich in dem glücklichsten Moment unseres Lebens von einem steinalten, vertrockneten Kaiser auseinandergerissen werden – für das deutsche Volk. Wenn ich das schon höre! Gut, ich bin eine Frau und als solche nicht besonders interessiert an der Politik. Ich will ein Heim, eine Familie gründen. Und jetzt ist er weg. Für unbestimmte Zeit. Wenn sie uns wenigstens früher gesagt hätten, dass Karl in den Krieg ziehen muss, dann hätten wir eher geheiratet, aber es kam alles so plötzlich. Auch Max ist einberufen worden und Richtung Westen gefahren. Es war eine grölende Horde junger Männer, die in die langen Züge am Bonner Bahnhof stieg. Ich wollte nicht, dass Karl mit ihnen reisen muss. Doch er hatte keine Wahl. Er musste hinein. Anders als der Rest der Bande war er jedoch nicht begeistert, sondern wirkte ziemlich besorgt. Zwar hat er versucht, es vor mir zu verbergen, aber ich habe es trotzdem gemerkt. Zum Glück war auch Alexander mit von der Partie, sodass Karl in seiner Gesellschaft hoffentlich unversehrt an seinem Zielort ankommen wird. Doch ich will von vorn anfangen, damit ich nichts, was ich die letzten Tage erlebt habe, jemals vergessen werde.

Eine Woche nach unserem Besuch bei Maria erklärte Österreich Serbien den Krieg. In Bonn waren die Straßen voll und überall spürte man eine beängstigende Vorfreude auf Deutschlands Kriegserklärung, die – das war so gut wie sicher – bald folgen würde.

Am Samstag, den 1. August, saß ich beim Frühstück und las einen Brief von Maria. Plötzlich stand Karl vor mir. Ich hatte ihn gar nicht läuten hören, wahrscheinlich war Mama im Vorgarten gewesen und hatte ihn gleich hereingelassen.

»Elise, ich muss mit dir sprechen.« Er war leichenblass und seine Stimme zitterte. Ich wusste, dass etwas Schlimmes passiert war.

»Setzen wir uns.« Ich deutete auf das rote Sofa. Mir schlotterten die Knie.

Karl hielt einen Brief in der Hand. »Ich bin nach dem Abitur als Wehrpflichtiger für zwei Jahre zur Armee gegangen. Ich musste es tun, obwohl ich keine Lust hatte, und heute wünschte ich, ich hätte mich dem Wehrdienst entzogen, so wie viele andere Männer auch.« Er zögerte. »Du weißt, meine Eltern sind früh verstorben. Und ich habe damals einfach gemacht, was von mir erwartet wurde. Außerdem brauchte ich Geld, ich war noch minderjährig und konnte mein Elternhaus noch nicht verkaufen.« Eine Pause entstand. Meine Arme und Beine waren kalt und taub. Er schluckte. »Ich bin jetzt als Reservist zur Armee einberufen worden«, sagte er. »Es wird Krieg geben.«

Mir war, als hätte mich eine Kugel getroffen, die meinen Brustkorb zerriss. Ich schnappte nach Luft, aber ich bekam keine. Ich versuchte noch einmal einzuatmen, meine Ohren rauschten, ein dicker Kloß in meinem Hals versperrte die Luftzufuhr. Ich röchelte und presste meine Hände an die Brust.

»Elise, Elise!«, rief Karl. Er legte einen Arm um meine Schultern, aber ich konnte trotzdem nicht atmen. »Frau Lambrecht, kommen Sie schnell!«, hörte ich ihn rufen.

Mama stieß die Tür auf und dann wurde es dunkel vor meinen Augen. Als ich wieder zu mir kam, lag ich auf dem Sofa, hatte ein nasses Tuch auf meiner Stirn und eine weit geöffnete Bluse. Mama saß neben mir auf dem Sofa und Karl kniete davor und hielt meine Hand. Ich hoffte, es sei alles nur ein böser Traum, aber ich wusste, dass es die blanke Realität war. »Mama«, brachte ich mühsam hervor, »ich will nicht, dass Karl in den Krieg geht.« Als ob sie daran etwas ändern konnte! Mama begann zu weinen. Und da wurde mir klar, dass wir alle vollkommen hilflos waren.

Mama und Karl flößten mir abwechselnd warmen Tee ein. Papa steckte den Kopf zur Tür herein und Mama stand auf, um zu ihm zu gehen. Kurz darauf kam sie und schickte Karl in Papas Arbeitszimmer. Ich bekam erneut eine Panikattacke. »Geht Karl jetzt schon weg?«

Mama streichelte mich. »Nein, Kind, erst in zwei Tagen, Papa will nur kurz mit Karl sprechen, dann kommt er gleich wieder.« Ich beruhigte mich etwas und setzte mich auf.

Mama nahm meine Hand. »Elise, Papa und ich sind eben übereingekommen, dass Karl und du die Zeit, die euch vor seiner Abreise noch bleibt, zusammen verbringen solltet. Denn unter Umständen wird es lange dauern, bis ihr euch wiederseht, und eure Hochzeit können wir davor nicht mehr feiern … zumindest nicht die offizielle.«

Ich war verwirrt.

Mama fuhr fort: »Wenn es dir gleich besser geht, dann geh mit Karl nach Hause. Hilf ihm, seine Sachen zu packen und all die anderen Dinge zu regeln, die vor einer längeren Abwesenheit geregelt werden müssen. Wir erwarten dich heute und morgen Abend nicht zurück. Wir werden übermorgen früh am Bonner Bahnhof stehen, und wenn du dich von ihm verabschiedet hast, dann nehmen wir dich wieder mit nach Hause. In der Zwischenzeit sei ihm eine gute … Frau.«

Mir verschlug es nun endgültig die Sprache. »Meinst du wirklich?« Da durchfuhr es mich wie ein Blitz und ich spürte wieder den Kloß, der meinen Hals zu blockieren drohte. »Denkt ihr, Karl kommt nicht zurück? Wird er sterben?« Tränen schossen mir in die Augen.

Mama legte ihren Arm um meine Schultern. »Wir wollen nicht pessimistisch sein. Aber du selbst bist doch eben zusammengebrochen, weil du genau das befürchtest, oder?«

Ich nickte. »Aber ich habe gehofft, dass du mir sagst, dass es nicht so schlimm sein wird.«

Mama wischte sich eine Träne von der Wange. »Ich kann es leider nicht sagen. Ich wünschte, ich könnte es. Aber lass uns nicht schwarzsehen. Es kehren immer die meisten Soldaten zurück. Trotzdem solltet ihr die Zeit genießen, denn ihr werdet euch lange nicht sehen.«

Die Tür ging wieder auf und Papa und Karl kamen herein. »Geht es dir besser, Elise?«, fragte Papa. Ich nickte und blickte stumm von einem zum anderen. »Dann geht jetzt, Kinder.«

Papa schloss mich in die Arme. »Wir sehen uns übermorgen am Bahnhof wieder.« Er schüttelte Karl die Hand und ging.

»Ich packe dir noch schnell ein paar Sachen zum Anziehen in einen Handkoffer«, sagte Mama und rauschte aus dem Zimmer.

Karl und ich sahen uns an. »Ist dir das überhaupt recht?«, fragte er leise.

Ich sah auf den Boden. »Ja«, hauchte ich, »und dir?«

Er antwortete nicht, sondern nahm nur meine Hand und küsste sie, wie damals vor den Augen der Konzertbesucher, als wir die Frühlingssonate zu Ende gespielt hatten. Ich hörte Mamas Schritte auf dem Flur und riss mich los. Irgendwie war es mir gerade jetzt unangenehm, wenn mich meine Eltern Händchen haltend mit Karl sahen. Mama kam mit dem Koffer, den Karl ihr abnahm. Er hielt mir seinen anderen Arm hin und ich verließ an seiner Seite das Haus meiner Eltern, um früher als erwartet seine Frau zu werden.

Wir sprachen nicht viel, während wir unterwegs waren. Ich war immer noch geschockt von der Nachricht, dass Karl an die Front musste. Vor diesem Hintergrund konnte ich mich über unsere vorzeitige Zweisamkeit gar nicht recht freuen. Ich glaube, ihm ging es ähnlich. Als wir in der Innenstadt waren, begegneten wir Hans-Werner, einem Kollegen von Karl, der in Begleitung seiner Verlobten war.

»Karl, hast du gehört, dass alle, die einberufen worden sind, heute noch heiraten dürfen?«

»Was?« Karl und ich blieben stehen. »Wo hast du das gehört?«

»Kommt mit«, forderte uns Hans-Werner auf. »Hedwig und ich sind gerade auf dem Weg zum Standesamt. Denn ich muss auch am Montag früh in den Krieg.« Karl und ich warfen uns einen kurzen Blick zu und ich nickte. »Wir kommen!«

Die Schlange vor dem Rathaus war unendlich. Ich hatte noch kurz überlegt, nach Hause zu laufen und Mama und Papa Bescheid zu geben, dass sie kommen sollten, aber angesichts der Schlange hielt ich es für ratsamer zu bleiben. Die kirchliche Hochzeit und die Feier würden wir ohnehin irgendwann nachholen. Die Hitze war drückend und im Gang vor dem Standesamt versagten mir schon wieder fast die Knie. Zudem kam es mir zunehmend unsinnig vor, dort stundenlang zu warten und wertvolle Zeit zu verschwenden, die wir hätten allein verbringen können. Aber Karl war es plötzlich extrem wichtig, dass ich vor dem Gesetz seine Frau werde, ich nahm an, weil er sonst keine Angehörigen mehr hatte. Aber ich fragte ihn nicht. Endlich war es so weit. Karl und ich betraten den Raum und der Standesbeamte nahm unsere Personalien auf. Zum Glück hatte Karl sein Einberufungsschreiben dabei. Dann ging es im Schnellverfahren. Wir sagten Ja, unterschrieben und erklärten, die Ringe in der Eile vergessen zu haben. Dann waren wir auch schon wieder draußen, unsere Hochzeit vorbei. Auf den Stufen vor dem Rathaus verabschiedeten wir uns schnell von Hans-Werner und seiner frischgebackenen Ehefrau und eilten zu Karls Wohnung. Mittlerweile war es Nachmittag.

Karls Wohnung liegt in der Innenstadt nahe dem Beethoven-Geburtshaus. Als wir die knarzige Treppe hochgingen, streckte seine Vermieterin den Kopf zur Tür heraus. Ich wusste bereits aus Karls Erzählungen, dass Frau Schneider – so heißt die Dame – eine sehr neugierige, indiskrete Person ist.

»Meine Frau«, stellte mich Karl vor und wollte schnell an ihr vorbeigehen.

»Ach, wie reizend, ich wusste gar nicht, dass Sie geheiratet haben.« Die Vermieterin lehnte sich gegen das Geländer. »Herzlich willkommen, Frau Finkenberg.«

Ich stutzte, als ich das erste Mal meinen neuen Namen hörte.

»Da müssten wir aber noch einmal über die Miete sprechen«, wandte sie sich an Karl, »denn zwei Personen verbrauchen mehr als eine.«

»Keine Sorge, Frau Schneider«, Karls Stimme klang ärgerlich, »ich bringe Ihnen nachher noch die Kündigung, ich ziehe aus.«

Der guten Frau blieb der Mund offen stehen und wir nutzten die Gelegenheit, schnell in Karls Wohnung zu verschwinden. Mein Vater hatte Karl am Morgen angeboten, dass er seine Sachen bei uns unterstellen könne, jetzt, wo Maria aus dem Haus war, gab es ohnehin Platz genug.

Karls Wohnung bestand aus einem engen Flur, der gleichzeitig sein Schrank zu sein schien, denn dort hingen sein Konzertanzug, sein Wintermantel und noch einige Hosen. Dahinter lag ein größeres Zimmer, in dem an der rechten Seite ein Bett stand, vor dem Fenster ein Schreibtisch und auf der linken Seite zwei Stühle und ein kleinerer Tisch. Darauf stand auch eine Waschschüssel. »Das Badezimmer ist leider im Hausflur.« Karl schien meine Gedanken erraten zu haben. »Aber die anderen beiden Mieter sind jetzt in den Ferien, da kannst du unbesehen hinein.« Er goss Wasser aus einer Karaffe in einen Kessel und stellte ihn auf den Herd. »Setz dich doch«, sagte er, da ich immer noch etwas unschlüssig im Türrahmen stand. Ich zog einen Stuhl heran und setzte mich auf die Stuhlkante. Karl holte zwei Tassen aus dem Schrank und stellte sie auf den Tisch. Dann kam er zu mir und legte seine Hand auf meine Schulter. »Elise, lass uns erst einmal Tee trinken, dann sehen wir weiter.«

Ich nickte und drückte seine Hand. Der Kessel pfiff und plötzlich wurde mir bewusst, dass ich nicht zu Gast bei ihm war, sondern mich als seine Frau jetzt um den Tee kümmern sollte. Er wollte zwar abwehren, aber ich lächelte und stand auf.

Während ich mit dem Tee zugange war, öffnete er eine Schreibtischschublade und holte ein Kästchen heraus. Als wir uns am Esstisch gegenübersaßen und ich den Tee eingeschenkt hatte, nahm er meine Hand und steckte mir einen Ehering an den Finger. »Elise, nimm diesen Ring als Zeichen meiner Treue.« Das feierliche Eheversprechen trieb mir Tränen in die Augen. Er schob mir das Kästchen hin und ich nahm den anderen Ring heraus. »Karl, nimm diesen Ring als Zeichen meiner Treue«, wiederholte ich seine Worte und weinte. »Woher hast du die Ringe?«

Karl zog mich von meinem Stuhl zu sich auf den Schoß. »Das sind die Eheringe meiner Eltern.« Wir hatten es noch nicht geschafft, unsere eigenen Ringe zu kaufen. Meine Wange lag an seiner Wange. Ich wollte unsere letzten Stunden nicht durch mein Weinen verderben, aber ich konnte nicht anders. Karl streichelte mich still und küsste meine salzigen Tränen weg. Als ich mich etwas beruhigt hatte, löste er meine Haarspange und meine langen Haare fielen meinen Rücken hinab. Er zog hörbar die Luft ein. »So schöne Haare hast du mir bis jetzt vorenthalten!« Er lächelte schelmisch, wusste er doch, dass es sich für Damen absolut nicht gehört, die Haare offen zu tragen. Langsam ließ er eine meiner Haarsträhnen durch seine Finger gleiten. »Hast du dich etwas erholt von deinem Schwächeanfall und der stundenlangen Warterei?«, fragte er leise und mein Herz schlug schneller.

»Ja«, wisperte ich.

»Willst du …?«, er beendete den Satz nicht, doch ich wusste, was er fragen wollte. »Wir können aber auch abwarten bis nach der kirchlichen Trauung«, beeilte er sich zu sagen.

Ich schüttelte den Kopf. »Ich will nicht mehr abwarten. Wir haben keine Zeit mehr zu verlieren. Ich will jetzt … alles.« Ich senkte die Augen. Seine Hand strich über meine Haare und ich fühlte seine Lippen auf meinen Augenlidern.

Er streifte mir die Schuhe ab, hob mich hoch und trug mich auf sein Bett. Dann begann er langsam, meine Bluse aufzuknöpfen. Mein Atem ging schnell und mein Brustkorb hob und senkte sich. Vorsichtig zog er mir die Bluse aus und ließ seine Hände sanft meine Arme entlanggleiten. Ich bebte unter seiner Berührung. Er beugte sich zu mir herunter und küsste meine Arme, meine Brust, meinen Bauch. Und während er mich küsste, zog er mir den Rock, die Strümpfe und schließlich die Unterwäsche aus. Ich wollte die Decke über mich ziehen, aber er schüttelte den Kopf. »Ich will dich ansehen, Elise, du bist so schön.« Plötzlich bekam ich Angst und zitterte. Ich hatte nicht die geringste Ahnung, was nun von mir erwartet wurde oder was mich erwartete. Er schien meine Gedanken zu erraten und lächelte. »Du brauchst keine Angst zu haben, Elise, es ist wie mit der Musik. Man hört auf den anderen und passt sein Spiel dem des anderen an.« Dann zog er sich seine eigenen Kleider aus und legte sich neben mich. Er schob einen Arm unter mich und legte den anderen über mich. Ich spürte seine warme, weiche Haut. Er hatte mich schon oft umarmt, aber ich hatte keine Ahnung gehabt, wie schön es war, sich ohne Kleidung zu berühren, die blanke Haut zu spüren und den herben Duft seiner Haare so unmittelbar zu riechen. Ich seufzte glücklich. Karls Lippen liebkosten meinen Hals, seine Hände glitten über meinen Rücken und meinen Bauch. Und dann vergaß ich die Zukunft und die Vergangenheit und spürte nur die Gegenwart. Nur ihn und mich. Vereint.

Irgendwann knurrte mein Magen. Karl lachte. »Entschuldige, Liebes, ich lasse dich schier verhungern.«

»Oh, ich wünschte, mein Magen würde Ruhe geben, ich will nicht aufstehen«, klagte ich.

Doch Karl hatte schon die Decke zurückgeschlagen und die Beine aus dem Bett geschwungen. »Wir gehen essen. Immerhin ist heute unser Hochzeitstag.« Er zog mich hoch, da ich noch träge im Bett lag. Es dauerte allerdings noch ein bisschen, bis wir ausgehfertig waren, weil wir doch nicht voneinander lassen konnten. Nachdem ich meine Haare wieder hochgesteckt hatte, verließen wir die Wohnung und – oh Wunder – Frau Schneider schaute schon wieder rein zufällig aus der Wohnungstür. »Alles in Ordnung bei Ihnen?«

»Alles bestens«, bestätigte Karl und wir liefen an ihr vorbei die Treppe hinunter.

Unser Hochzeitsessen nahmen wir in einem gemütlichen Lokal in Poppelsdorf ein. Es gab Schnitzel, Pellkartoffeln und feine Erbsen. Und zum Nachtisch bestellten wir Himbeersahnetorte und Kaffee. Dann »rollten« wir wieder nach Hause und fielen gleich wieder ins Bett. Wir waren den ganzen Abend über recht vergnügt und versuchten, den Krieg aus unseren Gedanken herauszuhalten, was uns ganz gut gelang, weil wir uns nur auf das Hier und Jetzt konzentrierten.

Wir schliefen nicht sehr viel, muss ich gestehen, doch in den frühen Morgenstunden musste ich doch eingeschlafen sein, denn als ich wach wurde, schien mir das Sonnenlicht voll ins Gesicht. Im ersten Moment wusste ich nicht, wo ich war, doch da sah ich Karl und erinnerte mich an alles. »Guten Morgen, meine Liebe.« Er küsste mich. Ich schmiegte mich an ihn und genoss die Wärme, die von ihm ausging.

»Elise, möchtest du heute noch einmal musizieren?«, fragte er nach einer Weile.

Seine Frage riss mich zurück in die Realität. Uns blieben nur noch vierundzwanzig Stunden. Mit einem Ruck setzte ich mich auf. »Auf jeden Fall!«

Schnell machten wir uns fertig und liefen zu unserem Probenraum neben der Beethovenhalle. Da Karl noch einen Schlüssel besaß, konnten wir auch am Sonntag ungehindert hinein. Es war elf Uhr vormittags, als wir ankamen, und wir spielten bis kurz nach zwölf unsere beiden Beethoven-Sonaten. Ich hätte noch ewig so weiterspielen können, aber die Uhr tickte erbarmungslos, und als der letzte Akkord der Kreutzer-Sonate verklungen war, klappte ich seufzend den Klavierdeckel zu und stand auf. Karl packte seine Geige ein. Bevor wir den Raum verließen, schauten wir noch einmal wehmütig zurück. Hier in diesem Raum hatten wir uns kennengelernt, hier hatten wir die schönsten Stunden unseres Lebens miteinander verbracht – nur wir zwei.

»Versprich mir, dass du weiterhin übst, Elise.« Seine Augen waren ernst.

Ich schluckte und nickte. Aber ich wusste, dass es schwer werden würde.

»Nimm dir die restlichen Beethoven-Sonaten vor und dann die Brahms-Sonaten, Mozart-Sonaten und, wenn du möchtest, auch modernere Komponisten.« Karl schien ein ganzes Übungsprogramm für mich aufzustellen. »Wenn ich wiederkomme, holen wir alles nach, und da wäre es gut, wenn du mit den Klavierparts schon vertraut bist.« Er klang streng, wie ein Lehrer. Überrascht sah ich ihn an. Er lächelte traurig. »Ich habe Sorge, dass du schwermütig wirst und keinen Sinn darin siehst, neue Stücke zu üben, aber ich möchte, dass du so übst, als ob wir nächste Woche zusammen proben würden.«

Dicke Tränen rollten aus meinen Augen. »Ich verspreche es«, brachte ich heraus, »aber du musst auch wiederkommen.«

Er nahm mich in die Arme. »Ich werde mein Bestes tun und dann muss ich alles nachholen, was ich in der Zeit, in der ich Soldat spielen musste, nicht geübt habe. Du wirst Nachsicht mit mir haben müssen.«

Ich klammerte mich an ihn, unfähig etwas zu sagen. Nach einer Weile nahm er meinen Kopf zwischen seine Hände und sah mich an: »Komm, Liebes«, seine Stimme war wieder ganz sanft, »lass uns nach Hause gehen. Ich muss packen. Und Hunger werden wir auch bald haben.«

Der Nachmittag verging wie im Fluge. Während Karl seine Sachen für die Armee packte, versuchte ich, ein Mittagessen zu zaubern. Karl und ich waren übereingekommen, dass ich mit Papa seine Sachen erst aus der Wohnung holen würde, wenn er schon weg war. Karl hatte zwar ein schlechtes Gewissen, aber ich duldete keine Widerrede. Immerhin würde er bis Ende August noch Miete zahlen müssen, da hatte ich genug Zeit, alles einzupacken und mit Papa in unsere Wohnung zu bringen. Es wäre unsinnig, die wenige uns verbleibende Zeit dafür zu opfern.

Nach dem Mittagessen ordnete Karl ein paar Papiere an seinem Schreibtisch und schrieb eine Menge in eine Kladde. Ich wusch das Geschirr ab und setzte mich dann an den Esstisch und beobachtete ihn. Ich versuchte, mir Karls Physiognomie, jeden Muskel, jede Regung einzuprägen, denn ich würde ihn lange nicht sehen. Ich hatte Angst, dass ich ihn vielleicht eines Tages nicht mehr genau vor meinem inneren Auge sehen würde. Ab und zu sah er auf und lächelte. Ich liebe ihn so sehr!

Sein Rucksack stand schwer beladen neben der Tür. Ich wollte nicht daran denken, dass Karl in wenigen Stunden weg sein würde. Mein Herz würde zerspringen.

Da drehte er sich zu mir um und riss mich aus meinen Gedanken. »Elise, komm einmal her zu mir.«

Ich setzte mich neben ihn an den Schreibtisch.

»Es ist wichtig, dass wir ein paar Dinge besprechen.« Er gab mir eine Mappe mit Papieren. »Das sind Rentenpapiere. Wenn mir etwas zustößt, bist du als meine Witwe berechtigt, Rente einzufordern.« Ich schluckte. Karl fuhr unbeirrt fort. »Hier ist unser Stammbuch, wo auch unsere Hochzeit eingetragen ist. Das musst du an dich nehmen, denn nur damit kannst du Ansprüche geltend machen. Und hier ist mein Testament.«

Nun bekam ich den dicken Kloß in meinem Hals nicht mehr durch Schlucken weg. Meine Augen füllten sich mit Tränen.

»Es ist nur eine Vorsichtsmaßnahme, dass ich dir das alles erkläre«, sagte Karl, »aber sofern der Fall eintritt, möchte ich, dass du Bescheid weißt.« Ich nickte und schniefte umständlich in mein Taschentuch.

»Da ich keine direkten Verwandten mehr habe, werde ich alles, was ich besitze, viel ist es leider nicht, dir vermachen. Das Wertvollste davon ist meine Amati-Geige, und ich möchte, dass du sie ab morgen zu dir nimmst und nicht hier in der Wohnung lässt. Die Noten nimmst du dir natürlich auch. Mit dem Hausrat, der nichts wert ist, kannst du machen, was du möchtest. Ich nehme an, du brauchst ihn nicht bei deinen Eltern, daher kannst du ihn auch verkaufen oder verschenken.« Er stand auf. »Und dann nimm morgen früh bitte auch gleich die Schmuckdose meiner Mutter mit. Den Verlobungsring und den Hochzeitsring trägst du ja schon, dort sind noch zwei Halsketten und ein goldener Armreifen. Du kannst sie selbstverständlich tragen. Und vielleicht kannst du mir auch noch die Briefe und Fotos aufheben, die sich darin befinden.«

Ich nickte und nahm die Schmuckschatulle an mich. Karl setzte sich wieder neben mich und legte mir den Arm um die Schulter. »Ich bin so froh, dass ich dich noch vor meiner Abfahrt heiraten konnte.«

Ich wischte mir die letzten Tränen aus den Augen und legte meinen Kopf an seine Schulter. »Ich werde gut auf deine Sachen achtgeben. Aber ich will, dass du wiederkommst.«

Karl sagte zunächst nichts, sondern küsste mich auf die Stirn. »Ich auch«, flüsterte er schließlich. Dann versuchten wir, Abendbrot zu essen, doch uns blieb alles im Halse stecken. Den restlichen Abend verbrachten wir in inniger Umarmung. Dann und wann fiel einem von uns immer noch etwas ein, was wir dem anderen unbedingt mitteilen mussten, aber eigentlich war alles gesagt.

Schließlich gingen wir zu Bett. Dieses Mal lag etwas Schwermütiges in unserer Liebe. Wir wussten, dass es für lange Zeit das letzte Mal war. Wir schliefen beide nicht ein, die ganze Nacht nicht. Wir lagen beieinander und genossen die Wärme des anderen. Ich fragte mich, wie ich ab dem kommenden Tag wieder allein leben konnte, ohne seine Nähe zu spüren.

Als es hell wurde, setzte sich Karl auf. Mein Herz begann zu hämmern, ich dachte, er stehe auf, doch er beugte sich zu mir herunter und sah mich lächelnd an. »Ich liebe dich, Elise.« Er strich mit seiner Hand leicht über mein Gesicht.

»Ich liebe dich auch«, sagte ich und sah zu ihm auf. Die Zeit des Abschieds war gekommen und ich wollte jede Pore von ihm im Gedächtnis behalten. Selbst das gelegentliche Schlagen meiner Wimpern empfand ich als lästige Unterbrechung. Er begann, mich zu küssen. Seine Hände glitten meinen Körper hinauf und hinab, seine Lippen hinterließen überall auf mir feuchte Spuren. Ich zitterte bei jeder Berührung mehr. Und plötzlich war er in mir. Ich klammerte mich an ihn. Ich wollte ihn nicht loslassen, nie wieder!

»Elise«, raunte er, »meine Elise!« Ich spürte, wie ein Schauer durch ihn lief. Dann lastete sein Körper schwer auf meinem.

»Bleib«, flüsterte ich, »bitte, Karl, geh nicht weg, bleib bei mir!«

Sein Atem beruhigte sich allmählich wieder und er streichelte meine Wange. »Ich bleibe immer bei dir und du bei mir, auch wenn wir meilenweit entfernt voneinander und für lange Zeit getrennt sein werden.« Er richtete sich auf. »Niemand wird uns je wegnehmen, was wir füreinander empfinden.« Seine Lippen suchten meine. Mich durchfuhr ein wohliges Kribbeln, und ich öffnete meinen Mund, um seine Wärme, sein Leben, das er mir einhauchte, ganz in mich aufzunehmen. Aber auch dieser Kuss endete irgendwann.

Karl stand auf. »Komm, Liebes, wir müssen uns fertig machen.« Er ging ins Badezimmer und ich suchte zitternd meine Kleider zusammen. Ich würde mich erst bei meinen Eltern zu Hause waschen. Eigentlich wollte ich mich überhaupt nicht waschen, damit Karls Duft nicht weggeschwemmt wurde.

Ich kochte Kaffee, und als Karl wieder hereinkam, setzten wir uns schweigend zu unserem letzten Mahl an den Esstisch. Karl zwang sich das Brot hinein, ich sah, dass es ihm zuwider war, aber er wusste, dass er viele Stunden nichts zu essen bekommen würde. Dann schloss er mich in die Arme und drückte mich an sich. Wir küssten uns. Es war Zeit aufzubrechen. Ich nahm Karls Geige und meine Handtasche, in die ich die Dokumente und die Schmuckschatulle seiner Mutter gesteckt hatte. Alles andere würde ich später holen. Karl schulterte den Rucksack und ging zum Schreibtisch. Aus der Schublade holte er meine Spieluhr heraus. »Die nehme ich mit«, sagte er und steckte sie in die Jackentasche. Dann sah er sich noch einmal um und nahm meine Hand. »Komm, Elise, lass uns gehen.«

Auf dem Weg zum Bahnhof beteuerten wir uns gegenseitig, dass wir uns so oft wie möglich schreiben würden. Er sagte, dass ich nicht traurig sein solle, wenn ich nicht dauernd Post bekäme, weil die Feldpost vielleicht nicht immer durchkäme.

Der Bahnhof quoll über vor Menschen. Karl verstärkte seinen Griff um meine Hand, damit wir uns in dem Getümmel nicht verloren. Es fuhren Züge in alle Richtungen, denn die Männer mussten zuerst zu ihren Regimentern gelangen, um dann mit diesen in die Kriegsgebiete zu fahren. Karl hatte seinerzeit in Koblenz gedient, daher hatte er zunächst eine vergleichsweise kurze Fahrt vor sich. Er hatte mir gesagt, dass Alexander, der ursprünglich aus Koblenz kommt, im selben Regiment sei. Ich war froh, dass Karl wenigstens seinen netten Kollegen in der Nähe haben würde. Denn die anderen Männer, die ich auf dem Bahnhof sah, machten mir Angst. Viele johlten in Vorfreude, es dem Feind so richtig zu zeigen. Nur einige standen etwas abseits und verabschiedeten sich von ihren Frauen, die Tränen in den Augen hatten und ihre Männer verzweifelt küssten. Ein paar Kinder liefen winkend umher, als ob es sich um ein Volksfest handelte.

Plötzlich entdeckte ich Papa und Mama. Auch Karl hatte sie gesehen und bahnte sich einen Weg zu ihnen. Er gab ihnen die Hand und berichtete in Kürze, dass wir am Samstag noch schnell geheiratet hatten, ihnen aber wegen der gebotenen Eile nicht vorher hatten Bescheid geben können. Mama und Papa hatten vollstes Verständnis. Sie verabschiedeten sich von Karl und sagten mir, dass sie mich später am Ausgang des Bahnhofs in Empfang nehmen würden. Karl und ich schoben uns durch die Menschenmenge bis auf den Bahnsteig. Dort wurden wir hin und her gestoßen und bekamen Tausende Ellbogen in die Rippen. Plötzlich riss uns jemand auseinander und ich schrie. Karl kämpfte sich zu mir zurück und umfasste mich ganz fest. »Elise, meine Elise«, raunte er mir ins Ohr, während ich mich bemühte, den Schock zu verkraften, ihn kurz aus den Augen verloren zu haben. Wir standen so da, inmitten des Trubels, bis uns das Pfeifen einer Lokomotive wieder in die Realität zurückholte. Karl nahm meinen Kopf zwischen seine Hände.

»Elise«, er sah mich mit seinen blaugrauen Augen an und ich wusste, dass ich diesen Blick niemals vergessen würde, er brannte sich in meine Seele ein, »sei tapfer, meine Liebe. Ich danke dir für jede Sekunde, die wir miteinander verbracht haben, und kann es kaum erwarten, dich wiederzusehen.« Jemand rempelte uns an, aber es kümmerte uns nicht. »Was auch immer passiert, ich liebe dich und möchte, dass du immer glücklich bist.«

»Ich liebe dich auch, Karl, und ich werde jede Sekunde an dich denken.«

Er beugte sich zu mir herab und wir küssten uns ein letztes Mal. Warm und weich waren seine Lippen, traurig seine Augen. Der Stationsvorsteher schrie etwas und Karl löste sich von mir. »Ich muss einsteigen. Geh zu deinen Eltern, Elise, wir schreiben uns.« Und er strich mir eine Träne aus dem Gesicht. Ich nickte und drückte seine Hand. Er kletterte in den Zug, drehte sich um und winkte mir. Als der Zug anfuhr, hatte Karl noch keinen Fensterplatz ergattert, und ich bekam Panik, dass ich ihn nicht noch einmal würde sehen können. Doch da erschien sein Kopf am Fenster und ich winkte. Er lächelte mir Mut zu. Ich stand immer noch so da, als der Zug schon aus dem Bahnhof hinausgefahren war. Plötzlich legte jemand eine Hand auf meine Schulter. Es war Papa. »Komm, mein Kind.« Er nahm meine Hand und zog mich zum Ausgang. Mir liefen Tränen die Wangen herunter und ich stolperte blind neben ihm her. Ich weiß nicht, wie wir zu Hause angelangt sind. Irgendwie haben mich Mama und Papa wohl in eine Droschke bekommen.

Jetzt liege ich seit Stunden auf dem Bett, ich habe nur ein wenig Essen heruntergewürgt, weil Mama meinte, dass Karl sehr böse wäre, wenn ich nichts essen würde. Ich habe alles, was in den vergangenen zwei Tagen passiert ist, ausführlich aufgeschrieben, um die Ereignisse im wahrsten Sinne des Wortes »festzuhalten«. Aber ich habe das dumpfe Gefühl, dass mein Glück vorbei ist, dass es mir gerade entgleitet. Und vor allem habe ich Angst um Karls Leben. So schreckliche Angst …

Kapitel 5

Valerie fischte nach ihrem Taschentuch. Anders als ihre Urgroßtante damals ahnte sie nicht nur, dass Elises und Karls Glück vorbei war, sie wusste es. Karl würde im Krieg sterben. Aber vielleicht hatten sich die beiden wenigstens noch einmal zuvor gesehen? Sie seufzte und putzte sich die Nase. Sie wollte weiterlesen, weiter in der Vergangenheit bleiben, anstatt daran zu denken, dass sie in nur wenigen Stunden wieder die Gemeinheiten der Prokova ertragen musste. Wenn doch nur Karl anstelle der Prokova im Orchester neben ihr sitzen würde! Irgendwie hatte sie das Gefühl, dass er sie wie ein Vater an die Hand nehmen und durch den Dschungel der Orchesterintrigen führen würde.

Ihre Augen brannten vom Weinen und Lesen. Vielleicht war es aber auch die latente Erkältung, die glücklicherweise nicht richtig ausgebrochen war. Das viele Obst schien Wirkung zu zeigen. *Immerhin habe ich nun schon fast vier Wochen überstanden*, dachte sie, *in wenigen Tagen ist der 1. Februar, Elises Geburtstag*. Der Tag musste ihr doch Glück bringen!

Als Valerie am nächsten Vormittag im Probensaal ihren Platz am ersten Pult einnahm, stellte sie fest, dass die Prokova nicht da war. Nun ja, manchmal wurde Madame unten aufgehalten.

Sie machte sich keine weiteren Gedanken, denn sollte die Prokova krank oder anderweitig verhindert sein, hätte die Sekretärin sie darüber informiert. Sie kam immer eine Viertelstunde vor den Proben herein und gab Krankheitsfälle bekannt, sodass noch genügend Zeit blieb, umzudisponieren. Valerie hatte den Tiefschlag vom Vortag zwar nicht verwunden, aber ihn energisch aus ihrem Gedächtnis gestrichen. *Vielleicht hat die Prokova einfach einen schlechten Tag gehabt und heute tut es ihr leid*, dachte sie und spielte sich ein.

Edmond kam zu ihr. »Valerie, Sarah ist krank. Sie lässt dir ausrichten, dass sie deshalb nicht mit dir proben kann.«

Valerie setzte die Geige ab. »Das tut mir leid. Kann ich irgendetwas für sie tun?«

»Nein, danke, ich habe sie heute Morgen mit allem versorgt und nach der Probe sehe ich wieder nach ihr.« Edmond sah sich vorsichtig um. »Sarah und ich sind ein Paar, aber es soll keiner wissen.«

Valerie verstand zwar nicht, warum, aber sie nickte. »Ich wünsche ihr gute Besserung!« Dann hatten die scharfen Worte der Prokova die arme Sarah wirklich krank gemacht. Verstehen konnte sie es. Bei dem Gedanken, gleich neben der Prokova zu sitzen, bekam sie fast selbst Magenschmerzen. Sie nahm die Geige wieder auf und spielte weiter vor sich hin. Immer mehr Kollegen fanden sich auf der Bühne ein, aber die Prokova kam nicht. Schließlich betrat Rosselli die Bühne und Valerie schaute ratlos zu Jan, der ihr zum Stimmen das a geben musste. Da nun Rosselli schon da war, stand sie auf, um das a von der Oboe abzunehmen. Das Orchester stimmte und Rosselli blätterte mit grimmiger Miene in seiner Partitur. Als die Instrumente gestimmt waren, blickte er Valerie stirnrunzelnd an und sagte: »Das nächste Mal bitte ich darum, schon einzustimmen, bevor ich komme. Sonst verlieren wir nur unnötig Zeit.«

Sie merkte, wie ihr das Blut in den Kopf schoss. Natürlich hätte sie früher einstimmen lassen können, aber sie hatte keine Ahnung gehabt, dass die Prokova heute nicht kommen würde. Und was hätte Madame gesagt, wenn sie doch noch gekommen wäre und sie ihr diesen Part abgenommen hätte?

»Und warum sitzen Sie allein am Pult? Sie müssen dafür sorgen, dass von hinten jemand nachrückt!«, fuhr er Valerie an.

»Entschuldigen Sie, aber mir war und ist immer noch nicht bekannt, dass Madame Prokova heute nicht kommt«, versuchte sie sich zu rechtfertigen, aber Rosselli wandte sich genervt ab und winkte einen Geiger vom letzten Pult nach vorn.

Ihr Magen krampfte sich zusammen. Sie war vor dem versammelten Orchester gerügt worden. Es lief wirklich schlecht. Die Probezeit würde sie nicht bestehen, wenn nicht noch ein Wunder einträte. Sie spürte, wie sich Tränen in ihren Augen bilden wollten, aber sie schluckte sie herunter. Denn weinen durfte sie jetzt auf keinen Fall!

Rossellis Laune verbesserte sich nicht einen Deut. Ständig schimpfte er, teils mit den Tuttistreichern, teils mit den Solobläsern. Als es Zeit für die Pause war, die in Frankreich minutiös gewerkschaftlich eingehalten werden muss, bemerkte er spitz, dass er fünf Minuten überziehen dürfe, da die neue Konzertmeisterin versäumt habe, rechtzeitig einstimmen zu lassen. Valerie war es, als hätte sie erneut einen Schlag in die Magengrube bekommen.

Doch unerwartet meldete sich Jan von hinten. »Tut mir leid, Maestro, aber ich muss das jetzt einmal richtigstellen. In Wirklichkeit bin ich an allem schuld. Madame Mollwitz hat nur deshalb nicht rechtzeitig einstimmen lassen, weil ich vorhin noch nicht spielfertig war. Da wir alle davon ausgingen, dass Madame Prokova noch kommt, haben wir uns darauf verständigt, dass wir noch abwarten und nicht die zweite Oboe das a gibt.«

Es war mucksmäuschenstill. Valerie sah aus dem Augenwinkel, wie die Blicke der Kollegen zwischen ihr, Jan und Rosselli hin und her glitten. Da zog Rosselli hörbar die Luft ein. »Wie lange spielen Sie schon in diesem Orchester, Monsieur van Gelde? Sieben Jahre? Acht Jahre?« Er feuerte seinen Taktstock aufs Pult und schrie: »Da kann man ein wenig mehr Probendisziplin erwarten!« Sprach's und rauschte von der Bühne.

Langsam erhoben sich die Musiker, um ihre Instrumente wegzupacken. Einige wechselten leise ein paar Worte und tauschten vielsagende Blicke aus. Valerie merkte, dass ihre Beine zitterten, als sie die Treppe von der Bühne hinunterging. Sie konnte kaum glauben, was geschehen war. Zuerst war sie vor allen heruntergeputzt worden und dann hatte Jan die Schuld auf sich genommen. Jedem musste klar gewesen sein, dass das nicht stimmte. Sie sah sich nach Jan um. Er stand noch auf der Bühne und unterhielt sich mit seinem Oboen-Kollegen und den beiden Klarinettisten. Valerie wollte sie nicht stören, aber sie hatte das Bedürfnis, sofort zu Jan zu gehen und sich zu bedanken. Sie schnappte sich ihren Geigenkasten und ihren Mantel und ging zurück auf die Bühne, geradewegs auf die Herren zu. Als Jan sie kommen sah, löste er sich aus der Gruppe und kam ihr entgegen.

»Danke, Jan«, sagte Valerie. »Entschuldige bitte, dass du wegen mir einen Anschiss kassiert hast.« Sie merkte, wie ihre Augen feucht wurden.

»Nicht hier!«, flüsterte Jan und stellte sich so vor sie, dass niemand sehen konnte, dass sie mit den Tränen kämpfte. »Geh hinunter in den letzten Probenraum auf der linken Seite. Ich komme gleich nach.«

Valerie nickte und verließ den Saal durch den hinteren Bühnenausgang, damit sie nicht an den Kollegen vorbeimusste. Hinter der Bühne eilte sie die verwinkelten unterirdischen

Gänge entlang zu den Probenräumen und verschwand im Probenraum, den ihr Jan genannt hatte.

Sie setzte sich auf den Klavierschemel und knabberte an ihren ohnehin schon kurzen Fingernägeln. Hoffentlich hatte niemand gesehen, dass ihr die Tränen in die Augen gestiegen waren. Dass Jan ihre Schwäche bemerkt hatte, war ihr einerlei, er würde es für sich behalten.

Kurz darauf kam er herein. Valerie sprang auf. »Jan, ich möchte mich tausendmal bei dir bedanken und … es tut mir leid, dass du wegen mir solche Schwierigkeiten bekommen hast.« Ihre Stimme klang heiser. »Kann ich das irgendwie wiedergutmachen?«

Er legte seinen Oboenkoffer und seine Jacke ab. »Nein, Valerie, du musst gar nichts wiedergutmachen. Ich konnte es einfach nicht ertragen, dass du die ganze Zeit zu Unrecht gescholten wurdest. Weißt du, ich bin schon lange im Orchester und habe mir meine Position erkämpft, sie steht auf stabilen Beinen, ich kann mir das erlauben.«

»Danke vielmals«, flüsterte Valerie.

»Ich habe mich gerade im Sekretariat erkundigt, wo Madame Prokova heute ist. Die Sekretärin sagte mir, dass Madame sich schon gestern für heute Morgen freigenommen habe. Da sie das rechtzeitig angekündigt hatte, war die Sekretärin davon ausgegangen, dass sie das den Verantwortlichen im Orchester bereits selbst mitgeteilt habe.«

Valerie sah entsetzt auf. »Das hat sie mir nicht gesagt, ich schwöre es!«

»Glaube ich dir.« Jan setzte sich auf den Tisch und ließ die Beine baumeln. »Ich habe mir den Dienstplan noch einmal angesehen und für heute Morgen bist tatsächlich du als Konzertmeisterin vermerkt. Ob das gestern auch schon dort gestanden hat, kann ich nicht sagen, ich achte nicht so sehr auf die Streicherbesetzung.«

Sie schnappte nach Luft. Jeden Tag kontrollierte sie den Dienstplan, auch gestern Abend noch. Natürlich wäre es ihr aufgefallen, wenn sie als Konzertmeisterin dort vermerkt gewesen wäre. Hatte sie sich derart vertan? Fakt war, dass sie vor Jan nun wie ein Trottel dastand.

Doch er wirkte nachdenklich. »Vielleicht ist das wieder eine von Madame Prokovas schäbigen Intrigen, die sie mit Roselli abgekartet hat.«

Valerie ließ sich auf einen Stuhl sinken. »Was habe ich ihr denn getan?«, rief sie und presste die Hände an die Schläfen.

»Nichts.« Jan zuckte mit den Achseln. »Du bist jünger, hübscher und spielst mindestens genauso gut wie sie. Das kann sie nicht ertragen.«

Ratlos blickte sie vor sich hin. »Und warum hat sie dann ihre Zustimmung zu meiner Einstellung gegeben?«

Jan holte tief Luft. »Das ist eine lange Geschichte, aber ich will sie dir erzählen, ich habe ohnehin schon ein schlechtes Gewissen.«

Valerie wunderte sich. Wieso sollte Jan ein schlechtes Gewissen haben?

»Wusstest du, dass du die fünfte stellvertretende Konzertmeisterin bist, die wir in den letzten beiden Jahren hatten?«

Sie sah ihn entgeistert an. Das hatte sie nicht gewusst.

»Als Konstantin Pavlov, der langjährige stellvertretende Konzertmeister, vor zwei Jahren in den Ruhestand ging, haben sich seine Nachfolger die Klinke in die Hand gegeben. Vielleicht hast du gehört, dass deine unmittelbare Vorgängerin, Sylvie Granger, vor Weihnachten das Orchester mit einem Burn-out verlassen hat. Sie hat selbst gekündigt, was ziemlich unüblich ist. Aber davor gab es noch einen Igor Kovalev, eine Camilla Pantoni und eine Antonia Gral. Sie waren alle in deinem Alter und sehr gute Geiger, so wie du. Und alle haben das Handtuch geworfen und sind woanders hingegangen oder sie wurden nach der Probezeit entlassen. Die letzten beiden Jahre waren eine Katastrophe. Aber wir vom Orchestervorstand konnten nichts machen. Deine Vorgänger haben uns nichts gesagt, und wenn sie nicht von selbst gegangen sind, wurde ihnen wegen Unfähigkeit gekündigt, und dagegen ist der Orchestervorstand machtlos, zumal im Fall von Camilla und Antonia tatsächlich spielerische Mängel bestanden, die allerdings meiner Ansicht nach darauf zurückzuführen waren, dass die Prokova sie so kirre gemacht hat, dass ihnen Fehler unterlaufen sind. Sylvie war die Einzige, die bekannt gab, dass sie wegen eines Burn-outs kündigt. Daraufhin haben wir vom Orchestervorstand dem Maestro und dem Intendanten klar gemacht, dass sich die Schikanen, die die stellvertretenden Konzertmeister bis dato ertragen mussten, nicht wiederholen dürften. Arlette, Willi, Pascal und ich wachen seit deinem Kommen mit Argusaugen darüber, dass mit dir fair umgegangen wird. Aber offensichtlich agiert die Prokova im Stillen, und was sich Rosselli heute Morgen geleistet hat, wird auf jeden Fall ein Nachspiel haben.« Er schwieg und Valerie wusste nicht, was sie sagen sollte. Warum hatte er ihr das nicht gesagt, als er ihr vor Weihnachten die Stelle angeboten hatte? Dann hätte sie vielleicht anders entschieden. Aber es war natürlich auch ihre eigene Schuld. Sie hätte sich besser informieren können. Sie hätte nachfragen müssen, weshalb ein solch begehrter Posten so schnell wieder frei geworden war.

Als ob Jan ihre Gedanken erraten hätte, fragte er: »Bist du mir böse, dass ich es dir nicht schon eher gesagt habe? Bevor du nach Paris gezogen bist?«

Sie knabberte an ihrer Unterlippe. »Ich habe gerade darüber nachgedacht«, gab sie zu, »aber ich denke, ich kann dir nicht böse sein, denn ich wäre das Risiko trotzdem eingegangen, es war meine letzte wirkliche Chance auf eine gute Stelle.« *Und außerdem musste ich damals dringend von Adrian weg*, fügte sie in Gedanken hinzu.

»Nein, du spielst so gut, das ist mit Sicherheit nicht die letzte berufliche Chance für dich. Aber ich fände es schlimm, wenn du unser Orchester wieder verlassen würdest.« Er schwieg einen Augenblick. »Wir werden deinen Fall im Orchestervorstand besprechen.«

»Aber wenn auf dem Dienstplan steht, dass ich für heute Morgen als Konzertmeisterin eingetragen war, dann liegt alle Schuld bei mir. Ich glaube, es ist nicht so gut, wenn das thematisiert wird.«

»Keine Angst, wir machen nichts, ohne dich vorher um Erlaubnis zu bitten«, beruhigte sie Jan. »Doch noch etwas möchte ich dir sagen, denn ich will nicht, dass du denkst, dass du nur zweite Wahl warst, auch wenn du im letzten Sommer das Probespiel gegen Sylvie Granger verloren hast.«

Valerie blickte erstaunt auf.

»Die Holzbläser haben komplett für dich gestimmt, ebenso die Mehrzahl der Bratschen und zweiten Geigen. Dein Spiel hat uns einfach am besten gefallen und wir konnten uns vorstellen, unsere Solostellen gut mit deinen abzustimmen. Du spielst so fein und gefühlvoll, das hat uns Holzbläsern sehr gut gefallen, und ich nehme an, auch vielen deiner Streicherkollegen.«

»Und was war mit den Blechbläsern?«, wollte Valerie wissen. Sie musste in Erfahrung bringen, welche soziologischen Strukturen im Orchester bestanden.

Jan strich sich übers Kinn. »Sie haben mehrheitlich für Sylvie gestimmt, aber das hat nichts mit dir zu tun, sie haben aus Prinzip gegen die Holzbläser votiert.«

Sie hob fragend die Augenbrauen.

»Unter uns Bläsern gibt es zwei Lager. Es ist auch bei uns nicht immer einfach«, sagte er nur.

Valerie wollte nicht weiter nachfragen, sie hatte bereits nach der ersten Probe mitbekommen, wie sich Arlette mit einem

Posaunisten gestritten hatte, auch wenn sie kein Wort verstanden hatte.

Jan räusperte sich. »Arlette war so angetan von dir, dass sie sich nach dem Probespiel regelrecht mit der Prokova gezofft hat. Denn Madame Prokova hat viele Geiger und Cellisten angehalten, für Sylvie zu stimmen, weil ihr Stil ihrem eigenen ähnelte, sehr dominant, sehr durchdringend.« Jan schlug die Beine übereinander. »Nach dem Probespiel herrschte beinahe Kriegszustand zwischen dem Prokova-Lager und uns. Wir haben weder dich noch die anderen Kandidaten gesehen, da ihr alle hinter dem Vorhang gespielt habt. Deswegen kann uns niemand vorwerfen, wir hätten uns vom Aussehen der Kandidaten oder so etwas beeinflussen lassen. Viele Streicher knickten ein, was ich auch verstehen kann, weil sie mit der Prokova auskommen müssen, mehr als wir Bläser, und so hat Sylvie vor dir den Zuschlag bekommen. Doch sie hat die Schikanen der Prokova nicht ertragen. Bevor sie ging, hat sie sich beim Orchestervorstand und beim Intendanten über die Art und Weise, wie die Prokova und auch Rosselli mit ihr umgegangen sind, beschwert. Wir konnten froh sein, dass du so rasch eingesprungen bist, vor allem auch die Prokova und Rosselli, die ein wenig erfreuliches Gespräch mit dem Intendanten hatten. Ich hätte das eigentlich alles gar nicht sagen dürfen. Für dein Selbstwertgefühl habe ich es dir trotzdem erzählt und bitte dich, es für dich zu behalten. Ich weiß nicht, warum dich das Duo infernale jetzt mobbt, denn sie stehen nach Sylvies Abgang unter Beobachtung.«

Mobben. Ja, das war der richtige Ausdruck dafür. Valerie starrte vor sich hin. Was ihr Jan erzählt hatte, beruhigte sie einerseits, denn sie hatte bislang tatsächlich gedacht, dass die Prokova sie nur schikanierte, weil ihre Wunschkandidatin abgesprungen war. Nun war sie sicher, dass sie es bei jedem anderen Kandidaten auch so gemacht hätte. Aber das tröstete sie auch nicht wirklich. Sie würde ihre Stelle nicht halten können. Schon jetzt nach noch nicht einmal einem Monat fühlte sie sich einem Burn-out nahe und sie konnte ihre Vorgängerin gut verstehen. Trotz des vielen Übens und Vorbereitens würde sie immer wieder, so wie heute, in Fallen tappen, die die Prokova und vielleicht auch Rosselli für sie auslegten. Und damit hätten die beiden am Ende der Saison die Argumente beisammen, um sie wieder aus dem Orchester zu werfen. Das wäre dann das Aus ihrer Karriere. Mit fünfunddreißig Jahren würde sie zu keinem Vorspiel mehr eingeladen werden und müsste als Geigenlehrerin versauern.

»Komm, lass uns etwas essen gehen«, sagte Jan und sprang vom Tisch herunter.

Valerie zögerte. »Ich habe gar keinen Hunger.«

»Trotzdem«, beharrte er. »Manchmal kommt der Hunger beim Essen.« Er half ihr in den Mantel. »Ich mache dich mit Mamma Rosalia bekannt, dort gehe ich mittags immer hin.«

Sie gingen die Treppe hinauf ins Foyer.

»Mamma Rosalia ist Neapolitanerin und bietet einsamen und kochunfähigen Leuten einen Mittagstisch an«, sagte er. »Sie hat auch Kicker und Billardtische in ihrem Lokal, daher versammeln sich dort jeden Tag eine Menge Jungs. Bestimmt ist sie froh, endlich mal ein hübsches Mädchen unter ihren Gästen zu sehen.«

Valerie blieb stehen. »Ich weiß nicht …«, begann sie.

»Komm schon!« Jan lachte und hielt ihr die Tür auf. Nun gab es kein Zurück mehr.

Wenig später betrat sie mit ihm das unscheinbare Lokal *Da Mamma Rosalia*, das nicht weit entfernt in einer etwas schmuddeligen Seitenstraße lag. Die Besitzerin, Mamma Rosalia, stand hinter dem Tresen. Sie war eine füllige, kleine Frau um die sechzig mit schwarz gefärbten Haaren. Als sie Jan sah, kam sie mit großem Hallo auf ihn zu und gab ihm auf jede Wange ein Küsschen. Jan stellte Valerie als seine neue Kollegin vor und Mamma Rosalia schloss sie augenblicklich in ihre starken Arme und zwickte sie dann in die Wange wie ein kleines Kind. »Freute mich serr, Valeria! Erzlich willkomme!«

Valerie war von so viel Herzlichkeit völlig überwältigt. In Paris hatte sich abgesehen von den wenigen netten Kollegen bislang kein Mensch für sie interessiert, geschweige denn, sie so herzlich willkommen geheißen. Jan gab mehreren jungen Männern, die um die Kicker- und Billardtische herumstanden, die Hand und stellte ihnen Valerie vor. Sie lächelten freundlich und nannten ihre Vornamen. Sie bemühte sich, sich all ihre Namen zu merken, aber schon ab dem dritten Namen war sie sich nicht mehr sicher. Es waren Männer aller Nationen: Italiener, Spanier, Portugiesen, Engländer, Japaner und auch zwei Deutsche. Sie schienen Mamma Rosalia tatsächlich als ihre Ersatzmutter angenommen zu haben, bei der sie sich täglich zum Essen einfanden.

Unterdessen tischte ihr Mamma Rosalia einen dampfenden Teller Spaghetti mit Tomatensoße auf. »*Mangia, ragazza!*«, forderte sie sie auf. »Du bist zu dünn.« Verzweifelt blickte Valerie auf die Riesenportion. Wie um alles in der Welt sollte sie die vertilgen?

Jan grinste sie über den Tisch hinweg an. »*Bon appétit*, liebe Kollegin! Und vergiss nicht: Wir verlassen das Lokal erst, wenn du aufgegessen hast!« Aus seinen Augen sprühte der Schalk.

»Sehr witzig!«, zischelte sie, und bevor sie nachdachte, gab sie Jan unter dem Tisch einen leichten Tritt. Zunächst war sie geschockt über sich selbst, doch als sie Jans Mundwinkel zucken sah, musste sie lachen.

Eine Stunde später gingen die beiden zurück. Valerie hatte tatsächlich den ganzen Teller Spaghetti aufgegessen. Und nicht geübt. Nun ja, da musste sie jetzt durch.

Madame Prokova hielt es nicht für nötig, ihre Abwesenheit vom Vormittag zu erklären. Als sie zur Nachmittagsprobe erschien, fragte sie scheinbar ahnungslos, ob sich am Vormittag irgendetwas Besonderes ereignet hätte. Valerie verneinte dies, nahm sich dann aber ein Herz und sagte: »Könnten Sie mich das nächste Mal bitte informieren, wenn Sie nicht kommen?«

»Oh nein, meine Liebe, das war zum einen so geplant und zum anderen müssen Sie als Konzertmeisterin auch auf unvorhergesehene Ereignisse eingestellt sein. Und wie ich von Maestro Rosselli eben vernahm, war das bei Ihnen heute Morgen nicht der Fall.«

Valerie schluckte. Die beiden hatten natürlich die Ereignisse von heute Morgen schon durchdiskutiert. Sie gab noch nicht auf. »Sie hatten kürzlich gesagt, dass Sie bis auf Weiteres bei allen Proben und Aufführungen Konzertmeisterin sein würden, und bislang habe ich keine anderslautenden Informationen erhalten.«

»Sie müssen regelmäßig den Dienstplan studieren, Madame Mollwitz.« Und damit war das Thema für die Prokova vom Tisch und Valerie konnte dem nichts entgegensetzen, denn Jan hatte eben gesehen, dass sie dort tatsächlich als Konzertmeisterin vermerkt gewesen war. Da Rosselli gerade die Bühne betrat, konnte sie die Diskussion ohnehin nicht fortführen. Sie zitterte vor Wut. Wieder hatte die Prokova das letzte Wort gehabt und sie als Idiotin hingestellt.

Die Nachmittagsprobe verlief ansonsten wesentlich harmonischer als die Vormittagsprobe. Rosselli hatte sich wieder beruhigt und lobte nun sogar die Geigen. »Da merkt man doch gleich, wenn die richtige Konzertmeisterin wieder da ist«, sagte er und Valerie fühlte sich hundeelend.

Nach der Probe ließ sie es sich nicht nehmen, am Dienstplan vorbeizugehen, der im Flur vor dem Sekretariat hing. Tatsächlich: Sie selbst war für die Vormittagsprobe als Konzertmeisterin eingetragen. *Ab morgen werde ich dreimal pro Tag mit meiner Digitalkamera hierherkommen, um alles genau zu dokumentieren, damit die Prokova mir nicht wieder nachsagen kann, ich sei zu blöd, den Dienstplan richtig zu lesen*, nahm sie sich vor. Aber eigentlich konnte sie nicht glauben, dass die Prokova den Dienstplan manipulierte. So etwas machte doch niemand. Vielleicht hatte sie wirklich nicht richtig hingesehen und darauf vertraut, dass die Prokova ihr vor ihrem ersten Einsatz als Konzertmeisterin dies noch mündlich mitteilen würde.

Da kam Jan um die Ecke. »Komm mit, Valerie, lass es für heute gut sein. Willi feiert seinen fünfundfünfzigsten Geburtstag und gibt einen aus.«

Ihr war zwar nicht nach Gesellschaft zumute, aber sie ging mit. In einem der Probenräume hatte Willi ein kleines Kuchenbuffet aufgebaut. Etwa fünfzehn Musiker waren dort, hauptsächlich Bratschisten und ein paar zweite Geiger. Valerie gratulierte ihm.

»Greif zu, Mädchen. Echter rheinischer Pflaumenkuchen von meiner Frau«, pries er. »Das können die Franzosen nicht!«

Valerie lächelte und nahm sich ein Stück.

»Wie geht es dir denn?«, fragte Willi etwas leiser. »Alles wieder in Ordnung?«

Sie nickte, obwohl gar nichts in Ordnung war. Am liebsten hätte sie sich vor ihren Kollegen verkrochen. Aber die Musiker, die sich ihr gegenüber bislang immer zurückhaltend gezeigt hatten, waren hier auf einmal sehr gesellig und bezogen sie in ihre Unterhaltungen mit ein. Es herrschte eine lockere, lustige Atmosphäre. Die Bratschisten und zweiten Geiger, mit denen sie noch gar nicht so viel Kontakt gehabt hatte, waren nicht so verbissen wie die Kollegen von den ersten Geigen, vielleicht weil sie nicht die Prokova als Stimmführerin hatten. James kam mit vollem Mund auf sie zu und sagte: »Valerie, mach dir nichts draus wegen heute Morgen. Rosselli hat einfach miese Laune gehabt. Aber trotzdem rate ich dir: Schreib Tagebuch über alles, was passiert. Du bist nicht die erste stellvertretende Konzertmeisterin, die an der Prokova scheitert … ähm, ich meine, verzweifelt. Aber nur, wenn du alles aufschreibst, hast du später eine Chance. Und wir passen auch auf.«

Valerie war gerührt. Dennoch verstand sie nicht, wie eine einzige Person das ganze Orchester tyrannisieren konnte. Wenn die Prokova nicht da war, so wie hier bei Willis Geburtstagsfeier, waren alle ganz ausgelassen, aber kaum war die alte Hexe präsent, dann kuschten alle.

Als sie am Abend nach Hause kam, warf sich Valerie aufs Bett. Jan hatte sie nach Willis Feier noch zur Metro begleitet und ihr das Versprechen abgenommen, sich keine trüben Gedanken mehr über die Prokova zu machen. Ihr Blick fiel auf den Notenständer in der Ecke, auf dem die Violinstimme der Kreutzer-Sonate von Beethoven aufgeschlagen war. Sie hatte die Noten kürzlich herausgesucht, um sich das Stück anzusehen, das Elise und Karl miteinander gespielt hatten. *Andante con variazioni* lautete die Vortragsbezeichnung des zweiten Satzes. Für ihren Geschmack hatte sie heute zu viele Variationen erlebt. Abwechslungsreicher hätte der Tag nicht sein können: zuerst das Fiasko bei der Vormittagsprobe, dann die Erkenntnis über die Vorgeschichte zu ihrer Position, die lustige Mittagspause mit Jan und seinen Freunden bei Mamma Rosalia, danach Madame Prokovas spitze Bemerkungen bei der Nachmittagsprobe und zum Schluss der nette Geburtstag von Willi. Dieses Wechselbad der Gefühle zehrte an ihren Nerven. Sie versuchte, sich nur auf die schönen Momente des Tages zu konzentrieren. Jan war nett. Ein echter Freund. Valerie musste sich eingestehen, dass sie ihn gernhatte. Aber sie untersagte sich, weiter darüber nachzudenken. Nach der Pleite mit Adrian wollte sie erst einmal die Finger von Männern lassen, noch dazu von Kollegen, das gebot sich von selbst. Sie ließ stattdessen die Ereignisse bei den Proben Revue passieren. An welcher Stelle hatte sie nicht aufgepasst, wo hatte die Prokova eventuell etwas manipuliert? Aber wozu? Wozu wollte sie ihr schaden? Erschöpft rollte sich Valerie in ihre Decken, aber sie fand keinen Schlaf. Der Pflaumenkuchen verursachte ihr Sodbrennen, und so stand sie nach Mitternacht wieder auf und las weiter in Elises Tagebuch. Immerhin konnte sie von Elise lernen, wie man Tagebuch schrieb, denn das sollte sie ja nach James' Auffassung tun. Obwohl es ihr schleierhaft war, woher sie die Kraft aufbringen sollte, die Widerwärtigkeiten ihrer Chefin auch noch aufzuschreiben.

Von Elise

Sonntag, 13. September 1914

Sechs Wochen sind nun vergangen. Papa und ich haben Karls Wohnung ausgeräumt, seine Sachen in mein Zimmer gepackt und Frau Schneider den Schlüssel zurückgegeben. Karl hat mir zweimal aus Belgien geschrieben. Er versuchte, fröhlich zu klingen, aber ich las zwischen den Zeilen, dass er unglücklich darüber ist, den ganzen Tag mit einer Waffe in der Hand im Dreck herumkriechen zu müssen, anstatt Geige zu spielen. Er ermahnte mich, täglich zu üben, damit wenigstens ich vorbereitet sei für unsere nächste Probe.

Hermine hat uns Mitte August verlassen. Sie musste zurück in die Eifel auf den Bauernhof ihrer Eltern, weil ihre beiden Brüder zum Kriegsdienst eingezogen worden sind und sie nun die Feldarbeit übernehmen muss. Mama möchte vorerst kein neues Dienstmädchen einstellen. Nur einmal pro Woche kommt jetzt eine Frau zum Waschen und Putzen, alles andere machen wir selbst.

Vor Kurzem vermeldete Maria, dass nun auch ihr Mann in den Krieg ziehen muss. Sie wollte wissen, ob ich ihr nicht in dem großen Haus Gesellschaft leisten könne, zumal sie schwanger und nicht gern allein ist. Mama fand das eine hervorragende Idee. Ich schrieb Karl, dass er mir c/o Maria Mollwitz nach Linz schreiben möge, weil ich ein paar Wochen zu ihr fahren würde. Seine Geige nahm ich natürlich mit.

Nun bin ich also seit einer Woche bei Maria und helfe ihr, die vielen Äpfel und Birnen zu ernten und zu verarbeiten. Ihr Gärtner ist selbstverständlich auch im Krieg und so haben wir allerhand zu tun. Es ist ein wenig wie früher, als ich mir mit ihr ein Zimmer geteilt hatte. Im Gegensatz zu mir scheint Maria ihren Mann nicht so sehr zu vermissen, oder sie zeigt es nicht so. Da Maria auch ein Klavier hat, übe ich jeden Tag, auch wenn es mir schwerfällt. Ein bitterer Wermutstropfen ist es für mich, dass ich nicht schwanger bin, wie ich gehofft hatte. Doch Maria sagte, wenn wir noch nicht einmal achtundvierzig Stunden verheiratet gewesen seien, könne ich das auch nicht erwarten, für eine Schwangerschaft brauche es oft ein wenig mehr Zeit.

Freitag, 2. Oktober 1914

Die Zeitungen berichten von enormen Verlusten auf beiden Seiten und zwei unserer Nachbarinnen haben ihre Söhne verloren. Immer wenn ich daran denke, in welcher Gefahr Karl schwebt, krampft sich mein Magen zusammen. Ich habe angefangen, an meinen Fingernägeln zu knabbern, so wie ich es als kleines Kind getan habe. Wenn Maria das sieht, scheucht sie mich entweder in den Garten zum Apfelpflücken oder in die Küche zum Einkochen. Sie versteht es, mich zu beschäftigen.

Karl ist noch in Belgien, doch er hat geschrieben, dass er bald nach Frankreich an die Front müsse. Ich wünschte, er könnte in Belgien bleiben, denn da Tausende Belgier geflohen sind, nehme ich an, dass er dort nur auf geringen Widerstand treffen und ihm nichts passieren wird.

Gestern habe ich einen Brief von ihm bekommen. Er schrieb, dass er trotz des kalten Wetters gesund sei, dass aber das Grabenziehen recht anstrengend sei und er vor Sehnsucht nach mir kaum schlafen könne. Dann hat er Notenlinien gezeichnet und eine Melodie aufgeschrieben, die ihm des Nachts gekommen war. »Versuch einmal, die Melodie auf dem Klavier zu spielen«, schrieb er. »Ich habe keine Möglichkeit zu prüfen, ob es gut klingt, was ich mir ausdenke.« Ich habe also sofort seinen musikalischen Einfall auf dem Klavier ausprobiert und war begeistert. Karl hat das Thema von »Für Elise« aufgenommen und dazu eine halsbrecherische Variation für Violine geschrieben. Einige Töne fand ich nicht stimmig, daher schickte ich ihm eine leicht abgeänderte Version, zu der ich auch passende Harmonien als Klavierbegleitung hinzufügte. Es war eine langwierige Arbeit, und ich war mir nicht sicher, ob ihm meine Ideen gefallen würden. Aber ich hatte das Gefühl, etwas mit ihm gemeinsam zu erarbeiten, auch wenn es mir natürlich lieber gewesen wäre, wir hätten die Komposition zusammen besprechen können.

Samstag, 14. November 1914

Seit einer Woche ist es nasskalt und ich kämpfe mit einer aufkommenden Erkältung. In den Nachrichten werden weiterhin täglich Dutzende von Toten vermeldet. Auch viele Bonner sind unter den Opfern. Ich habe unsägliche Angst, will und kann nachts nicht schlafen, weil ich Karl dauernd in einem feuchten Graben schaufeln sehe, inmitten von herumfliegenden Patronen und Granaten.

Wie erleichtert war ich, als ich vor drei Tagen eine Nachricht von ihm erhielt. Er ist mit meinen musikalischen Vorschlägen einverstanden. »Es ist nicht leicht, eine Melodie ohne Instrument zu entwickeln«, schrieb er. »Ich weiß nicht, wie

Beethoven komponiert hat, ohne hören zu können, aber er war eben ein Genie.«

Ja, das war er. Mir fällt es schon schwer, zu einer bestehenden Melodie die richtigen Akkorde zu schreiben. Keine Ahnung, wie Beethoven ganze Sinfonien komponieren konnte, die er nur in seinem Kopf gehört haben kann. Karl hat mir zwei weitere Melodiefragmente geschickt und mich gebeten, diese ebenfalls zu prüfen und weiterzuentwickeln. Ich habe zwei Tage daran gearbeitet und ihm heute mein Ergebnis geschickt. Ich hoffe, dass ich diese Melodien bald mit ihm gemeinsam spielen kann. Momentan erscheinen sie mir noch unfertig. Und ich habe absolut kein Talent, diese Fragmente miteinander zu verbinden und daraus ein ganzes Stück zu schreiben.

Dienstag, 8. Dezember 1914

Weihnachten naht. Ursprünglich hat es geheißen, dass die Soldaten an Weihnachten schon siegreich zurück sein würden, doch das zeichnet sich überhaupt nicht ab. Ich habe ein Päckchen für Karl vorbereitet. In den vergangenen Wochen habe ich drei Paar Socken und einen Schal gestrickt. Er schrieb, dass er das Fest gern mit mir verbringen würde, stattdessen aber wohl mit der freien Natur vorliebnehmen müsse. Er würde tage- und nächtelang in den Gräben sitzen, frieren und nichts tun. Er wünschte, er könne stattdessen Geige spielen, mit mir spazieren gehen oder andere Dinge tun, die wir gemeinsam gemacht hatten. »Was für eine Zeitverschwendung«, schrieb er, »wenn das Leben doch so begrenzt ist.« Leider hat er dieses Mal keine Melodie verfasst. »Meine Melodieentwürfe waren nicht gut genug«, schrieb er, »ich höre den ganzen Tag lang nur das Knallen von Schüssen und Explosionen, ich könnte ein Stück für Schlagzeug schreiben, aber keines für Violine und Klavier.« Sein Stil wird immer sarkastischer und ich habe das Gefühl, dass es ihm nicht gut geht. Ich antwortete ihm, dass er mir trotzdem all seine musikalischen Ideen schicken solle, ich würde versuchen, sie weiterzuverarbeiten. Dann ließ ich ihn wissen, dass ich die Beethoven-Sonaten alle vorbereitet habe, sodass wir sie sofort gemeinsam spielen können, wenn er nach Hause kommt.

Donnerstag, 31. Dezember 1914

Heute ist Silvester, der letzte Tag dieses ereignisreichen Jahres. Kurz vor Weihnachten sind Maria und ich zu unseren Eltern nach Bonn gefahren. Es war ein seltsames Weihnachtsfest. Max fehlte, er ist auch im Krieg, wir waren alle in Sorge um unsere Lieben. Nur Maria war der ruhende Pol. Ihr Bauch ist mittlerweile schon recht rundlich, zu Ostern wird das Kind zur Welt kommen. Ich kann kaum glauben, dass ich Karl vor einem Jahr noch gar nicht gekannt habe. Und nun dreht sich mein ganzes Sein um ihn.

Montag, 18. Januar 1915

Maria und ich sind bei unseren Eltern geblieben. Wir hielten es für sinnvoller, dass sie, schwanger wie sie ist, nicht zurück aufs Land fährt, sondern lieber in der Stadt bleibt. Ein langer Brief von Karl ist gekommen. Er schrieb, dass er Weihnachten zusammen mit englischen Soldaten verbracht habe. Mitten in der Nacht hätten sie sich singend auf dem Schlachtfeld getroffen. Ich schöpfte Hoffnung, dass der Krieg nun bald vorbei sein würde, und atmete auf. Er klang zuversichtlicher als in den Briefen davor und hatte mir auch wieder einen Melodieentwurf geschickt. Ich kann kaum glauben, was er alles aus »Für Elise« machen kann. Denn es sind wiederum Variationen über dieses Thema. Ich begab mich daher ans Klavier und widmete mich meinem Part bei dieser außergewöhnlichen Kompositionssituation.

Es naht der Tag, an dem ich Karl ein Jahr zuvor das erste Mal gesehen habe. Ich schrieb ihm, dass ich an diesem Tag zu seinen Ehren unsere beiden Beethoven-Sonaten spielen werde, auch ohne ihn. Seine Stimme könne er von Frankreich aus mitsingen, ich würde sie dann schon hören.

Montag, 22. Februar 1915

Vieles hat sich ereignet und vieles nicht. Karl ist immer noch im Krieg. Sie hätten sich nun vollkommen in den Gräben eingebuddelt, schrieb er. Auch Max, der anfangs noch begeistert war, schrieb, dass es kalt und unendlich langweilig in den Schützengräben sei. Nur Marias Mann hat offensichtlich ein besseres Los gezogen. Er ist nicht an der Front, sondern im besetzten Belgien stationiert und führt ein recht feudales Leben, zumindest scheint es ihm an nichts zu fehlen. Bei uns hingegen zeigen sich die Auswirkungen des Krieges nun ziemlich deutlich. Wir haushalten mit unserem Essen und heizen nur zwei Räume. In den Schlafzimmern ist es eisig kalt und wir ziehen uns zum Schlafen Wollmützen und Socken an.

Ich möchte von Karl gern mehr Details über das Leben an der Front hören, doch er scheint mit jedem Brief mehr Mühe zu haben, die Seite zu füllen. Und er wiederholt immer dasselbe, dass er mich liebt, mich in seinen Armen halten möchte und froh sei, dass ich bei meinen Eltern bin. Und dass ich immer glücklich sein solle, auch wenn ihm etwas zustoße. Warum schreibt er mir dauernd, dass er wünscht, dass ich immer glücklich sein soll, frage ich mich. Wie kann er annehmen, dass ich glücklich bin, wo er weg ist, oder dass ich jemals wieder glücklich werden könnte, wenn er nicht aus dem Krieg zurückkommen würde?

Als ich Maria neulich davon erzählte, sagte sie nur: »Dein Karl ist ein besonderer Mann. Er liebt dich ganz selbstlos.«

Samstag, 20. März 1915

Maria hat ihren ersten Sohn zur Welt gebracht: Johannes Mollwitz. Er ist ein kerngesundes Bürschchen mit einem immensen Appetit. Die Geburt verlief ohne Komplikationen. Maria hat ihn bei unseren Eltern zu Hause zur Welt gebracht, drei Wochen zu früh, als noch niemand von uns damit gerechnet hatte. Aber nach nur vier Stunden war alles vorbei und sie hielt den kleinen Johannes glücklich in den Armen. Ihr Mann bekam sofort drei Tage Fronturlaub und besuchte sie. Ich wünschte, auch ich wäre schwanger geworden, dann hätte ich vielleicht auch die Möglichkeit gehabt, Karl wiederzusehen. Doch Mama sagte mir, dass es eine ganz große Ausnahme sei, dass Soldaten zur Geburt ihrer Kinder Fronturlaub bekämen.

Wären Maria und der kleine Johannes nicht, so würde ich in eine Art Lethargie verfallen. Ich kann mich nicht länger verzehren vor Angst, irgendwann in den letzten Wochen habe ich gelernt, die permanente Sorge um Karl in den Hintergrund zu drängen und das alltägliche Leben zu meistern. Vormittags gehe ich auf den Markt und versuche einzukaufen, was es gibt. Dann passe ich abwechselnd mit Mama auf den kleinen Johannes auf, damit sich Maria ausruhen kann. Zwischendurch, wenn niemand von den beiden schläft, übe ich Klavier, was mir aber zunehmend schwerfällt. Denn mir ist klar, dass es noch unendlich lange dauern wird, bis Karl wiederkommt. Der Krieg ist in eine Sackgasse geraten. Alles steht still, was mich einerseits beruhigt, denn so ist die Gefahr geringer, dass Karl etwas passiert – denke ich zumindest. Andererseits weiß ich nicht, wie lange das noch so weitergehen wird.

Freitag, 16. April 1915

Gestern kam plötzlich ein Brief von Alexander. Er schrieb, dass Karl mit hohem Fieber und einer Lungenentzündung ins Feldlazarett eingeliefert worden sei und er ihn zuvor gebeten habe, es mir zu schreiben. Alexander richtete mir aus, dass Karl mich liebt und mich bittet, an ihn zu denken, aber nicht traurig zu sein, falls er es nicht schaffen würde, sondern – so gut und glücklich wie möglich – weiterzuleben. Ich presste den Brief an meine Brust. Auf einmal passierte dasselbe wie damals, als ich erfahren hatte, dass Karl an die Front musste. Ich bekam keine Luft mehr. Ich ließ den Brief fallen und riss mir die Bluse auf, doch ich konnte nicht einatmen. Röchelnd sackte ich auf einem Sessel zusammen. Maria kam gerade ins Zimmer, und als sie mich sah, rief sie Mama zu Hilfe. Zusammen schafften sie mich aufs Sofa und hielten mir eine Papiertüte vor den Mund, doch es dauerte viele Minuten, bis ich wieder normal atmen konnte. Ich fiel zurück in die Kissen. Maria hatte inzwischen den Brief vom Boden aufgehoben und las ihn. Auf ihrer Stirn bildete sich eine steile Furche. Mama blickte sie ängstlich an.

»Karl ist mit einer Lungenentzündung in ein Lazarett eingeliefert worden«, resümierte Maria den Brief.

Mama nahm meine Hand. »Er wird gut versorgt werden, Elise. Besser als wir, wenn wir hier krank werden würden. Das sind sie den Soldaten schuldig.«

Ich weinte. »Warum müssen sie die Männer in diesen elenden Gräben sitzen lassen, mitten im Winter, wo es in der Wohnung schon kalt genug ist?«, schrie ich in meinem Zorn. »So etwas Unsinniges! Wer hat das eigentlich geplant?« Weder Mama noch Maria antworteten.

Maria stand auf. »Ich schreibe Johann, dass er Karl zu sich nach Belgien holen soll, wenn er wieder gesund ist.« Sie ging zur Tür und drehte sich noch einmal um. »Ehrlich gesagt habe ich ihn neulich bereits darum gebeten, für Karl und Max einen besseren Einsatzort zu organisieren.«

Ich hatte mich immer schon gefragt, weshalb Marias Mann nicht in den Schützengräben saß, dachte aber, das sei seinem Rang als Offizier zu verdanken, schließlich hat er studiert. Doch auch Max hat studiert und ist Offizier, dennoch muss er in den Gräben versauern.

»Maria hat ein schlechtes Gewissen«, sagte Mama tonlos, »aber das braucht sie nicht. Sie kann ja nichts dafür, dass ihr Mann ein glücklicheres Los gezogen hat als Karl und Max.«

»Ich wusste nicht, dass ihr das zu schaffen macht«, gab ich kleinlaut zu. »Ich wünschte trotzdem, ihr Mann könnte Karl und Max aus der Schusslinie holen.«

»Ich auch«, seufzte Mama.

Ich hoffe inständig, dass Karl seine Lungenentzündung besiegen wird. In drei Tagen ist sein 28. Geburtstag. Er darf doch nicht so jung sterben!

Donnerstag, 13. Mai 1915

Die letzten Wochen bangte ich jede Sekunde um Karl. Manchmal wurde ich von Panikattacken übermannt und musste mich hinsetzen, um nicht wieder Atemnot zu bekommen. Jeden Morgen erwartete ich den Briefträger, und wenn er um die Ecke bog, zog sich mein Herz zusammen. Als er eines Tages einen Brief für mich abgab, zitterte ich derart, dass Mama mir wortlos einen Stuhl hinschob. Karl schrieb mir aus Belgien. Er war wieder gesund, aber noch ziemlich schwach. Mollwitz hatte wohl tatsächlich etwas für ihn erreichen können. Zumindest schrieb Karl, dass er nun für ein paar Wochen in Brügge einquartiert sei und unter einem normalen Dach schlafe. Ich atmete auf und hielt Mama den Brief hin, damit sie ihn ebenfalls lesen konnte. Ich weinte vor Erleichterung. Insgeheim nahm ich mir vor, Mollwitz immer dankbar zu sein, dass er sich so für Karl eingesetzt hat.

Mittwoch, 2. Juni 1915

Karl hat mir wieder aus Brügge geschrieben: »Brügge ist so eine wunderschöne Stadt, und wenn der Krieg endlich vorbei ist, möchte ich mit dir hierherfahren und unseren Hochzeitsurlaub nachholen. Lauter bunte Häuser säumen die vielen Kanäle, die sich durch die Stadt ziehen, und am Abend spiegeln sie sich im Wasser. Du wirst begeistert sein! Auch die Leute sind so nett.« Er bedauere nur, dass die Deutschen die Bewohner so kurzhielten und schlecht behandelten, vor allem die Frauen. Er schäme sich für manche seiner Kameraden und hoffe, er könne es zumindest dem einen oder anderen Belgier wiedergutmachen. Ich wünschte, ich könnte ihn besuchen. Meinte er Mollwitz, wenn er schrieb, dass er sich für manche seiner Kameraden schäme? Dann erzählte er von seiner Arbeit, die darin bestand, den Offizieren die Schuhe zu putzen, für sie zu kochen und manchmal auch Briefe zu schreiben. Mir zieht es das Herz zusammen, wenn ich mir vorstelle, dass Karl Männern wie Mollwitz die Stiefel putzen muss. Was wird sich Mollwitz über ihn erhaben fühlen! Doch es ist trotzdem besser für Karl, solch geringe Dienste auszuführen, als in den Gräben zu frieren und in unmittelbarer Gefahr zu sein. Aber ich spüre, dass es ihm schlecht geht, auch wenn er mit Begeisterung von der Schönheit der Stadt schreibt. Am liebsten würde ich nach Belgien fahren und ihn zurück nach Bonn holen. Vielleicht könnte ich mich als Krankenschwester zum Dienst in den Lazaretten melden und mit ein wenig Glück ganz in seiner Nähe stationiert werden? Als ich diesen Gedanken vorhin beim Abendessen aussprach, legte Papa Messer und Gabel hin und Mama starrte mich mit offenem Mund an. »Du gehst auf keinen Fall, Elise!« Papa war sehr energisch. Ich wusste, dass er und Mama Angst um mich haben, aber ich will Karl doch so gern nahe sein, und ich bin schließlich verheiratet und brauche meinen Eltern daher auch nicht mehr zu gehorchen. Aber ich beließ es erst einmal dabei. Stattdessen schrieb ich Karl, dass ich in Erwägung zöge, mich als Krankenschwester zu melden, um in seiner Nähe sein zu können.

Samstag, 19. Juni 1915

Mein Vorschlag, mich als Krankenschwester zu melden, stieß nicht nur bei meinen Eltern auf Widerstand. Karl antwortete postwendend, dass er das unter keinen Umständen möchte und dass ich unbedingt bei meinen Eltern bleiben solle. Er schrieb: »Auch wenn ich solche Sehnsucht nach dir habe, meine liebe Elise, ich möchte nicht, dass du jemals als Krankenschwester in die Feldlazarette gehst oder dich in irgendeiner Weise den Kriegsgebieten näherst. Vielleicht sollte ich mich klarer ausdrücken: Ich möchte es nicht nur nicht, sondern ich verbiete es dir als dein Ehemann. Entschuldige die heftige Wortwahl. Ich werde künftig jeden deiner Wünsche respektieren, aber diesen nicht!« So streng habe ich ihn bislang nie erlebt und ich fügte mich.

Donnerstag, 15. Juli 1915

Karl ist zum Glück immer noch in Brügge. Er schrieb wieder, wie herrlich die Stadt sei, dass er aber bald zurück an die Front müsse, denn mittlerweile sei er wieder stark genug. Er legte mir unzählige kleine Melodiefragmente bei. Damit werde ich eine Zeit lang beschäftigt sein. Aber am Ende seines langen Briefes wurden seine Zeilen recht wirr. »Du hattest damals recht, an dem Tag, an dem wir uns das erste Mal geküsst haben, auf der Bank kurz vor Graurheindorf. Hüte dich vor dem, über den du damals so betrübt warst, und achte darauf, niemals mit ihm allein zu sein.« Was wollte Karl mir sagen? Natürlich erinnere ich mich an jedes Wort, das wir damals miteinander gesprochen haben. Ich hatte mich um Marias Glück gesorgt, ich fand, Mollwitz war ihrer nicht würdig. Aber warum schrieb er nicht klipp und klar, dass er von Mollwitz redete? Oder interpretierte ich ihn falsch? Hatten wir doch noch über jemand anderen gesprochen? Ich setzte mich aufs Bett und dachte angestrengt nach. »Fühle dich ihm niemals verpflichtet«, mahnte er. Mein Herz schlug. Was um Himmels willen war los? Welches Ungeheuer verbarg sich hinter Mollwitz' Fassade? »Ich vertraue darauf, dass du mich verstehst und tust, was ich dir sage«, schrieb er weiter. Verwirrt faltete ich seinen Brief zusammen. Ich wusste nicht, was Karl eigentlich meinte. War er im Krieg verrückt geworden? Ich hatte einige Gerüchte über Männer gehört, die als Invaliden aus dem Krieg entlassen worden waren und offensichtlich den Verstand verloren hatten. Aber das konnte doch Karl nicht passieren! Doch warum schrieb er so kryptisch? Ich hatte Angst um ihn und hielt es nicht mehr allein in meinem Zimmer aus. Ich ging zu Mama nach unten.

»Wie geht es Karl?«, fragte sie und legte ihre Näharbeit weg, als sie mich mit dem Brief in der Hand im Türrahmen stehen sah.

Ich zögerte. Sollte ich ihr von dem merkwürdigen Inhalt seines Briefes erzählen? »Ich weiß nicht«, sagte ich, »ich glaube, es geht ihm nicht gut.«

»Was ist denn los?« Sie zog mich neben sich aufs Sofa. Stockend erzählte ich ihr von Karls versteckten Botschaften. Mama sah besorgt aus. »Du weißt, dass die Feldpost gelesen wird, Elise? Das Briefgeheimnis gilt nicht, denn es könnte sein, dass Soldaten willkürlich oder unwillkürlich kriegsrelevante Informationen preisgeben, daher wird jeder Brief gelesen. Karl nennt deswegen keine Namen.« Sie seufzte. »Du weißt aber schon, wen er meint? Du erinnerst dich, über wen ihr damals gesprochen habt?«

Ich nickte langsam. »Wir haben damals nur über Marias bevorstehende Hochzeit mit Johann Mollwitz gesprochen. Aber kann er ihn wirklich meinen?«

Mama wurde plötzlich ganz grau. Sie sagte nichts.

»Mama?«, rief ich besorgt. »Soll ich dir ein Glas Wasser holen?«

Sie schüttelte den Kopf. »Nein, es geht schon wieder.« Sie atmete schwer. »Ich habe es geahnt.«

»Mama, was ist?« Ich konnte mir auf all das immer noch keinen Reim machen.

Sie presste die Hände an die Schläfen. »Maria hat neulich ihren Mann gebeten, Karl für ein paar Wochen aus der Schusslinie zu holen, damit er sich von der Lungenentzündung erholen kann. Nun gibt dir Karl durch die Blume zu verstehen, dass Mollwitz sich vielleicht eines Tages diese Gunst … von dir zurückerstatten lassen will.«

Mir schnürte es die Kehle zu. »Meinst du, er will … meinen Körper?«

»Ja.« Mama sah mich an. »Elise, ich habe immer geahnt, dass Mollwitz ein Schürzenjäger ist, daher hat Papa Maria auch geraten, ihn nicht zu heiraten.« Sie machte eine Pause. »Du musst mir versprechen, dass du tust, was Karl schreibt! Er will auf keinen Fall, dass du dich Mollwitz verpflichtet fühlst! Dein Mann hat große Angst um dich und du musst dich vor Mollwitz immer in Acht nehmen. Es kann sein, dass er erst nach Jahren von dir verlangt, dass du ihm zu Diensten bist, weil er Karl einmal einen Gefallen erwiesen hat. Vielleicht auch erst, wenn … niemand mehr da ist, der dich beschützen kann.« Sie packte meinen Arm. »Versprich mir, dass du dich niemals in eine Situation begeben wirst, in der du ihm ausgeliefert bist!«

»Ja, natürlich.«

Mama ließ meinen Arm los. Wir schwiegen. Ich zwirbelte mir eine Sofafranse um den Finger. »Aber müssten wir es nicht Maria sagen?«, fragte ich schließlich.

Mama rieb sich wieder die Schläfen. »Ich weiß es nicht. Es wird ihr das Herz brechen und ändern wird es nichts, denn sie hat ihn geheiratet und ist zeitlebens an ihn gebunden. Also lass uns lieber schweigen.«

Ich nickte. »Wirst du es Papa erzählen?«

»Ich glaube nicht.« Sie seufzte. »Er würde so wütend werden, dass er Mollwitz … an die Gurgel gehen würde.«

Ein dumpfes Gefühl der Verzweiflung breitete sich in mir aus. Ist denn dieser Krieg nie zu Ende?

Sonntag, 1. August 1915

Nun ist es ein Jahr her, dass Karl und ich geheiratet haben und ich ihn das letzte Mal gesehen habe. Ich hatte so sehr gehofft, dass er wenigstens drei Tage Fronturlaub bekäme, aber damit war es nichts. Karl hat mir dafür einen sehr langen Brief geschrieben und gepresste Blumen beigefügt. Er hat mir auch wieder ein paar Takte mit Melodieentwürfen geschickt. Aber ich war noch nicht in der Lage, eine Klavierstimme hinzuzukomponieren. Außerdem fange ich mittlerweile an zu weinen, wenn ich seine Melodien spiele. Ich habe solche Sehnsucht nach ihm! Jeden Tag, vor allem abends, denke ich so intensiv an Karl, dass mein Herz schmerzt. Und ich habe Angst um ihn! Er ist jetzt wieder in Frankreich an der Front. Ich hoffe inständig, dass wir uns bald wiedersehen.

Komischerweise hat Mollwitz Maria neulich schon das zweite Mal besuchen dürfen. Anscheinend gelten für ihn andere

Urlaubsregelungen als für Karl und Max. Mama wachte wie ein Zerberus über mich, als Mollwitz und Maria an einem Abend bei uns in Bonn zu Besuch waren. Jetzt ist er aber wieder weg und ich bin bei Maria in Linz, denn ich muss ihr im Garten helfen. Mama und Lotte kommen auch ab und zu. Lotte ist nun mit ihrer Lehrerinnenausbildung fertig und wird nach den Sommerferien Volksschullehrerin werden. Ich habe in den vergangenen Monaten hier und da Klavierstunden gegeben, doch der Krieg frisst den Leuten die letzten Haare vom Kopf und gespart wird natürlich als Erstes bei der Musik. Aber ich brauche auch kein Geld, weil ich bei meinen Eltern lebe. Und Papa hindert mich immer daran, dem öffentlichen Ruf zu folgen und in den Fabriken zu arbeiten. Das will er auf keinen Fall und uns geht es verhältnismäßig gut.

Montag, 1. November 1915

Ich bin wieder zurück in Bonn. Die Obsternte ist vorbei, Marmeladen und Kompotte sind gekocht, der Winter kann kommen. Ich bin todmüde und schlafe tagsüber unverhältnismäßig viel. Dafür liege ich nachts oft stundenlang wach und denke an Karl, wie er wieder in den dunklen, nassen Gräben liegt. Die Melodien, die er mir schickt, sind alle in Moll, und die Harmonien, die ich dazu verfasse, lassen alles noch düsterer klingen. Keine Ahnung, wie daraus jemals eine konsistente Komposition werden kann. Das ist mir momentan auch egal.

Gestern Nacht bin ich leise die Treppe hinuntergeschlichen, um mir ein Glas Wasser zu holen, als ich in Papas Arbeitszimmer Stimmen hörte. Papa arbeitet oft nachts, aber wer war bei ihm? Ich wollte zunächst wieder hochgehen, weil es mich entschieden nichts anging, doch da hörte ich Mama weinen und erstarrte. Auf Zehenspitzen schlich ich zu Papas Arbeitszimmertür und lauschte.

»Sie werden mehr und mehr Giftgas einsetzen«, sagte Papa, »und damit auch unsere Soldaten töten, wenn sich der Wind dreht. Außerdem wird die Wissenschaft der Franzosen und Engländer auf demselben Niveau sein.« Ich verstand kein Wort.

»Der Krieg bewegt sich seit Monaten keinen Millimeter weiter«, fuhr Papa fort. »Meine Kollegen und ich werden von der Regierung angehalten, in diese Richtung zu forschen, aber viele von uns haben sich geweigert, weil wir wissen, wie grausam der Tod durch Giftgas ist.«

Ich hielt meine Hand vor den Mund, um nicht aufzuschreien.

Hinter der Tür hörte ich Mama schluchzen. »Das können sie doch nicht machen! Max, Karl, all unsere Jungen sind da draußen!«

»Ich versuche mit meinen Kollegen alles, damit der weitere Einsatz von Giftgas verhindert wird, wir schildern die verheerenden Konsequenzen immer und immer wieder, aber die Regierung braucht Erfolge. Ich weiß nicht, was ich noch tun kann.«

Ich verlagerte mein Gewicht und die Diele knarzte. Hinter der Tür hörte ich schnelle Schritte, dann riss Papa die Tür auf und sah mich. Ich wusste nicht, was ich sagen sollte, ich fühlte mich ertappt wie ein Dieb. »Ich wollte nicht lauschen«, beteuerte ich, »ich hatte mich nur gefragt, mit wem du um diese Zeit sprichst.«

»Was hast du gehört?«, fragte er streng.

Ich zitterte. »Giftgas?«

Er wischte sich den Schweiß von der Stirn und zog mich ins Zimmer. »Komm rein, hier ist es ein wenig wärmer als im Flur.« Er reichte mir eine Decke, in die ich mich einhüllte. Mama saß leichenblass und verweint hinter Papas Schreibtisch.

»Also, Elise, ich will nicht lang um den heißen Brei herumreden. Karl hat dich in seinen Briefen, nach dem was du erzählt hast, oft genug darauf vorbereitet, dass es sein kann, dass er … dass er nicht wieder zurückkommen könnte. Auch Max ist sich dessen durchaus bewusst. Was die Armen nicht wissen, ist, dass die Kampfmittel in Zukunft um einiges drastischer werden und dass es hohe Verluste geben wird. Als Chemiker werde ich von der Regierung angehalten, Substanzen zu entwickeln, mit denen der Feind schnell und geräuschlos zu eliminieren ist. Ich weigere mich, so wie sich auch viele Kollegen von mir weigern, aber es gibt eben doch einige schwarze Schafe, die sich mit Ruhm bekleckern wollen. Auch wenn die Franzosen und Russen unsere Gegner sind, einen Tod durch Giftgas haben sie nicht verdient, das ist höllisch. Und bei dieser Art Waffe weiß man nie, ob sie wirklich nur den Feind trifft. Sowie sich der Wind dreht, werden unsere eigenen Männer sterben.«

Mir war so kalt, dass ich meine Arme und Beine nicht spürte. Ich sah Karl, Alexander und Max und all die anderen Männer in den kalten Gräben sitzen, nicht ahnend, dass der Feind in der Luft liegen könnte und sie ihn jede Sekunde einatmen konnten. Mir wurde schwarz vor Augen, aber ich riss mich zusammen. Ich durfte nicht ohnmächtig werden. »Was können wir tun?«, fragte ich.

»Beten, dass der Krieg bald aufhört«, sagte Papa, »mehr können wir wahrhaftig nicht tun.«

Sonntag, 2. Januar 1916

Seit dem nächtlichen Gespräch mit meinen Eltern kann ich nicht mehr schlafen. Ich habe Angst, dass ich genau den Moment verschlafe, in dem Karl sterben könnte. Ich fühle mich wie ein blutleerer Vampir. Ich hatte so gehofft, dass Karl zu Weihnachten Fronturlaub bekommt, aber vergebens. Er schrieb mir frohe Weihnachtswünsche und eine sehr elegische Melodie anstelle eines Liebesgedichts – allerdings in Moll.

Eine böse Erkältung hat mich erwischt. Ich bekomme den Husten nicht mehr weg. Ich habe keine Kraft mehr. Das Einzige, was mich aufrecht hält, ist, dass ich es Karl nicht antun möchte zu sterben. Ich will ihn noch einmal sehen! Er beschwor mich in seinem letzten Brief inständig, gut zu essen und mich warm anzuziehen und wieder Klavier zu spielen, sobald ich aufstehen könne. Ich will hingegen nur an seiner Brust liegen. Ich kann einfach nicht mehr!

Donnerstag, 23. März 1916

Alexander ist zurückgekommen. Ohne seinen linken Arm und mit halbem Gesicht. Als ich ihn sah, habe ich vor Schreck aufgeschrien. Ich schämte mich sogleich, dass ich so unmöglich auf seinen Anblick reagiert habe.

Aber er lächelte schief. »Zumindest lebe ich, Elise, zumindest lebe ich, auch wenn ich nie wieder Cello spielen kann.«

Mir traten Tränen in die Augen und ich fasste nach seiner intakten Hand. »Entschuldige, Alexander, du musst fürchterliche Schmerzen haben, nicht wahr?«

Er zuckte mit den Schultern. »Ja«, sagte er nur.

Seine Mutter weinte leise im Nebenzimmer. Ich bin sofort zu Alexander geeilt, als ich heute Morgen erfahren habe, dass er als Invalide aus dem Krieg entlassen worden war. Nun saß ich in der kleinen Wohnung, in der er und seine Mutter wohnen, und wusste nicht, was ich sagen sollte. Er sah schrecklich aus.

»Ich soll dir herzliche Grüße von Karl ausrichten«, sagte er. Seine Stimme klang so fröhlich wie damals. »Er denkt Tag und Nacht an dich und kann es kaum erwarten, dich wiederzusehen.«

Ich tupfte mir die Tränen aus den Augen. »Wie geht es ihm? Hat er den Winter ohne Erkältung überstanden?« Ich kam mir so dämlich vor, dass ich diesen armen invaliden Mann nach einer Erkältung meines Mannes fragte.

Aber Alexander fand nichts dabei. »Ja, bislang hat er sich tapfer geschlagen, die warmen Socken, die du uns gestrickt hattest, haben uns gute Dienste geleistet. Das Paar, das du für mich mitgeschickt hattest, habe ich ihm dort gelassen, ich brauche es hier nicht mehr.«

Eine Pause entstand. Dann nahm ich all meinen Mut zusammen. »Alexander, bitte erzähle mir vom Krieg«, bat ich ihn. »Ich möchte alles wissen.«

»Nun, ich weiß nicht«, sagte er. »Das ist nichts für zarte Ohren.«

»Bitte! Karl ist da draußen, ich will wissen, was dort los ist.«

Alexander sah mit leeren Augen durch mich hindurch. »Es ist … die Hölle.« Plötzlich umkrallte er die Sessellehne mit seiner rechten Hand. »Elise, es ist schrecklich. Ich kann dir keine Details schildern, ich kann es einfach nicht. Die Kälte, das Ungewisse, das Spritzen von Blut und Eingeweiden, wenn es jemanden erwischt hat … Ich kann nicht davon reden!« Er schrie die letzten Worte fast. Seine Mutter stürzte ins Zimmer und sah mich zornig an.

Mir wurde schlecht. »Entschuldige«, murmelte ich. »Bitte entschuldige.«

Alexander stützte den Kopf in seine verbliebene Hand. Er weinte. »Karl hat mich gerettet«, sagte er plötzlich. »Ich spürte die Kugel, als sie mein Gesicht zerfetzte, und als ich wieder zu mir kam, hatte Karl mich über seine Schulter geworfen und trug mich durch die Gräben zum Feldlazarett. Ich weiß nicht, wie er das gemacht hat. Ich bin doch viel schwerer als er.« Er wischte sich die Tränen aus den Augen. »Manchmal, wenn ich mich im Spiegel sehe oder wenn mich die Schmerzen halb wahnsinnig machen, wünschte ich, ich wäre auf dem Schlachtfeld gestorben. Jetzt bin ich doch zu nichts mehr zu gebrauchen, selbst meine Mutter kann ich nicht mehr ernähren und von einer eigenen Familie kann ich nicht einmal mehr träumen, so, wie ich aussehe.« Seine Mutter hatte einen Arm um ihn gelegt.

Ich wollte ihn trösten, aber was sollte ich ihm sagen? Er würde in der Tat nie wieder arbeiten können. Er würde akzeptieren müssen, dass seine alte Mutter ihn wieder ernährte und pflegte. Und wenn ich nun auch noch meine Hilfe anbieten würde, würde ihn das noch mehr schmerzen.

Langsam stand ich auf. »Bitte, lass mich wissen, wenn ich etwas für dich oder deine Mutter tun kann«, sagte ich. »Ich bringe euch auf alle Fälle bald noch ein paar Weckgläser mit eingemachtem Gemüse vorbei, meine Schwester hat einen Garten.« Seine Mutter lächelte dankbar.

Alexander reichte mir seine gesunde Hand. »Verzeih, wenn ich nicht aufstehe. Es fällt mir so schwer.«

»Aber ich bitte dich«, winkte ich ab. Seine Mutter brachte mich zur Tür. Sie weinte still und ich legte meine Hand auf ihren Arm.

Als ich auf die Straße kam, wurde mir speiübel und ich übergab mich in eine Pfütze. Es ging nicht anders. Ich stützte mich an einem Gartenzaun ab, denn vor meinen Augen tanzten bunte Sternchen wild durcheinander. Gleich würde ich umfallen. Ich setzte mich auf den Bürgersteig. Es war nass und kalt. Ich zitterte und sah Alexander vor mir. Sein zerfetztes Gesicht, den verkrüppelten Arm, der einst so kräftig das Cellogriffbrett hoch und runtergerutscht war. Schon wieder stieg Magensäure meine Kehle empor.

»Fräulein Lambrecht, sind Sie es?«, hörte ich plötzlich eine Stimme und sah auf. Vor mir stand ein älterer Kollege von Karl. Ich konnte mich nicht mehr an seinen Namen erinnern. Aber er war damals bei unserer Verlobungsfeier gewesen.

Er hockte sich neben mich. »Ist etwas passiert … mit Ihrem Verlobten?«

Ich schüttelte den Kopf. »Nein, Karl, also meinem Mann, geht es gut … das heißt, er ist nicht verletzt und lebt.«

»Sie haben Karl noch geheiratet?«

»Ja, zwei Tage, bevor er an die Front musste. Es ging ganz schnell. Aber verzeihen Sie, ich kann mich nicht mehr an Ihren Namen erinnern.«

»Edward Maresch«, sagte er und schien es mir nicht übel zu nehmen. »Wohnen Sie noch bei Ihren Eltern?«

Ich nickte.

»Dann bringe ich Sie dorthin, Ihnen geht es offensichtlich nicht gut.«

»Danke«, sagte ich und war wirklich dankbar. Er half mir hoch und reichte mir seinen Arm, auf den ich mich stützte. »Ich habe gerade Alexander Brandt und seine Mutter besucht«, sagte ich. »Er ist als Invalide aus dem Krieg entlassen worden. Er sieht fürchterlich aus.« Ich biss mir auf die Unterlippe.

Herr Maresch nickte. »Er hat seinen linken Arm verloren, nicht wahr? Ich habe es von den früheren Kollegen erfahren.« Das Orchester hat sich mittlerweile aufgelöst, weil die meisten seiner Mitglieder im Krieg sind. Aber sie sind immer noch gut übereinander informiert.

»Nicht nur den Arm, auch sein halbes Gesicht«, sagte ich tonlos.

Er schwieg. Ich schwieg. Was sollte man auch sagen?

Freitag, 7. April 1916

Zwei Wochen sind vergangen seit meinem Besuch bei Alexander und jetzt ist er tot. Er verstarb vorgestern. Heute Vormittag haben wir ihn bei strömendem Regen beerdigt. Alexanders frühere Kollegen, die aus Altersgründen nicht zum Kriegsdienst eingezogen worden sind, haben in der Kirche ihrem toten Kollegen mit dem langsamen Satz aus der 7. Beethoven-Sinfonie die letzte Ehre erwiesen. Es waren nicht alle Bläserstimmen besetzt und von den Streichern hat es kaum mehr als ein Quartett gegeben. Aber dennoch klang es würdevoll. Alexanders Mutter tat mir unendlich leid, sie stützte sich gebeugt vor Gram auf ihren Regenschirm. In nur zwei Wochen war sie um Jahre gealtert. Als ich kondolieren wollte, versagte mir die Stimme. Ich drückte einfach nur ihre Hand. Alexander ist so ein lebensfroher junger Mann gewesen, seine Verletzung und sein Tod sind so schrecklich. Das Einzige, was mich tröstet, ist, dass mein Karl es ihm ermöglicht hat, noch einmal zu seiner Mutter nach Hause zurückzukehren und bei ihr sterben zu dürfen.

Es fiel mir schwer, Karl von der Beerdigung seines Freundes zu schreiben. Als ich den Brief vorhin zu Ende geschrieben hatte, war er nass von meinen Tränen, doch ich konnte ihn nicht noch einmal abschreiben. Ich habe Karl geschrieben, dass ich mich um Alexanders Mutter kümmern werde, wo doch all seine Freunde noch im Krieg sind und die arme Frau nun ganz allein ist.

Immer wenn ich an Alexander denke, an seine grausame Entstellung, bekomme ich Atemnot. Ich muss dieses Bild aus dem Kopf kriegen! Aber es verschwindet nicht. Es hat sich eingebrannt. Für immer. Kein Wunder, dass Karl so energisch reagiert hat, als ich seinerzeit vorgeschlagen habe, mich als Krankenschwester zu melden. Er hat mir dieses unbeschreibliche Elend und den Anblick solch grausamer Verletzungen ersparen wollen. Und wenn ich daran denke, dass Karl Tag und Nacht in dieser Hölle leben muss, rast mein Herz und ich spüre kalten Schweiß auf der Stirn. Wenn er doch bald zurückkehren könnte!

Dienstag, 2. Mai 1916

Letzte Nacht hatte ich einen fürchterlichen Traum. Ich sah Karl im Schmutz und Schlamm der Gräben liegen und verbluten. Ich bin aus dem Schlaf aufgeschreckt, als ob mich selbst eine

Kugel getroffen hätte. Mir schlug das Herz so heftig in der Brust, dass ich dachte, ich habe einen Infarkt. »Karl«, flüsterte ich immer wieder, »Karl!« Ich umklammerte die Bettdecke, als ob ich ihn in den Armen halten würde, und spürte ihn ganz intensiv bei mir. Aber er entglitt mir. Das Gefühl, seinen Körper zu umfassen und sein Gesicht vor mir zu sehen, ebbte ab. Eine eisige Kälte überkam mich: War Karl tot? War er gerade gefallen? Ich schrie seinen Namen. Immer wieder und wieder. Mama stürzte ins Zimmer und versuchte mich zu beruhigen, aber ich war außer mir. Am Ende flößte sie mir Kamillentee ein und sagte, ich habe wahrscheinlich nur einen schlechten Traum gehabt und alles sei gut.

Heute früh bin ich mit pochendem Schädel aufgewacht. Ich bekomme keinen Bissen runter, mein Magen ist wie zugeschnürt. Ich hoffe inständig, dass Mama recht hatte und ich nur einen bösen Traum gehabt habe. Aber in mir sitzt eine Kälte, die ich nicht abschütteln kann.

Samstag, 13. Mai 1916

Es ist alles aus. Mein Traum von neulich war kein Traum, sondern blanke Realität. Karl ist gefallen. In dem Moment, in dem ich des Nachts aus dem Schlaf aufgeschreckt bin. Eine Woche danach kam die Bestätigung. Wie jeden Tag seit Beginn des Krieges hielt ich ab halb zehn morgens Ausschau nach dem Briefträger, und als ich ihn endlich kommen sah, lief ich ihm bis zum Gartentor entgegen. »Guten Morgen, haben Sie etwas für mich?«, begrüßte ich ihn und mein Herz raste.

An diesem Tag kramte er auffällig lange in seiner Tasche. Rückblickend denke ich, dass er mir ein paar Sekunden Leben schenken wollte. »Ja, ich habe etwas, Frau Finkenberg«, sagte er langsam, und als er mir einen dicken Brief reichte, sah ich grenzenloses Mitleid in seinen Augen. »Nachlassbeutel« stand auf dem Umschlag. Es war wie ein Faustschlag in die Magengrube. Augenblicklich versagten mir die Knie. Der Briefträger fing mich auf und begleitete mich bis zur Haustür. Bislang hatte ich immer noch gehofft, nur einen Albtraum gehabt zu haben, aber nun wusste ich, dass Karl tot war. Lotte war als Einzige im Haus und nahm mich dem Briefträger ab. Aber ich konnte nicht mehr bis ins Wohnzimmer gehen. Meine Zähne klapperten und mein ganzer Körper wurde geschüttelt vor Kälte. Ich sackte auf den Fußboden und riss mit letzter Kraft den Umschlag auf. »Gefallen« stand lapidar auf dem Formular und beigefügt waren die wenigen Habseligkeiten, die Karl bei sich gehabt hatte. Ein Beutel mit etwas Geld, ein Bündel mit meinen Briefen, unser Verlobungsfoto, sein Ehering, ein zerknittertes Notenheft und ein Paar meiner Wollsocken (das andere hat er wahrscheinlich getragen, als er starb). Als ich die Socken in der Hand hielt, fühlte ich etwas Hartes darin. Ich griff hinein und hielt die Spieluhr in der Hand, die ich Karl damals zum Geburtstag geschenkt habe, an dem Tag, an dem er meine Eltern gebeten hat, mich heiraten zu dürfen. Langsam drehte ich an der kleinen Kurbel und »Für Elise« erklang. Doch die Melodie brach ab, einige Takte fehlten. Und da begriff ich, dass unser Traum von einem gemeinsamen Leben nun unwiederbringlich zerstört war – so wie diese Spieluhr. Ich fühlte in dem Moment einen stechenden Schmerz, als ob mein Herz riss, und ich glaubte, innerlich zu verbluten. Mein ganzer Brustkorb tat höllisch weh. Weinend brach ich zusammen. Ich lag auf dem Fußboden des Flurs, krümmte mich wie ein Embryo und merkte, wie alle Kraft aus mir wich. Lotte warf eine Wolldecke über mich und versuchte, mich zu trösten. Aber ich sah nur ein schlammiges, offenes Grab, in dem Karl lag, und wollte zu ihm springen. Irgendwann kamen Mama und Papa nach Hause und stolperten fast über mich. Papa trug mich nach oben auf mein Zimmer. Ich wurde geschüttelt von Weinkrämpfen und weiß nicht, was die darauffolgenden Tage geschah. Ich lag in meinem abgedunkelten Zimmer. Mama, Lotte oder Papa saßen neben mir und hielten abwechselnd meine Hand. Ich wollte sterben! Wenn ich mein ganzes langes Leben vor mir sah, wurde mir schwarz vor Augen. Wie sollte ich das ohne Karl füllen?

Ich hoffte, dass sie seinen Leichnam nach Bonn bringen würden, damit ich wenigstens sein Grab besuchen könnte, aber Mama und Papa sahen weg, als ich diesen Gedanken äußerte. »Das geht nicht«, sagte Papa nur. »Sie können nicht Tausende von Gefallenen nach Hause bringen, sie müssen sie dort vor Ort … begraben.«

»Aber ist es ganz sicher, dass Karl unter den Toten ist?«, fragte ich. »Vielleicht lebt er ja noch und konnte fliehen.«

Mama wischte sich die Tränen aus den Augen. »Nein, Elise, wenn sie ›gefallen‹ schreiben, dann wissen sie, dass er tot ist. Sonst würden sie ›vermisst‹ schreiben. Wenigstens hast du darüber Gewissheit.«

Mittwoch, 31. Mai 1916

Die Tage gehen dahin, ich habe jegliches Zeitgefühl verloren. Ich lebe in meiner Trauer völlig zurückgezogen in meinem Zimmer. Draußen scheint die Sonne, aber ich gehe nicht vor die Tür. Ich esse nichts und trinke wenig. Ich warte darauf, dass meine eigene Zeit abläuft, jede Sekunde bringt mich näher an mein Ende, nach dem ich mich sehne.

Aber heute Morgen rief mich Mama nach unten. Ich hätte Besuch. Ich wollte niemanden sehen, aber Mama sagte, ich müsse kommen. Widerwillig verließ ich mein Zimmer und ging die Treppe hinunter. Im Salon saß Alexanders Mutter schüchtern auf dem Sofa. Als sie mich sah, kam sie auf mich zu und umarmte mich. »Es tut mir so leid, Schätzchen«, sagte sie. Ich weinte, und sie auch. Nun war ich doch froh, hinuntergekommen zu sein. Alexanders Mutter verstand mich. Sie hielt mich in den Armen wie ein kleines Kind. »Du musst wieder nach draußen gehen, Elise«, sagte sie mir, als ich aufgehört hatte zu weinen. »Du musst wieder essen und Klavier spielen. Denn solange du lebst, lebt auch Karl weiter. Aber wenn du dich aufgibst, wird auch an ihn bald niemand mehr denken.«

Mir traten wieder Tränen in die Augen. »Ich schaffe es nicht«, sagte ich.

»Doch«, sie lächelte, »du wirst es schaffen. Jeden Tag ein kleines bisschen mehr. Aber du musst dich anstrengen.«

»Ich will aber nicht mehr«, sagte ich dumpf. Meiner Mutter gegenüber hätte ich nicht gewagt, das zu äußern, sie hätte geschimpft.

Alexanders Mutter strich mir eine Haarsträhne aus dem Gesicht. »Nenn mich Frieda!«

Ich blickte überrascht auf. Wieso das? Nicht, dass ich etwas dagegen gehabt hätte, aber warum bot sie mir das Du gerade in dieser Situation an?

»Ich brauche dich, Elise. Mein Sohn hatte keine Frau und keine Kinder. Ich war seine einzige Verwandte. Und ich bin alt. In ein paar Jahren werde ich sterben und dann wird sich auch niemand mehr an Alexander erinnern. Du aber könntest daran etwas ändern. Du hast mit ihm und Karl zusammen Klaviertrio gespielt. Du bist die einzige Überlebende aus diesem Trio und du solltest weiterspielen. Für deinen Mann und meinen Sohn!« Sie stand auf und nahm ihre Handtasche. »Ich bitte dich, lass die beiden weiterleben – wenigstens in deiner Erinnerung, in deiner Musik, damit sie nicht umsonst gelebt haben.« Sie reichte mir die Hand. »Ich zähle auf dich, Elise.«

Ich nickte und stand auf, um sie zur Tür zu begleiten. Ihre Worte hätten von Karl sein können. Also werde ich sie wohl oder übel beherzigen. Wenn ich es schaffe …

Freitag, 2. Juni 1916

Heute Vormittag sind Edward Maresch und zwei weitere Kollegen von Karl gekommen, um mir im Namen aller Orchestermitglieder ihr Beileid auszusprechen.

»Können wir irgendetwas für Sie tun, Frau Finkenberg?«, fragte Herr Maresch.

Ich schüttelte den Kopf. Finanziell bin ich abgesichert, da meine Eltern wohlhabend sind und ich bei ihnen lebe. Und meinen Schmerz kann mir keiner abnehmen. Doch da kam mir eine Idee. »Vielleicht doch«, sagte ich. »Ich denke, Karl würde sich unendlich freuen, wenn Sie für ihn auch den zweiten Satz der 7. Beethoven-Sinfonie spielen würden, wie damals für Alexander.« Ich schluckte. »Leider gibt es kein Grab hier in Bonn.« Mir versagte die Stimme, wie immer, wenn ich daran denke, dass Karl allein und elend auf irgendeinem weit entfernten Feld gestorben war. Wenigstens habe ich in der Zwischenzeit erfahren, dass er nicht in einem Massengrab verscharrt worden ist, sondern ein eigenes Grab auf einem Friedhof hat.

»Gern!«, sagte Herr Maresch. »Ich werde die Kollegen informieren und dann könnten wir in einem Gedenkgottesdienst ein paar Stücke spielen.«

»Das wäre sehr nett«, sagte ich. Zwar hat Mama schon gleich mehrere Messen lesen lassen, nachdem uns die Nachricht von Karls Tod ereilt hatte, aber ein feierlicher Gottesdienst mit Musik wäre für Karl angemessen.

»Gibt es einen bestimmten Termin, an dem Sie den Gedenkgottesdienst abhalten möchten?«

Ich schüttelte wieder den Kopf. »Nein, wann es Ihnen, Ihren Kollegen und dem Pfarrer passt … ich habe jetzt immer Zeit.«

Freitag, 9. Juni 1916

Der Gedenkgottesdienst für Karl fand heute Vormittag statt. Edward Maresch hat alles organisiert. Der Pfarrer fand sehr schöne Worte und Karls frühere Kollegen spielten wundervoll. Zwar weinte ich die ganze Zeit, aber am Ende hatte ich das Gefühl, dass dieser Gottesdienst doch wichtig für mich war. Frieda ist auch gekommen, und als wir alle draußen vor der Kirche standen und ich die Beileidsbekundungen entgegennahm, drückte sie meine Hand und sagte: »Du bist sehr tapfer, Elise, ich danke dir, dass du weiterleben willst, obwohl es hart ist.«

Samstag, 8. Juli 1916

Viele Wochen sind vergangen. Mir geht es immer noch schlecht. Es ist eine Qual, jeden Morgen aufzustehen und zu wissen, dass man einen ganzen Tag, ein ganzes Leben verbringen muss, ohne die Hoffnung, den geliebten Menschen wiederzusehen. Wie sehr sehne ich mich nach der Zeit zurück, in der ich noch hoffen konnte. Mama muss mich fast jeden Tag aus dem Bett herauszerren. Aber ich versuche, Friedas Worte zu beherzigen, auch wenn es mir schwerfällt.

Heute früh nahm ich Karls Sachen zur Hand. Mama und Papa haben sie die ersten Tage nach der Hiobsbotschaft vor mir versteckt, weil sie fürchteten, dass es mich noch mehr in die Verzweiflung treiben würde, wenn ich Karls Gegenstände durchstöberte. Doch heute Morgen fühlte ich mich bereit, das, was von seinem Leben übrig geblieben ist, anzusehen. Vor allem das Notenheft, das bei Karls Sachen gelegen hat, wollte ich genauer studieren. Ich vermutete, dass er dort seine Melodieentwürfe aufgeschrieben hat. Vielleicht gab es Melodien, die er mir noch nicht geschickt hat. Ich sah sehr schnell, dass dies der Fall ist. Doch ich hatte nicht den Mut, ans Klavier zu gehen und sie auszuprobieren. Was sollte ich auch jetzt noch eine Klavierstimme hinzukomponieren? Niemals würden Karl und ich diese Melodien gemeinsam spielen. Dann schlug ich auf einmal eine Seite auf, auf der er mir eine Art Vermächtnis aufgeschrieben hat, das ich hier in mein Tagebuch hineinklebe:

> Meine liebe Elise,
> ich schreibe diese Zeilen für den Fall, dass ich sterbe, und hoffe, dass man dir dieses Notenheft mit all meinen anderen Sachen zurückschicken wird.
>
> Ich hoffe, dass du dich mittlerweile von dem Schock, dass ich nicht mehr lebe, ein wenig erholt hast. Ich weiß, wie schlecht es dir jetzt geht, meine Liebste, denn ich erinnere mich gut daran, wie es sich anfühlte, als mein Bruder und meine Eltern starben. Und wenn ich mir vorstelle, du hättest vor mir sterben können, mein Schmerz wäre unermesslich. Daher leide ich mit dir und hoffe, dass es dir bald besser geht. Bitte versuche, dich nicht in deiner Trauer einzuschließen. Du bist noch so jung, und ich möchte, dass du – auch ohne mich – ein erfülltes, glückliches Leben führst. Ich weiß, dass du jetzt sagen wirst, wie soll das gehen ohne dich? Auch ich bin unendlich betrübt, denn ich hatte mir unser gemeinsames Leben immer so vorgestellt, dass wir ein kleines Häuschen mit Garten haben würden, ein Musikzimmer, in dem wir jeden Tag zusammen proben würden, und einen Haufen kleiner Kinder, die mit ihrem Lachen das Haus mit Freude erfüllen würden. All das kann ich

nicht mit dir teilen. Aber ich bitte dich, dass du, solltest du einem Mann begegnen, der dir gefällt, nicht aus falsch verstandener Treue mir gegenüber auf ihn verzichtest. Wir waren uns stets treu und mir wäre es eine Erleichterung, wenn ich wüsste, dass du das Leben nicht einsam und allein weiter bestreitest. Aber binde dich nur an jemanden, den du wirklich gernhast und dem du vertraust.

Und hüte dich bitte vor Marias Mann, Johann Mollwitz! Ich habe in Belgien mitbekommen, dass er sich an vielen Frauen vergeht. Deine Schwester tut mir leid. Und er hat mir gegenüber geäußert, dass er sich die Gunst, die er mir erwiesen hat, indem er mich einige Monate aus der Schusslinie geholt hat, von dir zurückerstatten lassen will. Also flehe ich dich an, geh nur in Marias Haus, wenn du sicher bist, dass du dort keine Sekunde allein mit ihm sein wirst. Ich konnte es dir zuvor nicht so explizit schreiben, weil ich fürchte, dass meine Briefe kontrolliert werden. Ich hoffe, dass dich diese Zeilen erreichen.

Und wie du dir sicher denken kannst, möchte ich, dass du weiter Klavier spielst. Auch wenn es dir schwerfällt. Aber es wäre eine Beruhigung für mich zu wissen, dass du für mich mit musizieren wirst. Spiele mit Sophia oder mit anderen Musikern zusammen, auch wenn es unsere Stücke sind. Und behalte meine Geige und vermache sie am Ende deines Lebens nur jemandem, der würdig ist, sie zu spielen. Aber wenn du in finanzielle

Not gerätst, zögere nicht, sie zu verkaufen. Lass dir einen Preis vom alten Geigenbauer im Musikerviertel nennen, nicht, dass du sie unter Wert verkaufst. Er ist vertrauenswürdig.

Ich danke dir für die vielen schönen und unvergesslichen Stunden, die wir miteinander verbracht haben. Auch wenn unsere gemeinsame Zeit nur kurz währte, so waren diese Tage doch so intensiv wie ein ganzes langes Leben.

Und nun sei ganz herzlich umarmt und geküsst von Deinem Karl. Ich werde von oben auf dich achtgeben.

Mir liefen die Tränen die Wangen hinunter. Mit zitternden Fingern ließ ich das Notenheft sinken. Ich wollte nicht, dass dieser letzte Brief Karls durch meine Tränen ruiniert würde. Wie lange ich so dagesessen und geweint habe, weiß ich nicht mehr. Mir war es plötzlich, als ob Karl neben mir im Zimmer saß und mir all diese Worte persönlich gesagt hatte. Warum habe ich dieses Notenheft nicht schon viel früher durchgeblättert?

Ich legte mich auf den Boden und schloss die Augen. Ich stellte mir vor, dass Karl neben mir läge und mich in seinen Armen hielte. Und ich fühlte ihn wahrhaftig, auch wenn ich wusste, dass es nicht sein konnte. Aber vielleicht wacht er tatsächlich über mich und ich habe es in diesem Moment gespürt.

Kapitel 6

Das war sie also, die Liebesgeschichte ihrer Urgroßtante Elise. Begraben im Mai 1916 im Schlamm und Kugelhagel von Verdun. Valeries Gesicht war nass. Sie legte das Tagebuch zur Seite, damit ihre Tränen nicht darauf tropften. Von ihren Großeltern und Großtanten hatte sie immer nur gehört »Tante Elises Mann ist im Ersten Weltkrieg gefallen«, als ob dies völlig normal und unspektakulär sei. Aber das war es ganz und gar nicht. Sie konnte nicht fassen, wie sie diese schlichte Auskunft ihrer Verwandten bislang einfach so hingenommen hatte, ohne sich Gedanken darüber zu machen, was es für Elise wirklich bedeutet haben musste. All ihre Lebensträume waren mit vierundzwanzig Jahren endgültig zu Ende gewesen. Valerie seufzte. Sie kannte eine solch innige Liebe, wie Elise sie gehabt hatte, nicht. Würde Adrian sterben, wüsste sie nicht, ob sie ihm jetzt auch nur eine Träne nachweinen würde. Vielleicht war Adrian für sie so etwas gewesen wie Mollwitz für Maria. Sie hatte ihn gerngehabt und gewollt, dass die Beziehung funktionierte, um nicht mehr allein zu sein, um eine Familie zu gründen. Aber wahre Liebe, so wie Elise sie für Karl empfunden hatte, nein, die hatte sie für Adrian nie empfunden. Das musste sie sich eingestehen. Plötzlich stutzte sie. Wo waren eigentlich die Melodien geblieben, die Elise und Karl komponiert hatten? Sie blätterte das Tagebuch durch, doch darin lagen keine Notenblätter, es waren auch keine Noten eingezeichnet. *Es kann doch nicht sein, dass Elise diese Musik weggeworfen hat!* Valerie lief zu ihrem Notenschrank und holte den Stapel Klaviernoten heraus. Es waren hauptsächlich Elises Noten, die zunächst ihre Großmutter Clara übernommen hatte, danach sie. Sie blätterte ein Stück nach dem anderen durch. Es waren unzählige. Valerie überlegte. Dann suchte sie gezielt nach der Klavierstimme der Beethoven-Violinsonaten. Vorsichtig blätterte sie jede Seite durch und auf einmal fand sie in der Mitte des Notenbuches, was sie suchte: drei handgeschriebene Blätter mit Noten für Violine und Klavier. Kein Titel. Keine Bezeichnung. Valerie setzte sich. Fast ehrfürchtig las sie die Melodien. Es waren Variationen über das Thema »Für Elise«. Sie klappte den Klavierdeckel hoch und spielte. Zunächst nur die Akkorde. Schließlich packte sie die Geige aus und fingerte sich durch die Violinstimme. Diese war stellenweise sehr schwierig und Valerie konnte auch nicht alles einwandfrei lesen. Ein Nachbar bollerte wütend gegen ihre Wohnungstür. Sie zuckte zusammen und packte dann die Geige wieder ein. Am nächsten Tag würde sie sich die Noten genauer ansehen, ohne einen Nachbarn zu stören.

Sie legte sich mit einer Wärmflasche ins Bett, aber sie kam nicht zur Ruhe. Karls Tod und die Trauer ihrer Urgroßtante setzten ihr zu, obwohl das alles schon fast hundert Jahre her war. Zudem kratzte ihr Hals schon wieder. *Ich muss ihre Melodien spielen*, dachte sie, *ich muss wissen, was die beiden komponiert haben.*

Irgendwann musste Valerie doch eingeschlafen sein. Der Wecker schrillte, und noch bevor sie die Augen geöffnet hatte, wusste sie, dass sie krank war. Sie glühte und ihr Kopf tat so weh, dass sie dachte, er müsse zerspringen. Langsam richtete sie sich auf. Der vertraute Schwindel, den sie immer spürte, wenn sie fiebrig war, ließ nicht lange auf sich warten. *Was mache ich bloß*, überlegte sie verzweifelt. *Ich muss zum Dienst!* Vorsichtig stand sie auf, stützte sich am Nachtschränkchen ab und suchte dann ihre Kleider zusammen. Es war mehr als unvernünftig, aufzustehen. Sie war so unsicher auf den Beinen, dass sie keine Ahnung hatte, wie sie zur Probe kommen sollte. Sie musste sich auf jeden Schritt konzentrieren. Aber in der Probezeit krank werden ging überhaupt nicht! Sie kochte Tee, schluckte eine Kopfschmerztablette und verließ das Haus.

Während der Metrofahrt dachte sie an Elise und Karl, wie sie vor hundert Jahren zusammengekommen waren. Es war eine so schöne, zarte Liebe, die die beiden verbunden hatte. Valerie schossen Tränen in die Augen, als sie an das jähe Ende dieser Liebesgeschichte dachte. Sie trauerte. Um das Glück eines Mannes und einer Frau, die beide schon lange tot waren. Was waren denn ihre Probleme dagegen? Verstohlen wischte sie ihre Tränen mit dem Handrücken weg. Es hatte ohnehin keiner der anderen Fahrgäste bemerkt. Alle versteckten sich hinter Zeitungen oder stierten unentwegt auf ihre Smartphones. Valerie sah ihr Spiegelbild im Fenster der Metro. Sie wirkte völlig übernächtigt. Ihre Wangenknochen stachen markant hervor und ihr Hals war dürr und lang. Unwillkürlich verglich sie sich mit Elise, so wie sie sie von dem Foto her kannte, das auf der ersten Seite des Tagebuchs eingeklebt war. Elise war damals natürlich jünger gewesen als sie jetzt. Sie war schlank gewesen, aber nicht abgemagert. Obwohl es ein Schwarz-Weiß-Foto war, konnte sich Valerie gut vorstellen, dass Elise rosige Wangen gehabt haben musste. Aber vielleicht nicht immer. Wahrscheinlich hatte sie in ihrem späteren Leben auch ausgemergelt und unglücklich ausgesehen, so wie Valerie jetzt. Sie wusste es nicht. Jedenfalls wünschte sie, sie hätte auch das große Liebesglück gefunden und wäre nicht so versessen aufs Geige spielen gewesen, sodass sie jetzt mit vierunddreißig Jahren ohne Mann dastand, der heiß ersehnte Beruf die Hölle war und zudem noch auf der Kippe stand. Wenn sie das Orchester am Ende der Probezeit verlassen musste, hatte sie gar nichts mehr: keinen Beruf und keinen Mann. Valerie stand auf, denn an der nächsten Haltestelle musste sie die U-Bahn wechseln. *Also darf ich diesen Job nicht versemmeln*, schloss sie. *Ich muss die Prokova in ihre Schranken weisen.*

Als sie im Probensaal ankam, versagten ihr die Knie. Sie musste sich an der Wand abstützen. Aber von ihren Kollegen fiel niemandem auf, dass es ihr nicht gut ging. Während der Probe verpasste sie zwei Einsätze und die Prokova sah sie böse an. Und mitten im letzten Satz der Sinfonie schwirrten auf einmal grelle Sternchen vor ihren Augen. Sie ließ die Geige sinken. Rosselli brach glücklicherweise zwei Takte später ab, um die Streicher anzuschnauzen: »Nun machen Sie doch mal das, was in den Noten steht: ›*Smorzando … quasi morendo*‹! Sie sind alle viel zu laut! Der Klang muss verlöschen, absterben, im Nichts verschwinden! Können wir das bitte noch einmal versuchen?« Valerie hatte das Gefühl, als drehe sich alles um sie herum. Sie musste sich irgendwo festhalten, wenn sie nicht gleich selbst im Nichts versinken wollte. Aber Rosselli hatte den Taktstock schon wieder oben, sie musste weitermachen. »Was haben Sie denn heute, Madame Mollwitz?«, fuhr die Prokova sie bei der nächsten Unterbrechung an. »Sie können doch nicht dauernd aufhören!«

»Mir ist schwindelig«, entschuldigte sie sich, doch die Prokova schnaubte verächtlich. Und dann war die Probe endlich zu Ende. Die Musiker packten ihre Instrumente ein und gingen in die Pause. Valerie lief kalter Schweiß den Rücken hinunter und der Pullover klebte ihr am Körper. Sie musste sich unbedingt hinlegen.

Fröstelnd schleppte sie sich in den erstbesten freien Übungsraum und trank eine Tasse heißen Tee, den sie sich in einer

Thermoskanne mitgebracht hatte. Verflixt, die Grippe ließ sich nicht mehr aufhalten. Was sollte sie nur tun? Sie legte sich auf den Boden, denn eine andere Möglichkeit, sich hinzulegen, gab es nicht. Der Raum drehte sich, sie schloss die Augen, aber das Karussellfahren ging weiter. Nach einer Weile raffte sie sich auf. Sie musste üben, gleich würde die Nachmittagsprobe beginnen und sie musste die halsbrecherischen Läufe noch einmal spielen. Sie hatte in der Vormittagsprobe schon einige Schwächen gezeigt, das durfte gleich nicht noch einmal passieren. Sie stand auf und öffnete den Geigenkasten. Da tanzten plötzlich bunte Punkte vor ihren Augen, sie war zu schnell aufgestanden. Ihre Ohren rauschten. Sie verfehlte den Tisch, um sich daran festzuhalten. Dann wurde es schwarz um sie herum.

»Valerie? Valerie!«, rief eine Stimme aus der Ferne. Mühsam öffnete sie die Augen. Jan beugte sich über sie. Er sah sie besorgt an und legte eine Hand auf ihre Stirn. Nie zuvor hatte sie bemerkt, dass seine Augen so intensiv grün waren. »Du glühst, du hast Fieber«, sagte er. »Ich habe den Notarzt schon verständigt, er wird gleich hier sein.«

»Was?« Sie wollte sich aufsetzen, doch Jan drückte sie sanft zurück.

»Du bist ohnmächtig geworden und hast dir den Kopf aufgeschlagen. Zumindest habe ich dich so gefunden, als ich gerade in diesen Raum kam, um zu üben.« Seine Hand lag nun auf ihrer Schulter.

Valerie sah, dass sein Hemd blutverschmiert war. »Ist das mein Blut?« Ihr wurde ganz flau im Magen.

Er nickte. »Zum Glück hatte ich denselben Probenraum ausgewählt wie du. Hoffentlich liegst du noch nicht lange hier.«

In diesem Moment kam der Notarzt mit zwei Sanitätern in den Raum gestürmt. Jan stand auf, erklärte kurz die Lage und ging dann nach draußen.

»Madame, wie geht es Ihnen?« Der Notarzt fühlte ihr den Puls.

»Ich weiß nicht«, stotterte Valerie, »ich glaube, gut.«

»Das glaube ich eher weniger. Sie haben Fieber und sich gerade den Kopf aufgeschlagen. Ihr Kollege hat uns gerufen.«

Sie wandte ihren Kopf etwas zur Seite. Er schmerzte höllisch. Sie schloss die Augen.

»Ich nehme Sie mit ins Krankenhaus. Wir müssen sichergehen, dass Sie keine Gehirnerschütterung haben.«

»Nein, ich habe Dienst!« Valerie wollte sich mit einem Ruck aufsetzen, aber der Arzt unterband das energisch.

»Sie sind krank!« Er winkte die Sanitäter herbei, die sie auf eine Trage legten. Sie war zu schwach, um zu protestieren.

Aber als sie sie hinaustrugen, bekam sie plötzlich Panik. »*Mon violon!*«, rief sie. »Ich muss meine Geige mitnehmen!«

Jan trat zu ihr. »Ich nehme deine Geige und deine anderen Sachen mit nach Hause, mach dir darum keine Sorgen.«

Der Arzt winkte ihn zu sich. »Ihre Kollegin ist die nächsten Tage krankgeschrieben. Bitte teilen Sie das schon einmal dem Arbeitgeber mit.«

Und dann wurde sie in den Krankenwagen geladen.

Ein paar Stunden später starrte Valerie dumpf auf die gelb gestrichene Wand in ihrem Krankenzimmer. In der Notaufnahme war es zugegangen wie in einem Bienenstock. Sie war aus dem Krankenwagen in einen Rollstuhl gesetzt und von einer Station auf die nächste geschoben worden. Vor jeder Untersuchung hatte sie Ewigkeiten auf von Halogenlampen beleuchteten Fluren gesessen und weiße Kittel an sich vorbeirauschen gesehen. Sie hatte jegliches Zeitgefühl verloren. Die Ärzte hatte sie nicht richtig verstanden. Ihr Kopf schmerzte so stark, dass sie nicht imstande gewesen war, außer Deutsch noch eine andere Sprache zu verstehen, geschweige denn zu sprechen. Ihre Platzwunde wurde genäht und Valerie meinte verstanden zu haben, dass sie keine Gehirnerschütterung hatte. Aber es schien, dass sie im Krankenhaus bleiben musste, denn vor einer Stunde war sie in dieses Zimmer gebracht worden.

Die anderen beiden Patientinnen hatten gerade Besuch von ihren Familien. Sie natürlich nicht. Wer sollte auch schon kommen? Es wurde laut geplappert und an Ruhe war nicht zu denken. Valerie war todunglücklich. Nun lag sie hier allein in einem Krankenhaus, verstand nichts und konnte noch nicht einmal ihrer Mutter und ihrem Arbeitgeber Bescheid geben, wo sie sich befand und wie lange sie krank sein würde. Schon gleich nach einem Monat wegen Krankheit auszufallen, konnte sie die Stelle kosten. Sie schloss die Augen und drehte sich zur Wand. Sie versuchte, ihre Umgebung auszublenden. Sie stellte sich vor, wieder ein Kind zu sein, weit weg von hier, in einem anderen Land, wo es warm war, vielleicht am Meer, und ihre Eltern würden sich um alles kümmern. Heiße Tränen liefen ihre Wangen hinunter und versickerten im Kissen.

Plötzlich berührte jemand ihren Arm. Sie fuhr herum und öffnete die Augen. Vor ihr stand Jan. Er hielt einen Blumenstrauß in der Hand.

»Valerie, wie geht es dir?«

Sie blinzelte und versuchte, sich aufzurichten. »Danke, es geht. Ich glaube, ich habe keine Gehirnerschütterung.« Wie hatte er sie hier ausfindig gemacht? Er musste sich durch alle Krankenhäuser gefragt haben.

Er zog sich einen Besucherstuhl heran und musterte sie. »Aber du bist unglücklich?«

Sie wischte sich die Tränen aus den Augen. »Ich bin unglücklich, weil ich hier bin. Ich kann es mir nicht erlauben, während der Probezeit krank zu sein.«

Jan schüttelte den Kopf. »Hör zu, das ist doch Unsinn! Wenn sogar der Notarzt deinetwegen kommt, dann merkt selbst die Prokova, dass du krank bist.« Er hielt ihr die Blumen hin. »Für dich!«

»Danke!« Valerie war gerührt und ihr kullerten wieder zwei Tränen die Wangen hinunter. Ob Adrian sie auch sofort besucht und ihr Blumen gebracht hätte, wenn sie damals ins Krankenhaus gekommen wäre, als sie noch mit ihm zusammen gewesen war? Wahrscheinlich nicht. Er war ja immer so unglaublich beschäftigt. Aber darüber brauchte sie jetzt nun wirklich nicht mehr nachzudenken.

Jan reichte ihr ein Taschentuch.

»Danke.« Sie schnäuzte sich und machte Anstalten aufzustehen. »Ich hole eine Vase.«

»Nein, nein«, wehrte er ab, »ich gehe selbst, bleib du lieber liegen.«

Eine Minute später kam er mit einer Vase zurück. »Hast du alles verstanden, was dir die Ärzte gesagt haben?«

Valerie zuckte mit den Achseln. »Nein, ich habe nur verstanden, dass ich wohl keine Gehirnerschütterung habe, aber trotzdem zur Beobachtung hierbleiben soll. Aber was die Ärzte sonst noch gesagt haben, weiß ich nicht, ich bin zu dämlich für diese Sprache.« Sie hätte wieder heulen können.

Jan griff nach ihrer Hand. »Dir geht es jetzt nicht gut und deswegen verstehst du auch nicht alles und bist traurig. Soll ich bei den Ärzten nachfragen? Allerdings werden sie mir nichts sagen, denn wir sind weder verwandt noch … verheiratet.«

Valerie überlegte. Es wäre tatsächlich nicht schlecht, wenn sie wüsste, wie es um sie stand. »Ich kann mein Einverständnis geben, dass sie dir alles sagen sollen.«

»Sicher?«

Sie nickte.

»Gut, dann halte ich Ausschau nach einem Arzt.« Er ging hinaus. Valerie betrachtete unterdessen den Blumenstrauß. Es waren kleine Rosen in allen erdenklichen Farben. Fröhlich bunt! Hatte Jan geahnt, dass er sie aufheitern musste? Sie lächelte. Er war wirklich nett. Und da kam er auch schon zurück und hatte den Stationsarzt im Schlepptau.

»Madame, Sie wollen, dass ich dem jungen Herrn Ihren Krankenbefund mitteile?«, fragte er sie auf Französisch und Valerie bejahte dies. Der Arzt begann, komplizierte Sätze aneinanderzureihen, sie war völlig überfordert, aber Jan nickte und stellte hin und wieder Fragen. Ihr war es ein Rätsel, wie er anscheinend mühelos von einer Sprache zur nächsten wechseln konnte. Schließlich wandte er sich an sie. »Also, du hast alles richtig verstanden: Du hast keine Gehirnerschütterung, aber du sollst zur Beobachtung eine Nacht hierbleiben. Das Röntgenbild ergab, dass du keine weiteren Kopfverletzungen hast und auch sonst nichts gebrochen ist. Morgen früh werden sie sehen, wie es dir geht, und dich dann wahrscheinlich entlassen. Du sollst dich danach aber noch die ganze Woche ausruhen und nicht arbeiten.«

Valerie bedankte sich bei dem Arzt, der daraufhin das Zimmer wieder verließ. Jan setzte sich. »Siehst du, Valerie, es ist also alles gar nicht so schlimm!«

»Danke für deine Hilfe«, sagte sie und merkte, dass ihre Stimme ziemlich dünn klang. Auf einmal fühlte sie sich wieder ganz schwach. Sie griff nach dem Wasserglas auf dem Nachttisch.

Jan kramte unterdessen einen Umschlag aus seinem Rucksack. »Den soll ich dir vom Orchestervorstand geben.«

Ihr Herz pochte. War das schon ihre Kündigung? Sie öffnete den Umschlag mit zittrigen Händen. Es war eine Karte mit den besten Wünschen für eine baldige Genesung von ihren Kollegen. Das war ja nett.

»Hast du jemanden, der sich um dich kümmert, wenn du entlassen wirst?«, fragte er. »Soll ich jemanden anrufen und bitten, zu dir zu kommen? Eltern, Freunde? Du darfst ja hier gar nicht telefonieren.«

Valerie zuckte mit den Schultern. »Meine Mutter kann nicht kommen. Ich habe einen geistig behinderten Bruder und sie muss sich um ihn kümmern. Mein Vater lebt nicht mehr. Und meine Freundinnen arbeiten alle. Aber es wird schon gehen. Bis morgen bin ich ja noch hier.«

Jan runzelte die Stirn. »Das finde ich aber nicht so gut. Ich überlege mir etwas.«

»Nein, lass nur, mach bitte keine Umstände wegen mir.«

»Auf jeden Fall komme ich morgen früh und bringe dich nach Hause, falls du entlassen wirst. Sonst fällst du in der Metro gleich wieder um.«

Valerie strich sich eine Haarsträhne aus dem Gesicht. »Das ist sehr lieb von dir, aber ich will nicht, dass du dich für mich verantwortlich fühlst, nur weil zufällig du es warst, der mich gefunden hat. Du hast doch sicher Dienst, oder?«

Jan lächelte. »Nun mach dir mal keine Gedanken. Ich habe einen sehr netten Kollegen, Olivier, mit dem ich meinen Dienst tauschen kann.«

»Ja, aber ich möchte nicht, dass dir oder Olivier wegen mir Umstände entstehen.« Ihr war schon wieder zum Heulen zumute. Sie wollte keine Last für niemanden sein.

Er sah sie an. »Valerie!« Seine Stimme war ganz ruhig. »Es gibt Situationen, in denen muss man Hilfe in Anspruch nehmen, ob man will oder nicht.«

Sie senkte die Augen. Er hatte recht und sie musste sich fügen. »Gut«, sagte sie schwach, »vielen Dank.«

Über sein Gesicht huschte der Hauch eines Lächelns. »Ich stehe morgen um neun Uhr früh hier auf der Matte und bringe dich nach Hause. Brauchst du heute noch etwas?«

Sie zögerte. Eigentlich brauchte sie Handtücher und Unterwäsche, aber sie konnte Jan unmöglich in ihre Wohnung schicken, damit er das für sie holte. Als ob er ihre Gedanken gelesen hätte, schlug er sich mit der Hand vor die Stirn. »Ich Ochse, jetzt hätte ich doch fast vergessen, dass mir Arlette ein Notfall-Kit für Krankenhausaufenthalte mitgegeben hat, das ich dir geben soll.« Er zog einen Stoffbeutel aus dem Rucksack. »Ich war eben bei ihr zu Hause, weil ich ihrem Sohn Oboenunterricht gebe. Und sie hat dir währenddessen ein paar Sachen zusammengepackt.«

Valerie sah in den Stoffbeutel. Darin lagen Handtücher, Unterwäsche und eine Zahnbürste. Sie lächelte. »Richte Arlette bitte meinen herzlichen Dank aus. Ihr seid so lieb!«

Jan stand auf. »Bis morgen, Valerie. Ruh dich aus und … nicht mehr weinen, versprochen?«

Jan stand Punkt neun Uhr am darauffolgenden Tag vor ihrem Zimmer. Die Visite war gerade vorbei. Da Valerie kein Fieber mehr hatte, hatte der Stationsarzt sie mit der Auflage entlassen, sich die nächsten Tage zu schonen, im Bett zu bleiben und falls sich der grippale Infekt verschlimmere, einen niedergelassenen Arzt aufzusuchen.

»Ich darf nach Hause«, teilte sie Jan freudestrahlend mit.

Er lachte. »Ich weiß, der Stationsarzt hat es mir gerade höchstpersönlich gesagt. Dann lass uns gleich aufbrechen!« Er stopfte den Beutel, den sie schon zusammengepackt hatte, in seinen Rucksack und nahm ihren Arm. »Damit du mir nicht sang- und klanglos wieder hinfällst«, sagte er augenzwinkernd. »Ich habe Willis Auto ausgeliehen, denn eine kranke Valerie möchte ich lieber nicht in der Metro transportieren.«

»Warte!« Sie ging noch einmal zurück zum Nachttisch und nahm Jans Blumenstrauß aus der Vase. »Den nehme ich mit.«

Der Verkehr war mörderisch. Niemals würde sie sich trauen, in Paris Auto zu fahren. Sie schlängelten sich durch hupende Blechkolonnen und Jan bemühte sich, nicht abrupt zu bremsen, wenn ihm ein anderes Auto die Vorfahrt nahm. Als in der Ferne der Arc de Triomphe auftauchte, wurde Valerie ganz angst und bange. Die Place Charles-de-Gaulle – ehemals Place de l'Étoile –, in deren Zentrum der Triumphbogen thronte und von der aus sternförmig zwölf Straßen abgingen, war für sie der Inbegriff des absoluten Verkehrschaos. »Müssen wir da etwa auch durch?«

Jan grinste. »Allerdings!« Die Ampel sprang auf Rot um und er blieb stehen. Dann sah er sie an und zwinkerte. »Keine Angst, ich bring dich schon sicher ans Ziel.«

Sie nickte und verknotete ihre Finger ineinander. Die Ampel wurde wieder grün und er fuhr los. Jetzt bog er in den Kreisel ein. Sie hatte keine Ahnung, wie viele Spuren es in diesem Kreisverkehr gab, ob es überhaupt welche gab. Fakt war, dass die Autos wie Kraut und Rüben nebeneinander fuhren, sich links und rechts überholten und permanent gehupt wurde. Valerie schloss die Augen. Jan würde es schon schaffen, sie heil durch den Blechdschungel zu fahren.

»Ist alles überstanden«, sagte er nach ein paar Minuten, »du kannst die Augen wieder aufmachen, wir sind auf der richtigen Straße rausgekommen.« Seine Stimme verriet, dass er sich das Lachen verkneifen musste.

»Du kannst dich ruhig über mich amüsieren«, sagte sie, »ich stehe dazu, dass ich aus dem provinziellen Bonn komme und angesichts dieses Verkehrs am liebsten die Flucht ergreifen würde.«

Jan lächelte. »Jeder empfindet das so, wenn er neu nach Paris kommt. Stell dir vor, was mir passiert ist, als ich vor fast acht Jahren mit einem Umzugssprinter von Brügge aus hierhergefahren bin: Eine Stunde lang bin ich wie ein Trottel um den

Arc de Triomphe gekreist, weil ich mich auf die innerste Spur habe abdrängen lassen und partout nicht mehr herauskam, um abzubiegen. Mein Bruder neben mir ist fast wahnsinnig geworden und hat die ganze Zeit geflucht und geschimpft.«

Sie sah ihn an. »Wie schrecklich!« Doch dann musste sie plötzlich lachen. Die Vorstellung war zu komisch.

Jan schmunzelte. »Siehst du, da ist mir eine Geigerin, die einfach die Augen zumacht, wesentlich lieber.«

Eine knappe Stunde später hielten sie vor ihrer Wohnung. Auf wundersame Weise hatten sie fast direkt davor eine freie Parklücke gefunden. Als Valerie ausstieg, fühlte sie sich so schwach wie eine alte Frau und nahm dankbar Jans Arm. Die Wohnung war ziemlich unaufgeräumt. Am liebsten hätte sie ihn nicht hineingelassen, aber es ließ sich nun einmal nicht vermeiden. Die leeren Umzugskartons lehnten noch an der Wand, sie hatte ihr Geschirr nicht abgewaschen und die Klaviernoten, die sie zwei Tage zuvor flächenartig auf dem Tisch ausgebreitet hatte, lagen dort immer noch herum.

»Leg dich gleich ins Bett, ich koche erst einmal einen Tee.« Jan verschwand in der Küche.

»Entschuldige das Chaos hier«, sagte Valerie, als er mit einem Tablett beladen ins Schlafzimmer kam. »Ich habe nie Besuch und bin nicht dazu gekommen aufzuräumen.«

»Kein Problem!« Er lachte und stellte das Tablett mit dem Tee auf den Nachttisch. »Bei mir sieht es noch schlimmer aus.« Er zog sich einen Stuhl ans Bett. »Also, liebe Kollegin, der Valerie-Versorgungsplan, den ich gestern ausgearbeitet habe, sieht wie folgt aus: Ich habe mit Olivier meinen Dienst getauscht, daher habe ich heute frei und bleibe hier. Morgen früh kommt Willis Frau gegen neun Uhr, denn um zehn Uhr habe ich Probe und kann erst wieder nach der Aufführung am Abend kommen.«

»Aber …«, warf Valerie ein.

»Pst! Ich bin noch nicht fertig.« Er lächelte verschmitzt. »Übermorgen habe ich morgens und abends Dienst, daher wird Willis Frau am Morgen kommen, ich werde sie am Nachmittag ablösen und während der Abendaufführung kommt sie dann noch einmal. Und wenn es dir dann immer noch nicht besser geht, planen wir weiter.«

Valerie war sprachlos. »Aber …«, setzte sie erneut an.

Doch Jan unterbrach sie schon wieder: »Und was ich noch vergaß zu erwähnen: Widerspruch ist zwecklos!« Er reichte ihr die Tasse, in der der Tee mittlerweile etwas abgekühlt war. »Du bist schließlich krank, und der Arzt hat mir eben aufgetragen, dich in den nächsten Tagen nicht allein zu lassen.«

Sie nahm einen Schluck Tee. »Ich mache solche Umstände.«

»Ach was!« Jan zwinkerte. »Übrigens, ich hatte eigentlich erwartet, dass du den Plan genial findest«, sagte er und tat übertrieben beleidigt.

»Tausend Dank!« Sie zupfte an der Bettdecke.

»Keine Ursache. Aber kannst du mir vielleicht sagen, warum es hier so kalt ist wie in einer Eskimohöhle?«

Sie stellte die Tasse auf den Nachttisch und ließ sich in die Kissen sinken. »Die Heizung funktioniert nicht richtig. Aber ich konnte mich darum nicht kümmern, weil ich bei der Arbeit nicht fehlen wollte, um Handwerker zu empfangen, und die Concierge verstehe ich nicht, zumindest nicht am Telefon.«

Jan schüttelte den Kopf. »Valerie, du bist wirklich unverbesserlich.« Er stand auf. »Wo ist die Telefonnummer der Concierge?«

Und plötzlich war alles so einfach. Jan rief die Hausmeisterin an, wechselte ein paar energische Worte mit ihr und zwei Stunden später lief die Heizung. Dann kochte er eine Gemüsesuppe, presste Orangen aus und servierte ihr alles ans Bett. Valerie hatte ein schlechtes Gewissen. Aber er lachte nur und meinte, seine Familie arbeite in der Gastronomie und er sei Küchenarbeit und Kellnern gewohnt.

Es war gut, dass Jan den Betreuungsplan ausgeheckt hatte, denn Valeries Grippe nahm am Abend plötzlich eine unerwartete Wendung. Sie bekam wieder Fieber. Dieses Mal ziemlich hohes. Ihr wurde immer heißer und heißer, ihr Hals schwoll an und sie konnte kaum noch sprechen. Jan rief den ärztlichen Notdienst an, doch sie mussten sich gedulden, alle Ärzte waren im Einsatz.

Jan nötigte sie zu trinken. Doch es tat so weh. Und dann drehte sich alles um sie herum. Sie blieb ruhig liegen, aber die Situation wurde immer schlimmer. Sie wusste nicht, was um sie herum geschah, ihr Kopf schmerzte, und schlucken konnte sie fast nicht. Sie glitt in einen unruhigen Schlaf, träumte wirre Sachen, von ihrer Familie, ihrem Exfreund, vom Orchester und der Prokova, die sie fertigmachte, und sie war auf der Suche nach Jan.

»Ich bin hier«, seine Stimme klang ruhig, »halt meine Hand«, und sie fasste danach wie nach einem Rettungsring. Er versuchte schon wieder, sie zum Trinken zu bewegen, warum hörte er nicht damit auf? Aber er hielt so penetrant immer einen Teelöffel mit Wasser vor Valeries Mund, dass sie ihn bisweilen öffnete und das Wasser schluckte.

»Schlaf wieder«, sagte er, »ich bleibe wach und passe auf.«

Mitten in der Nacht hörte sie ihn telefonieren. Auf Flämisch. Seine Stimme klang nervös. Was machte er? Mit wem sprach er? Kurze Zeit darauf spürte sie, wie er ein kaltes Tuch um ihre Wade schlug und ihr die klebrigen Locken aus der Stirn strich.

»Was machst du?«, flüsterte sie mühsam.

»Ich muss dein Fieber senken. Schlaf weiter, Valerie.«

Irgendwann hörte sie Stimmen, der Notarzt war wohl endlich da. »*Angine*«, hörte sie ihn sagen. Er schien sich mit Jan zu streiten. Valerie war alles egal. Jan telefonierte. Dieses Mal auf Französisch. Was redete er denn immer? Es musste doch mitten in der Nacht sein. Sie schlief wieder ein.

Es klingelte. Jan sprach mit einem anderen Mann. Die Stimme kam ihr bekannt vor, aber sie konnte sie nicht einordnen. Und sie konnte die Augen nicht öffnen.

Sie bekam wieder Panik. »Jan?«

»Ich bin hier«, hörte sie ihn und spürte seine kühle Hand. Sie war beruhigt und schlief wieder ein.

Dann klingelte es noch einmal. Jan rüttelte sie wach. »Du musst das jetzt schlucken, Valerie.« Es war eine riesige Tablette.

»Ich kann nicht«, röchelte sie.

»Du musst! Bitte!«, beschwor er sie. Und irgendwie schaffte sie es, das klobige Ding zu schlucken, dann sank sie unter höllischen Schmerzen zurück in ihr Kissen und vor ihren Augen wurde alles schwarz.

Kapitel 7

Am nächsten Morgen wachte Valerie mit hämmerndem Schädel auf. Sie fühlte sich eigenartig kalt. Ihre Halsschmerzen waren nicht weg, aber erträglich. Jan saß auf dem Boden vor ihrem Bett. Er hatte seine Brille abgelegt und seine Haare waren zerzaust. Aber seine Hand hielt noch die ihre.

»Jan?« Ihre Stimme funktionierte wieder ein bisschen.

Mit einem Ruck fuhr er hoch und setzte die Brille auf. »Wie geht es dir?«

»Weiß nicht.« Sie versuchte sich zu erinnern, was eigentlich mit ihr passiert war. Er legte eine Hand auf ihre Stirn. Dann steckte er ihr ein Fieberthermometer in den Mund. Als der Piepton erklang, sah er beinahe angsterfüllt auf das Thermometer. Seine Gesichtszüge entspannten sich jedoch sichtlich und er lächelte: »Wir haben es geschafft, Valerie, nur noch 38 Grad.«

»Wieso? Wie hoch war denn das Fieber?«

Er sah sie an. »Das sage ich dir erst, wenn du wieder völlig gesund bist.« Er nahm eine Tasse. »Trink was, und hier ist die zweite Tablette, die du schlucken musst. Gleich mach ich dir was zu essen.« Er stützte ihren Rücken mit einem Arm und hielt ihr die Tasse mit der anderen Hand vor den Mund. Sie würgte die Tablette hinunter und trank das Wasser in einem Zug aus. Jetzt merkte sie, dass sie durstig und verschwitzt war. Und er merkte es auch. »Wir müssen dir wieder etwas anderes anziehen, sonst erkältest du dich noch mehr.« Wieso »wieder«? Sie sah an sich herunter. Sie trug ihr Herzchen-T-Shirt, ein Relikt aus ihrer Jugend, von dem sie sich noch nicht hatte trennen können. Warum trug sie das? Das hatte sie gestern bestimmt nicht angezogen. Fragend sah sie Jan an. »Ich musste dir heute Nacht etwas anderes anziehen«, entschuldigte er sich. »Du warst klatschnass geschwitzt. Ich wollte nicht deinen Schrank durchwühlen und habe einfach das T-Shirt herausgezogen, das ganz oben lag, und das war dieses Herzchen-Teil.«

»Ach so. Danke«, murmelte Valerie und wäre vor Scham am liebsten im Boden versunken. Er reichte ihr nun ein Nachthemd und ging in die Küche, um Frühstück zu machen. Sie zog sich schnell um.

»Was ist heute Nacht eigentlich passiert?«, fragte sie ihn, als er mit einem voll beladenen Tablett zurückkam. »War jemand hier? Oder habe ich das geträumt?«

Jan setzte sich auf die Bettkante und reichte ihr ein Toastbrot. »Also zunächst ist der Notarzt erst gegen Mitternacht gekommen und hat nach dir gesehen. Er hat gesagt, dass du Angina hast, und hat ein Antibiotikum aufgeschrieben. Doch wo sollte ich das um diese Uhrzeit bekommen? Ich wollte dich nicht allein lassen, um die Apotheke vom Dienst aufzusuchen, das hätte eine Ewigkeit gedauert. Daher habe ich ihn etwas genervt gefragt, wie ich das anstellen solle, aber er hat sehr deutlich gemacht, dass das mein alleiniges Problem sei. Also habe ich Olivier angerufen. Er kam erst hierher, hat das Rezept abgeholt, ist in die Apotheke gefahren und kam dann wieder zurück. Bis dahin hast du fantasiert und immer höheres Fieber bekommen. Zwischendurch hatte ich noch meine Mutter angerufen, weil ich etwas in Panik war und wissen wollte, was ich machen kann. Sie hatte mir Wadenwickel empfohlen. So, ich glaube, das war die Zusammenfassung der Nacht.« Er zwinkerte.

Valerie schluckte. War sie so nah dran gewesen, das Zeitliche zu segnen? Dann hatte Jan sie buchstäblich von des Todes Schippe gezerrt. Ein Glück, dass er darauf bestanden hatte, bei ihr zu bleiben, sonst wäre sie wohl jetzt tot. Sie griff nach seiner Hand. »Danke«, flüsterte sie, »danke für alles!«

Er drückte ihre Hand. »Leg dich wieder hin«, sagte er leise und deckte sie zu wie ein kleines Kind. Sie schloss die Augen und schlief ein.

Als sie wieder aufwachte, war Jan weg und eine unbekannte Frau saß neben ihr am Bett.

»Hallo Valerie, ich bin Irmgard, Willis Frau«, stellte sie sich vor. Sie war um die fünfzig, hatte blond-graue Haare und eine unglaublich milde Stimme. »Jan sagte, es gehe dir besser?«

Valerie setzte sich auf. »Ja, danke. Und vielen Dank, dass du gekommen bist. Das ist wirklich nett.«

»Keine Ursache«, Irmgard lächelte. »Ich habe dir Hühnersuppe mitgebracht, die hilft immer.« Sie ging zum Herd und kam kurz darauf mit einem Teller Suppe zurück. Während Valerie aß, erzählte Irmgard, dass sie Klavierlehrerin sei, vor fünfundzwanzig Jahren mit Willi nach Paris gekommen war und damals kein Wort Französisch verstanden hatte. »Deswegen helfe ich dir gern, auch demnächst, wenn du mich brauchen solltest. Wir hätten uns schon viel früher um dich kümmern sollen. Diese Großstadt ist schrecklich, wenn man die Sprache nur unzulänglich spricht. Und du bist ja ganz allein.«

Valerie war froh, dass Irmgard bei ihr war, auch wenn sie sich nicht gut mit ihr unterhalten konnte, weil ihre Kehle noch schmerzte. Aber Irmgard beschäftigte sich länger in der Küche mit Kochen und Abwaschen, und als sie fertig war, setzte sie sich ans Klavier und spielte Chopin. Valerie schloss die Augen und genoss das Privatkonzert. Ich werde Irmgard fragen, ob sie mit mir die Beethoven-Sonaten spielen will, nahm sie sich vor. Und dann schlummerte sie ein.

Sie mochte Irmgard, aber dennoch war sie froh, als Jan spätabends wiederkam. Sie hatte ihn vermisst.

Als er kam, war sie fast schon wieder eingeschlafen. Er setzte sich neben sie und fühlte ihre Stirn. »Sehr gut, Valerie!«, er schien zufrieden, »das Fieber ist weg.«

»Wie war das Konzert?«, wollte sie wissen.

Er zuckte mit den Achseln. »Nichts Besonderes.«

»Irmgard hat noch Hühnersuppe in den Kühlschrank gestellt. Nimm dir etwas davon.«

»Was ist das für ein hübsches altes Buch?«, fragte Jan, als er mit dem Suppenteller wieder neben ihr saß und Elises Tagebuch auf dem Nachttisch liegen sah.

»Das Tagebuch meiner Urgroßtante Elise, ich habe es im Sofa gefunden, als es neulich eingebrochen war.«

»›Von Elise‹?«, las er. »Ach so, jetzt verstehe ich.«

»Was?«

»Du hast in deiner Fiebernacht dauernd von Elise und Karl erzählt, ich konnte das nicht recht einordnen. Dann hattest du wohl zuvor in diesem Buch gelesen?«

»Meine Güte, was habe ich denn alles erzählt?«

»Ach, so einiges!« Jan lachte schelmisch. »Zum Beispiel fühlte ich mich ziemlich geehrt, denn du hast sehr oft nach mir gerufen.«

Valerie spürte, wie sie dunkelrot anlief. »Wirklich?« Aber daran konnte sie sich tatsächlich vage erinnern, denn sie wusste noch, dass sie sehr beruhigt war, wenn sie seine Hand hatte fühlen können. »Habe ich etwas Dummes gesagt?«

Jan lächelte geheimnisvoll, sagte aber nichts. Sie wurde unruhig. Und er schien sich an ihrem Unbehagen zu weiden. Schließlich stellte er den Teller weg und schlug die Beine übereinander. »Wie gesagt, ich habe nicht alles verstanden. Ich kann dir gern erzählen, was du in deinen Fieberträumen von dir gegeben hast, aber dann möchte ich auch wissen, welche Geschichten dahinterstecken.«

»Oh je!« Valerie strich sich eine Haarsträhne aus dem Gesicht und lehnte sich zurück in die Kissen. »Aber gut, das ist ein fairer Deal. Ich hoffe nur, ich blamiere mich jetzt nicht zu Tode.« Sie sah ihn an. »Also, was habe ich gesagt?«

Jan erwiderte ihren Blick. »Du hast sehr oft geschrien: ›Vorsicht, Michael!‹ Für mich klang es so, als ob du wahnsinnige Angst um ihn hättest. Wer ist Michael?«

Valerie fuhr sich mit der Zungenspitze über die Lippen. »Michael ist mein kleiner Bruder. Er hat das Downsyndrom.«

Jan sah sie erwartungsvoll an. Er wollte offensichtlich mehr erfahren.

»Ich bin sechs Jahre älter als er und … ich habe ihn sehr gern.« Sie starrte die Decke an und dachte an ihre Kindheit. »Es war ein solches Glück, als meine Mutter damals mit dem Baby aus dem Krankenhaus kam, ich dachte, jetzt bin ich endlich nicht mehr allein. Aber bald nach Michaels Geburt starb mein Vater an einem Asthmaanfall und meine Mutter richtete ihre ganze Aufmerksamkeit auf meinen Bruder. Er hat sie natürlich auch sehr gefordert, wohingegen ich einfach immer funktioniert habe.« Sie schwieg ein paar Sekunden. Als er nichts sagte, erzählte sie weiter. »Nach der Schule bin ich jeden Tag zu meinen Großeltern gegangen, weil meine Mutter keine Zeit für mich hatte.«

»Da haben wir ja etwas gemeinsam!« Jan lächelte. »Mein Bruder, meine Schwester und ich sind auch jeden Nachmittag bei unserer Oma gewesen. Meine Eltern haben einen Gasthof und meist waren sie so beschäftigt, dass Oma uns unter ihre Fittiche genommen hat.«

»Lebt deine Oma noch?«, fragte Valerie.

Er nickte. »Sie ist schon sehr alt, dreiundneunzig, aber wir telefonieren mindestens einmal die Woche miteinander. Ich habe sie sehr gern.«

Sie seufzte. »Ich hatte meine Großeltern auch sehr gern. Aber sie leben schon lange nicht mehr. Sie haben mich verwöhnt, sicherlich auch, weil sie ihren einzigen Sohn verloren hatten. Bei ihnen habe ich Hausaufgaben gemacht und Geige geübt. Ich glaube, meine Mutter hat erst gemerkt, dass ich gut Geige spielen kann, als ich schon sechzehn war. Aber ich war Michael nie böse, dass er meine Mutter völlig in Beschlag nahm. Er war immer fröhlich, ganz anders als ich. Er hat mich dauernd zum Lachen gebracht.« Sie schluckte.

»Was macht er heute?«, wollte Jan wissen. »Wo ist er?«

Valerie erzählte ihm, dass Michael tagsüber in einer Behindertenwerkstatt arbeitete und den ganzen Tag Engel und anderen Weihnachtsschmuck aussägte. Sie hatte eine ganze Kollektion davon in ihrem Schrank. »Er wohnt bei meiner Mutter und sie lässt ihn auch nicht weg. Ich mache mir oft Sorgen, was werden wird, wenn sie zu alt ist, um sich um ihn zu kümmern.«

»Und was hast du von ihm geträumt?«

Valerie wusste es nicht. »Manchmal träume ich, dass er vor ein Auto läuft oder plötzlich verunglückt. Vielleicht war das auch gestern Nacht so.« Sie blickte gedankenverloren vor sich hin.

»Ich glaube, du solltest ihn bald besuchen«, sagte er. »Er muss dich mal wieder zum Lachen bringen!«

Sie lächelte schwach.

»Mach dir nicht so viele Sorgen, Valerie, deine Mutter passt auf ihn auf und für die Zukunft kannst du nichts planen, es kommt, wie es kommt.«

Sie nickte und räusperte sich. »Und von wem habe ich noch gesprochen in meinem Fieberwahn?«

Jan überlegte. »Du erwähntest die Namen Adrian und Carmen.«

Valerie schloss die Augen. Dass sie diese Schmach nun auch noch vor ihm ausbreiten musste! Vielleicht könnte sie ihn bitten, ihr diese Geschichte zu ersparen? Sie öffnete die Augen wieder. »Mir fällt es schwer, darüber zu reden.« Ihre Stimme klang heiser. In ihrem Hals bildete sich ein dicker Kloß. Gleich würde sie anfangen zu weinen. Jan merkte, dass ihre Stimmung kippte, und nahm ihre Hand. Und da rollten zwei Tränen ihre Wangen hinunter. Er sagte nichts. Nur seine Finger streichelten sanft ihre Hand.

»Entschuldige«, schniefte sie nach einer Weile. Sie wischte sich die Tränen aus dem Gesicht und suchte unter dem Kopfkissen nach einem Taschentuch.

»Liebeskummer?«, fragte er leise.

Sie schüttelte den Kopf und schnäuzte sich. Dann sah sie Jan geradeheraus an. »Ich weine Adrian keine Träne nach. Aber ich kann nicht verkraften, dass er und Carmen mich so hintergangen haben.«

Jan reichte ihr das Wasserglas vom Nachttisch. »Trink etwas und dann erzähl von Anfang an.«

Sie nahm einen Riesenschluck und begann. »Adrian arbeitet in einer Konzertagentur, ich war zwei Jahre mit ihm zusammen. Carmen ist Geigerin. Wir waren seit der Studienzeit miteinander befreundet. Sie ist ordentliches Mitglied des Münchner Ensembles, in dem ich die letzten drei Jahre als Elternzeitvertretung gespielt habe. Adrian hatte beruflich oft mit unserem Ensemble zu tun, dabei habe ich ihn kennengelernt.« Sie machte eine Pause. »Aber ich hätte mich nie auf ihn einlassen sollen. Es fühlte sich von Anfang an nicht richtig an, doch ich wollte es nicht wahrhaben.« Sie schwieg wieder. Dann lachte sie plötzlich. »Als ich ihn einmal mit nach Bonn zu meiner Mutter genommen hatte, sagte Michael nach zwei Sekunden: ›Mag ich nicht, soll abhauen!‹«

Jan lächelte. »Und ich ahne bereits, er hatte recht?«

Sie nickte. »Ja, und eigentlich wusste ich es auch, aber ich wollte unbedingt, dass die Beziehung funktionierte, weil ich nicht mehr allein sein wollte. Adrian mochte Michael auch nicht. Ich glaube, er fand ihn peinlich. Das hat mich verletzt. Wie dem auch sei, meine befristete Stelle näherte sich dem Ende und ich wurde nervös, weil ich noch keinen anderen Vertrag hatte. Ich begann zu üben und mich zu bewerben, zunächst nur im süddeutschen Raum, aber da Adrian überhaupt keine weitere Lebensperspektive mit mir besprechen wollte, auch woanders.« Sie schwieg und blickte vor sich hin. »Und während ich mich notgedrungen um meine berufliche Zukunft kümmerte, hat er mit Carmen angebändelt, was ich blöde Kuh nicht gemerkt habe. Erst als ich die beiden kurz vor Weihnachten in flagranti erwischt habe, habe ich begriffen, dass sie mich schon wochenlang betrogen hatten. Ich weiß bis heute nicht, wie ich das so lange nicht merken konnte.« Wenn sie an die Szene dachte, wie sie Adrian und Carmen in ihrem Schlafzimmer überrascht hatte, spürte sie wieder einen Stich. Sie schluckte und sah auf. Jan sagte nichts, aber in seinen Augen las sie Mitgefühl.

»Wie ist es weitergegangen?«, fragte er.

Sie lächelte. »Etwa eine Stunde nach meiner fatalen Entdeckung habt ihr angerufen … du und Arlette.«

Ihm fiel die Kinnlade herunter. »Ehrlich?«

»Ja! Mit dem Stellenangebot habt ihr mich wahrhaftig gerettet. Ich habe meine Sachen gepackt und alle Zelte abgebrochen.« Valerie knabberte an ihrer Unterlippe. »Ich versuche seit Wochen, Adrian zu vergessen, aber manchmal träume ich von ihm und auch von Carmen, ich kann ihnen einfach nicht verzeihen.«

Jan drückte ihre Hand. »Auf jeden Fall ist es gut, dass du weit weggegangen bist. Das hilft, sie schneller zu vergessen. Selbst wenn die Prokova jetzt so gemein zu dir ist, ist es immer noch besser, sie zu ertragen, als deinen Exfreund mit seiner neuen Freundin dauernd im Orchester zu sehen.«

Sie nickte. Ja, die Prokova war eindeutig das kleinere Übel. Und das erste Mal seit Langem spürte sie, wie die Verzweiflung über ihre missglückte Liebesbeziehung abebbte.

»Hattest du andere Beziehungen vor ihm?«, fragte Jan ziemlich direkt.

Sie zuckte mit den Schultern. »Nicht wirklich. Also nichts, was die Bezeichnung ›Beziehung‹ verdient. Ich war immer eine Langweilerin. Ich habe stundenlang Geige geübt und das fanden die meisten recht unspannend.«

»Mir ging es diesbezüglich genauso«, sagte er. »Manche Mädchen fanden es zuerst ganz toll, wenn sie mich Oboe spielen hörten, aber meine ewigen Tonhalteübungen trieben sie in den Wahnsinn.«

»Dann war wohl keine Musikerin darunter?«

Er schüttelte den Kopf. »Nein, bislang nicht.«

Sie schwiegen eine Weile. Schließlich räusperte er sich. »Außerdem hast du noch von Elise und Karl fantasiert. Ich nehme an, das ist dem Tagebuch geschuldet, das auf deinem Nachttisch liegt?«

»Ja, wahrscheinlich. Ich habe die letzten Tage darin gelesen. Elise, meine Urgroßtante, war Pianistin und ihr Mann, Karl, war Konzertmeister im Bonner Orchester, aber er ist im Ersten Weltkrieg gefallen. Vorgestern hatte ich genau an der Stelle aufgehört zu lesen, als Elise die Nachricht von seinem Tod erhielt. Es hat mich ziemlich mitgenommen.« Sie befeuchtete ihre Lippen. »Als mein Großvater starb und das alte Gründerzeithaus verkauft wurde, in dem er und zuvor Elise und ihre Eltern gelebt hatten, habe ich Elises Klavier und das alte Sofa geerbt. Aber erst, als das Sofa beim Umzug nach Paris kaputtging, habe ich ihr Tagebuch gefunden und mich näher mit ihr beschäftigt.«

»Hast du Elise noch kennengelernt?«

Valerie schüttelte den Kopf. »Sie starb zwei Monate, bevor ich auf die Welt kam.«

»Darf ich heute Nacht in ihrem Tagebuch lesen?«

»Natürlich.« Eigentlich war das Buch etwas Intimes, das Elise für ihre Nachkommen bestimmt hatte. Aber sie hatte kein Problem damit, dass Jan nun auch darin lesen würde. Die Geschichte würde ihm gefallen. Außerdem würde es interessant für ihn sein zu erfahren, wie das Bonner Orchester vor hundert Jahren gearbeitet hatte.

»Ich denke, du solltest jetzt schlafen, ich hätte dich nicht so lange wach halten sollen.« Er nahm Elises Tagebuch vom Nachttisch. »Danke, dass du mir so viel über dich erzählt hast.« Er sah sie an. »Valerie?«

»Hm?«

»Du bist keine Langweilerin!« Er streckte die Hand aus und berührte sachte ihre Wange. Ihr Herz klopfte und sie brachte kein Wort heraus. Er stand auf und löschte das Licht auf dem Nachttisch. »Schlaf gut, und wenn etwas ist, ruf mich einfach, ich habe meine Luftmatratze gleich neben dem Sofa ausgebreitet.«

Am nächsten Morgen wurde sie durch den Klang seiner Oboe wach. Jan spielte im Nebenzimmer eine unbeschreiblich liebliche Melodie. Valerie hielt die Augen geschlossen, sie fühlte sich wie im Paradies.

Nach ein paar Minuten steckte er den Kopf zur Tür herein. »Entschuldige, ich wollte dich eigentlich nicht wecken, aber ich konnte der Versuchung nicht widerstehen, diese wunderschöne Melodie zu spielen, die auf deinem Schreibtisch obenauf liegt.« Er hielt ihr eines von Elises Notenblättern unter die Nase.

Valerie setzte sich auf. »Das ist von Elise und Karl. Er hat sich Melodien ausgedacht, als er im Krieg war, sie hat dazu die Klavierstimme komponiert. Ich habe die Notenblätter in ihren Beethoven-Noten gefunden, kurz bevor ich krank geworden bin. Ich hatte noch gar nicht richtig die Möglichkeit, sie selbst auszuprobieren.«

»Diese hier ist wunderschön.« Jan deutete auf die Melodie, die er gerade gespielt hatte. »Andere Melodiefragmente sind sehr virtuos und wirken teilweise etwas wirr, aber ich würde sie mir gern genauer ansehen.«

»Sie haben diese Melodie für Geige komponiert, aber auf der Oboe wirkt sie so vollendet, dass ich sie mir gar nicht mehr anders vorstellen mag.«

Jan lächelte. »Hast du etwas dagegen, wenn ich ihre Kompositionen in ein Notenprogramm abtippe? Dann könnten wir die Noten besser lesen, leichter abändern und Übergänge hinzukomponieren.«

»Sehr gern!«, rief Valerie.

»Gut, dann mache ich das.« Er fotografierte die Notenblätter mit seinem Handy ab. »Danach können wir die Melodien dann gemeinsam ausprobieren. Es wird aber eine Zeit lang dauern, bis ich fertig bin.« Er grinste. »Ich hab ja momentan noch einen Zweitjob als Krankenpfleger.«

Eine ganze Woche lang war Irmgard tagsüber bei ihr, kochte, wusch ab und ging einkaufen. Durch das gute Essen und viele Schlafen ging es Valerie täglich immer ein wenig besser. »*Poco a poco crescendo*«, pflegte Irmgard scherzhaft zu sagen, wenn es Valerie nicht schnell genug ging mit ihrer Rekonvaleszenz. »Ein ›*subito forte*‹ kannst du nach einer solchen Angina nicht erwarten.«

Jan kam jeden Abend nach seinem Dienst und blieb nachts bei ihr. Sie freute sich den ganzen Tag auf die zwei Stunden, die sie abends noch gemeinsam plauderten. Er erzählte ihr von seinen Geschwistern Pieter und Evi, seinen Eltern und seiner Oma, die alle in Brügge lebten, wo er aufgewachsen war. Valerie wollte so viel wie möglich über seine Heimatstadt erfahren

– immerhin war es die Stadt, von der Karl in seinen Briefen an Elise so geschwärmt hatte.

Sie wusste nicht, wie lange das noch so weitergegangen wäre, weder Jan noch sie machten Anstalten, ihre abendliche Zweisamkeit zu beenden. Doch nach einer Woche war es leider notgedrungen vorbei, denn er musste mit einem Teil des Orchesters für drei Wochen auf Tournee nach Japan. Valerie war davon ausgenommen, sie sollte mit dem anderen Teil des Orchesters in Paris bleiben und die dortigen Aufführungen bestreiten. Aber sie war froh, dass die Prokova auch nach Japan mitfuhr und sie sie an ihrem ersten Arbeitstag nach ihrer Krankheit nicht sehen würde.

Als Jan seine aufblasbare Matratze zusammenrollte, wurde ihr das Herz schwer.

Er musterte sie. »Dir geht es ganz bestimmt wieder gut?«

»Ja, vielen Dank!« Ihre Stimme klang seltsam brüchig.

»Wenn du wieder krank wirst oder Hilfe brauchst, ruf Irmgard an, versprochen?«

»Versprochen.« Valerie hatte sich mit Irmgard für die nächsten Tage ohnehin schon verabredet, sie wollten nun endlich die Beethoven-Sonaten gemeinsam ausprobieren.

Er stopfte ein paar Kleider in seinen Rucksack. »Vor der Prokova brauchst du dich zum Glück nicht zu fürchten, die kommt mit nach Japan.« Er klickte die Verschlüsse des Rucksacks zu. Jetzt hatte er alles zusammengepackt.

Valerie räusperte sich. »Viel Spaß und gute Reise«, sie zögerte, »… und vielen Dank für alles. Ich weiß gar nicht, wie ich dir das je vergelten kann.«

Er lächelte. »Du musst mir nichts vergelten. Dafür sind Freunde doch da.«

Sie wusste nicht, was sie noch sagen sollte. Am liebsten hätte sie gesagt: »Fahr nicht, bleib hier«, aber das wäre wirklich albern gewesen.

Da ging er plötzlich einen Schritt vor und nahm sie in die Arme. Er roch ganz schwach nach Tannennadeln. »Mach's gut, Valerie, und schreib mir manchmal eine E-Mail, damit ich weiß, wie es dir geht.« Er ließ sie wieder los. »Ich habe dir meine E-Mail-Adresse auf einen Zettel geschrieben und an den Kühlschrank gepinnt.«

Sie nickte und schluckte. Warum fiel ihr der Abschied so höllisch schwer?

Er zwinkerte ihr noch einmal zu, öffnete die Wohnungstür und verschwand die Treppe hinunter.

Sie setzte sich aufs Bett. Sie war wieder allein. Die Wohnung war leer ohne ihn. Er hatte eine Lücke hinterlassen, die sie nicht füllen konnte, nicht mit Geigenspiel, nicht mit Musikhören, nicht mit Lesen. Sie musste dauernd an ihn denken. Drei Wochen waren unglaublich lang. Fast so lang wie die Zeitspanne, die sie ihn kannte. Wie sollte sie die nur überstehen? Er fehlte ihr. Schon jetzt, zwei Minuten, nachdem er gegangen war. Ihr Blick fiel auf Elises Tagebuch. Jan hatte es wieder auf den Nachttisch gelegt. Sie hatte ihn gar nicht gefragt, ob er es ausgelesen hatte. Wie auch immer, sie nahm es in die Hände, sie hatte nun wieder Zeit, darin zu lesen.

Von Elise

Mittwoch, 25. Oktober 1916

Eigentlich wollte ich dieses Tagebuch nicht mehr weiterführen, denn ursprünglich wollte ich meine Liebesgeschichte darin festhalten, und die ist nun vorbei. Aber ich fühle mich Karl immer noch so stark verbunden, und da ich keine Briefe mehr schreibe, muss ich anderweitig meine Gedanken zu Papier bringen.

Nach dem Entdecken seiner letzten Worte an mich fand ich langsam aus meiner Lethargie in ein normales Leben zurück. Das heißt nicht, dass ich nicht dennoch jeden Morgen mit dem unsäglichen Verlangen aufwache, gar nicht aufzustehen, aber ich habe ein Tagesprogramm, das ich mir am Vorabend zurechtlege und versuche abzuarbeiten. In den Sommermonaten ging das verhältnismäßig gut, weil Marias Garten wieder in voller Pracht stand und sie meine Hilfe brauchte. Das Pflücken und Einkochen von Obst und Gemüse ging mir gut von der Hand. Schwierig wurde es immer dann, wenn ich auf den kleinen Johannes aufpassen sollte, während Maria mit der Hausarbeit beschäftigt war. Denn der Wonneproppen erinnerte mich stets schmerzlich daran, dass mir das Glück, Mutter zu werden, niemals zuteilwerden würde. Dann krampfte sich mein Herz zusammen und ich wäre am liebsten davongelaufen. Aber das konnte ich als verantwortungsvolle Tante natürlich nicht machen.

Jetzt stehen Herbst und Winter vor der Tür und das macht mir Angst. Doch letzte Woche habe ich Alexanders Mutter Marmelade und Gemüse gebracht und da ist mir plötzlich eine Idee gekommen. Frieda ist eine arme Witwe, die ihr gesamtes Vermögen für die Ausbildung und das Instrument ihres Sohnes ausgegeben hat. Ihr Mann ist selbst Musiker gewesen, hat wenig verdient und ist früh gestorben. Durch Alexanders Tod steht sie völlig mittellos da. Und wie ihr geht es vielen anderen Frauen auch, denen nicht nur die geliebten Männer und Söhne genommen worden sind, sondern gleichzeitig auch noch der finanzielle Halt. Ich hingegen kann als höhere Tochter darüber natürlich nicht klagen. Ich machte mich daher nach meinem Besuch auf zu Sophia, um sie zu fragen, ob wir nicht ein Wohltätigkeitskonzert für solche armen Frauen veranstalten sollten. Ihre und meine Eltern kennen genügend wohlhabende Leute, die sicherlich spenden würden. Sophia war gleich Feuer und Flamme. Denn sie leidet darunter, dass sie während der Kriegsjahre überhaupt kein Engagement bekommt. Wir verständigten uns sogleich auf eine Reihe von Liedern und Arien. Ihre Frage, ob ich ein Solostück für Klavier aufführen wolle, verneinte ich. Ich wage nicht, etwas anderes zu spielen als Liedbegleitungen. Ich habe Angst, von meinen Gefühlen übermannt zu werden.

Ich besuchte auch den Dirigenten des ehemaligen Bonner Orchesters und erzählte ihm von meinem Plan. Er versprach, sich ebenfalls nach Aufführungsmöglichkeiten für uns umzuhören, denn er weiß, dass viele Angehörige seiner früheren Musiker am Hungertuch nagen.

So haben wir für Anfang Dezember zwei Konzerte angesetzt. Und die Zeit wird knapp. Angesichts der Tatsache, dass meine Finger nicht mehr geläufig sind, muss ich mich ranhalten. Ich spiele jetzt viele Stunden Tonleitern, mache Fingerübungen und bereite die Liedbegleitungen vor. An andere Stücke wage ich mich nicht. Ich habe sogar die Violinsonaten und meine Klaviersonaten aus dem Musikzimmer verbannt. Es ist beruhigend, dass ich mich nur auf die technische Seite des Klavierspielens konzentrieren kann. Für das Musikalische und Gefühlvolle ist Sophia verantwortlich. Jeden Tag, wenn ich den Klavierdeckel öffne, stelle ich mir vor, dass Karl stolz auf mich sein würde. Dann beginne ich, wie eine Wahnsinnige zu üben, denn der Gedanke an ihn macht mich schwermütig. Karls Melodien habe ich in einer Mappe unter dem Bett versteckt. Es würde mich zerreißen, sie zu sehen, geschweige denn zu spielen. Ich sollte die Melodien irgendwann zu einem ganzen Stück zusammensetzen, es veröffentlichen oder zumindest vor Publikum spielen, damit Karl noch einmal gehört wird. Aber ich schaffe es nicht. Noch nicht. Vielleicht in vielen Jahren.

Sonntag, 7. Januar 1917

Die Konzerte, die Sophia und ich veranstalteten, waren ein Erfolg. Vom Musikalischen her, aber noch viel mehr von den Einnahmen, die wir erzielt haben. Wir konnten den Familien der gefallenen und versehrten Orchestermusiker sowie vielen Witwen aus der Kirchengemeinde ein annehmbares Weihnachtsfest mit Esskörben bereiten. Auf unsere Initiative sind dann auch andere Wohltätigkeitsvereine aufmerksam geworden und bei Sophia und mir türmen sich Anfragen, weitere Benefizkonzerte zu spielen. Wir sagen überall zu und haben bereits bis April einen vollen Terminkalender. Wir sollen sogar in Köln und Koblenz spielen. Papa sagte mir neulich, dass er stolz auf mich sei. Das brachte mich fast wieder zum Weinen. Manchmal wage ich es, abends Karls Sachen anzusehen, an seinen Kleidern zu riechen, in seinen Noten zu blättern. Doch dann strömt wieder sein Geruch auf mich ein und ich muss die Sachen schleunigst verstauen, bevor ich wieder von Trauer überwältigt werde. Wann hört man eigentlich auf zu trauern? Wann wird die Trauer wenigstens erträglich? Momentan halte ich mich mit allerlei Aktivitäten tagsüber davon ab, an Karl zu denken. Aber abends holt mich die Trauer wieder ein. Und was wird sein, wenn der Krieg vorbei ist und alle zurückkommen bis auf ihn? Dann werde ich auch keine Benefizkonzerte mehr spielen können.

Mittwoch, 2. Mai 1917

Nun ist Karl ein Jahr tot. Ich habe heute Morgen eine Messe lesen lassen für ihn und all die anderen Gefallenen. Ich fühle mich so leer. Manchmal ertappe ich mich dabei, wie ich mir ausmale, dass Karl eines Tages vor der Tür steht und alles nur ein schrecklicher Irrtum war. Obwohl ich meinen Alltag meistere und in den letzten Monaten viele Benefizkonzerte gespielt habe, komme ich über den Verlust meines geliebten Ehemannes nicht hinweg. Tagsüber konzentriere ich mich darauf, anderen zu helfen oder zu üben, aber die Abende sind fürchterlich.

Letzte Woche habe ich das erste Mal allein ein Konzert bestreiten müssen. Sophia hatte plötzlich eine Kehlkopfentzündung bekommen und darf jetzt viele Wochen nicht singen. Da wir das Konzert bereits zugesagt hatten, mussten wir umdisponieren, und mir blieb nichts anderes übrig, als innerhalb von einer Woche ein Soloprogramm auf die Beine zu stellen. Ich spielte einige Stücke von Mozart, Beethoven und Mendelssohn, die ich in der Eile vorbereiten konnte, darunter war wegen der Einfachheit auch »Für Elise« von Beethoven. Als ich es spielte, liefen mir plötzlich Tränen über die Wangen und ich musste abbrechen. Ich hatte Karls Briefe an mich vor Augen, auf die er die Buchstaben »Für Elise« im Adressfeld immer besonders fett geschrieben hat. Ich saß in meinem schwarzen Samtkleid auf der Bühne und weinte. Die Zuhörer haben spontan applaudiert und viele der Damen sind gekommen und haben mir ihr Beileid ausgesprochen. Sie wussten, dass auch ich eine Kriegerwitwe war. Ich schämte mich, weil ich das Konzert abbrechen musste. Aber so viel wie an diesem Abend habe ich niemals eingenommen. Die Kirchengemeinde von Sankt Elisabeth freute sich.

Samstag, 6. Oktober 1917

Da Sophia neulich viele Wochen nicht singen konnte, hatte ich bei den Musikern des ehemaligen Bonner Orchesters angefragt, wer bereit wäre, an ihrer Stelle mit mir die Benefizkonzerte zu bestreiten. Es haben sich drei ältere Herren gemeldet, die nicht zum Kriegsdienst eingezogen worden sind. Darunter ist Edward Maresch, der gleich die Beethoven-Sonaten vorschlug, die ich mit Karl gespielt habe. Ich habe ihm aber andere Stücke eingeredet, weil ich es noch nicht ertragen würde, die Frühlingssonate und die Kreutzer-Sonate mit jemand anderem als Karl zu spielen. Nach dem misslungenen Auftritt mit »Für Elise« will ich vorsichtiger sein. Die ersten Proben mit Edward waren hart. Ich musste mein Spiel mechanischer gestalten, durfte nicht daran denken, wie Karl wohl gespielt hätte. Das unausgesprochene gegenseitige Verständnis, das im Spiel zwischen Karl und mir geherrscht hatte, gibt es mit den anderen Musikern nicht. Wir müssen alles absprechen und viele Male proben, damit es im Zusammenspiel klappt. Aber ich erfülle Karls letzten Wunsch. Und die Konzerte laufen gut, ohne Herzblut meinerseits, aber wir haben zu einem guten Team zusammengefunden. Oft denke ich an Karl, besonders, kurz bevor ich auf die Bühne gehe, und hoffe auf seinen Beistand. Ich stelle mir vor, dass er bei mir ist und mich durch die Konzerte begleitet. Immerhin bin ich bis auf das eine Mal bei dem Debakel mit »Für Elise«

jedes Mal fehlerfrei durchgekommen. Und nun haben Edward und ich mit zwei anderen Musikern – Berthold (Bratsche) und Konstantin (Cello) – ein Klavierquartett gegründet. Das Quartettspiel geht mir einfacher von der Hand, als wenn ich nur mit Edward allein spielen muss. Außerdem habe ich seit Kurzem drei Klavierschülerinnen. Es sind Mädchen aus gutem Hause, Bekannte von Sophias Eltern, die trotz des Krieges Geld für die musikalische Ausbildung ihrer Töchter haben. Sie sind alle drei ziemlich unbegabt, aber ich möchte allmählich das Klavierspielen zu meinem Beruf machen. Momentan spiele ich Konzerte nur für Wohltätigkeitszwecke und behalte von den Erlösen keinen Groschen selbst. Aber wer weiß, ob ich nicht eines Tages doch Geld verdienen muss. Und etwas anderes als Klavier spielen kann ich nicht.

Mittwoch, 27. November 1918

Der Krieg ist vorbei. Jeden Tag kommen völlig gebrochene Männer in die Stadt und suchen ihr altes oder ein neues Zuhause. Der Kaiser ist geflohen und es herrscht Unruhe in den Städten. Ich bleibe zu Hause. Es scheint, dass nun auch unsere musikalischen Engagements vorläufig nicht mehr gefragt sind, obwohl sich an der Armut der zurückgebliebenen Witwen nichts geändert hat. Vor einer Woche ist Max nach Hause gekommen. In all den Kriegsjahren hat er lediglich einmal einen verstauchten Fuß gehabt. Ein Wunder angesichts der Tatsache, dass so viele Tausende gefallen sind. Wir waren außer uns vor Freude, als er plötzlich vor der Tür stand. Mama konnte sich gar nicht von ihm lösen. Auch ich freute mich unsagbar, meinen großen Bruder wiederzusehen, doch gleichzeitig dachte ich, dass auch Karl jetzt hätte vor der Tür stehen können, wenn ihn nicht damals die Kugeln in Verdun zerfetzt hätten. Aber ich rief mich schnell zur Ordnung, denn Max brauchte meine volle Aufmerksamkeit. Allerdings reagierte er ziemlich unwirsch. Zu unserem Erstaunen zog er sich nach kurzer Zeit in sein Zimmer zurück und kam erst am folgenden Tag wieder herunter. Er schlang das Essen förmlich in sich hinein und saß dann den ganzen Tag auf dem Sofa und starrte vor sich hin. Jeder Versuch, ein Gespräch mit ihm zu führen, endete damit, dass man es angesichts seiner knappen Hmms irgendwann aufgab.

»Wir müssen ihm Zeit geben«, meinte Mama, »wahrscheinlich ist er unsäglich kaputt und müde und hat noch viele schlechte Erinnerungen. Mit der Zeit wird er wieder der Alte sein.«

Freitag, 3. Januar 1919

Max ist nicht wieder der Alte geworden. Zumindest bis heute nicht. Ich habe sogar das Gefühl, dass es immer schlimmer wird. Nachts wachen wir alle oft auf, weil er plötzlich im Schlaf fürchterlich schreit oder wie ein Gespenst im Haus herumwandelt. Tagsüber sitzt er mit großen, leeren Augen da, die aus seinem immer kränker aussehenden Gesicht herausstarren. Das Weihnachtsfest endete fast in einer Katastrophe: Der kleine Johannes tobte quietschfidel durch die Hallen, Max verließ wegen des Lärms das Haus und kam erst weit nach Mitternacht in völlig betrunkenem Zustand wieder zurück.

»Max, was ist passiert, woran du immerzu denken musst?«, habe ich ihn heute Nachmittag gefragt, als er im Garten stand und rauchte. Aber er hat mich nur angesehen, als ob ich eine Fremde wäre, und schließlich gesagt, ich hätte ja keine Ahnung.

»Dann sag es mir!«, schrie ich ihn an. »Erzähl mir doch, was du im Krieg erlebt hast! Wir haben über vier Jahre auf euch gewartet, und meinen Karl habe ich verloren, meinst du nicht, dass ich da erfahren dürfte, was eigentlich passiert ist?«

Aber Max wandte sich ab. »Du hast keine Ahnung, Schwesterchen, und das ist auch gut so.«

Heulend lief ich in die Küche. Mama hatte uns beobachtet und wischte sich mit dem Handrücken eine Träne aus dem Gesicht. »Ich weiß auch nicht, wie ich an ihn herankommen soll«, sagte sie. Sie ist in den vergangenen zwei Monaten abgemagert und blass geworden, weil sie sich ständig um Max sorgt. Und ich mache mir Sorgen um sie. Wenn Max nicht bald wieder normal wird, wird Mama vor lauter Sorgen noch krank werden.

Montag, 14. April 1919

Ich bin seit ein paar Tagen bei Maria. Sie bat mich um Hilfe, da sie mittlerweile im fünften Monat schwanger ist und mit dem Garten nicht allein zurechtkommt. Zudem hält der kleine Johannes sie auf Trab und ihre zweite Schwangerschaft verläuft wesentlich anstrengender als die erste. Ich habe mich mit Mama beraten, was ich tun solle. Denn nun ist Mollwitz wieder zu Hause und wir haben beide noch Karls Warnung im Kopf. Mama war zunächst strikt dagegen, dass ich fahre, doch sie macht sich auch Sorgen um Maria. Sie selbst kann nicht nach Linz mitfahren, weil Papa seit einiger Zeit immer wieder Herzprobleme hat und sie ihn nicht allein lassen will. Schließlich hat sie Max und Lotte verdonnert mitzufahren, um Maria und mir zu helfen. Lotte hat zwar gemault, weil sie ihre Schulferien (seit zwei Jahren unterrichtet sie in einer Volksschule) anders verbringen wollte, doch Mama kannte kein Pardon. Mir schärfte sie ein, mich abends, wenn Mollwitz zu Hause sein würde, immer in der Gesellschaft eines meiner Geschwister aufzuhalten, und versprach, so bald wie möglich selbst nach Linz zu kommen. Da Max dabei ist, bin ich sicher, dass mir Mollwitz nichts tun wird.

Mollwitz ist ein sehr anspruchsvoller Ehemann. Er verlangt von Maria einen perfekt geführten, sauberen Haushalt. Der kleine Johannes, mittlerweile vier Jahre alt, tut leider alles, damit dieses Ziel nicht erreicht werden kann. Ständig rennt er herum und wirft bisweilen auch mit Sachen um sich, sodass sich eine von uns drei Schwestern immer exklusiv mit ihm beschäftigen muss. Dennoch habe ich ihn gern und fürchte jeden Abend, dass Mollwitz ihn wegen seiner Lebhaftigkeit bestrafen könnte, denn er findet, sein Kind habe vier Jahre Narrenfreiheit genossen und bräuchte jetzt eine strengere Hand. Schon mehrere Male hat sich Maria schützend vor ihren Sohn gestellt, doch das Geschrei ihres Mannes, das den kleinen Johannes erschreckt, kann sie natürlich nicht von ihm fernhalten.

Mittwoch, 16. April 1919

Gestern Abend war die Situation im Hause Mollwitz wieder einmal angespannt. Johannes hatte sich mit Pudding bekleckert und sein Vater begann zu toben. Der Kleine ist dann aufgesprungen und weggerannt. Maria versuchte, ihren Mann zu beschwichtigen, aber dieser machte ihr Vorwürfe, den Jungen völlig verzogen zu haben und zudem auch den Haushalt nicht ordentlich zu führen, obwohl sie doch nun die Hilfe beider Schwestern hätte. Max legte daraufhin Messer und Gabel beiseite und verließ wortlos das Esszimmer. Ich bin dann auch aufgestanden, um den kleinen Johannes zu finden und zu verhindern, dass er mit seinem bekleckerten Hemd noch irgendeine Wand schmutzig macht. Mir sind diese ehelichen Zwistigkeiten unheimlich unangenehm. Und ich habe eine Mordswut auf Mollwitz. Was denkt er sich eigentlich? Dass wir während des Krieges ein unbeschwertes Leben geführt haben? Und ohne ihn alles schiefgelaufen ist? Glaubt er, sein Sohn sei von allein vier Jahre alt geworden? Weiß er nicht, dass wir alle seinen Garten bepflanzt und beackert haben, damit immer genug zu essen im Haus war? Und weiß er nicht, dass mein Vater auch Maria und ihr Kind finanziell unterstützt hat, weil der feine Herr Staatsanwalt im Krieg war (und sich mit anderen Frauen vergnügt hat, die sich jedoch nicht mit ihm vergnügen wollten)? Letzteres habe ich Maria nie erzählt. Ich weiß bis heute nicht, ob ich es jemals tun werde. Komisch, denn wir zwei hatten nie Geheimnisse voreinander. Erst nach unseren Hochzeiten ist das anders geworden. Maria hat mit mir nie über Mollwitz gesprochen. Ich hatte angenommen, dass sie es genauso schön miteinander hatten wie Karl und ich, aber während des Krieges ist mir aufgefallen, dass sie ihn nie so sehr vermisst hat wie ich meinen Karl. Aber ich habe sie nicht danach gefragt, es erschien mir nicht richtig.

Ich beruhigte Johannes, und bald darauf kam auch Maria zu uns und wir brachten den Kleinen ins Bett. Während sie ihm eine Gutenachtgeschichte vorlas, ging ich in den Garten, um die Gartengeräte wegzuräumen, bevor Mollwitz sich auch darüber empören würde. Als ich um die Ecke bog, sah ich zwei Gestalten hinter den Johannisbeersträuchern in inniger Umarmung: Lotte und Mollwitz! Ich spürte, wie mir das Blut in den Kopf schoss vor Zorn. Wie können sie Maria so hintergehen? Noch bevor ich einen klaren Gedanken fassen konnte, stapfte ich wütend auf sie zu. Sie bemerkten mich erst, als ich Lotte schon an den Haaren gepackt hatte und sie von Mollwitz wegzog. »Wie kannst du nur?«, schrie ich und klatschte ihr meine Hand auf die Wange. »Du betrügst deine eigene Schwester?« Ich wandte mich schäumend vor Wut an Mollwitz. »Und du betrügst deine Frau, während sie dein Kind trägt? Schämen solltet ihr euch, alle beide!«

Mollwitz wollte gerade zu einem Vortrag ansetzen, doch ich riss Lotte fort. Während sie sich die Wange hielt, zog ich sie unbarmherzig weg vom Mollwitz'schen Grundstück auf den Weinbergweg, der sich direkt hinter dem Haus in die Höhe schlängelt.

»Lass mich los!«, schrie sie. »Du blöde Kuh!«

»Von mir aus bin ich eine blöde Kuh«, rief ich, »aber ich betrüge nicht meine eigene Schwester, während sie ein Kind erwartet! Das ist einfach nur widerlich!« Und ich stieß sie unsanft in die Brennnesseln.

Sie jaulte auf. »Du bist doch nur neidisch, weil du keinen Mann mehr hast!«

Bums! Das war ein Tiefschlag, und ich taumelte innerlich, Halt suchend, wo keiner war.

Lotte rappelte sich auf. »Du hattest deinen Mann, wenn auch nur für zwei Tage. Aber ich kann keinen rechtmäßig bekommen, weil es nach dem idiotischen Krieg keine Männer mehr gibt. Aber das ist nicht meine Schuld. Ich habe auch ein Recht darauf, glücklich zu sein!«

»Und du meinst, indem du die Ehe anderer Leute zerstörst, wirst du glücklich werden?« Ich hörte selbst den bitteren Ton, mit dem ich das aussprach.

Lotte funkelte mich böse an. »Du hast gut reden, du hattest deinen Mann. Und jetzt, wo du keinen mehr hast, bist du verbittert und gönnst mir nicht ein bisschen Spaß!«

Ich weiß nicht, was in diesem Augenblick in mich gefahren ist, aber mir rutschte schon wieder die Hand aus. Mit der zweiten Ohrfeige hatte Lotte nicht gerechnet und fiel zurück in die Brennnesseln. Als ich sie dort liegen sah, kühlte ich ab: »Ja, ich hatte meinen Mann und werde ein ganzes Leben von dem Glück zehren können, das ich mit ihm hatte. Und ich bin auch nicht darüber verbittert, dass er nicht mehr da ist, denn das ist nicht seine Schuld. Aber ich weiß, dass du nicht glücklich werden wirst, wenn du dich mit verheirateten Männern einlässt, und erst recht nicht, wenn du deine eigene Schwester betrügst, die dich immer geliebt hat.« Und ich drehte mich um und überließ Lotte ihrem (hoffentlich) schlechten Gewissen.

Als ich durch die Küche ins Haus zurückkehrte, versperrte mir plötzlich Mollwitz den Weg. Mir zog sich der Magen zusammen. Er schloss die Tür zur guten Stube. Was wollte er? Wollte er mir mitteilen, dass ich meine Moralpredigt im Garten nicht hätte halten dürfen? Sein Blick war seltsam bedrohlich, so etwas hatte ich noch nie gesehen. Er kam mir vor wie eine Raubkatze, die kurz davor ist, ihre Beute zu reißen. Mein Herz hämmerte. Wollte er nun die Gunst zurückerstattet haben, die er Karl einst erwiesen hatte? Und nun waren weder Max noch meine Schwestern in der Nähe. Breitbeinig stand Mollwitz da und grinste mich an. »Na, Elise, wohin des Wegs?«

»Ich ziehe mich zurück, ich bin müde«, antwortete ich kühl und wollte an ihm vorbeigehen. Da packte er meinen Arm so fest, dass ich aufschrie. Doch er hatte seine andere Hand schon über meinen Mund gelegt und presste meinen Kopf nach hinten. »So, meine tugendhafte, fast jungfräuliche Schwägerin. Wenn du mir schon den Spaß mit deinem kleinen Schwesterchen nicht gönnst, wirst du mir nun zu Diensten sein. Du bist ohnehin die Hübschere von euch beiden. Und wenn ich mich recht entsinne, habe ich deinem verweichlichten Gatten, der nun unter den Toten weilt, einmal einen sehr großen Dienst erwiesen und euch dadurch ein Jahr mehr Zeit gegeben für eure Turteltauben-Briefe. Doch umsonst ist nur der Tod. Nun will ich deinen Körper haben, denn meine Frau ist ja gerade hässlich auseinandergegangen.«

Das Blut rauschte in meinen Ohren. Mollwitz drückte meinen Kopf so stark in den Nacken, dass ich mich nicht bewegen konnte, und mein linker Arm, den er umklammert hielt, schmerzte fürchterlich. Ich versuchte verzweifelt, mich zu befreien, aber ich konnte nicht. Er ließ meinen Arm plötzlich los und riss mir die Bluse aus dem Rock. Gleich darauf war seine fleischige Hand an meinem Bauch. Panik und Ekel überfielen mich gleichermaßen und ich schlug und trat wild um mich. Doch das machte keinen Eindruck auf Mollwitz. Warum kam mir niemand zu Hilfe? Wo war Max? Seit dem Abendessen hatte ich ihn nicht mehr gesehen. Maria war oben bei ihrem Sohn und Lotte saß noch in den Weinbergen und würde mich wahrscheinlich auch absichtlich zappeln lassen. Mollwitz drängte mich zurück und stieß mich gegen den Küchentisch. Gleich würde ich ihm nichts mehr entgegenzusetzen haben. Doch auf einmal bekam ich das Brotmesser zu packen, das noch auf dem Tisch lag. Blitzschnell hielt ich ihm die Klinge an den Hals. Sein Blick wechselte binnen einer Sekunde von hämisch triumphierend zu bass erstaunt. Er ließ mich los. Mit dem Messer in der Hand bahnte ich mir einen Weg aus der Küche und rannte hoch ins Gästezimmer. Ich sperrte die Tür zu und schob die Kommode davor. Mein Herz hämmerte. Ich ging auf und ab, unfähig, einen klaren Gedanken zu fassen. Im Haus war alles ruhig, aber ich traute dem Braten nicht. Wahrscheinlich würde Mollwitz draußen darauf lauern, dass ich das Zimmer verließ. Hoffentlich würde mich der feine Herr Staatsanwalt nicht anzeigen, weil ich ihn mit dem Messer bedroht hatte. Ich war so aufgeregt, dass ich fast wieder Atemnot bekam. Ich setzte mich hin und versuchte, ruhig zu atmen. Vor meinem inneren Auge sah ich Karl. »Verzeih mir«, sagte ich zu ihm, »ich weiß, dass du mich gewarnt hattest, aber ich musste doch hierherkommen, um Maria zu helfen.« Ich ließ mich aufs Bett fallen und stellte mir vor, dass Karl neben mir sitzen und seine Hand auf meine Brust legen würde. Und allmählich löste sich der Kloß in meinem Hals und ich konnte wieder atmen. Mollwitz wird mich nicht anzeigen, wusste ich plötzlich, sonst müsste er selbst erklären, wieso meine Bluse zerrissen ist. Ich nahm mir vor, sie als potenzielles Beweisstück zu behalten.

Ich konnte nicht einschlafen. Ich hörte, wie Maria leise aus Johannes' Zimmer kam, die Treppe herunterging und sich mit

Mollwitz unterhielt. Sie hatte zum Glück nichts mitbekommen. Etwas später hörte ich auch Lotte hereinkommen. Sie wünschte den beiden eine gute Nacht und schloss die Tür zu dem Zimmer, in dem sie schlief. Irgendwann schlief ich ein. Unruhige Träume plagten mich. Ich wurde von Mollwitz verfolgt und rannte um mein Leben. Ich lief durch zahlreiche tote, völlig entstellte Körper hindurch, die mich aus weit aufgerissenen, leeren Augen anstarrten, bis ich auf einmal Karl sah. Er lächelte und breitete die Arme aus, in die ich mich hineinflüchtete. Mit einem Ruck wachte ich auf. Ich war schweißgebadet. Ein bitterer Geschmack lag mir auf der Zunge. Wie immer, wenn ich von Karl träumte, war das Erwachen vergleichbar mit einem Faustschlag in die Magengrube. Mir war schlecht. Ich wusste, dass ich geträumt hatte, aber die Erkenntnis, dass Karl tot war, traf mich erneut mit voller Wucht. Doch schlagartig wurde mir bewusst, dass Karl gestern Abend tatsächlich von oben auf mich aufgepasst hatte. Wahrscheinlich war er mein Schutzengel geworden, der mich vor Mollwitz' Übergriff gerettet hatte. Still dankte ich ihm und versprach, künftig besser aufzupassen.

Ich dachte nach. Ich würde noch am selben Morgen dieses Haus verlassen. Ich zog mich an, packte meinen Koffer und schob die Kommode weg. Unten in der Küche hörte ich Stimmen. Sehr gut! Mollwitz war also nicht allein dort unten. Ich entriegelte die Tür und ging mit dem Koffer nach unten.

In der Küche traf ich auf Maria, Lotte und Max. Sie beugten sich über ein Telegramm.

»Guten Morgen«, sagte ich.

Alle drei sahen mich mit weit geöffneten Augen an.

»Elise, Mama ist …«, begann Maria.

Mir gefror das Blut in den Adern. »Was ist mit Mama?«, fragte ich angstvoll.

»Papa hat telegrafiert, dass er sie in den frühen Morgenstunden ins Krankenhaus bringen musste. Sie hat heute Nacht hohes Fieber bekommen und sich dauernd übergeben.«

Mir schlotterten die Knie. »Wir fahren sofort zu ihr.«

Max sah, dass ich bereits meinen Koffer in der Hand hatte. »Wusstest du …?«, setzte er an.

»Nein«, antwortete ich knapp. »Aber lasst uns jetzt fahren.«

Maria wollte ebenfalls mit, doch Max wehrte ab. »Du nicht. Du bist schwanger. Und Mama hat eventuell die Spanische Grippe.«

Mir wurde schwindelig. Die Spanische Grippe. Das klingt wie Pest oder Cholera. Viele Leute sind in den letzten Monaten daran erkrankt und gestorben, aber seit einiger Zeit vermelden die Zeitungen, dass die Grippewelle abebbt. Hoffentlich hat sich Mama diese Grippe nicht noch als eine der Letzten eingefangen! Hoffentlich hat sie nur eine einfache Magenverstimmung.

Panisch lief ich mit Lotte und Max zum Bahnhof. Während der Zugfahrt sprachen wir nicht viel. Vergessen war der Streit zwischen Lotte und mir, jeder von uns bangte nun um Mamas Leben.

Als wir im Krankenhaus ankamen, stand Papa im Foyer. Er war blass und schwitzte. »Ihr könnt Mama nicht besuchen. Sie hat die Spanische Grippe … und wird wahrscheinlich nur noch wenige Stunden leben.«

Ich stand da wie vom Blitz getroffen. »Ich will aber zu ihr«, erklärte ich und wollte mich an ihm vorbeidrängen.

»Das kommt nicht infrage.« Papa klang streng. Lotte weinte und Max raufte sich die Haare.

»Lass mich bitte zu Mama gehen«, bettelte ich, »mir macht es nichts aus zu sterben.«

»Aber mir macht es etwas aus!« Er zog mich energisch beiseite. »Elise«, flüsterte er, »du bist jung und musst leben!«

»Ich habe doch eh schon alles verloren«, schluchzte ich.

Papa strich mir über die Haare. »Nein, ich weiß, dass mein kleines Mädchen noch viel Gutes im Leben tun kann und muss.«

Ich wollte etwas erwidern, aber er ließ mich nicht zu Wort kommen. »Mama und ich möchten nicht, dass ihr euch ansteckt. Sie hat es mir eben ausdrücklich gesagt. Sie umarmt euch und richtet euch aus, dass sie euch alle sehr lieb hat. Sie kämpft wie eine Löwin, das sage ich dir.«

Mir liefen die Tränen die Wangen herunter, aber Papa fuhr fort. »Ich werde gleich zu ihr nach oben gehen, denn ich möchte bei ihr sein, auch wenn das bedeutet, dass ich mich ebenfalls anstecken kann. Daher möchte ich dir jetzt schon alles Wichtige sagen: Elise, falls Mama und ich sterben, bist du das Familienoberhaupt. Max ist seit dem Krieg nicht mehr in der Lage dazu. Bitte kümmere dich um ihn. Auch du hast durch den Krieg sehr gelitten und trauerst immer noch, aber du bist stark und Max ist schwach. Er braucht dich. Und hab auch ein Auge auf Lotte, sie ist manchmal so unvernünftig und braucht deinen Rat. Und Maria … du weißt selbst, dass sie deine Hilfe braucht, um mit den Ansprüchen ihres Mannes klarzukommen.« Papa brach ab.

Ich konnte nichts mehr sagen. Wie gern hätte ich ihm noch die Ereignisse des letzten Abends geschildert und ihn gefragt, was ich tun solle, aber das war jetzt völlig unmöglich. Mama konnte jeden Augenblick sterben. Und wenigstens Papa musste bei ihr sein. Ich nickte nur und sagte mit tränenerstickter Stimme: »Sag Mama vielen Dank für alles, und dass ich sie sehr liebe und hoffe, dass sie gesund wird … und du auch.«

Ich wollte Papa umarmen, aber er wehrte ab. »Ich darf dich nicht anstecken, mein Kind, du musst leben, hörst du?«

Ich nickte gehorsam und brach dann weinend auf einem Stuhl zusammen. Papa sagte auch noch kurz etwas zu Max und Lotte, dann winkte er uns zu und ging nach oben zu Mama.

Jetzt sitze ich zu Hause und hoffe und bange. Um mich abzulenken und nicht völlig wahnsinnig zu werden vor Sorge, habe ich gerade alles aufgeschrieben, was seit gestern passiert ist. Wenn Mama und Papa doch nur wieder gesund aus dem Krankenhaus zurückkommen! Ich brauche sie! Ohne sie kann ich nicht weiterleben.

Samstag, 2. August 1919

Beide sind gestorben. Mama starb zwei Tage, nachdem wir damals im Krankenhaus eingetroffen waren. Die Ärzte ließen Papa gar nicht mehr zu uns nach unten, er hatte sich angesteckt und wurde gleich im Krankenhaus behalten. Einen Tag später war auch er tot. Ich wollte bei ihm sein, während er starb, aber er hatte den Krankenschwestern ausdrücklich aufgetragen, mich nicht vorzulassen, und ließ mir ausrichten, wie sehr er mich liebte.

Max, Lotte und ich saßen zu Hause wie verwaiste Welpen. Ich war so verzweifelt, dass ich es gar nicht in Worte fassen kann. Meine Brust schmerzte wieder so stark, dass ich dachte, ich habe einen Herzinfarkt. Aber ich wusste, dass es »nur« Trauer war. Trauer, der eine unendliche Leere folgen würde. Maria kam zur Beerdigung und brach über dem Grab zusammen. Mit Müh und Not brachten wir sie zu uns nach Hause und riefen den Arzt. Er untersagte ihr, zurück nach Linz zu fahren. Bis zur Niederkunft musste sie das Bett hüten. So teilten wir uns die letzten Monate wieder unser altes Zimmer.

Max verbarrikadierte sich nach der Beerdigung tagelang in seinem Zimmer und ich musste mir mit Gewalt Zutritt verschaffen, um ihn zum Essen und Trinken zu bewegen. Er ließ sich völlig gehen, stank, trank, rauchte. Lotte war oft außer Haus. Ich ließ sie, sie trauerte auch und unser Schlagabtausch wegen Mollwitz lag weit zurück. Aber da sie immer weg war und meine anderen Geschwister im Bett lagen, musste ich für die gesamte Familie kochen, den Haushalt führen und mich um den kleinen Johannes kümmern, der nicht verstehen konnte, dass er seine Mama nicht stören durfte. Ich konnte fast nicht mehr. Es klappte auch nicht. Ich ließ das Essen anbrennen und die Küche versank im Schmutz.

Vor zwei Wochen brachte Maria bei uns zu Hause ihre Töchter Katharina und Magdalena zur Welt. Die beiden Mädchen sind viel zu klein und Maria bangte tagelang um ihr Leben. Doch zum Glück werden sie von Tag zu Tag kräftiger. Gestern stattete Mollwitz seiner Frau einen Besuch ab. Aber anstatt sich zu freuen, dass es ihr und den Zwillingen besser geht, regte er sich über die Unordnung in unserem Haus auf. Da sagte ich ihm rundheraus, dass er gern gehen könne, wenn ihm irgendwas nicht passe, und dass er ansonsten den Mund zu halten habe. Meine drei Geschwister blickten mich erstaunt an. Als Mollwitz zu einer empörten Gegenrede ansetzen wollte, sagte Max: »Sie hat recht. Du kannst gehen, wenn dir etwas nicht passt.«

Nun war es an mir, erstaunt zu sein. Max hatte das erste Mal seit dem Krieg an etwas Alltäglichem Interesse gezeigt und sogar Partei für mich ergriffen. Allerdings verlor ich durch diese Szene Maria. Denn ihr Mann packte sie, die immer noch sehr schwach war, sowie seine Kinder und fuhr mit ihnen nach Linz zurück. Ich hatte prompt ein schlechtes Gewissen, weil ich sie nun mit diesem Scheusal allein lasse.

Montag, 4. August 1919

Gestern suchte ich Frieda auf, Alexanders Mutter. Ich war verzweifelt und brauchte jemanden zum Reden. Eigentlich brauchte ich eine neue Mutter. Als Frieda mir die Tür öffnete, nahm sie mich gleich in die Arme und zog mich in die Küche. Ich weinte bestimmt eine Viertelstunde, bevor ich herausbrachte, was in den vergangenen Monaten alles geschehen war. Ich sagte ihr, dass ich wegen meines Schwagers nicht mehr zu meiner Schwester fahren könne, dass mich aber mein Gewissen plage, weil ich Maria mit ihren Kindern allein ließ, und bat sie um Rat. Frieda nickte verständnisvoll, während ich ihr alles berichtete. Dann sah sie mich ernst an und sagte: »Elise, du darfst dich nicht selbst in Gefahr bringen. Karl hat dich beschworen, dich vor deinem Schwager in Acht zu nehmen, und du musst seiner letzten Bitte Folge leisten.« Sie stand auf und ging ans Fenster. »Du bist die Frau des Mannes, der meinen Sohn aus dem Schussfeld gerettet hat, der ihn nicht hat liegen lassen, sondern ihm einen würdigen Tod ermöglicht hat. Nur Karls Mut ist es zu verdanken, dass ich von Alexander Abschied nehmen konnte.« Sie machte eine Pause. »Und auch du hast dich um Alexander und mich gekümmert, du bist ein gutes Mädchen und ich habe dich gern. Ich werde dir helfen, wann immer ich kann, Elise.« Ich wischte mir die letzten Tränen aus den Augen. Sie setzte sich neben mich und nahm meine Hand. »Ich werde morgen zu Maria fahren und ihr erzählen, dass du dich um sie sorgst, dass du aber deinem Mann versprechen musstest, dich nicht von Mollwitz unterbuttern zu lassen. Mehr werde ich nicht sagen und ich hoffe, sie fragt nicht weiter.«

Ich drückte ihre Hand. »Danke«, flüsterte ich. »Vielleicht kann ich eine der Damen aus der Linzer Kirchengemeinde dazu bewegen, Maria bei der Hausarbeit und im Garten zu helfen, ich habe immerhin drei Benefizkonzerte für sie gespielt.«

Frieda nickte. »Oh ja, vielleicht ist Mollwitz bereit, seiner Frau eine Haushaltshilfe zu spendieren. Wenn sie ihm erklärt, dass es seinem Stand angemessen sei, wird er sicherlich darauf eingehen.«

Montag, 18. August 1919

Der Plan, den Frieda und ich ausgeheckt hatten, ging auf. Frieda besuchte Maria in meinem Auftrag, und glücklicherweise fragte meine Schwester nicht näher nach, welches Versprechen mir Karl in Bezug auf Mollwitz exakt abgenommen hatte. Die Idee einer Haushaltshilfe fand sie sehr gut und so schrieb ich meine alten Kontakte aus der Zeit meiner Benefizkonzerte an. Es fand sich bald eine junge Frau, die sich bei Maria als Küchenhilfe bewarb. Und Mollwitz empfand es seinem Stand mehr als angemessen, eine Bedienstete zu beschäftigen. Ich musste innerlich lächeln, als ich mir vorstellte, wie Maria seine Zustimmung eingeholt hatte. Sie schrieb mir, dass sie mich, sobald es ging, mit den Kindern besuchen würde.

Sonntag, 12. Oktober 1919

Seit September probe ich wieder intensiv mit meinem Klavierquartett für diverse Benefizkonzerte. Das Musizieren lenkt mich ab, und jetzt, da auch meine Eltern nicht mehr leben, muss ich langsam daran denken, mit dem Klavierspielen Geld zu verdienen. Momentan leben wir zwar ganz gut von dem, was meine Eltern hinterlassen haben, aber das wird nicht ewig so weitergehen, und Max ist immer noch nicht in der Lage, eine Arbeit aufzunehmen.

Als der Krieg zu Ende war, habe ich gedacht, dass kein Bedarf mehr an Benefizkonzerten bestehen würde, doch tatsächlich ist die Armut nun größer denn je, und gerade die Witwen der Orchestermusiker sind sehr bedürftig. Die überlebenden Musiker kümmern sich auch so gut es geht um die Witwen ihrer verstorbenen Kollegen und deren Kinder oder Eltern. Edward, Berthold, Konstantin und ich treten fast an jedem Wochenende in Kirchengemeinden oder in Privathäusern gut situierter Familien auf, die mit den Einnahmen Essens- und Kleiderpakete finanzieren. Unter den überlebenden Orchestermusikern und den Witwen der gefallenen Musiker bin ich hoch angesehen, nicht nur als Witwe des früheren Konzertmeisters, sondern vor allem, weil ich mich mit den Benefizkonzerten für sie einsetze. Es vergeht fast kein Tag, an dem ich nicht mit dem einen oder anderen Musiker oder mit einer der Musikerwitwen Kontakt habe. Manchmal danke ich Karl im Stillen, dass er mich mit dem einzigen Konzert, das wir gemeinsam bestritten haben, für immer in den Kreis seiner Musikerkollegen aufgenommen hat, unter denen ein enormer Zusammenhalt besteht. Und Mama und Papa haben mit der Verlobungsfeier, die sie für uns ausgerichtet haben und zu der auch alle Kollegen von Karl gekommen sind, dafür gesorgt, dass ich jetzt nicht allein bin auf der Welt. Denn wenn ich Karls Bekannte nicht hätte, würde ich verzweifeln.

Samstag, 18. Oktober 1919

Heute Nachmittag probte ich gerade mit meinem Klavierquartett bei uns im Wohnzimmer, als es an der Haustür klingelte. Lotte war wie immer weg und Max kam nicht aus seinem Zimmer heraus. Leicht gereizt unterbrach ich die Probe, um die Tür zu öffnen. Es war Marias Göttergatte höchstpersönlich!

»Was willst du?«, fragte ich ziemlich unwirsch.

Er drängte sich an mir vorbei, obwohl ich ihn eigentlich nicht hineinlassen wollte. Als er die Tür zum Wohnzimmer aufstieß und die Musiker sah, drehte er sich zu mir herum. »Du amüsierst dich mit drei Herren? Das ist deinem Stand alles andere als angemessen.«

Mir platzte der Kragen. »Wir amüsieren uns nicht, sondern proben für eine Reihe von Benefizkonzerten für Kriegsversehrte und Kriegswitwen!«

»Aha.« Mollwitz zog sarkastisch einen Mundwinkel hoch. »Jedenfalls bin ich gekommen, um dich mit nach Linz zu nehmen.«

»Ich komme nicht mit«, erklärte ich bestimmt.

»Doch, du musst! Deine Schwester braucht dich.«

»Ich betrete dein Haus nur, wenn du nicht da bist.«

Mollwitz kam drohend einen Schritt auf mich zu. Mir pochte das Herz. Er war sauer, dass ich das vor den drei Musikern gesagt hatte.

Edward stand auf und trat neben mich. »Elise muss morgen Abend ein Benefizkonzert bestreiten. Wir können ohne sie nicht spielen.«

Mollwitz schnaubte. »Maria hat einen Nervenzusammenbruch und ist zu nichts mehr zu gebrauchen, und du klimperst fröhlich bei sinnlosen Hauskonzerten herum!«

»Wie gesagt, ich helfe damit Kriegswitwen und Kriegsversehrten«, sagte ich kühl. Aber ich machte mir Sorgen um Maria. Ich hatte schon seit zwei Wochen nichts mehr von ihr gehört und das, was Mollwitz gerade gesagt hatte, klang erschreckend. »Was ist mit Maria?«, fragte ich schließlich.

Er grinste, wusste er doch, dass er mich mit Maria erpressen konnte. »Sie heult und schreit den ganzen Tag.« Er zuckte mit den Achseln. »Ich kann mit solchen Weibereien nichts anfangen.«

»Gut«, sagte ich, »ich komme übermorgen nach dem Konzert, aber nur unter der Bedingung, dass Max mitkommt.«

Mollwitz nickte knapp und rauschte hinaus.

»Bedrängt dich dein Schwager?«, wollte Edward wissen, als ich mich wieder auf den Klavierschemel setzte.

»Ja«, sagte ich nur.

Montag, 20. Oktober 1919

Ich bin also doch wieder zu Maria gefahren. Ich verlegte den Klavierunterricht meiner mittlerweile sieben Schüler und brach heute Mittag mit Max nach Linz auf. Ich kann ihn unmöglich allein zu Hause lassen und Lotte geht ihrer Wege, ohne sich im Mindesten für ihn verantwortlich zu fühlen. Ich habe Max gestern gesagt, dass er mich vor Mollwitz schützen müsse. Als ich ihn darum gebeten habe, sah er mich stirnrunzelnd an.

»Er hat neulich versucht, mir Gewalt anzutun«, sagte ich schlicht, »… als Bezahlung dafür, dass er Karl im ersten Kriegsjahr für drei Monate von der Front nach Belgien geholt hat.«

Max stieg die Zornesröte ins Gesicht. »Ich bringe ihn um«, zischte er.

Ich schüttelte den Kopf. »Lass mich einfach nie allein mit ihm.«

Als wir vorhin im Hause Mollwitz ankamen, erschrak ich fast zu Tode: Maria ist unglaublich blass und abgemagert, nichts ist mehr von ihren rosigen Wangen und leuchtenden Augen übrig geblieben. Wir umarmten uns und sie begann zu weinen. Max, der sonst immer apathisch ist, nahm sich des kleinen Johannes an und ließ Maria und mich eine Weile miteinander sprechen.

»Ich kann nicht mehr, Elise. Die Zwillinge schreien nächtelang durch, ich habe seit Tagen kein Auge zugetan und schaffe es trotz Haushaltshilfe nicht, das Haus in Ordnung zu halten. Ich weiß nicht mehr, was ich machen soll.« Sie weinte stille Tränen in meinen Nacken.

Ich tätschelte ihr den Rücken. »Max und ich sind ja nun da, um dir zu helfen«, beruhigte ich sie. Dann begleitete ich sie in ihr Schlafzimmer, deckte sie zu und ließ sie schlafen. Das Gewissen nagte an mir, ich hätte sie nicht so lange allein lassen dürfen.

Mit Katharina und Magdalena in den Armen ging ich hinunter ins Wohnzimmer. Johannes quietschte vor Glück, denn er hat mich sehr vermisst … und ich ihn auch. Während ich die Zwillinge in den Schlaf wiegte, spielten und tobten Max und Johannes miteinander. Max war auf einmal fast wieder wie früher vor dem Krieg: lustig und immer für ein Späßchen zu haben. Es war wunderschön! Maria kam nach zwei Stunden etwas gestärkt wieder herunter und ging zum Nähen ins Nebenzimmer.

Wenig später kam Mollwitz nach Hause. Er wird mir immer widerwärtiger. Während Max und ich noch mit den Kleinen spielten, hörte ich, wie er Maria im Nebenzimmer bedrängte. Sie flehte ihn an, ihr noch Zeit zu geben, weil sie nach der Geburt der Zwillinge noch so schwach sei, er aber meinte, dass es ihre Pflicht als Ehefrau sei, ihm zu Diensten zu sein. Ich drückte Max die beiden Mädchen in den Arm, stand auf und ging mit Johannes an der Hand ins Nebenzimmer. Mollwitz, der Maria gerade schon an sich gezogen hatte, drehte sich wütend um, um zu sehen, wer ihn störte. Ohne auch nur eine Sekunde peinlich berührt zu sein, sagte ich: »Maria, du müsstest mal eben mit in die Küche kommen, denn wir müssen wissen, wo du die Einweckgläser haben möchtest.«

Mollwitz fauchte mich an: »Hat das nicht Zeit bis morgen?«

Ruhig sah ich ihn an. »Nein.«

Wir wussten, dass der Kampf zwischen uns erneut eröffnet war. Marias Wangen glühten. Sie stand auf und ging mit Johannes und mir in die Küche.

»Wenn wir in einer Woche mit der Apfelernte fertig sind, kommst du mit nach Bonn und erholst dich«, sagte ich.

Maria wisperte: »Elise, du provozierst ihn. Wenn er dich rausschmeißt, bin ich geliefert, ich schaffe es nicht ohne dich.«

»Ich weiß.« Das ist genau das Druckmittel, dessen sich Mollwitz bewusst ist. Aber ich bin bereit, den Kampf mit ihm aufzunehmen. Mir fielen Papas letzte Worte ein … dass ich Maria helfen solle … sie vor ihrem Mann zu schützen. Von allen Lebewesen auf Erden war Mollwitz derjenige, der mir am allerwenigsten etwas zu sagen hatte. Ich legte meine Hand auf ihren Arm. »Maria, wenn du dich nicht wehrst, bist du erledigt, du bist jetzt schon ganz schwach. Denk an deine Kinder. Sie brauchen dich.«

Sie wischte sich eine Träne aus dem Gesicht. »Wie soll ich mich wehren? Er ist mein Mann, ich muss machen, was er sagt.«

»Nein«, ich schüttelte den Kopf. »Wenn der Krieg ein Gutes hatte, dann, dass wir Frauen uns nicht mehr wie Menschen zweiter Klasse behandeln lassen müssen. Über vier Jahre haben wir die Stellung gehalten und das Land versorgt, während die Männer in den Gräben gehockt und sich gegenseitig umgebracht haben. Die Frauen haben in den Fabriken gearbeitet und die Felder beackert. Und auch heute noch schaffen viele Frauen – so wie ich – das Geld herbei. Denn Max ist nicht in der Lage zu arbeiten, und viele andere Männer auch nicht. Jedenfalls brauchen wir uns von den Männern nicht herumkommandieren zu lassen, als wären wir unmündige Idioten.«

Maria sah mich schockiert an. »Elise, was ist los mit dir? Bist du etwa zu den Frauenrechtlerinnen gegangen? Wenn Lotte das sagen würde, wäre ich nicht erstaunt, aber du? Meinst du, Karl würde gutheißen, was du gerade sagst?«

Ich lachte. »Oh ja, Karl würde das sogar sehr gutheißen! Er hat mich niemals zu etwas gezwungen. Er wollte immer meine Meinung hören und hat mich sogar ermutigt, mir immer eine eigene zu bilden. Und Papa hat mir kurz vor seinem Tod gesagt, dass ich nun das Familienoberhaupt sein müsse, weil Max dazu zu schwach ist.« Ich brach ab, meine Stimme ließ mich im Stich. Ich sackte auf einen Küchenstuhl und schlug die Hände vors Gesicht. Ich hatte es zwar gerade geschafft, von Karl zu sprechen, ohne einzuknicken, aber der Tod meiner Eltern war noch zu nah.

Maria legte mir einen Arm um die Schultern. »Dein Karl war ein feiner Mann. Es ist ein Jammer, dass es immer die Falschen erwischt.« Sie küsste meine Stirn. »Und Papa hatte recht. Du bist wirklich die Stärkste von uns.«

Beim Abendessen sprach Mollwitz selbstgefällig über seine Arbeit, natürlich nicht ohne anzumerken, dass er es langsam für erforderlich hielt, dass Max nun endlich auch mal wieder etwas arbeiten würde. Mein Magen krampfte sich zusammen. Das war Max' wunder Punkt. Vor dem Krieg war er ein ambitionierter Bauingenieur, aber seit er aus dem Krieg zurück ist, kann er bislang nicht wieder arbeiten. Er zittert, sobald er einen Stift in der Hand hält, und bringt keine gescheite Zeichnung mehr zu Papier. Zudem wäre er wegen seiner Schlaflosigkeit nicht in der Lage, den ganzen Tag über zu arbeiten. Ich fürchtete, dass Mollwitz' Bemerkung Max wieder in eine tiefe Depression stürzen könnte. Doch er funkelte Mollwitz nur böse an und sagte: »Ich bin lieber ein Faulpelz als ein geiler Bock.« Maria zog hörbar die Luft ein. Ich schielte zu Mollwitz. Fast hätte er sich an der Soße verschluckt. Er lachte nervös. Aber ich wusste: Jetzt ist ihm klar, dass Max Bescheid weiß! Und Max hatte es so geschickt formuliert, dass Maria diese Bemerkung auf die Situation eben bezog und nicht ahnen kann, dass Mollwitz einmal versucht hat, mir Gewalt anzutun.

Kapitel 8

Valerie ließ das Tagebuch sinken. Elise hatte es geschafft weiterzuleben. Also musste sie ihr Leben auch in den Griff bekommen, zumal sie lange nicht so arg vom Schicksal gezeichnet war wie ihre Urgroßtante. Sie stand auf und holte sich ein Glas Wasser. Es war unfassbar, was für einen widerlichen Urgroßvater sie gehabt hatte! Opa Johannes hatte ihn fast nie erwähnt. Er hatte ihr immer nur von seiner Mutter und von Tante Elise erzählt. Kein Wunder! Und dabei hatte er wohl noch nicht einmal das Schlimmste von seinem Vater gewusst. Valerie verstand jetzt, weshalb Elise ihr Tagebuch ins Sofa hatte einnähen lassen. Sie hatte ihre Nichten und Neffen über alles geliebt und verhindern wollen, dass sie erfuhren, von welchem Scheusal sie abstammten.

Sie ging ans Fenster und sah den Wolken zu, die am Himmel vorbeizogen. Jan musste bereits im Flugzeug sitzen. Sicherlich würde er sich freuen, wenn er gleich bei der Ankunft eine Mail von ihr vorfinden würde. Sie zögerte. War es wirklich richtig, wenn sie ihm jetzt schon schrieb? Würde er dann nicht denken, dass sie ihn schrecklich vermisste? Doch genau das entsprach der Wahrheit. Außerdem war das Leben zu kurz, um sich dauernd Fragen wie diese durch den Kopf gehen zu lassen. Hätten Elise und Karl damals gezögert, dann wären sie niemals verheiratet gewesen. *Jan war immer nett zu mir*, dachte Valerie, *er hat mir sogar das Leben gerettet, da ist es nur recht und billig, wenn ich ihm sofort schreibe und nicht noch künstlich drei Tage warte.* Und so begann sie, ihm eine Nachricht zu schreiben. Sie fragte ihn, ob er gut angekommen sei, und erzählte, dass sie am kommenden Tag wieder zum Dienst gehen würde. Sie schickte die E-Mail ab, ohne sie noch einmal durchzulesen. Dann setzte sie sich ans Klavier und spielte »Für Elise«. Es war eines der wenigen Klavierstücke, das sie auswendig konnte.

Als Valerie am nächsten Tag zur Probe kam, merkte sie gleich, dass die Stimmung im Orchester ganz anders war als bislang: Es war ruhiger, entspannter – *più tranquillo*, wie es in der Musik hieß. Die wichtigen Persönlichkeiten des Orchesters waren in Japan und die Zurückgebliebenen schienen das stressfreie Leben in vollen Zügen zu genießen. Der Gastdirigent Stéphane Laurent war immer für ein Späßchen zu haben, es wurde laut gelacht und herumgealbert. In Abwesenheit der Prokova war Valerie nun Konzertmeisterin. Sie hatte Sarah zu sich ans erste Pult gebeten. Sarah war zeitgleich mit ihr krank gewesen und sah noch sehr blass aus. Ihr Freund Edmond war in Japan, und Valerie vermutete, dass sie gerade ebenso allein war wie sie selbst. Sarah hatte sie entsetzt angesehen, denn dass sie nach vorn musste, war ihr gar nicht recht gewesen, aber sie hatte Valeries Wunsch Folge geleistet.

»Du wirst sehen, dass du am ersten Pult spielen kannst, und jetzt ist Madame Prokova nicht da, die dich ständig beobachtet.« Valerie hatte fest vor, ihre Kollegin nach der desaströsen Registerprobe von neulich aufzubauen. Und ihr Plan ging auf. Sarah wurde vorn neben ihr immer sicherer.

Laurent war Valerie auf Anhieb sympathisch, weil er kein selbstverliebter, unnahbarer Maestro war. Bevor er den Streichern Anweisungen erteilte, fragte er zunächst sie, ob das technisch überhaupt machbar sei, was er verlangte, weil er selbst kein Streicher war. Sie probierte dann die Stelle allein, bis er sagte, dass sie seinen Vorstellungen entspräche, und danach erklärte sie ihren Streicherkollegen, wie sie die Passage zu spielen hatten. Laurent war höchst zufrieden und fragte Valerie gleich nach der ersten Probe, ob er sie künftig für sein Projektorchester engagieren dürfe. Nach all der Kritik, die sie in den vergangenen Wochen von Rosselli und der Prokova hatte ertragen müssen, war dies Balsam für ihre geschundene Seele. Sie konnte kaum glauben, dass ein angesehener Dirigent wie Laurent ihre Arbeit wertschätzte. Freudestrahlend sagte sie zu. Sie durfte Nebentätigkeiten annehmen, sofern sie ihre Arbeit im Orchester nicht vernachlässigte. *Dann bin ich wohl doch nicht so schlecht*, dachte sie und merkte, wie sich ihr Selbstwertgefühl langsam erholte.

Als sie am Abend nach Hause kam, hatte sie eine Nachricht von Jan im Postfach. Er war gut angekommen und erzählte, dass die Prokova schlechte Laune habe, weil etwas mit der Zimmerreservierung nicht geklappt hatte und sie noch eine Stunde im Hotelfoyer hatte warten müssen, bis ihr Zimmer fertig war. Valerie musste lachen, denn sie konnte es sich bildlich vorstellen.

Sie schrieb ihm von ihrem ersten Arbeitstag und von Laurents Angebot, in seinem Projektorchester mitzumachen. Außerdem berichtete sie Jan von ihrem Vorhaben, sich am nächsten Tag zu einem Französischkurs anzumelden, und erzählte ihm, dass sie sich mit Irmgard verabredet hatte, um die Beethoven-Sonaten mit ihr zu spielen. Sie schickte die E-Mail ab, und während sie noch ihre anderen Nachrichten las, bekam sie schon eine Antwort von ihm.

»*War gerade online*«, schrieb er. »*Freut mich, dass es dir gut geht. In Laurents Projektorchester spiele ich auch oft mit, das macht immer viel Spaß. Und das Ergebnis eurer Beethoven-Sonaten würde ich gern hören, wenn ich wieder da bin.*«

Valerie lächelte. Sie mailten noch eine Weile hin und her und sie fragte sich irgendwann, was sie da eigentlich machte. Flirtete sie?

Doch schließlich verabschiedeten sie sich voneinander, denn Jan musste zum Dienst. Sie wollte gerade aus dem E-Mail-Programm herausgehen, da sah sie, dass eine neue Nachricht hereingeflattert war. Sie traute ihren Augen kaum. Die E-Mail war von Carmen! Seitdem sie ihre ehemals beste Freundin mit Adrian erwischt hatte, hatten sie keinen Kontakt mehr miteinander gehabt. Was wollte sie nun von ihr? Zögernd öffnete Valerie die Nachricht.

> Liebe Valerie,
> ich hoffe, es geht Dir gut dort, wo auch immer Du nun bist. Ich wollte Dir sagen, dass es mir unendlich leidtut, was passiert ist und was ich Dir angetan habe. Falls es Dich tröstet: Adrian und ich sind nicht mehr zusammen. Die letzten Wochen waren schrecklich, aber ich habe es nicht anders verdient. Ich würde mich freuen, wenn wir wieder Kontakt zueinander haben könnten, verstehe es aber natürlich, wenn Du das nicht willst.
>
> Alles Gute, Carmen

Valerie saß eine Weile regungslos vor der E-Mail. Was sollte sie darauf antworten? In der Zwischenzeit war so viel passiert, München schien so weit weg und sie wollte nicht, dass diese Zeit sie wieder einholte. Sie schloss die Nachricht. *Ich muss sie nicht sofort beantworten*, fand sie. Zwar freute sie sich über Carmens Friedensangebot, aber sie wollte sich in Ruhe überlegen, was sie ihr zurückschreiben würde. Was war wohl zwischen ihr und Adrian schiefgelaufen? Sie fuhr den Laptop herunter und nahm Elises Tagebuch zur Hand.

Von Elise

Samstag, 22. Mai 1920

Ich bin nun »Vollzeitklavierlehrerin«. Fräulein Kettel ist vor einigen Monaten in den Ruhestand gegangen und hat mir all ihre Klavierschüler übergeben. Das war für mich eine große Ehre und ich brauche auch das Geld. Zwar sind Max, Lotte und ich durch den Tod unserer Eltern nicht mittellos geworden und wir leben weiterhin in dem geräumigen Haus. Aber wir brauchen Geld für den Alltag. Lotte verdient als Volksschullehrerin am meisten von uns, meine Klavierschüler bringen leider nicht so viel Geld ein und an Konzerte ist seit Wochen nicht zu denken. Max hat zwar dreimal versucht, in einem Architekturbüro eine Anstellung zu finden, aber diese endeten immer nach wenigen Tagen. Und zu allem Überfluss hetzte uns Mollwitz vor einigen Monaten noch einen Anwalt auf den Hals, weil er einen Teil des Erbes meiner Eltern für Maria herausschlagen wollte. Wir konnten das Geld aber nicht aufbringen, ohne das Haus zu verkaufen, und dann hätten wir noch nicht einmal ein Dach über dem Kopf gehabt. Glücklicherweise fand Lotte eines Abends das Testament unseres Vaters. Er hatte es kurz nach dem Krieg aufgesetzt. Darin steht, dass das Haus nicht verkauft werden darf und jedes seiner Kinder stets darin wohnen oder wieder einziehen darf. Keines seiner Kinder darf einem anderen verbieten, dort zu wohnen. Sollte eines der Kinder heiraten oder ausziehen, so darf es lediglich bewegliche Objekte wie Möbel, Porzellan oder Schmuck mitnehmen. Das Gericht bestätigte die Gültigkeit des Testaments und so waren wir nach monatelangen, aufreibenden Streitereien gerettet.

Ich habe vor lauter Trauer um meine Eltern und die Sorge um das Haus fast sechs Kilo abgenommen und bin sehr schwach. Zudem ist mein Verhältnis zu Maria schwierig. Ich weiß, dass sie nicht hinter Mollwitz' Schikanen steckt, aber natürlich kann sie sich nicht gegen ihren Mann stellen, und mit ihm liegen wir Lambrecht-Geschwister (vor allem ich, denn Max ist apathischer denn je) im Streit.

Sonntag, 30. Mai 1920

Kürzlich habe ich erfahren, dass Maria schon wieder schwanger ist. Trotz meiner damaligen Intervention hatte Mollwitz ihr nach der Geburt der Zwillinge keine Ruhe gegönnt. Ich habe Angst um sie. Aber ich kann wegen meiner Klavierschüler nicht nach Linz fahren. Daher habe ich Maria und ihre Kinder zu uns nach Bonn eingeladen – unter dem Vorwand, die geschwisterlichen Zwistigkeiten aus dem Weg zu räumen, doch in Wirklichkeit, um es ihr zu ermöglichen, sich auszuruhen. Mollwitz hatte erstaunlicherweise nichts dagegen. Lotte ist Maria gegenüber recht kühl, sie hat den Erbstreit noch nicht verdaut, aber Maria weiß, dass ich nach wie vor an ihr hänge und sie nicht mit Mollwitz in einen Topf werfe. Ich versuche mich um ihre Kinder zu kümmern, damit sie schlafen kann.

Max kann derzeit nicht viel helfen. Seit seinem letzten Versuch, eine Arbeit aufzunehmen, ist er in eine tiefe Depression gestürzt. Er kommt gar nicht mehr aus seinem Zimmer heraus, verlässt das Haus nie und nachts trinkt er alle Liköre aus, die aus der Zeit meiner Eltern noch im Wohnzimmerschrank stehen. Manchmal könnte ich einfach nur heulen. Und Lotte ist immer unterwegs. Wenn sie einmal wenige Stunden am Stück zu Hause ist, verzieht sie sich in ihr Zimmer, um Klassenarbeiten zu korrigieren, wobei sie nicht gestört werden will. Maria ist die Einzige, mit der ich normal reden kann, aber ihr geht es nicht gut. Ich bin in Sorge, dass sie nicht zurechtkommt, während ich nachmittags mit meinen Klavierschülern beschäftigt bin. Daher habe ich Frieda kürzlich gebeten, Maria nachmittags Gesellschaft zu leisten. Frieda hat sich daraufhin angeboten, uns im Haushalt zu helfen, da ich ja nun berufstätig sei. Ich hätte sie umarmen können vor Glück. Denn ich bin völlig überfordert mit dem Haushalt, meiner Arbeit und dem Betreuen meiner Geschwister. Daher wohnt Frieda nun seit ein paar Tagen bei uns. Lotte hat zwar protestiert, aber ich habe meinen Willen durchgesetzt. »Entweder du übernimmst Küche und Waschküche oder du stimmst zu, dass Frieda kostenfrei bei uns wohnt und sich dafür um den Haushalt kümmert, denn ich schaffe es nicht mehr allein.«

Lotte hatte dann widerwillig zugestimmt, denn sie als verwöhntes Nesthäkchen würde nicht im Traum daran denken, sich die Finger schmutzig zu machen und sich um die Größeren zu sorgen. Und Max hatte gar keine Meinung dazu. Ihm ist derzeit alles egal.

Sonntag, 19. September 1920

Mollwitz' Auftritt in meinem Wohnzimmer vor fast einem Jahr und der anschließende Rechtsstreit mit ihm hatten unerwartete Folgen. Meine Klavierquartett-Kollegen hatten mitbekommen, dass Mollwitz mich bedrängte, und sie fühlten sich in gewisser Weise verantwortlich für mich. Heute denke ich, dass es kein Zufall war, dass sie den Kontrabassisten Hans-Werner, der seinerzeit drei Minuten vor Karl und mir geheiratet hatte, dazu überredeten, mit uns Schuberts Forellenquintett zu spielen. Hans-Werner war heil aus dem Krieg zurückgekommen, doch seine Frau war eine Woche vor seiner Rückkehr an der Spanischen Grippe gestorben. Ich erinnere mich, wie er im August 1914 vergnügt und voller Tatendrang die Treppen des Rathauses hinuntergelaufen war, mit seiner Frau im Arm, zuversichtlich, mit ihr ein neues Leben beginnen zu können. Jetzt ist er ein gebrochener Mann, dem alle Hoffnung aus dem Gesicht gewichen ist.

Mit dem Forellenquintett sind wir sehr erfolgreich und haben es bereits mehrere Male aufgeführt. So auch gestern Abend. Nach dem Konzert begleitete mich Hans-Werner nach Hause. Er redet niemals besonders viel, doch an diesem Abend schien er etwas auf dem Herzen zu haben. »Elise«, begann er langsam, »hast du immer noch Schwierigkeiten mit deinem Schwager?«

Ich sah ihn erstaunt an. Woher wusste er das? Wahrscheinlich hatten die anderen drei Kollegen geplaudert und ihm von Mollwitz erzählt. »Nun ja, wir gehen uns aus dem Weg, so gut es geht.«

»Was ist denn eigentlich passiert?«, fragte er.

Ich schwieg und überlegte, was ich sagen sollte.

»Entschuldige, wenn ich so dreist bin und dich darüber ausfrage, aber Edward und Konstantin haben mir erzählt, dass du von ihm bedrängt wirst.«

»Ja«, seufzte ich. »Mollwitz wollte, dass wir das Haus unserer Eltern verkaufen, damit wir Maria ausbezahlen können. Und außerdem gibt es da noch eine alte Sache. Mollwitz hatte auf unsere Bitte hin Karl während des Krieges drei Monate von der Front weg ins Offizierslager nach Brügge geholt, wo er ihn Schuhe putzen ließ.« Mir traten Tränen in die Augen, wenn ich an diese Demütigung dachte, die Karl hatte ertragen müssen.

»Jedenfalls hat mich Karl vor ihm gewarnt.« Ich wischte mir energisch die Tränen aus den Augen. »Letzten Sommer hat Mollwitz tatsächlich versucht … mir zu nahe zu treten, sozusagen als Entschädigung dafür, dass er Karl nach seiner Krankheit ein paar Monate Schonfrist gewährt hatte. Ich konnte Mollwitz in letzter Sekunde das Brotmesser an die Kehle halten, erst da hat er von mir abgelassen.«

»Dieser Schuft!«, entfuhr es Hans-Werner. »Weiß dein Bruder davon?«

Ich nickte. »Max war wütend, aber er hat seine eigenen Probleme.«

Wir gingen ein paar Schritte weiter. »Wir hatten uns schon so etwas gedacht, Edward, Konstantin, Berthold und ich.« Wieder ein paar Meter weiter blieb er plötzlich stehen. »Wir denken, dass es nicht gut ist, wenn du allein bist und deinem Schwager … ausgeliefert bist.«

Fragend sah ich ihn an. Ich begriff nicht, worauf er hinauswollte.

»Elise, ich weiß, wie sehr du Karl vermisst, und du weißt, wie sehr ich immer noch um Hedwig trauere, aber wenn es dir helfen würde … ich meine, ich würde dich heiraten, wenn du willst.«

Ich öffnete den Mund, doch ich wusste nicht, was ich sagen sollte. Er strich sich die Haare nach hinten. Rote Flecken in seinem Gesicht verrieten, dass er aufgewühlt war. Er wich meinem Blick aus. Und da begriff ich: Er hatte mich aus einer Art Pflichtgefühl heraus gefragt, er wollte mir einen Freundschaftsdienst erweisen. Ich war erleichtert, dass es keine Liebeserklärung war. »Danke, dass du mich gefragt hast«, sagte ich. »Du bist ein wahrer Freund.« Ich schluckte. »Aber ich weiß nicht recht, ob ich noch einmal heiraten kann.« Mir kamen Karls letzte Zeilen in den Sinn. Er würde nichts dagegen haben, wenn ich seinen früheren Kollegen heiratete, er würde vielleicht sogar beruhigt sein, dass ich dann nicht mehr schutzlos auf mich allein gestellt sein würde. Doch könnte ich einen anderen Mann als Karl lieben? Niemals! Und es wäre nicht fair gegenüber Hans-Werner. Auch er liebt noch seine Hedwig, ich wäre für ihn nur zweite Wahl. Ob das eine Grundlage für eine Ehe ist, wage ich zu bezweifeln. Aber vielleicht reicht gegenseitiger Respekt in der heutigen Zeit doch aus, um eine erfolgreiche Ehe zu führen?

Hans-Werner hatte sich in der Zwischenzeit etwas gefangen. Er lächelte und schien nun seinerseits erleichtert. »Überleg es dir in Ruhe. Ich habe keine Eile. Und ich werde deine Entscheidung respektieren, egal, wie sie ausfällt.«

Samstag, 12. März 1921

Ich habe ein halbes Jahr über Hans-Werners Angebot nachgedacht. Bisweilen war ich geneigt, es anzunehmen, denn es wäre wirklich einfacher, die Alltagssorgen nicht allein bestreiten und dabei immer Angst vor Mollwitz haben zu müssen. Außerdem könnte ich Kinder haben. Aber das erscheint mir eine Art Verrat an Karl zu sein. Mit ihm hatte ich doch Kinder haben wollen, nicht mit Hans-Werner oder einem anderen Mann. Und immer, wenn ich daran denke, meinen Nachnamen gegen einen anderen austauschen zu müssen, nicht mehr »Frau Finkenberg«, sondern »Frau Müller« genannt zu werden, kann ich den Gedanken, Hans-Werner zu heiraten, nicht mehr weiterspinnen. Die Namensänderung würde mich endgültig von Karl losreißen. Und was noch viel schlimmer wäre: Wie könnte ich mit einem anderen Mann als Karl eine Wohnung, ein Bett, meine innersten Gedanken teilen? Es geht einfach nicht! Außerdem sehe ich immer die Ehe von Maria und Mollwitz vor mir. Maria hat ihren Mann nie geliebt, sondern nur gerngehabt. Und das Ergebnis dieser Heirat ist eine Katastrophe. Zumindest in meinen Augen. Daher bin ich nach wie vor der festen Überzeugung, dass es für mich nicht ausreicht, jemanden zu heiraten, den ich nur gernhabe, aber nicht liebe.

Hans-Werner hat mich nach unserem Gespräch im September nicht noch einmal darauf angesprochen, er ließ mir wirklich alle Zeit der Welt, um über sein Angebot nachzudenken. Doch nun ist ein halbes Jahr vorüber und ich fühlte, dass ich ihm eine endgültige Antwort schuldig war. Daher habe ich ihn heute nach unserer Probe gebeten, noch ein wenig zu bleiben. Er wusste sofort, über was ich mit ihm sprechen wollte.

»Ich habe lange über dein Heiratsangebot nachgedacht«, begann ich, »und ich danke dir sehr dafür.« Ich schwieg und starrte auf den Boden.

»Aber du kannst nicht?«, kam er mir zu Hilfe.

Ich sah auf. »Vielleicht ist es das Dümmste, was ich tun kann, dein Angebot abzulehnen, aber ich habe das Gefühl, dass ich dir keinen Gefallen damit tue, dich zu heiraten … und mir auch nicht.« Ich fuhr mir mit der Zungenspitze über die Lippen. »Ich habe Karl so sehr geliebt und du würdest merken, dass ich für dich nicht dasselbe empfinde.«

Hans-Werner lächelte. »Ich bin dir nicht böse, Elise. Überhaupt nicht! Ich verstehe dich. Ich habe lange gehadert, dich zu fragen, weil ich dasselbe Problem habe. Hedwig war die Liebe meines Lebens. Ich mag dich, aber vielleicht ist es besser, wenn wir nur Freunde bleiben.« Er schien erleichtert zu sein. Wahrscheinlich war er die letzten Monate von denselben Gedanken geplagt worden wie ich. Er stand auf und reichte mir die Hand. »Wann immer du mich brauchst, lass es mich wissen.«

Ich bin dankbar für sein Verständnis. Und unser Quintett wird an dieser Entscheidung auch nicht zerbrechen. Ich fühle mich seltsam frei nach dieser Aussprache. Das monatelange Grübeln hat an meinen Kräften gezehrt. Nun habe ich mich endgültig für einen Weg entschieden. Ich werde mein Leben allein bestreiten.

Dienstag, 2. Mai 1922

Sechs Jahre sind nun vergangen seit Karls Tod. Heute Morgen habe ich eine Messe lesen lassen. Ich wünschte, ich könnte sein Grab besuchen. Obwohl ich in den letzten Jahren so viel zu tun hatte, dass ich keine Zeit zum Trauern hatte, fehlt er mir immer noch sehr. Wenn ich von meinen Geschwistern genervt und vom täglichen Kampf gegen die Haushaltssorgen erschöpft bin, stelle ich mir oft vor, wie schön es gewesen wäre, wenn Karl nach dem Krieg munter und gesund vor meiner Tür gestanden und mich in ein schönes Häuschen gebracht hätte, wo wir unser ruhiges Familienleben hätten führen können, das wir uns ausgemalt hatten. Aber so ist es nicht gekommen. Ich habe keine eigene Familie, sondern muss mich um meine Geschwister kümmern. Und darin scheine ich immer kläglicher zu versagen. Lotte ist vor Kurzem ausgezogen. Zuvor hatten wir wieder einmal einen heftigen Streit. Sie ließ sich von Frieda und mir von vorn bis hinten bedienen. Als sie neulich monierte, dass Frieda eines ihrer Kleider noch nicht gebügelt habe, bin ich aus der Haut gefahren. Ich habe sie angeschrien, dass sie sich ihre Kleider demnächst selbst waschen und bügeln kann, von dem Geld, das sie verdient, käme ohnehin nur ein Bruchteil in der Haushaltskasse an. Sie empörte sich über die Maßen, wie ich es wagen könne, sie, die allseits respektierte Lehrerin, derart anzugehen, und ich würde schon sehen, wohin das führen würde. Eine Woche später stand ein Mann – wahrscheinlich ihr Geliebter – mit dem Wagen vor der Tür. Lotte und er trugen ein paar Koffer und Möbel aus ihrem Zimmer hinaus, und Lotte teilte mir eiskalt mit, dass sie nun ausziehen würde. Ich war zunächst erleichtert, ein Maul weniger stopfen zu müssen. Doch schon bald ging mir auf, dass ich nun noch mehr Geld aufbringen musste. Ich wurde ungeduldig mit Max, beschwor ihn, wenigstens eine leicht bezahlte Arbeit als Hilfsarbeiter anzunehmen, doch davon wollte er nichts wissen. Ich weiß, dass ich Geduld mit ihm haben muss, dass er Schreckliches gesehen hat im Krieg, aber ich weiß nicht, wie viele Jahre ich noch für uns das Geld verdienen und ihn gleichzeitig bedienen kann. Ich schäme mich, so zu denken, und kann es erst recht nicht Frieda erzählen, denn sie hat ihren Sohn verloren. Welch ein Glück wäre es für sie, wenn er noch leben würde, so wie Max. Maria gegenüber kann ich zwar hin und wieder die Zwistigkeiten zwischen Max, Lotte und mir erwähnen, aber sie hat ihre eigenen Probleme, und dagegen sind meine extrem gering.

Kapitel 9

Die nächsten zwei Wochen vergingen wie im Flug. Valerie genoss die Arbeit im Orchester in vollen Zügen. Die Kollegen, die mit ihr in Paris geblieben waren, tauten in Abwesenheit der Prokova ihr gegenüber förmlich auf.

Mit ihrem Französischkurs kam sie ebenfalls gut voran, auch wenn es ihr nach wie vor ein Rätsel war, wie sie diese komplizierte Sprache jemals fließend sprechen sollte.

Aber das Beste war, dass sie sich jeden Tag mit Irmgard traf, um die Beethoven-Sonaten zu spielen – einfach zum Vergnügen, ohne Konzerttermin.

»Die Sonaten bedeuten dir viel, nicht wahr?«, fragte Irmgard sie eines Tages.

Valerie schluckte. War das so offensichtlich? »Meine Urgroßtante hat sie gespielt. Und sich dabei in den Geiger verliebt. Vor hundert Jahren. Kurz bevor er in den Krieg musste und nicht mehr wiederkam.«

Irmgard legte ihr einen Arm um die Schultern. »Ich hoffe, ich kann deine Urgroßtante würdig vertreten.«

»Oh ja, natürlich!«, rief Valerie. »Ich bin so froh, dass du die Sonaten mit mir spielst, obwohl du sicher lieber mit Willi zusammen musizierst.«

Irmgard lachte und schüttelte den Kopf. »Nein, Willi ist nach den Orchesterproben und -konzerten immer so erledigt, dass er keine Lust mehr hat, zu Hause auch noch zu musizieren. Ich hingegen giere darauf, in meiner Freizeit etwas Anspruchsvolles zu spielen, denn als Klavierlehrerin für kleine Kinder spiele ich während der Arbeit nicht allzu viel, was mich fordert.«

»Prima, dann können wir beide ein festes Duo bilden. Vielleicht ergibt sich ja auch einmal eine Möglichkeit, die Sonaten in einem Konzert zu spielen.«

Abends konnte Valerie es nicht erwarten, nach Hause an ihren Computer zu kommen und zu lesen, was in Japan gerade geschah. Oft kam es ihr vor, dass Jan just dann online war, wenn auch sie ihren Laptop eingeschaltet hatte. Sie fragte sich, wie er das machte, es musste doch frühester Morgen bei ihm sein. Jedenfalls konnten sie auf diese Weise schriftliche Dialoge miteinander führen. Mit ihren Mails hätten sie bald einen halben Roman füllen können. Valerie kam es vor, als wäre sie in Japan dabei, und auch sie schrieb ihm beinahe jedes Detail des Tages.

Jan erzählte ihr zum Beispiel, dass die Prokova die Gastgeber mit ihrer direkten Art schon fast vor den Kopf gestoßen habe und nahezu schlank geworden sei, weil sie das japanische Essen nicht mochte.

Valerie berichtete ihm von Carmens Nachricht. Er riet ihr, sich mit ihr zu versöhnen. *»Du brauchst ihr nicht gleich um den Hals zu fallen. Aber schreib ihr, dass du dich über ihre Entschuldigung freust, dann fühlst du dich selbst besser und kannst die alte Geschichte endlich abhaken.«* Und so machte sie es. Beste Freundinnen würden sie zwar nicht mehr werden, aber sie wollte mit Carmen Frieden schließen.

Es war ein Glück, dass sie in einem Zeitalter moderner Medien lebten. Was hätte sie nur gemacht, wenn sie wie Elise vor hundert Jahren immer wochenlang auf Briefe hätte warten müssen? Dann wäre eine solch intensive Unterhaltung, wie Jan und sie sie führten, gar nicht möglich gewesen.

Doch dann ereignete sich ein Vorfall, der Valerie gehörig aus der Bahn warf. Als sie an einem verregneten Abend nach einem Konzert in der Madeleine aus der Basilika trat und damit beschäftigt war, ihren verklemmten Regenschirm aufzuspannen, stand plötzlich ein Mann neben ihr.

»Hallo, Valerie!« Es war Adrian.

Vor Schreck ließ sie den Schirm fallen. Ungläubig starrte sie in sein Gesicht, während ihr der Regen in den Nacken lief. »Was machst du hier?«

Er hielt seinen Schirm über sie. »Ich wollte schauen, wie es dir geht.«

»Lass mich in Ruhe!«, fuhr sie ihn an und wollte an ihm vorbeigehen.

Er hielt ihren Arm fest. »Auf ein Wort.«

»Nein!« Sie riss sich los. »Ich habe ein neues Leben angefangen und darin kommst du nicht vor.«

»Meine Güte, Valerie. Jetzt stell dich nicht an wie eine bockige Ziege. Lass uns bitte kurz reden. Es ist wichtig.«

Sie musterte ihn. Er sah wie immer tadellos aus, dunkler Mantel, weißer Schal, Lederhandschuhe. »Wie hast du mich überhaupt gefunden?«

Er lachte. »Das Internet macht's möglich. Seit einer Woche wirst du als Mitglied auf der Website deines neuen Pariser Orchesters erwähnt. Herzlichen Glückwunsch übrigens.«

Sie sagte nichts.

»Komm, lass uns reden.«

Sie wollte mit ihm nichts mehr zu tun haben. Aber seine blauen Augen bettelten sie förmlich an. »Also gut, was willst du?«

Er lächelte fast unmerklich. »Müssen wir das hier draußen bei dem Sauwetter besprechen?«

»Die Schwelle zu meiner Wohnung überquerst du nicht«, sagte Valerie bestimmt.

Er grinste. »Hast du Angst, dass du schwach wirst?«

Sie ärgerte sich. »Nein, keineswegs, aber wie ich schon sagte: In meinem neuen Leben kommst du nicht vor.«

Adrian zeigte auf das Café gegenüber. »Dann lass uns dort drüben hineingehen.«

»Dorthin?«, rief sie. Da würde ein Espresso bestimmt mehr als fünf Euro kosten.

»Ja, warum nicht? Du bist selbstverständlich eingeladen.«

Alles in ihr sträubte sich dagegen, aber sie konnte auch nicht weiter im Regen stehen bleiben. Nach Hause wollte sie ihn auf keinen Fall mitnehmen und in der Nähe der Madeleine gab es nur hochpreisige Restaurants und Cafés. Widerwillig ging sie mit. Das Café war hell erleuchtet. Von der Straße aus würde sie jeder mit Adrian sehen können. Und Jan könnte es von einem Kollegen erfahren. Ganz bestimmt sogar. Das war das Schlimmste von allem. Was würde er dann denken?

Sie bestellte einen Espresso. »Also, was gibt es so Wichtiges zu besprechen?«, fragte sie und kramte in ihrer Handtasche, nur um Adrian nicht ansehen zu müssen.

»Ab nächstem Sommer habe ich einen Zehnjahresvertrag als Intendant eines Züricher Ensembles.«

Sie zog ein Hustenbonbon heraus und steckte es sich in den Mund. »Gratuliere, aber was habe ich damit zu tun?«

»Komm zurück zu mir!« Er sah sie mit hängenden Dackelaugen an. »Heirate mich und begleite mich in die Schweiz.«

Valerie klappte die Kinnlade herunter. Nach allem, was geschehen war, wagte er es, ihr diesen Vorschlag zu machen? Er hatte sie betrogen. Wochenlang. Vielleicht sogar monatelang. Und nachdem sie aus München fortgezogen war, hatte er sich kein einziges Mal gemeldet. Zugegeben, sie hatte auch keinem ihrer Münchner Freunde ihre Pariser Adresse hinterlassen und benutzte jetzt ein anderes Handy. Aber schließlich hätte er auch eine E-Mail schreiben können. »Ich hatte einen teuren Umzug, ich habe eine neue Stelle und vor allem habe ich dich satt!«

Adrian verdrehte die Augen. »Es tut mir leid, was mit Carmen passiert ist, falls du deswegen noch sauer bist.« Er beugte sich vor. »Ich habe Himmel und Erde in Bewegung gesetzt, um dich hier ausfindig zu machen. Wochenlang habe ich nach dir gesucht.«

»Wieso hast du dann kein einziges Mal eine E-Mail geschrieben?«

Er zuckte mit den Achseln. »Ich wusste nicht, was ich schreiben sollte. Ich hatte so ein schlechtes Gewissen dir gegenüber. Und außerdem war ich dauernd unterwegs. Ich hatte mehrere Vorstellungsgespräche, bis die Entscheidung für mich gefallen war. Damit wollte ich dich jetzt überraschen.«

Sie wusste nicht, ob sie ihm glauben sollte. Sie war in der Tat in einer Nacht- und Nebelaktion aus München weggezogen, weil die Umstände es erforderten und weil sie auch nichts mehr dort hielt. Aber sie hätte nicht gedacht, dass Adrian sich überhaupt noch für sie interessierte.

»Ich habe eingesehen, dass du diejenige bist, mit der ich mein Leben teilen will«, sagte er scheinbar reumütig. »Du bist hübsch, klug, einfühlsam …«

»Das alles ist Carmen auch«, unterbrach sie ihn. »Warum nimmst du nicht sie mit in die Schweiz?«

Er machte eine unwirsche Handbewegung. »Carmen hat eine feste Stelle in München, die ihr offensichtlich wichtiger ist.«

»Aha.« Sie knallte ihre Espressotasse auf den Tisch. »Und ich habe keine feste Stelle und warte nur darauf, den angehenden Starintendanten begleiten zu dürfen?« Einige Leute an den Nachbartischen drehten sich um. Sie war wohl zu laut gewesen.

Er senkte die Stimme. »Valerie, du bist in der Probezeit und du weißt selbst, wie schwierig es ist, eine unbefristete Stelle zu bekommen. Das hat nicht immer etwas mit Können zu tun, sondern oft mit Glück.«

Damit hatte er recht. Leider.

»Ich habe ein wenig recherchiert über dein jetziges Orchester und festgestellt, dass die Stelle des zweiten Konzertmeisters ein wahrer Schleudersitz ist. In den vergangenen zwei Jahren gab es …«

»Ich weiß«, fuhr sie entnervt dazwischen. Sie hatte damals zu impulsiv gehandelt, als sie die Stelle gleich zugesagt hatte, ohne sich zu informieren. Das wusste sie inzwischen auch. Adrian hingegen hatte sich auf sein Vorhaben, sie zurückzuerobern, gründlich vorbereitet und konnte sie nun mit all diesen Fakten konfrontieren. Und sie stand mal wieder als Dummerchen da.

Er lehnte sich zurück und lächelte. »Dann quäl dich doch nicht weiter hier. Es ist eh aussichtslos. Das Glück war mir hold, ich bekomme einen Bombenjob und ich bin bereit, mein Leben mit dir zu teilen. Also komm mit mir! Ich kann dir in meinem zukünftigen Orchester eine Stelle als Geigerin verschaffen. Und wir könnten heiraten und Kinder haben.«

Valerie schnaubte. »Das hättest du dir vorher überlegen können.«

Er stöhnte. »Du bist völlig antiquiert, heutzutage ist ein Seitensprung doch wirklich kein Drama.«

»Für mich schon!«

»Meine Güte, ich bin Künstler, ich brauchte mal eine Abwechslung. Und du hattest damals nur deine Probespiele im Kopf und hast vor lauter Üben nie Zeit für mich gehabt.«

»Wie bitte?« Sie hustete. Vor Zorn hätte sie sich fast an ihrem Hustenbonbon verschluckt. »Was hätte ich denn machen sollen? Du wolltest doch nie über weitere Lebensperspektiven sprechen!«

Er beugte sich vor. »Valerie, lass es gut sein. Ich habe doch nun meine Meinung geändert. Ich möchte dich heiraten. Ehrlich! Und ich hatte dich während meiner Affäre mit Carmen die ganze Zeit hindurch gern, sie war wirklich nur ein reiner Zeitvertreib für mich. Es hat mir auch so leidgetan, dass du unsere Affäre überhaupt mitbekommen hast, das ist niemals meine Absicht gewesen.«

Er widerte sie an. Ihre Freundin war ihm ein Zeitvertreib gewesen? Jetzt war ihr klar, wieso er sich mit Carmen überworfen hatte, denn so ließ sie bestimmt nicht mit sich umspringen.

»Und nun bin ich ja auch gekommen, um dich zu erlösen.« Er lächelte siegessicher.

Sie starrte ihn fassungslos an. Er wollte sie »erlösen«?

»Valerie, lass deinen Stolz beiseite und komm mit mir. In meiner zukünftigen Position brauche ich eine Ehefrau an meiner Seite. Die Schweizer sind diesbezüglich recht konservativ.«

Aha! Daher wehte der Wind! Er brauchte eine brave Frau, damit er vor seinem neuen Arbeitgeber einen soliden, bürgerlichen Eindruck machte. Dafür war sie also wieder gut genug. Sie holte tief Luft, doch Adrian ließ sie nicht zu Wort kommen.

»Und wenn du dir in den Kopf gesetzt hast, mir die kalte Schulter zu zeigen, dann denke wenigstens an die Orchesterstelle, die ich dir in Aussicht stellen kann. Deine jetzige wirst du verlieren, das weißt du selbst, in der Schweiz hättest du mit Sicherheit einen guten Job … wenn du mich begleitest.«

Es war ungeheuerlich. »Du willst mich kaufen mit einer festen Stelle? Um gut dazustehen bei deinem neuen Arbeitgeber?« Ihre Stimme überschlug sich fast. »Tut mir leid, ich bin nicht käuflich! Du hast mich betrogen und damit alles zerstört.«

»Ach komm, Valerie, jetzt spiel nicht die Tugendhafte!« Er lächelte wieder. »Und wer sagt mir, dass nicht auch du in den letzten Wochen ein Faible für jemand anderen hattest?« Er nahm ihre Hand.

Sie riss sie weg und stand mit einem Ruck auf, sodass ihr Stuhl nach hinten kippte. Alle Augen waren auf sie gerichtet.

»Habe ich ins Schwarze getroffen?«, fragte er grinsend und hob ihren Stuhl auf.

»Und wenn schon! Meine Beziehung zu dir ist seit Wochen beendet.« Sie nahm ihren Mantel und ihre Geige und warf ein paar Münzen auf den Tisch. »Auf Nimmerwiedersehen«, sagte sie und rauschte aus dem Café.

Ihr Herz schlug heftig, als sie die Treppe zur Metrostation hinunterlief. Sie drehte sich um, um zu gucken, ob er ihr folgte. Aber er war nicht zu sehen. *Was mache ich nur*, fragte sie sich. *Weiß er, wo ich wohne? Wird er zu Hause auf mich warten?* Sie ging durch die Sperre zu den U-Bahnen und stieg in die nächstbeste Metro. Es war die falsche. Sie hatte sich in der Eile in die Metro gesetzt, die in die entgegengesetzte Richtung fuhr. Egal! Sie musste erst einmal weg von der Gegend um die Madeleine. Langsam beruhigte sich ihr Puls. Sie ließ das bizarre Gespräch mit Adrian Revue passieren. Sie wusste nicht, was sie von alldem halten sollte. Tat es ihm wirklich leid? Vielleicht. Er hatte ihr schließlich einen Heiratsantrag gemacht. Den hatte sie ausgeschlagen. Ein Teil von ihr war stolz darauf. Er konnte nicht mit ihr machen, was er wollte. Aber ein anderer Teil von ihr fragte sich, ob sie es sich hatte leisten können. Hatte sie nicht gerade die Chance verpasst, eine feste Stelle zu bekommen und eine Familie zu gründen? Ihre Pariser Stelle war mehr als wackelig. Ob es mit Jan und ihr etwas werden würde, war auch ungewiss. Wenn sie die Probezeit nicht überstand, würde sie gar nichts mehr haben. Vielleicht hätte sie Adrian besser doch nicht gleich über den Mund fahren sollen. Dann hätte sie sich ein Hintertürchen aufhalten können … Für einen Mann, den sie nicht mehr liebte und der sich jede Sekunde mit einer anderen Frau einlassen konnte, fügte sie hinzu. Sie wusste, dass sie das auf Dauer nicht ertragen würde. Aber wenn er sich wirklich bessern würde? Sie schloss die Augen. Ihre Gedanken drehten sich im Kreis, sie kam nicht weiter. Die Metro hielt wieder. Sie war schon recht weit am Stadtrand. Sie sollte aussteigen und umkehren, bevor sie die Außenbezirke erreichte, in denen sie sich des Nachts nun wirklich nicht aufhalten sollte. Sie stieg aus und stellte fest, dass sie in der Gegend gelandet war, wo Irmgard und Willi wohnten. Sie kramte ihr Handy aus der Handtasche. Es war Viertel nach elf. Zu spät für einen Anruf. Aber Willi hatte mit ihr im selben Konzert gespielt, wahrscheinlich würde er noch wach sein. Sie musste mit jemandem sprechen und traute sich nicht nach Hause. Sie wählte seine Nummer. Irmgard meldete sich nach dem zweiten Klingeln.

»Bitte entschuldige meinen späten Anruf«, sagte Valerie.

»Was ist passiert?« Irmgard schien ihr anzuhören, dass etwas nicht stimmte.

»Seid ihr noch auf?«

»Ja.«

Valerie räusperte sich. »Darf ich vielleicht heute Nacht bei euch auf dem Sofa schlafen?«

»Klar. Soll Willi dich irgendwo abholen?«

»Nein, ich bin quasi vor eurer Haustür, in zehn Minuten könnte ich da sein. Aber nur, wenn es wirklich kein Problem ist.«

»Natürlich nicht, komm vorbei. Bis gleich.«

Irmgard stand schon in der Tür, als sie kam. »Bist du wieder krank?«

Valerie schüttelte den Kopf. »Nein, entschuldige, dass ich für so viel Aufregung sorge, ich wollte nicht nach Hause, ich habe Angst, dass …« Sie brach ab. Was sollte sie erzählen?

»Komm erst einmal rein.«

Irmgard führte sie ins Wohnzimmer, wo Willi im Schlafanzug vor dem Fernseher saß. »Valerie, was ist los? Hier ist warmer Tee, du bist ja patschnass.« Sie war tatsächlich völlig durchnässt, denn ihren Schirm hatte sie im Café liegen lassen. Irmgard brachte ihr Kleider von sich und drängte sie, sich sofort umzuziehen, um sich nicht zu erkälten.

Als sie wieder ins Wohnzimmer kam, hatte Willi ihr bereits eine Wärmflasche gemacht und frischen Tee aufgegossen. Sie setzte sich aufs Sofa und umklammerte die Teetasse mit beiden Händen. Irmgard strickte und das leise Klappern der Nadeln beruhigte Valerie. Es erinnerte sie an längst vergangene Abende im Haus ihrer Großeltern. Auch dort hatte sie damals auf dem Sofa gesessen und ihre Oma hatte Socken gestrickt.

»Nach dem Konzert hat mich mein Exfreund abgepasst«, begann sie nach einer Weile. Und sie erzählte Irmgard und Willi, was sich ereignet hatte. »Ich habe keine Ahnung, ob er weiß, wo ich wohne, aber ich will auf keinen Fall, dass er vor meiner Wohnung auf mich wartet.«

»Du kannst so lange hierbleiben, wie du möchtest«, sagte Irmgard und Willi nickte. Sie zogen das Sofa für sie aus und wünschten ihr eine gute Nacht. Irmgard steckte noch einmal den Kopf zur Tür herein. »Valerie, du hast das Richtige gemacht. Wenn er dich einmal betrogen hat, wird er es immer wieder tun. Es ist gut, dass du ihn abserviert hast.«

Sie sah erstaunt auf. Ihren inneren Konflikt hatte sie gar nicht thematisiert. Hatte ihre Freundin erraten, welche Gedanken sie bewegten?

»Und außerdem«, fügte Irmgard lächelnd hinzu, »magst du einen anderen viel lieber, wenn ich mich nicht völlig täusche.« Bevor Valerie etwas erwidern konnte, war Irmgard verschwunden. War es so offensichtlich, dass sie Jan gernhatte? Aber was sollte Irmgard auch sonst denken? Er war neulich täglich bei ihr gewesen und hatte sie gepflegt. Plötzlich fasste sie sich an die Stirn. Jan! Er würde am anderen Ende der Welt auf eine Nachricht von ihr warten und heute war sie nicht zu Hause an ihrem Laptop. Doch sie konnte schlecht mitten in der Nacht ihre Gastgeber fragen, ob sie bei ihnen noch ihre Mails abrufen durfte. *Ich werde ihm morgen früh schreiben*, dachte sie. Sie seufzte. Mit der Ruhe war es vorbei, auf einmal war ihr Leben wieder in bewegteres Fahrwasser geraten: *A tempo più mosso*, ging es ihr durch den Kopf, während sie sich in die Kissen fallen ließ.

Am nächsten Morgen fuhr Valerie mit der Metro nach Hause. Irmgard und Willi hatten ihr angeboten, sie zu begleiten, doch bei Tageslicht kam ihr ihre Flucht vom Vorabend reichlich lächerlich vor. Sie hatte dankend abgelehnt und erklärt, wahrscheinlich überreagiert zu haben. Von Adrian war tatsächlich weit und breit nichts zu sehen. Er hatte wohl auch seinen Stolz. Oder keine Ahnung, wo sie wohnte. Sie begann wieder zu grübeln. Hätte sie besonnener reagieren sollen? Sollte sie ihn anrufen und sich entschuldigen? Nein!

Sie schloss die Wohnungstür auf und stürmte zum Laptop, ohne den Mantel auszuziehen. Wie erwartet, hatte Jan ihr am Vorabend geschrieben. Er fragte, ob sie ihm vor seiner Ankunft Brot, Eier und Milch einkaufen und bei seinen Nachbarn deponieren könne. Valerie sah auf den Kalender. Unglaublich, die drei Wochen waren fast um. Schon bald würde sie ihn wiedersehen! Ihr Herz pochte. Doch dann fiel ihr ein, dass sie zeitgleich auch die Prokova wiedersehen würde. Ihre unbeschwerte Zeit im Orchester war also nahezu vorbei. Sie war hin- und hergerissen zwischen Vorfreude und Angst. Sie seufzte. Zum Glück waren ihr während der Abwesenheit der Prokova keine Fehler unterlaufen. Die Aufführungen und Proben hatte sie gut gemeistert und sie hoffte, dass der Gastdirigent das an geeigneter Stelle positiv erwähnen würde.

Sie antwortete Jan, dass sie die Einkäufe erledigen würde, und kaute dann auf einem Bleistift herum. Sollte sie ihm von Adrian erzählen? Besser nicht. Oder vielleicht doch? Nicht, dass er es von anderer Seite erfuhr und falsche Schlüsse zog. »Ich habe spontan bei Irmgard und Willi übernachtet, daher war ich gestern Abend nicht online«, schrieb sie schließlich. Das musste erst einmal genügen.

Eine Stunde später saß sie an ihrem Platz im Probensaal und spielte sich ein. Sarah setzte sich neben sie. »Das soll ich dir von der Sekretärin geben«, sagte sie und hielt ihr einen Briefumschlag hin.

Valerie hörte auf zu spielen. Ihr Herz raste. War das eine Abmahnung oder gar die Kündigung? Mit zittrigen Fingern nahm sie Sarah den Umschlag aus der Hand – und traute ihren Augen kaum: *Valerie Mollwitz.* Es war Adrians unverkennbar akribische Handschrift.

»Sieht aus, als hätte dir ein begeisterter Konzertbesucher geschrieben«, sagte Sarah. »Ich wusste gar nicht, dass Orchestermusiker Fanpost bekommen.«

Valerie starrte immer noch auf den Brief. »Das ist keine Fanpost«, sagte sie leise und riss den Umschlag auf.

> Meine liebe Valerie,
> auch wenn mich Deine Reaktion von gestern Abend tief getroffen hat, so möchte ich Dir

nochmals sagen, dass ich alles ernst gemeint habe. Vielleicht hätte ich Dich nicht so überrumpeln dürfen. Solltest Du zu dem Schluss kommen, dass Deine gestrige Reaktion falsch war, dann ruf mich an, ich bin Dir nicht böse. Ich bleibe noch ein paar Tage in Paris und treffe Dich gern, wo und wann Du willst. Wenn Du länger brauchst, um Dich zu entscheiden, kannst Du mich natürlich auch in München anrufen – oder am besten gleich besuchen.

Dein Adrian

Sie zerknüllte das Schreiben und stopfte es in die Jackentasche. Sarah sah sie erstaunt an.

»Mein Exfreund«, erklärte Valerie knapp. »Ich finde es ungeheuerlich, dass er seine dämliche Post ans Orchesterbüro schickt.« Sie hätte ihn schütteln können. So ein Brief, selbst wenn er nicht im Sekretariat geöffnet worden war, hatte rein gar nichts beim Arbeitgeber zu suchen!

»Was will er?«, fragte Sarah.

»Mich.«

»Aber du ihn nicht?«

»Nein.«

Zum Glück betrat Laurent in diesem Moment die Bühne und die Probe begann.

Nach der Probe fing Valerie jedoch schon wieder an zu grübeln. Sollte sie nicht wenigstens die Größe haben, sich anständig zu trennen? Nicht einfach zu gehen und Stühle umzuwerfen? Sie presste die Hände an die Schläfen. Die Vernunft sagte ihr, sie solle ihn anrufen, ihm sachlich mitteilen, dass sie nicht mehr mit ihm zusammen sein wolle, und ihm alles Gute wünschen.

Aber ihr Herz konnte das nicht. Sie wusste, dass er dann wieder versuchen würde, ihr auf subtile Art klarzumachen, dass sie gerade die beste Chance ihres Lebens wegwerfe, und sie würde es irgendwann glauben. Meine Güte, was sollte sie nur tun?

»Was war das eben, Valerie?«, fragte Willi. Sie war so in Gedanken versunken gewesen, dass sie gar nicht gemerkt hatte, dass er plötzlich neben ihr stand. »Hat dir dein Ex etwa ans Orchester geschrieben?«

Sie nickte.

»Ist er ein Stalker?«

»Nein.« Sie schüttelte energisch den Kopf. »Er gibt mir noch eine Chance, meine Meinung zu ändern.«

Willi runzelte die Stirn. »Und du überlegst es dir?«

»Ich überlege nur, ob ich mich wie ein erwachsener Mensch verhalten und ein vernünftiges Abschlussgespräch führen soll, ohne Stühle umzuwerfen.«

Er lachte auf einmal scheppernd.

Sie sah überrascht auf. Was gab es da zu lachen?

»Entschuldige«, er japste nach Luft. »Aber das Wort ›Abschlussgespräch‹ ist zu komisch.« Er wurde wieder ernst. »So wie du Geige spielst, bist du ein Gefühlsmensch, kein Kopfmensch. Daher hör auf dein Herz, wenn du eine Entscheidung treffen musst! Und falls du eine Entscheidungshilfe benötigst, so kann ich dir Folgendes berichten: Kurz bevor ich zur Probe gefahren bin, hat mich Jan aus Japan angerufen.«

»Jan?«, rief sie erstaunt.

»Er wollte wissen, ob du wieder krank bist, da du ihm wohl vorhin geschrieben hast, dass du bei uns übernachtet hast, und er dachte, dir gehe es wieder schlecht.«

Valerie wurde rot. Sie hatte nicht beabsichtigt, Jan zu beunruhigen. Hatte er tatsächlich von Japan aus angerufen, weil er sich Sorgen um sie machte?

Willi klopfte ihr auf die Schulter. »Ich habe mir erlaubt, ihm zu erzählen, was du Irmgard und mir gesagt hast, damit er nicht denkt, du seist krank.« Er zwinkerte. »Allerdings schien ihn mein Bericht nicht gerade zu beruhigen. Ich denke, dass du ihm vielleicht bald alles ausführlich aus deiner Warte schildern solltest. Das ist meines Erachtens vorrangiger als das Führen eines ›Abschlussgesprächs‹, das dich nur noch mehr frustrieren würde.«

Valerie eilte nach Hause. Der Anrufbeantworter blinkte. Jan hatte ihr eine Nachricht darauf gesprochen – wahrscheinlich, bevor er bei Willi angerufen hatte, denn er fragte, ob sie wieder krank sei. Seine Stimme klang besorgt. Sie schaltete den Computer an und wollte ihm schreiben. Aber was? Wie? *Das dauert zu lang*, entschied sie und griff nach dem Telefonhörer. Sie hatte keine Ahnung, ob ein Anruf auf ein französisches Handy, das sich in Japan befand, durchgehen würde. Sie schaute auf die Uhr. Bei ihm musste es jetzt neun Uhr abends sein, wahrscheinlich hatte er gerade ein Konzert. Nach dreimaligem Klingeln sprang die Mobilbox an.

»Hier ist Valerie«, meldete sie sich. »Danke für deinen Anruf. Ich bin nicht krank, entschuldige, wenn ich dich beunruhigt habe.« Was sollte sie noch sagen? »Ich habe bei Willi und Irmgard übernachtet, weil Adrian plötzlich aufgetaucht war. Aber er ist wieder weg«, sagte sie. »Das heißt, ich bin ihm davongelaufen«, korrigierte sie sich. »Ich erzähl dir alles, wenn du wieder hier bist. Genieß deine letzten Japan-Tage! Ich freu mich, dass du bald wiederkommst.« Sie legte auf und wischte sich den Schweiß von der Stirn. Was hatte sie nur gesagt? War das richtig gewesen? War es zu viel? Oder zu wenig? Sie wusste es nicht. Aber in zwei Tagen würde er wieder in Paris sein und dann konnte sie ihm alles von Angesicht zu Angesicht erzählen. Ihr Computer war inzwischen hochgefahren. Sie öffnete ihr E-Mail-Programm und schrieb ihm eine kurze Mail mit demselben Inhalt, da sie keine Ahnung hatte, ob ihn die Telefonnachricht erreichen würde.

Dann zog sie Adrians Brief aus der Tasche und glättete ihn. Sie sollte auf ihr Herz hören, hatte Willi gesagt. Ihr Blick fiel auf Elises Tagebuch, das sie vor lauter Französischlernen, E-Mail-Schreiben und Adrian-Problemen in letzter Zeit nicht angerührt hatte. Sie blätterte darin. Elise hatte Hans-Werner nicht geheiratet, weil sie ihn nicht liebte. Sie hatte damit auf Sicherheit verzichtet. Zeitlebens war Elise ihrer Haltung treu geblieben, nur denjenigen heiraten zu können, den sie wirklich liebte. Und als dieser nicht mehr da war, hatte sie das Alleinsein vorgezogen. Das sollte ich auch so handhaben, beschloss Valerie, denn sie fühlte sich auf seltsame Art seelenverwandt mit Elise. Sie zerknüllte Adrians Brief erneut und warf ihn in hohem Bogen in den Papierkorb. Dann schlug sie die Seite in Elises Tagebuch an der Stelle auf, an der sie neulich aufgehört hatte zu lesen. Sie wollte wissen, wie ihre Urgroßtante ihr weiteres Leben, das immerhin siebenundachtzig Jahre gedauert hatte, gemeistert hatte.

Von Elise

Dienstag, 23. Januar 1923

Die letzte Zeit verlief stets nach demselben Muster. Mir kommt es vor, als spiele in einer Endlosschleife immer dieselbe Wiederholung: Maria ist nach wie vor dauernd schwanger und erschöpft. Sie hat nach der Geburt der Zwillinge noch einen Sohn (Philipp) bekommen und zwei Fehlgeburten gehabt. Max lebt zwischen Depression und Normalität. Bisweilen versucht er zu arbeiten, aber das hält er niemals lange durch. Lotte geht in ihrem Lehrerberuf auf und treibt sich ansonsten heimlich mit ihrem verheirateten Geliebten herum. Anders als damals im Mollwitz'schen Garten ist es mir nun egal. Sie ist alt genug und aus meiner Familie wird niemand in Mitleidenschaft gezogen. »Meine« Familie … Papa hat recht gehabt, als er sagte, ich müsse das Familienoberhaupt werden. So ist es gekommen, obwohl ich als Drittgeborene sicherlich nicht dazu auserkoren war. Und ich hetze mich nach wie vor ab zwischen Haushalt, Klavierunterricht und dem »Hüten« von Max. Frieda ist mir eine große Hilfe und meine beste Freundin geworden. Sie schmeißt den Haushalt fast allein und kann auch mit Max gut umgehen.

Johannes ist nun fast acht Jahre alt und spielt gern Klavier. Vor einem Jahr hat er neugierig neben mir gestanden, als ich Chopin gespielt habe, und da habe ich ihm angeboten, ihm das Klavierspielen beizubringen. Mollwitz war zwar der Ansicht, er solle Geige lernen wie alle anderen Jungen auch, aber sein Sohn bestand auf Klavier, und daher gebe ich ihm Unterricht, wann immer ich kann.

Die Franzosen haben kürzlich das Ruhrgebiet besetzt und beuten es aus. Jeden Tag fahren Güterzüge durch Bonn, voll beladen mit Kohle. Und wir frieren. Dabei kann ich mich noch nicht einmal allzu sehr beklagen. Wir haben ein solides Haus, das zwar kalt ist, aber lange nicht so kalt wie andere Behausungen, in denen Eiszapfen von der Decke hängen. Die Not der Bevölkerung ist wieder groß. Die Arbeiter vor allem im Ruhrgebiet streiken auf Veranlassung der Regierung. Und das beeinträchtigt natürlich auch die Industrie hier im Rheinland. Doch die Franzosen bleiben hart. Keine Ahnung, wo das noch hinführen soll. Sie können uns doch nicht ewig ausbluten lassen! Ich habe zehn Klavierschüler verloren, weil ihre Eltern das Geld nicht mehr aufbringen können beziehungsweise davon lieber Holz und Brennmaterial kaufen. Sophia hat neulich vorgeschlagen, noch einmal eine Reihe von Benefizkonzerten zu starten. Grundsätzlich bin ich zwar nicht abgeneigt, aber anders als während des Krieges habe ich jetzt selbst nicht genug Mittel, um meine Zeit mit dem Vorbereiten von Benefizkonzerten zu vergeuden. Ich muss jede freie Minute darauf verwenden, etwas Essbares oder Brennbares zu erwerben. Daher habe ich nur unter der Bedingung zugesagt, dass ich selbst etwas von dem gesammelten Geld abbekomme.

Donnerstag, 15. Februar 1923

Wir haben angefangen, Bilder und Porzellan zu verkaufen, um heizen zu können. Der Winter ist extrem streng und meine Klavierstunden reichen nicht aus, um davon Brennmaterial zu erstehen. Jede Woche gehe ich durch alle Räume und schaue, was wir entbehren können. Es fällt mir schwer, mich von Dingen zu trennen, mit denen ich aufgewachsen bin. Dauernd denke ich an Mama und Papa und an meine Kindheit, in der ich mit meinen Geschwistern durch dieses Haus getollt bin. Und so manch ein Gegenstand fördert die Erinnerung an die Vergangenheit wieder schmerzlich zutage. Doch ich muss mich von einigen dieser Sachen trennen. Ansonsten erfrieren wir. Mollwitz ist uns gegenüber mit Lebensmitteln aus seinem Garten extrem sparsam, da er mich nicht leiden kann und Max verachtet. Ich habe letztes Jahr angefangen, den Garten meiner Eltern radikal umzukrempeln. Die schönen, aber nutzlosen Rhododendronsträucher und Rosenranken habe ich herausgerissen und Kartoffeln, Bohnen und Tomaten angepflanzt, ich hoffe, dass sie uns dieses Jahr helfen, satt zu werden.

Ich kämpfe nach wie vor um jeden Klavierschüler, derer es immer weniger werden. »Wenn wieder bessere Zeiten kommen, Frau Finkenberg, dann schicken wir unsere Tochter ganz bestimmt wieder zu Ihnen«, bekomme ich jedes Mal zu hören, wenn Eltern ihre Kinder vom Klavierunterricht abmelden. Ganz unangenehm ist es, wenn ich dem Geld hinterherlaufen muss. Ich trage mich daher ernsthaft mit dem Gedanken, Maschinenschreiben zu lernen und eine Arbeit in einem Büro anzunehmen. Vom Klavierspielen können wir nicht mehr leben. Ich hoffe zwar immer noch, dass Max bald eine Arbeit findet, damit etwas mehr Geld in der Kasse ist, aber das Problem ist, dass das Geld ständig an Wert verliert. Jeden Tag kosten Brot und Milch mehr. Unsere Gemüsevorräte reichen nicht mehr über den Winter. Bis ich eine Stelle als Sekretärin finde, werde ich das Porzellan, die Bilder und notfalls auch noch den Schmuck verscherbeln, den uns unsere Eltern hinterlassen haben.

Dienstag, 27. Februar 1923

Ich bin völlig verzweifelt. Heute Vormittag hat Max Karls Geige verkauft, an irgendeinen dahergelaufenen Händler, um Brennholz, Fleisch und Alkohol zu kaufen. Frieda lag mit einer dicken Erkältung im Bett. Ich war in meinem Kurs für angehende Sekretärinnen, um Stenografie und Maschinenschreiben zu lernen. Als ich nach Hause kam, lag Max in trunkenem Zustand vor dem Kamin.

»Woher hast du so viel Brennholz?«, fragte ich, erfreut über die angenehme Wärme, aber auch besorgt, dass Max einen Haufen Brennmaterial verfeuerte, ohne daran zu denken, dass der Winter noch länger dauern könnte. Er wich meinem Blick aus. Seine Augen waren glasig. Ich wusste, dass er getrunken hatte. »Max?!«

Er hob den Kopf. »Ich habe ein paar Sachen verkauft, das ist alles. Ich brauchte etwas, das mich vergessen lässt.« Er lallte fast.

Ich packte ihn an den Schultern. »Was hast du verkauft?« Bis dahin war es immer so gewesen, dass wir uns gegenseitig gefragt haben, ob die Sachen, die wir zum Verkauf vorgesehen haben, für den anderen entbehrlich waren. Aber Max antwortete nicht. Mein Herz raste mit einem Mal, mir schwante Entsetzliches. Ich rannte hoch in mein Zimmer und griff unter mein Bett. Nichts. Ich legte mich auf den Boden, um darunter zu sehen. Aber unter dem Bett lag nichts mehr. Das Blut rauschte in meinen Ohren. Ich wusste, dass mir gleich der Atem wegbleiben würde: Karls Geige war weg! Sie hat immer unter meinem Bett gelegen, hin und wieder habe ich sie hervorgezogen und angesehen, war unsere Briefe durchgegangen, die wir uns während der Kriegsjahre geschrieben haben, denn ich hatte sie im Geigenkasten aufbewahrt. Und nun ist alles weg. »Max!« Ich raffte meinen Rock und rannte die Treppe herunter. »Max, wo ist Karls Geige?«

Er blickte zu Boden, als ich wie eine Furie ins Wohnzimmer stürzte. »Wo ist Karls Geige?« Ich packte seinen Kopf, damit er mich ansah.

Schließlich murmelte er verlegen: »Ich habe sie verkauft.«

»Du hast was?«

»Verkauft«, bestätigte er und schob mich weg. »Sie ist ohnehin zu nichts gut, und wir verhungern und erfrieren.«

Ich bebte vor Zorn. »Das ist meine Geige. Karl hat sie mir vermacht. Wenn sie also jemand hätte verkaufen dürfen, dann nur ich!« Ich ging hin und her wie ein Raubtier in einem Käfig. »Wem hast du sie verkauft?«

»Keine Ahnung, einem Kerl halt. War Ausländer, glaube ich.«

Ich raufte mir die Haare. »Was für ein Ausländer?«

»Weiß ich nicht«, brummte Max, »Holländer vielleicht. Klang zumindest so.«

Ich schüttelte ihn. »Wo? Wie viel hat er dir gezahlt?«

Max zuckte mit den Schultern. »Ich war am Rhein, da hat er mich angesprochen und gefragt, ob ich jemanden kenne, der alte Instrumente verkauft. Da habe ich das Geschäft unseres Lebens gewittert und gleich zugeschlagen.«

»Das ist meine Geige, sie gehört nur mir, nicht dir!«, schrie ich. »Wie konntest du es wagen, sie zu verkaufen? Hast du wenigstens die Briefe herausgenommen?«

Max sah mich erstaunt an. »Welche Briefe?«

»Die Briefe, die ich im Geigenkasten aufbewahrt habe.«

»Habe ich nicht gesehen.« Max starrte zu Boden.

Ich hätte ihn erwürgen können. Max hatte absolut keine Ahnung mehr, wem er die Geige verkauft hatte. Er nannte mir nur den Preis, den er dafür erhalten hatte. Ein lächerlich geringer! Davon hatte er gleich Brennholz, Fleisch und Alkohol gekauft. Lediglich ein kleiner Restbetrag war von dem Verkauf der jahrhundertealten Amati-Geige noch übrig. Sie wäre ein Vielfaches mehr wert gewesen. Und sie war alles, was mir von Karl geblieben war. Bis auf den Schmuck seiner Mutter, sein Vermächtnis, das ich in mein Tagebuch eingeklebt habe, und die Melodien, die ich glücklicherweise in einer separaten Mappe aufbewahrte, habe ich nichts mehr von ihm. Keine Geige, keine Briefe. Ich tobte und heulte und warf mit Gegenständen nach Max. Er floh in sein Zimmer. Bevor ich die Wohnzimmertür hinter ihm zuschlug, schrie ich, dass er sich von jetzt an allein um sich sorgen müsse. Ich würde weder für ihn kochen, waschen noch ihn durchfüttern. Ich rannte aus dem Haus nur mit einem Umhang, was für die Jahreszeit viel zu kalt war.

Ich lief zu Edward und bat ihn, er möge mir helfen, diesen ominösen Käufer mit dem holländischen Akzent ausfindig zu machen, damit ich Karls Geige zurückkaufen könne. Während ich zum Rhein hinunterlief, suchte er in der Umgebung der Beethovenhalle und verständigte ein paar alte Kollegen, die ebenfalls mithalfen zu suchen. Als wir uns am späten Nachmittag vor Edwards Wohnung wieder einfanden, hatte niemand Erfolg gehabt. Die Musiker versprachen mir, Augen und Ohren weiter offen zu halten, aber ich wusste, dass die Geige unwiederbringlich verloren war. Ich fühlte mich so leer wie in den Wochen nach Karls Tod. Am liebsten hätte ich mich auf die Straße gelegt, um zu erfrieren. Es ist nur Edward zu verdanken, dass ich das nicht tat. Er legte mir eine Wolljacke um die Schultern und brachte mich nach Hause. »Karl würde nicht wollen, dass du erfrierst, Elise.«

Ich schluchzte. »Ich habe ihm seinen letzten Wunsch nicht erfüllt. Er bat mich, die Geige zu behalten und sie an meinem Lebensende jemandem zu vererben, der würdig ist, sie zu spielen. Nur wenn ich in finanzielle Not geriete, sollte ich sie verkaufen, zu einem guten Preis.«

Edward drückte meinen Arm. »Du kannst nichts dafür. Es war dein Bruder, der die Geige hinter deinem Rücken verkauft hat.«

»Aber ich hätte besser auf sie achtgeben müssen«, insistierte ich. »Die Geige lag all die Jahre unter meinem Bett, mein Zimmer war nie abgeschlossen.«

»Na, es wäre auch unüblich, innerhalb einer Familie die Zimmer abzuschließen«, sagte Edward.

Ja, das wäre es, aber es wäre notwendig gewesen.

Als ich die Haustür aufschloss, stand Frieda schweißgebadet und weiß wie ein Laken im Treppenhaus. »Hast du die Geige wiedergefunden?«

Ich schüttelte den Kopf. Sie griff nach dem Geländer. »Ich mache dir einen Tee, Mädchen.«

»Nein, Frieda, du bist krank. Geh wieder ins Bett.«

Doch sie hörte nicht auf mich. Mit klappernden Zähnen hielt ich mich fünf Minuten später an meiner Teetasse fest.

Nun ist es fast Mitternacht und ich wünschte, ich könnte die Uhr zwölf Stunden zurückdrehen. Da hätte ich das Unheil noch verhindern können. Aber so ist Karl heute zum zweiten Mal gestorben. Nun ist nicht nur er, sondern auch das Liebste, was er besessen hatte, für immer von mir gegangen.

Freitag, 9. März 1923

Am Morgen nach dem schwarzen Tag Ende Februar, an dem ich Karls Geige verloren habe, war ich krank. Ich hatte tagelang hohes Fieber und starke Halsschmerzen. Frieda saß an meinem Bett und flößte mir löffelweise Tee ein. Ich hatte jedes Zeitgefühl verloren. In meinen Fieberträumen suchte ich nach Karls Geige, ich suchte nach Karl, Mama und Papa, aber ich kam immer zu spät. Ich warf mich auf meiner Bettstatt hin und her. Ein Mann in weißem Kittel starrte mir ins Gesicht und fragte mich etwas, das ich nicht verstand. »Ich kann nicht mehr, ich will nicht mehr«, flüsterte ich, nachdem ich wieder aus einem meiner Träume erwacht war, in dem ich einen ganzen Garten umgepflügt hatte, um unter den Beeten die Geige zu finden. Da sah ich Karl vor mir. Er lächelte und reichte mir die Hand, wie beim ersten Mal, als wir uns begegnet waren.

»Karl«, schluchzte ich, »ich habe deine Geige verloren und all unsere Briefe.«

Ich erwartete, dass er ärgerlich sein würde, doch er zog mich an sich und sagte: »Mach dir nichts daraus, Elise, es ist nicht deine Schuld. Die Geige und die Briefe, das sind vergängliche Sachen, aber wir haben doch die Liebe, und die vergeht nicht. Ich liebe dich immer noch genauso sehr wie damals.«

»Ich auch, ich auch«, rief ich, aber mir versagte die Stimme. Ich wurde wach, weil mich Frieda schüttelte. Ich war ärgerlich. Warum hatte sie mich aus Karls Umarmung gerissen? Doch als ich sie blass und mit dunklen Ringen unter den Augen neben mir sah, schimpfte ich nicht. Ich nahm ihre Hand. »Karl hat gesagt, dass er nicht böse ist wegen der Geige.«

Sie atmete auf. »Dann kannst du ja jetzt gesund werden, Kindchen.«

Donnerstag, 29. März 1923

Ich wurde gesund, selbst wenn es ewig dauerte. Vier lange Wochen. Als ich wieder auf den Beinen war, bestellte ich Handwerker und bat sie, eine Trennwand einzuziehen. Ich will nicht mehr für Max verantwortlich sein. Nicht nach all dem, was er mir angetan hat. Jetzt soll er sehen, wie er in seiner Haushälfte klarkommt.

Samstag, 7. April 1923

Maria ist zu Besuch gekommen. Sie ist wieder hochschwanger. Von irgendwem (wahrscheinlich Lotte) hat sie erfahren, dass Umbauarbeiten im Gange waren und dass ich mich mit Max überworfen hatte. In den vier Wochen, in denen ich krank war, hat sich niemand von meinen Geschwistern auch nur ansatzweise um mich gekümmert. Maria entschuldigte ich, sie kann tatsächlich ihre Großfamilie nicht im Stich lassen, aber irgendwie hatte ich doch gehofft, dass sie einmal vorbeikäme, auch wenn ich als Schwester natürlich nur das fünfte Rad am Wagen bin.

Heute Mittag ist sie aber gekommen und erkundigte sich nach unserem Streit.

»Ich habe versucht, Vaters Wunsch zu erfüllen und mich um euch alle – und vor allem um Max – zu kümmern. Aber es geht nicht mehr. Lotte kann mich nicht ausstehen, weil ich immer wieder gewagt habe, ihr zu sagen, dass sie auch einmal einen Finger für die Familie krümmen könnte, zumal sie das meiste Geld verdient. Das Ergebnis war, dass sie ausgezogen ist. So weit, so gut. Ich weiß, dass Max Fürchterliches im Krieg erlebt hat, dass er krank ist, wenn auch nicht körperlich, so doch in gewisser Weise seelisch. Ich habe mich bemüht, ihn durchzufüttern, aber seit Jahren verliert er jede Arbeit, die er anfängt, er trinkt und lässt sich gehen. Ich muss Geld verdienen und den Haushalt schmeißen und außerdem habe ich dich, die du permanent von deinem Ehemann unterdrückt wirst, die letzten Jahre so gut es ging unterstützt.«

Maria wollte widersprechen, doch ich ließ sie nicht.

»Jetzt kann ich nicht mehr. Auch ich habe Verluste ertragen müssen durch den Krieg. Und nun verkauft Max in dem Moment, wo ich außer Haus bin, um Geld für uns beide zu verdienen, meine Geige – das Einzige, was mir von Karl geblieben ist und das er mir testamentarisch hinterlassen hat. Du brauchst mir nicht ins Gewissen zu reden, Maria. Ich bin fertig mit Max. Ich hätte ihn wegen Diebstahls anzeigen können, denn er hat mein Eigentum verschachert. Aber ich begnüge mich damit, eine Wand durch das Haus zu ziehen und ihn sich selbst zu überlassen. Wenn dir das nicht passt, musst du ihn zu dir nehmen. Tut mir leid.« Ich stand auf.

Maria zwirbelte sich eine Sofafranse um die Finger. »Ich verstehe dich, Elise. Und ich mache dir keinen Vorwurf. Max hätte das niemals tun dürfen. Es ist nur … ich meine, wir müssen zusammenhalten.«

Ich lachte sarkastisch auf. »Ja, aber leider war ich die Einzige, die etwas dafür getan hat, dass die geschwisterlichen Bande halten.«

Sie blickte betroffen auf. Und plötzlich tat sie mir leid. Ich liebe sie doch. Und ich weiß, dass sie sich auch mehr um uns kümmern würde, wenn ihr Mann sie nur ließe. »Entschuldige, Maria«, rief ich. »Ich weiß, dass du dich auch um uns gekümmert hättest, wenn es deine häuslichen Pflichten zugelassen hätten. Aber die anderen beiden scheren sich einen feuchten Kehricht um die Familie und nutzen mich aus, wo es geht. Lotte ließ sich von vorn bis hinten bedienen. Ich habe gekocht, gewaschen und gebügelt, während das gnädige Fräulein in der Schule dozierte, dich hätte sie fast mit deinem Ehemann betrogen, wenn ich nicht dazwischengegangen wäre, und dafür hat sie mich gehasst.« Ich biss mir auf die Zunge. In meiner Rage hatte ich ausgeplaudert, was ich Maria niemals erzählen wollte.

Sie saß mit geöffnetem Mund da. Plötzlich war sie aschfahl.

Ich stürzte auf sie zu und umarmte sie. »Bitte vergiss es, es ist schon lange her und danach haben Lotte und Johann sicherlich nie wieder …«

Sie stieß mich weg. »Warum hast du mir das nicht gesagt, Elise? Warum?«

Ich blickte zerknirscht zu Boden.

»Wir haben uns doch immer alles erzählt!« Sie schrie fast.

Ich raufte mir die Haare. »Ich konnte dir vieles nicht erzählen. Ich bitte dich um Verzeihung, aber es hätte dir das Herz gebrochen.«

Wir schwiegen beide. Die Wanduhr tickte leise vor sich hin.

»Ich weiß nicht, was du mir noch alles nicht erzählt hast, aber ich will es jetzt wissen«, sagte Maria nach einer Weile. »Meinst du nicht, dass es an der Zeit ist, dass du deine Sorgen wieder mit mir teilst? Vielleicht hätte dann der Bruch zwischen dir und unseren Geschwistern vermieden werden können, wenn du nicht alles in dich hineingefressen hättest.«

Ich fühlte mich elend. Warum waren mir diese Worte entfleucht? Warum hatte ich Lottes und Mollwitz' Eskapaden nicht für mich behalten können, zumal das doch schon vier Jahre zurücklag und wahrscheinlich ohnehin nichts Ernstes geschehen war?

»Elise, bitte«, flehte Maria. »Bitte, sag mir alles, was passiert ist und was du meintest, mir verschweigen zu müssen. Ich weiß, dass Johann öfter andere Frauen … interessiert ansieht … und vielleicht ist da auch manchmal mehr. Aber ich hätte nicht gedacht, dass Lotte …«

Ich sah ihr in die Augen. Sie ahnte also zumindest, dass Mollwitz kein Kind von Traurigkeit war. Ich holte tief Luft und erzählte ihr von der Szene in ihrem Garten vor vielen Jahren, von Mollwitz' Versuch, sich in der Küche an mir zu vergehen, und von Karls Brief, in dem er mir von Mollwitz' Leben in Belgien berichtet und mich vor ihm gewarnt hatte. Ich sagte ihr auch, dass ich manchmal nicht mehr gewusst hatte, wie ich ihr helfen, gleichzeitig aber Karls Warnung beherzigen sollte. Als ich geendet hatte, starrte ich dumpf vor mich hin.

Maria sagte zunächst nichts. Dann nahm sie meine Hand: »Danke, dass du mir alles erzählt hast.« Ihre Stimme klang brüchig, so wie die einer alten Frau. Sie küsste meine Stirn. »Ich danke dir, dass du trotz allem so oft nach Linz gekommen bist und dich um mich und meine Kinder gekümmert hast.« Sie stand auf.

»Wo gehst du hin?«, fragte ich.

»Ich weiß es nicht.« Sie strich gedankenverloren über die Sofalehne.

Ich drehte mich zu ihr um. »Dann bleib hier. Wenigstens heute Nacht, dein Bett steht immer noch in unserem alten Zimmer.«

Sie nickte. »Das ist vielleicht besser. Ich schicke schnell ein Telegramm nach Hause und sage, dass ich einen Migräneanfall habe und noch bleiben muss.«

Mittwoch, 6. Juni 1923

Maria und ich sind wieder so eng wie früher. Sie ist im April eine ganze Woche bei mir gewesen. Frieda hatte sich angeboten, nach Linz zu fahren und sich um Marias Kinder zu kümmern, damit wir ungestört ein bisschen Zeit miteinander verbringen konnten. Es hat uns beiden wohlgetan. Und im Mai hat sie dann ihre Tochter Susanne zur Welt gebracht. Ein süßes, winziges Mädchen, das ganz nach Maria (und mir) kommt.

Frieda pendelt nun zwischen Bonn und Linz hin und her, weil Marias bisherige Haushaltshilfe gekündigt hat. Warum weiß niemand, aber ich vermute, dass Mollwitz ihr zu nahe getreten ist, während Maria bei mir war. Die Wochenenden verbringt Frieda bei mir und unter der Woche ist sie bei Maria. Sie sieht besser aus denn je. Es scheint, dass ihr Marias Kinder guttun und sie ihr eigenes totes Kind ein wenig vergessen lassen.

Wie Maria mit dem Wissen um die Schandtaten ihres Mannes klarkommt, weiß ich nicht genau. Sie sagt, sie wolle sich nun ganz auf ihre Kinder konzentrieren und sei froh, wenn sich ihr Mann draußen mit anderen Frauen herumtreibe, denn sie wolle ihn so wenig wie möglich sehen. Aber auf ihrer Stirn hat sich eine strenge Furche eingegraben.

Seitdem die Trennwand eingezogen ist, hat Max sich tatsächlich nur wenige Male blicken lassen. Er hat sich nun eine Freundin zugelegt, die in seiner Wohnungshälfte eingezogen ist. So schlau ist er also doch, dass er gleich eine Frau findet, die ihn bemuttert und versorgt. Ich habe bislang erst wenige Worte mit Lilly, seiner Freundin, gewechselt. Sie scheint ein schlechtes Gewissen mir gegenüber zu haben, warum, ist mir schleierhaft. Sie kümmert sich offensichtlich gut um Max. Sie kocht, wäscht, putzt und geht arbeiten in einer Fabrik. Ich weiß nicht, weshalb sie sich mit Max eingelassen hat. Frieda behauptet, sie wird ein Dach über dem Kopf gebraucht haben. Wenn sie von dem kargen Fabrikarbeiterlohn noch eine Wohnungsmiete bezahlen muss, dann ist es einfacher, nach der Arbeit noch einen apathischen Mann zu versorgen. Wahrscheinlich hat Frieda recht. Es ist ein Luxus, einen Mann abzuweisen, wo es doch nach dem Krieg so wenige gibt. Nur Frauen wie ich können sich diesen Luxus erlauben.

Ich genieße meine neu erworbene Freiheit. Ich koche nur, wenn ich möchte, ich spiele viel Klavier und habe mit Sophia einen Termin für einen Liederabend organisiert. Auch mit Edward, Berthold und Konstantin habe ich wieder Kontakt aufgenommen und wir haben für den Herbst ein eigenes Konzert ins Auge gefasst. Meine Sekretärinnenpläne habe ich vorerst wieder auf Eis gelegt, weil nun das Geld, das ich mit meinen Klavierschülern verdiene, ausreicht für Frieda und mich.

Kapitel 10

So war es also gewesen mit Karls Geige! Valerie ballte die Fäuste. Sie war zornig auf Max. Wie hatte er es Elise antun können, die Geige zu verschachern? Aber in ihrem Zorn lag auch Egoismus. *Sie* hätte diese alte italienische Violine jetzt spielen können. Ein Instrument, das heutzutage Hunderttausende Euro wert sein würde. Valerie fuhr sich durch die Haare. Die Geige schien wohl nie wiederaufgetaucht zu sein. Ihr Großvater hatte zumindest nie davon gesprochen. Wahrscheinlich hatte Elise den Verlust der Geige ihm oder seinen Geschwistern gegenüber nicht erwähnt. Schade, wirklich schade! Aber natürlich hätte sie ihre zahlreichen Cousinen und Cousins niemals auszahlen können. Bestimmt wäre die Violine ohnehin verkauft worden, denn als Elise starb, war sie, Valerie, noch nicht geboren und niemand hätte ahnen können, dass sie einmal Geigerin werden würde.

Sie sah auf die Uhr. Es war schon fast Mitternacht. Ihre Kollegen mussten bereits im Flugzeug nach Paris sitzen. Valerie spürte, wie ein Kribbeln durch ihren Körper ging. *Jan ist auf dem Weg*. Bald würde er wieder da sein.

Ihr Herz pochte, als sie am übernächsten Vormittag die Treppe zum Probensaal hinauflief. Sie konnte es kaum erwarten, Jan wiederzusehen, aber sie hatte auch ein wenig Angst. Wie würde er sie begrüßen? Empfand er dasselbe für sie, wie sie für ihn? Oder war es eine reine Freundschaft? Und was, wenn nicht? Dann würde womöglich das halbe Orchester merken, dass mehr Gefühle im Spiel waren. Und wie sollte sie ihm von der Begegnung mit Adrian erzählen?

Als sie in den Probensaal kam, waren erst drei Kollegen da. Sie begrüßte sie und packte ihre Geige aus. Sie war wie immer viel zu früh. Aber so konnte sie sich noch in Ruhe einspielen, bevor Madame Prokova neben ihr auftauchte. Als sie sich umdrehte, um auf ihren Platz zu gehen, stand Jan nur ein paar Schritte von ihr entfernt. »Jan!« Ihr Herz schlug heftig.

»Hallo, Valerie«, er kam auf sie zu und küsste sie auf beide Wangen. »Danke für die Einkäufe. Geht es dir gut?«

Ihr wurde ganz warm. »Ja.« Sie sah zu ihm auf. »Hast du dich etwas erholen können nach der langen Reise?« Ihre Stimme zitterte.

Er nickte und lächelte. »Ich habe gehört, dass du einen guten Job gemacht hast, während wir weg waren. Gerade habe ich im Orchesterbüro vernommen, wie Laurent vor Rosselli in den höchsten Tönen von dir geschwärmt hat. Demnach sollst du das Orchester gut im Griff haben.«

»Ehrlich?« Valerie errötete. Sie hatte gemerkt, dass Laurent sie mochte, aber dass er sie so loben würde, hätte sie nicht gedacht. Sie war ihm dankbar, dass er ihr diesen Dienst erwiesen hatte.

»Lass uns nachher zu Mamma Rosalia zum Mittagessen gehen«, sagte Jan, »dann haben wir mehr Zeit zum Reden als jetzt.«

Denn nun trafen nacheinander alle übrigen Musiker ein und es entstand ein großes Hallo. Valerie nutzte die Gelegenheit, an ihren Platz zu gehen und sich einzuspielen.

Wenig später setzte sich Madame Prokova neben sie. Valerie ließ die Geige sinken und begrüßte ihre ältere Kollegin. Sie hatte Ringe unter den Augen, die Strapazen der Tournee waren ihr ins Gesicht geschrieben. Valerie erkundigte sich nach dem Verlauf der Konzertreise. Die Prokova war in ungewöhnlich guter Plauderstimmung und redete wie ein Wasserfall. Valerie atmete innerlich auf. Der Anfang war geschafft und es lief gut. Vielleicht hatte die Prokova auch schon mitbekommen, dass Laurent sehr zufrieden mit ihr gewesen war.

Nach der Vormittagsprobe ging sie mit Jan zu Mamma Rosalias Mittagstisch. James und Olivier schlossen sich ihnen spontan an und so sprachen sie nur über die Tournee. Valerie war insgeheim erleichtert, denn sie wusste nicht so recht, wie sie mit Jan hätte allein sein können. Es knisterte zwischen ihnen und sie war so schlecht darin, wenn es darauf ankam, und hatte Angst, es zu vermasseln. Außerdem lag auch noch das Adrian-Thema in der Luft.

Als sie zurückgingen, zog Jan sie beiseite, während James und Olivier in ein Gespräch vertieft waren. »Was war los neulich, als du bei Irmgard und Willi übernachtet hast?«

Valerie spürte, wie ihr Puls schneller ging. Sie räusperte sich. »Willi hat dir ja schon das meiste erzählt, oder?«

Er musterte sie. »Ja, aber nicht alles. Er hat erwähnt, dass du mitten in der Nacht panisch bei ihm und Irmgard vor der Tür standest, weil dein Ex aufgetaucht ist.« Jan hielt kurz inne. »Ist er wieder weg?«

Sie nickte. »Ja, er müsste jetzt wieder in München sein. Ich habe wahrscheinlich überreagiert.«

»Hat er sich noch einmal gemeldet?« Jan vermied es kategorisch, Adrian beim Namen zu nennen.

»Ja. Er hat mir geschrieben. Blöderweise ans Orchesterbüro. Aber ich hab nicht geantwortet.«

Er blieb stehen. »Hast du heute Abend schon etwas vor?«

Valerie schüttelte den Kopf.

»Gehen wir zusammen essen und du erzählst mir alles?«

Ihr Herz pochte. »Ja, gern«, sagte sie.

Für die Registerprobe am Nachmittag hatte die Prokova ihre Giftzähne wieder gewetzt. Sie forderte Sarah auf, eine Sechzehntelpassage allein vorzuspielen, da sie sich ja neulich bereits vor der Mahler-Sinfonie gedrückt habe. Valerie zuckte innerlich zusammen. Schnell sah sie zu Sarah hinüber. Sie durfte jetzt nicht patzen! Ihre Kollegin verzog keine Miene und begann zu spielen. Fehlerfrei! Valerie atmete auf. Sie suchte Sarahs Blick und lächelte ihr unmerklich zu.

»*Bon*, ich sehe, Sie haben aus Ihren Fehlern gelernt«, kommentierte Madame Prokova. Aber die Stimmung war jetzt wie einst: eiskalt.

Glücklicherweise war jeder Musiker gut vorbereitet und es entstand kein Eklat wie bei der Registerprobe vor ein paar Wochen.

Als Valerie nach der Probe ihre Geige einpackte, hielt ihr die Prokova plötzlich Noten von Tschaikowskys Schwanensee unter die Nase. »Madame Mollwitz, ich bin von der Tournee noch recht müde und ich habe gehört, dass Sie gute Arbeit geleistet haben, während ich in Japan war.«

Valerie lächelte. Dass ihr die Prokova etwas Positives sagte, hätte sie ihr gar nicht zugetraut. Doch da kam auch schon der Haken.

»In Kürze wird unser Orchester mit einer belgischen Gastkompanie zweimal den Schwanensee in der Opéra Garnier aufführen«, fuhr sie fort. »Normalweise bestreitet das Opernorchester sämtliche Aufführungen in beiden Pariser Opernhäusern, aber in diesem Fall sind die Gastaufführungen recht kurzfristig ins Programm aufgenommen worden, und unser Orchester wurde gefragt, ob wir sie übernehmen können. Würden Sie so gut sein und die Streicherstimmen bis morgen einrichten? Wir können sie dann gemeinsam vor der Vormittagsprobe durchgehen. Sagen wir gegen neun Uhr oben im Probensaal?«

Noch bevor Valerie etwas erwidern konnte, hatte sich die Prokova schon abgewandt. Verflixt! Sie war doch mit Jan verabredet. Wann sollte sie das denn machen? Sie musste die gesamte Partitur für mehrere Stimmen durcharbeiten. Das würde Stunden dauern! Warum hatte das die Prokova denn nicht während der Tournee gemacht? Zumindest hätte Madame ihr die Noten früher geben können, damit sie mehr Zeit gehabt hätte. Valerie war verzweifelt. Nun hatte sie einmal ein Rendezvous und da kam ihr die Prokova dazwischen.

Niedergeschlagen ging sie die Treppe hoch und stieß fast mit Jan zusammen, der gerade aus der Bläserprobe kam. »Ich kann nicht mit dir essen gehen«, sagte Valerie. »Die Prokova hat mir vor einer Minute den Schwanensee aufs Auge gedrückt und ich muss bis morgen früh um neun sämtliche Streicherstimmen einrichten.«

»Du Arme!« Sie merkte an seiner Stimme, dass er enttäuscht war. »Da hat die alte Hexe ja mal wieder richtig zugeschlagen.«

Sie fuhr sich mit der Zungenspitze über die Lippen. »Bist du sehr böse?«, fragte sie leise.

»Ja, aber nicht auf dich, sondern auf die Prokova.« Er legte eine Hand auf ihre Schulter. »Wir holen das Essen nach. Du musst die Noten einrichten, sonst hast du morgen ein Problem. Schaffst du das überhaupt heute Nacht?«

»Muss ich wohl.« Valerie wusste im Moment allerdings nicht, woher sie dafür die Kraft nehmen sollte. Sie seufzte. »Das Blöde ist, morgen Abend habe ich Französischunterricht, da kann ich also auch nicht mit dir essen gehen. Oder soll ich den Unterricht absagen?«

»Auf keinen Fall!«, sagte Jan entschieden. »Der Französischunterricht ist wichtig. Wir finden einen Abend, an dem wir Zeit haben. Ich bring dich noch ein Stück nach Hause.« Sie gingen zusammen zum Ausgang.

Plötzlich hörte sie, wie jemand ihren Namen rief. »Valerie!« Sie fuhr herum. Ihr stockte der Atem. Nein, sie hatte sich nicht getäuscht. Es war Adrian, der auf sie zukam. Er musste im Foyer auf sie gewartet haben.

»Hast du endlich Feierabend, meine Liebe?«

Sie stand da, wie zur Salzsäure erstarrt.

Adrian hatte sie nun erreicht. »Komm, Valerie.« Er streckte den Arm aus und griff nach ihrer Hand. »Ich habe einen Tisch in einem netten Restaurant reserviert.«

Ihr fiel die Kinnlade herunter. Hatte sie sich verhört? Sie wandte sich um und sah Jan an. Sein Blick durchbohrte sie. Oh nein! Ihr Herz setzte einen Schlag aus. *Er denkt bestimmt, dass ich eben nur vorgegeben habe, die Schwanensee-Noten einrichten zu müssen, damit ich mich mit Adrian treffen kann*, schoss es ihr durch den Kopf. Sie musste handeln!

»Spinnst du?«, fuhr sie Adrian an und schlug seine Hand weg. »Ich hatte mich doch neulich klar ausgedrückt, als ich sagte, dass ich dich nicht mehr sehen will.«

»Aber ich finde, wir können uns wenigstens wie erwachsene Menschen bei einem erlesenen Abendessen aussprechen.« Er setzte sein charmantestes Lächeln auf. »Oder willst du weiterhin in deiner Trotzphase verharren, meine kleine Valerie?«

Sie kochte vor Wut. Nun stellte er sie auch noch als trotziges Kind hin! Plötzlich spürte sie, wie Jan einen Arm um ihre Schulter legte. »Bedaure, Monsieur, aber Valerie hat mir bereits den Abend versprochen«, hörte sie ihn sagen.

Adrian sah auf. Er hatte Jan bislang geflissentlich ignoriert. »Da müssen Sie einem Irrtum aufgesessen sein. Und jetzt lassen Sie gefälligst meine Freundin los.«

»Ich bin nicht mehr deine Freundin!«, rief Valerie, aber die beiden schienen sie nicht zu beachten. Sie fixierten sich wie zwei Männer, die im Begriff waren, sich zu duellieren. Wer würde als Erster die Waffe ziehen?

»Da hören Sie es«, sagte Jan schließlich, »sie ist nicht mehr Ihre Freundin.« Seine Stimme war eisig.

Adrian zog einen Mundwinkel nach oben. »Aber Ihre auch nicht, denn ich kann mir nicht vorstellen, dass sich Valerie in einen kurzsichtigen Frosch verliebt.«

Sie wäre Adrian am liebsten ins Gesicht gesprungen, aber Jan verstärkte seinen Griff um ihre Schultern, ohne seinen Widersacher aus den Augen zu lassen. »Sie kennen doch die Geschichte vom Froschkönig, Monsieur?« Er lächelte maliziös. »Am Ende ist es der Frosch, der die Prinzessin bekommt.«

Valerie schmunzelte innerlich. Mit seinem Tiefschlag hatte ihm Adrian ungewollt eine Steilvorlage gegeben. Und Jan hatte sie genutzt – und gesiegt!

»Und nun entschuldigen Sie uns bitte, Monsieur. Ich wünsche Ihnen eine gute Heimreise.« Jan nahm Valeries Hand und führte sie hinaus.

Sie ging an seinem Arm die Treppen zur Metro hinunter. Einmal wagte sie einen kurzen Blick nach hinten und sah, dass Adrian in die entgegengesetzte Richtung davonstapfte. Nun war sie ihn endgültig los.

»Alles in Ordnung bei dir?«, fragte Jan.

Sie nickte. »Danke für deine Hilfe.« Sie zögerte. »Hast du eben eigentlich gedacht, ich hätte mich wirklich mit ihm verabredet?«

»Einen Augenblick lang schon. Er klang so überzeugend.« Jan zwinkerte. »Aber dann habe ich begriffen, dass dem nicht so war.«

Sie war erleichtert und ließ seinen Arm los, um durch die Sperre zu gehen.

In der Metro ergatterten sie zwei einander gegenüberliegende Plätze. »Ich hätte mich neulich überhaupt nicht darauf einlassen dürfen, mit Adrian zu reden. In das Café, in dem ich mit ihm saß, kann ich mich jedenfalls nicht mehr wagen.«

Jans Mundwinkel zuckten. »Wieso? Hast du randaliert?«

Sie schüttelte den Kopf. »Nein, nicht direkt. Aber ich habe beim Aufstehen meinen Stuhl umgeworfen und wahrscheinlich zu wenig Kleingeld auf dem Tisch gelassen.«

Er zog eine Augenbraue hoch. »Das wird der feine Herr wohl später ausgeglichen haben.« Er beugte sich vor. »Und jetzt glaub bitte nicht, dass du ihm deswegen etwas schuldig bist! Er kann es ja als Werbungskosten absetzen.«

Sie musste plötzlich lachen. Der Gedanke war zu komisch, aber es würde Adrian ähnlichsehen. »Ich glaube, das wird er tatsächlich versuchen.« Sie stellte sich vor, wie Adrian die drei Euro fünfzig fein säuberlich in das dafür vorgesehene Kästchen auf der Einkommenssteuererklärung eintragen und sich ein paar Wochen später mit dem Finanzbeamten streiten würde, wenn dieser ihm die angegebenen Aufwände nicht anerkennen würde. Jedes Jahr hatte sie exakt diese Szenen beobachtet. Sie kicherte noch immer.

»Sieh einer an! Ich habe Valerie Mollwitz zum Lachen gebracht!« Jan klopfte sich selbstgefällig auf die Schulter, was sie so komisch fand, dass sie schon wieder lachte.

Er betrachtete sie lächelnd. »Warum lachst du nicht öfter? Die Grübchen, die sich dann auf deinen Wangen bilden, sind richtig putzig.«

»Putzig?«, wiederholte sie, halb empört, halb amüsiert. »Wenn du putzige Grübchen sehen willst, musst du sie dir verdienen und solche lustigen Sachen daherreden wie gerade.«

Er schmunzelte. »Gut, ich werde mich bemühen und ein *Scherzo* nach dem anderen für dich komponieren.«

Kurz darauf musste sie aussteigen. Wie selbstverständlich stieg er mit aus.

»Ich finde übrigens nicht, dass du aussiehst wie ein Frosch«, sagte sie, nur um irgendetwas zu sagen.

Jan prustete los. »Das war jetzt wirklich das originellste Kompliment, das ich je gehört habe!«

Sie wurde rot. »Ich wollte nur sagen … ich meine … es tut mir leid, was dir Adrian eben an den Kopf geworfen hat.«

»Du musst dich nicht für ihn entschuldigen.« Er war wieder ernst. »Du bist doch nicht mehr mit ihm zusammen.«

»Nein, allerdings nicht.«

»Na also. Was juckt es mich, wie mich dieser aufgeblasene Schnösel findet?«

Sie seufzte. »Ich weiß gar nicht, wie ich je mit ihm zusammen sein konnte, er ist mir so peinlich mit seiner Arroganz.«

»Mach dir nichts daraus. Das Leben ist ein Lernprozess. Du hast ihn ja nicht geheiratet.«

Ja, das wäre in der Tat ein Desaster gewesen, dachte Valerie. Wie hatte sie nur vor wenigen Tagen diesen Gedanken überhaupt durchspielen können?

»Ich gehe davon aus, dass München einfach nicht so viel Auswahl hatte … an Fröschen.« Jan zwinkerte. »Daher bist du auf einen Möchtegernprinzen hereingefallen.«

Sie lächelte. Und dann standen sie vor ihrer Haustür.

»Ich begleite dich noch nach oben«, sagte Jan, »nicht, dass der Möchtegernprinz vor deiner Wohnung auf dich lauert.«

»Willst du hereinkommen und etwas essen oder trinken?«, fragte sie ihn, als sie ihre Wohnungstür erreicht hatten. »Immerhin haben wir eben gesagt, dass wir den Abend gemeinsam verbringen würden.«

Er zögerte. »Nein, danke, ich würde dich aufhalten und dann wirst du mit dem Einrichten der Stimmen nicht fertig.«

Das Licht im Treppenhaus ging aus. Sie tasteten beide nach dem Schalter und stießen in der Dunkelheit aneinander. »Hoppla!« Er lachte und fand den Lichtschalter als Erster.

Valerie war etwas benommen von der unerwarteten Berührung. »Danke«, sagte sie und merkte, dass ihre Stimme belegt klang. Sie blinzelte ob des grellen Lichts. »Und danke auch für die lustige Fahrt nach Hause … und dafür, dass du mir Adrian vom Hals geschafft hast.«

»War mir ein Vergnügen.« Auch seine Stimme klang jetzt heiser.

Sie sahen einander an. Seine grünen Augen leuchteten. Valerie wollte den Augenblick des Abschieds noch hinauszögern, aber sie wusste nicht wie.

Da lächelte er und zog sie an sich. »Gute Nacht, Valerie. Du musst noch arbeiten. Wir sehen uns morgen.« Er ließ sie wieder los und ging eilig nach unten.

Valerie stand wie betäubt vor ihrer Wohnungstür und sah die Treppe hinab. Dort war er vor wenigen Sekunden hinuntergelaufen. Ihr Herz pochte. Sie schloss die Wohnungstür auf. Jans Blick, der beim Abschied so tief in sie eingedrungen war. Ihre belegte Stimme. Sie war verliebt! Zwecklos, es abzustreiten. Wie hatte sie nur neulich ernsthaft überlegen können, ob sie Adrians Heiratsantrag annehmen sollte? Glasklar erkannte sie, dass sie frei sein musste für Jan, dass sie nur ihn liebte, nur ihn allein.

Sie riss sich zusammen, machte im Wohnzimmer die Lampen an und packte die Geige aus. Sein Blick ging ihr nicht aus dem Sinn. Auch die Begegnung zwischen ihm und Adrian ließ sie immer wieder Revue passieren. Aber sie musste arbeiten und konnte sich nicht ihren Gefühlen hingeben. Noch nicht.

Sonst würde sie bis zum nächsten Morgen nicht fertig werden. Sie steckte den Hoteldämpfer auf den Steg, um ihre Nachbarn nicht zu stören. Dann begann sie leise zu spielen, probierte die Stellen mit verschiedenen Strichen durch und bezeichnete die Noten der ersten und zweiten Geigen, der Bratschen und der Celli und Bässe. Es war merkwürdig, mitten in der Nacht zu arbeiten. Das ganze Haus schlief, alles war still, nur bei ihr brannte Licht. Wenn sie sich ein paar Sekunden Pause gönnte, dachte sie an Jan, an seine Augen, an seine Umarmung. Es war ein Kraftakt, sich danach wieder auf die Arbeit zu konzentrieren. Und allmählich wurde sie immer müder und müder. Sie hätte ein Königreich für ein bisschen Schlaf gegeben. Um zwei Uhr nachts war das Arbeiten die reinste Qual. Aber erst gegen halb fünf Uhr morgens wurde sie fertig und fiel in einen unruhigen Schlaf.

Kapitel 11

Als ihr Wecker um sieben Uhr klingelte, fühlte sich Valerie völlig gerädert. Aber der Gedanke, Jan gleich wiederzusehen, belebte sie. Sie sprang auf und stellte sich unter die Dusche. Lange ließ sie das warme Wasser über ihren Rücken laufen. Der Tag würde anstrengend werden. Zunächst die Besprechung mit der Prokova, dann die Proben am Vormittag und am Nachmittag, und abends hatte sie Französischunterricht. Aber sie würde Jan sehen! Sie lächelte und ihr Herz schlug schneller. Sie nahm drei Pullover aus dem Schrank und probierte sie alle an. Sie drehte und wendete sich vor dem Spiegel, bis sie sich für einen entschieden hatte. Dann trug sie sorgfältig Rouge auf ihre Wangen auf, sie wollte hübsch aussehen trotz des wenigen Schlafs.

Madame Prokova kam eine Minute nach ihr im Probensaal an. »*Bonjour*. Da sind Sie ja schon«, begrüßte sie Valerie. »Sind Sie fertig geworden?«

Blöde Schlange! Sie weiß genau, dass mich die Arbeit fast die ganze Nacht gekostet hat, dachte Valerie. »Ja, ich habe alles erledigt«, antwortete sie sachlich.

»Dann lassen Sie mal sehen!« Die Prokova nahm ihr die Noten aus der Hand, setzte ihre Lesebrille auf und streckte das Kinn vor wie eine Oberschullehrerin.

»Hier bin ich nicht einverstanden!« Sie zeigte auf die Striche in der zweiten Notenzeile. »Wieso fangen Sie mit Aufstrich an? Das ist völlig wider die Natur.«

»Wegen der Bindung zwei Takte später, sonst müsste man den Bogen zurückholen und das passt charakterlich nicht«, entgegnete Valerie. Sie hatte diese Stelle mit verschiedenen Strichen ausprobiert und ihre Version für die sinnvollste erachtet.

»Nein, das machen wir anders.« Die Prokova nahm ein Radiergummi, rubbelte energisch Valeries eingezeichnete Striche weg und schrieb ihre darüber. Valerie kochte innerlich.

»Sehen Sie, an der Parallelstelle vier Seiten weiter …« Sie versuchte, die Seite umzublättern, doch die Prokova hielt die Noten fest in der Hand.

»Wir fangen vorn an und springen nicht wild durch das Stück!«, bestimmte sie.

»Ich wollte Ihnen nur zeigen, dass ich mir sehr wohl Gedanken darüber gemacht habe, und da ich das gesamte Stück durchgearbeitet habe, bin ich zu dem Schluss gekommen, dass …«

»Ja, ja, aber ich habe die Erfahrung und ich sage Ihnen, die Musiker würden den Aufstrich seltsam finden, daher machen wir es so, wie ich sage.«

Dann hätten Sie es auch heute Nacht machen können, dachte Valerie zornig, aber sie sagte nichts.

Die Prokova ging auf diese Weise das gesamte Stück durch. Valerie versuchte zwar ständig, ihre Entscheidungen zu begründen, aber es endete immer damit, dass sich die alte Konzertmeisterin darüber hinwegsetzte. Im Prinzip war es meist auch egal, wie man es machte, aber Valerie ärgerte sich, dass nun ihre ganze Nachtarbeit kritisiert wurde, obwohl ihre Striche durchaus in Ordnung und gut machbar waren. Aber Madame wollte unbedingt ihren Kopf durchsetzen und sie als unfähig darstellen. Als die Zeit knapp wurde, krakelte die Prokova ihre Striche einfach über die von Valerie, sodass alles völlig uneindeutig wurde.

»*Voilà*, bitte überarbeiten Sie das bis morgen. Meine Striche haben Sie ja nun. Und richten Sie gleich die Einzelstimmen der Stimmführerpulte ein, damit morgen mit der Abschrift für die anderen Pulte begonnen werden kann.« Sie drückte Valerie die völlig zerkritzelte Partitur in die Hand und ging.

Die ersten Musiker waren bereits eingetrudelt und Valerie war am Ende ihrer Kräfte. Da kam Jan zur Tür herein. Ihr Herz begann zu schlagen.

Er entdeckte sie und bahnte sich durch die Stuhlreihen einen Weg zu ihr. »Grüß dich, Valerie«, sagte er leise und stellte seinen Oboenkoffer neben ihrem Geigenkasten ab. »Wie war die Besprechung?« Beide waren sich bewusst, dass die Prokova sie von der Bühne aus beobachtete.

»Fürchterlich! Wir haben fast jeden Strich diskutiert. Und obwohl ich alles durchdacht hatte, hat sie sich natürlich immer durchgesetzt. Und jetzt muss ich den ganzen Mist heute Abend überarbeiten.« Am liebsten hätte sie sich an seiner Schulter ausgeweint. Sie war völlig übermüdet und kam sich vor wie Aschenputtel, das die ganze Nacht Erbsen, Linsen und Asche voneinander getrennt hatte, und am Ende war es der bösen Stiefmutter doch alles nicht recht.

Er packte seine Oboe aus. »Wenigstens hast du diskutiert und nicht gleich klein beigegeben.«

»Aber es kostet so viel Kraft und ist sinnlos.«

»Ich weiß«, sagte er. Er steckte ein Röhrchen in den Mund und lutschte kurz darauf herum. Seine Augen waren traurig. »Ich würde dir so gern helfen, aber ich kann es nicht.«

»Du hilfst mir doch sehr!«, rief sie. »Ich bin froh, dass ich überhaupt einmal mit jemandem reden kann.«

Er lächelte und kramte etwas aus seinem Rucksack. »Für dich.« Es war eine kleine Tafel Schokolade. »Soll glücklich machen, habe ich gehört.«

Valeries Augen wurden feucht. Jan war wirklich rührend.

»Salzwasser auf süßer Schokolade schmeckt allerdings nicht!«, sagte er und sie musste lachen.

Bei der anschließenden Probe folgte sie bloß automatisch den Anweisungen des Dirigenten. Ihre Glieder waren bleischwer und sie hatte Mühe, ihre Augen geöffnet zu halten. In der Mittagspause ging sie nicht mit zu Mamma Rosalia, sondern setzte sich in einen der Übungsräume und begann mit der Übertragung der Striche. Das Gekrakel der Prokova konnte sie gar nicht recht entziffern. Nach einer Stunde lehnte sie sich genervt zurück. Aus dem Nebenzimmer ertönten seit geraumer Zeit penetrante Trompetenfanfaren. Ihr Kopf dröhnte. Sie packte die Noten ein und stand auf, um vor der Nachmittagsprobe in einem nahe gelegenen Café noch einen Espresso zu trinken.

Aber als sie aus dem Gebäude trat, stockte ihr der Atem. Auf der gegenüberliegenden Straßenseite standen Jan und Arlette, der Posaunist Ivan, mit dem sich Arlette neulich gestritten hatte, und ein kleiner, etwa achtjähriger Junge. Jan hatte einen Arm um Arlette und den anderen um den Jungen gelegt. Sie sahen aus wie eine Familie. Valeries Knie zitterten. Wie damals, als sie Adrian und Carmen überrascht hatte, zog es ihr fast den Boden unter den Füßen weg. Fassungslos starrte sie auf das Familienidyll auf der anderen Straßenseite. Ihre Kollegen hatten sie nicht entdeckt. Sie waren zu sehr mit sich beschäftigt. Langsam machte sie kehrt und lief zurück ins Gebäude. Sie wusste, dass sich Jan und Arlette gut verstanden und er oft bei ihr zu Hause war, um ihrem Sohn Oboenunterricht zu geben. Doch was sie gerade gesehen hatte, ließ darauf schließen, dass noch mehr dahintersteckte. Sie waren so vertraut miteinander gewesen. Valerie verschanzte sich in dem Übungsraum, den sie kurz zuvor erst verlassen hatte. *Es ist bestimmt alles ein Missverständnis*, sagte sie sich. *Es lässt sich gewiss alles erklären!* Aber eine frostige Kälte kroch durch ihren Körper. *Ich habe mich geirrt*, flüsterte eine

Stimme in ihrem Kopf. *Er ist gar nicht an mir interessiert. Und wenn, dann ist er nicht frei, er ist mit Arlette liiert. Vielleicht war das vorhin sogar sein Sohn?* Valerie wurde schlecht. Die schlaflose Nacht, der Mangel an Nahrung und vor allem der Schock von gerade eben ließen sie taumeln. Sie durfte sich nichts anmerken lassen. Ihre Kopfschmerzen waren nun kaum noch zu ertragen. Doch sie straffte sich und atmete tief durch. Dann ging sie mit eisiger Miene zur Nachmittagsprobe. Künftig würde sie vorsichtiger sein und Jan nicht mehr ihr Herz ausschütten.

Den Französischunterricht am Abend sagte Valerie ab. Sie war fix und fertig und musste außerdem die Striche zu Ende übertragen. Sie setzte sich mit einer Kanne starkem Tee an den Schreibtisch und breitete die Noten aus. Ach je, das war schlimmer als Aschenputtels Arbeit. Sie spitzte einen Bleistift und machte sich ans Werk. Sie arbeitete mechanisch, in ihren Gedanken war sie ganz woanders. *Was läuft zwischen Jan und Arlette? Was empfindet er für sie?* Während der Probe hatte sie die beiden beobachtet. Sie waren ein eingespieltes Team. Musikalisch harmonierten sie perfekt. Ihre Einsätze kamen auf den Bruchteil einer Sekunde gleichzeitig, ihre Intonation war lupenrein aufeinander abgestimmt. Wenn sie miteinander sprachen, schienen sie sehr vertraut zu sein. *War ich nur ein Zeitvertreib für ihn*, fragte sie sich. *Aber wieso hat er mich neulich tagelang gepflegt, wenn er nicht an mir interessiert ist?* Waren er und Arlette sich danach auf der Japan-Tournee erst nähergekommen? Oder wieder nähergekommen? Doch dann hätte er nicht täglich kilometerlange E-Mails aus Japan geschrieben. Und was war gestern? Sein inniger Blick? Sie kam nicht weiter. Es machte alles keinen Sinn.

Als sie mit der Arbeit fertig war, fiel sie ins Bett … und konnte nicht einschlafen. Was war nur falsch an ihr, dass sie offenbar ständig betrogen wurde? Sie wälzte sich von der einen auf die andere Seite. Sollte sie Jan einfach direkt auf Arlette ansprechen? Aber sie verwarf den Gedanken sofort. Das wäre völlig peinlich!

Erst in den frühen Morgenstunden fand sie Schlaf, aus dem sie jedoch alsbald erbarmungslos vom Wecker herausgerissen wurde. Als sie in den Spiegel sah, dachte sie, sie stünde einem Vampir gegenüber: Sie war kalkweiß, und dunkle Ringe lagen unter ihren Augen. Entsetzlich! Und am Abend hatte sie auch noch Dienst. Es würde also Mitternacht werden, bevor sie ins Bett kam. Sie griff zu ihrer Puderdose und begann, sich zu schminken.

Als sie zur Probe kam, lehnte der Posaunist Ivan an einer Säule im Foyer und drehte sich eine Zigarette. Sie grüßte ihn kurz und wollte an ihm vorbei in den Probenraum gehen. Mit den Blechbläsern hatte sie bislang noch so gut wie keinen Kontakt gehabt. Doch unvermittelt sprach er sie an. »*Bonjour*, schöne Frau, ich frage mich, ob ich nicht etwas für dich tun kann?«

Sie runzelte die Stirn. »Bitte?« Sein Tonfall gefiel ihr nicht.

Er grinste und ging einen Schritt auf sie zu. »Nun ja, es ist selbst bei uns Blechbläsern dort hinten unübersehbar, dass deine Pultnachbarin, die gestrenge Madame Prokova, dich ganz schön in die Mangel nimmt. Und nun hat sich auch noch dein treuer Ritter Jan von dir abgewandt und kümmert sich stattdessen rührend um unseren holden, blonden Flötenengel.« Er hielt einen Moment inne und musterte Valerie unverfroren.

Sie starrte ihn eiskalt an und ließ sich nicht anmerken, dass er sie gerade bis ins Mark getroffen hatte.

Da stocherte er weiter: »Verzeih, wenn ich das so offen sage, aber als du vor zwei Monaten bei uns angefangen hast, warst du deutlich hübscher als jetzt. Du musst etwas machen, Mädchen, sonst siehst du bald alt aus.«

»Ich verstehe nicht, worauf du hinauswillst«, sagte sie so kühl wie möglich.

Ivan schlich um sie herum und beugte sich dann verschwörerisch zu ihr herab. »Ich habe Mittel, um die Nervosität in Schach zu halten und die Müdigkeit zu besiegen.«

Sie schwieg.

»Bist du interessiert?«

»Nein«, sagte sie und ging weiter.

»*Pas de problème!*« Er lachte. »Du kannst es dir jederzeit anders überlegen.«

Valerie zitterte. Sie wollte Willi von ihrer Begegnung erzählen, doch er war gerade mit anderen Kollegen in ein Gespräch verwickelt und winkte nur kurz zu ihr herüber.

Während der Probe schwirrten ihr Ivans Worte im Kopf herum. Sie würde zwar im Traum kein Mittelchen von ihm annehmen, dazu war sie viel zu ängstlich. Aber vielleicht sollte sie einen Arzt aufsuchen. Sie fühlte sich in der Tat ziemlich zerschlagen und das Bild von Jan und Arlette konnte sie nicht verscheuchen. Vielleicht sollte sie sich Koffeintabletten oder etwas Ähnliches verschreiben lassen, damit sie trotz ihrer Schlaflosigkeit nicht an Konzentration einbüßte? Oder doch lieber Schlaftabletten, damit sie nachts einmal schlief? Oder beides? Aber dagegen sprach schon der gesunde Menschenverstand. Als die Probe zu Ende war, packte sie gedankenverloren ihre Geige ein. Am Nachmittag hatte sie frei und sie wollte nur noch nach Hause in ihr Bett, zumal sie am Abend Dienst hatte.

Bevor sie den Probensaal verließ, kam Jan auf sie zu. »Valerie, bist du wieder krank? Du siehst so müde aus.«

»Ich hab zu lange die Stimmen eingerichtet und konnte danach nicht einschlafen. Aber krank bin ich nicht«, erwiderte sie. Doch insgeheim ärgerte sie sich. Er war der Grund, weshalb sie so fertig war. Er allein!

»Kommst du mit zum Mittagstisch?«

Sie schüttelte den Kopf und hängte sich den Geigenkasten über die Schulter. »Ich habe heute Nachmittag frei und muss vor der Aufführung am Abend unbedingt noch etwas schlafen.«

»Ja. Mach das.« Er musterte sie. »Bist du sicher, dass du nur müde bist?«

Sie nickte. Was sollte sie sonst sagen?

»Dann schlaf jetzt etwas. Wir sehen uns heute Abend beim Konzert.«

Während sie hinausging, spürte sie, dass er ihr nachsah. Sie biss sich auf die Unterlippe, um nicht in Tränen auszubrechen. Sie liebte ihn noch immer. Als er gerade in ihrer Nähe gestanden hatte, hatte sie wieder ein warmes Kribbeln im Magen verspürt. *Schmetterlinge, die absterben werden*, dachte sie bitter. Sie fröstelte.

Als sie unten im Foyer angekommen war, merkte sie, dass sie ihren Schirm oben vergessen hatte, und draußen regnete es in Strömen. Sie lief noch einmal die Treppe hinauf. Als sie gerade im Begriff war, in den Probensaal hineinzugehen, hörte sie, dass über sie gesprochen wurde.

»Ich weiß gar nicht, warum du dich so für Valerie einsetzt«, hörte sie Olivier sagen. »Du hast doch schon Arlette und ihren Sohn, um die du dich kümmerst. Was willst du noch mit einer zweiten Frau? Dazu noch mit einer, die so kühl und reserviert ist wie ein Eisklotz.«

»Sag mal, spinnst du?«, rief Jan. »Valerie ist überhaupt nicht kühl und reserviert. Wenn du dich einmal etwas näher mit ihr befasst hättest, wüsstest du das. Ich finde es einfach unfair, sie den Schikanen der Prokova schutzlos auszuliefern. Wir sollten ihr helfen und ihr das Gefühl geben, dass wir hinter ihr stehen, und nicht immer vor der alten Hexe kuschen.«

»Tut mir leid, wenn ich dabei nicht helfe, aber mir ist mein eigener Job wichtiger. Die Prokova wird immer am längeren

Hebel sitzen. Und Valerie steht auf ihrer Abschussliste und wird die Probezeit nicht überstehen. Niemand kann ihr mehr helfen. Und du solltest auch vorsichtiger sein. Sonst fährt die alte Hexe schweres Geschütz gegen dich auf und du bist deinen Job auch bald los. Im Übrigen hat sie schon damit angefangen, gegen dich zu hetzen, denn ich habe gehört, wie sie Rosselli gesagt hat, dass du ihrer Ansicht nach derzeit nicht recht bei der Sache bist.«

Jan schnaubte und wollte etwas erwidern, doch Olivier schnitt ihm das Wort ab. »Such dir endlich eine Freundin, die jung und hübsch ist und keine Sorgenfalten im Gesicht hat. Dann wirst du auch keine Notwendigkeit mehr sehen, dich wie ein Ritter um alle Arlettes und Valeries dieser Welt zu kümmern.«

Valerie sackte das Herz in die Kniekehle. Olivier, der für sie neulich mitten in der Nacht das Antibiotikum geholt hatte, stellte sich nun klar gegen sie und riet Jan, sich von ihr fernzuhalten. Von ihr, die kühl, reserviert und hässlich war. Und mit Arlette musste Jan wirklich in irgendeiner Weise verbunden sein. Was sonst meinte Olivier, als er sagte, Jan habe schon Arlette und ihren Sohn, um die er sich kümmern müsse? Auch Ivan hatte das mehr als deutlich ausgesprochen. Und gestern hatte sie selbst gesehen, wie Jan Arlette und ihren Sohn in den Armen gehalten hatte. Ihre Beine zitterten. Sie musste weg, bevor die Männer sie entdeckten.

Sie rannte die Treppe nach unten und lief hinaus in den Regen. Oliviers Worte wirkten wie Gift, das sich jetzt einen Weg durch ihren Körper bahnte. Sie fühlte sich einer Ohnmacht nahe. Völlig durchnässt erreichte sie die Metrostation und stolperte die Stufen hinunter. Eisiger Zugwind peitschte ihr ins Gesicht. Sie lehnte sich einen Augenblick an die gekachelte Wand des Metroschachts. Ihr war übel. Zwar war Olivier der Überzeugung, dass Jan etwas für sie empfand, und Jan hatte sie auch vehement verteidigt. Aber das tröstete sie wenig. »Was willst du noch mit einer zweiten Frau?«, hatte Olivier gefragt. Und Jan hatte darauf nicht geantwortet. Valerie seufzte. Sie war, wenn überhaupt, also nur die zweite Frau neben Arlette. Warum hatte Jan niemals erwähnt, dass er Arlette gegenüber Verpflichtungen hatte? Sie hatten doch explizit über ihre verflossenen Beziehungen gesprochen, als sie krank gewesen war. Und er hatte gesagt, dass er niemals mit einer Musikerin liiert gewesen war. War das eine Lüge gewesen? Oder hatte Jan ein Helfersyndrom und würde sich um jede Frau kümmern, die Sorgenfalten hatte, so wie Arlette und sie offensichtlich auch? Aber dann sollte sie ihn nicht lieben. Denn wenn er jeder Frau so beistehen würde wie ihr, könnte sie es nicht ertragen. Die Metro fuhr ein. Bibbernd vor Kälte setzte sie sich auf einen der freien Plätze. Sie musste Jan aufgeben! Tränen liefen ihr die Wangen hinunter, doch sie merkte es noch nicht einmal.

Die nächsten Tage waren eine Qual. Valerie torkelte morgens aus dem Bett, überschminkte so gut es ging ihre Blässe und trank literweise Kaffee, um wach zu bleiben. Nachts konnte sie dann nicht schlafen. Sie weinte stundenlang in ihr Kissen. Es zerriss ihr das Herz, dass sie die Hoffnung, mit Jan zusammenzukommen, aufgeben musste. Sie fühlte sich immer schwächer und schwächer. Spätestens in einer Woche würde sie sich wieder einen Grippevirus in der Metro einfangen und krank werden. Aber was sollte sie tun?

Die Prokova halste ihr immer mehr Arbeit auf, sie hatte Valerie schon drei weitere Sinfonien zum Einrichten gegeben und gierte auf einen Fehler von ihr, aber zum Glück war ihr bislang noch keiner unterlaufen. Vom Französischunterricht meldete sie sich ab. Es hatte keinen Sinn mehr, wenn sie dauernd fehlte. Und Irmgard sagte sie, dass sie erst wieder die Beethoven-Sonaten mit ihr spielen könne, wenn sie weniger Arbeit im Orchester hätte.

Valerie vermied es, länger mit Jan zu reden. Wenn er sich mit ihr treffen wollte, flüchtete sie sich in die Ausrede, in jeder freien Minute üben zu müssen, wenn sie weiterhin fehlerfrei durchkommen wolle. Er wunderte sich, dass sie ihn immer abwimmelte, das sah sie an seinem Blick. Sie war nur froh, dass er sie nicht drängte, sich mit ihm zu treffen.

Doch als sie nach ein paar Tagen wieder ablehnte, mit zu Mamma Rosalias Mittagstisch zu kommen, sagte er: »Valerie, entschuldige meine Offenheit, aber du siehst aus wie ein Gespenst, und ich habe Sorge, dass du bald wieder krank wirst. Du isst nicht, du schläfst nicht. Jeden Tag bist du dünner und blasser als am Vortag. Soll ich mal mit Madame Prokova sprechen und ihr sagen, dass sie so nicht mit dir umgehen kann?«

Sie spürte Panik in sich aufsteigen. »Nein, bitte sprich nicht mit ihr.«

»Dann musst du es selbst tun.« Er klang plötzlich streng und seine grünen Augen sahen sie durchdringend an. »Ich bin nicht gewillt, weiter zuzusehen, wie du Tag für Tag am eigenen Leib demonstrierst, was *sempre diminuendo* bedeutet.«

Ihre Knie zitterten.

»Irgendjemand muss ihr bald etwas sagen, sonst macht sie immer weiter so.« Er nahm ihren Arm. »Jetzt komm wenigstens mit zu Mamma Rosalia, damit du etwas isst, und dort können wir besprechen, was du Madame sagen kannst.«

Valerie war zu schwach, um Einwände zu erheben. Im Grunde genommen wusste sie, dass sie einen Ritter brauchte. Aber sie wollte es sich nicht eingestehen, sie wollte es allein schaffen und sich nicht wie Aschenputtel vom Prinzen retten lassen, der wahrscheinlich auch gern andere Frauen aus der Not rettete. Nur halbherzig hörte sie Jan zu, der Vorschläge machte, was sie der Prokova sagen könnte, um ihr Grenzen zu setzen.

Doch ihr war klar, dass sie dazu nie den Mut aufbringen würde. Außerdem war das im Moment gar nicht ihr vorrangiges Problem.

Ihr Hals war wie zugeschnürt und sie konnte Mamma Rosalias Pasta nicht aufessen. Während sie noch in ihrem Essen herumstocherte, fragte Jan plötzlich: »Ist es nur die Prokova, wegen der du unglücklich bist?«

Valerie zuckte zusammen. »Ja«, log sie dann. Eigentlich wäre jetzt der Moment, sich mit ihm auszusprechen. Ihm zu sagen, dass sie ihn mit Arlette und ihrem Sohn zusammen gesehen hatte und dass sie mitbekommen hatte, was Olivier neulich gesagt hatte. Aber dann musste sie Jan gestehen, dass sie ihn liebte, und diese Blöße wollte sie sich nicht geben. Denn mittlerweile war sie überzeugt, dass er nicht dasselbe für sie empfand, sondern bestimmt nur ein ehrbares Helfersyndrom hatte, das er gegenüber jeder anderen Frau »in Not« sicherlich auch zeigte.

Kapitel 12

Für das nächste Abonnement-Konzert stand ein Auftragswerk eines zeitgenössischen Komponisten auf dem Programm. Es strotzte vor rhythmischen Finessen, war harmonisch undurchschaubar und nach einer Melodie suchte man vergebens. Valerie übte das Stück zu Hause stundenlang mit Metronom und studierte die Partitur, aber das Stück blieb ihr völlig unverständlich.

Bei der Orchesterprobe unterbrach Rosselli fast nach jedem dritten Takt, weil irgendjemand falsch gezählt oder eine falsche Note gespielt hatte, was in dem Chaos ohnehin niemand hören würde. Die Prokova nörgelte andauernd herum. Und plötzlich stand sie auf, setzte sich in den Zuschauerraum und überließ Valerie die Stimmführung. Valerie schwitzte und sah aus dem Augenwinkel, wie Ivan hinten auf der Bläsertribüne grinste. Sie tat ihr Bestes, um ihren Kollegen an den hinteren Pulten die richtigen Einsätze zu geben. Aber es war ein Desaster. Die Geigen klapperten, niemand hatte einen Durchblick und sie war selbst zu unsicher, um souverän zu führen. Ihre sechzehn Takte Solo waren zwar korrekt gespielt, aber Rosselli fand die Melodieführung nicht schön, sie sollte mehr Eleganz ausstrahlen. Doch was war schon an dem ganzen Klangbrei elegant? Zu guter Letzt entließ Rosselli sie alle in die Pause und setzte eine Registerprobe zwei Tage später an.

Valerie ging mit hängenden Schultern aus dem Probenraum. Es war eine absolute Katastrophe. Wieso musste jemand ein so irres Stück komponieren? Und warum musste ausgerechnet ihr Orchester diesen Wahnsinn spielen? Wenn die Prokova nun selbst keine Lust auf dieses Stück und den Solopart hatte, dann würde sie Valerie für diese Aufführung den Konzertmeisterposten übertragen – und die negativen Schlagzeilen gratis dazu.

Als ob sie es geahnt hätte, rief die Prokova hinter ihr her. »Madame Mollwitz, warten Sie!«

Valerie drehte sich um.

»Dass ich eben in den Zuschauerraum gegangen bin, hatte seinen Grund.« Die alte Konzertmeisterin zog hämisch einen Mundwinkel nach oben. »Ich werde Ihnen die Aufführung am Wochenende überlassen. Sie wissen ja, was Sie bis dahin zu tun haben, nicht wahr?«

»Ja, vielen Dank«, erwiderte Valerie. Sie hoffte, dass ihr Tonfall nicht allzu sarkastisch gewesen war.

Niedergeschlagen fuhr sie nach Hause. Wie sollte sie das schaffen? Gegen ihren Willen tauchte Ivans Gesicht plötzlich vor ihrem inneren Auge auf. Vielleicht sollte sie sich doch Beruhigungsmittel verschreiben lassen? Doch sie scheuchte den Gedanken weg. Sie musste es aus eigener Kraft schaffen. Das hatte sie bislang immer geschafft.

Am nächsten Tag hatte Valerie keinen Dienst. Dennoch hielt sie um acht Uhr früh die Geige in der Hand und begann zu üben. Jeden Takt, jede Note, jede Pause. Stundenlang. Sie überprüfte einige Harmonien auch auf dem Klavier, damit sie keine falsche Note einübte. Am Abend hatte sie endlich das Gefühl, alles zu können.

Die Registerprobe, die am nächsten Tag stattfand, leitete sie, da die Prokova nicht mitspielte. Ihre Kollegen waren zur angesetzten Probe völlig am Ende, weil sie beim Üben fast verzweifelt waren.

»Wir gehen einfach Takt für Takt durch«, begann Valerie ruhig. Sie hatte einige markante Stellen herausgesucht, die sie in der Registerprobe üben wollte. Sie probten intensiv. Valerie spielte die entsprechenden Takte zunächst vor und dann übten sie sie alle gemeinsam. Erst langsam, dann immer schneller. Sie ließ niemanden allein vorspielen. Nach einer Stunde klangen die Passagen, die sie zusammen geprobt hatten, gut und die Gesichter der Kollegen entspannten sich allmählich.

Doch plötzlich ging die Tür auf und Madame Prokova erschien. »Lasst euch nicht stören, ich will nur hören, wie es klappt.«

»Es klappt gut«, sagte Valerie kühl. Sie hasste es, dass die Prokova jetzt ihre Probe störte. Die Kollegen wurden zusehends nervöser und verhaspelten sich bei Takten, die bereits funktioniert hatten. Valerie versuchte, ruhig zu bleiben, auch wenn sie die Augen der Prokova auf sich spürte. Wenn etwas aus den Fugen geriet, ließ sie wie zuvor einfach noch einmal langsam spielen und schraubte dann das Tempo bei jeder Wiederholung etwas höher, bis es ans Originaltempo herankam.

»*Mes très chers collègues*, so weit, so gut, aber wenn Sie, Madame Mollwitz, in dem Tempo weitermachen, dann können wir das Stück nicht am Wochenende, sondern erst in einem Jahr aufführen.« Damit hatte die Prokova recht, aber Valerie stieg dennoch die Zornesröte ins Gesicht.

»Ich bin der Ansicht, dass wir die Einleitung sehr gut proben sollten, denn vieles davon wiederholt sich später. Wenn wir hier den Rhythmus und die Töne klären, dann können die Kollegen den Rest zu Hause für sich besser üben, als wenn wir jetzt durchjagen.«

Die alte Konzertmeisterin lächelte. »Nun ja, Sie werden Ihre Erfahrungen noch machen, Madame Mollwitz.« Sie stand auf und ging.

Als sie draußen war, entstand einen Augenblick peinliche Stille. Valerie überlegte kurz, ob sie die Kollegen nach ihrer Meinung fragen sollte, ließ es aber dann. Ein Orchester war kein Ort für Demokratie. Sie musste führen. »Gut, wir machen weiter bei Takt 133«, sagte sie, und als die anderthalb Stunden Dienst vorbei waren, hatten sie gerade einmal einen Bruchteil des Werkes geübt. Da die Orchestergewerkschaft streng auf die Arbeitszeiten achtete, ließ Valerie den Bogen sinken. »Wir sind nicht weit gekommen. Aber den ersten Teil können wir nun ganz gut, den Rest könnt ihr zu Hause für euch selbst noch erarbeiten. Allen, die das einsame Üben dieses Stückes zu Hause leid sind, biete ich an, morgen und übermorgen die weiteren Sätze gemeinsam zu üben. Ich werde nach der Vormittagsprobe jeweils im Übungsraum ganz hinten links sein, ihr könnt gern dazukommen und wir fingern das Stück zusammen durch. Das ist wohlgemerkt eine freiwillige Sache, unterliegt nicht der Arbeitszeit und es hat für euch keine Auswirkungen, ob ihr kommt oder nicht.«

»Das finde ich eine wirklich tolle Sache«, sagte Bernard, ein älterer Geiger. »Ich habe zwar den ganzen Käse stundenlang mit Metronom geübt, habe aber erst in dieser Probe den Eindruck gehabt, dass ich das Stück langsam verstehe.«

»Mir geht es genauso«, sagte Sarah und auch die anderen Kollegen nickten.

Valerie lächelte. »Also dann, wir werden es schon schaffen.«

Sie war erstaunt, dass sämtliche Kollegen ihrer Stimmgruppe ihr Angebot annahmen. Auf diese Weise bekamen sie das Stück gut in den Griff. In der nächsten Tuttiprobe, in der das zeitgenössische Stück geprobt wurde, waren die ersten Geigen perfekt im Einklang und Rosselli lobte sie sogar. Valerie atmete auf. Das war ihr Verdienst. Und der gute Bernard sagte vor versammeltem Orchester: »Das ist Valerie zu verdanken, sie hat sehr gute Registerproben geleitet.« Rosselli nahm das zur Kenntnis, auch wenn er kein Wort dazu sagte.

Doch bei der Generalprobe gab es für Valerie eine böse Überraschung. Der Komponist erschien persönlich und teilte ihr mit, er habe noch ein paar Terzen zu ihrem Solopart hinzukomponiert. Dieser Einfall sei ihm erst spät gekommen, müsse aber trotzdem umgesetzt werden. Valerie raufte sich die Haare. »Das sagen Sie jetzt? Heute Abend ist das Konzert!« Sie konnte die Stunden, die sie dieses wirre Stück geübt hatte, schon gar nicht mehr zählen, und nun musste er ausgerechnet für ihren Solopart noch Doppelgriffe hinzukomponieren, die den Part um einiges schwieriger gestalteten. Und ihr blieben nur noch wenige Stunden zum Üben.

Nach der Tuttiprobe stürmte sie in einen der kleineren Übungsräume. Mit *molto agitato* war der letzte Satz überschrieben, der auch ihr Solo enthielt, und *molto agitato* entsprach exakt ihrem derzeitigen Gemütszustand: Sie konnte sich nicht erinnern, wann sie vor einem Konzert jemals so unruhig und nervös gewesen war. Trotz der intensiven Vorbereitung stand ihre Niederlage so gut wie fest, denn sie musste für ihren gesamten Solopart neue Fingersätze finden und die Intonation ausloten. Kaum zu schaffen vor dem Konzert! Sie atmete tief durch und versuchte, so zu üben, wie sie auch mit ihren Kollegen geübt hatte: Takt für Takt, Ton für Ton. Aber ihre Nerven lagen blank. Als der erste Takt zum zehnten Mal nicht klappte, schrie sie auf und hätte am liebsten Geige und Bogen gegen die Wand geworfen. Sie setzte sich auf den Boden und heulte. Zehn Papiertaschentücher später nahm sie ihr Instrument wieder zur Hand und versuchte es erneut, doch es klang ziemlich kläglich. Sie legte die Geige wieder beiseite und suchte etwas Kleingeld aus ihrem Portemonnaie zusammen. Vielleicht hilft ein Kaffee, dachte sie, schloss den Probenraum hinter sich ab, da sie ihre Geige dort liegen gelassen hatte, und lief zum Kaffeeautomaten.

»Na, Valerie, hast du es dir zufällig anders überlegt?«

Sie zuckte zusammen. Ivan lehnte in der Nähe an der Wand. Verdutzt sah sie ihn an. Hatte er ihren Nervenzusammenbruch gehört? Ihre Tränenspuren waren bestimmt noch sichtbar.

Er grinste. »Die Aufführung heute Abend bringt die ganze Pariser High Society hierher, da wäre es ungünstig, wenn du patzt.«

Sie wusste nicht, was sie sagen sollte. Sie hatte die letzten Tage so einige Male über Ivan nachgedacht, aber sein Angebot bislang kategorisch abgelehnt. Doch nun war sie ein Nervenbündel. Vielleicht konnte sie nur einmal etwas von seinem Mittel einnehmen? Nur dieses eine Mal? Sie würde ohne Hilfe ihr Solo bis zum Abend nicht mehr hinbekommen. Selbst wenn sie sich die Doppelgriffe bis dahin noch eintrichterte, es klang abscheulich!

»Ich habe Tabletten, die sofort wirken«, erklärte Ivan. »Ein Arzt würde dir dieselben verschreiben, aber du musst wochenlang auf einen Termin warten. Ich könnte sie dir gleich geben. Dann versemmelst du dein Solo heute Abend vielleicht nicht.« Sein feistes Gesicht verzog sich wieder zu einem Grinsen.

Valerie schwieg. Ivan war ihr nach wie vor unheimlich.

»Es gibt einige Musiker, die auch Tabletten einnehmen, da ist gar nichts dabei«, fügte er hinzu.

Vielleicht war es wirklich nicht so schlimm, in einer Notlage mal etwas einzunehmen. Außerdem war ihr momentan alles egal, ihr Leben war ohnehin ein einziges Desaster.

Ivan zog eine kleine Dose aus der Jackentasche und öffnete sie. Darin lagen winzige weiße Pillen unschuldig nebeneinander. »*Voilà!* Probier es einfach mal aus.«

Sie zögerte.

»Was machst du da, Valerie?«, hörte sie plötzlich eine Stimme hinter sich.

Erschrocken drehte sie sich um. Jan stand ein paar Schritte entfernt. Seine Augen funkelten zornig.

»Ach, unser edler Ritter ist im Anmarsch«, höhnte Ivan.

Mit einem Satz war Jan bei ihm und packte ihn an den Schultern. »Hau ab und lass die Finger von ihr!« Er sah aus wie David gegen Goliath.

»Warum denn? Wir haben uns gerade so hübsch unterhalten.« Ivan grinste.

Jan kam ihm bedrohlich nah. »Valerie lässt du in Ruhe, und wenn du sie noch einmal ansprichst, zeige ich dich bei der Staatsanwaltschaft wegen Dealerei an.« Seine Stimme klang wie Donnergrollen. So hatte sie ihn noch nie erlebt.

»Schon gut, schon gut«, Ivan trollte sich und blickte noch einmal zurück. »Also, Lady, du weißt, wo du mich findest.«

Valerie stand da wie betäubt. Nach einer Weile sah sie schüchtern zu Jan auf. Er war aschfahl und seine Augen blitzten noch immer so, als ob sie Funken sprühten. »Komm mit!«, sagte er streng. Und sie folgte ihm wie ein Hund seinem Herrn, von dem er gleich Prügel beziehen würde.

Jan öffnete die Tür zu einem der kleineren Probenräume. Er schob sie hinein und schloss die Tür hinter ihnen ab. Die Jalousien waren unten, nur schummriges Licht fiel durch die Schlitze herein. Er setzte sich auf die Tischkante und verschränkte die Arme. Sie stand vor ihm und blickte zu Boden. Ihr war flau im Magen. Er war böse. Sehr böse. Sie zupfte an einem Hautfetzen ihres linken Zeigefingers. Was sollte sie sagen? Hatte er erraten, wie dicht dran sie gewesen war, Tabletten aus zweifelhafter Quelle zu nehmen? Es war mäuschenstill, nur das Surren einer Fliege, die gegen die Fensterscheibe flog, war zu hören.

»Er hat dir also Tabletten angeboten«, sagte Jan schließlich.

Valerie nickte nur, die Stimme versagte ihr.

»Und? Hast du sie genommen?«

Sie schüttelte den Kopf.

»Hast du in Erwägung gezogen, sie zu nehmen?«

Ihr Kinn zitterte und Tränen stiegen ihr in die Augen.

»Also ja.« Jan seufzte. »Ich hatte nach der Probe das Gefühl, dass du nervlich am Ende bist, deshalb habe ich dich gesucht. Aber dass du im Begriff bist, dir von Ivan Tabletten geben zu lassen, hätte ich nicht erwartet.«

»Ich weiß nicht mehr, was ich machen soll!« Sie schluchzte auf. »Ich schaffe das alles nicht, das Stück ist zum Kotzen, die Prokova halst mir immer die Drecksarbeit auf und wartet nur auf einen Fehler von mir. Ich bekomme die neu hinzukomponierten Doppelgriffe bis heute Abend nicht mehr hin. Ich werde im Konzert versagen.«

»Und du glaubst, dass dir Tabletten helfen können?«

Valerie fühlte sich elend. »Vielleicht.« Sie wischte sich die Tränen aus den Augen. »Eine andere Lösung sehe ich nicht. Ich kann mich heute nicht mehr krankmelden, jeder hat gesehen, dass ich in der Vormittagsprobe vollkommen gesund war.«

Jan schlug sich die Hände vors Gesicht und stöhnte. »Meine Güte, Valerie, Ivans Tabletten machen dich abhängig, du wirst den Saukerl nie wieder los und ruinierst dich.«

Sie zuckte mit den Schultern. »Was bleibt mir anderes übrig? Die Zeit ist zu knapp, um mir von einem Arzt etwas verschreiben zu lassen. Und ich schaffe das heutige Konzert ohne Beruhigungsmittel nicht.«

»Unsinn, du bist gut und du schaffst das auch ohne Tabletten.«

Sie schüttelte den Kopf. »Ich werde meinen Job verlieren.«

»Und wenn schon. Es ist besser, den Job zu verlieren als das Leben!«

Valerie starrte ihn mit offenem Mund an.

»Ja, du hast ganz richtig gehört: Von einem falschen Ton ist noch niemand gestorben, von Tabletten hingegen viele.«

Damit hatte er recht. Trotzdem half ihr das in der aktuellen Situation nicht. »Und was soll ich deiner Meinung nach machen?«, fuhr sie ihn an. »Im Orchesterbüro meine Kündigung einreichen?«

»Nein, du sollst kämpfen!«, rief Jan entnervt. »Jetzt ist es dreizehn Uhr. Das Konzert beginnt um zwanzig Uhr. Du brauchst zwei Stunden zum Essen, Ausruhen und Umziehen. Da bleiben immer noch fünf Stunden, in denen du dir sechzehn Takte eintrichtern kannst. Das wird doch wohl machbar sein, oder?«

Sie fühlte sich wie ein begossener Pudel, über den Jan gerade einen Kübel Wasser ausgeleert hatte. Aber die kalte Dusche erfüllte ihren Zweck: Valerie begriff auf einmal, dass sie es – rein zeitlich betrachtet – bis heute Abend schaffen konnte.

Jan schien ihr anzusehen, dass sie ihre Erfolgsaussichten wieder realistischer einschätzte. Er lächelte und klopfte ihr auf die Schulter. »So, jetzt bin ich wieder zahm. Hol deine Geige und die Noten, ich übe das mit dir.«

»Ehrlich?«, fragte sie schwach.

»Ja, sonst kommst du mir wieder auf dumme Gedanken.«

Noch etwas zittrig auf den Beinen holte Valerie ihre Sachen aus dem Probenraum, in dem sie zuvor geübt hatte. Eigentlich hatte sie sich vorgenommen, sich von Jan fernzuhalten. Aber sie konnte ihn jetzt nicht schon wieder verärgern. Und gegen eine Freundschaft sprach ja auch nichts. Selbst wenn er mit Arlette liiert sein sollte.

Sie spannte den Bogen, nahm die Geige auf und ließ sich dann von Jan durch den Dschungel aus Tönen führen. Er spielte immer einen Takt am Klavier vor und sie spielte nach. Ton für Ton, Takt für Takt, Phrase für Phrase. Dreimal. Zehnmal. Dreißigmal.

Kapitel 13

Eine Viertelstunde vor dem Konzert stand Valerie in ihrem schwarzen Samtkleid in der Musikergarderobe und bestrich ihren Bogen mit Kolophonium. Sie hatte am Nachmittag mit Jan fast vier Stunden ihre Solostelle geprobt. Danach war sie wie erschlagen nach Hause gefahren und hatte sich eine Stunde hingelegt, bevor sie wieder zum Konzerthaus aufgebrochen war.

Die Garderobe vibrierte vom Klanggewirr der achtzig Musiker, die sich alle einspielten. Valerie war zu müde, um nervös zu sein. Sie nahm ihre Violine aus dem Kasten und lehnte sich an die Wand. Jan spielte sich am anderen Ende des Raumes ein. Sie beobachtete ihn aus der Ferne. Der Trubel um ihn herum schien ihn nicht zu stören. Er war ganz in sein Spiel versunken. Sie konnte aus dem Klangchaos der sich einspielenden Kollegen eindeutig seine Oboe heraushören. Ivan rauschte völlig außer Atem an ihr vorbei, übersah sie jedoch demonstrativ. Offensichtlich hatte Jan ihn nachhaltig vertrieben.

Da erklang der erste Gong und die Musiker mussten sich am Bühneneingang versammeln. Valerie fasste an ihren Hinterkopf, um sich zu vergewissern, dass Elises Perlmutthaarspange richtig saß. Seitdem sie wusste, dass Elise sie von Karl kurz vor ihrem ersten gemeinsamen Konzert bekommen hatte, betrachtete sie diese Haarspange als Talisman.

Jan kämpfte sich zu ihr durch. »Alles in Ordnung?«, fragte er leise.

Sie nickte. »Ja, meine einzige Sorge ist, dass ich gleich einschlafe und mein Solo verpasse.«

Er drückte ihre Hand. »Keine Sorge, ich werde so laut in die Oboe blasen, dass du aufwachst.«

Obwohl sich wie immer, wenn sie die Bühne betrat, ein Tunnelblick einstellte und sie nur auf die Noten und die Kollegen um sich herum achtete, nahm sie wahr, dass der Zuschauerraum brechend voll war. Die Prokova saß mit dem Komponisten in der ersten Reihe. Valeries Herz begann zu rasen. Sie durfte es nicht vermasseln! Als alle Kollegen an ihren Plätzen waren, stand sie auf, um einstimmen zu lassen. Jan lächelte ihr von der Bläsertribüne aus zu, bevor er ihr das a gab. Sie atmete tief ein und spürte, wie Ruhe in ihr einkehrte, als sie das a von ihm abnahm. Sie waren im Einklang miteinander. *Unisono.*

Rosselli betrat die Bühne und das Publikum empfing ihn begeistert. Das Saallicht wurde heruntergedimmt und er gab den Einsatz zum ersten Stück des heutigen Programms: Respighis Uccelli. Jan spielte ein atemberaubend schönes Solo. Sein Ton schwebte über das ganze Orchester hinweg und ließ Valerie alles um sich herum vergessen. Sie hatte das erste Mal seit langer Zeit wieder das Gefühl, in der Musik ganz geborgen zu sein. Als der Satz zu Ende war, sah sie, dass sich manch ein Zuhörer die Tränen aus den Augen wischte. Kurz sah sie zu Jan hinauf und lächelte. Er hatte sie wahrhaftig verzaubert, sie und alle anderen im Saal.

Dann folgte das zeitgenössische Werk. Die ersten drei Sätze klappten gut. Als im vierten Satz Valeries Solopassage näherrückte, bemerkte sie, dass Rosselli schon viele Takte davor nervös zu ihr herüberblickte. Aber als es so weit war, setzte sie souverän ein und spielte den schwierigen Part, als ob es das Leichteste der Welt sei. Ihre Intonation war makellos, der Rhythmus markant. Der Maestro nickte anerkennend, als sie geendet hatte, wahrscheinlich hatte auch er Sorge gehabt, dass sie den jüngsten Wunsch des Komponisten nicht mehr umsetzen konnte. Am Schluss klatschte das Publikum brav, wenn auch das Stück keine besondere Begeisterung hervorgerufen hatte, was jedoch zu erwarten gewesen war. Aber Valerie war zufrieden mit sich. Sie hatte ihre Solostelle gut abgeliefert, an ihr konnte niemand herummeckern.

Als sie die Garderobe betrat, stand Jan grinsend neben ihrem Geigenkasten. »Was habe ich gesagt?« Er küsste sie auf beide Wangen. »Dass du es ohne Tabletten schaffst. Und ich habe recht gehabt! Herzlichen Glückwunsch, Valerie.«

Sie lachte. »Ja, du hattest recht.«

Rosselli stand plötzlich neben ihnen. »Madame, das haben Sie glänzend gemeistert. Das hätte ich gar nicht erwartet.«

»*Merci*, Maestro.« Valerie lächelte, obwohl sie sich ein wenig ärgerte, dass er es ihr offensichtlich nicht zugetraut hatte.

Dann wandte sich der Maestro an Jan. »Ihr Solo war göttlich, Monsieur. Sie spielen immer gut, aber heute ganz besonders. Ich frage mich, welche Muse Sie wohl geküsst haben mag.«

Jan errötete. Valerie wurde plötzlich heiß. Rosselli blickte zwischen ihnen hin und her. »Aha«, sagte er nur und ging.

»Was war das denn gerade?« Sie beugte sich verlegen über ihren Geigenkasten und packte die Geige ein.

»Mach dir nichts daraus.« Jan hob die Schultern. »Er pokert. Lass uns gehen.«

»Hast du Lust, morgen einen Ausflug zu machen?«, fragte Jan, als sie draußen vor dem Konzerthaus standen. »Wir könnten nach Versailles fahren.«

Valerie schluckte. Sie musste jetzt Klarheit haben. Sie musste Jan fragen, was ihn mit Arlette verband. Was Olivier gemeint hatte. Auf was Ivan angespielt hatte. So gern sie Jan auch hatte, sie wollte keine Zweitfrau sein. Oder sich Hoffnungen machen, wo es keine gab. Sie gab sich einen Ruck und sah auf. »Jan, bevor ich antworte, muss ich ein paar Dinge wissen.«

Verwundert sah er sie an. »Ja, natürlich. Was willst du wissen?«

Sie blickte um sich. Einige Kollegen gingen an ihnen vorbei. Ein Touristenbus mit der Aufschrift »Paris by night« fuhr vorüber und Dutzende Fotokameras blitzten auf. Es war nicht der richtige Ort zum Reden, aber darauf konnte sie jetzt keine Rücksicht nehmen.

»Arlette … ich habe gehört …«, begann sie, wusste aber nicht, wie sie weitermachen sollte.

Er verstand sofort. »Komm mit!« Er griff nach ihrer Hand und zog sie in ein nahe gelegenes Café.

»*Un demi-litre de vin rouge, s'il vous plaît*«, rief er dem Kellner zu und nahm Valerie den Mantel ab. »Setz dich.«

Ihr Herz schlug heftig, als sie Jan gegenüber Platz nahm. Der Kellner tischte eine Karaffe Wein und zwei Gläser vor ihnen auf.

Jan schenkte ihr ein. »Ich glaube, es ist an der Zeit, dass ich dir noch einige Orchesterinterna erzähle«, sagte er. »Oder möchtest du lieber gezielt Fragen stellen?«

Sie schüttelte den Kopf. »Erzähl einfach.«

»Ivan und Arlette waren ein Paar, als ich vor vielen Jahren neu ins Orchester kam«, begann er.

Valerie durchfuhr ein kalter Schauer. *Will er mir nun sagen, dass er Ivan Arlette ausgespannt hat?*

»Ivan hatte damals schon ein Alkoholproblem. Er trank, weil er vor den Aufführungen nervös war. Irgendwann hat er Arlette geschlagen. Es muss mehrere Male passiert sein. Einmal habe ich es mitbekommen und bin dazwischengegangen. Arlette hat sich bald darauf von ihm getrennt. Es entbrannte ein erbitterter Streit um das Sorgerecht für ihren Sohn, der damals erst ein Jahr alt war. Sie wollte auf keinen Fall, dass Ivan mit dem Kind jemals allein ist.« Jan nahm die Brille ab und fuhr sich mit dem Handrücken über die Stirn. »Sie bat mich, als Zeuge vor Gericht auszusagen. Das habe ich getan. Ich habe ausgesagt, dass Ivan Arlette misshandelt hat und auch während der Proben dauernd Alkohol zu sich nimmt. Meine Aussage war ausschlaggebend. Ivan hat das Sorgerecht für seinen Sohn verloren und darf ihn auch heute niemals allein sehen.« Er setzte die Brille wieder auf und sah Valerie an. »Nun lässt er keine Gelegenheit aus, mich als edlen Ritter zu verhöhnen. Und jeden kleinsten Fehler, der mir unterläuft, tritt er breit.«

Das war eine entsetzliche Geschichte. »Wie können Ivan und Arlette weiterhin zusammen im Orchester spielen nach der Vorgeschichte?«, fragte sie.

Jan zuckte mit den Achseln. »Ich weiß es nicht. Sie brauchen das Geld und eine bessere Stelle findet keiner von beiden.«

Valerie knabberte an ihrer Unterlippe. Deshalb hatten also die Blechbläser beim Probespiel letzten Sommer mehrheitlich gegen sie gestimmt. Einfach nur aus Protest gegen die Stimmen der Holzbläser. Allmählich durchschaute sie die komplexe soziale Struktur des Orchesters.

Aber nun wusste sie zwar, weshalb Jan am Mittag so allergisch auf Ivan reagiert hatte, aber die eigentliche Frage war noch nicht beantwortet. Hatte oder hat er eine Beziehung zu Arlette? Sie fuhr sich mit der Zunge über die Lippen. »Und du und Arlette …?«

»Nein«, sagte Jan entschieden. »Wir sind und waren immer nur Freunde. Allerdings hielt sich Arlette damals meist in meiner Nähe auf, um vor Ivans Attacken sicher zu sein. Und natürlich entging das einigen Kollegen nicht. Es wurde eifrigst getratscht. Ich hätte jedoch nicht gedacht, dass sich das Geschwätz von vor sieben Jahren so lange hält und du jetzt noch etwas davon mitbekommen hast.«

»Ich habe neulich unfreiwillig ein Gespräch zwischen dir und Olivier belauscht. Ich hatte meinen Schirm im Probensaal vergessen und bin noch einmal nach oben gelaufen.«

Jan stöhnte. »Jetzt wird mir klar, warum du mich tagelang gemieden hast.«

Valerie wurde rot. »Was hätte ich denn tun sollen? Dich auf ein heimlich belauschtes Gespräch ansprechen?«

»Ja, das wäre das Beste gewesen«, sagte er. »Versprich mir, dass du das künftig tun wirst.«

»In Ordnung«, erwiderte sie leise. »Aber das Problem war, dass ich dich und Arlette in demselben Zeitraum auch zusammen gesehen habe, daher ergab alles einen Sinn.«

Jan runzelte die Stirn.

»Es tut mir leid, ich habe dir nicht nachspionieren wollen, aber ich bin kürzlich in der Mittagspause zufällig nach draußen gegangen, als du Arlette und ihren Sohn in den Armen hieltest … Ihr wirktet so vertraut miteinander … wie eine Familie.« Sie biss sich auf die Zunge. Bestimmt war er nun ärgerlich.

Er fuhr sich durch die Haare. »Ich hätte es dir sagen sollen.« Er schwieg kurz, dann sah er sie an. »Arlette hat mich neulich in der Mittagspause gebeten, bei einem Gespräch dabei zu sein, das sie mit Ivan führen musste. Sie hat ihm gesagt, dass sie bald heiraten und mit ihrem Sohn zu ihrem neuen Mann ziehen wird. Ivan ist Arlette daraufhin so heftig angegangen, dass ich dachte, er würde sie wieder schlagen oder ihren Sohn an sich reißen und mitnehmen, deswegen habe ich sie und den Kleinen kurz in den Armen gehalten. Es tut mir leid, dass du das missinterpretieren musstest. Ich habe Arlette danach auch gesagt, dass sie zu solchen Gesprächen demnächst nur noch ihren neuen Mann mitnehmen soll, denn ich fühle mich langsam überfordert mit dem Familiendrama.«

Valerie atmete ruhig ein und aus. Es hatte sich tatsächlich alles aufgeklärt. Sie war ein Esel gewesen. Nächtelang hatte sie nicht geschlafen wegen einer völligen Fehlinterpretation! Sie hätte Jan einfach früher fragen sollen.

Er beugte sich vor und nahm ihre Hände zwischen seine. »Und falls du gehört haben solltest, dass dich Olivier kühl und reserviert findet, so möchte ich dir sagen, dass ich seine Ansicht definitiv nicht teile. Du bist genauso wenig ein Eisklotz, wie ich ein Frosch bin.«

Sie musste lachen.

»Und jetzt trinken wir auf dein Solo von heute Abend!« Er hob das Glas und stieß mit ihr an.

Der Wein war samtweich in ihrem Mund. »Danke, dass du mir alles erzählt hast«, sagte Valerie.

Er lächelte. »Beantwortest du mir nun meine Frage von eben?«

Verwirrt sah sie ihn an. »Welche?«

»Ob du morgen einen Ausflug mit mir machen willst.«

»Ach so.« Sie nahm noch einen Schluck Wein. »Ja, sehr gern, aber nur, wenn du der Ansicht bist, dass es deiner Karriere nicht schädlich ist, wenn du mit mir gesehen wirst«, sagte sie. »Denn das hat Olivier ganz klar angedeutet.«

Jan verdrehte die Augen. »Ich weiß am besten, was für mich gut ist und was nicht, mit wem ich meine Zeit verbringe und mit wem nicht. Das lasse ich mir nicht von Olivier oder sonst jemandem vorschreiben.«

»Aber wenn die Prokova das nicht gern sieht …«

»Dann hat sie eben Pech gehabt! Sie kann mich deswegen nicht einfach absetzen.« Jan rieb sich die Schläfen. »Hör zu. Abgesehen davon, dass ich dich mag, finde ich es nicht in Ordnung, wie die meisten Kollegen mit denen umgehen, die auf der Abschussliste der Prokova stehen. Und du selbst findest das auch nicht in Ordnung. Immerhin hast du eine Kollegin in der Registerprobe der Prokova gegenüber verteidigt, als du selbst gerade erst neu im Orchester warst. Daher sag mir jetzt nicht, dass ich nicht dasselbe für dich tun darf.«

Valerie hob den Kopf. »Woher weißt du das mit Sarah?«

Jan lachte. »Glaubst du, dass in diesem Orchester irgendetwas geheim bleibt? So etwas spricht sich schnell herum. Besagte Registerprobe war keine fünf Minuten vorbei, da hatten es deine Kollegen bereits Arlette und mir auf dem Flur berichtet. Du hast uns alle sehr beeindruckt.«

Sie schwieg. Das hätte sie nicht gedacht.

»Also«, sagte Jan, »was ist jetzt mit morgen?«

Sie lächelte. »Ich bin dabei!«

Er begleitete sie noch bis nach Hause. »Ruf mich an, wenn du morgen wach bist«, sagte er zum Abschied, »dann hole ich dich ab und unser Tag kann beginnen.« Er drückte sie und sie lief beschwingt nach oben in ihre Wohnung.

Sie verbrachte eine Ewigkeit vor dem Spiegel. Eigentlich wollte sie sich gar nicht abschminken. Sie fand sich seit Langem einmal wieder hübsch. Ihre Augen leuchteten und ihre Wangen hatten Farbe. Sie summte Jans Oboensolo vor sich hin, während sie sich die Haare kämmte. Dann zog sie ihr Konzertkleid aus und durchsuchte ihren Schrank. Was sollte sie morgen anziehen? Sie probierte ein Kleid nach dem anderen an, kombinierte jedes mit verschiedenen Schuhen und begutachtete sich kritisch im Spiegel. Schließlich kamen zwei Kleider und ein Rock in die engere Wahl. Sie legte alles auf das kaputte Sofa und ging endlich ins Bett. Sie musste ausgeschlafen aussehen am nächsten Tag! Aber sie konnte nicht einschlafen, sie war zu aufgeregt. Ihr Bauch kribbelte. Sie freute sich schon so sehr, Jan wiederzusehen und einen ganzen Tag lang mit ihm allein zu sein.

Plötzlich klingelte ihr Handy. Wer war das nur? Sie sprang aus dem Bett und wühlte in ihrer Handtasche. »*Allô?*«, meldete sie sich außer Atem.

»Valerie, hier ist Jan«, hörte sie seine vertraute Stimme.

»Jan? Was ist los?« Sie sah auf die Uhr. Es war ein Uhr nachts. War ihm etwas zugestoßen?

»Ich hoffe, ich habe dich nicht geweckt.« Er klang bedrückt.

»Keine Sorge, ich war noch wach. Ist etwas passiert?« Ihr Herz hämmerte.

»Nein, aber als ich nach Hause kam, habe ich sieben Nachrichten von meiner Mutter auf dem Anrufbeantworter vorgefunden. Meiner Großmutter geht es nicht gut, wahrscheinlich stirbt sie bald.«

Valerie setzte sich aufs Bett. »Oh mein Gott! Dann musst du sofort nach Hause fahren!«

Jan räusperte sich. »Ja, ich habe sie sehr gern und möchte sie noch einmal sehen. Aber … wir sind doch morgen verabredet.«

»Das können wir verschieben, du musst auf jeden Fall zu deiner Großmutter fahren!«

»Ist es wirklich kein Problem?«

»Natürlich nicht! Du würdest es dir nie verzeihen, wenn du morgen nicht fährst.«

»Danke.« Er schwieg kurz und Valerie hatte das Gefühl, dass ihm noch etwas auf der Seele lag. »Es ist nur … immer, wenn wir beide verabredet sind, kommt etwas dazwischen.«

Sie hätte ihn am liebsten in die Arme genommen. »Jan, wir haben alle Zeit der Welt. Jetzt ist es wichtiger, dass du deine Oma noch einmal siehst. Ich hoffe, dass es ihr vielleicht bald doch wieder besser geht!«

Er seufzte. »Nein, ich glaube, sie schafft es nicht mehr, sie ist dreiundneunzig Jahre alt.«

»Kann ich dir irgendwie helfen? Soll ich das Orchesterbüro informieren oder sonst etwas machen?«

»Nein, danke. Ich spreche gleich etwas auf den Anrufbeantworter des Orchestersekretariats, wenn ich mit Olivier besprochen habe, welche Dienste er übernehmen kann.«

»Melde dich einfach, wenn dir noch etwas einfällt, was ich tun kann.«

»Das ist lieb von dir. Ich ruf dich auf jeden Fall an.« Er zögerte. »Es ist mir nicht recht, dass ich dich morgen versetze.«

»Jan, mach dir bitte keine Gedanken deswegen. Wir holen das nach.«

»Gut, du hast mich überzeugt.« Eine Pause entstand und Valerie spürte, dass er immer noch nicht auflegen wollte. Schließlich sagte er: »Lass dich nicht unterkriegen von der Prokova, während ich weg bin.«

Sie war gerührt. »Nein, werde ich nicht.«

»Weise sie in die Schranken, wenn sie dir dumm kommt! Versprochen?«

»Ich werde es versuchen«, sagte sie, zu einem Versprechen war sie nicht fähig. »Wann fährt dein Zug?«

»Morgen früh um halb sechs, also das heißt heute früh, es ist ja schon nach Mitternacht.«

»Dann wünsch ich dir eine gute Reise!« Valerie schluckte. »Und alles Gute für deine Familie und … dich.«

»Danke.« Seine Stimme klang belegt. »Wir sehen uns bald wieder. Mach's gut, Valerie. Und ruf mich einfach an, wenn du unglücklich bist oder auch sonst.«

»Ja, das werde ich tun. Vielen Dank für deinen Anruf!« Sie wartete, bis er aufgelegt hatte. Dann ließ sie das Handy sinken. Hoffentlich würde seine Großmutter nicht sterben. Sie hatte plötzlich den Wunsch, die alte Dame, die Jan so viel bedeutete, noch kennenzulernen.

Sie legte sich ins Bett und versuchte einzuschlafen. Aber sie war in Gedanken bei Jan. Er hatte seine Oma oft erwähnt. Wahrscheinlich mochte er sie ebenso, wie Valerie ihren Opa geliebt hatte. Es würde schwer werden für ihn, wenn sie starb. Wenn sie ihm doch nur beistehen könnte! Sie erinnerte sich, wie ihr Großvater Johannes vor vierzehn Jahren gestorben war.

Sie hatte an seinem Bett gesessen und seine Hand gehalten und ihn einfach nicht gehen lassen wollen. Und dann war er entschlafen, als sie einmal kurz den Raum verlassen musste. Das hatte sie sich eine lange Zeit nicht verziehen, obwohl es Unsinn war, wie sie wusste.

Am nächsten Morgen wurde Valerie durch die Sonnenstrahlen wach, die durch die Gardinen drangen. Es war bereits halb zehn. Sie fingerte nach ihrem Handy. Sie hatte schon eine Nachricht von Jan. »Bin gerade angekommen, Oma lebt noch«, hatte er ihr geschrieben.

Sie atmete auf. Er war nicht zu spät gekommen. »Danke für deine Nachricht«, schrieb sie zurück, »und alles Gute!« Sie stand auf und ließ Badewasser einlaufen. Heute hatte sie frei und nichts vor. Sie legte sich mit Elises Tagebuch in das warme Wasser und beschloss, den Tag so angenehm wie möglich angehen zu lassen. An die Prokova würde sie morgen noch früh genug denken.

Von Elise

Donnerstag, 20. September 1923

Ich habe ein paar Schüler, an denen ich schier verzweifle. Niemals hätte ich gedacht, dass es ein so schweres Los ist, Klavierlehrerin zu sein. Heute Nachmittag war Paulchen Klein bei mir zum Klavierunterricht. Ein absolut unbegabtes Bürschchen, das jedoch gemäß dem Willen seiner Eltern Klavier spielen muss. Ich bin eigentlich immer sehr geduldig mit meinen Schülern (und erwarte auch nicht sonderlich viel), aber er treibt mich in den Wahnsinn! Wie kann es sein, dass er es selbst nach acht Wochen noch nicht schafft, »Hänschen klein« in der einfachsten Fassung zu spielen? Andauernd vergreift er sich, bremst vor einem für ihn anspruchsvollen Akkord ab, sodass das Tempo dahin ist, und greift dann noch völlig daneben! Heute war es mir einfach zu viel. Ich habe seit drei Tagen Migräne. Vormittags tippe ich mir die Finger wund in einer Anwaltskanzlei, in der ich seit einem Monat arbeite, um ein wenig Geld dazuzuverdienen, denn wegen des Preisverfalls und der allgemeinen Not steht mein Dasein als Klavierlehrerin momentan auf ziemlich wackeligen Beinen. Als Paulchen dann am Nachmittag zum Unterricht kam und wieder nichts geübt hatte, ist mir fast der Geduldsfaden gerissen. Wenn ich dieses Geld nicht so bitter nötig hätte, würde ich ihn hochkant rauswerfen und seiner ach so eleganten Mutter mitteilen, dass sie sich das Geld sparen könne. Aber leider muss ich die Zähne zusammenbeißen und ihn vor der Mutter auch noch loben, damit sie ihn weiter zu mir schickt und ich von ihrem Geld Brot und Butter kaufen kann. Mit dem Geld ist es ohnehin so eine Sache. Die Inflation steigt von Stunde zu Stunde. Wir zahlen mittlerweile in Tausendern und ich müsste eigentlich jede Woche neue Preise mit den Eltern meiner Klavierschüler aushandeln, was natürlich nicht geht. Wo soll das nur hinführen? Ich lobe Marias und meinen Garten, der uns vor dem Verhungern bewahrt.

Dienstag, 18. Dezember 1923

Ich bin, soweit ich das beurteilen kann, so glücklich, wie ich es seit Karls Tod nicht mehr gewesen bin. Die Konzerte mit Sophia und meinem Klavierquartett waren voll besetzt und wir bekamen hervorragende Kritiken. Ein schöner Nebeneffekt dabei ist, dass ich dadurch neue Klavierschüler gewonnen habe, sodass ich nun über ein wenig mehr Geld verfüge. Mit der Talentlosigkeit einiger meiner Schüler habe ich mich inzwischen wieder abgefunden und sehe die Musik als meinen Broterwerb an. Und welcher Arbeiter in der Fabrik kann schon sagen, dass ihn die Arbeit erfüllt und glücklich macht? So muss ich es eben auch sehen.

Die wirtschaftliche und politische Situation scheint sich auch wieder etwas entschärft zu haben. Seit Herbst arbeiten die Kumpel im Ruhrgebiet wieder und es scheint, dass uns die Alliierten mit den Reparationszahlungen etwas entgegenkommen. Jedenfalls gibt es jetzt wieder mehr Arbeit als noch vor ein paar Monaten.

Kürzlich habe ich in Karls Unterlagen ein Foto von dem Haus gesehen, in dem er aufgewachsen ist. Sein Heimatdorf liegt in der Nähe von Maria Laach in der Eifel. Ich beschloss, mir dieses Dörfchen nun endlich anzusehen. Vielleicht im Frühjahr, wenn es wärmer wird. Vor unserer Hochzeit hatte ich Karl gebeten, mir sein Heimatdorf einmal zu zeigen, aber es schien mir damals, als wolle er dies hinauszögern. Ich nehme an, dass er Angst hatte, wieder von der Trauer um seine Eltern und seinen Bruder übermannt zu werden. Wahrscheinlich wollte er deshalb nicht an den Ort zurück.

Freitag, 2. Mai 1924

Ich sitze gerade mit meinem Tagebuch am Laacher See und schaue auf die wunderbare Landschaft. Das saftige Grün der Wiesen, das Dunkelgrün der Nadelwälder und das Blau des Sees harmonieren so gut miteinander, dass ich mich daran gar nicht sattsehen kann. Ich bin mit einer Bonner Nachbarin hergefahren, die ihre Eltern hier in der Gegend besucht. Ich habe zunächst die beeindruckende Abtei Maria Laach besichtigt und bin dann sieben Kilometer bis zu Karls Heimatdorf gewandert.

Nun habe ich mir also eben endlich, nachdem Karl schon acht Jahre tot ist, das Dorf angesehen, in dem er aufgewachsen ist. Es wirkt immer noch sehr bäuerlich. Karls Vater war dort Volksschullehrer. Neben der Kirche entdeckte ich vorhin das weiß verputzte Häuschen, in dem Karls Familie gewohnt haben muss. Rote Geranien schmückten die Fensterbänke, ein knorriger Apfelbaum stand im Vorgarten. Karl hat einmal erzählt, dass ihm die Äpfel immer zu sauer waren zum Essen, dass aber seine Mutter ganz hervorragenden Apfelkuchen daraus gemacht hat. Ich blieb ein paar Minuten vor dem Haus stehen und stellte mir vor, wie Karl als Kind mit seinem Bruder durch den Garten getollt war. Plötzlich öffnete sich die Haustür und eine Frau um die fünfzig rief: »Suchen Sie was? Oder warum sehen Sie sich unser Haus an?« Auf die nicht besonders höfliche Frage antwortete ich, dass ich die Frau von Karl Finkenberg sei, der in diesem

Haus aufgewachsen war. Sie zuckte mit den Achseln. »Kenne ich nicht. Aber ich komme aus dem Nachbarort.«

Ich nahm allen Mut zusammen. »Wissen Sie, mein Mann ist im Krieg gefallen, heute vor genau acht Jahren. Ich wollte mir gern ansehen, wo er aufgewachsen ist. Dürfte ich einmal kurz in Ihren Garten gehen?«

Die Frau zögerte. »Ja, gut. Kommen Sie.«

Ich öffnete das Gartentörchen und betrat das Grundstück. Der Garten war groß und gesteckt voll mit Johannisbeersträuchern, Obstbäumen und bunten Blumen. Die Bienen summten leise und die Vögel zwitscherten. In der Ferne hörte ich die Mittagsglocke von der Abtei Maria Laach. Es war wie im Paradies. Ich stellte mir vor, wie Karls Mutter, von der ich ein Foto besaß, mit weißer Schürze ihre Söhne zum Essen rief und wie Karl und sein Bruder Felix dann lachend und tobend ins Haus liefen. Mir traten Tränen in die Augen.

Die Besitzerin stand auf einmal neben mir. »Wollen Sie das Haus von innen sehen?«

Überrascht über ihr plötzliches Entgegenkommen nickte ich.

»Wissen Sie, wir sind vorsichtig mit Fremden«, erklärte sie. »Seit dem Krieg kommen andauernd ausgehungerte Städter hierher und klauen unser Obst und unser Gemüse.«

»Es gibt in den Städten nicht genug zu essen«, erwiderte ich, »aber ich besitze einen kleinen Garten, in dem ich das Nötigste anbaue, daher schätze ich mich glücklich.«

»Meine Schwiegermutter kennt vielleicht noch die Familie Ihres Mannes. Aber sie ist alt und schwerhörig. Sie müssen schreien.«

Mein Herz klopfte. Vielleicht würde ich doch noch etwas über Karls Familie erfahren. Ich betrat das Häuschen. Der Windfang war winzig. Dahinter ging es geradeaus gleich in die gute Stube, in die ein erstaunlich großer Kachelofen eingebaut war. Ansonsten standen dort nur ein runder Tisch und vier Stühle. An der Wand hingen eine Uhr und das Bild eines röhrenden Hirsches im Wald. Karl hatte mir erzählt, dass er neben dem Kachelofen immer Geige geübt hatte, und so stellte ich mir einen kleinen Jungen vor, der dort in der Ecke stand und spielte. Rechts ging es in die Küche, die größer war als die gute Stube. Drei riesige Pfannen hingen von der Decke, es schien, dass die jetzige Besitzerin eine passionierte Köchin war. Und ganz hinten am Küchentisch saß eine uralte, runzelige, weißhaarige Dame mit gekrümmtem Rücken und trüben Augen.

Langsam ging ich auf sie zu. »Guten Tag, mein Name ist Elise Finkenberg, ich bin die Witwe von Karl Finkenberg, der in diesem Haus aufgewachsen sein muss. Kennen Sie ihn noch?«

Die alte Frau hatte mich nicht richtig verstanden. Ich schrie ihr dasselbe noch einmal ins Ohr.

Da nickte sie lächelnd. »Oh ja, Karlchen! Ich hatte ihn so gern! Ihn und seinen Bruder Felix ... der Arme, ist so jung gestorben. Und die Mutter war so traurig darüber, dass sie dem Kleinen bald ins Grab gefolgt ist.« Sie schien in die Ferne zu blicken.

»Und wie war Karl? Wie sah er aus als kleiner Junge?«, wollte ich wissen.

Die alte Dame lächelte. »Herzig. Er hatte blaugraue Augen und konnte unheimlich gut klettern, kein Baum war vor ihm sicher.«

Das hatte ich nicht gewusst.

»Und an Ostern und Weihnachten hat er immer in der Kirche Geige gespielt, so schön, dass alle geweint haben.« Sie wischte sich eine Träne aus dem linken Auge.

»Er ist Geiger geworden«, erzählte ich ihr. »Konzertmeister im Orchester von Bonn.«

»Ah.« Sie schien mit der Information nichts anfangen zu können. »Karls Vater war ein einsamer Wolf, der nie in die Wirtschaft ging. Als seine Frau tot war, ist er selbst auf mysteriöse Weise ums Leben gekommen, hier im Wald. Man munkelte, dass er sich von einem Felsen gestürzt hat.«

Ich schluckte. Immer schon hatte ich es geahnt.

»Karlchen war damals erst siebzehn Jahre alt. Die Haushälterin des Pfarrers hat ihm jeden Tag etwas gekocht, bis er sein Abitur gemacht hatte. Dann ist er in die Armee gegangen, und als er volljährig war, kam er wieder, hat meinem Mann das Haus verkauft und ist mit seiner Geige für immer weggegangen. Niemand hat gewusst, wohin.«

»Nach Wien.« Nun hatte ich Tränen in den Augen. Karl war ganz allein gewesen nach dem Tod seiner Familie und wahrscheinlich hatte er es seinem Vater übel genommen, dass er ihn verlassen hatte. Er hatte mir nur einmal erzählt, dass er zunächst zur Armee gegangen war, um Geld zu verdienen. Und er hatte seinerzeit noch nicht gewusst, ob er sich von dem Haus seiner Eltern trennen sollte. Aber als er merkte, dass er das Geld für das Musikstudium durch das Aufsparen seines Soldes niemals zusammenbringen würde, hat er sein Elternhaus verkauft – schlussendlich eine weise Entscheidung. Ich bedankte mich bei der alten Dame, die noch wissen wollte, wo und wann Karl gestorben ist, dann verließ ich das Haus und ging auf den Friedhof, um das Grab seiner Familie zu suchen.

Ich fand es rasch. Es lag unter einer alten Linde. Auf dem Grab war ein schmiedeeisernes Kreuz und ein Stein mit den Namen seines Bruders, Felix, gestorben im März 1905, und seiner Eltern, Elfriede, gestorben im Juni 1905, und Karl-Heinrich, gestorben im Oktober 1905. Karl hätte auch bei ihnen beerdigt sein müssen, dachte ich, anstatt in einem einsamen Grab bei Verdun zu liegen. Zwei Tränen kullerten mir über die Wangen. Rasch wischte ich sie weg. Ich durfte nicht zulassen, dass mich die Bilder von grausam entstellten Männern wieder einholten. Ich will mir einfach nicht vorstellen, dass Karl so zerfetzt worden ist wie Alexander. Ich pflückte auf einer nahe gelegenen Wiese ein paar Blumen und ging noch einmal zurück zum Grab, um sie dort hinzudrapieren. Dann verließ ich den Ort und wanderte sieben Kilometer nach Maria Laach zurück.

Nun warte ich am See auf meine Nachbarin, die mich hier wieder einsammeln will.

Donnerstag, 4. Juni 1925

Johannes stand heute Abend zitternd wie Espenlaub vor meiner Tür.

»Was ist passiert?«, fragte ich erschrocken.

»Papa hat eine andere Frau«, sagte er und begann zu weinen.

Ich zog ihn ins Wohnzimmer. »Erzähl mal der Reihe nach.«

Er holte tief Luft. »Ich habe Papa mit einer anderen Frau gesehen … im Park. Sie haben sich geküsst. Und ich bin so wütend geworden, dass ich ihn angeschrien habe. Da hat er mich verprügelt … mitten im Park … und gesagt, dass ich ihm nicht hinterherschnüffeln dürfe … und wenn ich der Mama auch nur ein Sterbenswörtchen sagte, würde er mich wieder schlagen.« Er schluchzte.

Ich legte den Arm um Johannes' Schulter und drückte ihn. Jetzt war die Katze aus dem Sack. *Gut, dass ich Maria schon vor zwei Jahren erzählt habe, dass ihr Mann sie betrügt.* Ich tätschelte seinen Arm. »Weiß deine Mama, dass du bei mir bist?«

Er schüttelte den Kopf. »Was hätte ich ihr denn sagen sollen? Sie hätte mir bestimmt angesehen, dass irgendetwas nicht stimmt.«

Ja, das hätte sie. Allerdings würde sie jetzt krank sein vor Sorge um ihren Sohn, weil er nicht nach Hause gekommen war. Dass er mit seinen zehn Jahren überhaupt allein mit dem Zug hergefunden hatte! »Ich schicke der Mama ein Telegramm und schreibe ihr, dass du mir einen Überraschungsbesuch abstattest.«

»Aber sag nichts von Papa!«, rief Johannes.

Ich versprach es ihm und suchte Frieda, um sie zu bitten, das Telegramm für mich aufzugeben. »Schreib Maria, dass ich Johannes morgen in aller Früh nach Linz zur Schule bringen und dann bei ihr vorbeikommen werde.« Es traf sich gut, dass ich am nächsten Tag nicht in der Anwaltskanzlei, in der ich mittlerweile wieder manchmal als Sekretärin arbeite, gebraucht wurde.

Ich ging mit Verbandszeug zurück ins Wohnzimmer und versorgte Johannes' Wunden. Sein Vater hatte ordentlich zugeschlagen. Ich war so wütend auf Mollwitz. Er war im Unrecht und sein Sohn im Recht, und dennoch bekam der Sohn die Prügel. Das ist also das Rechtsverständnis eines Staatsanwalts, grollte ich. Hoffentlich agiert er in seinem Beruf professioneller. Ich kochte einen süßen Grießbrei und opferte ein Glas Himbeermarmelade, um den Jungen ein wenig aufzuheitern. Später legte ich ihn in Marias altes Bett und saß bei ihm, bis er eingeschlafen war. Dann stand ich leise auf. Ich presste meine Hände gegen die Schläfen. Wie um alles in der Welt konnte ich Johannes nur helfen? Ich ging auf und ab. Es führte kein Weg daran vorbei, dass ich ihm erzählte, dass Maria bereits Bescheid wusste. Aber was würde er dann von ihr denken? Und von mir, die ich das alles schon jahrelang wusste? Doch das sollte besser Maria entscheiden, beschloss ich.

Freitag, 5. Juni 1925

Heute Morgen begab ich mich zum Hause Mollwitz, nachdem ich Johannes in der Schule abgeliefert hatte. Über Nacht hatte ich mir überlegt, dass ich Maria und ihrem Mann vorschlagen würde, dass Johannes nach den Sommerferien das Gymnasium in Bonn besuchen und bei mir wohnen könne. Das war schon einmal überlegt worden, doch Maria hatte damals nicht auf ihren Jungen verzichten wollen. Als ich bei Maria eintraf, war

Mollwitz glücklicherweise schon außer Haus. So konnte ich ihr erzählen, was Johannes entdeckt hatte, dass er aber nicht wolle, dass ich es ihr sage …

Maria war sehr bedrückt. »Warum treibt Johann es bloß in der Öffentlichkeit mit einer anderen Frau? So war es doch nur eine Frage der Zeit, bis eines meiner Kinder dahinterkommt.«

Ich sagte nichts dazu. »Was machen wir jetzt? Meinst du, es bringt etwas, wenn Johannes bei mir wohnt und das Gymnasium in Bonn besucht? Dann muss er wenigstens nicht jeden Tag seinem Vater begegnen.«

»Vielleicht«, sagte Maria. »Ich denke, ich komme nicht umhin, mit Johannes zu sprechen und ihm zu sagen, dass ich es schon eine ganze Weile weiß.«

»Aber was macht Mollwitz dann mit dir? Und mit Johannes? Er wird doch denken, er habe gepetzt.«

»Lass das mal meine Sorge sein«, antwortete Maria. »Wichtig ist erst einmal, dass Johannes nicht dauernd mit seinem Vater aneinandergerät, denn der schlägt ihn sonst windelweich.«

Mit einem unguten Gefühl verabschiedete ich mich und trat die Heimreise an. Dieses Familiendrama hat meinen Geldbeutel mal wieder ordentlich belastet, denn das Telegramm und die Fahrkarten hatte ich in meinem Wochenbudget natürlich nicht eingeplant. Aber Hauptsache, dem Jungen geht es bald besser!

Donnerstag, 1. Oktober 1925

Johannes wohnt seit einem Monat bei mir und besucht das Beethoven-Gymnasium. Er hat seine Fröhlichkeit verloren, seit er von der zerrütteten Ehe seiner Eltern weiß. Er macht sich schreckliche Sorgen um seine Mutter und schreibt ihr fast jeden Tag. Von Mollwitz bekomme ich für Kost und Logis seines Sohnes einen wöchentlichen Pauschalbetrag, der mir angesichts meiner knappen finanziellen Situation weiterhilft. Allerdings sind auch meine Portokosten exorbitant in die Höhe geschnellt, aber da kann man nichts machen, der Junge muss schließlich seiner Mutter schreiben. Abends, wenn Johannes all seine Hausaufgaben gemacht hat, sitzen wir im Wohnzimmer zusammen auf dem Sofa und spielen Karten oder ein Brettspiel. Er ist ein sehr guter Schachspieler, er spielt viel besser als ich. Und so verbringen wir die Abendstunden immer gemütlich miteinander und ich kann mir gar nicht mehr vorstellen, wie es ohne ihn wäre. Früher habe ich normalerweise gestrickt oder gelesen, aber jetzt ist es so gesellig wie in alten Zeiten, als ich noch mit Papa und Mama und meinen Geschwistern hier gelebt habe.

Während der Wochenenden, die Johannes in Linz verbringt, vermisse ich ihn schrecklich und kann es kaum erwarten, ihn sonntagabends wieder vom Bahnhof abzuholen.

Sonntag, 2. Mai 1926

Zehn Jahre ist Karl nun tot. In mein Leben ist Ruhe eingekehrt. Weder Liebe noch Schmerz noch Wut stören das sanfte Dahinplätschern des Alltags. Die großen Gefühle, die ich einst durchlebte, sind gut unter Verschluss in meinem Herzen und in diesem Tagebuch. Für niemanden sichtbar. Nur dann und wann brechen sie unerwartet zutage, so wie gestern beim Kammermusikkonzert in der Bad Godesberger Redoute. Edward, Konstantin und ich haben Klaviertrios von Brahms und Mendelssohn gespielt, und beim Mendelssohn war es um mich geschehen. Auf einmal, mitten im ersten Satz, katapultierte mich die romantische Musik zwölf Jahre zurück in den Frühsommer 1914, als ich mit Karl und Alexander dieses Trio gespielt hatte. Natürlich habe ich daran schon während der Proben mit meinen jetzigen Triopartnern gedacht, doch ich hatte meine Gefühle immer unter Kontrolle. Nicht so gestern Abend während des Konzerts! Ich hämmerte plötzlich wie eine Wahnsinnige auf die Tasten ein, besessen von dem Wunsch, die Vergangenheit wiederauferstehen zu lassen. Liebe, Leid und Leidenschaft, alles war auf einmal wieder da. Ich vergaß, was Edward, Konstantin und ich abgesprochen hatten, ich übernahm die Führung und trieb meine armen Triopartner an den Rand des Machbaren, sowohl was das Tempo, als auch was die Lautstärke anbelangte. Sie folgten mir, so gut es ging, aber oft hätte nicht viel gefehlt und wir wären »aus der Kurve geflogen«. Nach dem bombastischen Schlussakkord sah ich, dass Edward puterrot angelaufen war und Konstantin der Schweiß übers Gesicht rann. Ich hatte fast ein schlechtes Gewissen. Aber sie lachten glücklich. »Das war das beste Konzert, das ich je gegeben habe«, raunte mir Edward zu, als ich mich neben ihm verbeugte. Das Publikum sprang auf und spendete donnernden Applaus. Fünfmal mussten wir zurück auf die Bühne. Dann war das Konzert vorbei und ich verschloss meine überbordenden Gefühle wieder sorgfältig in meinem Herzen.

Samstag, 26. März 1927

Heute früh ist mir beim Klavierspielen eingefallen, dass Beethoven genau vor hundert Jahren gestorben ist. Ich blätterte ein paar seiner Sonaten durch, die immer griffbereit auf dem Klavier liegen. Sollte ich nicht meinem Lieblingskomponisten zu Ehren heute Morgen einmal all seine Werke spielen, die ich im Lauf meines Lebens eingeübt habe? Im Nebenzimmer türmte sich zwar die Bügelwäsche, aber was soll's? Ich hatte jetzt ein Rendezvous mit dem großen Meister! Und ich spielte und spielte, eine Sonate nach der nächsten, dann die Violinsonaten (ohne Violine) und die Klaviertrios (ohne Violine und ohne Cello).

Gegen zwei Uhr nachmittags klingelte es an der Tür. Clara kam, meine erste Klavierschülerin für diesen Nachmittag, und ich hatte noch nicht zu Mittag gegessen. Aber ich war glücklich. Beethoven hätte sich gefreut. Ebenso Karl. Seltsam, dachte ich, so viele Menschen haben seit Beethovens Zeit diese Erde betreten und wieder verlassen, aber seine Musik bleibt für die Ewigkeit. Sie klingt immer noch so wie zu seinen Lebzeiten und wird wohl auch in hundert Jahren noch so klingen. Hoffentlich! Es wäre ein Jammer, wenn Beethoven jemals in Vergessenheit geriete. Denn seine Kompositionen spiegeln alle Facetten des Lebens wieder: von sanftmütig, zärtlich bis hin zu energisch und sogar tobend. Vielleicht mag ich Beethoven deswegen so gern, weil er die gesamte Palette an menschlichen Gefühlen wiedergegeben hat und nicht nur fröhliche, nur traurige oder nur wilde, aufwiegelnde Musik geschrieben hat. Ich gäbe etwas darum, diese Gedanken mit Karl zu diskutieren. Auch er hat Beethoven über alles geliebt. Während ich meine kleine Klavierschülerin ins Wohnzimmer begleitete, fielen mir Karls Kompositionen ein. Ich sollte sie endlich noch einmal hervorholen und sie zu Ende bringen. Nun ist er seit mehr als zehn Jahren tot, vielleicht kann ich es wagen, mich damit wieder zu beschäftigen.

»Was spielen wir heute?«, fragte Clara und riss mich aus meinen Gedanken. Sie ist erst acht Jahre alt, aber bei Weitem die talentierteste meiner Schülerinnen.

Ich lächelte. »Heute ist der hundertste Todestag von Beethoven. Und heute wirst du das erste Mal etwas von ihm spielen.« Und dann stellte ich ihr »Für Elise« auf das Notenpult.

Freitag, 3. Juni 1927

Ich schaffe es einfach nicht, Karls Kompositionen zu Ende zu führen. Ich bin als Komponistin gänzlich unbegabt! Außerdem zerreißt es mich innerlich, wenn ich die Melodien spiele, die er mir aus dem Krieg geschickt hat. Es ist so, als ob wir wieder miteinander kommunizierten. Ich höre seine Stimme, sehe sein Gesicht und kann mir sogar seinen Duft wieder in Erinnerung rufen. Und dann muss ich aufhören. Ich muss die Notenblätter weglegen und etwas anderes tun. Vielleicht wird es mir in ein paar Jahren gelingen, unseren musikalischen Dialog fertigzustellen? Aber ich bezweifle es. Wenn ich nach elf Jahren noch nicht über seinen Tod hinweg bin, dann werde ich es wohl nie sein. Zwar habe ich die Trauer schon lange aus meinem alltäglichen Leben verbannt, aber wenn ich mich abends, wenn Johannes schläft, über die handgeschriebenen Notenblätter beuge, kommt es mir so vor, als ob ich wieder das junge Mädchen von damals bin, das seinen Mann gerade erst verloren hat.

Samstag, 26. Oktober 1929

In den vergangenen Jahren habe ich kaum Tagebuch geschrieben. Und die Kompositionen, die ich in meinem letzten Eintrag erwähnt habe, liegen immer noch brach. Das Zusammenleben mit Johannes, der nun schon größer ist als ich und eine tiefe Stimme hat, hat mich derart erfüllt, dass ich gar nicht mehr zum Schreiben gekommen bin. Im September sind nun auch meine beiden Nichten Katharina und Magdalena, die mittlerweile zehn Jahre alt sind, zu mir gezogen, um das Mädchengymnasium in Bad Godesberg zu besuchen. Wir sind also eifrig zusammengerückt in meiner Wohnung und bilden nun eine richtige kleine Familie.

Maria war die letzten Jahre nach wie vor dauernd schwanger. Mollwitz scheint Ausdauer und Kraft für mehrere Frauen auf einmal zu haben. Aber sie wird nächstes Jahr vierzig, und so hoffe ich, dass ihr die ewigen Schwangerschaften dann endlich erspart bleiben mögen. Denn sie sieht nach mittlerweile neun Schwangerschaften, von denen vier in Fehlgeburten endeten, sehr erschöpft und ausgelaugt aus. Nun trägt sie wieder ein Baby in sich. Wenigstens kann ich sie unterstützen, indem ich mich unter der Woche um ihre größeren Kinder kümmere.

Allerdings bereitet mir die weltpolitische Situation wieder ziemliches Kopfzerbrechen. Gestern war ein sogenannter Schwarzer Freitag. Die New Yorker Börse steht kurz vor dem Zusammenbruch, und ich nehme an, dass uns bald die Inflation wieder einholen wird. Mir wird ganz angst und bange, wenn ich daran denke, dass das Geld, das ich heute verdiene, morgen nichts mehr wert sein wird. Und nun all die Kinder im Haus, für die ich Sorge trage, natürlich mit Mollwitz' Geld, aber trotzdem!

Max ist immer noch nicht verheiratet. Er lebt nun schon seit vielen Jahren mit Lilly zusammen und ich frage mich, worauf sie noch warten. Nun ja, wenigstens hat sie einen guten Einfluss auf ihn, sodass er seit drei Jahren einer Arbeit nachgeht. Auch sie selbst arbeitet noch in der Fabrik.

Lotte ist immer noch mit ihrem verheirateten Erwin zusammen. Und anscheinend glücklich. Vor zehn Jahren habe ich ihr ins Gesicht geschrien, dass man in so einer Verbindung niemals glücklich werden kann, aber sie lehrt mich das Gegenteil. Doch für mich wäre es nichts. Ich bin nach wie vor der Überzeugung, dass ich auf diese Art nicht hätte glücklich werden können. Und wie hätte ich auch einen anderen Mann ertragen, wo ich einmal mit Karl zusammen gewesen bin?

Ach, Karl! Ich wollte schon so lange einmal sein Grab besuchen, aber zuerst war die Atmosphäre zwischen Deutschland und Frankreich so feindlich, jetzt sind Marias Kinder bei mir, ich bin einfach noch nicht dazu gekommen. Und nun scheint sich das Verhältnis zu Frankreich wieder anzuspannen. Aber irgendwann werde ich dorthin fahren. Ganz bestimmt!

Kapitel 14

Als ihre Haut schrumpelig war, stieg Valerie aus der Badewanne und trocknete sich ab. Sie dachte an den Tagebucheintrag, den sie gerade gelesen hatte. Elise musste es unmöglich erschienen sein, jemals nach Frankreich zu fahren, ins Land des damaligen Erzfeinds. Kaum zu glauben, dass man heute in nur drei Stunden von Köln nach Paris reisen konnte, ohne Zollkontrollen, ohne Angst. Nun ja, ein wenig ängstlich war sie schon, denn ihr freier Tag war bald vorbei und dann musste sie wieder viele Stunden neben ihrer Erzfeindin, der Prokova, verbringen. Und Jan war weg. Er würde erst am übernächsten Tag wiederkommen, hatte er ihr zwischenzeitlich geschrieben.

Valerie fuhr trotz ihres freien Tages zum Konzerthaus und begab sich in einen der Probenräume des Orchesters. Zu Hause konnte sie nicht entspannt Geige spielen, ständig hatte sie Angst, dass ein verärgerter Nachbar an die Tür bollerte.

Sie spielte gerade die dritte Tonleiter, da ging die Tür auf und Madame Prokova trat ein. Valerie sackte das Herz in die Kniekehle. Immer wenn sie ihre Pultnachbarin sah, durchfuhr sie ein kalter Schauer.

Aber die Prokova kam in friedlicher Absicht. »*Bonjour*, Madame.« Sie schloss die Tür hinter sich. »Ich habe Sie vorhin kommen sehen und dachte, ich schaue einmal vorbei. Sie haben gestern Abend sehr gut gespielt.«

»*Merci*, Madame.« Valerie war ganz verdattert. Die Prokova ließ sich zu solch einem Lob hinreißen? Das war fast schon unheimlich. Aber sie wertete es als gutes Zeichen. Wahrscheinlich hatte sie mit der gestrigen Solostelle ihre Kollegin tatsächlich beeindruckt.

Die alte Konzertmeisterin setzte sich auf den Klavierhocker und schlug die Beine übereinander. »Daher wollte ich Sie bitten, morgen Abend den Solopart im Schwanensee zu spielen, ich bin ziemlich verspannt und möchte mich gleich krankmelden.«

Valerie setzte die Geige ab. »Madame, das tut mir leid, ich hoffe, es geht Ihnen bald besser.«

Die Prokova zog eine Grimasse.

»Natürlich übernehme ich den Solopart morgen Abend«, sagte Valerie. Sie hatte – wie es sich für eine stellvertretende Konzertmeisterin gehörte – den Solopart gründlich geübt, um für einen solchen Fall vorbereitet zu sein. Nun war es also so weit. Und sie war vorbereitet.

»Spielen Sie mir den Solopart bitte vor«, bat die Prokova, »dann bin ich beruhigter.«

Valerie schluckte ihren Ärger herunter. Sie hatte sich durch das Probespiel nun wirklich als Konzertmeisterin qualifiziert. Aber gut, um des lieben Friedens willen würde sie ihrer Kollegin den Solopart aus dem Schwanensee vorspielen. Immerhin schien Madame heute in gnädiger Verfassung zu sein. Sie suchte die Noten und begann zu spielen. Unglücklicherweise machte die Prokova sie wie immer nervös und in den Höhen geriet ihre Intonation ins Wanken.

Die alte Konzertmeisterin schüttelte den Kopf. »Ich glaube, ich werde doch selbst spielen müssen«, sagte sie. »Bitte bereiten

Sie den Solopart weiter vor, denn ich weiß nicht, ob ich die zweite Aufführung noch durchhalte.« Sie stand auf und verabschiedete sich.

Valerie fühlte sich wie zerschlagen. Wieso war ihr das passiert? Sie konnte den Part auswendig und einwandfrei. Und jetzt, vor den Augen (und Ohren) der Prokova hatte sie unsauber gespielt. Sie packte die Geige ein. Es war einfach zum Verzweifeln. Das durfte ihr als stellvertretender Konzertmeisterin nicht passieren! Wo war ihre Spielkunst geblieben? Ihre Ruhe in Vorspielsituationen? Sie presste die Hände an die Schläfen. *Ich bin wahrscheinlich wirklich nicht geeignet für diesen Posten*, sagte sie sich. *Es reicht nicht, eine gute Geigerin zu sein, die Nerven müssen im richtigen Moment auch mitspielen.* Sie nahm ihre Sachen und ging hinaus. Sie brauchte dringend frische Luft.

Als sie auf der nahe gelegenen Place des Vosges auf einer Parkbank saß, zog sie ihr Handy aus der Tasche und spielte mit dem Gedanken, Jan anzurufen. Sie hätte gern mit ihm geredet. Aber sie wählte dann doch nicht seine Nummer. Er hatte jetzt andere Sorgen. Und sie würde vielleicht in Tränen ausbrechen, wenn sie die ganze Chose erzählen würde, und das mitten auf der Straße, wo jeden Augenblick ein Kollege vorbeikommen konnte. Sie steckte das Handy wieder weg.

Als sie gerade aufstehen wollte, sprach sie eine junge Frau an. »*Excusez-moi*, Madame, Sie sind doch die stellvertretende Konzertmeisterin, die Kollegin von Madame Prokova, nicht wahr?«

Valerie blickte sie erstaunt an. »Ja, warum?«

Die Frau setzte sich zu ihr. »Ich heiße Larissa Petrova, ich bin die Zweitbesetzung der Hauptdarstellerin im Schwanensee.«

Valerie reichte ihr die Hand. »Freut mich sehr, Sie kennenzulernen, und entschuldigen Sie, dass ich Sie nicht erkannt habe.«

Die Ballerina lächelte. »Das macht nichts. Sie müssen schließlich die ganze Zeit in die Noten sehen und in der Probe neulich hat hauptsächlich die Erstbesetzung, Alessia Villeneuve, die Soloparts getanzt.« Sie räusperte sich. »Ich wollte Sie um etwas bitten.«

»Ja?« Valerie hatte keine Ahnung, um was die Solotänzerin sie wohl bitten mochte.

»Würden Sie mit mir den *Pas d'action* des Schwanensees probieren? Ich meine, Sie an der Geige und ich beim Tanz?« Sie sah Valerie flehentlich an. »Wissen Sie, ich habe meine Schwierigkeiten mit der Spielweise von Madame Prokova. Sie spielt für meine Begriffe oft einen Tick zu schnell, und manchmal brauche ich mehr Zeit, um meinen Körper in die richtige Position zu bringen. Aber sie haben ja bei der Probe neulich gehört, dass der Maestro und Madame Prokova uns Tänzern gegenüber wenig entgegenkommend waren, als wir sie darauf angesprochen haben.«

Valerie lächelte. Die Probe mit der Ballettkompanie konnte sie sich lebhaft in Erinnerung rufen. Es hatte viele Unterbrechungen gegeben, weil die Solotänzer und der Choreograf mit Rossellis Tempi nicht zufrieden waren. Schlussendlich war fast mehr diskutiert als gespielt worden und die Prokova war extrem genervt gewesen. »Ich probe den *Pas d'action* sehr gern mit Ihnen«, sagte sie. »Allerdings werde ich den Solopart wohl nicht in einer Aufführung spielen. Und ich persönlich würde ihn auch etwas ruhiger interpretieren als meine Kollegin.«

Larissa strahlte. »Hervorragend! Aber Sie kennen die Spielweise von Madame Prokova. Vielleicht könnten Sie sie imitieren, damit ich mich daran gewöhnen kann? Lassen Sie uns doch bitte bald einmal proben. Wissen Sie, wenn ich meinen Auftritt versemmele, kann ich mich als Solotänzerin verabschieden. Und das nach der jahrelangen Plackerei an der Ballettschule.«

»Da haben wir ja etwas gemeinsam. Nur mit dem Unterschied, dass ich meine letzte Chance wohl schon verspielt habe.«

»Wieso das?« Larissa sah sie erschrocken an.

Valerie seufzte. Das hätte sie nicht sagen dürfen, aber nun war auch schon alles egal. Und so lehnte sie sich zurück und erzählte der jungen Tänzerin ihr ganzes Drama mit der Prokova. Larissa hörte aufmerksam zu, und als Valerie geendet hatte, legte sie ihr die Hand auf den Arm. »Das kenne ich. Unsere Erstbesetzung ist zwar eine nette Frau, aber der Choreograf und die Ballettmeisterin beschwören einen Konkurrenzkampf zwischen uns herauf, der nicht zu ertragen ist. Wenn sie zu mir hinschauen, mache ich einen Fehler nach dem anderen. Aber Alessia, die Primaballerina, ist körperlich sehr angeschlagen. Ich weiß nicht, ob sie in beiden Vorstellungen tanzen kann. Daher muss ich bereit sein, notfalls einzuspringen.«

Valerie stand auf. »*D'accord*. Fangen wir an! Wo proben wir?«

Eine Viertelstunde später stand Valerie in einem der Spiegelsäle des Pariser Staatsballetts, den die belgische Gastkompanie während ihres Aufenthalts in der französischen Hauptstadt nutzen durfte. In der Zwischenzeit waren die beiden zum Du übergegangen. Larissa hatte sich ihrer Straßenkleider entledigt und stand in einem hautengen, schwarzen Ballettanzug mitten im Raum. Valerie stimmte ihre Geige und spielte dann auswendig den Solopart des Schwanensees, den sie eine Stunde zuvor vor der Prokova nicht hinbekommen hatte. Sie spielte den Part so, wie sie ihn spielen würde, und Larissa tanzte bezaubernd. Valerie genoss es, ihr zuzusehen. Als sie zu Ende gespielt hatte, löste sich die Tänzerin aus ihrer finalen Pose und kam freudestrahlend auf sie zu. »Wunderbar, hervorragend! Du spielst so schön!«

»Und du tanzt wie ein Engel!«, sagte Valerie. »Waren meine Tempi für dich in Ordnung?«

»Ja, es war perfekt! Lass uns noch einmal von vorn beginnen, aber spiele wieder so wie eben. Ich glaube, ich möchte gar nicht, dass du die Spielweise von Madame Prokova übernimmst.«

Valerie begann nochmals und Larissa tanzte wie in Trance. Sie merkten beide nicht, dass sich währenddessen die Saaltür öffnete. Als sie endeten, brach plötzlich Applaus los. Valerie und Larissa schauten erschrocken zur Tür hinüber. Dort standen die halbe Ballettkompanie sowie der Choreograf.

»Très bien, mes chères, très bien!« Der gefeierte Choreograf Gilbert Dupont kam auf Larissa zu und küsste sie auf beide Wangen, dann wandte er sich an Valerie und schüttelte ihr die Hand. »Madame, ich bin entzückt. So schön hat Larissa noch nie getanzt. Ihr Spiel hat sie verzaubert. Ich werde mich beim Intendanten dafür einsetzen, dass Sie den Solopart spielen, wenn Larissa Dienst hat.«

»Oh je, ich glaube nicht, dass das Madame Prokova gefällt«, wandte Valerie ein. Um nichts in der Welt wollte sie die alte Konzertmeisterin gegen sich aufbringen.

»Das ist nicht mein Problem«, sagte Dupont. »Ich bin dafür verantwortlich, dass meine Tänzer funktionieren. Ich muss das Beste aus ihnen herausholen und Larissa tanzt zu Ihrer Musik besser als je zuvor. Ich werde gleich zum Intendanten gehen. Es hat mich unendlich gefreut, Ihre Bekanntschaft zu machen, Madame.« Er schüttelte wieder ihre Hand und empfahl sich. Valerie wusste nicht, wie ihr geschehen war.

Larissa legte ihr einen Arm um die Schultern. »Na, sieh mal einer an. Jetzt wendet sich für dich vielleicht auch ganz unverhofft das Blatt!«

Valerie verabschiedete sich und ging mit einem mulmigen Gefühl hinaus ins Freie. Ihr schwante nichts Gutes im Falle

Schwanensee, obwohl das Lob des Choreografen sie freute. Sie wusste, dass sie sich nun die Prokova endgültig zur Feindin gemacht hatte.

Zu Hause kochte sie sich einen Kaffee und ließ die Ereignisse des Tages Revue passieren. Wie so oft war es ein Wechselbad der Gefühle gewesen, zuerst gut, dann schlecht, dann wieder sehr gut … und morgen würde es extrem schlecht sein. Denn dann würde der Intendant mit Rosselli und der Prokova gesprochen haben, und dann war es um sie geschehen.

Am nächsten Morgen fing die Sekretärin Valerie am Eingang ab. »Madame Mollwitz, Sie sollen zu Maestro Rosselli ins Büro kommen.«

Valerie glaubte, ihr Herz setze einen Schlag aus. Dupont hatte bestimmt mit dem Intendanten gesprochen und nun würde ihr die Prokova den Krieg erklären. Sie ging zu Rossellis Büro und versuchte, ihre zitternden Beine zu ignorieren.

»Was haben Sie sich dabei gedacht?«, fauchte Rosselli, als Valerie sein Büro betrat. Neben ihm saßen Madame Prokova sowie der erste Solocellist, Monsieur Lacroix, beide mit grimmigen Mienen.

»Wobei?« Valerie beschloss, sich unwissend zu geben.

»Madame Prokova so zu hintergehen.«

Valerie sah ihn entgeistert an. »Ich habe sie nicht hintergangen! Was meinen Sie denn eigentlich?«

»Das wissen Sie ganz genau!« Rosselli feuerte die Partitur des Schwanensees vor Valerie auf den Schreibtisch.

»Ach so«, sagte sie betont sachlich. »Ich nehme an, dass Monsieur Dupont einen Wunsch hinsichtlich der Konzertmeisterin geäußert hat. Damit habe ich aber nichts zu tun.«

»Ach nein?«, meldete sich Lacroix zu Wort. »Es ist bei uns im Orchester nicht üblich, dass sich junge Kolleginnen an Choreografen heranschmeißen, um an begehrte Soloposten zu kommen.«

Valerie schnappte nach Luft. »Das habe ich auch nicht getan! Ich bin lediglich dem Wunsch der Ballerina Larissa Petrova nachgekommen und habe in der Mittagspause den Solopart mit ihr geübt. Im Übrigen hatte mich Madame Prokova kurz zuvor ausdrücklich gebeten, mich auf den Schwanensee vorzubereiten. Dass Monsieur Dupont meine Sonderprobe mit der Ballerina mitbekommen hat, hatte keine von uns beiden beabsichtigt; noch weniger habe ich beabsichtigt, dass er daraufhin gleich zum Intendanten geht und darum bittet, dass ich bei Larissa Petrovas Einsatz den Solopart spiele.« Sie fixierte einen nach dem anderen. »Ich habe ihn gebeten, seinen Wunsch nicht beim Intendanten vorzutragen. Offensichtlich ist er meiner Bitte nicht nachgekommen, nehme ich an?«

Ihre Kollegen schwiegen. Valerie fragte sich, wie sie es geschafft hatte, aus dem Stegreif eine halbe Rede auf Französisch zu halten. Sie staunte über sich selbst, und auch ihre Kollegen hatten wohl nicht damit gerechnet, dass sie sich so vehement verteidigen würde.

»Sie können sagen, was Sie wollen«, Madame Prokova stand auf, »ich glaube Ihnen nicht. Sie brauchen eine feste Stelle, koste es, was es wolle, und Sie haben mitbekommen, dass ich in Ihrer Arbeit erhebliche Mängel sehe.«

Valerie spürte, wie sich ihr Magen schlagartig zusammenkrampfte. Was war mit der Solopassage des zeitgenössischen Stücks? Die hatte sie doch hervorragend hinbekommen, das hatte ihr Madame höchstselbst gesagt. Sie wollte etwas erwidern, aber die Prokova fuhr unbeirrt fort. »Was Sie hier treiben, ist unfaires Spiel!«

»Das stimmt nicht!« Valerie hatte sich von dem Tiefschlag erholt und kochte vor Wut. »Das können Sie mir nicht unterstellen!« Sie wandte sich zur Tür. »Ich werde Monsieur Dupont bitten, das richtigzustellen. Möchten Sie noch etwas sagen oder kann ich jetzt gehen?«

Rosselli winkte sie ungeduldig hinaus. Valerie sah ihm an, dass er solche Szenen hasste, aber da musste er durch. Wer sie permanent erniedrigte, reizte und angriff, durfte sich nicht wundern, dass auch sie irgendwann einmal aus der Haut fuhr und zur Furie wurde. Ihr reichte es nämlich. *Définitivement!*

Sie rauschte schnurstracks zum Ballettsaal, wo Monsieur Dupont gerade seine Tänzer trainierte. Als Valerie ihn auf ein Wort zu sich bat, reagierte er gereizt, weil sie die Probe störte.

»Bitte entschuldigen Sie, aber es ist für mich unendlich wichtig, dass Sie etwas richtigstellen«, sagte sie und erklärte ihm ihre Misere.

Er runzelte die Stirn. »Dass in der Oper immer alles ein Theater sein muss, selbst wenn wir nicht auf der Bühne sind!« Er fuhr sich durch die Haare. »Ich habe für einen solchen Kinderkram eigentlich keine Zeit, aber gut, Madame Mollwitz, ich habe Ihnen das eingebrockt, daher werde ich Ihnen selbstverständlich helfen. Ich bitte den Intendanten um einen Termin mit Maestro Rosselli, Madame Prokova, Monsieur Lacroix und uns beiden. Hilft Ihnen das?«

Valerie nickte. »*Oui*, Monsieur, ich bin Ihnen sehr dankbar.«

Das Gespräch bei Monsieur Grenier, dem Intendanten, fand am späten Nachmittag nach zwei quälenden Proben statt, in denen die Prokova sie keines Blickes würdigte.

Der Intendant begrüßte die Beteiligten sehr freundlich und hörte sich alle Seiten an. Als Valerie an der Reihe war, sagte sie: »Ich möchte einfach nicht, dass man mir unterstellt, dass ich mit Berechnung auf diese Situation hingewirkt habe. Selbstverständlich bin ich mir meiner Stellung als Ersatz bewusst und möchte Madame Prokova nichts wegnehmen.«

Dupont betonte, dass es allein sein Wunsch gewesen sei, dass Valerie spiele, wenn Larissa tanzte, und dass er weiterhin darauf bestehe, weil Larissa mit Valerie besser harmoniere. Dann kritisierte er die Spielweise der Prokova grundsätzlich. Es entbrannte ein veritabler Streit zwischen Dupont und der Prokova. Beide waren starke Persönlichkeiten, die sich offensichtlich nicht leiden konnten. Sie kämpften wie zwei Hirsche, deren Geweihe ineinander verkeilt waren. Schlussendlich klatschte der Intendant in die Hände: »So, *Messieurs*, *Mesdames*, ich beende jetzt diese Debatte und entscheide wie folgt: Dem Wunsch von Monsieur Dupont wird stattgegeben, denn beim Ballett ist es besonders wichtig, dass die Tänzer funktionieren. Daher wird Madame Mollwitz dann spielen, wenn Madame Petrova tanzt. Wenn die Primaballerina Villeneuve tanzt, überlasse ich es Ihrem Spielplan, Rosselli, welche der beiden Konzertmeisterinnen Sie einsetzen.« Er sah Valerie an. »Ich habe verstanden, dass Sie nicht intrigiert haben, und das sollten hier auch alle anderen verstehen.« Er musterte einen nach dem anderen. »Ich hoffe, dass wir dieses Missverständnis aus der Welt räumen konnten.« Damit stand er auf und komplimentierte sie alle hinaus.

Valerie atmete auf. Sie war rehabilitiert, doch sogleich fragte sie sich, ob ihr das etwas nutzte. An der feindseligen Haltung der Kollegen ihr gegenüber würde sich deswegen nichts ändern. Im Gegenteil! Der Konflikt mit der Prokova war nun, da Valerie den Sieg davongetragen hatte, erst recht entfacht. Sie verließ das Gebäude und ging in ein Café. Sie spürte die Vorboten einer Migräne und brauchte unbedingt einen doppelten Espresso. War das alles ein Schlamassel! Jetzt hatte sie sich so gefreut, einmal in der Opéra Garnier spielen zu dürfen, und nun war das ganze Unterfangen ein einziges Drama. Sie trank den Kaffee aus und zahlte. Trotz allem sollte sie so normal wie möglich weitermachen, und das bedeutete, dass sie noch üben musste, obwohl ihr der Sinn gar nicht danach stand.

Langsam ging sie den Gang hinab, der zu den Probenräumen des Orchesters führte. Sie öffnete die Tür zu einem der Räume, aus dem nichts zu hören war, doch dort stand Willi, der gerade seine Bratsche einpackte. »Hallo, Valerie«, rief er ihr fröhlich zu, »wie geht's?«

Sie sollte sagen: »Danke, gut«, aber das brachte sie nicht über die Lippen. Sie zuckte mit den Achseln. »Ich weiß es nicht.«

Er sah sie prüfend an. »Was ist los? Wenn du Probleme im Orchester hast, dann kannst du das dem Orchestervorstand melden, das weißt du, oder? Und ich bin nun einmal eines der Mitglieder des Orchestervorstands.«

»Ich glaube, damit würde ich alles nur schlimmer machen.« Sie wollte gehen, doch Willi war jetzt bei ihr und zog sie zur Tür hinein.

»Dann erzähl es einem Freund, der nicht in der Funktion des Orchestervorstands vor dir steht. Es geht um die Prokova, nicht wahr? Ich habe schon bemerkt, dass zwischen euch heute den ganzen Tag Eiszeitstimmung herrschte.«

Sie nickte und dann erzählte sie ihm, was sich seit dem Vortag ereignet hatte. Er hörte zu, ohne sie zu unterbrechen. Als sie fertig war, sagte er: »Kompliment, du bist eine Kämpferin! Nun weiß die Prokova, dass sie nicht mit dir machen kann, was sie will, weil du dich nicht scheust, bis zum Intendanten zu gehen, um deinen Ruf zu schützen.«

»Ja, aber das hilft mir auch nicht wirklich. Sie wird mich jetzt umso mehr hassen.«

»Jan hat dir sicher schon gesagt, dass wir deinen Fall im Orchestervorstand beobachten. Und ich würde dich bitten, dass ich meinen Vorstandskollegen auch deine Schwanensee-Erfahrungen mitteilen dürfte.«

Valerie biss sich auf die Unterlippe. »Gut, du darfst es ihnen erzählen, aber ich möchte vorerst keine weiteren Aktionen. Das Ganze ist jetzt von höchster Stelle geklärt worden, es noch einmal aufzurollen, wäre mir nicht recht.«

Willi nickte. »In Ordnung. Aber schreib alles auf, das könnte im Zweifel wichtig sein.«

Sie zwirbelte eine Haarsträhne um ihren rechten Zeigefinger. »Ich finde es schrecklich, so zu arbeiten, und ich glaube, ich kann das auch nicht mehr lange durchhalten. Nun habe ich zwar die Zähne gezeigt, aber noch mehr Sympathie verspielt.«

Willi zog seine Jacke an. »Das Orchester ist ein Haifischbecken, und wenn du überleben willst, musst du kämpfen! Ich bin froh, dass du das kannst. In den letzten Wochen hatte ich befürchtet, dass du dazu nicht die Kraft aufbringst. Aber du hast mich und vor allem deine Gegner eines Besseren belehrt. Was du heute beim Intendanten gemacht hast, war einsame Spitze, das hat keiner deiner Vorgänger geschafft.« Er schulterte seine Bratsche. »Und, wenn ich das sagen darf, damit hast du dir auch Sympathiepunkte erworben, vielleicht nicht bei der Prokova, bei ihr hattest du eh keine, aber dafür bei vielen anderen Orchestermitgliedern.«

»Das weiß doch außer dir niemand«, wandte Valerie ein.

Er lächelte. »Das wird sich herumsprechen, auch wenn ich schweige wie ein Grab. Denn dafür waren zu viele Personen beim Intendanten, als dass es auf ewig ein Geheimnis bleiben könnte.« Er hielt ihr die Tür auf. »Komm mit zu uns nach Hause, Irmgard wird sich freuen und das Essen reicht für drei. Das ist besser für dich, als wenn du jetzt noch übst. Du kannst es doch sowieso.«

Valerie hatte gerade drei Bissen von Irmgards Sauerbraten gegessen, da schrillte ihr Handy. Auf dem Display sah sie die Nummer des Orchestersekretariats. Ihr Puls begann zu rasen. »*Allô?*«, meldete sie sich.

»*Bonsoir*, Madame.« Es war Rossellis Stimme. »Bitte kommen Sie sofort zur Opéra Garnier, Sie müssen Madame Prokova heute Abend im Schwanensee vertreten.« Er klang verärgert.

»Was?« Valerie fiel fast das Handy aus der Hand.

»Kommen Sie sofort, Sie haben es ja nicht anders gewollt.« Rosselli legte auf.

Valeries Herz pochte so stark, dass sie dachte, es sprenge ihr die Rippen. Welche Intrige war denn jetzt schon wieder gesponnen worden? Larissa tanzte doch heute Abend gar nicht. Was um alles in der Welt war nur passiert? War die Prokova so beleidigt, dass sie ihr nun zur Strafe auch die anderen Aufführungen aufs Auge drückte, in denen die Villeneuve tanzte? »Ich muss sofort in die Oper, ich muss den Schwanensee spielen.« Valerie schob ihren Stuhl zurück und warf die Serviette auf den Tisch.

»Das kann doch nicht wahr sein!«, rief Willi ärgerlich. »Das ist doch wirklich Schikane!«

»Ich muss noch mein Konzertkleid von zu Hause holen!« Valerie geriet in Panik. Die Aufführung begann in einer Stunde und sie musste zuerst zu ihrer Wohnung und von dort zur Oper.

»Ich fahr dich nach Hause«, bot Willi an. Valerie tat es leid um Irmgards Abendessen, aber ihre Freundin winkte ab. »Lass gut sein, Willi kann nachher weiteressen, aber für dich ist es blöd. Du musst eben ein andermal wiederkommen.«

Willi heizte mit siebzig Sachen durch die Stadt. »Falls du geblitzt wirst, reich mir das Knöllchen weiter«, sagte Valerie. Zu Hause rannte sie ins Schlafzimmer, riss ihr schwarzes Konzertkleid aus dem Schrank und zog sich um. Es war jetzt fast halb acht. Die Vorstellung begann um zwanzig Uhr. Bis sie mit der Metro bei der Oper war, brauchte sie gut zwanzig Minuten, mit Willis Auto würde es noch länger dauern, weil der Feierabendverkehr um diese Zeit der reinste Horror war. Sie hatte ihn daher wieder nach Hause geschickt. Etwa zehn Minuten vor Beginn der Vorstellung mussten die Musiker spielfertig im Orchestergraben sitzen. Es würde nicht mehr reichen, sie würde völlig abgehetzt an ihrem Platz ankommen. Sie griff nach ihrer Geige und den Noten des Schwanensees und stürzte aus der Wohnung.

Kapitel 15

Der Weg ins Stadtzentrum zog sich hin wie Kaugummi. Jedes Mal, wenn die Metro an einer Haltestelle hielt und die vielen Leute nicht rechtzeitig ein- und ausstiegen, bekam Valerie fast einen Herzkasper. Alle zwei Minuten starrte sie auf die Uhr. Ihr Herz raste. Es war extrem ungünstig, so abgehetzt zu einem Soloeinsatz zu kommen. Zehn Minuten vor acht Uhr stürzte sie in die Oper und spurtete auf ihren hohen Absätzen den imposanten Treppenaufgang hinauf. Doch für die Pracht der Säulen, Statuen und Deckengemälde hatte sie jetzt kein Auge.

Ihre Kollegen, die heute Abend Dienst hatten, standen alle schon mit ihren Instrumenten vor der Tür zur Musikergarderobe, bereit zum Gang in den Orchestergraben. James war auch unter ihnen. »Valerie, was machst du denn heute Abend hier? Ich dachte, du hast frei?«

»Das dachte ich auch«, stieß sie atemlos hervor. »Um sieben Uhr bekam ich einen Anruf von Rosselli, dass ich sofort kommen soll, und ich war noch nicht einmal zu Hause. Ist Madame Prokova etwas zugestoßen?«

Lacroix trat auf sie zu. »Das haben Sie nun davon.«

»Wovon?« Valerie schrie fast. »Ich dachte, das hätten wir heute Nachmittag mit dem Intendanten höchstpersönlich geklärt!« Sie riss ihre Noten aus dem Geigenkasten. »Außerdem tanzt Larissa Petrova heute Abend gar nicht. Ich weiß also nicht, weshalb ich derart spät informiert worden bin.« Sie knallte den Geigenkasten zu. Himmel, jetzt war ihr Blutdruck auf hundertachtzig und das kurz vor einem Auftritt. Es lief alles völlig aus dem Ruder!

Aber offensichtlich hatte ihre kleine Explosion auf Lacroix und die anderen Musiker eine beachtliche Wirkung erzielt. Sie starrten sie alle mit offenem Mund an. »*Allez!* Gehen wir rein!«, forderte Valerie sie genervt auf. Erst als sie im Orchestergraben saß und ihre Geige stimmte, wurde ihr bewusst, dass sie sich gerade wie eine launische Diva verhalten hatte. Aber sie hatte sich Respekt verschafft. Bei ihrer sonst höflichen, zurückhaltenden Art würden ihr einige Kollegen immer auf der Nase herumtanzen. Langsam beruhigte sich ihr Herzschlag.

Sie warf einen Blick in das sogenannte *amphithéatre*. Es war voll besetzt. Elegante Damen in glitzernden Roben saßen zwischen schwarz befrackten Herren auf samtroten Polstersesseln. Der legendäre Kronleuchter hing von der Saaldecke wie eine Königskrone und ließ das bunte Deckenfresko von Chagall erstrahlen. War das schön!

Eine Minute vor Beginn der Vorstellung betrat Monsieur Grenier die Bühne. »*Mesdames et Messieurs*, ich muss Ihnen eine Änderung im Programm mitteilen.«

Valerie schnappte nach Luft. Welche Programmänderung? Saß sie jetzt etwa mit den falschen Noten hier? Kalter Schweiß rann ihr den Rücken herunter.

Grenier fuhr fort: »Anstelle der Primaballerina Alessia Villeneuve, wegen der sicherlich die meisten von Ihnen gekommen sind, tanzt heute Abend Larissa Petrova den Solopart.«

Ein Murren ging durch die Reihen. Valerie verstand zwar jetzt, weshalb sie hier saß, aber warum war die Umbesetzung bei den Tänzern so plötzlich erfolgt?

Als ob Grenier ihre Gedanken gelesen hätte, erklärte er dem Publikum: »Alessia Villeneuve hat sich heute Abend beim Aufwärmen das Bein gebrochen, daher ist diese kurzfristige Umbesetzung erforderlich geworden. Ich hoffe, dass Sie, liebe Zuschauer hier im Saal und an den Bildschirmen zu Hause, den Abend trotzdem genießen werden!«

Valerie erstarrte. Das Ganze wurde auch noch live im Fernsehen übertragen? Sie sah hoch. Mehrere Kameraleute standen in den Logen hinter eingeschalteten Kameras. Ihr Herz hämmerte. Und plötzlich war ihr alles klar. Rosselli und die Prokova waren beleidigt gewesen ob Greniers Entscheidung zugunsten von Valerie. Dann hatte sich Alessia das Bein gebrochen und eingeschnappt wie sie war, hatte die Prokova wahrscheinlich verlangt, dass Valerie gleich zum Einsatz kommen solle. Wenn sie heute Abend scheiterte, brauchte sie ihre Probezeit gar nicht mehr zu Ende zu führen, dann würde sie morgen ihren Job los sein. Sie hatte keine Zeit mehr, die unglückliche Verkettung der Umstände weiter in einen Zusammenhang zu bringen, denn in diesem Augenblick betrat Rosselli den Orchestergraben und die Musiker mussten sich erheben. Der Maestro gab ihr als Konzertmeisterin die Hand, sagte aber nichts und seine Miene war eisig. Valerie versuchte, das Zwischenmenschliche auszublenden. Sie musste jetzt funktionieren. Ihre Solostelle musste fehlerfrei sein und möglichst innig klingen. Heute Abend stand ihre Zukunft auf dem Spiel und ausgerechnet heute war Jan nicht da. Sie hätte sich sicherer gefühlt, wenn er auch im Orchestergraben gesessen hätte. Sie hatte ihm vor lauter Eile noch nicht einmal sagen oder schreiben können, dass sie unerwartet einspringen musste. Er hätte dann wenigstens aus der Ferne an sie denken können. Aber plötzlich fiel ihr Larissa ein, deren Zukunft ebenso sehr auf dem Spiel stand. Hoffentlich würde ihr alles gelingen, dachte Valerie, hoffentlich würde sie das enttäuschte Publikum durch ihren Tanz besänftigen!

Rosselli gab den Einsatz zur Ouvertüre und Valerie konzentrierte sich auf die Melodien von Tschaikowskys Ballett. Der Vorhang öffnete sich und sie nahm die gespannte Atmosphäre in der Oper mit allen Sinnen auf: die grazilen Körper der Tänzerinnen, die mit ihren Tutus gerade die Bühne bevölkerten, den Klang der Musik und das Staunen der Zuschauer auf den dunkelroten Samtsitzen. Sie erinnerte sich, wie sie vor fast dreißig Jahren mit ihrer Mutter in der Bonner Oper gewesen war und den Schwanensee wie ein Märchen durchlebt hatte.

Auch wenn Valerie keine Zeit hatte, auf die Bühne zu sehen, so nahm sie doch aus dem Augenwinkel wahr, dass Larissa inzwischen einige Parts getanzt und das Publikum in ihren Bann gezogen hatte. Sie atmete auf. Es klappte gut für ihre neue Freundin.

Und dann rückte der Höhepunkt des Abends näher: der *Pas d'action* auf der Bühne zu dem Solopart von Valerie und Lacroix. Die Stimmung knisterte, als ob die Zuhörer, Tänzer und Musiker alle zusammen die Luft anhielten. Leise zupfte die Harfenistin die Akkorde, die Valeries Solopart vorangingen. Valerie hob die Geige und begann zu spielen. Rein und klar strahlte ihr Ton. Er breitete sich aus und stieg aus dem Orchestergraben hoch auf die Bühne, in den Zuschauerraum, bis hinauf zu der höchsten Loge. Vor ihrem geistigen Auge sah sie Larissas Bewegungen, stellte sich vor, wie sie gerade elegant und anmutig über die Bühne schwebte. Valerie musste plötzlich an Karl und Elise, an ihre zarte Liebe vor hundert Jahren denken. Und sie legte in die Musik die Zärtlichkeit und Sehnsucht hinein, die die beiden füreinander empfunden hatten, aber auch das Leid, unter dem Elise später fast zusammengebrochen war. Als Lacroix mit seinem Cellosolo einsetzte, rankte sie ihre Läufe um seine Melodie, so als ob zwischen ihnen die perfekte Harmonie bestünde, und das, obwohl sie vorhin noch so heftig miteinander gestritten hatten. Als der letzte Ton verklungen und der *Pas d'action* vorüber war, herrschte für ein paar Sekunden völlige Stille in der Oper. Niemand wollte sich aus dem Traum lösen, der sich gerade vor ihnen abgespielt hatte. Dann brach plötzlich ein tosender Applaus los. Obwohl die Vorstellung noch nicht zu Ende war, sprangen die Zuschauer von ihren Sitzen auf, klatschten und riefen: »Bravo, bravo!«

Valerie sah zur Bühne, wo sich Larissa und ihr Partner viele Male verbeugen mussten. Sie hatte Tränen in den Augen. Larissa hatte es geschafft! Sie hatte heute Abend ihren Durchbruch erzielt! Dann fiel ihr Blick auf Lacroix, mit dem sie ohne Probe so gut zusammengespielt hatte. Er nickte ihr zu. Sie lächelte. Sie wollte ihn nicht mehr zum Feind haben. Und da spürte sie, wie Bernard, mit dem sie am Pult saß, eine Hand auf ihren Arm legte. »*Fantastique*, Valerie, dein Spiel war so anmutig wie der Tanz der Ballerina! Du hast sie alle verzaubert.«

»*Merci*, Bernard«, flüsterte sie ergriffen.

Nach einer schier unendlichen Zeit schaffte es Rosselli, die außer Rand und Band geratenen Zuschauer zu beruhigen und mit der Vorstellung fortzufahren. Als sich der Vorhang nach dem letzten Akt senkte, brandete erneut Applaus auf. Die Tänzer traten alle nacheinander auf die Bühne, zum Schluss Larissa und ihr Tanzpartner. Dann kamen die beiden nach unten in den Orchestergraben. »Kommen Sie, Maestro, und auch Sie«, wandte sich Larissa an Lacroix, der lieber im Orchestergraben bleiben wollte. Aber was konnte er gegen den Charme der Ballerina schon ausrichten? Larissa nahm die beiden Herren an den Händen und zog sie mit sich auf die Bühne. Ihr Tanzpartner verbeugte sich vor Valerie. »Kommen Sie mit mir auf die Bühne«, sagte er und hielt ihr seine Hand hin. Sie sträubte sich, doch er lächelte und sagte: »Wenn Sie nicht mitkommen, werde ich Sie auf die Bühne tragen.« Er zwinkerte. »Befehl der neuen Primaballerina.« Valeries Herz pochte. Sie wollte nicht im Mittelpunkt stehen, aber sie stand dennoch auf, denn wenn der Tänzer seine Drohung wahr machen und sie auf die Bühne tragen sollte, wäre das hochnotpeinlich. Und so betrat sie an der Hand des attraktiven Solotänzers die hell erleuchtete Bühne. Sie blinzelte, als sie plötzlich im Rampenlicht stand. Der Applaus nahm merklich zu, als die Zuschauer nun auch die Solomusiker auf der Bühne sahen. Sie verbeugte sich automatisch mit Larissa und den anderen Solotänzern. Von hinten wurde ebenso eifrig geklatscht. Das gesamte Corps de Ballet spendete Beifall. Rosselli wies auf den Orchestergraben und die Musiker erhoben sich. Valerie war plötzlich glücklich. Auch sie hatte es heute Abend geschafft! Den Erfolg konnte ihr keiner mehr nehmen! Larissa drückte ihr vor versammeltem Publikum einen Kuss auf die Wange, dann stiegen Valerie, Rosselli und Lacroix wieder in den Orchestergraben hinab und die Tänzer verschwanden hinter der Bühne.

Als sich die Musiker und Zuschauer von ihren Plätzen erhoben, kam Rosselli auf sie zu. »Madame Mollwitz, Sie haben heute Abend ganz hervorragend gespielt!«

»*Merci*, Maestro.« Ihre Stimme klang zittrig. Der plötzliche Erfolg, das Rampenlicht und das unerwartete Lob des Maestros ließen sie etwas taumeln.

»Ich bin sehr froh, dass Sie unter den widrigen Umständen sofort einspringen konnten.« Er räusperte sich. »Nach Ihrem Einsatz neulich bei dem modernen Stück und dem Schwanensee-Solo haben Sie sich für mich als gleichwertige Konzertmeisterin etabliert.«

Valerie stand der Mund offen. Eine solche Aussage hätte sie von Rosselli niemals erwartet. Auf dem Weg in die Garderobe machten ihr die Kollegen Komplimente. Ganz besonders gerührt war sie von Lacroix. Er entschuldigte sich bei ihr wegen seiner Unterstellungen und bot ihr feierlich den Frieden an. Auch er hatte heute Abend als Musiker gepunktet, denn eine Ballettbühne hatte er zuvor ebenfalls noch nie betreten.

Valerie wollte Larissa unbedingt gratulieren. Sie drängte sich durch die Korridore, bis sie vor Larissas Garderobe stand. Doch dort waren Grenier, Dupont und mehrere Balletttänzer versammelt. Sie wollte gerade einen Rückzieher machen, aber Larissa entdeckte sie und ließ die anderen einfach stehen. »Valerie!«, rief sie. »Komm rein, vielen Dank für dein wunderbares Spiel! Es hat mich so beflügelt!«

Valerie umarmte ihre Freundin und gratulierte ihr. »Du warst bezaubernd! Heute Abend war dein internationaler Durchbruch!«

»Deiner auch«, raunte ihr Larissa verschwörerisch ins Ohr.

Und auf einmal stand Grenier vor Valerie und schüttelte ihr die Hand. »*Formidable*, Madame Mollwitz! Dupont hat recht gehabt, als er heute Mittag auf Ihren Einsatz bestand, auch wenn das kurzzeitig für ziemlichen Unmut seitens des Maestros und der Madame Prokova in meinem Büro gesorgt hat.« Er verdrehte die Augen. »Ja, manchmal ist es nicht einfach. Jeder will seinen Kopf durchsetzen und ich bin dann immer der Gelackmeierte, der die Gemüter versöhnen muss, damit eine solch harmonische Vorstellung wie heute Abend zustande kommt!«

Larissa stieß sie an und flüsterte: »Ich muss noch ein Interview geben, aber dann gehe ich mit ein paar Kollegen noch etwas trinken, um den Abend zu feiern. Komm doch mit!«

Valerie schwankte, denn sie hatte am darauffolgenden Vormittag wieder Dienst. Doch die herzliche Art von Larissa war einnehmend und Freunde brauchte sie auch. Also sagte sie zu und versprach, in einer Viertelstunde vor dem Hinterausgang zu stehen, von wo aus die Tänzer aufbrechen wollten.

Als sie wenig später in die kalte Abendluft hinaustrat, vibrierte ihr Handy in der Manteltasche.

»Jan!«, rief sie erfreut, als sie seinen Namen auf dem Display las, doch dann nahm sie sich zusammen. Er hatte wahrscheinlich gerade seine Großmutter verloren. »Was ist … mit deiner Oma?«

»Sie lebt noch. Sie hat sich wieder ein wenig erholt, ich komme morgen nach Paris.«

»Das freut mich sehr!«

»Danke«, sagte Jan. »Aber was musste ich sehen, als ich eben den Fernseher eingeschaltet habe?« Er tat empört: »Dass du deinen größten Erfolg genau auf den Abend terminiert hast, an dem ich nicht da bin! Macht man das mit einem Freund?«

Jetzt erinnerte sich Valerie wieder, dass die Aufführung live ausgestrahlt worden war. Das hatte sie zwischenzeitlich völlig ausgeblendet. Sie lachte. »Ich hätte gern auf dich gewartet, ehrlich, aber es ging alles Hals über Kopf, ich habe noch nicht recht begriffen, was sich gerade alles ereignet hat. Aber wieso schaust du dir den Schwanensee im Fernsehen an?«

»Meine Schwester und meine Oma wollten die Aufführung zusammen ansehen. Sie kennen eine der Tänzerinnen aus der belgischen Kompanie. Ich habe nur manchmal hingesehen, aber als ich dein Solo hörte, wusste ich gleich, dass du spielst und nicht die Prokova. Und später habe ich dich auf der Bühne gesehen.«

»Ja, es war alles recht überraschend.«

»Du hast zauberhaft gespielt! Aber wieso hast du überhaupt gespielt? Ich dachte, die Prokova spielt den Schwanensee.«

Valerie seufzte. »Das ist eine lange Geschichte.«

»Ich habe Zeit.«

Und so erzählte sie ihm das ganze Schwanensee-Drama.

Jan sagte zunächst nichts. Dann knirschte er mit den Zähnen. »Dass sie dich so fertiggemacht haben, genau in der Zeit, als ich nicht da war! Das haben sie mit Absicht getan!«

»Meinst du?«, fragte sie zweifelnd.

»Ja, zumindest Rosselli hat gemerkt, dass wir beide uns oft unterhalten. Er hätte sich denken können, dass ich mich einschalte. Ich hätte nicht wegfahren dürfen!« Er klang verzweifelt. »Ich hätte dich nicht allein lassen dürfen!«

»Aber Jan, wir hatten doch darüber gesprochen, dass du deine Großmutter noch einmal sehen solltest! Dass sich hier die Ereignisse überschlagen haben, konnte keiner vorhersehen. Und schlussendlich habe ich ihnen auch allein Paroli bieten können und es ist alles gut ausgegangen.«

»Ja.« Er schwieg kurz. »Sehr gut sogar. Du bist nun über die Stadtgrenzen hinaus bekannt und das festigt deine Stellung ungemein.« Er hustete. »Du bist wirklich tapfer, dass du dich gewehrt hast. Dennoch kann ich es ihnen nicht verzeihen, was sie mit dir gemacht haben. Ich wünschte, ich wäre jetzt wenigstens da. Bist du auf dem Weg nach Hause?«

»Noch nicht. Die Primaballerina hat mich eingeladen, mit ihr und den Tänzern noch etwas trinken zu gehen.«

»Mach das auf jeden Fall!«, sagte Jan. »Amüsier dich gut! Bis morgen, Valerie!«

»Bis morgen!« Sie schaute verträumt in ihr Handy.

»War das dein Freund?«, fragte eine Stimme hinter ihr. Valerie drehte sich um. Larissa stand vor ihr.

»Ähm, ja, nein …«

»Also noch nicht ganz?«, schlussfolgerte die Ballerina. »Wer ist es denn? Kenne ich ihn? Einer deiner Kollegen?«

Valerie wurde rot. Eigentlich redete sie über Herzensangelegenheiten grundsätzlich nie, aber Larissa hatte ihr heute so sehr geholfen. Sie konnte sie nicht einfach anlügen. »Ja.«

»Welches Instrument?«

»Oboe. Aber nicht heute.«

»Etwa der Solooboist, der neulich bei der Probe gespielt hat?«

Valerie nickte. Nun war es raus. Wenn es mit Jan und ihr nichts werden würde, dann war diese Aussage potenzieller Tratschstoff, der die Runde machen könnte.

Larissa pfiff leise durch die Zähne. »Er spielt wie Amor höchstpersönlich. Ist er denn auch so wunderbar, wie er spielt, oder hast du dich nur in sein Spiel verliebt?«

»Er war einer der wenigen, die von Anfang an nett zu mir waren«, sagte Valerie. »Und er hat sich sehr um mich gekümmert, als ich krank war.«

»Dann mag er dich wirklich«, sagte Larissa. »Wo ist er jetzt?«

»In Belgien bei seiner Familie, seine Großmutter liegt im Sterben.«

»Oh, dann ist er ein bodenständiger Familienmensch. Bestimmt genau der Richtige für dich. Telefoniert ihr oft?«

Valerie nickte. Sie fragte sich, wie Larissa, die sie erst seit Kurzem kannte, bereits ein so klares Bild von ihr gewinnen konnte, dass sie zu wissen meinte, wer der Richtige für sie sei.

»Du kannst ihn trösten, wenn er wieder da ist«, sagte Larissa. »Dann kommt ihr euch bestimmt näher. Und wenn ihr einmal in Belgien seid, dann besucht mich in Antwerpen! Komm jetzt, ich stelle dich meinen Kollegen vor.«

Es war ein netter Abend mit den Tänzern. Valerie kam erst gegen ein Uhr nachts nach Hause. So lange war sie schon ewig nicht mehr aus gewesen. Sie fiel ins Bett und schlief dem nächsten Tag entgegen, an dem sie Jan endlich wiedersehen würde.

Trotz des langen Abends wachte Valerie schon um sechs Uhr auf. Sie rekelte sich und lächelte. In vier Stunden würde sie Jan in der Probe sehen. Sie wollte nicht mehr einschlafen, daher nahm sie Elises Tagebuch vom Nachttisch. Ihr fehlten nur noch wenige Seiten bis zum Schluss. Die würde sie schaffen, bevor sie zum Dienst musste.

Von Elise

Freitag, 7. Februar 1930

Ich kann es immer noch nicht fassen und ich werde es niemals fassen können. Maria hat ihre zehnte Schwangerschaft nicht überlebt. Sie ist gestern wenige Stunden nach der Entbindung ihres letzten Sohnes Josef im Kindbett gestorben. Als die Wehen einsetzten, hat mir Frieda, die unter der Woche nach wie vor oft zu Maria nach Linz fährt, ein Telegramm geschickt und mich gebeten, sofort mit Johannes und den Zwillingen nach Linz zu kommen. Als wir eintrafen, war der kleine Josef bereits geboren und Maria lag aschfahl und benommen im Halbschlaf. Der Arzt machte eine sehr besorgte Miene. Katharina und Magdalena begannen zu weinen. Johannes, der sich zunächst um seine kleinen Geschwister gekümmert hatte, blickte mich angsterfüllt an. »Mama wird doch wieder gesund, oder?«

Mir schnürte es die Kehle zu. Ich wusste es nicht. Ich war zwar nicht immer dabei gewesen, wenn Maria entbunden hatte, aber in einem solch fürchterlichen Zustand hatte ich sie noch nie gesehen.

»Tante Elise, bitte sag was!«, flehte mich Johannes an.

Doch anstatt etwas zu sagen, quollen mir Tränen aus den Augen und er rannte wortlos aus dem Zimmer.

Frieda nahm die anderen Kinder mit nach unten. So konnte ich einen Augenblick allein mit Maria sein. Ihr Mann ließ sich nicht blicken, er zog es vor, im Wohnzimmer seinen Kindern Vorhaltungen zu machen, dass sie sich gefälligst tapfer benehmen sollten.

Ich setzte mich neben sie aufs Bett und nahm ihre Hand. »Maria? Hörst du mich?«

Mühsam öffnete sie die Augen. »Elise … bitte kümmere dich um meine Kinder.«

Ich schluckte. »Natürlich, aber du wirst wieder gesund werden, ganz bestimmt!«

Sie schüttelte unmerklich den Kopf. »Dieses Mal war es zu viel. Erzähle den Kleinen, wie gern ich sie habe, denn sie werden sich bald nicht mehr an mich erinnern können … Und wenn Mollwitz noch einmal heiratet, sei trotzdem immer für die Kinder da … damit sie wenigstens eine Person haben, die sie liebt.«

Ich drückte ihre Hand. »Ich verspreche es dir, Maria, ich werde immer für all deine Kinder da sein.« Ich kämpfte mit meiner Stimme. »Kann ich sonst noch etwas für dich tun?«

»Grüß Lotte und Max von mir. Sag ihnen, dass ihr drei wieder zusammenhalten sollt. Du kannst nicht allein mit allem fertigwerden, wenn du dich nun auch um meine Kinder kümmerst.«

Ich nickte. »Ja, Maria, ich werde mich mit ihnen versöhnen.«

Ihre Augenlider flackerten. »Holst du mir den Pfarrer, bitte?«

Ich stand auf. »Er wartet schon unten, ich hole ihn.« Ich küsste sie auf die Stirn. »Hab Dank für alles, Maria, ich habe dich so lieb!«

Sie drückte mir schwach die Hand und lächelte. Ich ging hinunter. Tränen verschleierten mir die Sicht und fast wäre ich die Treppe hinuntergefallen. Wie oft muss ich noch hilflos mit ansehen, dass mir ein geliebter Mensch wegstirbt? Karl, Alexander, Mama, Papa und jetzt auch noch Maria.

Eine halbe Stunde später führte ich alle Kinder in Marias Schlafzimmer hinauf. Sie sah eines nach dem anderen an und versuchte, ihnen ein paar Worte zu sagen. Kurz darauf fiel sie ins Delirium und ich musste die Kinder hinausbringen. Zwei Stunden später war sie tot.

Für mich brach eine Welt zusammen. Obwohl ich schon den Tod von Karl und meinen Eltern erlebt habe, war der Schmerz über Marias Verlust so riesig, dass ich dachte, ich würde selbst nicht weiterleben können. Meine Brust schmerzte, ich bekam keine Luft mehr, ich rannte nach draußen und schrie und weinte in den Weinbergen von Linz. Doch dann erinnerte ich mich, dass ich nun bei ihren Kindern sein musste, die noch viel mehr als ich litten. Ich ging zurück ins Haus, das mir leer schien ohne Maria. Ich versuchte, die Kinder zu trösten, trocknete Tränen, weinte mit ihnen, nahm sie in die Arme und wiegte sie. Frieda hatte sich bereits um eine Amme für den kleinen Josef gekümmert. Ich verständigte Lotte und Max, die völlig geschockt eintrafen und jetzt mit uns trauern. Mollwitz tut uns den Gefallen und ist so gut wie immer abwesend.

Montag, 10. Februar 1930

Heute Vormittag war Marias Beerdigung. Ich hatte ihre Kinder mit Müh und Not in ihre Sonntagskleider gesteckt und ihnen Blumen in die Hände gedrückt, die ich zu horrenden Preisen bei der ortsansässigen Floristin erstanden habe. Der Pfarrer betonte Marias vorbildliche Mutterrolle und ich hätte Mollwitz dabei am liebsten vor die Füße gespuckt. Hätte er sie nicht wenigstens in den letzten Jahren vor immer neuen Schwangerschaften bewahren können?

Die Kinder waren verzweifelt. Die kleine Susanne wollte ihrer Mutter ins Grab hinterherspringen. In allerletzter Sekunde konnte ich sie davon abhalten, aber ich schaffte es nicht, sie zu beruhigen. Sie schrie den ganzen Friedhof zusammen. Johannes würdigte seinen Vater keines Blickes.

Nach der Trauerfeier kam Max auf mich zu, bevor wir alle zum Leichenschmaus ins Gasthaus gingen. »Elise«, begann er.

»Ja?« Ich tupfte mir mit einem Taschentuch eine Träne weg.

»Ich wollte dich schon lange um Verzeihung bitten … für den Verkauf der Geige und auch … für alles andere, womit ich dir Kummer bereitet habe …«

Verdutzt schaute ich ihn an. Und plötzlich lag ich in seinen Armen und schluchzte. Er tätschelte mir den Rücken, so, wie er es früher gemacht hat, wenn ich mir als Kind die Knie aufgeschlagen habe und er mich als großer Bruder getröstet hat. Ich konnte nicht aufhören zu weinen. Als ich eine Ewigkeit später aufsah, blickte ich in seine braunen Augen, in denen sich mein eigener Schmerz widerspiegelte. »Ist schon gut, Max«, sagte ich. »Ich bin dir nicht mehr böse, lass uns wieder Freunde sein.«

Er drückte mich fest an sich und küsste meine Stirn. »Nichts lieber als das, Schwesterchen.« An seinem Arm ging ich ins Gasthaus und versuchte, den Leichenschmaus zu überstehen, obwohl ich keinen Bissen herunterbrachte.

Freitag, 14. Februar 1930

Lotte, Max und ich blieben noch drei Tage im Hause Mollwitz. Wir mussten mit Marias Mann zu einer Verständigung gelangen, was die Kinder betraf. Da die älteren drei Kinder ohnehin schon bei mir wohnten und in Bonn die Schule besuchten, versuchten wir Mollwitz zu überreden, seine anderen Kinder auch in meine Obhut zu geben, zumal Max angeboten hatte, auch Teile seiner Haushälfte zur Verfügung zu stellen. Doch

Mollwitz wollte davon nichts wissen. Er bestand darauf, dass seine kleineren Kinder bei ihm blieben. Nur den neugeborenen Josef und seine Amme durften wir mit nach Bonn nehmen. Das war zu erwarten gewesen. Aber wir erreichten, dass Frieda als Haushälterin in Linz bleiben durfte und sich um Philipp, Kurt und Susanne kümmern konnte. Wegen der Schulpflicht der größeren Kinder und meiner Arbeit konnte ich nicht länger in Linz bleiben und so verabschiedete ich mich gestern schweren Herzens von den kleineren Kindern und fuhr mit den anderen Kindern und Baby Josef wieder zurück nach Bonn. Obwohl Josef in gewisser Weise für den Tod seiner Mutter verantwortlich ist, liebte ich ihn vom ersten Augenblick an abgöttisch. Die ganze Fahrt von Linz nach Bonn hielt ich ihn im Arm. Er ist so zerbrechlich und süß. Er ist … mein Kind. Als mir auf der Zugfahrt gestern das erste Mal dieser Gedanke kam, erschrak ich über mich selbst, aber so fühlte es sich an. Seine Mutter hatte ihn niemals im Arm halten können, ich musste es an ihrer Stelle tun.

Als wir in Bonn ankamen, raunte mir Lotte ins Ohr: »Ich frage Erwin, was wir machen können wegen der Kinder. Er ist Richter und weiß bestimmt, wie wir argumentieren können, dass die kleineren Kinder zusammen mit den größeren aufwachsen.«

Ich drückte dankbar ihren Arm. Offensichtlich hat Marias Tod ein Gutes: Wir Geschwister halten wieder zusammen.

Sonntag, 22. Juni 1930

Mollwitz hat gestern seine neue Frau Helene vor den Traualtar geführt. Er hat die schnelle Heirat mit der zwanzigjährigen Blondine damit begründet, dass er eine neue Mutter für seine Kinder brauche. Dass ich nicht lache! Helene ist nur fünf Jahre älter als Johannes, wie soll sie ihm eine Mutter sein?

Marias Kinder standen mit versteinerten Mienen in der Kirche. Tage zuvor hatte es Schläge gehagelt im Hause Mollwitz, als sich Marias Kinder gegen die geplante Hochzeit ihres Vaters aufgelehnt hatten. Er hatte von ihnen absoluten Gehorsam gegenüber seiner neuen Frau verlangt und ihnen außerdem befohlen, ihre leibliche Mutter nicht mehr zu erwähnen, um die neue Mutter nicht gleich zu vergraulen. Mir wurde schlecht, als mir Johannes die Szenen vom letzten Wochenende schilderte. Er weigerte sich gestern, zur Hochzeit seines Vaters zu fahren. Ich konnte ihn durch nichts überreden. Ich weiß, dass sich der Kampf zwischen ihm und seinem Vater bis ins Unermessliche zuspitzt. Er ist jetzt fünfzehn Jahre alt und die Schläge seines Vaters fördern eher sein Aufbegehren, als dass sie ihn einschüchtern. So fuhr ich mit Katharina und Magdalena allein nach Linz. Die beiden Mädchen weinten den ganzen Weg und vergewisserten sich dauernd, dass sie trotzdem bei mir bleiben durften. »Natürlich, ihr Süßen, das ist doch klar. Ihr könnt ja nicht einfach die Schule wechseln«, sagte ich. Den kleinen Josef hatte ich in Lillys Obhut gegeben. Ich hatte Angst, dass Mollwitz ihn mir wieder abnehmen und seiner neuen Frau in die Arme drücken würde.

Helene ist, wie gesagt, sehr jung und sehr hübsch. Sie hat blonde, schulterlange Locken, blaue Augen und einen verführerischen Mund. Sie betörte alle bei der Hochzeit anwesenden Kollegen von Mollwitz durch ihren mädchenhaften Charme. Aber ich kann mir nicht vorstellen, wie sie mit einer Großfamilie fertigwerden wird. Helene will das Leben genießen, das sah ich ihr an. Mit ihr, die halb so alt ist wie er selbst, wird Mollwitz sich wie ein Jugendlicher zu geben haben!

Dienstag, 8. Juli 1930

Ich musste Mollwitz heute früh den kleinen Josef aushändigen. Ich hatte mich verbarrikadiert und tagelang die Tür nicht geöffnet. Aber heute kam er mit zwei Polizisten und verlangte die Herausgabe seines Sohnes.

Seitdem sitze ich in der Küche und weine. Ich habe mich so an Josef gewöhnt, ich habe mich daran gewöhnt, dem Kleinen eine Mutter zu sein. Ich vermisse es, ihn in meinen Armen zu halten, ich vermisse seine winzigen Fingerchen, die meinen Finger umklammern. Auch Johannes und die Zwillingsmädchen sind traurig, dass ihr kleiner Bruder nun in Linz ist. Ich habe Angst, dass es ihm nicht gut geht, dass Helene ihn nicht richtig versorgt. Aber ich habe kein Recht ihn zu sehen, ich habe kein Recht ihn aufzuziehen, ich bin nur die Tante. Helene als Stiefmutter hat mehr Rechte als ich. Und ich fürchte, dass sie ihn nicht mag, dass sie selbst Kinder haben will und Marias letztes Kind niemals gernhaben wird. So, wie sie auch Kurt, Philipp und Susanne nicht mag.

Sonntag, 10. August 1930

Max hat seine Lilly endlich geheiratet, weil Mollwitz meinte, dass es nicht zumutbar sei, seine größeren Kinder weiterhin unter dem Dach eines solch ungeordneten Haushalts wohnen zu lassen. In den letzten Wochen herrschte Krieg zwischen Mollwitz und uns Lambrecht-Geschwistern. Ich kann kaum beschreiben, was alles passiert ist. Briefe von Anwälten gingen hin und her. Lottes Liebhaber Erwin setzte sich tatsächlich sehr für uns ein, und auch wenn ich seinen Lebensstil nicht gutheiße, so bin ich ihm für sein Engagement unendlich dankbar.

Gestern feierten wir also wieder eine Hochzeit. Diese fand jedoch im allerengsten Familienkreis statt. Anwesend waren nur die frisch vermählten Eheleute Max und Lilly, Lotte und ich und Johannes. (Er habe noch eine Hochzeit gut, meinte er.)

Sonntag, 31. August 1930

Seit dem Einzug von Helene in sein Elternhaus hat Johannes sich hinter seinen Büchern verkrochen und gibt vor, auch am Wochenende und in den Sommerferien lernen zu müssen. Sein Vater hatte ihn dazu verdonnert, seiner neuen Frau die Aufwartung zu machen, aber Johannes ist stur geblieben und kein einziges Mal nach der erneuten Hochzeit seines Vaters nach Linz gefahren. Und ich fürchte, dass die nächste Begegnung zwischen ihm und Mollwitz in einem Blutbad enden könnte.

Von Katharina und Magdalena, die jedes Wochenende artig nach Hause fahren, erfuhren wir, dass sich Helene völlig vertrottelt anstellt mit den kleinen Kindern und dass sie die arme Frieda herumscheucht wie eine Sklavin. Offenbar muss es auch schon heftig gekracht haben zwischen den Eheleuten, weil Helene es nicht schafft, den Haushalt zur Zufriedenheit ihres Mannes zu führen. Oh ja, das kommt mir bekannt vor!

Ich hatte zwar keine Lust, nach Linz zu fahren, doch ich habe Maria versprochen, mich um ihre Kinder zu kümmern, also auch um ihre Kleinsten. Außerdem machte ich mir Sorgen um Frieda, die mit ihren achtundsechzig Jahren nun auch nicht mehr die Fitteste ist, und wenn sie nun zur Lakaiin einer Zwanzigjährigen wurde, musste ich ihr beistehen. Und ich sehnte mich nach dem kleinen Josef, ich wollte – oder vielmehr musste – sehen, wie es ihm ging. Daher fragte ich Max und Lilly, ob sie mich begleiten würden, und so brachten wir die Mädchen gestern gemeinsam nach Linz. Was wir vorfanden, war eine heillose Unordnung. Als wir ankamen, begrüßten uns die Kinder mit großem Hallo – sehr zum Ärger von Helene und Mollwitz. Helene schimpfte die ganze Zeit mit Kurt und Susanne. Philipp war in seinem Zimmer eingeschlossen, nachdem er zuvor von seinem Vater wegen irgendeiner Bemerkung eine Ohrfeige kassiert hatte.

Unser Plan war, Marias jüngere Kinder zur Entlastung von Helene, die mittlerweile schwanger ist (was man erstaunlicherweise bereits nach nur acht Wochen Ehe sieht!), ab und an zu uns zu nehmen. Aber davon mussten wir erst einmal Mollwitz überzeugen.

Beim Tischdecken fragte ich Helene, ob sie nicht eine Woche Ruhe gebrauchen könne, zumal in ihrem Zustand. Ich bot ihr an, auch die Kleinen ein paar Tage zu mir zu nehmen, damit sie sich erholen könne. Sie strahlte und wollte schon zusagen, als Mollwitz dazwischenfuhr und mich anbrüllte. »Das hast du dir wohl so gedacht, du hinterhältiges Frauenzimmer! Du willst mir auf diese Weise meine Kinder wegnehmen!«

»Von Wegnehmen kann keine Rede sein«, sagte ich ruhig. »Aber vielleicht denkst du mal an deine jetzige Frau.« Die erste hast du ja schon verschlissen, wollte ich hinzufügen, doch ich biss mir auf die Zunge. »Wie soll Helene in ihrem Zustand noch auf eine Rasselbande aufpassen?«

»Oh ja«, stimmte mir Helene zu. »Eine Woche ohne die Kinder würde mir guttun!«

Aber Mollwitz wurmte es, dass ich ihm vor seiner holden Frau die Stirn geboten hatte. »Nein«, beschied er, und das war es.

Samstag, 25. Oktober 1930

Doch das war es nicht. Denn es kam etwas dazwischen, womit ich nicht im Traum gerechnet hätte. Aber ich will von vorn beginnen.

Helene machte die Schwangerschaft schwer zu schaffen. Sie schrie Marias Kinder den ganzen Tag an. Frieda hielt es nur den Kleinen zuliebe im Hause Mollwitz noch aus. Und ich tat mein Bestes, jedes Wochenende nach Linz zu fahren, um die Situation etwas zu entschärfen. Auch Lotte und Lilly halfen nach Kräften mit.

Ende September geschah dann das Unglaubliche: Eine von Mollwitz' zahlreichen amourösen Eskapaden ist ihm schließlich zum Verhängnis geworden.

Vor einigen Jahren hat er einen Mann wegen Diebstahls ins Gefängnis gebracht und danach anscheinend ein kurzes Verhältnis mit dessen Ehefrau gehabt. Dem Mann ist dies zu Ohren gekommen, und als er Ende September aus der Haft entlassen worden ist, hat er Mollwitz auf offener Straße vor dem Gericht erstochen.

Schon wieder standen wir vor einem offenen Grab. Helene weinte herzzerreißend, während die Mollwitz-Kinder mit trockenen Augen und völlig erstarrt zusahen, wie ihr Vater neben ihrer Mutter in die Erde hinabgesenkt wurde. Nach der Beerdigung sagte ich Helene, dass ich Marias Kinder zu mir nehmen würde. Sie erhob keine Einwände. Und wenig später erhielt ich offiziell das Sorgerecht, mit Max als Vormund für die Kinder. Mollwitz war Einzelkind gewesen und hatte keine Geschwister, die dieses Mandat ausüben konnten. Und Helene hatte absolut keine Lust auf die Kinder. Somit leben in unserem Bonner Haus nun weitere vier Kinder. Max und ich haben die Trennwand wieder herausgerissen und sind alle etwas enger zusammengerückt. Auch Lotte kommt ab und zu vorbei und hilft und steuert sogar etwas zu unserer Haushaltskasse bei. Und Frieda ist natürlich die gute Seele des Hauses. Aber Maria fehlt mir nach wie vor sehr – wir waren in gewisser Weise wie siamesische Zwillinge und nun ist es, als fehle ein Teil von mir selbst.

Doch glücklicherweise bin ich den lieben langen Tag recht beschäftigt und komme kaum zum Nachdenken. Meine Halbtagsstelle als Sekretärin habe ich gekündigt, weil ich mich morgens um die Kinder kümmern muss. Nachmittags, wenn ich im Wohnzimmer Klavierunterricht gebe, passt Lilly auf die Kleinen auf. Sie geht nicht mehr arbeiten. Denn Max hat mittlerweile richtig Fuß gefasst in seiner Arbeit und so kommen wir finanziell ganz gut über die Runden, auch wenn die Kinder von Mollwitz' Erbe noch nichts gesehen haben. Und bedauerlich ist auch, dass wir keinen Zugriff mehr auf den Mollwitz'schen Garten und das Gemüse haben, denn dort wohnt Helene. Es wird sicherlich noch viel Wasser den Rhein hinunterfließen, bis wir für Marias Kinder das Mollwitz-Erbe erstritten haben werden. Das werden sie brauchen, denn Max verdient zwar jetzt gut, aber er kann nicht elf Personen (Frieda wohnt auch wieder bei uns) auf Dauer versorgen. Und mein karges Klavierlehrerinnengehalt ist kaum der Rede wert.

Da ich davon ausgehe, dass ich auf lange Zeit keine Eintragungen mehr in dieses Tagebuch machen kann, will ich hier enden. Ich bin nun achtunddreißig Jahre alt, und erste Silberfäden durchziehen meine dunklen Haare. Meine Konzerttätigkeiten werde ich einstellen. Edward, Berthold und Konstantin sind jetzt über siebzig und können nicht mehr so gut spielen. Und ich muss mich nun voll und ganz um Marias Kinder kümmern. Lediglich Klavierunterricht werde ich weiterhin geben, auch wenn ich damit nur wenig Geld verdiene. Aber zum einen hilft uns jeder Groschen, zum anderen will ich die Musik nicht völlig aufgeben. Das habe ich Karl versprochen.

Schlussendlich bin ich also doch zu einem Haus voller Kinder gekommen, so wie ich es mir vor langer Zeit gewünscht habe. Allerdings zu einem sehr hohen Preis – und ohne Karl. Aber er bleibt für immer tief in meinem Herzen.

Kapitel 16

Valerie klappte das Tagebuch zu. Es gab zwar noch etwa zehn Seiten, die Elise viel später geschrieben hatte, aber sie brauchte eine Pause. *Ob Elise letztlich glücklich geworden ist*, fragte sie sich.

Sie ging zum Herd und setzte Kaffee auf. Immerhin hatte ihre Urgroßtante etwas aus ihrem Leben gemacht. Als mit Karls Tod auch ihr Leben vorbei zu sein schien, hatte sie sich aus der Krise herausgekämpft und anderen geholfen und so ein erfülltes Leben geführt. Und immer musste sie liebenswert und ausgeglichen gewesen sein. So hatten Valeries Großeltern sie jedenfalls beschrieben.

Der Kaffee blubberte und Valerie füllte ihn in eine Espressotasse, mit der sie sich wieder ins Bett legte. Es war erst acht Uhr, sie hatte noch Zeit. Sie dachte an Jan und lächelte. Sie hatte solche Sehnsucht nach ihm, obwohl sie ihn nur zwei Tage nicht gesehen hatte. Aber zeitgleich mit ihm würde sie auch mit der Prokova zusammentreffen. Was Madame wohl zu ihrem gestrigen Auftritt sagen würde? Sicherlich hatte sie bereits gehört, dass Valerie eine hervorragende Solostelle abgeliefert hatte, aber würde das ihren Zorn nicht erst recht entfachen? Valerie versuchte, sich ihre nunmehr gestärkte Position vor Augen zu halten, aber es führte an der Konfrontation mit der Prokova kein Weg vorbei. Wenigstens war Jan dann in der Nähe.

Als sie eine Stunde später aus dem Haus ging, kaufte sie sich am Kiosk eine Tageszeitung. Sie wollte lesen, ob etwas über die gestrige Vorstellung geschrieben worden war. In der Metro blätterte sie vor zum Feuilleton und sah ein Foto von Larissa und ihrem Tanzpartner in formvollendeter Pose während des Schwanensees. Darunter war ein Interview mit Larissa abgedruckt. Neugierig las Valerie, was ihre Freundin gesagt hatte. Plötzlich stockte sie, als sie ihren eigenen Namen sah: »Valerie Mollwitz hat mit ihrem Geigensolo die Ohren der Zuhörer gleichermaßen verzaubert wie Larissa Petrova deren Augen.« Sie las weiter. Larissa wurde zu ihrer Ausbildung und ihren bisherigen Engagements befragt sowie zu den Umständen des gestrigen Abends. Larissa hatte dem Journalisten wörtlich gesagt: »Valerie und ich haben uns erst wenige Stunden vor dem Auftritt kennengelernt. Ich hatte sie gebeten, mit mir den Solopart zu proben, und das hat sie sofort gemacht. Von ihrer Spielweise war ich ganz verzaubert, ich glaube, ich habe noch niemals so gut getanzt wie zu ihrer Musik.« Valerie starrte auf die Zeitung. Wenn das die Prokova las – und sie würde es lesen – dann gute Nacht! Aber insgeheim dankte sie Larissa. In ihrer Sternstunde hatte sie sie nicht vergessen. Valerie ließ die Zeitung sinken.

»Ich war gestern in der Vorstellung«, sagte plötzlich die Dame, die neben ihr saß. Sie hatte wohl gesehen, welchen Artikel Valerie gerade gelesen hatte. »Es war die schönste Ballettaufführung, in der ich jemals gewesen bin!«

Valerie lächelte. »*Merci*, Madame. Es freut mich sehr, dass es Ihnen gefallen hat.« Erst jetzt kam ihr in den Sinn, dass sie einfach hätte sagen können, sie wäre auch als Zuschauerin dabei gewesen.

Die Dame starrte auf ihren Geigenkasten. »Dann irre ich mich doch nicht, Sie waren die Konzertmeisterin, nicht wahr? Ich war mir gerade nicht sicher, denn ich habe ganz hinten gesessen und Sie auf der Bühne nur von Weitem gesehen.«

Wieder lächelte Valerie. »Ja, ich war gestern Konzertmeisterin.«

»Oh, Ihr Spiel hat mir die Tränen in die Augen getrieben!« Die Dame hielt ihr einen Zettel hin, um Valeries Autogramm zu bekommen.

Es war das erste Mal, dass Valerie ein Gespräch in der Metro geführt hatte. Und das erste Mal, dass jemand von ihr ein Autogramm haben wollte. *Ich bin wohl doch eine ganz gute Konzertmeisterin*, dachte sie.

Valerie war frühzeitig im Konzerthaus. Vor der Tür zum Probenraum hielt sie einen Moment inne und atmete tief durch. Auf in die Höhle der Löwin!

Aber die Löwin war noch nicht da. Stattdessen rannte sie Jan buchstäblich in die Arme.

»Du bist schon da!«, rief Valerie und spürte, wie ihr das Blut durch die Adern rauschte.

Er drückte sie fest und küsste sie auf beide Wangen. »Gut siehst du aus, meine kleine Geigenvirtuosin!«, sagte er, als er sie wieder losließ. »Wie war es gestern Abend bei den Tänzern?«

»Es war nett! Aber wie geht es dir? Hat sich deine Oma wieder erholt?«

»Sie hat sich ein wenig berappelt, aber es geht definitiv zu Ende.« Er sah plötzlich blass aus, wahrscheinlich hatte er die letzten Nächte am Bett seiner Großmutter gesessen und war dann heute Morgen gleich in den Zug gesprungen. »Sie ist ganz dürr und will nichts mehr essen. Aber sie lässt dich herzlich grüßen! Sie fand, du hättest großartig gespielt und sähest sehr süß aus.«

Valerie lächelte verlegen. Und plötzlich stand die Prokova neben ihr. Weder sie noch Jan hatten sie kommen sehen. Sofort krampfte sich ihr Magen zusammen.

»Madame Mollwitz, würden Sie bitte Ihre Turtelei auf später verschieben und sich jetzt auf Ihren Platz begeben? Wir haben nicht viel Zeit.«

Valeries Wangen brannten wie nach einer Ohrfeige.

Jan kam ihr zu Hilfe: »Verzeihen Sie, Madame Prokova, dass ich die Kollegin aufgehalten habe, aber ich musste ihr doch zu ihrem grandiosen Erfolg von gestern Abend gratulieren. Ihr Solo war bezaubernd und das, obwohl sie buchstäblich in letzter Sekunde eingesprungen ist.«

Valeries Herz pochte. Was sagte Jan denn da? Das würde die Prokova erst recht gegen sie aufbringen. Schnell sah sie zu ihm auf. Sein Mund war zu einem höflichen Lächeln verzogen, aber seine Augen blitzten. Und Valerie wusste in dem Moment, dass Jan der alten Konzertmeisterin am liebsten ins Gesicht gesprungen wäre. Er konnte seinen Zorn darüber, wie Madame Prokova mit ihr umgegangen war, kaum verbergen.

»Monsieur, ich weiß nicht, was Sie gehört haben oder noch hören werden. Aber wenn Sie mir unterstellen wollen, dass ich Ihre Lieblingskollegin ins offene Messer rennen ließ, dann sage ich Ihnen: Dem ist nicht so! Der neuen Primaballerina und dem eingebildeten Dupont bin ich nicht gut genug, und ich wollte ihnen keineswegs ihre Vorstellung verderben und habe mich zugunsten Ihrer Freundin zurückgezogen.«

»Die beiden haben nichts dergleichen gesagt«, versuchte Valerie die alte Konzertmeisterin zu besänftigen. »Es ist nur so, dass Larissa Petrovas Tanzstil besser mit meiner Interpretation zu harmonieren scheint …«

»Ja, ja, die jungen Leute wollen uns Alte immer rauswerfen«, brummelte die Prokova.

»Nein, das stimmt nicht«, bemühte sich Valerie erneut, aber die Prokova hatte sich bereits abgewendet.

»*Mesdames*«, meldete sich Jan zu Wort und klang wieder normal, »vielleicht können wir das gemeinsam mit dem Orchestervorstand besprechen? Es ist Ihnen beiden nicht gedient, wenn die Sache ungeklärt bleibt.«

Die Prokova lachte auf. »*Sie*, Monsieur, sind nicht unparteiisch und können überhaupt nicht mitreden. Denn Ihnen wurde der Kopf verdreht und Sie merken es noch nicht einmal!«

Jan lief rot an vor Zorn. Aber bevor er etwas erwidern konnte, wandte sich Madame Prokova ab und ließ sie einfach stehen.

»Die alte Hexe!«, entfuhr es ihm. »Ich könnte sie schütteln, bis sie Vernunft annimmt.«

Valerie fühlte sich elend. Ihre Freude über den gestrigen Erfolg war wie weggeblasen. Sie steuerte auf eine offene Konfrontation mit der Prokova zu. Sie hatte keine Ahnung, wie sie diese überstehen sollte. Und jetzt hatte sie auch noch Angst, dass Jan die Wut packen würde und er der Prokova beim nächsten Aufeinandertreffen nicht mehr höflich gegenübertrat.

Die Eiszeit am ersten Pult zerrte an Valeries Nerven. Die räumliche Nähe zur Prokova lastete wie ein Albdruck auf ihrer Brust.

Rosselli, dem gestern Abend noch ein Lob über die Lippen gekommen war, war nun nervös und fahrig. Er war immer auf die Prokova angewiesen, die seine Wünsche spieltechnisch den Streichern erklärte. Doch heute war sie ihm gegenüber extrem kalt und wenig kooperativ. Und so schimpfte Rosselli mit den Bläsern, obwohl er eigentlich mit den Streichern unzufrieden war. Die Stimmung wurde von Minute zu Minute geladener. Schließlich platzte Arlette der Kragen, denn sie bekam – ungerechtfertigterweise – Rossellis Unmut am meisten zu spüren. »Maestro, so geht das nicht«, erklärte sie. »Sie können mich gern anmeckern, wenn ich unvorbereitet bin oder schlecht spiele, aber nicht, wenn Ihnen aus irgendwelchen anderen Gründen eine Laus über die Leber gelaufen ist.«

Valerie hielt die Luft an. Dass es jemand wagte, so mit Rosselli zu sprechen! Anstelle einer Antwort knallte der Maestro den Taktstock aufs Pult und rauschte hinaus. Die Musiker sahen sich verstohlen an, einige raunten sich ein paar Worte zu, andere gingen bedröppelt von der Bühne. Arlette und Jan steckten die Köpfe zusammen und schienen das Benehmen des Maestros zu diskutieren.

»Auf ein Wort, Madame Mollwitz«, hörte Valerie die schneidende Stimme der Prokova hinter sich, als sie gerade ihre Geige in den Kasten packte.

Ihr lief es kalt den Rücken hinunter. Sie drehte sich um. »Ja, bitte?«

»Nicht hier. Im Sekretariat.«

»Gut, ich bin in fünf Minuten dort.« Valerie hoffte, dass ihre Stimme nicht allzu zittrig geklungen hatte. Ihre Rage vom Vortag war verpufft, nun war sie wieder so gelähmt wie ein Häschen vor der Schlange.

Madame Prokova verließ den Probensaal. Valerie eilte zurück auf die Bühne, wo Jan noch im Gespräch mit Arlette war. »Entschuldigt die Unterbrechung. Jan, ich wollte dir nur sagen, dass ich zu Mamma Rosalia nachkomme, ich bin gerade noch zu einer Privataudienz bei Madame Prokova vorgeladen worden.«

Jan stand abrupt auf. »Soll ich mitkommen?«

Valerie schüttelte den Kopf. »Nein, wie würde das denn aussehen? Als ob ich mich nicht allein hintrauen würde.«

Seine Stirn lag in Falten. »Gut, ich warte im Foyer auf dich.«

»Lass dich von Madame nicht einschüchtern«, sagte Arlette. »Gib ihr Kontra, so wie gestern!«

Valerie sah sie erstaunt an.

Arlette lachte. »Hat sich schon herumgesprochen.«

»Sie wollten mich sprechen?« Valerie kam gleich auf den Punkt, als sie ins Sekretariat kam. Madame Prokova stand am Fenster.

Die Sekretärin war nicht im Raum, wahrscheinlich machte sie gerade Mittagspause.

Die alte Konzertmeisterin sah blass aus. »Es ist Ihnen gewiss nicht entgangen, dass die Atmosphäre in der heutigen Probe extrem angespannt war.«

Valerie nickte. Erwartete ihre Kollegin etwa, dass sie dazu einen Kommentar abgab?

»Nun, Madame Mollwitz, dies ist, wie Sie sicher ahnen, auf die gestrigen Ereignisse zurückzuführen.«

»Das ist doch nun wirklich geklärt worden«, fuhr Valerie ärgerlich dazwischen. Sie war nicht gewillt, sich wieder die Schuld in die Schuhe schieben zu lassen.

»Lassen Sie mich ausreden!« Die Prokova kam einen Schritt auf sie zu. »Sie spalten das Orchester und das mündet in Chaos, so wie eben bei der Probe.«

»Wie bitte?« Valerie traute ihren Ohren nicht. Sie hatte nichts gemacht und wurde trotzdem mit diesem unglaublichen Vorwurf konfrontiert.

»Sie haben bei der Ballettvorführung gestern eine Reihe von Kollegen beeindruckt. Aber allen ist klar, dass wir beide in sehr vielen Punkten differieren. Und sie fragen sich nun, wem von uns beiden sie folgen sollen.«

Valerie blickte sie entgeistert an.

»Es muss eine klare Linie geben, sonst ist das Orchester orientierungslos. Und diese Linie definiere ich.« Die Prokova verschränkte die Arme vor der Brust.

»Selbstverständlich.«

»Sie können passabel Geige spielen – das haben Sie bewiesen. Aber das ist nicht alles, was eine gute Konzertmeisterin ausmacht.«

»Soll das hier mein Probezeitgespräch werden?«, fragte Valerie gereizt. »In dem Fall hätte ich früher informiert werden müssen.«

»Nein, ich möchte Ihnen aber zu verstehen geben, wo Ihre Schwächen liegen, damit Sie noch Zeit haben, diese bis zum Abschluss Ihrer Probezeit zu korrigieren.« Die Prokova setzte sich hinter den Schreibtisch.

Da kein weiterer Stuhl vorhanden war, musste Valerie stehen bleiben. Ihre Knie zitterten, aber sie sah ihre Kollegin mit stoischer Ruhe an. »Also, was kann ich besser machen?«

»Das Wichtigste ist, dass Sie keinen Schlendrian einreißen lassen dürfen. Die Musiker sind sehr gut, aber sie müssen immer wieder gefordert werden.«

»Zielen Sie auf die Leitung meiner Registerproben ab?«

»Unter anderem. Die Musiker müssen in der Lage sein, auch schwierige Passagen selbst zu erarbeiten, und wenn Sie in den Registerproben die Passagen durchgehen wie mit Debilen, dann übt niemand mehr etwas zu Hause.«

Valerie war anderer Meinung, aber sie sagte nichts.

»Vor allem jedoch bin ich der Ansicht, dass Sie als Konzertmeisterin keine freundschaftlichen oder gar intimen Beziehungen zu Kollegen unterhalten sollten. Damit untergraben Sie Ihre Autorität und die Kollegen nehmen Sie nicht mehr als Vorgesetzte wahr.« Die alte Konzertmeisterin schwieg kurz. Dann sagte sie: »Ihr Liebhaber wird diesbezüglich selbstverständlich anderer Ansicht sein.«

Valerie schoss das Blut in den Kopf. Darum ging es also. Sie ärgerte sich über den Begriff »Liebhaber«. Warum musste Madame so abfällig über Jan reden? Und dabei waren sie noch nicht einmal zusammen.

»Wenn Sie eine leitende Position haben, sind Sie immer allein«, fuhr die Prokova fort. »Das ist in anderen Berufen genauso. Sie können nicht mit einem Kollegen liiert sein, mit anderen befreundet sein und mit wieder anderen hingegen gar nichts zu tun haben. Das schadet dem Betriebsklima.«

Valerie durchfuhr ein eisiger Schauer. Ihre Kollegin wusste alles über sie.

»Es wäre anders, wenn sie eine einfache Tuttigeigerin wären, aber als stellvertretende Konzertmeisterin geht das einfach nicht.«

Valerie fehlten die Worte. Verbot ihr Madame Prokova gerade, mit Jan zusammenzukommen? Sich mit Willi, Sarah, James und anderen in den Pausen zu unterhalten oder mit ihnen zu Mittag zu essen? Sie räusperte sich. »Aber wenn wir nun noch einmal auf meine Arbeitsweise zurückkommen wollen, was kann ich konkret besser machen?«

»Das war es im Wesentlichen«, schloss die Prokova. »Werden Sie meine Ratschläge beherzigen?«

Valerie fuhr sich mit der Zungenspitze über die Lippen. »Ich werde versuchen, Ihre Ratschläge zu beherzigen, soweit es geht.«

Die Prokova durchbohrte sie mit eisigem Blick. Valerie hatte keine Lust, sie über ihren Beziehungsstatus zu informieren, daher sagte sie nichts mehr.

»Sind Sie bereits mit dem Solooboisten liiert?«, fragte die Prokova unvermittelt.

»Das geht Sie nichts an«, schnappte Valerie.

»Dann lassen Sie die Finger von ihm.«

Ihr stand der Mund offen. Was war das hier für eine Zirkusveranstaltung?

»Glauben Sie mir, ich spreche aus Erfahrung«, sagte Madame Prokova. »Wenn er Sie verlässt, können Sie als Konzertmeisterin einpacken. Bleiben Sie allein oder suchen Sie sich einen Mann außerhalb des Orchesters.«

Valerie schwieg.

»Haben Sie mitbekommen, was sich jeden zweiten Tag zwischen der Soloflötistin und dem zweiten Posaunisten abspielt? Eines Tages wird noch Blut fließen.« Die Prokova blickte gedankenverloren vor sich hin. »Und auch ich war vor vielen Jahren, als ich noch in Russland in einem Orchester spielte, mit einem Mitglied dieses Orchesters verheiratet.«

»Was ist passiert?«, fragte Valerie leise.

Die alte Konzertmeisterin lachte bitter. »Er hat mich gegen eine junge Pianistin ausgetauscht, der Schuft! Ich musste mir dann ein anderes Orchester suchen, weil ich es nicht ertragen konnte, dass jeder hinter vorgehaltener Hand tuschelte.«

Valerie schluckte. »Das tut mir leid.« Und sie meinte es ehrlich. Die Prokova war enttäuscht worden, so wie sie selbst vor nicht allzu langer Zeit in München von Adrian. Sie knabberte an ihrer Unterlippe. Trotzdem war Jan es wert, sich auf ihn einzulassen.

»Und unser Solooboist, selbst wenn er jetzt von Ihnen sehr angetan ist, war und ist vielleicht immer noch mit der Soloflötistin verbandelt. Die beiden werden sich auch nie ganz voneinander lösen können.«

Valerie war froh, dass sie Jan bereits auf dieses Thema angesprochen hatte, sonst hätte sie sich vor Madame wahrscheinlich jetzt die Blöße gegeben und wäre zusammengezuckt. Sie wandte sich zum Gehen. »Madame Prokova, ich danke Ihnen für Ihre Offenheit. Selbstverständlich werde ich weiterhin Ihrer musikalischen Linie folgen, und ich werde, wie gesagt, Ihre Ratschläge beherzigen, soweit es geht. Da ich wahrscheinlich nicht alle Punkte umsetzen – oder sofort umsetzen – kann, werde ich den Orchestervorstand bitten, sich im Rahmen seiner Sitzung mit Maestro Rosselli nächste Woche zu überlegen, wie verhindert werden kann, dass sich das Orchester wegen uns in zwei Lager spaltet, denn das möchte ich auf keinen Fall. Monsieur van Gelde werde ich bitten, sich bei dieser Frage wegen Befangenheit durch ein anderes Vorstandsmitglied vertreten zu lassen. Ich nehme an, das ist auch in Ihrem Interesse.«

Die Prokova murmelte etwas und Valerie verließ das Büro. Nichts wie weg, bevor noch etwas kam, womit sie nicht gerechnet hätte.

Am Ende des Ganges lehnte Jan an der Wand. Er hatte die Arme verschränkt, seine Haare waren zerzaust.

»Lass uns schnell gehen«, sagte Valerie und sie verließen das Gebäude.

»Wie war es?«, fragte er müde, als sie draußen waren.

Valerie zuckte mit den Achseln. »Gehen wir erst einmal zu Mamma Rosalia.« Sie überlegte, ob sie ihm überhaupt alles sagen sollte, was ihr Madame Prokova gesagt hatte. Er würde sich schrecklich aufregen.

Kurze Zeit später saßen sie im klimatisierten Esszimmer von Mamma Rosalia und drehten Spaghetti um ihre Gabeln. Valerie gab in groben Zügen den Inhalt des Gesprächs zwischen ihr und der Prokova wider. Dabei verschwieg sie allerdings, dass die alte Konzertmeisterin genau wissen wollte, ob sie schon mit Jan zusammen war.

Er erriet es jedoch auch so. »Hat sie dir geraten, dich von mir fernzuhalten?«, fragte er ironisch.

»Ja, so in der Art«, erwiderte Valerie.

Er lachte auf. »Diese alte Hexe!« Er legte die Gabel beiseite und nahm einen großen Schluck Wasser. »Im Klartext verlangt sie, dass du jede Art von freundschaftlichen Kontakten zu Kollegen vermeiden solltest, um deine Stelle nicht zu gefährden.«

Valerie ließ gedankenverloren ihre *citronnade* im Glas kreisen. Erst jetzt drang die Kernbotschaft ihres merkwürdigen Gesprächs mit der Prokova ganz zu ihr durch. »Ja, da hast du wohl recht.«

Er beugte sich vor. »Aber es ist nicht Sache des Arbeitgebers, sich für das Privatleben seiner Angestellten zu interessieren. Wenn das herauskommt, würde das Orchester mächtig in die Kritik geraten.«

Sie nickte. »Ich habe ihr auch nicht versprochen, dass ich ihre Ratschläge alle befolge. Ich habe gesagt, ich befolge sie, soweit es geht, und habe durchblicken lassen, dass das nicht in allen Punkten möglich ist.«

Jan grinste. »Gut. Den Rest besprechen wir im Orchestervorstand nächste Woche. Ich werde mich – selbstverständlich – offiziell nicht an der Diskussion beteiligen.« Er zwinkerte und stand auf. »Willst du auch einen Kaffee?«

»Ja, gern.«

Gerade als Jan mit dem Kaffee zurückkam, klingelte und brummte es in seiner Jackentasche. »Entschuldige mich kurz.« Er kramte sein Handy heraus und nahm den Anruf entgegen.

Sie verstand nicht alles, was er sagte, denn er sprach Flämisch, aber seiner Miene nach zu urteilen, war die Lage ernst. Sie ließ ein Stück Zucker in ihre Espressotasse fallen und rührte immer noch, als sich der Zucker schon völlig aufgelöst hatte.

»Was ist passiert?«, fragte sie, als Jan sein Handy wieder einsteckte.

Er sah kalkweiß aus. »Das war meine Oma. Angeblich muss sie mir noch etwas Wichtiges sagen, was sie aber nicht am Telefon besprechen will.«

Valerie sah auf. »Dann musst du wieder hinfahren!«

Jan fuhr sich durch die Haare. »Ich war jetzt zwei Tage dort. Ich verstehe nicht, warum sie mir da nicht alles gesagt hat.«

»Vielleicht ist es ihr heute früh erst wieder eingefallen.«

»Ja, vielleicht.« Er kippte seinen Espresso in einem Zug herunter. »Es muss irgendetwas mit deiner Schwanensee-Aufführung von gestern zu tun haben, die wir im Fernsehen gesehen haben. Jedenfalls hat Oma gerade davon gesprochen. Sie ist völlig durch den Wind und hat mich fast angefleht, noch einmal nach Brügge zu kommen.«

Valerie griff nach seiner Hand. »Dann fahr bitte noch einmal zu ihr. Hast du heute noch einen Dienst?«

»Nein, morgen und übermorgen auch nicht.«

»Dann fahr gleich heute Abend wieder nach Brügge.«

»Ist das eine Hin- und Herpendelei! Ich bin erst seit vier Stunden wieder in Paris.« Jan seufzte. »Und außerdem will ich dich nicht allein lassen. Nicht jetzt, wo die alte Hexe ihren Ofen vorheizt, um dich reinzuwerfen.«

Valerie lachte. »Keine Sorge, ich habe mich mit der Hexe eben erst auseinandergesetzt und bin nicht im Ofen gelandet. Ich komme schon klar. Ich habe es doch die letzten Tage auch allein geschafft.«

»Ja, schon. Aber …«

»Was?«

Er lehnte sich zurück. »Es ist mir trotzdem nicht recht.«

Valerie lächelte. »Die Lage ist erst einmal entschärft«, sagte sie. »Nach unserem Gespräch von eben wird sich so schnell nichts mehr ereignen. Und wenn, dann wird Willi mir beistehen, sollte es zum Showdown kommen. Vielleicht ist es sogar besser, wenn du nicht da bist, sonst müsstest du dich von der Prokova wieder als parteiisch beschimpfen lassen. Und für deine Oma ist es sehr wichtig, dass du noch einmal zu ihr fährst.«

Jan blickte düster vor sich hin. »Es ist mir trotzdem nicht recht, dich allein zu lassen. Willst du nicht mitkommen?«

Valerie schüttelte den Kopf. »Ich habe heute Abend und morgen Vormittag Dienst. Und übermorgen spiele ich in Laurents Projektorchester mit.« Sie sah auf die Uhr. Sie musste jetzt nach Hause, um sich umzuziehen und dann für die Einspielprobe und die Soiree wieder ins Konzerthaus zu fahren. »Fahr zu deiner Oma, Jan, sonst ist die Arme ganz verzweifelt, weil sie dir noch etwas sagen will.«

Er stand auf. »Also gut, dann fahre ich nachher wieder nach Brügge. Aber übermorgen Mittag bin ich spätestens wieder da.

Und wenn etwas passiert, ruf mich an oder lass dir von Willi helfen.«

Als Valerie zwei Stunden später zur Einspielprobe im Konzertsaal ankam, war sie erstaunt, dass Rosselli schon hinter seinem Pult stand. Außer ihm waren noch keine Kollegen im Raum. Der Maestro winkte sie zu sich. Seine Haare waren wild, so als ob er sie sich gerade gerauft hätte. »Madame Mollwitz, wir müssen etwas besprechen.«

Ihr fuhr ein Schrecken durch die Glieder. Zum zweiten Mal an diesem Tag. »Was?«, fragte sie nur.

»Wir müssen eine Einigung finden zwischen Ihnen und Madame Prokova, in dieser Atmosphäre kann ich nicht arbeiten.«

Valerie stöhnte innerlich auf. Wie oft musste sie dieses leidige Thema heute noch durchkauen?

Rosselli setzte die Brille ab. »Sie ist nun mal diejenige, die das ältere Hausrecht hat.«

Valeries Knie zitterten plötzlich. War das jetzt die Ankündigung zu ihrem Rauswurf? Sie räusperte sich. »Ich habe mich heute Mittag bereits eingehend mit Madame Prokova unterhalten und ihr versichert, dass ich keinesfalls beabsichtige, das Orchester zu spalten. Außerdem habe ich den Orchestervorstand um Vermittlung gebeten. Das Problem wird nächste Woche geregelt werden.«

»Ja, ich weiß«, sagte Rosselli unwirsch. »Aber das Treffen mit dem Orchestervorstand findet erst in vier Tagen statt. Und bis dahin halte ich es für angebracht, dass Sie erst einmal nicht spielen.«

Valerie starrte ihn an. Was hatte er gerade gesagt? War sie vorläufig vom Dienst suspendiert? Sie hörte die Saaltür schlagen und die hereinkommenden Kollegen lachen. Sie räusperte sich. »Das heißt, ich soll auch heute Abend nicht spielen?«

»Exakt!« Rosselli wandte sich ab und blätterte in seiner Partitur.

Valerie fühlte sich wie paralysiert. Trotzdem musste sie reagieren. »Ist das mit Madame Prokova und dem Orchesterbüro abgesprochen? Ich möchte nicht, dass man mir hinterher vorwirft, ich hätte einen Dienst geschwänzt.«

»Ja, ist abgesprochen.« Er sah gar nicht mehr auf. »Wir brauchen Sie erst wieder zur zweiten Aufführung des Schwanensees in fünf Tagen.«

Eben hatte sie noch den Eindruck gehabt, die Lage sei nach ihrem Gespräch mit Madame entschärft. Wieso fiel ihr die Kollegin jetzt so in den Rücken? Sie kramte den Dienstplan aus ihrer Handtasche. »Dann bestätigen Sie es mir bitte schriftlich.« Es kostete sie einige Mühe, diesen Satz auszusprechen, aber sie traute mittlerweile niemandem mehr über den Weg. Von ihren Kollegen hatte niemand das Gespräch zwischen Rosselli und ihr mitgehört, folglich hatte sie auch keine Zeugen.

Der Maestro schnaubte wütend, riss ihr das Papier aus der Hand und krakelte in großen Lettern etwas darauf. »Bis auf Weiteres übernimmt Madame Mollwitz in Absprache mit Maestro Rosselli und Madame Prokova keine Dienste mehr.«

»Reicht das?«

Valerie las die Zeilen. »Ja, das reicht«, sagte sie ruhig und steckte das Papier wieder in ihre Handtasche.

»Dann gehen Sie jetzt endlich!«

Seine letzten Worte schnürten ihr die Kehle zu, dennoch zwang sie sich, Haltung zu bewahren. »*Au revoir*, Monsieur.«

Aber Rosselli würdigte sie keines Blickes mehr.

Valerie musste sich auf jeden ihrer Schritte konzentrieren. Sie fühlte sich so gedemütigt wie damals, als sie einmal von einem Lehrer zu Unrecht beschuldigt worden war, für Unruhe in der Klasse zu sorgen, und vor die Tür geflogen war. Sie hatte sich damals wie heute nicht wehren können. Wenn sie doch nur nicht schon das Konzertkleid angezogen hätte! Damit kam sie sich vor wie eine Möchtegern-Geigerin, die doch nicht mitspielen durfte.

An der Tür stieß sie fast mit Bernard zusammen. »Valerie? Ich dachte, du bist plötzlich krank geworden«, sagte er. »Ich bekam eben einen Anruf, dass ich für dich einspringen soll.«

Sie lächelte müde. »Das ist richtig, ich darf bis auf Weiteres nicht mehr mitspielen.«

Ihm fiel die Kinnlade herunter. »Warum das?«

Sie zuckte mit den Achseln und wandte sich zum Gehen. »Frag Rosselli.« Ihre Stimme klang erstickt. Höchste Zeit, dass sie wegkam, bevor sie in Tränen ausbrechen würde.

»Warte … das klären wir!«, rief Bernard.

Sie schüttelte den Kopf. »Nicht jetzt.« Für sie war das Drama zu Ende. Sie musste die Bühne verlassen.

Kapitel 17

Valerie rannte die Stufen zur Metro hinunter und stieg in die U-Bahn, die gerade einfuhr. Sie musste sofort weg von hier, bevor ein Kollege vorbeikommen und ihre Verzweiflung bemerken würde. Sie fühlte sich zertreten wie ein Wurm. Sie war ein Nichts. Ein Nichts, das sich ein schönes Kleid angezogen hatte und dann doch nicht mitspielen durfte. Tränen schossen ihr in die Augen. Sie drehte sich zum Fenster, damit niemand sah, dass sie weinte. Durch ihren Tränenschleier sah sie in den U-Bahn-Schacht, durch den sie hindurchraste. *Wie eine Kanalratte sollte ich mich hier unten verkriechen und nie wieder ans Tageslicht kommen*, dachte sie.

»Nächster Halt: Gare du Nord«, erklang die sterile Computerstimme über den Lautsprecher. Valeries Herz setzte einen Schlag aus. Vielleicht würde sie Jan noch treffen. Plötzlich wollte sie nichts lieber als das. Sie stürzte aus der Metro hinaus und hastete nach oben.

Der Bahnhof war überfüllter denn je. Touristengruppen, Schulklassen und Pendler wuselten durch die Gegend und rempelten sich gegenseitig an. In der Bahnhofshalle spähte sie auf die riesige Anschlagtafel und stellte fest, dass nur eine Viertelstunde später ein Thalys über Brüssel nach Köln fahren würde. Das musste der Zug sein, den Jan nehmen würde!

Sie kämpfte sich durch die Menschenmassen durch und hielt Ausschau nach ihm. Aber er war nicht zu sehen. Der Zeiger der großen Uhr rückte erbarmungslos vor, gleich würden die Zugtüren verschlossen werden und sie hatte Jan nicht mehr sprechen können. Aber was wollte sie eigentlich von ihm? Ihm sagen, dass sie gerade im Hexenofen gelandet war? Ihm kurz vor der Abfahrt zeigen, wie verzweifelt sie war, und ihm ein schlechtes Gewissen machen, dass er trotzdem zu seiner Oma fuhr? Nein! Sie blieb stehen. Sie würde jetzt vernünftig sein und nach Hause gehen.

»Valerie, was machst du hier?«

Abrupt drehte sie sich um.

Jan stand vor ihr mit einer Reisetasche in der Hand.

Ohne nachzudenken, stürzte sie auf ihn zu und umarmte ihn. »Ich wollte dich noch einmal sehen.«

Er ließ seine Tasche fallen und zog sie an sich. Dann hielt er sie an den Schultern ein wenig von sich weg und musterte sie. »Was ist passiert? Wieso stehst du im Konzertkleid hier, obwohl du eigentlich Dienst hast?«

Valerie senkte den Blick. Ihr kullerte plötzlich eine Träne über die Wange. »Rosselli hat mich rausgeworfen.«

»Was?«

»Ich bin zwanzig Minuten vor der Einspielprobe in den Konzertsaal gekommen und er hat gesagt, ich soll wieder gehen.« Sie kramte den Dienstplan aus der Tasche, den Rosselli eben eigenhändig geändert hatte, und hielt ihn Jan hin. Während er mit zusammengekniffenen Augen das Papier las, sagte sie: »Ich wollte nicht nach Hause und da habe ich gedacht, vielleicht sehe ich dich noch einmal kurz. Aber ich möchte dich auf keinen Fall aufhalten.« Sie wischte sich mit dem Handrücken die Tränen aus dem Gesicht.

Jan starrte immer noch auf den Dienstplan. Schließlich sagte er: »Also hast du die kommenden Tage frei?«

»Morgen schon, aber für übermorgen habe ich Laurent zugesagt, beim Mozart-Requiem in Saint Eustache mitzuspielen.«

»Gut.« Jan faltete den Dienstplan zusammen und steckte ihn in seine Brusttasche. »Dann kommst du jetzt mit nach Brügge.«

»Was? Nein, wirklich, das war nicht meine Absicht! Du musst du dich doch um deine Familie kümmern. Ich werde jetzt auch gehen. Gute Reise, Jan!« Und sie wollte an ihm vorbei.

Doch er packte ihren Arm und hielt sie fest. »Komm mit mir! Üben kannst du auch dort. Deine Geige und die Noten hast du dabei. Übermorgen früh fahren wir wieder nach Paris. Wir kommen mittags an und du kannst dich rechtzeitig auf das Requiem vorbereiten.«

»Aber ich habe keine Kleider und kaum Geld dabei. Und außerdem kann ich deiner Familie nicht zur Last fallen!«

»Unsinn, meine Familie wird sich freuen!«, sagte Jan und zog sie mit sich an den nächsten Fahrkartenautomaten. »Und meine Schwester kann dir bestimmt ein paar Kleider zum Wechseln geben.«

»Bitte, Jan, du kannst nicht für mich die Fahrkarte kaufen!«

»Natürlich kann ich das.« Und er schob seine Bankkarte in den Automaten.

»Aber …«, begann sie wieder, doch er unterbrach sie.

»Komm, Valerie, wir können später darüber sprechen, wir müssen uns beeilen.« Er schleppte sie mit sich zurück auf das Gleis, auf dem sie sich eben getroffen hatten, und bugsierte sie in den Thalys hinein. Sie waren knapp dran, kaum waren sie im Zug, da wurden auch schon die Türen verriegelt. Jan schob Valerie auf einen Fensterplatz, verstaute seine Reisetasche und ihre Geige auf der Gepäckablage über ihren Köpfen und ließ sich auf den Platz neben ihr fallen.

Valerie blickte verschämt zu Boden. Sie wusste nicht, was sie sagen sollte. Es war alles so schnell gegangen. Nun verließ sie Paris. Ohne Geld und ohne Kleider. An der Seite eines Mannes. Auf dem Weg in eine unbekannte Stadt. *Ich brenne durch*, fuhr es ihr durch den Kopf. *Ausgerechnet ich! Die immer alles plant und unter Kontrolle hat. Und jetzt benehme ich mich mit Mitte dreißig wie eine durchgedrehte Teenagerin! Peinlich! Oder romantisch?*

Aber romantisch war momentan eigentlich gar nichts. Sie hing wie ein hilfloses Kind an Jans Rockzipfel, der sich anstatt um sie lieber um seine sterbende Großmutter kümmern sollte. Sie würde bei seiner Familie ohne Vorankündigung, ohne Gastgeschenk und dazu noch mehr oder weniger verkleidet und verheult aufkreuzen. Jeder würde sich die Frage stellen, weshalb er sie mitbrachte. Außerdem war ihr Status mehr als unklar. Sie war noch nicht mit Jan zusammen, oder doch? Er hatte sie bereits ein paar Mal in die Arme genommen und ihre Hand gehalten. Aber war man dann schon ein Paar? Was sollte sie also sagen, wenn seine Familie sie fragte, wie lange sie schon mit Jan zusammen war? Das würde alles höchst unangenehm werden.

Als der Zug aus Paris herausgefahren war, knuffte Jan sie in die Seite. »Werde ich auf der Fahrt einmal deine Stimme vernehmen und dein Gesicht sehen? Oder willst du weiterhin die verborgene Schönheit des Zugfußbodens studieren?«

Valerie hob den Kopf. Aus Jans Augen sprühte der Schalk. Er versuchte, sie aufzuheitern. Sie schluckte. »Ich weiß nicht, ich bin ganz schlecht darin, Spontanaktionen wie diese zu meistern.«

Er zwinkerte. »Unsinn. Wenn du fünf Minuten vor einer Aufführung plötzlich den Solopart übernehmen musst, ist das auch eine Spontanaktion, und du hast bewiesen, dass du hervorragend damit klarkommst.«

»Aber das hier ist etwas anderes«, sagte sie leise und senkte den Blick.

Er sagte nichts. Nach einer Weile streckte er die Hand aus und legte sie auf ihre. Sie spürte, wie seine Wärme in sie drang. Ihre Hand kribbelte, dann ihr ganzer Arm.

Jan strich sachte mit dem Daumen über ihren Handrücken. »Ich wollte dich eben nicht nötigen mitzukommen, aber ich konnte dich nicht allein auf dem Bahnhof zurücklassen. Das wäre unterlassene Hilfeleistung gewesen. Du wirktest so einsam und unglücklich. Ich musste schnell eine Entscheidung treffen: entweder dich mitnehmen oder in Paris bleiben. Und da ich nach Brügge muss und du diese Stadt sicherlich auch gern sehen möchtest, habe ich mich für die erstgenannte Option entschieden. Ich hätte schon viel früher darauf kommen müssen.«

Valerie war baff. »Wie kommst du darauf, dass ich Brügge sehen möchte?«

Er lächelte verschmitzt. »Weil Karl mit Elise dort seinen Hochzeitsurlaub verbringen wollte. Hat deine Urgroßtante zumindest so in ihr Tagebuch geschrieben, oder bist du noch nicht so weit?«

Sie wusste nicht, was sie sagen sollte. »Hast du es ganz gelesen?«, fragte sie schließlich.

»Natürlich!« Jan lachte. »Ich musste mir neulich die Zeit irgendwie vertreiben, als du mit fiebriger Angina daniederlagst, du crinnerst dich? Da habe ich Elises Tagebuch gelesen und unter anderem auch dieses Detail erfahren. Und als stolzer Sohn Brügges waren mir Elise und Karl daher gleich sympathisch.«

»Ach so.« Also wusste er mindestens genauso viel über Elises Leben wie sie selbst. Eher mehr, denn sie hatte Elises Tagebuch noch gar nicht zu Ende gelesen.

Eine Weile saßen sie schweigend nebeneinander. Seine Hand lag immer noch auf ihrer. Sie bewegte sich nicht, aus Angst, er würde sie zurückziehen.

»Wir kriegen das wieder hin mit deiner Stelle«, sagte er.

Ja, das war das eigentliche Problem. Sie blinzelte ihre aufsteigenden Tränen weg. »Ich möchte dir aber nicht zur Last fallen. Ich will dir nicht wie ein Klotz am Bein hängen, wenn du dich eigentlich um deine Familie kümmern musst.«

»Valerie«, er hob ihr Kinn mit seinem Zeigefinger an, »hör bitte auf, dich selbst immer als *Last* anzusehen!« Er zog seine Hand weg. »Kommt es dir gar nicht in den Sinn, dass ich gern Zeit mit dir verbringe?«

Sie schluckte. »Doch.« Es war ihr in den Sinn gekommen. Aber wenn so viele Leute immer auf ihr herumtrampelten, konnte sie kaum glauben, dass sich jemand längerfristig für sie interessieren konnte. Irgendwann musste auch Jan genug von ihr haben, wenn sie immer nur unglücklich war. »Es ist nur … Ich habe Angst, dass ich dir eines Tages langweilig oder lästig werde, wenn ich ständig nur heule.«

Jan legte ihr einen Arm um die Schultern. »Du wirst mir niemals zur Last fallen«, sagte er. »Das musst du mir einfach glauben!«

Sie nickte und kämpfte wieder mit den Tränen.

Er zog sie an sich und strich ihr über den Kopf, während sie ihre Tränen nun nicht mehr zurückhalten konnte. Sie lag an seiner Brust und hörte sein Herz schlagen. Sein schwacher Duft nach Tannennadeln strömte in ihre Nase. Sie war da, wo sie seit Wochen sein wollte. Langsam beruhigte sie sich.

»Ich bin froh, dass du mit mir nach Brügge kommst«, sagte Jan. »Die Stadt wird dir gefallen. Heute Nacht schläfst du dich erst einmal richtig aus und morgen früh machen wir eine Stadtbesichtigung. Dann besuchen wir meine Großmutter. Sie wird sich freuen, wenn du plötzlich vor ihr stehst. Sie hat dich gestern schon ganz entzückend gefunden, als sie dich im Fernsehen gesehen hat. Und wenn du möchtest, kannst du auch Geige üben.«

»Wird sich deine Familie nicht wundern, dass ich einfach mitkomme? Und dann noch in diesem blöden Kleid!« Valerie schnäuzte sich die Nase. »Ich komme mir so lächerlich darin vor.«

»Aber das Kleid steht dir doch hervorragend!« Jan grinste. »In so eleganter Begleitung bin ich noch niemals gereist, geschweige denn nach Hause gekommen.«

Sie knabberte an ihrer Unterlippe.

Er drückte ihr plötzlich einen Kuss auf die Stirn. »Ich rufe schnell meine Mutter an und sage ihr, dass ich nicht allein komme. Aber du brauchst dir keine Sorgen zu machen, sie sind alle ganz normal und du kannst auch Deutsch mit ihnen sprechen.«

Trotzdem war Valerie mit jedem Kilometer, den sie sich Brügge näherten, nervöser geworden. Es stellte sich jedoch heraus, dass ihre Aufregung völlig umsonst gewesen war. Jans Eltern standen in der Bahnhofshalle, als sie um kurz nach acht Uhr abends in Brügge ankamen. Sie erkannte seinen Vater sofort: Er war Jan in alt. Er hatte dasselbe verschmitzte Lächeln und dieselben lebhaften grünen Augen.

»Hallo, ihr zwei.« Er legte einen Arm um sie und einen um Jan. »Schön, dass ihr da seid! Ich heiße Frans«, stellte er sich Valerie auf Deutsch vor. »Freut uns sehr, dass du uns besuchen kommst!« Von Jan wusste sie, dass es unter Flamen üblich war, sich zu duzen.

Iris, Jans Mutter, drückte sie herzlich. »Du liebe Güte, Mädchen, gleich aus dem Konzert in den Zug. Du musst müde sein!«

»Es tut mir leid, dass ich einfach so vor eurer Tür stehe«, begann Valerie, aber Iris lachte nur.

»Wir haben einen Gasthof, wir bekommen meistens spontan Gäste. Das ist überhaupt kein Problem.« Sie tätschelte ihr die Wange. »Pieter hat Stoofvlees gemacht, ich hoffe, das wirst du mögen.«

Valerie hatte keine Ahnung, was das war, aber sie nickte. Sie wusste, dass Jans älterer Bruder Pieter Koch war und den Gasthof vor Kurzem von seinen Eltern übernommen hatte, die zwar noch mithalfen, aber kürzertreten wollten.

»Wie geht es Oma?«, fragte Jan, als sie im Auto saßen.

»Unverändert. Evi ist jetzt bei ihr, du kannst sie nachher ablösen, wenn du möchtest«, sagte Iris. »Oma war sehr beruhigt, als sie hörte, dass du heute wiederkommst.«

»Was will sie mir denn eigentlich sagen?«

»Keine Ahnung«, Iris seufzte, »aber es scheint wichtig zu sein.«

Kurz darauf bogen sie um die Ecke und blieben vor dem Gasthof van Gelde stehen. Ein Mann in Kochmütze und eine hochschwangere Frau standen in der Tür. »Das sind Pieter und seine Frau Corinna«, sagte Jan und winkte.

Valerie konnte sich des Eindrucks nicht erwehren, dass die beiden sehr neugierig auf sie waren. Pieter sah Jan gar nicht ähnlich, er war recht kräftig und hatte rote Pausbäckchen. Corinna sah mit ihrer gestreiften Bluse und der weißen Schürze aus wie Frau Antje aus Holland, nur fehlten die Holzschuhe.

»Du bist ja auch so dünn wie Jan!«, rief Pieter, als er Valerie die Hand schüttelte. »Man könnte meinen, in Paris gibt es nicht genug zu essen.«

»Ja, wir verhungern fast«, entgegnete Jan trocken. »Ich hoffe, du hast was Anständiges gekocht!«

Das hatte er. Pieter setzte ihnen kurz darauf ein dampfendes Gulasch vor die Nase, das vorzüglich schmeckte. Valerie musste sich zwingen, nicht alles sofort zu verschlingen. Sie hatte keine Ahnung gehabt, dass sie so hungrig war. Jan schenkte ihr ein Glas belgisches Bier ein. Sie schüttelte den Kopf, weil sie kein Bier mochte, aber er bestand darauf. »Wir sind in Belgien, dem Land des Bieres schlechthin, du musst es wenigstens probieren, es schmeckt auch ganz anders als deutsches Bier.« Sie nahm einen Schluck und es stimmte. Es war süßer und schmeckte ihr. Ein wohliges Gefühl breitete sich in ihrem Magen aus. Paris war plötzlich weit weg. Sie saß in einer gemütlichen kleinen Gaststube vor einem Kachelofen. Die Kälte, die sie die letzten Tage in sich gespürt hatte, wich allmählich aus ihr. Es war, als ob sie nach Hause gekommen wäre. Sie sprachen ihretwegen alle Deutsch und niemandem schien es Mühe zu bereiten. Sie wollten wissen, wo sie herkam, wo sie überall gelebt hatte und seit wann sie in Paris war. Zum Glück stellten sie keine unangenehmen Fragen im Hinblick auf ihre Beziehung zu Jan.

Plötzlich hörte Valerie ihr Handy in ihrer Handtasche klingeln. Vor Schreck hätte sie fast die Gabel fallen gelassen. »Entschuldigung«, murmelte sie und zog das Handy aus der Tasche, um es auszuschalten. Da sah sie die Nummer des Orchesterbüros und erstarrte.

»Wer ist es?«, fragte Jan und sofort herrschte Stille.

»Das Orchesterbüro.« Ihre Hände begannen zu zittern.

»Ich mach das«, sagte er und nahm ihr das Handy aus der Hand. Er stand auf und ging ein paar Schritte zum Fenster. »*Allô?*« Seine Stimme schien Verwirrung auf der anderen Seite der Leitung auszulösen, denn kurz darauf erklärte er: »Ja, das ist das Handy von Valerie Mollwitz, aber ich bin Jan van Gelde.« Seine Miene war grimmig. »*Bonsoir*, Monsieur Rosselli«, hörte Valerie ihn kurz darauf sagen und ihr Herz raste. Was wollte der Maestro denn nun schon wieder? Sie hatte ihn in den letzten zwei Stunden fast völlig vergessen. Musste sie etwa doch zum Dienst?

Jan war offensichtlich wild entschlossen, sie nicht dem Maestro auszuliefern, denn als Nächstes sagte er: »*Je suis désolé*, aber Madame Mollwitz kann gerade ihren Anruf nicht entgegennehmen. Kann ich ihr etwas ausrichten?« Valerie stand auf, aber Jan bedeutete ihr mit einer Handbewegung, sitzen zu bleiben. Seine Familie hatte mittlerweile aufgehört zu essen und verfolgte das Geschehen gebannt.

»Das geht leider nicht, Monsieur, wir sind nicht in Paris. Nachdem Sie Madame Mollwitz von den Diensten für die nächsten Tage ausgeschlossen haben, sind wir nach Belgien gefahren.« Eine Pause entstand. »*Non*, Monsieur, wir sind gerade erst angekommen und fahren ganz bestimmt nicht mitten in der Nacht wieder zurück.« Jan klang ärgerlich. »Das hätten Sie sich früher überlegen müssen. Sie haben ausdrücklich den Dienstplan geändert, ein Bereitschaftsdienst war nicht vorgesehen. Es tut mir leid, aber Sie müssen sich dieses Mal eine andere Vertretung suchen. Wenn wir in Paris wären, würde Madame Mollwitz natürlich sofort einspringen.« Was Rosselli am anderen Ende der Leitung sagte, konnte Valerie nicht hören, aber er schien sich mit Jans Worten abzufinden, denn schließlich sagte Jan: »Ja, richte ich ihr aus. Ab kommender Woche wird sie Madame Prokova für die gesamte Zeit ihrer Krankheit vertreten. Selbstverständlich. Allerdings erwarte ich, ebenso wie der gesamte Orchestervorstand, dass Sie Madame Mollwitz künftig nicht mehr als Lückenbüßerin behandeln und sie nicht willkürlich zum Dienst zitieren oder wieder nach Hause schicken. Sie ist ordentliches Mitglied des Orchesters, auch wenn sie noch in der Probezeit ist.«

Valerie stockte der Atem. Warum sagte er das? Der Maestro würde sich angegriffen fühlen.

Jan hörte unterdessen mit eisiger Miene zu, was Rosselli am anderen Ende von sich gab. Schließlich sagte er: »Gut, ich verlasse mich auf Ihr Wort, Monsieur. *Au revoir*.«

»Soll ich doch spielen?«, fragte Valerie schwach.

Jan setzte sich wieder. »Der hat sie doch nicht alle!«, schimpfte er. »Da besitzt er tatsächlich die Frechheit zu fragen, ob du heute Nacht noch zurückkommen könntest für die Matinee morgen. Madame Prokova scheint plötzlich erkrankt zu sein.«

Valerie war auf einmal ganz kalt. »Vielleicht hätte ich …«

»Nein!« Jans Augen funkelten. »Du bist diese Woche schon einmal eingesprungen, obwohl du nicht erreichbar hättest sein können. Sie können nicht immer damit rechnen. Und deine Stelle hängt davon auch nicht ab. Sie haben mehr als einmal gesehen, dass du sofort fehlerfrei einspringen kannst. Was sie jetzt machen, ist reine Schikane. Sie lachen sich kaputt, wenn du immer springst, sobald sie mit dem Finger schnipsen. Heute kann Rosselli mal tief in die Tasche greifen, um eine Vertretung zu bezahlen, die sich über Nacht noch das morgige Programm erarbeitet. Geschieht ihm recht!«

Valerie sagte nichts. Sie wusste, dass Jan recht hatte, aber ihr war trotzdem unwohl bei dem Gedanken, dieses Mal nicht das zu tun, was Rosselli wünschte.

Frans stand auf und holte eine Flasche Likör. »Trink, Valerie, ich habe zwar nicht alles verstanden, aber du siehst so aus, als ob du etwas Stärkeres gebrauchen könntest.« Er reichte ihr ein Glas und sie wagte nicht abzulehnen. Der süße Trank wärmte ihre Kehle und dann ihren Magen. Während Jan seiner Familie in groben Zügen die Vorgeschichte zu dem Telefonat erklärte, merkte Valerie, wie ihre Glieder auf einmal schwer wurden. Sie unterdrückte ein Gähnen, doch Jans Mutter hatte es bemerkt.

»So, genug für heute, das arme Mädchen muss jetzt mal schlafen«, sagte Iris energisch. »Komm, Valerie.« Sie winkte sie mit sich nach oben. »Du schläfst heute erst einmal in Jans und Pieters altem Kinderzimmer, denn wir haben alle Gästezimmer gerade vermietet. Aber Jan ist heute Nacht bei seiner Großmutter. Morgen sehen wir dann weiter.« Sie öffnete die Tür zu einem Dachzimmer, in dem an jeder Seite ein schmales Bett stand. In den Regalen waren unzählige Spielautos, zwei Teddybären, Comics und ein Stapel Noten. Sie schienen die ganze Kindheit und Jugend der beiden Brüder zu beinhalten. An den

Wänden hingen mehrere Poster und Fotos, auf denen Jan und Pieter mit ihrer Fußballmannschaft zu sehen waren.

»Mach dir keine Gedanken wegen deines Chefs.« Iris zog die Vorhänge zu. »Es klingt immer dumm, wenn Mütter sagen, ihre Söhne haben recht. Aber in diesem Punkt hat Jan wirklich recht.« Sie lächelte. »Evi hat dir vorhin noch ein paar Kleider hingelegt. Ich denke, sie passen dir.«

»Danke.« Die Familie war wirklich nett.

Jan stand im Türrahmen. »Darf ich reinkommen?«

»Natürlich.« Iris küsste Valerie auf beide Wangen. »Gute Nacht, meine Liebe. Schlaf, so lange du willst, du siehst müde aus.« Sie ging aus dem Zimmer und ließ Jan und Valerie allein.

Er reichte ihr das Handy. »Ich hab es ausgeschaltet.«

»Danke, dass du den Anruf entgegengenommen hast«, sagte sie. »Ich glaube, ich wäre sonst tatsächlich wieder zurück nach Paris gefahren.«

»Versprichst du mir, dass du nicht ganze Nacht darüber nachdenkst?«

Valerie nickte und setzte sich auf eines der Betten. »Ich bin viel zu müde und zu betrunken dazu.«

Er lachte. »Gut, dann ist mein Plan aufgegangen, und mein Vater hat ja auch noch kräftig mitgeholfen.«

»Du wolltest mich betrunken machen?«, fragte sie halb empört.

»Nur schläfrig.« Jan setzte sich neben sie. »Ich würde jetzt zu Oma fahren und Nachtwache schieben, aber nur, wenn ich weiß, dass du schläfst und nicht grübelst oder gar nach Paris verschwindest.«

Sie gähnte. »Ich werde noch schlafen, wenn du morgen wiederkommst«, sagte sie.

»Gut.« Er strich ihr über die Haare. »Dann schlaf gut in meinem Kinderparadies. Und wenn etwas ist, ruf mich an, ich lasse mein Handy eingeschaltet.« Er ging.

Valerie zog sich aus und schlüpfte unter die Decke. Sie schloss die Augen und lächelte, als sie an die letzten Stunden dachte: Jan im Zug, als er seine Hand auf ihre gelegt und sie später gestreichelt hatte. Jan in dieser Dachkammer, als er ihr eben eine gute Nacht gewünscht hatte. Langsam und zärtlich kamen sie sich näher, sie spielten ein *Adagio con tenerezza* miteinander. Sie seufzte. Zu gern hätte sie gewusst, ob sie in seinem oder in Pieters Bett lag.

Kapitel 18

Sie schlief wie ein Stein. Als sie aufwachte, war es taghell. Mit einem Satz war sie aus dem Bett. Wahrscheinlich war die ganze Familie schon aufgestanden. Wenig später betrat sie in einem blau gepunkteten Wollkleid die Wohnküche. Die Jeans, die Evi ihr noch zur Auswahl hingelegt hatte, hatten ihr nicht gepasst, sodass sie sich für dieses Kleid entschieden hatte. Jan legte die Zeitung weg und grinste. »Na, gut geschlafen?«

»Ja, sehr gut. Wie spät ist es?« Valerie setzte sich ihm gegenüber.

»Fast elf Uhr.«

»Was?«, rief sie entsetzt aus. »Jetzt habe ich bestimmt deinen ganzen Zeitplan durcheinandergebracht.«

Jan schenkte ihr Kaffee ein. »Nein, ich musste nur das Üben verschieben, weil Mama sagte, ich soll dich damit nicht wecken.« Er reichte ihr den Brotkorb und ein gekochtes Ei. »Iss tüchtig, wir machen gleich eine Stadtbesichtigung und gehen danach zu meiner Oma.«

»Wie geht es ihr denn?«, fragte Valerie. »Hat sie dir alles sagen können, was sie wollte?«

»Ja, ich denke schon.« Er wirkte plötzlich nachdenklich. »Es war tatsächlich sehr wichtig und es war eine lange Nacht.«

Valerie wollte nicht näher nachfragen, was seine Oma ihm so Wichtiges gesagt hatte, es war sicher eine private Angelegenheit. Während sie sich ein Brötchen schmierte, sagte Jan: »Oma möchte dich unbedingt kennenlernen. Und es erwartet dich dort eine Überraschung.«

»Was denn?« Valerie legte das Messer ab.

Er setzte ein geheimnisvolles Mona-Lisa-Lächeln auf. »Eine Überraschung. Mehr sage ich jetzt nicht.«

Sie war gespannt wie ein Flitzebogen. Aber aus Jan war nichts mehr herauszukriegen.

Eine halbe Stunde später standen sie auf dem Marktplatz. Es war ein schöner, oval angelegter Platz, der von prachtvollen Häusern gesäumt war. Valerie drehte sich langsam um die eigene Achse, um ein Gebäude nach dem anderen zu bestaunen und die Eleganz des Platzes zu erfassen. Schließlich legte sie den Kopf in den Nacken, um den hohen Belfried, den Glockenturm, zu sehen. Plötzlich hörte sie hinter sich ein Schnauben. »Vorsicht!« Jan riss sie weg. Schon rauschte eine Kutsche an Valerie vorbei, die von zwei schwarzen Pferden gezogen wurde.

»Schön aufpassen, Valerie. Es wäre ziemlich dämlich, sich im einundzwanzigsten Jahrhundert von einer Kutsche überfahren zu lassen.«

Ihr Herz pochte.

»Geht's wieder?«, fragte Jan. Er hatte seinen Arm leicht um ihre Schulter gelegt.

Sie nickte, doch der Schreck saß ihr noch in den Gliedern. »Danke.«

»Komm mit!« Er zog sie auf die andere Seite des Platzes, wo jede Menge Kutschen standen. Er rief einem Kutscher etwas zu, handelte mit ihm einen Preis aus und hievte Valerie in die Kutsche. »Wir machen eine Kutschfahrt!« Er sprang neben sie.

»Ist das nicht viel zu teuer?«, wandte sie ein.

»Ach was! Und wenn schon. Ich wollte das immer schon einmal machen. Aber als Einheimischer lässt man sich nicht durch die eigene Stadt kutschieren. Nun habe ich die Ausrede, dass ich einem fremden Mädchen die Stadt zeigen muss. Karl hätte mit seiner Elise bestimmt eine Kutschfahrt gemacht, wenn sie vor hundert Jahren hierhergekommen wären. Wir holen jetzt einfach alles nach, was die beiden nicht machen konnten.«

»Alles?«, entfuhr es Valerie.

Jan breitete eine Wolldecke über ihren Knien aus. »Nur so viel, wie du möchtest.« Er zwinkerte.

Die Pferde trabten los. Jan und der Kutscher gaben Erklärungen zu Kirchen und Gebäuden und zu der Geschichte der Stadt. Die Sonne kam heraus und tunkte die Häuser in ein mildes Licht. Brügge war zauberhaft. Valerie hatte nicht erwartet, dass außerhalb von Italien so schöne Städte existierten. Alles war so pittoresk und romantisch mit den Kanälen, den bunten Fassaden und den herrlichen Läden. Wenn sie nicht ab und zu an Jans Arm oder Bein gestoßen wäre, hätte sie denken können, dass sie träume und in einem Märchen gelandet sei.

Nahe der Schwaneninsel war ihre Reise zu Ende und Jan half ihr aus der Kutsche. »So eine schöne Stadt!«, schwärmte Valerie. »Kein Wunder, dass Karl vor hundert Jahren unbedingt mit Elise hierherkommen wollte! Einen romantischeren Ort gibt es wohl kaum.«

Jan grinste. »Ja, deine Familie hat wirklich Geschmack.«

Er führte sie drei Gassen weiter zu einem winzigen blauen Haus, das direkt am Kanal lag. »Hier wohnt meine Oma. In diesem Häuschen war ich als Kind fast jeden Tag.« Jan öffnete die Haustür und sie fand sich in einem engen, dunklen Flur wieder. »Oma! Evi! Wir sind da!« Und er lotste sie in die gute Stube, in der ein Sofa, zwei Sessel und eine Anrichte standen. Alles war puppenhausmäßig klein.

Eine junge Frau lief die Treppe hinunter. Noch bevor Jan sie vorstellen konnte, rief sie: »Hallo, Valerie, ich bin Evi!« Sie umarmte Valerie stürmisch. »Freut mich sehr, dich kennenzulernen. Du hast so schön gespielt im Schwanensee! Und mein Kleid steht dir gut!« Evi hatte dunkelblonde Haare, die sie zu einem Pferdeschwanz gebunden hatte, und blaue Augen, die vor Elan sprühten.

Valerie mochte sie sofort. »Vielen Dank, dass du mir deine Kleider leihst«, sagte sie. »Mein Besuch bei euch war recht spontan und ich hatte nur mein Konzertkleid an.«

Evi lachte herzhaft. »Ich kann es mir vorstellen. Ich kenne meinen Bruder!« Sie wandte sich an Jan. »Oma ist wach, sie erwartet euch bereits mit scharrenden Hufen. Valerie, leider muss ich los, meine Mittagspause ist gleich vorbei. Aber ich bin sicher, wir sehen uns bald wieder. Tschüss!« Und schon sauste sie zur Tür hinaus.

Valerie folgte Jan die engen Stiegen hinauf.

»Oma, hier bin ich wieder und habe Valerie mitgebracht!« Er schob sie in ein winziges Schlafzimmer, in dem ein kunstvoll geschnitztes Holzbett stand. Zwischen weiß bestickten Laken lag eine zierliche alte Dame mit einer Spitzenhaube. Es war wie im Märchen von Rotkäppchen.

»Das ist Valerie Mollwitz. Die Geigerin aus dem Schwanensee neulich!«, rief er etwas lauter, offenbar war seine Oma schwerhörig.

Die Großmutter nickte. »Das ist auch das Mädchen, das vor einigen Wochen schwer krank war und das du gepflegt hast, nicht wahr?« Und sie winkte Valerie näher heran. »*Bienvenue, ma belle!* Nenn mich einfach Mathilda.«

Valerie setzte sich zu ihr ans Bett. Die alte Dame betrachtete sie mit ihren hellen, lebhaften Augen. Plötzlich lächelte sie und wandte sich an Jan. »Du hast dir eine hübsche Braut ausgesucht. Das hast du wirklich gut gemacht, mein Junge.«

Valerie schoss das Blut in den Kopf.

»Aber Oma, sie ist … Also, wir sind doch nicht verheiratet, sie ist …«, stotterte Jan.

»Ja, ja«, schnitt ihm Mathilda das Wort ab. »Du wirst schon sehen, ich behalte immer recht.« Das war wohl eine Floskel, die Jans Oma seit seiner Kindheit immer wieder gesagt hatte, denn er hob Valerie gegenüber entschuldigend die Schultern.

»Erzähl mir ein wenig von dir«, wandte sich Mathilda wieder an sie. »Du kommst aus Bonn, nicht wahr?« Offensichtlich hatte Jan schon alles Mögliche über sie preisgegeben.

»Ja, das stimmt.« Valerie fasste ihren Lebenslauf in wenigen Sätzen zusammen.

»Und nun bist du stellvertretende Konzertmeisterin«, sagte die alte Dame. Das war also auch schon bekannt.

Valerie nickte. »Aber es läuft nicht immer gut. Ich hoffe, ich kann die Stelle behalten.«

»Bestimmt kannst du das«, Mathilda tätschelte ihre Hand, »und wenn nicht, dann war es trotzdem für irgendetwas gut, dass du nach Paris gegangen bist.« Sie beugte sich etwas vor. »Mollwitz ist dein Nachname, nicht wahr?«

»Ja.«

Mathilda schwieg und spielte am Bändchen ihrer Spitzenhaube. »Und du hattest Verwandte in Linz am Rhein?«, fragte sie dann.

Valerie sah sie erstaunt an. »Ja, meine Urgroßeltern wohnten dort in den Zwanzigerjahren, aber sie sind früh gestorben, mein Großvater und seine Geschwister sind dann in Bonn bei seiner Tante aufgewachsen. Dort ist er zeitlebens geblieben.«

Jans Oma schien weit in die Ferne zu blicken. »Wie hieß die Tante?«

»Elise. Elise Finkenberg.« Valerie wunderte sich. Wieso wollte sie das alles wissen? Es war kaum möglich, dass Mathilda ihre Vorfahren gekannt hatte. »Kanntest du meine Urgroßeltern oder meine Urgroßtante?«, fragte sie dennoch. Aber Jans Oma seufzte nur. Ihr war auf einmal jegliche Farbe aus dem Gesicht gewichen. Fragend sah Valerie zu Jan hinüber.

»Bist du müde, Oma?«, rief er.

»Ja, aber ich will mich jetzt nicht ausruhen!« Sie richtete sich auf. »Dafür habe ich demnächst im Himmel genug Zeit.« Sie nahm Valeries Hand. »Ich habe dich neulich im Fernsehen gesehen und gehört. Du hast wunderschön gespielt.« Sie streichelte verloren über ihre Hand. »Weißt du, mein Augenlicht ist zwar recht trüb, doch ich bin nicht blind, was die wirklich wichtigen Dinge im Leben anbelangt. Als du mit dem wunderbaren Solo eingesetzt hast, hat Jan vor Schreck das Wasserglas fallen gelassen und nur noch auf den Fernsehapparat gestiert. Und im Anschluss an die Vorstellung hat er ewig im Nebenzimmer telefoniert, und da wusste ich, dass du ihm sehr viel bedeuten musst.«

Valerie merkte, wie sie errötete, und wagte einen kurzen Blick zu Jan. Auch er hatte gerade ziemlich viel Farbe im Gesicht.

»Ich war natürlich neugierig«, die alte Dame lächelte verschmitzt, »und habe Jan gelöchert. Ich wollte wissen, wie du heißt, woher du kommst, alles eben. Das ist zwar recht indiskret, aber ich werde bald sterben und möchte wissen, mit wem Jan sein weiteres Leben verbringen wird.«

»Oma!« Jan sah ziemlich verzweifelt aus und Valerie musste sich das Lachen verkneifen. Die Situation war zu komisch.

»Ich war mir sicher, deinen Nachnamen schon einmal gehört zu haben. Aber ich bin einfach nicht darauf gekommen. Es fiel mir erst am nächsten Tag ein, als Jan bereits auf dem Rückweg nach Paris war.« Mathilda lehnte sich zurück in die Kissen. »Und da es so wichtig ist, habe ich ihn noch einmal hergebeten.« Sie zeigte auf einen Wandschrank in der Ecke. »Jan, hol bitte alles aus dem Schrank, worüber wir letzte Nacht gesprochen haben.«

Jan gehorchte und verschwand fast komplett in dem riesigen Wandschrank.

»Bring bitte erst den Brief!«

Er kam mit einem alten Umschlag zurück und reichte ihn Valerie. Sie blickte auf das vergilbte Papier und die verschnörkelte Schrift: »Für Elise Finkenberg c/o Maria Mollwitz in Linz am Rhein« stand dort, und die Worte »Für Elise« waren etwas fetter geschrieben als der Rest. Ihr Herz pochte gegen ihre Rippen. Träumte sie? Fragend sah sie auf.

»Letzte Nacht habe ich mit Jan über dich gesprochen. Er hat mir erzählt, dass ihr das Tagebuch deiner Urgroßtante gelesen habt, deren Mann während des Ersten Weltkriegs in Brügge stationiert war und unsere Stadt so schön fand.«

Valerie nickte. Ihre Ohren rauschten. Wie kam der Brief, den Karl vor beinahe hundert Jahren an Elise geschrieben hatte, hier in dieses Haus?

»Lies den Brief, Mädchen, danach erzähle ich weiter.«

Jan reichte seiner Oma ein Wasserglas und stützte sie, während sie trank. Vorsichtig faltete Valerie indes den Brief auseinander und las:

3. November 1914

> Meine liebe Elise,
> jetzt bin ich schon drei Monate weg und dieser fürchterliche Krieg ist immer noch nicht vorbei. Heute Mittag muss ich Belgien verlassen. Meine Einheit ist nach Frankreich beordert worden.
>
> Wie geht es Dir und Deinen Eltern und Schwestern? Ich hoffe, dass ihr genug zu essen

habt und wohlauf seid. Übst Du regelmäßig Klavier? Ich würde so gern mit Dir gemeinsam spielen, auch wenn meine Finger ganz steif sind. Schon so lange habe ich nicht mehr Geige gespielt, ich hoffe, ich werde jemals wieder so spielen können wie zuvor. Wie geht es meiner Violine? Es ist sträflich, ein so feines Amati-Instrument so lange nicht zu spielen. Ist die Geige schon arg verstimmt? Wenn Du magst, kannst Du versuchen, ein wenig darauf zu spielen. Ich hätte Dir Geigenunterricht geben sollen.

Ich kann es kaum erwarten, Dich wieder in meine Arme zu schließen! Wenn ich wiederkomme, möchte ich gleich unsere kirchliche Hochzeit in Sankt Remigius nachholen. Du kannst schon einmal ein weißes Kleid nähen! Und dann ziehen wir in eine Wohnung in der Nähe der Beethovenhalle, was meinst Du? Ach, ich sehne mich so nach Dir! Ich höre immerfort »Für Elise« in meinem Kopf, wenn ich an dich denke. Jeden Abend drehe ich an Deiner Spieluhr und stelle mir vor, dass Du neben mir liegst. Oft träume ich davon, wie ich Dich in den Armen halte und den Duft Deiner Haare einatme. Heute schicke ich Dir wieder zwei Melodien, die mir eingefallen sind, als ich gestern Abend an Dich dachte. Ich liebe Dich so sehr, meine kleine Elise. Mach es gut und grüße Deine Eltern.

Bis sehr bald und tausend Küsse, – *con affetto* – Dein Karl

Wie betäubt starrte Valerie auf den Brief. Ihre Augen hafteten auf dem Schlusssatz. *Con affetto* – liebevoll, zärtlich. Karls Brief! Elise hatte den Inhalt dieses Schreibens teilweise in ihrem Tagebuch wiedergegeben, aber der Brief selbst war damals mit der Geige an den ominösen Holländer verschachert worden. Verwirrt blickte sie auf. »Wie kommt Karls Brief hierher?«

Jan hatte seine Arme hinter seinem Rücken verschränkt und sah zum Fenster hinaus. »Es war kein Holländer, an den Max damals die Geige verkauft hat.« Er drehte sich um und sah ihr in die Augen. »Es war … mein Urgroßvater.«

Stille. Sie glaubte, sich verhört zu haben. Fassungslos starrte sie Jan an. »Hast du das die ganze Zeit gewusst?«, flüsterte sie schließlich.

Er schüttelte den Kopf. »Nein, erst seit letzter Nacht. Das war es, was Oma mir sagen wollte.«

»Mein liebes Kind, bitte sei nicht böse auf mich«, sagte Mathilda und riss Valerie aus ihren Gedanken. »Ich habe mich bemüht, deine Urgroßtante Elise ausfindig zu machen, um ihr den Brief und die Geige zurückzugeben, aber es ist mir nicht gelungen.« Zwei Tränen kullerten ihr über die Wangen. Valerie erschrak.

Jan eilte herbei und tupfte die Tränen seiner Großmutter mit einem Taschentuch weg. »Nicht weinen, Oma, es ist doch nun alles gut.« Er legte einen Arm um die zierliche Frau.

Valerie nahm Mathildas Hand und drückte sie sanft. »Bitte weine nicht, ich weiß zwar nicht, was sich zugetragen hat, aber ich werde dir ganz bestimmt niemals böse sein.«

Mathilda beruhigte sich wieder. Aber ihr Gesicht wirkte plötzlich eingefallen. »Jan, bitte erzähle Valerie, was ich dir heute Nacht gesagt habe, ich habe die Kraft nicht mehr dazu.«

Jan zog einen Stuhl heran und setzte sich. »Omas Vater war Antiquitätenhändler und hat in den Zwanzigerjahren des letzten Jahrhunderts eine Geige in Bonn erstanden, für sehr wenig Geld.«

Valerie sah ihn mit weit geöffneten Augen an.

»Oma hat dies allerdings erst Ende der Dreißigerjahre von ihrer Mutter erfahren, als ihr Vater schon gestorben war. Damals war sie noch ein junges Mädchen. Ihre Mutter sagte ihr, dass es eine sehr wertvolle Geige sei und sie sie hüten solle wie ihren Augapfel. Dann kam der Zweite Weltkrieg und meine Oma dachte nicht mehr darüber nach. Sie heiratete nach dem Krieg und bekam die Geige als Mitgift in die Ehe. Sie wusste absolut nichts damit anzufangen, da weder sie noch ihr Mann Geige spielen konnten. Ihr Mann hat sie daraufhin zu einem Musikalienhändler nach Antwerpen gebracht, da er mit dem Gedanken spielte, das Instrument zu verkaufen. Aber als meine Oma erfuhr, dass es eine sehr wertvolle Amati-Geige war, bestand sie darauf, das Instrument nur in äußersten Notfällen zu verkaufen, und setzte sich gegenüber ihrem Mann durch. Bei dieser Gelegenheit fand Oma einen Brief im Geigenkasten, der an eine Elise Finkenberg c/o Maria Mollwitz in Linz am Rhein adressiert war.«

Valerie strich über Karls Brief in ihren Händen.

»Ich habe Oma gefragt, ob sie weitere Briefe gefunden habe, aber sie wusste von keinen weiteren Briefen. Wahrscheinlich hat ihr Vater sie weggeworfen und nur diesen einen übersehen, der in eine Extra-Stoffschicht unter der Geige eingenäht war.«

»Was passierte dann?«, flüsterte Valerie.

»Oma hat ihre Mutter zur Rede gestellt und wollte wissen, wie ihr Vater an die Geige gekommen war. Ihre Mutter sagte ihr dazu nur, dass der Vater des Öfteren nach Deutschland gefahren sei, um aus der Not der Bevölkerung seinen Nutzen zu ziehen und wertvolle Möbel und Musikinstrumente billig zu erstehen. Oma konnte aber nicht glauben, dass jemand einen so persönlichen Brief im Geigenkasten lässt, wenn er das Instrument verkauft. Sie zählte also eins und eins zusammen und kam zu dem Schluss, dass der Verkauf entweder kein Verkauf gewesen war oder zumindest doch irgendwie mit Diebstahl zu tun gehabt haben musste. Sie schrieb einen Brief an die Linzer Adresse: ›Elise Finkenberg c/o Maria Mollwitz‹. Doch der Brief kam zurück mit der Aufschrift ›verstorben‹.«

Valerie schlug die Hände vor den Mund. »Zu der Zeit war das Linzer Haus bereits verkauft und die neuen Inhaber haben sich wohl nicht die Mühe gemacht, Elise ausfindig zu machen. Sie wussten nur, dass Maria verstorben war.« Wie hätte sich Elise gefreut, wenn sie damals den Brief von Jans Oma erhalten hätte!

»Wie dem auch sei, Oma hat dann meine Mutter zur Welt gebracht und keine Zeit mehr gehabt, sich der Sache anzunehmen. Außerdem dachte sie, dass Elise verstorben sei. Und ihre Nachkommen ausfindig zu machen, fand sie nicht so vorrangig.« Jan schwieg einen Augenblick. »Oma hat, nachdem sie dich im Fernsehen gesehen und deinen Nachnamen gehört hat, gegrübelt und gegrübelt, wo sie den Namen schon einmal gehört hatte. Schließlich ist es ihr gestern eingefallen, als ich schon wieder auf dem Weg nach Paris war. Oma hat mich daraufhin angefleht, wieder zurückzukommen.«

»Ich hatte einfach das Gefühl, dass das alles kein Zufall sein kann«, meldete sich Mathilda wieder zu Wort. »Dein Nachname, die Tatsache, dass du Geigerin bist, ebenso wie Karl, der diesen Brief an seine Frau geschrieben hatte. Ich wollte von Jan mehr über dich und deine Familie wissen, um diese Sache noch regeln zu können vor meinem Tod.«

Jan schlug die Beine übereinander. »Da ich dank Elises Tagebuch mit deiner Familiengeschichte recht gut vertraut bin, bin ich heute Nacht zu der Überzeugung gelangt, dass die Geige, die sich seit Urzeiten ›als Notgroschen‹ in Omas Schrank befindet, die Geige deines Urgroßonkels sein muss.«

Valerie schluckte, sie war sprachlos.

»Oma hat nun ein fürchterlich schlechtes Gewissen, dir diese Geige all die Jahre vorenthalten zu haben.«

»Aber warum denn?«, rief Valerie. »Du hast doch alles getan, was du konntest, um Elise die Geige zurückzugeben.«

Die alte Dame lächelte traurig. »Als Jan mir letzte Nacht erzählte, was im Tagebuch deiner Urgroßtante steht, war ich mit den Nerven völlig am Ende. Denn da wurde mir klar, dass Elise noch viele Jahre gelebt hat und ich ihr die Geige durchaus wieder hätte zurückgeben können. Ich hätte hartnäckiger nach ihr suchen müssen.«

Valerie drückte wieder ihre Hand. »Nein, mach dir bitte keine Vorwürfe. Dich trifft keine Schuld, wirklich nicht.«

Mathilda seufzte.

»Darf ich die besagte Geige sehen?«, fragte Valerie zaghaft.

Jan sprang auf. »Natürlich!« Er lief wieder zum Wandschrank und kam mit einem undefinierbaren Bündel zurück, das in zwei Wolldecken verpackt war. »Hier ist sie.«

Sie nahm das Paket ehrfürchtig in Empfang und wickelte einen hölzernen Geigenkasten aus den Decken heraus. Sie legte ihn auf einen Stuhl und sah Jan an. Er nickte ihr zu. Sie öffnete den Verschluss und nahm das samtene Tuch ab. Darunter lag eine wunderschöne, honigfarbene Violine mit einer feinen Maserung. Valeries Herz schlug heftig, als sie das gute Stück in die Hände nahm. Sie drehte und wendete die Geige und strich vorsichtig darüber. »Nicolaus Amati fecit, anno 1666.« Der lateinische Schriftzug in der Geige war deutlich zu lesen. Hoffentlich war es keine Fälschung, wie bei so mancher Geige, die als Instrument eines berühmten italienischen Geigenbauers ausgezeichnet worden war. Aber selbst wenn es eine Fälschung war, die Geige war atemberaubend schön und ganz in der Tradition der alten italienischen Meister gearbeitet. Valerie zupfte ein wenig an den Saiten. Der Klang war vielversprechend. Aber der Steg hing schief. Sie wagte nicht, die drei intakten Saiten zu stimmen, aus Angst, sie könne den Steg zu Fall bringen und dem Instrument nachhaltig schaden.

»Du musst sie wachküssen«, sagte Jan. »Sie hat wie Dornröschen hundert Jahre geschlafen und wartet darauf, von der richtigen Prinzessin wieder zum Leben erweckt zu werden.«

Sie beugte sich über die Geige und atmete ihren dezenten Duft ein. Süß, lieblich, golden. Wie Vin Santo, ging es ihr durch den Kopf. Vielleicht hatte der alte Niccolò genau diesen getrunken, als er die Geige vor so langer Zeit gebaut hatte. Sie berührte den Korpus mit ihren Lippen und hauchte einen zarten Kuss darauf. Dann sah sie Jan an. »Ich kann sie noch nicht ›wach spielen‹. Ich habe Angst, sie zu beschädigen.«

»Ist sie sehr kaputt?«

Sie schüttelte den Kopf. »Ich glaube nicht. Aber hundert Jahre schlafen ist nicht gesund, sie müsste auf jeden Fall neu verleimt werden.« Vorsichtig legte sie die Violine wieder in den Kasten und wickelte die Decken darum. Etwas unschlüssig reichte sie Jan das Bündel. Er sah seine Oma fragend an.

Mathilda richtete sich auf. »Ich möchte, dass du die Geige spielst, Valerie. Jan, kannst du das bitte mit deiner Mutter und deinen Geschwistern besprechen? Ich denke, ihr werdet euch einigen, oder?«

»Natürlich! Mach dir keine Sorgen, Oma.«

Valerie zog hörbar die Luft ein. Sie würde Karls Geige spielen dürfen?

Jans Oma lehnte sich zurück. »Wenn ich Elise damals gefunden hätte, hättest du die Geige schon lange spielen können.«

»Nein«, sagte Valerie und setzte sich wieder auf die Bettkante. »Meine Urgroßtante hatte sieben Nichten und Neffen, die ihrerseits zahlreiche Kinder gezeugt haben. Ich hätte die Geige nie bekommen, sie wäre verkauft worden, um das Erbe zu teilen. Du glaubst gar nicht, wie froh ich bin, dass Karls Geige all die Jahre bei dir im Schrank lag.«

Mathilda blickte sie nachdenklich an. Und plötzlich lächelte sie verschmitzt. »Dann war es eigentlich gar nicht so schlecht.«

Valerie beugte sich zu ihr herab und küsste ihre runzeligen Wangen. »Es war hervorragend! Vielen Dank«, flüsterte sie, »vielen Dank, dass du Karls Geige so gut gehütet hast.«

Die alte Dame seufzte wieder. »Ich glaube, ich muss etwas schlafen, Kinder.« Sie streichelte Valeries Wange. »Es freut mich sehr, dass ich dich noch kennenlernen durfte, *ma belle*. Du bist so lieb. Sei meinem Jungen eine gute Frau.« Und während Valerie verdattert aufstand, griff Mathilda nach Jans Hand. »Ich bin froh, dass du nicht mehr allein bist. Ich danke dir für alles, Jan, du hast mir immer so viel Freude gemacht. Ich wünsche dir mit Valerie ein schönes Leben.« Sie hatte Tränen in den Augen.

»Aber Oma, wir sehen uns doch noch!« Er beugte sich zu ihr hinab und küsste ihre Stirn. »Schlaf ein wenig.« Dann zog er die Decke über ihr zurecht und kurz darauf war sie eingeschlafen. Ein sanftes Lächeln lag auf ihrem Gesicht.

»Komm, Valerie, lass uns nach unten gehen«, flüsterte Jan und nahm die Geige mit.

Sie setzten sich aufs Sofa. Eine Weile schwiegen sie. Schließlich räusperte er sich. »Entschuldige, dass Oma … uns dauernd … schon als Ehepaar gesehen hat.«

»Kein Problem.« Sie lachte verlegen und wechselte schnell das Thema. »Du musst mit deinen Eltern und Geschwistern reden, ob es ihnen überhaupt recht ist, dass ich die Geige spiele. Sie ist heutzutage ein Vermögen wert.«

Jan nickte. »Ich spreche mit ihnen. Ich nehme an, meine Mutter ist Alleinerbin, und sie wird bestimmt nichts dagegen haben, dass du die Geige spielst.«

Valerie sah auf Karls Brief, den sie noch in den Händen hielt. Sie starrte auf die filigrane Schrift ihres Urgroßonkels. Sie hatte wahrhaftig das wiedergefunden, was an materiellen Dingen von Karl übrig geblieben war, von dem gutherzigen, liebenswürdigen Karl, den sie sich die letzten Monate so manches Mal an ihrer Seite im Orchester gewünscht hätte. Und plötzlich war er da: Sie hörte aus den Zeilen heraus seine Stimme und vielleicht würde sie bald sogar den Klang hören, den er auf der Geige erzeugt hatte. Karl war auch in Brügge gewesen. Auf den Plätzen, auf denen sie heute gestanden hatte, hatte er mit ziemlicher Sicherheit auch einmal gestanden. Und wie sie hatte er diese Stadt und ihre Bevölkerung lieb gewonnen. *Er hat dasselbe empfunden wie ich*, dachte Valerie. *Vielleicht klang auch sein Geigenspiel so wie meines? Schade, dass nur dieser eine Brief von ihm erhalten geblieben ist.* Plötzlich kam ihr ein Gedanke. »Weißt du, ich glaube, diesen einen Brief hat der Vater deiner Oma absichtlich im Geigenkasten gelassen, denn Karl schreibt darin, dass es eine Amati-Geige ist. Vielleicht hat er den Brief deshalb so sorgfältig eingenäht, damit er im Zweifel die Authentizität des Instrumentes beweisen konnte.«

»Vielleicht.« Jan starrte düster vor sich hin. »Jedenfalls war mein Urgroßvater ein Schuft.«

»Meiner auch.«

Sie sahen sich an. Und plötzlich lachten sie gleichzeitig los. »Ihre Nachfahren sind jedoch nicht so schlecht«, sagte Jan schließlich und grinste.

In diesem Moment hörten sie, wie die Haustür aufgeschlossen wurde. Iris kam herein. »Hallo, ihr zwei!«, rief sie fröhlich und stellte eine Einkaufstasche auf die Anrichte. »Heute Nacht bleiben Frans und ich bei Oma.«

Frans folgte seiner Frau mit einem Wäschekorb und war im Begriff, ihn auf den verhüllten Geigenkasten zu stellen.

»Nicht dorthin!«, riefen Valerie und Jan gleichzeitig, wenn auch in zwei verschiedenen Sprachen.

»Warum nicht?«, wunderte sich Frans.

»Es ist Omas Geige«, sagte Jan und stand auf.

»Ach, das alte Ding, das seit Jahren in ihrem Schrank liegt?«, wollte Iris wissen.

Er nickte. »Sie möchte, dass Valerie sie spielt, aber ich muss noch mit euch darüber sprechen.«

Seine Mutter lachte. »Valerie kann die Geige natürlich spielen, wer sonst von uns könnte etwas damit anfangen?«

»Trotzdem …«, sagte Jan, doch da klingelte es.

»Das ist Omas Doktor«, sagte Iris. »Nehmt die Geige einfach mit und lasst uns ein anderes Mal darüber sprechen. Pieter erwartet euch nämlich schon zum Abendessen. Frans fährt euch schnell zum Gasthof.«

Valerie nahm ihren Mantel und steckte Karls Brief in die Handtasche. Später würde sie Jan fragen, ob sie ihn behalten durfte.

Kapitel 19

Als Valerie und Jan nach dem Abendessen die Gaststätte verließen, um Brügge bei Nacht zu erkunden, merkte sie in der kühlen Abendluft, dass ihr das Starkbier wieder zu Kopf gestiegen war. Sie taumelte ein wenig, eigentlich unmerklich, doch Jan hatte es gesehen. »Haben wir dich etwa schon wieder betrunken gemacht?« Er lachte und nahm ihren Arm.

»Nur ein bisschen, es geht gleich wieder. Ich hätte nicht gedacht, dass ich schon zu viel getrunken habe.« Sie konzentrierte sich auf ihre Schritte.

»Schau die Gegend an, nicht nach unten. Ich halte dich schon fest«, sagte er. »Gleich kommen wir zu den Kanälen, du wirst begeistert sein!«

Sie bogen um eine Kurve und Valerie verschlug es die Sprache: Dort führte eine uralte Holzbrücke über den Kanal, die aussah, als hätte van Gogh sie gemalt. »Wie schön, da will ich hin!«, rief sie. Sie gingen bis zur Mitte der Brücke und blieben stehen.

Es war Vollmond und das Wasser im Kanal war zur Ruhe gekommen. Das silberne Licht des Mondes und die bunten Häuser an beiden Seiten des Kanals spiegelten sich im Wasser. Die Spitze des erleuchteten Belfrieds ragte aus dem Häusermeer heraus und saß wie eine Krone auf der Stadt. »Brügge ist zauberhaft, eine richtige Märchenstadt«, sagte Valerie. Sie sahen einem Entenpaar zu, das in trauter Zweisamkeit den Kanal entlangschwamm.

Jan schmunzelte. »Dann bist du mir also nicht mehr böse, dass ich dich gestern gegen deinen Willen hierhergeschleppt habe?«

Valerie schüttelte den Kopf. Sie sah immer noch auf das Wasser. »Nein, ich … danke dir, dass du mich mitgenommen hast.« Sie zögerte einen Augenblick. »Heute war einer der schönsten Tage meines Lebens.« Sie blickte zum Mond hinauf. Die Bäume raschelten leise im Wind, ansonsten war es ganz still. Sie spürte, dass Jan sie ansah, und wandte langsam den Kopf zu ihm. Seine Augen leuchteten und in seinem Blick lag unendlich viel Zärtlichkeit. *Er hat wahrhaftig smaragdfarbene Augen!* Valeries Herz pochte. Sie wusste nicht, was sie tun oder sagen sollte, sie konnte den Blick nicht wieder abwenden. Da hob er den Arm, schob vorsichtig ihre Kapuze nach hinten und strich ihr über die Haare. Er flüsterte etwas auf Flämisch, was sie nicht verstand. Dann spürte sie seine Lippen auf ihrer Stirn. Er ließ sie zwischen ihren Augen entlang und über ihre Nase gleiten, bis sie auf ihrem Mund angekommen waren. Valerie durchfuhr ein wohliger Schauer. Sie fühlte Jans Arme um sich und seufzte. Dann öffnete sie den Mund und ihre Lippen verschmolzen miteinander. Die Erde drehte sich, sie sah den Mond am Himmel, im Wasser unter sich, Lichter links und rechts, oben und unten. Sie klammerte sich an ihn, er war ihr Halt, und er hielt sie fest in seinen Armen. Die Zeit schien stillzustehen. Als sich ihre Lippen voneinander lösten, lehnte sie ihren Kopf an seine Brust und horchte auf seinen Herzschlag. Sie sog seinen leichten Duft nach Tannennadeln ein und spürte seinen Atem auf ihrer Stirn. Er streichelte ihre Wange. Nach einer anscheinend unendlich langen Zeit weckte das Glockenspiel des Belfrieds sie aus ihrem Traum.

»Wir sollten nach Hause gehen«, sagte er. »Wir müssen morgen früh aufstehen.«

Valerie nickte. Als sie Hand in Hand neben Jan herging, fragte sie auf einmal: »Was hast du eigentlich eben gesagt?«

»Wann?«

»Kurz bevor du mich geküsst hast. Ich habe es nicht verstanden und würde es gern wissen.«

»Ach so.« Jan drückte ihre Hand. »Du hattest zuvor gesagt, dass heute einer der schönsten Tage deines Lebens gewesen ist. Und da habe ich gesagt: ›Ich will versuchen, dass es der allerschönste Tag in deinem Leben wird.‹«

Sie lächelte: »Das ist dir gelungen! Die Turmuhr hat eben schon elf geschlagen. Und es war mit Abstand der schönste Tag meines Lebens!«

Er beugte sich zu ihr herab und knabberte an ihrem Ohrläppchen. »Für mich auch, Valerie, und das Beste ist: Der Tag ist noch nicht zu Ende!«

Sie schlichen auf Zehenspitzen die Treppe hinauf, um die Hotelgäste nicht zu wecken. Ihre Finger waren ineinander verflochten. Jan öffnete die Tür zu seinem Zimmer und hielt sie ihr auf. »Nach dir, meine Süße«, sagte er augenzwinkernd.

Valeries Herz klopfte. Sie ging hinein und blieb etwas verloren mitten im Raum stehen. Wie ging es jetzt weiter? Da spürte sie seinen Atem im Nacken. Seine Hände legten sich um ihre Taille. Sie strömten so viel Wärme aus, dass sich Valerie entspannte. Langsam lehnte sie sich zurück an seine Schulter und drehte den Kopf zu ihm. Sie würde ihm alles Weitere überlassen. Seine Lippen suchten ihre, und während er sie küsste, begann das Blut in ihren Adern zu kribbeln. Ihr wurde warm.

»Seit Wochen habe ich mir gewünscht, dich so zu halten wie jetzt«, raunte er zwischen zwei Küssen.

Sie sah auf und lächelte. »Ich wollte es auch seit Wochen.«

»Wirklich?« Er seufzte. »Dann haben wir unnötig Zeit verloren! Aber ich war mir nicht sicher, ob du es auch willst, und meistens ging es dir schlecht und ich wollte das nicht ausnutzen.«

»Pst.« Sie legte ihren Zeigefinger über seine Lippen. »Das war schon richtig so. Früher wäre ich Angsthase wahrscheinlich zurückgewichen, auch wenn ich mir immer gewünscht habe, mit dir zusammen zu sein.«

»Und jetzt?«, fragte er leise. »Hast du jetzt immer noch Angst?«

»Nein.«

Da begann er, den Reißverschluss ihres Kleides langsam aufzuziehen. Sie bekam eine Gänsehaut und klammerte sich an ihn. Jan beugte sich vor und küsste ihre Stirn und ihre Augenlider. Ihr Puls raste. Als er den Reißverschluss ganz aufgezogen hatte, befreite er sich sachte aus ihrer Umklammerung und streifte ihr das Kleid über die Schultern. Es glitt im Nu zu Boden. Valerie schnappte nach Luft und verschränkte unwillkürlich die Arme vor der Brust. Jan lächelte und zog sie wieder an sich. Sanft strich er über ihre Wange. »Komm!« Er führte sie zum Bett, hob die Decke hoch, und als sie daruntergeschlüpft war, setzte er sich neben sie und deckte sie zu wie ein paar Wochen zuvor, als sie krank gewesen war. Die Erinnerung an seine Fürsorglichkeit traf Valerie ganz unvermittelt. Auf einmal war sie Jan so dankbar, dass er sie damals gerettet hatte, dass er sie immer wieder retten würde. Und weg war ihre Nervosität. Sie riss die Arme nach oben und zog ihn hinunter zu sich.

»Huch!« Er lachte. »Wird da etwa gerade aus einem langsamen, zärtlichen *Adagio con tenerezza* ein schnelles, leidenschaftliches *Presto appassionato*?«

Sie kicherte und zog ihm seinen Pullover über den Kopf. »Gut beobachtet! Es fand gerade ein Tempowechsel statt.« Und sie kämpften sich aus ihren restlichen Kleidern heraus.

Dann war sie in seinen Armen. Eine Weile lagen sie still nebeneinander. Valerie kam es so vor, als träumte sie. Lag sie wirklich bei ihm? »Ich bin so froh, dass ich dich gefunden habe«, flüsterte sie.

Jan strich ihr eine Locke aus dem Gesicht. »Und ich erst!« Langsam ließ er eine Hand über ihren Rücken gleiten. Schließlich stützte er sich auf einem Ellbogen ab und sah schmunzelnd auf sie herunter. »Meine hübsche Braut!« Er begann sie zu küssen, erst langsam, dann immer drängender und leidenschaftlicher.

Das Blut pulsierte in ihren Adern. Sie schmiegte sich an ihn. Und da spürte sie ihn auf einmal in sich. Ihr *Presto appassionato* nahm Fahrt auf, wurde immer schneller und schneller. Bis schließlich ein Schauer durch ihren Körper lief. Das Pochen ebbte langsam ab. Dann lag sie erschöpft in den Armen ihres Mannes und schlief ein.

Kapitel 20

»Jan! Wach auf!« Jemand klopfte an die Tür. Leise, aber penetrant.

Valerie wusste nicht, wo sie war. Sie schlug die Augen auf. Als sie Jan neben sich spürte, fiel ihr alles wieder ein. »Was ist los?«, flüsterte sie.

Jan löste sich gerade aus ihrer Umarmung. »Keine Ahnung. Schlaf weiter, Valerie.« Er sprang aus dem Bett, griff nach seinem T-Shirt und schlüpfte in seine Hose.

Als er die Tür öffnete, hörte sie Pieters Stimme. Jan ging nach draußen und unterhielt sich im Flüsterton mit ihm. Dann schlichen die beiden die Treppe hinunter. Valerie fischte nach Jans Armbanduhr, die er ins Regal über dem Bett gelegt hatte. 5:37 Uhr. Was war denn um diese Uhrzeit so wichtig? Nach ein paar Minuten hörte sie wieder leise Schritte auf der Treppe. Jan kam zurück.

Sie richtete sich auf. »Was ist passiert?«

Er setzte sich auf die Bettkante und nahm sie in die Arme. »Oma ist vorhin gestorben.«

Valerie saß da wie betäubt. Es konnte doch nicht sein, dass die alte Dame in Spitzenhäubchen und weißem Nachthemd, mit der sie gestern noch so nett geplaudert hatte, gestorben war! Sie nahm Jans Gesicht zwischen die Hände. »Es tut mir so leid«, flüsterte sie.

»Es ist schon in Ordnung, wir hatten alle damit gerechnet.« Er klang traurig.

»Willst du hinfahren?«

»Später. Mama hat Pieter gerade angerufen, weil ich mein Handy ausgeschaltet hatte. Sie fragte, ob ich heute Vormittag noch bleiben kann, um ihr bei ein paar Dingen zu helfen, die geregelt werden müssen. Pieter kann wegen der Hotelgäste nicht weg und Evi muss arbeiten.«

»Ja, klar. Du hast doch erst morgen wieder Dienst.«

Er nickte. »Ich bring dich gleich zum Bahnhof und versuche, heute Nachmittag nachzukommen.«

»Soll ich auch hierbleiben und euch helfen?«

»Nein, meine Süße, du musst rechtzeitig bei Laurents Probe sein. Es ist wichtig, dass du dich mit ihm gut stellst. Du darfst ihm nicht so kurzfristig absagen.« Er lächelte. »Außerdem ist es schön, wenn einer von uns für Oma das Mozart-Requiem spielt. Das würde sie sicher freuen.«

»Ja, wie du meinst. Kann ich sonst nichts für euch tun?«

Er schüttelte den Kopf.

Sie nahm seine Hand. »Deine Oma hat gewusst, dass wir zusammenkommen.«

Jan zog sie an sich. »Ja, sie hat wie immer recht gehabt.«

Als Valerie mittags in Paris aus dem Zug stieg, war sie ein anderer Mensch als vierzig Stunden zuvor, als sie weggefahren war. Die Stadt hatte sich nicht verändert, aber sie nahm sie anders wahr. Sie war jetzt Teil dieser Stadt, kein Fremdkörper mehr, der gegen die Menschenmassen ankämpfte, um durchzukommen, sondern jemand, der sich mit den Massen bewegte, hinaus aus dem Bahnhof, hinein in die Metro, wieder hoch ans Tageslicht. Es regnete und der Himmel war grau, doch sie spürte die Sonne über den Wolken. Lächelnd lief sie durch den Regen und dachte an Jan, an Brügge, an Karls Geige. Ob Jan ihr die alte Violine am Abend mitbringen würde? Sie hatten in der Eile am Morgen gar nicht mehr darüber gesprochen.

Sie war froh, dass sie gestern noch die Möglichkeit gehabt hatte, Jans goldige Oma kennenzulernen. Vielleicht war es tatsächlich gut gewesen, dass Maestro Rosselli und Madame Prokova sie zwei Tage zuvor vom Dienst suspendiert hatten, sonst hätte sie niemals mehr mit Jans Oma sprechen können. Sie schmunzelte. Eigentlich sollte sie sich bei ihren Feinden bedanken.

Ihr Handy surrte. Jan hatte ihr eine Nachricht geschrieben: »Ich vermiss dich! Bis heute Abend, liebe Grüße, Jan.«

Das Konzert in der spätgotischen Kirche Saint Eustache, die in der Nähe der Markthallen lag, war ergreifend. Das Mozart-Requiem war immer etwas ganz Besonderes, aber heute war Valerie mit jeder Faser dabei. Beim Dies Irae zitterten der Boden, die Säulen und das Gewölbe. Der traurig-schöne Klang der danach folgenden Sätze erfüllte das gotische Gotteshaus bis in die entlegensten Ecken und rührte sie fast zu Tränen. Sie sah vor ihrem geistigen Auge Jans Oma in ihrem alten Holzbett sitzen. Gestern um diese Zeit hatte sie mit ihr gesprochen, heute war sie schon auf dem Weg in den Himmel. *Wie vergänglich doch alles ist*, dachte Valerie. Umso mehr musste sie nun endlich anfangen zu leben!

Als das Konzert vorbei war, war sie so müde, als wäre sie einen Marathon gelaufen. Es war mittlerweile fast Mitternacht, denn das Konzert hatte spät begonnen und der Applaus hatte nicht enden wollen. Sie packte die Geige ein und verließ die Sakristei, in der die Musiker während des Konzerts ihre Instrumentenkästen gelassen hatten. Ob Jan schon wieder in Paris war? Draußen würde sie ihn gleich anrufen. Doch als sie durch das Mittelschiff auf den Ausgang zuging, sah sie ihn vor dem Portal stehen.

»Jan!«, rief sie und rannte los. Es war unschicklich, in einer Kirche derart loszuspurten, aber sie konnte nicht anders. Er ließ seine Reisetasche fallen und sie flog geradewegs in seine Arme. »Schön, dass du da bist«, flüsterte sie und küsste ihn stürmisch.

Jan presste sie an sich und hielt sie fest. Ganz fest. »Meine Güte, wie habe ich dich vermisst. Fast sechzehn Stunden ohne dich. Das war nicht zum Aushalten.«

Sie lachte. »Wie geht es dir? Musstest du nicht bei deiner Familie bleiben?«

Er streichelte ihre Wange. »Du bist jetzt meine Familie. Ich muss jetzt einfach bei dir sein. Und die Beerdigung ist erst in einer Woche, da fahre ich dann wieder hin – mit dir, oder?«

»Ja, ganz bestimmt!«

Auf dem Weg zur Metro fragte Valerie: »Hast du mit deinen Eltern und Geschwistern über die Geige sprechen können?«

»Oh ja!« Er lächelte geheimnisvoll.

»Und? Was meinen sie?« Ihr Herz pochte. Sie hoffte, dass die van Geldes nicht ärgerlich auf sie sein würden, dass sie sozusagen fünf Minuten vor dem Tod der Oma noch aufgetaucht war und die wertvolle Geige abstauben wollte.

Jan legte einen Arm um sie. »Mach dir keine Sorgen. Ich habe dir die Geige mitgebracht.«

Valerie hatte bereits den überdimensionalen Rucksack bemerkt, den Jan auf der Hinreise nicht dabeigehabt hatte. Sie räusperte sich. »Sind sie nicht böse auf mich?«

Er sah sie verwundert an. »Nein, wieso?«

»Nun ja, die Geige ist wahrscheinlich das Wertvollste, was deine Oma hatte.«

Er drückte sie und lachte. »Ich habe mit meinen Eltern und Geschwistern gesprochen. Ich habe alles wiedergegeben, was Oma gestern gesagt hat. Und Mama meinte, wenn es Omas Wille sei, dann soll es so sein.« Er schwieg einen Augenblick. »Mama hat in unserem Beisein Omas Testament geöffnet. Oma hatte es vor drei Jahren aufgesetzt. Wie vermutet, ist Mama als Alleinerbin eingesetzt, aber Oma hat einen Vorschlag zur weiteren Verteilung gemacht, der im Familienrat einstimmig akzeptiert worden ist: Da Pieter bereits den Gasthof meiner Eltern betreibt und ihn eines Tages erben wird, soll Evi, die in Brügge bleiben wird, Omas Haus bekommen und ich die Geige. Meine Geschwister würden es niemals schaffen, mich auszubezahlen, und daher war mit einem Schlag alles prima und jeder war glücklich.«

Valerie knabberte an ihrer Unterlippe. »Und was sagst du dazu?« Jan würde von der Geige selbst nichts haben. Wenn seine Oma verfügt hatte, dass sie sie spielen sollte, blieb Jan nichts von dem Erbe seiner Oma und seiner Eltern. Er konnte die Geige noch nicht einmal verkaufen.

Er lächelte verschmitzt. »Ich finde es großartig! Somit habe ich ein ideales Druckmittel, damit du immer bei mir bleibst.«

Ungläubig starrte sie ihn an. Dann prusteten sie beide gleichzeitig los. »Du bist unmöglich!«, rief sie und wollte sich von ihm losreißen.

Doch er hielt sie fest. »Du auch! Noch nicht einmal artig Danke hast du gesagt.«

Sie schlang beide Arme um seinen Hals. »Ich würde auch ohne Geige immer bei dir bleiben.«

Von Elise

Freitag, 5. Oktober 1962

Heute früh fiel mir beim Aufräumen mein altes Tagebuch wieder in die Hände. Ich blätterte es durch und las meine Eintragungen von damals. Meine Güte, wie viele Jahre sind seitdem vergangen! Jetzt ist unser einst beschauliches Bonn die Hauptstadt der Bundesrepublik Deutschland. Wer hätte das je gedacht? Da noch ein paar Seiten frei sind, will ich kurz schildern, was sich seit meinem letzten Eintrag, den ich im Oktober 1930 geschrieben habe, ereignet hat.

Marias Kinder lebten sich bei Max, Lilly und mir gut ein. Natürlich waren sie oft traurig und weinten, weil ihre Mama nicht mehr da war. Aber nach all den Monaten, in denen sie mit Mollwitz und Helene unter einem Dach gelebt hatten, fühlten sie sich bei uns sehr wohl. Jeden Abend las ich den Kleinen stundenlang vor und wiegte sie in den Schlaf. Den Größeren musste ich bei den Hausaufgaben helfen, und Lilly und Frieda brachten den Mädchen das Stricken und Häkeln bei. Das Haus war so lebendig und so unordentlich wie noch niemals zuvor. Ich war Tag und Nacht beschäftigt. Zum Klavierspielen kam ich selten. Zwar unterrichtete ich zwei bis drei Male die Woche nachmittags Klavierschüler im Wohnzimmer, aber an Konzerte war nicht mehr zu denken, dafür reichte mir die Zeit zum Üben nicht.

Dann wurden die Zeiten wieder unruhiger. Auf den Straßen patrouillierten SA-Truppen, Max hatte schlaflose Nächte, weil ihn der Klang der marschierenden Stiefel an seine Kriegserlebnisse erinnerte, und ich hatte Angst, dass er wieder in seine alten Depressionen verfallen und seine Arbeit verlieren würde. Doch zum Glück kam es dazu nicht.

Aber dann brach der Zweite Weltkrieg aus. Als es die Zeitungen verkündeten, konnte ich es kaum fassen, obwohl die Anzeichen natürlich schon vorher sichtbar waren, aber ich dachte, das machen sie nicht. Nicht noch einmal.

Johannes hatte nach dem Abitur Ingenieurwissenschaften studiert. Er ist nach dem Studium bei der Firma angestellt worden, in der Max arbeitete. Aber zu Kriegsbeginn wurde er sofort eingezogen. Als er mit seinen vierundzwanzig Jahren in der Soldatenausrüstung vor mir stand und sich verabschiedete, zerriss es mir fast das Herz. Ich sah Karl vor mir, der – damals nur wenig älter – für immer fortgegangen war. Johannes bekam dreimal Fronturlaub und in einem dieser Urlaube heiratete er Clara, meine ehemalige Klavierschülerin, in die er sich bereits vor dem Krieg verliebt hatte. Er überlebte zwar den Krieg, doch er geriet in russische Kriegsgefangenschaft. Ich sah ihn erst im Oktober 1955 wieder, als er als einer der letzten Kriegsgefangenen völlig gebrochen aus Sibirien zurückkam. Er musste dann im Alter von vierzig Jahren sein ganzes Leben von vorn beginnen. Glücklicherweise war ihm Clara eine große Stütze. Sie hatte 1944 ihren gemeinsamen Sohn Georg zur Welt gebracht und war während des Krieges mit dem Kind zu mir gezogen, als die Wohnung ihrer Eltern, bei denen sie und Georg noch gelebt hatten, von den Bomben zerstört worden war. Johannes hat Georg erst nach seiner Rückkehr aus Sibirien kennengelernt. Er wohnt jetzt mit seiner Familie immer noch bei mir, und ich bin jeden Tag dankbar, dass er wieder da ist.

Katharina und Magdalena befanden sich zu Kriegsbeginn gerade in der Lehrerinnenausbildung. Dazu hatten Lotte und ich sie überredet, auch wenn beide schon verlobt waren. Doch wir waren als kriegsgebrannte Frauen der Ansicht, dass sie unbedingt noch die Ausbildung absolvieren sollten, bevor sie heirateten. Ihre Verlobten fielen im Krieg. Es war für mich ein schwerer Schlag, die beiden Mädchen so leiden zu sehen, es war, als wiederhole sich meine eigene Geschichte. Wie ich damals, so kämpften auch Katharina und Magdalena jeden Tag darum weiterzuleben, obwohl die Hoffnung bereits gestorben war. Es war so bitter, ihnen zuzusehen, und doch wusste ich aus eigener Erfahrung, dass sie es schaffen würden. Und sie haben es geschafft, indem sie sich ganz auf ihren Lehrerinnenberuf stürzten.

Philipp und Kurt wurden im Verlauf des Krieges auch eingezogen. Und meine Angst um die Jungen war immens. Manchmal hörten wir monatelang nichts von ihnen, dann wiederum kam eine geballte Ladung Briefe auf einmal an. Aber sie überlebten und fassten nach dem Krieg schnell Fuß als Bankangestellte, heirateten und haben heute kleine Kinder.

Susanne beendete während des Krieges die Schule und wurde Krankenschwester. Es war mir gar nicht recht, dass sie in die Kriegslazarette ging (nach so vielen Jahren konnte ich die Sorge meiner Eltern von damals absolut nachvollziehen), doch sie wollte es unbedingt und ich denke, dass sie dort sehr viel Gutes bewirken konnte. Auch sie heiratete nach dem Krieg sehr bald und hat heute drei Kinder.

Mitten im Krieg ist Frieda achtzigjährig gestorben. Ich war sehr traurig, als sie immer schwächer wurde und ich ihr Ende kommen sah, aber Frieda lächelte nur und sagte: »Sei nicht traurig, Elise. Ich habe mein Lebenswerk vollbracht. Du warst wie eine Tochter für mich. Dank dir habe ich nach dem Tod von Alexander wieder ins Leben zurückgefunden, womit ich niemals gerechnet hätte. Ich konnte dir und Marias Kindern helfen. Das war für mich eine sehr schöne Zeit und ich habe mich nicht nutzlos gefühlt. Aber jetzt bin ich alt und gehe dorthin, wo meine Lieben schon auf mich warten. Du hast hingegen dein Lebenswerk noch nicht vollbracht. Marias Kinder brauchen dich jetzt und ganz sicher nach dem Krieg. Aber eines Tages werden wir uns im Himmel wiedersehen.« Noch heute kann ich ihre letzten Worte auswendig aufsagen, sie haben sich in meine Seele eingebrannt so wie einst Karls Vermächtnis. Frieda starb ganz friedlich in meinen Armen, und obwohl sie mir sehr fehlte, war ich doch sicher, dass sie glücklich sein würde, dort, wo sie nun war.

Als wir schon glaubten, dass der Krieg bald vorbei sei, zogen sie auch noch meinen kleinen Josef ein, Marias letztes Kind, das sie gar nicht mehr kennengelernt hatte. Er war ein so lieber und sensibler Junge, er war mein Nesthäkchen. Als sie ihn mit fünfzehn zu den Waffen riefen, wollte ich ihn verstecken, aber es ging nicht in der Eile, ohne dass sie Verdacht geschöpft hätten. Und so musste ich ihn ziehen lassen. Nur eine Woche später fiel er, kurz vor Ende des Krieges. Ich stürzte in eine tiefe Depression. Obwohl ich mir sagte, dass er nun bei seiner richtigen Mama sei, kam ich über den Verlust des Kindes nicht hinweg. Ich hatte es nicht geschafft, Marias Jüngsten zu beschützen. Und Josef betrachtete ich in gewisser Weise auch als mein Kind, denn er war seit seiner ersten Lebensstunde bei mir gewesen. Ich verließ das Bett nicht, aß nichts mehr, wollte einfach nicht mehr leben. Max und Lilly redeten mir gut zu, manchmal schrien sie mich auch an und schüttelten mich, aber ich blieb völlig apathisch. In einer der Bombennächte warf mich Max einfach über die Schulter und schleppte mich in den Luftschutzraum, denn ich konnte nicht laufen. Die Bomben waren fürchterlich, doch mir war alles egal. Ich weiß nicht, wie ich es nach dem Tod meiner Eltern und von Maria geschafft hatte, sofort weiterzumachen. Wahrscheinlich, weil mich andere gebraucht hatten. Aber wie damals, als Karl starb, brach ich bei der Nachricht von Josefs Tod völlig zusammen und war wochenlang handlungsunfähig.

Unser Haus wurde zum Glück nicht von Bomben getroffen, nur ein paar Fensterscheiben gingen durch die Detonationen zu Bruch und die Einrichtung wurde von den Glassplittern in Mitleidenschaft gezogen. Aber wir wurden nicht obdachlos.

Dann war der Krieg plötzlich vorbei. Und alles begann von vorn. Nur mit dem Unterschied, dass ich nicht mehr die Kräfte hatte wie damals mit Mitte zwanzig. Ich versuchte, mich wieder in den Griff zu bekommen. Zusammen mit den Mädchen und meinen Geschwistern war ich mit dem Einkochen von Obst und Gemüse beschäftigt. Ich brachte Philipp und Kurt, die als französische Kriegsgefangene wochenlang auf den Rheinwiesen im Dauerregen kampieren mussten, jeden Tag etwas zu essen und strickte Socken und Jacken für sie. Nach und nach ebbte meine Trauer um den kleinen Josef ab und ich fand ins Leben zurück. Aber sein Tod hat mich nachhaltig geschwächt. Ich habe nie wieder die Kräfte zurückerlangt, die ich einmal hatte.

Vor zwei Jahren sind Max und Lotte gestorben. Max war nicht mehr der Jüngste und Lotte hatte sich lange mit einer unheilbaren Krankheit herumgequält. Für beide muss der Tod eine Erlösung gewesen sein. So bin ich die einzige meiner Generation, die noch übrig geblieben ist.

Letzten Monat habe ich endlich Karls Grab besucht. Nach so langer Zeit! Adenauer hat sich mit de Gaulle ausgesöhnt. Im September stand ich auf dem Bonner Marktplatz und habe der Rede des französischen Präsidenten gelauscht und mit vielen anderen Bonnern applaudiert. Deutschland und Frankreich sind jetzt Freunde, kann man das glauben? Jedenfalls habe ich nicht lange gezögert und mir sofort eine Fahrkarte nach Verdun gekauft, bevor sich die Politik wieder einmal dreht und ich meinen Plan aufgeben muss. Immerhin bin ich nun siebzig Jahre alt und habe nicht mehr viel Zeit. So bin ich kurz nach de Gaulles Besuch in Bonn gen Westen gefahren, dorthin, wo Karl vor so langer Zeit in schlammigen, nassen Schützengräben gesessen hat und elend gestorben ist. Nach so vielen Jahren kann ich nüchterner über seinen Tod nachdenken und bekomme nicht jedes Mal gleich Atemnot. Die Zeit heilt eben doch Wunden, auch wenn die Narben für immer bleiben. Nach einer ewig langen Zugfahrt stieg ich in Verdun aus und nahm mir in der Nähe des Bahnhofs ein Zimmer in einer heruntergekommenen Pension. Magdalena hatte mir zuvor geholfen, mein Schulfranzösisch wieder etwas aufzufrischen, sodass es zu diesem Zweck reichte. Am nächsten Tag brach ich auf zu den Gräberfeldern, auf denen laut der Information, die ich schon vor Jahren vom Kriegsgräberbund eingeholt hatte, Karl beerdigt sein musste. Als ich das Gräberfeld betrat, stockte mir der Atem. Dort waren Gräber, so weit das Auge reichte. Bis zum Horizont reihte sich ein Kreuz an das andere. Erst jetzt wurde mir das Ausmaß der Urkatastrophe bewusst. Die Zahlen, die ich immer gehört hatte, waren natürlich exorbitant hoch, aber ich hatte mir nie etwas Genaues darunter vorstellen können. Doch hier, auf diesem Gräberfeld, von denen es übrigens noch Dutzende andere gibt, war mir das Ausmaß plötzlich klar, und ich schauderte angesichts eines solchen Massenmords. Dann plagte mich eine andere Frage. Wie sollte ich unter diesen Hunderten von Gräbern Karls finden? Doch da kam eine freundliche Dame des Weges, der ich Karls Namen und die Grabnummer unter die Nase hielt, und sie bedeutete mir, ihr zu folgen.

»*Votre mari?*«, fragte sie.

Ich nickte. Sie sprach kein Deutsch, ich so gut wie kein Französisch, aber wir verstanden uns trotzdem. Sie wohnte in der Nähe und kam öfter zu den Gräbern. Nach etwa einer Viertelstunde stand ich vor Karls Grab. Auf einem schwarzen Kreuz stand in grauen Lettern sein Name: Karl Finkenberg. Nichts weiter. Ich bedankte mich bei der Frau und legte die Blumen aufs Grab, die ich mitgebracht hatte. Es schmerzte mich, dass Karls Kreuz schwarz war. Ich wusste zwar, dass alle Kreuze von deutschen Gefallenen schwarz sein mussten, das stand so im Versailler Vertrag, da Deutschland der Aggressor gewesen war. Aber dass der liebenswerte Karl, der niemals diesen Krieg haben wollte, kein weißes Kreuz haben durfte, tat weh. Ich wischte den Schmutz vom Kreuz und setzte mich einfach auf den Rasen neben das Grab. Der Boden war recht kalt, lange würde ich es nicht aushalten.

»Ich bin endlich gekommen, Karl«, begann ich. »Ich hoffe, du erkennst mich wieder, meine Haare sind jetzt ganz weiß, aber ich trage immer noch dieselbe Frisur wie damals und natürlich deine Perlmutthaarspange.« Ich erzählte ihm alles, was ich nach seinem Tod erlebt habe. Das dauerte. Und alles kam wieder hoch. Ich merkte gar nicht, dass es bereits dunkel wurde, als die freundliche Dame vom Vormittag mir auf die Schulter klopfte. Ich schreckte hoch und spürte, dass ich ein völlig nasses Gesicht hatte.

»*Venez*, Madame«, sagte die Dame. »Sie erkälten sich sonst.« Und sie half mir beim Aufstehen. Ich warf noch einen letzten Blick auf Karls Grab und streichelte den Namenszug auf seinem Kreuz. Dann sagte ich ihm leise Adieu, denn ich hatte das Gefühl, dass ich nicht noch einmal würde kommen können.

Die Dame hieß Mariette, sie hatte ungefähr mein Alter und versprach, dass sie sich um Karls Grab kümmern und ihm manchmal Blumen bringen würde. Ich weiß nicht, womit ich das verdient habe, immerhin waren es ja wir Deutschen, die in Frankreich eingefallen waren. Zweimal sogar. Auch Mariette beweint seit über vierzig Jahren ihren Mann, der in Verdun umgekommen ist, und daher verstanden wir einander ohne viele Worte. Ich habe sie umarmt, als ich mich von ihr verabschiedet habe, um wieder nach Bonn zu fahren. Hätten sie doch damals uns Frauen über Krieg und Frieden entscheiden lassen, wir hätten ganz bestimmt für den Frieden votiert!

Nur eine Sache habe ich bis heute nicht in Angriff genommen: Karls Melodien liegen immer noch unvollendet in meiner Mappe von damals. Ich habe sie gestern noch einmal durchgesehen und gespielt. Aber ich fühle mich nicht in der Lage, ein zusammenhängendes Stück daraus zu schaffen. Das Leben, das Karl und ich uns damals ausgemalt haben, blieb unvollendet, genau wie unsere Melodien. Ich werde Clara die Notenblätter vermachen, sie wird auch meine anderen Noten bekommen, denn sie ist die Einzige, die so gut Klavier spielt, dass sie damit etwas anfangen kann. Eines Tages wird vielleicht jemand, dem sie die Noten weitergeben wird, aus Karls Melodien und meinen hinzukomponierten Harmonien ein richtiges Stück schreiben. Oder auch nicht. Doch das werde ich ohnehin nicht mehr erleben, denn dann werde ich hoffentlich längst bei Karl im Paradies sein.

Was aber mache ich nur mit meinem Tagebuch? Ich möchte es nicht einfach in meinem Nachtschränkchen lassen, sonst werden es Johannes und Clara nach meinem Tod finden und lesen. Doch das wäre mir nicht recht. Sie sollen mich als ruhige, ausgeglichene Tante und Ersatzmutter in Erinnerung behalten und nicht die einst leidenschaftliche junge Frau kennenlernen, die oft eine wenig besonnene Meinung von ihren nächsten Anverwandten hatte.

Aber ich bringe es auch nicht übers Herz, das Tagebuch, das mich durch die glücklichsten und schmerzvollsten Momente meines Lebens hindurch begleitet hat, wegzuwerfen. Ich wünschte, eines Tages würde es lieben Menschen in die Hände fallen, die meine Geschichte lesend erneut durchleben und dabei Karl und mich, meine Eltern, Geschwister und Freunde wieder lebendig werden lassen.

Ich werde ein Versteck suchen, in dem mein Tagebuch ein paar Jahrzehnte unbehelligt ruhen kann, und dann – mit ein wenig Glück – von denen gefunden wird, die meine Stimme noch einmal hören wollen.

Nun ist die letzte Seite dieses Buches gefüllt und ich muss zum Schluss kommen. Allen späteren Lesern meines Tagebuchs wünsche ich, dass es ihnen vergönnt sein möge, so zu lieben wie ich, und dass ihr geliebter Mensch viele, viele Jahre, bis ans Ende ihrer Tage, an ihrer Seite sein möge. Lebt das Leben, das ich mit Karl vergeblich ersehnt habe!

Elise

Kapitel 21

Valerie schloss die Augen. Das war Elises letzter Eintrag gewesen. Sie hatte das Tagebuch seit Wochen nicht mehr angerührt. So viel hatte sich in ihrem Leben ereignet, dass sie nicht mehr zum Lesen gekommen war. Liebevoll strich sie jetzt über den Einband. Elise hatte sie in ihren ersten Monaten in Paris begleitet, bis sich alles zum Besten gewendet hatte und sie mit Jan zusammengekommen war. Nun hatte sie das letzte Kapitel im Tagebuch ihrer Urgroßtante gelesen und ihr kam es vor, als hätten sie sich gerade voneinander verabschiedet. Elise hatte zwar noch weitere siebzehn Jahre gelebt und war erst im Alter von siebenundachtzig Jahren gestorben, aber zu der Zeit befand sich ihr Tagebuch schon lange eingenäht im Sofa.

Das Sofa! Valerie lächelte. Es stand frisch gepolstert in seinem neuen samtroten Bezug in Jans Wohnzimmer. Genauer gesagt, in ihrem gemeinsamen Wohnzimmer. Denn vor drei Wochen war sie bei ihm eingezogen. Durch einen glücklichen Zufall war seine Nachbarwohnung frei geworden, und Jan hatte den Vermieter gefragt, ob sie die Wand durchbrechen und eine größere Wohnung schaffen könnten. Dem Vermieter war es recht gewesen und so hatten sie binnen kürzester Zeit mithilfe aller Handwerker, die sie von Mamma Rosalias Mittagstisch kannten, die Umbauarbeiten und den Umzug organisiert. Nun lebten sie also gemeinsam in einer Wohnung im Quartier Latin.

Valerie öffnete die Fenster und ließ die frühsommerliche Wärme in die Wohnung ziehen. Sie blickte auf den nahe gelegenen Jardin du Luxembourg, wo Touristen und Einheimische picknickten und sich auf den Parkbänken sonnten. Ein Akkordeonspieler gab Piazzollas Libertango zum Besten und die frisch belaubten Bäume bewegten sich dazu leise im Takt.

Am Abend würde das letzte Konzert der Saison stattfinden und in drei Tagen stand ihr Probezeitgespräch an. Valerie knabberte an ihrer Unterlippe. Aufgrund ihrer tadellosen Arbeit der vergangenen Wochen müsste es schon mit dem Teufel zugehen, wenn sie keinen unbefristeten Vertrag bekommen würde.

Nachdem sie damals von ihrem spontanen Kurzurlaub in Brügge ins Orchester zurückgekehrt war, hatte sich Rosselli kleinlaut bei ihr entschuldigt und sie gebeten, den gesamten April die Prokova zu vertreten, die mit einer Blinddarmentzündung im Krankenhaus lag. Valerie hatte während dieser Zeit gute Arbeit geleistet. Die Solopassagen hatte sie perfekt gespielt und ihre Kollegen gut geführt. Also konnte eigentlich mit ihrer Stelle nichts mehr schiefgehen. Aber was, wenn doch? Was würde sie dann machen? Sie war nun mit Jan zusammengezogen und wollte mit ihm leben. Wenn sie das Orchester verlassen und eine Stelle woanders annehmen müsste, dann würde das in eine Fernbeziehung münden. Der Gedanke daran war ihr unerträglich. Sie schloss die Fenster wieder und lehnte sich gegen die Fensterbank. Sie würde die Probezeit bestehen! Selbst die Prokova war ihr nun wohlgesonnen. Als Madame Anfang Mai nach ihrer Krankheit wieder ins Orchester zurückgekommen war, war sie zahm gewesen wie ein Lamm. Beinahe überschwänglich hatte sie sich bei Valerie für die Sonderschichten bedankt. Valerie hatte dem Braten zwar zunächst nicht getraut und war überzeugt, dass sich die Prokova wie eine zuckersüße Schlange um sie schlängele, um in einem unerwarteten Augenblick mit ihren Giftzähnen zuzubeißen. Doch selbst nach mittlerweile sechs Wochen war der befürchtete Angriff ausgeblieben und sie hatte sich entspannt. Die Prokova schien sie endlich zu respektieren.

Valerie scheuchte ihre ängstlichen Gedanken beiseite und setzte sich aufs Sofa neben den neuen Geigenkasten, in dem Karls Amati-Geige schlummerte. Am Vortag hatte sie sie mit Jan vom Geigenbauer abgeholt, der sie restauriert hatte. Gedankenverloren betrachtete sie ihre Schätze. Sie war verrückt: Sofa und Violine! Gleichzeitig restauriert! Ihre Ersparnisse waren komplett aufgebraucht, ihr derzeitiger Kontostand tendierte gegen null und ihre Stelle war noch nicht verlängert worden. Aber sie war glücklich! Sie nahm Karls Geige aus dem Kasten. Gestern hatte sie sie schon ein paar Stunden im stillen Kämmerlein ausprobiert und heute wollte sie sie das erste Mal im Konzert spielen. Es war auch kein Risiko dabei, die Geige zu spielen, die sie noch nicht in- und auswendig kannte, denn sie spielte heute Abend keine Solostellen. Die Prokova hatte sich natürlich für die wunderbaren Solopassagen von Rimski-Korsakows Scheherazade selbst vorgesehen, was ihr gutes Recht als erste Konzertmeisterin war. *Trotzdem schade*, dachte Valerie. Es wäre zu schön gewesen, wenn sie genau hundert Jahre nach Karl diese Solostellen auf seiner Geige hätte spielen können.

Sie packte die Violine wieder weg. Jan übte noch im schalldichten Raum nebenan. Sie würde erst anfangen, Geige zu spielen, wenn er fertig war. Sie nahm Elises Tagebuch vom Tisch, um es ins Bücherregal zu stellen. Da entdeckte sie plötzlich, dass auf der Innenseite des Einbands noch etwas in einer anderen Handschrift stand.

Liebe Elise,
vielen Dank, dass Du uns Deine Geschichte erzählt hast! Durch sie sind Valerie und ich zusammengekommen. Wir lieben uns und wollen gemeinsam das Leben leben, das Karl und Dir nicht vergönnt war. Dabei werden wir immer an Euch denken.

Karls Geige haben wir auch wiedergefunden. Mein Urgroßvater hatte sie Deinem Bruder seinerzeit abgeluchst, was meiner Oma, die diese Geige geerbt hat und Dich nicht ausfindig machen konnte, sehr leidtat. Aber vielleicht ist es besser so gewesen, denn Karl wollte, dass Du die Geige an Deinem Lebensende jemandem vererbst, der würdig ist, dieses Instrument zu spielen. Valerie ist dessen würdig. Sie wird die Geige spielen.

Und zum Schluss lass Dir noch gesagt sein, dass wir uns um die Fertigstellung der Komposition kümmern werden, die Karl und Du vor hundert Jahren begonnen habt. Wir werden allerdings noch eine Oboenstimme und eine zweite Violinstimme hinzukomponieren, dann ist es, als ob wir das Stück mit Euch beiden gemeinsam spielen könnten.

Herzlichst, Dein Jan

Valerie lachte. Das war typisch Jan! Sie ging ins Nebenzimmer, wo er noch immer übte.

»Na, meine Süße, hast du endlich meinen Eintrag entdeckt?«, fragte er, als er sie mit Elises Tagebuch im Türrahmen stehen sah. »Ich hoffe, du nimmst es mir nicht übel, dass ich mich dort verewigt habe, aber ich fand, das passt.«

»Es passt hervorragend!«, sagte sie und schlang die Arme um ihn.

»Willst du nicht auch noch etwas dazuschreiben?«

Sie schüttelte den Kopf. »Ich glaube nicht. Es ist alles gesagt.« Und tatsächlich war auch kein Platz mehr in Elises Tagebuch. Sie rieb ihren Kopf an seiner Schulter. »Willst du wirklich die Melodien zu einem Stück verarbeiten?«

Er küsste sie. »Ja, aber mit dir zusammen. So wie Karl und Elise auch zusammen daran gearbeitet haben.«

»Ich habe aber noch nie in meinem Leben etwas komponiert.«

»Ich auch nicht. Doch jetzt müssen wir es tun. Das sind wir Karl und Elise schuldig, meinst du nicht?«

Sie nickte. Ja, sie mussten diese Melodien der Liebe, die vor hundert Jahren durch Tod und Trauer erstickt worden waren, nun endlich wieder zum Leben erwecken.

Valerie und Jan waren zeitig im Konzertsaal. Sie zog in der Damengarderobe ihr schwarzes Kleid an und steckte ihre Haare mit Elises Haarspange hoch. Es war stickig warm und ihre Hände fühlten sich klebrig an. Sie wischte sie am Rock ab. Dann nahm sie die Geige und ging auf den Flur vor die Garderoben. Die Atmosphäre unter den Musikern war ausgelassen. Einige Kollegen standen beieinander und unterhielten sich über ihre Ferienpläne, andere spielten sich ein und der Geräuschpegel stieg von Minute zu Minute. Jan war weder zu sehen noch zu hören. Wahrscheinlich war er noch in der Herrengarderobe. Valerie spannte den Bogen und begann zu spielen: die Solopassagen der Scheherazade, die sie im Konzert gar nicht spielen würde. Karls Geige lag ihr perfekt in der Hand, sie hatte sich in der kurzen Zeit schon gut mit dem Instrument vertraut gemacht. Karl und Elise hätten sich gefreut, wenn sie sie heute Abend auf der Geige hätten spielen hören können. Plötzlich tippte ihr jemand auf die Schulter. Valerie drehte sich um.

Es war Rosselli. »Madame, wir müssen umdisponieren.«

Sie setzte die Geige ab. »Was ist passiert?«

»Madame Prokova fühlt sich nicht wohl.«

»Um Himmels willen! Ist ihr etwas passiert?« Die letzten Tage hatte Valerie beobachtet, dass der Prokova die Hitze zu schaffen machte. Wenn sie die Treppe hinaufging, japste sie nach Luft, und Valerie hatte Schweißperlen auf der Stirn ihrer Kollegin entdeckt. Hoffentlich war sie nicht kollabiert!

Rosselli schüttelte den Kopf. »Ich denke, es ist nichts Ernstes, aber sie möchte lieber nicht spielen.«

»Kein Problem, ich übernehme natürlich«, sagte Valerie.

Der Maestro räusperte sich. »Nein, das ist nicht nötig. Madame Prokova hat bereits für Ersatz gesorgt. Einer ihrer Schüler wird auf ihrem Platz sitzen und die Solostellen spielen.«

Valerie starrte ihn an. Was hatte er gerade gesagt?

Rosselli zeigte auf einen jungen Mann, der mit herausgestreckter Brust ein paar Meter entfernt an der Wand lehnte.

Sie konnte förmlich spüren, wie sich die Wut in ihr zusammenbraute. Wahrscheinlich wollte Madame Prokova auf diese Weise bereits ihre Nachfolge regeln und ihren Schüler auf den Konzertmeisterposten hieven. Und sie selbst war mal wieder ausgebootet und vor vollendete Tatsachen gestellt worden! Dabei hatte sie gedacht, dass ihr die Prokova jetzt wohlgesonnen war. War das naiv gewesen! Doch Valerie war nicht mehr gewillt, sich zu beugen. Rosselli und die Prokova konnten ihr nicht einfach ein junges Kerlchen vor die Nase setzen. »Sie irren sich«, hörte sie sich sagen.

Rosselli blickte sie verwirrt an. »Wie bitte?«

»Sie haben ganz recht verstanden, Maestro. Sie irren sich«, wiederholte sie. »Der junge Herr wird Madame Prokova *nicht* vertreten. *Ich* werde sie vertreten, denn das ist meine Pflicht – und auch mein Recht – als stellvertretende Konzertmeisterin.«

Der Maestro runzelte die Stirn. »Aber nun ist Madame Prokovas Schüler bereits hier. Er spielt auch wirklich ganz hervorragend!«

»Das habe ich auch nicht bestritten. Ich bin mir sicher, dass er hervorragend spielt, wenn er Madame Prokovas Schüler ist. Aber es kann nicht angehen, dass Sie ihm so einfach die Bühne bereiten und er – mir nichts, dir nichts – ohne Probespiel auf den Konzertmeisterposten marschiert. Ich bestehe auf meinem Recht und meiner Pflicht als stellvertretende Konzertmeisterin.«

Rosselli raufte sich die Haare. »Aber ich habe den Intendanten bereits angewiesen, die Änderung dem Publikum vorzutragen.«

»Dann werden Sie ihn eben nochmals aufsuchen und bitten, dass er *meinen* Namen ankündigt.« Valeries Augen blitzten. Keinen Millimeter würde sie von ihrer Position abrücken! »Andernfalls werde ich umgehend den Orchestervorstand zusammenrufen und ihn über die Angelegenheit entscheiden lassen. Dadurch wird sich der Beginn des Konzertes allerdings verzögern.«

Rosselli seufzte. »Gut, wie Sie meinen, dann spielen Sie.« Er wandte sich ab und ging.

So ist das also, dachte Valerie verbittert. *Meine Vorgänger und ich sollten so lange als Lückenbüßer fungieren, bis Madame Prokovas Schüler sein Konzertexamen in der Tasche hat und sich auf den Posten bewerben kann. Deshalb hat sie alle bisherigen stellvertretenden Konzertmeister vergrault und wird auch mich aus dem Orchester hinauswerfen wollen. Aber nicht mit mir! Ich ergebe mich nicht kampflos!*

Valerie rief die ersten Geigen zusammen und disponierte die Sitzordnung um. Bernard würde neben ihr spielen. Aus dem

Augenwinkel sah sie den Schüler der Prokova, der unauffällig die Garderobe verließ.

»Was ist eigentlich passiert?«, fragte Sarah.

»Erzähle ich euch später.« Sie wollte nicht eine halbe Minute vor Beginn des Konzertes die merkwürdige Episode vor den Kollegen ausbreiten, denn nun galt es, zur Ruhe zu kommen.

Der erste Gong erklang und die Musiker mussten sich vor der Bühne einfinden. Valeries Herz hämmerte. Ihre Hände schwitzten, obwohl sie kalt waren. Selbstverständlich hatte sie die Solopassagen der Scheherazade geübt, aber wenn sie gewusst hätte, dass sie sie spielen sollte, hätte sie ihre bisherige Geige genommen. Auf einem Instrument, mit dem sie noch nicht so lange vertraut war, eine derartig prominente Passage im Konzert zu spielen, war gewagt. Sie setzte die Geige an und ließ stumm die Finger der linken Hand über das Griffbrett laufen. Sie bewegten sich sicher und präzise. Nun durfte nur ihre Bogenhand gleich nicht zittern!

Sie hörte, wie der Intendant gerade die Änderung der Besetzung des Konzertmeisterpostens bekannt gab und ihren Namen nannte. *Wenigstens hat Rosselli das noch richtiggestellt*, dachte sie grimmig.

Plötzlich stand Jan neben ihr: »Was ist passiert? Warum spielt die Prokova nicht?«

Sie setzte die Geige ab und erzählte ihm in fliegender Hast, was sich drei Minuten zuvor ereignet hatte.

Jan schnaubte. »Das ist ungeheuerlich!«

»Ja!« Valerie lachte zynisch. »Aber irgendwie passt es zum Stück. Der böse Sultan lässt all seine Geliebten hinrichten, eine nach der anderen, und als Scheherazade an der Reihe ist, versucht sie, ihn durch ihre Geschichten zu verzaubern. Er lässt sie so lange am Leben, wie sie ihn damit unterhält. Vier stellvertretende Konzertmeister vor mir sind schon geschasst worden«, sagte sie. »Nun bin ich an der Reihe.«

Er streckte die Hand aus und strich ihr über die Haare. »Aber du bist Prinzessin Scheherazade und wirst alle durch dein Spiel betören und daher überleben.« Er zog sie an sich und legte seine Stirn gegen ihre. »Außer der bösen Prokova sympathisieren ohnehin alle mit dir. Und jetzt trägst du nicht nur Elises Perlmutthaarspange, sondern spielst auch Karls Geige. Er hat die Soli aus Scheherazade vor genau hundert Jahren gespielt. Elise und Karl werden dir aus dem Jenseits beistehen.« Er zwinkerte ihr zu. »Und ich bin wie immer hinten auf der Bläsertribüne zu finden, falls du mich brauchst.«

Sie seufzte und löste sich von ihm. »Danke, Jan, du musst jetzt gehen.« Er drückte noch einmal ihre Hand und ging dann hinaus.

Als ihre Kollegen alle auf den Plätzen saßen, holte sie tief Luft und betrat die Bühne. Langsam und kerzengerade ging sie nach vorn. Nur nicht umknicken mit den hohen Schuhen! Das Publikum begann zu klatschen. Als sie an ihrem Platz angelangt war, verbeugte sie sich und lächelte in den Zuschauerraum. In der ersten Reihe sah sie die Prokova mit verschränkten Armen sitzen. Der Zorn stand ihr ins Gesicht geschrieben. Valerie wandte den Blick schnell ab. Sie konnte sich jetzt mit Madame Prokovas Gefühlsregungen nicht abgeben. Zwei Reihen weiter hinten saß Irmgard und winkte ihr zu. Valerie war so froh, sie zu sehen, dass sie plötzlich über das ganze Gesicht strahlte. Dann drehte sie sich um und sah zu Jan, der ihr das a zum Stimmen geben musste. Als sich ihre Blicke trafen, war es so, als würde er sie umarmen. Ihr Pulsschlag beruhigte sich. Sie nahm das a ab und gab es an die Kollegen weiter.

Rosselli eilte mit wehender Frisur und klappernden Ledersohlen ans Dirigentenpult und wie immer empfing ihn tosender Applaus. Bereits vor dem Konzert wurde er als Star gefeiert. Er nahm die Huldigungen des Publikums entgegen und wandte sich dann seinem Orchester zu. Es wurde still.

Er hob den Taktstock und sogleich entführte er die Zuhörer in die Welt des Märchens aus Tausendundeiner Nacht. Für Valerie war die Geschichte, die der sinfonischen Dichtung von Rimski-Korsakow zugrunde lag, an diesem Abend blanke Realität. Sie sah den Sultan alias Prokova aus dem rechten Augenwinkel im Zuschauerraum sitzen. Das erbarmungslos und bedrohlich klingende erste Thema, das der Komponist so klanggewaltig orchestriert hatte, spiegelte ihre Bosheit wider. Sie musste mit dem einnehmenden, betörenden zweiten Thema all ihren Charme aufbringen, um die böse Prokova umzustimmen. Als sie mit ihrem ersten Solo einsetzte, spürte sie förmlich, wie der ganze Saal den Atem anhielt. Es ging um Leben und Tod, um ihr Überleben oder ihr Scheitern im Orchester. Sie stand allein mit ihrer leisen Amati-Geige dem tosenden Meer der anderen Instrumente gegenüber, die sie jederzeit niedermachen konnten. Aber der liebliche Klang der alten Geige verzauberte alle. Sobald ihre Solostimme erklang, zog sich das brausende Orchester in ein zartes Pianissimo zurück. Nach den beiden mittleren Sätzen, in denen sie die Zuhörer endgültig für sich eingenommen hatte, schlug ihr im vierten Satz noch einmal der Sturm des Feindes entgegen. Es rasselte und klirrte im dreifachen Fortissimo, aber am Ende vernahm das Publikum nochmals die sanfte Stimme der Scheherazade, die ihr betörendes Lied weitersang. Sie hatte überlebt.

Als der letzte Ton verklungen war, war es drei Sekunden so still, dass man eine Stecknadel hätte fallen hören können. Dann brandete Applaus auf. Plötzlich. Wie bei einem Vulkanausbruch. Die Zuhörer schrien »Bravo, bravo« und sprangen klatschend von ihren Stühlen auf. Rosselli beugte sich zu Valerie hinab und reichte ihr die Hand. Sie erhob sich, wie es üblich war, doch als Rosselli ihre Hand küsste, fiel ihr vor Erstaunen fast die Kinnlade herunter. Das Publikum trampelte nun vor Begeisterung sogar mit den Füßen auf den Boden. Valerie verbeugte sich zusammen mit Rosselli. Und mit einem Mal löste sich ihre Anspannung. Sie lachte befreit. Dann drehte sie sich zu ihren Kollegen um, die ebenfalls klatschten, und verbeugte sich auch vor ihnen, bevor sie sie ihrerseits zum Aufstehen aufforderte. Der Intendant überreichte ihr einen Blumenstrauß und küsste sie auf beide Wangen. Die Musiker saßen und standen abwechselnd, und es dauerte noch eine ganze Weile, bis das Publikum geneigt war, sein Orchester in die Sommerpause zu entlassen. Als die Musiker die Bühne verließen, gab es vor dem Bühnenausgang einen Stau.

Jan kam von der Bläsertribüne herunter und nahm Valerie vor allen Leuten in den Arm. »Ich hab's doch gesagt, meine Prinzessin wird alle betören und überleben!«, raunte er ihr ins Ohr.

»Das war nur mithilfe des Prinzen möglich«, flüsterte sie und küsste ihn.

Kapitel 22

2015

»Hier ist es!« Valerie blieb vor einem dunklen Metallkreuz stehen. »Karl Finkenberg« stand darauf. Ein verwelkter Blumenstrauß lag auf dem Grab. Jan war nun neben ihr angelangt und sie griff automatisch nach seiner Hand. Dabei streifte sie den Ehering, den er seit ein paar Monaten trug.

Zwei Tage nach dem Abschlusskonzert, in dem Valerie mit der Scheherazade stehende Ovationen ausgelöst hatte, hatte ganz Paris eine Kritik der Superlative über ihre einfühlsame Interpretation im Feuilleton der Tageszeitung lesen können. Das Probezeitgespräch war dann nur noch eine Formsache gewesen. Madame Prokova hatte Valerie schlicht mitgeteilt, dass sie im Orchester verbleiben könne, und die Personalabteilung hatte ihr einen unbefristeten Vertrag ausgehändigt. Danach hatten sie und Jan beschlossen zu heiraten.

Genau hundert Jahre nach Elise und Karl hatten sie sich schließlich das Jawort gegeben – in Sankt Remigius in Bonn, der Kirche, in der Elise und Karl hätten getraut werden wollen und in der heute der Taufstein steht, über dem Beethoven getauft worden war. Jans Familie war gekommen und

Michael und ihre Mutter waren völlig aus dem Häuschen gewesen.

Seitdem war nun fast ein ganzes Jahr vergangen. Vor zwei Wochen war Madame Prokova in den Ruhestand gegangen und das Orchester hatte zuvor einstimmig Valerie als ihre Nachfolgerin gewählt. Ab der kommenden Saison würde sie erste Konzertmeisterin sein. Sie atmete tief durch. Zum Glück hatte sie damals den Mut gehabt, allein nach Paris zu gehen und ihr Leben noch einmal von vorn – *da capo* – zu beginnen. Sie hatte Jan kennengelernt und seitdem glückte ihr auch alles andere. Ihr unstetes Leben war endlich vorbei, schlussendlich – *al fine* – war alles gut geworden.

Heute war sie mit Jan nach Verdun gefahren, um neunundneunzig Jahre nach dem Tod ihres Urgroßonkels sein Grab aufzusuchen. Sie sah um sich und betrachtete das riesige Gräberfeld.

»Jemand hat ihn besucht«, bemerkte Jan, als er die Blumen auf Karls Grab sah.

»Vielleicht die Dame, von der Elise geschrieben hat?«

Jan schüttelte den Kopf. »Das kann nicht sein, es sei denn, sie ist fast hundertzwanzig Jahre alt.«

Das leuchtete Valerie ein. Ein paar Sekunden hielt sie inne. Nun stand sie also vor dem Grab ihres Urgroßonkels, der Konzertmeister gewesen war wie sie selbst, und dessen Geige sie nun spielen durfte. Was sollte sie ihm, mit dem sie so vieles verband, sagen? Sie schluckte. »Wir haben deine Violine wiedergefunden«, flüsterte sie. »Sie klingt wunderschön!« Sie spürte, wie Jan seinen Arm um ihre Schultern legte, und lehnte sich an ihn.

»Spiel etwas für ihn«, sagte er. »Er wird sich freuen, so wie sich auch Elise neulich bestimmt gefreut hat, als du ihr die Frühlingssonate auf Karls Geige vorgespielt hast.«

Nach ihrer Trauung in Bonn hatten Jan und sie Elises Grab besucht. Valerie hatte Karls frisch restaurierte Violine mitgenommen. Sie war davon überzeugt gewesen, dass ihre Urgroßtante noch friedlicher ruhen würde, wenn sie wüsste, dass die Geige nun endlich gefunden und in guten Händen war. Also hatte sie auf dem Friedhof die Violine ausgepackt und die Frühlingssonate von Beethoven gespielt, das Stück, das Elise und Karl als Erstes miteinander gespielt hatten.

Jan hatte recht, das musste sie nun auch hier an Karls Grab tun. Sie legte ihre Tasche ab und packte inmitten des kilometerlangen Gräberfeldes die Geige aus. Sie schloss die Augen und stellte sich den kleinen Konzertsaal in Bonn vor, in dem Elise und Karl vor mehr als hundert Jahren die Frühlingssonate zusammen vorgetragen hatten. Diesen Konzertsaal gab es schon lange nicht mehr, er war im Zweiten Weltkrieg einer Bombe zum Opfer gefallen. Valerie holte tief Luft und begann zu spielen. In ihrer Fantasie sah sie die junge Elise, die den Klavierpart dazu spielte. So lebhaft sah sie ihre Urgroßtante vor sich und hörte sie vor ihrem inneren Ohr, dass es ihr schien, in diesem Moment tatsächlich mit ihrer Vorfahrin zu kommunizieren. Sie spielte den ersten Satz bis zum Schluss und öffnete dann erst wieder die Augen. Vor ihr stand eine runzelige Frau, die sich mit einer Hand auf ihren Stock stützte und in der anderen Hand einen Blumenstrauß hielt. Valerie fühlte sich, als ob sie gerade von einer Zeitreise zurückgekommen sei. Sie blinzelte ein paar Male und sah zwischen Jan und der alten Frau hin und her.

»Sehr bewegend, *ma chère*«, sagte die Dame und lächelte. »Haben Sie für diesen Herrn gespielt?« Und sie deutete auf Karls Grab.

Valerie nickte. »Ja, er war mein Urgroßonkel … und Geiger, so wie ich auch.«

»Oh, da wird er sich aber freuen!« Sie kam einen Schritt näher und legte den Blumenstrauß auf Karls Grab.

Erstaunt fragte Valerie: »Kannten Sie meinen Urgroßonkel?«

Die alte Dame schüttelte den Kopf. »Nein, aber meine Tante kannte die Frau von Karl Finkenberg. Sie hat sie einmal hier getroffen und ihr versprochen, dass sie sich um sein Grab kümmern würde, weil Frau Finkenberg in Deutschland wohnte.« Mühsam richtete sie sich auf. »Und als meine Tante im Sterben lag, hat sie mich gebeten, mich weiterhin um das Grab ihres Mannes und um das von Herrn Finkenberg zu kümmern, und ich habe es ihr versprochen.« Sie sah in die Ferne. »Wissen Sie, meine Tante war sehr lieb. Sie hatte ihren Mann im Ersten Weltkrieg verloren und noch keine Kinder von ihm gehabt. Sie hat sich aber wie eine zweite Mutter um mich und meine Geschwister gekümmert. Die Grabpflege ist das Mindeste, was ich für sie tun kann, um ihr ihre Liebenswürdigkeit zu vergelten. Und ich wohne auch ganz in der Nähe und komme daher dreimal in der Woche.«

Valerie lächelte. Dann war die Dame also die Nichte von Mariette, die Elise damals genau an diesem Ort getroffen hatte.

»Doch ich bin alt und werde bald sterben.« Traurig ließ die Frau ihren Blick über das Gräberfeld schweifen. »Die armen Männer, die hier ihr Leben gelassen haben, werden immer mehr in Vergessenheit geraten.«

»Nein«, sagte Valerie, »wir übernehmen!« Sie sah zu Jan hinüber.

Er nickte. »Wir wohnen in Paris, das ist zwar nicht um die Ecke, aber einmal im Jahr können wir kommen und Blumen vorbeibringen. Und um das Grab Ihres Onkels werden wir uns selbstverständlich auch kümmern.«

Die Dame lächelte. »Das ist sehr lieb von euch, Kinder. Kommt, ich zeige es euch.«

Valerie packte schnell die Geige ein. Jan reichte der alten Frau seinen Arm. Sie hängte sich bei ihm ein und gemeinsam gingen sie in einen anderen Teil des Friedhofs, wo weiße Kreuze standen – für die gefallenen Franzosen.

»Es ist schön, dass Sie als Deutsche nun in Frankreich leben und einen Flamen als Mann haben«, sagte sie. Offensichtlich waren ihre Akzente so markant, dass man ihre Herkunft leicht erraten konnte. »Wer hätte das vor einigen Jahrzehnten gedacht? Da haben sie sich noch bis aufs Blut bekämpft. Und das Ergebnis sehen wir hier.« Sie wies auf die unzähligen Kreuze. »So ein Unsinn!«

Sie waren angelangt. »Jean Aubert« stand auf einem weißen Kreuz. Das musste der Mann von Mariette gewesen sein. Jan notierte sich den Namen und die Grabnummer. Dann verabschiedeten sie sich von der alten Dame, die sich noch dreimal umsah und ihnen winkte. Ihr Gang wirkte leichter als zuvor. Offensichtlich war sie froh, ihre Aufgabe an die jüngere Generation weitergegeben zu haben, die die Erinnerung aufrechterhalten wollte.

Valerie und Jan kehrten zu Karls Grab zurück. Sie hatten noch etwas zu erledigen. »Fangen wir an?« Jan packte den Spaten aus und Valerie zog sich Gartenhandschuhe über. Eine Weile arbeiteten sie schweigend nebeneinander. Jan hob kleine Löcher aus, in die Valerie winzige Fliedersträucher hineinpflanzte. Als sie vor ein paar Monaten Elises Grab in Bonn besucht hatten, hatten sie vom prächtigen weißen Flieder, der dort blühte, Schösslinge ausgegraben, die sie den ganzen Winter über gehegt und gepflegt hatten, sodass sie nun kleine Fliedersträucher hatten. Diese hatten sie heute nach Verdun mitgenommen, um sie auf Karls Grab zu pflanzen. Valerie erinnerte sich, wie traurig Elise gewesen war, dass Karl nur ein schwarzes Kreuz haben durfte. Wenigstens weißer Flieder sollte sich in Zukunft darum ranken, vielleicht würde er schon nächstes Jahr zu Karls hundertstem Todestag blühen!

Sie begutachteten ihr Werk. »Schön ist es geworden.« Jan küsste Valerie eine Haarsträhne aus dem Gesicht.

»Etwas fehlt noch«, sagte sie und holte aus ihrer Handtasche ein weißes Band, das sie um einen der Fliedersträucher knotete. Darauf stand: »Von Elise«.

Zugabe

2016

Begeisterter Applaus rief Valerie und Irmgard zum vierten Mal auf die Bühne des Bonner Kammermusiksaals, in dem sie soeben die Frühlingssonate und die Kreutzer-Sonate vorgetragen hatten. Die beiden Musikerinnen hatten sich in den vergangenen zwei Jahren einen Namen als Beethoven-Interpretinnen gemacht und waren für ein Recital nach Bonn eingeladen worden. Valerie sah Jan und Willi in der ersten Reihe euphorisch klatschen. Daneben saßen ihre Mutter, die sich gerade eine Träne aus dem Augenwinkel tupfte, und ihr Bruder Michael, den nichts mehr auf dem Stuhl hielt. Und ihre kleine, noch ungeborene Marie-Elise strampelte von innen gegen ihre Bauchdecke. Das Publikum klatschte mittlerweile staccatoartig. Es wollte mehr. Im Vorfeld hatte sich bereits herumgesprochen, dass die Musikerinnen eine ganz besondere Zugabe in petto hatten.

Valerie stand im Kegel des Scheinwerferlichts. Ihr Herz schlug heftig. Sollten sie wirklich hier – unmittelbar neben dem Geburtshaus des großen Komponisten – ihre eigene Komposition zum Besten geben? Würden sie sich damit nicht völlig lächerlich machen? Es wurde still. Sie blickte zu Irmgard hinüber. Ihre Freundin saß wieder hinter dem Flügel und zwinkerte ihr aufmunternd zu. Jan und Willi hielten ihre Instrumente bereits in den Händen. Es gab kein Zurück mehr.

Valerie befeuchtete ihre Lippen. Reden vor Publikum war noch nie ihre Stärke gewesen. Aber da musste sie nun durch. Sie lächelte und holte tief Luft. »Für die Zugabe brauchen wir unsere Ehemänner«, sagte sie und wies auf Jan und Willi. Die Zuhörer lachten, einige begannen zu applaudieren. Und Valeries Nervosität war auf einmal wie weggeblasen. Während Jan und Willi die Bühne betraten und sich neben ihr aufstellten, fuhr sie fort: »Die Zugabe ist eine Gemeinschaftskomposition der Eheleute Karl und Elise Finkenberg sowie Jan und Valerie van Gelde. Es ist für uns eine große Ehre, unser Stück hier in der Bonngasse, direkt neben Beethovens Geburtshaus, uraufführen zu dürfen, denn Beethovens Musik hat wesentliche Wendepunkte im Leben von uns vier Komponisten eingeläutet.« Sie hielt einen Augenblick inne und dachte daran, wie sich Elise und Karl über Beethovens Violinsonaten ineinander verliebt hatten, wie ihr eigenes Leben beim Proben der Schicksalssinfonie über ihr zusammengebrochen war und sich anschließend eine ganz neue Perspektive ergeben hatte, und wie sie bei Beethovens Violinkonzert Jans Oboenklang verfallen war – und er ihrem Geigenspiel.

»Sie alle kennen Beethovens bekannte Bagatelle ›Für Elise‹. Als Zugabe spielen wir nun eine Art Antwort an ihn, ein Stück, in dem das Thema ›Für Elise‹ aufgenommen wird. Es trägt den Titel ›Von Elise, ihrem Mann und ihren Kindern‹. Es wurde begonnen in den Schützengräben von Verdun von meinem Urgroßonkel, dem Bonner Konzertmeister Karl Finkenberg. Er schickte seine Melodieentwürfe, ohne sie jemals selbst auf der Geige ausprobiert zu haben, an seine Frau Elise nach Bonn. Elise hat dazu eine Klavierstimme hinzukomponiert. Doch nachdem Karl vor hundert Jahren, am 2. Mai 1916, gefallen war, blieben die Kompositionsskizzen unvollendet. Mein Mann und ich haben sie per Zufall wiedergefunden, sie zusammengesetzt und durch weitere Melodien und Harmonien ergänzt. Das Stück ist geschrieben für Klavier, zwei Violinen und Oboe. ›Welch ungewöhnliche Besetzung‹, werden Sie nun sagen. Und das stimmt. Es sind die Instrumente, die wir Komponisten spielen beziehungsweise gespielt haben. Meine Urgroßtante und mein Urgroßonkel werden heute vertreten durch das Ehepaar Sieberts. Wir wünschen Ihnen viel Vergnügen.«

Jan lächelte ihr zu. Sie hatte ihre Rede gut gehalten. Valerie sah in die Runde, um sich zu vergewissern, dass ihre Freunde spielbereit waren. Der ganze Saal hielt den Atem an. Da schloss sie die Augen und begann leise und allein die Stimme zu spielen, die Karl geschrieben hatte, als er viele Jahre zuvor im Krieg gewesen war, an seine Elise dachte und an das Leben, das er mit ihr führen wollte. Die Luft vibrierte vor Sehnsucht. Irmgard setzte ein, dann Willi, der heute ausnahmsweise Geige und nicht Bratsche spielte, und zum Schluss Jan. Sie spielten sich durch Melodien der Liebe und Zärtlichkeit, der Angst und der Verzweiflung. Bis sie schließlich wieder zu der ersten lieblichen Melodie zurückkehrten, die sie nun zu viert spielten. Fünf Minuten lang tauchten Musiker und Zuhörer gänzlich ab in eine Klangwelt, in der die Zeit stillsteht und die Gegenwart auf die Vergangenheit trifft. Dorthin, wo Karl und Elise und der geniale Beethoven immer noch lebendig sind und ewig bleiben werden.

Danksagung

Allen, die an der Realisierung dieses Buches mitgewirkt haben, sei an dieser Stelle von Herzen gedankt. Insbesondere danke ich Verena Betz und ihren Kolleginnen und Kollegen von Amazon Publishing, die aus meinem Manuskript ein wunderschönes Buch geschaffen haben. Ein besonderer Dank gilt auch Judith Zimmer für das Lektorat und der Media-Agentur Gaby Hoffmann für das Korrektorat.

Herzlich danken möchte ich ferner meinem Literaturagenten Peter Molden und seiner Frau für ihr Engagement und ihre wertvollen Anregungen.

Meinen Freundinnen und Testleserinnen, die frühe Entwürfe des Romans gelesen haben, danke ich für ihr Feedback und ihre Ermutigungen.

Vor allem aber danke ich dem Mann meines Lebens, der sich in den unzähligen Stunden, in denen ich mit meinen Romanfiguren beschäftigt war, um die vielen alltäglichen Dinge gekümmert hat, die erledigt werden wollen.

Ohne meine Liebe zur Musik wäre dieses Buch wohl niemals entstanden. Daher möchte ich auch all jenen meinen Dank aussprechen, die mir die klassische Musik nahegebracht haben: meinen Eltern, die mich Geige spielen ließen, meinen Musiklehrern, von denen ich so vieles gelernt habe, und allen Musikern, mit denen ich im Lauf meines Lebens zusammen musizieren durfte.

Printed in Poland
by Amazon Fulfillment
Poland Sp. z o.o., Wrocław

51358212R00263